James Grippando

DIE ABFINDUNG

James Grippando

DIE ABFINDUNG

Aus dem Englischen von
Charlotte Breuer

List

Für Dich, Tiffany, immer.

»Behaupte nicht, jemanden wirklich zu kennen,
ehe du nicht eine Erbschaft mit ihm geteilt hast.«

JOHANN KASPAR LAVATER, Aphorismen

PROLOG

Juli 1979

Er würde sterben. Es gab keine Rettung. Und Amy Parkens schaute mit der Faszination eines Kindes zu.

Es war eine perfekte Nacht. Keine Stadtlichter, noch nicht einmal ein Mond, der den wolkenlosen Himmel vor Amys Fenster erhellte. Milliarden von Sternen schimmerten in der endlos schwarzen Tiefe. Amys 6-Zoll-Newtonian-Spiegelteleskop war auf den Ringnebel gerichtet, einen sterbenden Stern in der Leier. Es war Amys Lieblingssternbild. Es erinnerte sie an die Ringe, die ihr Großvater mit seinem Zigarrenrauch blies – ein blasser, graugrüner Ring, der im Weltraum schwebte. Der Tod kam langsam, zog sich über viele Jahrtausende hin. Er war unwiderruflich.

Amy schob sich eine Haarsträhne aus der Stirn und spähte durch das Okular. Sie war ein hoch aufgeschossenes, mageres achtjähriges Mädchen mit einem strohblonden Pony, der ihr immer in den Augen hing. Sie hatte Erwachsene oft sagen hören, sie würde einmal die Twiggy der achtziger Jahre, aber das interessierte sie nicht. Sie hatte andere Interessen als die meisten ihrer Schulkameraden. Fernsehen und Computerspiele langweilten sie. Sie war es gewohnt, sich abends allein mit Büchern, Himmelskarten und ihrem Teleskop die

Zeit zu vertreiben – mit Dingen, die ihre Freundinnen als Hausaufgaben betrachtet hätten. Ihren Vater hatte sie nie gekannt. Er war in Vietnam gefallen, noch bevor Amy laufen gelernt hatte. Sie lebte allein mit ihrer Mutter, einer vielbeschäftigten Professorin für Physik an der University of Colorado in Boulder. Das leidenschaftliche Interesse für die Sterne hatte sie von ihr geerbt. Lange bevor sie ihr erstes eigenes Teleskop bekam, hatte Amy in den Nachthimmel geschaut und viel mehr als nur das Glitzern der Sterne gesehen. Als sie sieben Jahre alt war, kannte sie jedes Sternbild mit Namen. Seitdem hatte sie sogar einige Konstellationen erfunden und ihnen Namen gegeben – weit entfernte Sternbilder, die jenseits der Reichweite selbst der stärksten Teleskope lagen, aber nicht jenseits von Amys Vorstellungsvermögen. Andere Kinder mochten nächtelang durch Teleskope in den Himmel starren, ohne Orion oder Sirius jemals zu entdecken, weil die Sterne in ihren Augen nicht richtig zusammenpaßten. Für Amy jedoch ergab das alles einen Sinn.

Amy schaltete ihre Taschenlampe ein, das einzige Licht, das sie in ihrem rosafarbenen Zimmer brauchte. Mit Buntstiften zeichnete sie den Ringnebel in ihr Heft, ihr selbstgestaltetes Malbuch. Sie war das einzige Kind in ihrer Klasse, das sich nicht im Dunkeln fürchtete – solange ihr Teleskop in der Nähe war.

»Licht aus, mein Schatz«, rief ihre Mutter aus dem Flur.

»Das Licht *ist* aus, Mom.«

»Du weißt schon, was ich meine.«

Die Tür öffnete sich, und ihre Mutter kam ins Zimmer. Sie knipste die kleine Lampe neben Amys Bett an. Amy kniff die Augen zusammen, bis sie sich an das Licht gewöhnt hatte. Das Lächeln ihrer Mutter war warm aber schwach. Ihre Augen sahen müde aus. In letzter Zeit wirkte sie häufig erschöpft. Und besorgt. Amy war die Veränderung in den vergangenen Tagen aufgefallen, sie hatte ihre Mutter sogar gefragt, ob irgend etwas nicht stimme. Aber ihre Mutter hatte nur gesagt, es sei »nichts«.

Amy hatte sich schon vor Stunden zum Schlafen fertig gemacht, lange vor ihrem Ausflug in den Nachthimmel. Sie hatte sich die Zähne geputzt, das Gesicht gewaschen und ihren gelben Sommerschlafanzug angezogen. Sie kletterte von ihrem Stuhl und umarmte ihre Mutter. »Kann ich nicht noch ein bißchen aufbleiben? Bitte!«

»Nein, mein Schatz. Es ist schon längst Zeit zum Schlafen.«

Amy machte ein enttäuschtes Gesicht, doch sie war zu müde, um zu streiten. Sie schlüpfte ins Bett und ließ sich von ihrer Mutter zudecken.

»Erzählst du mir denn eine Geschichte?«

»Ich bin wirklich müde heute abend. Ich erzähle dir morgen eine.«

Amy verzog das Gesicht, doch ihre Enttäuschung währte nicht lange. »Eine gute?«

»Versprochen. Die beste, die du je gehört hast.«

»Okay.«

Ihre Mutter gab ihr einen Kuß auf die Stirn und schaltete das Licht aus. »Träum was Schönes, mein Schatz.«

»Nacht, Mom.«

Amys Blick folgte ihrer Mutter durch das dunkle Zimmer. Die Tür öffnete sich. Ihre Mutter drehte sich noch einmal um, wie zu einem letzten stummen Gruß, dann schloß sie die Tür.

Amy drehte sich auf die Seite und schaute aus dem Fenster. Kein Teleskop mehr für heute, aber es war eine jener unglaublich klaren Nächte, in denen der Himmel auch für das bloße Auge ein Ehrfurcht gebietender Anblick ist. Sie schaute hinaus, bis die Sterne vor ihren Augen verschwammen. Sie wurde schläfrig. Zwanzig Minuten vergingen. Vielleicht mehr. Sie schloß die Augen, dann öffnete sie sie wieder. Ihr Kopf sank tiefer ins Kopfkissen. Der helle Lichtstreifen unter ihrer Zimmertür verschwand. Offenbar ging ihre Mutter gerade ins Bett. Amy fand es beruhigend, das zu wissen. Während der vergangenen Nächte hatte ihre Mutter überhaupt nicht geschlafen.

Amy schaute wieder aus dem Fenster. Hinter den Bäumen gingen die Lichter im Nachbarhaus aus. Sie schloß die Augen und stellte sich vor, wie in einem Haus nach dem anderen die Lichter verloschen und das Viertel, die Stadt, das ganze Land schlafen ging. Auf der ganzen Welt war es dunkel. Aber die Sterne leuchteten hell. Amy war fast eingeschlafen.

Ein lauter Knall zerriß die Nacht – wie ein Donner, aber es war kein Donner. Amy fuhr im Bett zusammen, als hätte sie jemand in den Bauch getreten.

Das Geräusch war aus dem *Innern* des Hauses gekommen.

Ihr Herz raste. Sie lauschte in die Dunkelheit, doch es war totenstill. Sie hatte zuviel Angst, um zu schreien. Sie wollte nach ihrer Mutter rufen, doch ihre Kehle war wie zugeschnürt. Es war ein gräßliches Geräusch gewesen, so schrecklich, daß sie jetzt für immer Angst vor der Dunkelheit haben würde. Aber sie hatte innerhalb von Sekunden gewußt, was es war. Sie kannte dieses Geräusch. Da war kein Irrtum möglich. Sie hatte es schon oft gehört, weit entfernt vom Haus, wenn ihre Mutter sie mit in den Wald genommen hatte und Amy ihr beim Üben zusehen durfte.

Es war der Knall von der Pistole ihrer Mutter.

Teil eins

Sommer 1999

1

Amy wünschte, sie könnte sich in die Vergangenheit zurückversetzen. Nicht *weit* zurück. Nicht daß sie davon träumte, mit Aristoteles Ouzo zu trinken oder Lincoln zuzurufen, er solle sich ducken. Knapp vierzehn Tage würden ihr schon reichen. Nur so weit, daß sie dem Computerhorror hätte ausweichen können, den sie gerade durchlebte.

Amy war Computerspezialistin bei Bailey, Gaslow & Heinz, der größten Anwaltskanzlei in den Rocky Mountains. Es war ihre Aufgabe, dafür zu sorgen, daß vertrauliche Informationen sicher und ungehindert zwischen den Niederlassungen der Firma in Boulder, Denver, Salt Lake City, Washington, London und Moskau fließen konnten. Tag für Tag hatte sie die Macht, zweihundert Anwälte auf den Knien rutschen zu lassen. Und sie hatte das Vergnügen, sie toben zu hören. Gleichzeitig. Ihretwegen.

Als hätte ich *den Virus produziert*, dachte sie und malte sich dabei aus, was sie einem der Anwälte gern gesagt hätte, als er ihr Vorwürfe machte. Sie hatte ihn schon meilenweit hinter sich gelassen und mußte immer noch daran denken. Wenn man allein über den Highway fuhr, konnte man wunderbar herumphantasieren.

Sie hatte fast eine Woche gebraucht, um das gesamte System von dem Virus zu befreien. In dieser Zeit war sie zwischen sechs verschiedenen Büros hin und her gependelt, hatte achtzehn Stunden täglich gearbeitet. Innerhalb von vierundzwanzig Stunden nach dem ersten Auftreten des Virus hatte sie jeden verfügbaren Mitarbeiter mobilisiert, und es war ihr gelungen, fünfundneunzig Prozent der gespeicherten Daten zu retten. Und danach hatte sie sich der dankbaren Aufgabe gestellt, einem halben Dutzend Anwälten, die Pech gehabt hatten, zu erklären, daß sämtliche Daten auf ihren Computern zum Teufel waren.

Es war eine wenig bekannte Tatsache, aber Amy hatte es mit eigenen Augen gesehen: Anwälte können weinen.

Ein plötzliches Klappern im Armaturenbrett riß Amy aus ihren Gedanken. Ihr alter Ford Pick-up gab die unterschiedlichsten Töne von sich. Jeder von ihnen hörte sich anders an, und Amy kannte sie alle. Wie eine Mutter, die wußte, ob das Schreien ihres Babys bedeutete, gib mir was zu essen, wechsel mir die Windel oder bitte, rette mich aus Omas Klauen. Dieses spezielle Geräusch war eher ein Rasseln – ein Symptom, das leicht zu diagnostizieren war, denn plötzlich strömte heiße Luft aus der Klimaanlage. Amy schaltete die Klimaanlage aus und wollte das Fenster herunterkurbeln. Es klemmte. Wunderbar. Draußen herrschten achtunddreißig Grad, ihr Wagen gebärdete sich wie ein Drachen, der heiße Luft spie, und das verdammte Fenster ließ sich nicht bewegen. In Colorado besagte eine alte Volksweisheit, daß man dort Urlaub machte, um den Winter zu genießen, aber dort hinzog wegen der schönen Sommer. Zweifellos konnte *das* nicht damit gemeint sein.

Ich schmelze, dachte sie. *Wie Dorothy in »Der Zauberer von Oz«.*

Sie hob die *Rocky Mountain News* vom Boden auf und fächelte sich Luft zu. Als sie die Zeitung vor acht Tagen gekauft hatte, hatte sie ihre Tochter für eine Woche zu ihrem Exmann gebracht, um sich mit ihrer ganzen Energie der Computerkrise widmen zu können. Sechs Tage von Taylor getrennt zu sein war ein neuer Rekord, den sie hoffentlich nie brechen würde. Obwohl sie todmüde war, konnte sie es kaum erwarten, ihre Tochter wiederzusehen.

Amy saß in einem Brutkasten, als sie endlich die Clover Leaf Apartments erreichte, eine langweilige Reihenhaussiedlung aus alten, zweistöckigen Ziegelbauten. Kein Vergleich zu den vornehmen Adressen, die den Preis für ein Haus in Boulder auf über eine Viertelmillion Dollar trieben. Die Clover Leaf Apartments waren staatlich subventionierte Wohnungen und allen außer armen Studenten und mittellosen Rentnern ein Dorn im Auge. Es gab kaum Grünanlagen. Dafür um so mehr Beton. Amy hatte schon Gewerbegebiete gesehen, die mehr architektonisches Flair besaßen. Der Bauherr war offenbar der Meinung, daß ohnehin nichts von Menschenhand Gemachtes so schön sein konnte wie die Berge am Horizont, und hatte sich erst gar keine Mühe gegeben. Trotzdem gab es eine endlose Warteliste, und es dauerte mindestens vier Jahre, bis man eine Wohnung in der Siedlung ergatterte.

Plötzlich wurde Amy mit dem Kopf gegen das Dach ihres Wagens geschleudert. Eine übersehene Straßenschwelle. Sie setzte ihren Wagen in die erste freie Parklücke und stieg aus. Nach ein oder zwei Minuten wich die Röte aus ihrem Gesicht. Sie sah wieder aus wie sie selbst. Amy war keine Frau, die es darauf anlegte, doch die Männer drehten sich nicht selten auf der Straße nach ihr um. Ihr Exmann hatte immer gesagt, das seien ihre langen Beine und ihr sinnlicher Mund. Aber es war viel mehr als das. Amy strahlte eine gewisse Energie aus, wann immer sie sich bewegte, wann immer sie lächelte, wann immer sie einen mit ihren graublauen Augen ansah. Ihre Großmutter behauptete immer, sie hätte die ungezügelte Energie ihrer Mutter geerbt – und Gran mußte es schließlich wissen.

Amys Mutter war vor zwanzig Jahren unter tragischen Umständen ums Leben gekommen. Amy war damals gerade acht.

Ihr Vater war noch früher gestorben. Im Prinzip hatte Gran sie großgezogen. Sie *kannte* Amy; sie hatte sogar die Warnsignale ihres Exmannes wahrgenommen, bevor Amy selbst etwas gemerkt hatte. Vor vier Jahren war Amy eine junge Mutter gewesen, die versuchte, eine Ehe, einen Säugling und ein Astronomiestudium unter einen Hut zu bringen. Ihre Tochter und ihr Studium nahmen sie sosehr in Anspruch, daß wenig Zeit für Ted blieb – zu wenig Zeit, um ihm auf die Finger zu schauen. Er lernte eine andere Frau kennen. Nach der Scheidung zog sie zu Gran, die ihr half, Taylor zu versorgen. Gute Jobs waren schwer zu finden in Boulder, einem Mekka für talentierte, gut ausgebildete junge Akademiker, die sich von dem Lebensstil in Colorado angezogen fühlten. Am liebsten wäre Amy bei ihrem Astronomiestudium geblieben, aber das Geld war knapp, und ein Abschluß in Astronomie würde daran nichts ändern. Selbst ihr Computerjob hatte nichts daran geändert. Ihr Gehalt reichte gerade für ihren Dreipersonenhaushalt. Alles, was übrigblieb, wurde für das Jurastudium gespart, das sie im September beginnen wollte.

Eine juristische Laufbahn einzuschlagen war für Amy keine emotionale, sondern eine wirtschaftliche Entscheidung gewesen. Sie war sich sicher, daß unter ihren zukünftigen Kommilitonen viele sein würden, denen es ähnlich erging wie ihr – Kunsthistoriker, Literaturwissenschaftler und viele mehr, die jede Hoffnung aufgegeben hatten, in dem Fachgebiet, an dem ihr Herz hing, Arbeit zu finden.

Amy wünschte, es wäre alles ganz anders.

»Mama, Mama!«

Amy fuhr herum, als sie die Stimme ihrer Tochter hörte. Taylor trug ihr rosafarbenes Lieblingskleid und rote Tennisschuhe. Die linke Hälfte ihres hellblonden Haars war zu einem Zöpfchen zusammengefaßt, die andere Hälfte wehte im Wind – sie hatte schon wieder eine Haarspange verloren. Sie rannte auf Amy zu und sprang ihr in die Arme.

»Ich hab dich so vermißt«, sagte Amy, während sie ihre Tochter fest an sich drückte.

Taylor lachte, dann verzog sie das Gesicht. »Iihh, du bist ja ganz naß!«

Amy wischte ihren Schweiß von Taylors Wange. »Mein Auto hat Fieber.«

»Gran sagt, du sollst den Schrotthaufen einfach verkaufen.«

»Niemals«, erwiderte Amy. Dieser Schrotthaufen hatte ihrer Mutter gehört. Er war so ziemlich das einzige, was ihr nach der Scheidung geblieben war. Das und ihre Tochter. Sie setzte Taylor ab. »Und, wie geht's Dad?«

»Gut. Er hat versprochen, uns zu besuchen.«

»Uns?«

»Mhmm. Er hat gesagt, er will zu unserer Party kommen.«

»Welcher Party?«

»Zu *unserer* Party. Wenn du mit dem Studium fertig bist und ich mit der High-School.«

Amy blinzelte und bemühte sich, den Stich zu ignorieren. »Das hat er wirklich gesagt?«

»So ein Studium dauert ganz lange, nicht wahr?«

»So lange auch wieder nicht, mein Schatz. Bevor wir uns versehen, ist es schon vorbei.«

Gran näherte sich den beiden von hinten. »Ich habe noch nie eine Vierjährige so schnell laufen sehen«, keuchte sie.

Taylor kicherte. Gran begrüßte Amy mit einem Lächeln, dann zog sie eine Grimasse. »Mein Gott, du bist ja nur noch Haut und Knochen. Hast du dich mal wieder ausschließlich von Koffein ernährt?«

»Nein, ich schwöre, ich hab diesmal versucht, ein bißchen Kaffee dazu zu trinken.«

»Komm rein, ich mach dir was zu essen.«

Amy war zu müde, um ans Essen zu denken. »Ich schieb mir einfach was in die Mikrowelle.«

»Mikrowelle«, schnaubte Gran verächtlich. »Ich mag vielleicht alt sein, aber wenn ich koche, dauert es nun auch wieder nicht so lange, als müßte ich erst mit zwei Stöcken Feuer machen. Bis du aus der Dusche kommst, habe ich dir ein leckeres Mittagessen gekocht.«

Einschließlich einer Monatsration Fett und Kalorien, dachte Amy. Gran gehörte zur alten Schule, auch was das Essen anging. »Okay«, sagte Amy, während sie ihren Koffer aus dem Wagen nahm. »Laßt uns reingehen.«

Hand in Hand gingen sie zu dritt über den Parkplatz und ließen Taylor wie ein Äffchen zwischen sich schaukeln.

»Mama ist wieder zu Hause, Mama ist wieder zu Hause«, sang Taylor vergnügt vor sich hin.

Amy steckte den Schlüssel ins Schlüsselloch und öffnete die Tür. Ihr Zuhause war eine einfache Dreizimmerwohnung. Das Zimmer, in dem sie sich am meisten aufhielten, war eine Kombination aus Wohn-, Eß- und Spielzimmer. Gran sagte manchmal, die »Mädels« hätten das Zimmer in eine Lagerhalle verwandelt. Fahrräder und Inlineskates verstellten den schmalen Eingang; die kleinen gehörten Taylor, die großen Amy. In der Mitte standen ein altes Sofa und ein dazu passender Sessel, das typische Mobiliar einer Mietwohnung. In einer alten Schrankwand aus Kiefernholz standen Bücher, ein paar Zimmerpflanzen und ein Fernseher. Rechter Hand befand sich eine Küche von der Größe eines Wandschranks.

Amy stellte ihren Koffer an der Tür ab.

»Ich fange gleich in der Küche an«, sagte Gran.

»Ich helfe dir!« rief Taylor.

»Erst Hände waschen«, sagte Amy.

Taylor rannte ins Bad, gefolgt von Gran. »Deine Post liegt auf dem Tisch, Amy. Zusammen mit den Telefonnotizen.« Dann verschwand sie im Flur, Taylor dicht auf den Fersen.

Amy trat an den Tisch. Die Post von einer Woche war säuberlich in drei Stapel aufgeteilt: Persönliches, Rechnungen und Wurfsendungen. Den größten Stapel bildeten die Rechnungen und Mahnungen. Die persönliche Post war alles andere als persönlich – hauptsächlich per Computer erstellte Reklamepost, die so aufgemacht war, daß sie aussah wie ein

Brief von einem alten Freund. In dem Stapel mit den normalen Werbeprospekten fiel ihr ein Päckchen auf. Es trug keinen Absender. Auch keine Briefmarke und keinen Poststempel. Es sah aus, als wäre es von einem privaten Kurierdienst abgeliefert worden. Für seine Größe kam es Amy ziemlich schwer vor.

Neugierig riß sie das braune Packpapier auf. Zum Vorschein kam eine Schachtel mit einem Bild von einem Römertopf. Amy schüttelte die Schachtel. Der Inhalt fühlte sich nicht an wie ein Römertopf. Eher wie etwas viel Kompakteres, so, als wäre der Karton mit Zement gefüllt. Amy bemerkte, daß die Laschen an dem Karton mit Klebestreifen neu zugeklebt worden waren. Wahrscheinlich war der Römertopf durch etwas anderes ersetzt worden. Sie durchtrennte den Klebestreifen mit ihrem Schlüssel und öffnete die Laschen. Eine weitere Verpackung kam zum Vorschein, eine Art wasserdichter Plastiksack mit Reißverschluß. Das Päckchen enthielt keinen Brief, keine Karte, nichts, was auf die Identität des Absenders hätte schließen lassen. Amy öffnete den Reißverschluß und erstarrte.

»O mein Gott.«

Das Konterfei von Benjamin Franklin starrte sie an, und das nicht nur einmal. Hundertdollarnoten. *Stapelweise.* Sie nahm ein Bündel aus dem Plastikbeutel, dann ein weiteres, legte sie alle nebeneinander auf den Tisch. Mit zitternden Händen zählte sie die Geldscheine eines Bündels. Fünfzig pro Bündel. Vierzig Bündel.

Sie ließ sich auf einen Stuhl sinken und starrte ungläubig auf das viele Geld. Jemand – irgend jemand, der anonym bleiben wollte – hatte ihr zweihunderttausend Dollar geschickt.

Und sie hatte keine Ahnung, warum.

2 Weiche Schlieren in Orange, Pink und Violett hingen am Horizont, das Nachglühen eines Sonnenuntergangs in Südcolorado. Von der überdachten Veranda des Hauses, in dem er seine Kindheit verbracht hatte, starrte der fünfunddreißigjährige Ryan Duffy nachdenklich in das Abendrot. Die Natur schien einen täglich daran erinnern zu wollen, daß das Ende schön sein konnte. Allmählich wich das Naturschauspiel der Dunkelheit, einem schwarzen, mond- und sternenlosen Himmel. Die Farbenpracht hatte ihn beinahe genarrt. Jetzt machte er sich Vorwürfe, weil er einen Augenblick lang gedacht hatte, daß es für seinen Vater jetzt besser wäre zu sterben.

Ryans Vater hatte zweiundsechzig Jahre nach einem simplen Grundsatz gelebt: »Zuletzt« war das schlimmste aller Schimpfwörter. Für Frank Duffy existierte das Wort »zweitrangig« nicht, für ihn gab es keine Prioritäten. Alles kam an erster Stelle. Gott, die Familie, der Beruf – er betrieb alles mit derselben ungebremsten Energie. Er war ein unermüdlicher Arbeiter, der nie einen Sonntagsgottesdienst verpaßte, nie seine Familie im Stich ließ, nie eine Arbeitsstelle verließ, ehe nicht jemand sagte: »Dieser Duffy ist der beste Elektriker in der verdammten Branche.« Nur im wichtigsten Kampf seines Lebens hatte er diesen Grundsatz verraten.

Er war der letzte, der zugab, daß der Krebs ihn töten würde.

Erst als der Schmerz unerträglich wurde, räumte er ein, daß er nicht allein damit fertig werden würde. Es machte Ryan wütend, daß er seine Medizin ablehnte. Aber Ryans Eigenschaft als Arzt schien seine unablässigen Überzeugungsversuche nur noch verdächtiger zu machen. Als wäre er nur einer von diesen Apparatemedizinern, denen Frank Duffy noch nie über den Weg getraut hatte. Es stellte sich jedoch heraus, daß eine Behandlung das Unausweichliche nur hinausgezögert hätte – zwei, höchstens drei Monate. Ryan wäre über jeden zusätzlichen Tag froh gewesen. Andererseits konnte er sich vorstellen, daß er im umgekehrten Fall womöglich dieselbe Sturheit an den Tag gelegt hätte wie sein Vater. Ryan freute sich, wenn die Leute sagten, er sei genau wie sein Vater. Die beiden sahen sich tatsächlich so ähnlich, daß sie immer wieder miteinander verglichen wurden. Sie waren beide gutaussehend und hatten warme, braune Augen. Frank war schon in jungen Jahren ergraut, und auch bei Ryan zeigten sich erste graue Strähnen. Bei einer Größe von einem Meter dreiundachtzig überragte er Frank um mehrere Zentimeter, doch er wäre der letzte gewesen, der auch nur erwähnt hätte, daß sein stolzer Vater im Alter geschrumpft war.

Die Sonne war mittlerweile ganz verschwunden, aufgesogen von dem flachen Horizont. In der Dunkelheit wirkten die Ebenen von Südostcolorado wie ein riesiger Ozean. Weit und friedlich, keine Stadtlichter in Sichtweite. Die ideale Gegend, um Kinder großzuziehen. Kaum Kriminalität. Das nächste Einkaufszentrum befand sich in Pueblo, einer Arbeiterstadt etwa hundert Meilen westlich. In Garden City, Kansas, noch weiter weg in östlicher Richtung, war das einzige annehmbare Restaurant der ganzen Gegend. Manche behaupteten, Piedmont läge am Ende der Welt. Für Ryan lag es genau da, wo es hingehörte.

Ryan hatte die Entscheidung seines Vaters, seine letzten Tage zu Hause zu verbringen, voll unterstützt. Frank Duffy war bei den zwölfhundert Einwohnern seines Heimatorts sehr beliebt, aber die zweistündige Fahrt ins Krankenhaus machte es seinen ältesten Freunden schwer, sich persönlich von ihm zu verabschieden. Ryan hatte seinen Vater im hinteren Teil des Hauses in seinem Lieblingszimmer untergebracht. Ein gemietetes Krankenhausbett mit verchromten Stangen und verstellbarer Matratze hatte die rustikale Holzbank mit den grünen Kissen ersetzt. Vor dem großen Fenster lag ein Gemüsegarten mit kniehohen Maispflanzen und buschigen Tomatensträuchern. Der Fußboden aus Eiche und die Deckenbalken aus Zedernholz trugen zur Blockhausatmosphäre bei. Es war das freundlichste Zimmer im ganzen Haus.

»Hast du welchen bekommen?« fragte Frank begierig, als Ryan das Zimmer betrat.

Grinsend nahm Ryan die Flasche aus der braunen Papiertüte: einen Viertelliter Jameson Irish Whiskey.

Frank strahlte. »Guter Junge.«

Ryan stellte ein Tablett mit zwei Gläsern auf das Bett und goß zwei Fingerbreit Whiskey in jedes Glas.

»Weißt du, was das Gute an irischem Whiskey ist, Ryan?« fragte Frank und hob lächelnd sein Glas. »Er kommt aus *Irland*. Auf deine Gesundheit, Junge«, sagte er mit übertriebenem Akzent.

Ryan bemerkte, daß die Hand seines Vaters zitterte, nicht etwa, weil er getrunken hatte, sondern vor Schwäche. Er war noch blasser als am Tag zuvor, und sein ausgemergelter Körper wirkte unter dem weißen Laken geisterhaft, beinahe leblos. Schweigend kippten sie den letzten Schluck. Zufrieden lächelnd setzte Frank das Glas ab.

»Ich weiß noch genau, wie du deinen ersten Whiskey getrunken hast«, sagte er mit wehmütigem Blick. »Du warst damals ein elfjähriger Knirps und hast meinen alten Herrn pausenlos angebettelt, dich von seinem Glas probieren zu lassen. Deine Großmutter sagte schließlich, na, gib ihm ruhig einen Schluck, weil sie glaubte, du würdest das Zeug sofort wieder ausspucken wie bittere Medizin, und dann wäre Ruhe. Du hast den Kopf in den Nacken gelegt, den Whiskey gekippt und das Glas auf den Tisch geknallt wie ein Cowboy in einem Western. Das Zeug hat dir so in der Kehle gebrannt, daß dir fast die Augen aus dem Kopf getreten wären. Aber du hast dir nur mit dem Ärmel über die Lippen gewischt, deine Großmutter angesehen und gesagt: ›Besser als Sex.‹«

Sie lachten gequält. Dann schaute Frank seinen Sohn forschend an. »Das ist seit ich weiß nicht wie langer Zeit das erstemal, daß ich dich lächeln sehe.«

»Mir ist einfach lange nicht mehr danach gewesen. Eigentlich hatte ich heute abend auch nicht unbedingt Lust, was zu trinken.«

»Was schlägst du denn vor? Sollen wir vielleicht ein paar Telefonate führen und den Krebs einfach abbestellen? Hör zu«, sagte Frank liebevoll, »so, wie ich die Sache sehe, können wir entweder im Angesicht des Todes lachen, oder wir sterben vor lauter Anstrengung, uns das Lachen zu verkneifen. Also, sei kein Spielverderber, und schenk deinem Vater noch einen Whiskey ein.«

»Du solltest lieber nichts mehr trinken, Dad. Schmerzmittel und Alkohol vertragen sich nicht besonders gut.«

»Gott, Ryan, du bist immer so verdammt vernünftig.«

»Was ist denn dagegen einzuwenden?«

»Nichts. Im Grunde bewundere ich dich dafür. Ich wünschte, ich hätte selbst ein bißchen mehr davon. Die Leute sagen immer, wir würden uns gleichen wie ein Ei dem andern, aber das ist doch nur oberflächlich gesehen so. Klar, war es rührend, wie du früher am Frühstückstisch gesessen hast und so getan hast, als würdest du den Sportteil der Tageszeitung mit mir zusammen studieren. Du wolltest es genauso machen wie dein Dad, obwohl du erst zwei Jahre alt warst und noch gar nicht lesen konntest. Aber all das war doch nur, um so zu tun als ob. Innen drin, da, wo es zählt – na ja, sagen wir mal, daß wir beide da viel unterschiedlicher sind, als man meinen könnte.«

Er machte eine Pause und stellte sein Glas auf dem Tablett ab. Er wurde ernst und kam plötzlich ins Philosophieren. »Glaubst du, daß ein guter Mensch zu einem schlechten Menschen werden kann?«

»Klar«, sagte Ryan mit einem Achselzucken.

»Ich meine, *richtig* schlecht, kriminell. Oder glaubst du, daß ganz abscheuliche Dinge, unsagbar abscheuliche nur von Menschen getan werden, die von Geburt an durch und durch schlecht sind?«

»Ich glaube nicht, daß man als schlechter Mensch *geboren* wird. Der Mensch hat einen freien Willen. Man trifft Entscheidungen.«

»Und warum sollte irgend jemand sich entscheiden, zu einem schlechten Menschen zu werden, wenn er nicht schon schlecht ist?«

»Weil er schwach ist, nehme ich an. Zu schwach, um sich für das Gute zu entscheiden, zu schwach, um dem Bösen zu widerstehen.«

»Glaubst du, daß ein schwacher Mensch stark werden kann?« Frank stützte sich an der Bettkante auf seinen Ellenbogen auf und schaute Ryan direkt in die Augen. »Oder glaubst du, wer sich einmal dem Bösen zuwendet, ist wie faules Obst für immer verloren?«

Ryan lächelte verlegen, er war sich nicht sicher, worauf sein Vater hinauswollte. »Warum fragst du mich das alles?«

Frank lehnte sich seufzend zurück. »Weil ein Sterbender Bilanz zieht. Und es besteht kein Zweifel, daß ich sterbe.«

»Komm schon, Dad. Du liebst deine Frau. Deine Kinder lieben dich. Du bist ein guter Mann.«

»Das Beste, was man über mich sagen kann, ist, daß ich ein guter Mann *geworden* bin.«

Die verhängnisvollen Worte hingen in der Luft. »Jeder tut mal was Schlechtes«, sagte Ryan vorsichtig. »Darum ist man noch kein schlechter Mensch.«

»Das ist der grundlegende Unterschied zwischen dir und mir, mein Sohn. Was ich getan habe, hättest du niemals getan.«

Ryan nippte nervös an seinem leeren Glas. Er wußte nicht, was er sagen sollte, fürchtete, daß sein Vater drauf und dran war, ihm irgend etwas zu beichten. Die Vorhänge bewegten sich in der lauen Brise.

»Auf dem Dachboden steht eine alte Kommode«, fuhr sein Vater fort. »Schieb sie beiseite. Unter den Dielenbrettern, auf denen die Kommode steht, habe ich etwas für dich hinterlegt. Etwas Geld. Eine Menge Geld.«

»Wieviel?«

»Zwei Millionen Dollar.«

Ryan erstarrte, dann mußte er lachen. »Das ist ein guter Witz, Dad. Zwei Millionen Dollar auf dem Dachboden. Und ich hab die ganze Zeit geglaubt, du hättest den Zaster unter deiner Matratze versteckt.« Er lächelte seinen Vater kopfschüttelnd an. Dann hielt er inne.

Sein Vater lächelte nicht.

Ryan schluckte nervös. »Komm schon. Du willst mich doch auf den Arm nehmen, oder?«

»Auf dem Dachboden liegen zwei Millionen Dollar, Ryan. Ich habe sie eigenhändig dort deponiert.«

»Wo zum Teufel hast du denn zwei Millionen Dollar her?«

»Das versuche ich dir ja gerade zu erklären. Du machst es mir nicht leicht.«

Ryan nahm die Flasche vom Tablett. »Okay, ich würde sagen, es reicht für heute. Von all dem Whiskey und den Schmerzmitteln hast du schon Halluzinationen.«

»Ich habe einen Mann erpreßt. Einen, der es verdient hat.«

»Dad, hör auf damit. Du hattest nie auch nur die Möglichkeit, jemanden zu erpressen.«

»*Doch*, die hatte ich, verdammt noch mal!« Er hatte so heftig gesprochen, daß er einen Hustenanfall bekam.

Ryan trat an sein Bett und richtete das Kissen in seinem Rücken. Franks Atem ging pfeifend, wenn er zwischen den Hustenattacken nach Luft rang. Sein Mund füllte sich mit blutigem Schleim. Ryan läutete nach der Krankenschwester, die sich im Nebenraum aufhielt. Sie kam sofort.

»Helfen Sie mir«, sagte Ryan. »Setzen Sie ihn aufrecht, damit er nicht erstickt.«

Sie folgte seinen Anweisungen. Ryan stellte die Sauerstoffflasche neben das Bett. Er öffnete das Ventil und schob Frank das Atemgerät in den Mund. Mit Sauerstoffversorgung kannte sich die ganze Familie aus. Frank hatte an einem Lungenemphysem gelitten, lange bevor der Krebs ausgebrochen war. Nach wenigen tiefen Atemzügen ließ das Pfeifen nach. Allmählich wurde der Atem wieder normal.

»Dr. Duffy, ich möchte Ihr Urteil als Arzt nicht in Frage stellen, aber ich glaube, Ihr Vater braucht jetzt Ruhe. Dieser ganze Abend war viel zu anstrengend für ihn.«

Er wußte, daß sie recht hatte, aber der Blick seines Vaters ließ ihn zögern. Ryan hatte den glasigen, fiebrigen Blick eines Mannes erwartet, der unter Beruhigungsmitteln stand und sich etwas von Erpressung zusammenphantasierte. Aber die dunklen alten Augen schauten ihn klar und durchdringend an. Sie sprachen auch ohne Worte eine deutliche Sprache. Ryan dachte unwillkürlich: *Könnte er es ernst gemeint haben?*

»Ich komme morgen früh wieder, Dad. Dann können wir weiterreden.«

Sein Vater schien den Aufschub zu begrüßen, als hätte er für heute genug gesagt. Ryan rang sich ein schwaches Lächeln ab. Er öffnete den Mund, um »Ich liebe dich« zu sagen; er tat es jedesmal beim Abschied aus Angst, es könnte ihr letzter sein. Doch diesmal drehte er sich wortlos um und verließ das Zimmer. Seine Gedanken rasten. Es war unvorstellbar – sein Vater ein Erpresser, der zwei Millionen Dollar ergaunert hatte. Aber Ryan hatte seinen Vater noch nie so ernst erlebt.

Wenn das ein Witz war, dann war er auf beängstigende Weise überzeugend. Und kein bißchen lustig.

Verdammt, Dad, dachte Ryan, als er das Haus verließ. *Gib mir bloß keinen Grund, dich zu hassen.*

3

Es war noch dunkel, als Amy aufwachte. Die Vorhänge waren zugezogen. Das schwache Licht, das von den Laternen auf dem Parkplatz kam, ließ die Stoffbahnen an den Rändern aufleuchten. Es war die einzige Lichtquelle im Zimmer. Allmählich gewöhnten sich Amys Augen an das Halbdunkel. Das Bett an der anderen Wand war leer und schon gemacht. Aus der Küche drangen die üblichen morgendlichen Geräusche. Gran war immer als erste auf den Beinen; mit jedem Jahr, das verging, stand sie früher auf. Amy warf einen Blick auf den Wecker, der auf ihrem Nachttisch stand: 5.16 Uhr.

Wahrscheinlich kocht sie schon das Mittagessen.

Amy lag reglos im Bett und starrte an die Decke. Es war richtig gewesen, Gran davon zu erzählen. Irgendwann hätte sie es ihr sowieso wie Würmer aus der Nase gezogen. Amys Gesicht war schon immer ein offenes Buch gewesen, eines, in dem Gran stets ohne Mühe lesen konnte. In Wahrheit hatte Amy das Bedürfnis gehabt, mit Gran zu reden. Sie brauchte ihre Hilfe. Gran war altmodisch, aber es gab wenige Dinge, die so verläßlich waren wie altmodischer gesunder Menschenverstand.

Amy schlüpfte in ihren Flanellmorgenrock und schlurfte in Richtung Küche. Der Duft von frischem, starkem Kaffee war zu verführerisch.

»Guten Morgen, Liebes«, sagte Gran. Sie war bereits angezogen. Richtig feingemacht, wenn man ihre sonstigen Gewohnheiten kannte. Seit beinahe einem halben Jahrhundert war Gran im Winter in Jeans und im Sommer in Bermudashorts herumgelaufen. Aber neuerdings trug sie Hosen mit Bügelfalte und Seidenblusen, selbst wenn sie nur kurz etwas im Supermarkt zu besorgen hatte. Amy hatte den Verdacht, daß da ein Mann im Spiel war, obwohl Gran diese Unterstellung weit von sich wies.

»Morgen«, sagte Amy und setzte sich an den Eßtisch. Gran brachte ihr eine Tasse Kaffee, ohne Milch, mit zwei Würfeln Zucker, so, wie Amy ihn mochte.

»Ich habe einen Entschluß gefaßt«, sagte sie, während sie Amy gegenüber Platz nahm. »Wir werden das Geld hier im Haus aufbewahren.«

»Du hattest doch gesagt, du wolltest noch mal darüber schlafen. Und dann wollten wir das Problem heute früh miteinander diskutieren.«

»Stimmt.«

»Also, das kann man wohl kaum eine Diskussion nennen. Du hast mir gerade deinen Entschluß unterbreitet.«

»Vertrau mir, Liebes. Deine Großmutter weiß am besten, wie man sich in solchen Situationen verhält.«

Der Kaffee schmeckte plötzlich bitter. Amy wählte ihre Worte mit Bedacht, aber ihre Stimme klang vorwurfsvoll. »Das hast du auch gesagt, als du mich dazu überredet hast, das Astronomiestudium abzubrechen und diesen Computerjob anzunehmen.«

»Und es war genau das richtige. Die Kanzlei ist so begeistert von dir, daß sie bereit sind, dir dein Jurastudium zu finanzieren.«

»Es ist nicht die Kanzlei, die von mir begeistert ist, sondern Marilyn Gaslow. Und sie hat die Kanzlei nur deswegen dazu überredet, dieses Teilstipendium auszuspucken, weil sie und Mom gute Freundinnen waren.«

»Werd nicht zynisch, Amy. Sei realistisch. Mit einem Abschluß in Astronomie hättest du doch höchstens einen Job als High-School-Lehrerin bekommen können. Und auch das nur mit viel Glück. Als Anwältin wirst du zehnmal soviel verdienen.«

»Klar. Und mit Stilettoabsätzen und Stringtanga könnte ich noch viel mehr Geld –«

»Hör auf«, sagte Gran und hielt sich die Ohren zu. »Ich kann es nicht leiden, wenn du so redest.«

»Das sollte ein Witz sein, okay? Ich wollte dir nur etwas klarmachen.«

»Mit diesem Blödsinn kann man niemandem etwas klarmachen.« Gran ging in die Küche und schenkte sich noch eine Tasse Kaffee ein.

Amy seufzte. Sie lenkte ein, wie immer. »Tut mir leid. Man kriegt schließlich nicht jeden Tag einen Haufen Geld in einem Paket ohne Absender. Ich würde einfach gerne darüber reden.«

Gran setzte sich wieder hin, dann schaute sie Amy über den Tisch hinweg in die Augen. »Was meinst *du* denn, was wir tun sollen?«

»Ich weiß nicht. Sollen wir die Polizei anrufen?«

»Wozu? Es ist doch kein Verbrechen verübt worden.«

»Du meinst, keins, von dem wir wissen.«

»Amy, du überraschst mich. Wie bist du nur so negativ geworden? Kaum passiert etwas Gutes, glaubst du sofort, es muß was mit einem Verbrechen zu tun haben.«

»Ich ziehe einfach alle Möglichkeiten in Betracht. Ich nehme an, wir haben keine reichen Verwandten, von denen du mir noch nichts erzählt hast?«

Gran lachte. »Schätzchen, an unserem Familienstammbaum sind nicht mal die Blätter grün.«

»Du hast auch keine Freunde, die solche Summen verschenken könnten, oder?«

»Die Frage kannst du dir selbst beantworten.«

»Also, wenn das ein Geschenk ist, dann kommt es von jemandem, den wir nicht kennen, der noch nicht mal mit uns verwandt ist.«

»Schon möglich. Solche Dinge passieren.«

»Wann?«

»Immer wieder.«

»Nenn mir ein Beispiel.«

»Mir fällt gerade keins ein, aber so was gibt es. Irgend jemand, den du irgendwann mal kennengelernt hast. Du bist ein liebenswerter Mensch, Amy. Vielleicht hat sich mal ein reicher alter Herr unsterblich in dich verliebt, ohne daß du je was davon mitbekommen hast.«

Amy schüttelte den Kopf. »Das ist einfach zu absurd. Wir sollten die Polizei anrufen.«

»*Wozu?* Dann werden wir das Geld nie wiedersehen.«

»Wenn niemand einen Anspruch darauf erhebt, wird man es uns wahrscheinlich irgendwann zurückgeben.«

»So funktioniert das nicht«, sagte Gran. »Vor ein paar Jahren hab ich in der Zeitung einen Bericht über einen Pfarrer gelesen, der einen Koffer mit über einer Million Dollar am Straßenrand gefunden hatte. Er hat den Koffer zur Polizei gebracht in der Annahme, er würde ihn zurückbekommen, falls der Besitzer sich nicht meldet. Natürlich hat niemand Anspruch auf das Geld erhoben. Aber weißt du was? Die Polizei hat erklärt, es handle sich um Drogengeld, und sie haben es aufgrund dieser neuen Drogengesetze einfach konfisziert. Bis auf den letzten Penny. Und genauso wird es uns ergehen.«

»Ich mache mir einfach Sorgen. Wenn es nur uns beide beträfe, wäre ich vielleicht mutiger. Aber für Taylor würde ich mir ein bißchen mehr Schutz wünschen.«

»Schutz wovor?«

»Na ja, vielleicht ist es ja tatsächlich Drogengeld. Vielleicht hat es mir jemand aus Versehen geschickt. Er hat meinen Namen mit einem aus deren Verteilerkreis verwechselt, oder so was.«

»Das ist doch absurd.«

»Ach ja? Aber daß ein reicher alter Knacker in mich verschossen ist, ist vollkommen logisch, was?«

»Hör zu«, sagte Gran, »ich weiß nicht, wer dir das Geld geschickt hat, und auch nicht, warum. Ich weiß nur, daß er sich keinen netteren Menschen hätte aussuchen können. Also laß uns das Geld behalten und ein paar Wochen abwarten. Wir werden nichts davon ausgeben, jedenfalls vorerst nicht. Vielleicht kriegst du in ein paar Tagen einen Brief, der alles erklärt.«

»Vielleicht klopft morgen die Mafia an unsere Tür.«

»Vielleicht. Deswegen werden wir das Geld hier in unserer Wohnung aufbewahren.«

»Das ist verrückt, Gran. Wir sollten es wenigstens in einem Bankschließfach deponieren.«

»Schlechter Vorschlag. Du hast schon lange keine Nachrichten mehr gesehen, was? Wenn man kein Geld bei sich hat, hat man die besten Aussichten, bei einem Überfall erschossen zu werden. Das macht Räuber ziemlich wütend.«

»Was hat das mit unserer Sache zu tun?«

»Nehmen wir an, es waren Verbrecher, die dir das Geld aus Versehen geschickt haben. Nehmen wir an, sie kommen, um es zurückzuholen. Wir sagen, wir haben es nicht. Sie glauben, wir lügen. Sie drehen durch. Und schon hat eine von uns eine Kugel im Kopf.«

»Und wenn das Geld hier in der Wohnung ist, was machen wir dann?«

»Dann geben wir es ihnen zurück. Sie ziehen zufrieden ab, und wir leben weiter wie bisher. Die Chancen, daß es so schlecht ausgeht, sind wahrscheinlich gleich null. Aber falls das Schlimmste passiert, will ich mir nicht von irgendeinem wütenden Gangster sagen lassen, daß ich gerade versuche, ihn auszutricksen. Dann ist es am besten, wenn wir das Geld herausrücken und die Sache hinter uns bringen.«

Amy trank ihren Kaffee aus. Sie wandte sich nervös ab. Dann schaute sie Gran wieder an. »Ich weiß nicht.«

»Wir können gar nichts falsch machen, Amy. Wenn es ein Geschenk ist, sind wir reich. Wenn irgendwelche Gangster kommen und es wiederhaben wollen, geben wir es ihnen. Wir brauchen nur ein paar Wochen lang stillzuhalten, das ist alles.« Gran lehnte sich vor und berührte die Hand ihrer Enkelin. »Und wenn alles so läuft, wie ich es vermute, dann kannst du dein Astronomiestudium wiederaufnehmen.«

»Du weißt genau, wo meine Schwachstellen sind.«

»Du bist also einverstanden?«

Amy lugte mit verschmitzten Augen über ihre Tasse hinweg. »Wo willst du unsere Beute denn verstauen?«

»Sie befindet sich bereits im perfekten Versteck. Im Tiefkühlschrank.«

»Im Tiefkühlschrank?«

Gran grinste. »Wo sonst sollte eine verrückte alte Frau eine Schachtel voll Bargeld aufbewahren?«

4

Ryan verbrachte die Nacht in seinem alten Zimmer. Er schlief schlecht und wachte immer wieder auf.

Als einziger Arzt im Ort hatte Ryan seit drei Jahren keinen Urlaub mehr gehabt. Für diese Ausnahmesituation jedoch hatte er sämtliche Termine abgesagt und seine Patienten bis auf die dringendsten Notfällen an die Praxen der benachbarten Orte verwiesen.

Seit sieben Wochen wohnte er jetzt im Haus seiner Eltern. Seine Frau und er lebten getrennt, die Scheidung nach achtjähriger Ehe war nur noch reine Formsache. Ein klassischer Fall unerfüllter Erwartungen. Liz hatte als Kellnerin gejobbt, um sein Studium mitzufinanzieren, und gehofft, daß sich der Einsatz später bezahlt machen würde. Ryans Studienfreunde wohnten inzwischen alle in vornehmen Häusern mit Aussicht auf die Berge, vor der Tür einen dicken BMW. Ryan hatte seine Zeit als Assistenzarzt in der Chirurgischen Abteilung des Krankenhauses in Denver erfolgreich absolviert und hätte eine ähnlich lukrative Karriere einschlagen können. Er war jedoch nie daran interessiert gewesen, von den Segnungen der »wirtschaftlichen Behandlung« zu profitieren. Als Arzt von Gesundheitsbehörden und Ausschüssen für Kosten-Nutzen-Analyse dafür belohnt zu werden, daß er seine Patienten *nicht* behandelte, war nicht seine Sache. Entgegen den Wünschen seiner Frau war er in seinen Heimatort zurückgekehrt und hatte sich als Allgemeinmediziner niedergelassen. Er war der einzige Arzt im Ort. Die meisten seiner Patienten gehörten zu den Opfern des derzeitigen Gesundheitssystems – Kinder von unterbezahlten Arbeitern oder selbständigen Farmern, die zuviel verdienten, um in den Genuß der staatlichen Gesundheitsversorgung zu kommen, und zuwenig, um sich eine Krankenversicherung leisten zu können. Irgendwann hatte Liz ein Schild in der Praxis aufgehängt, auf dem stand: »BEHANDLUNG NUR GEGEN VORKASSE«, aber Ryan drückte jedesmal ein Auge zu, wenn jemand die Rechnung nicht gleich bezahlen konnte. Als die offenen Rechnungen sich auf eine sechsstellige Summe beliefen, hielt Liz es nicht mehr aus. Ryan betrieb ein Wohlfahrtsunternehmen. Sie reichte die Scheidung ein.

Jetzt war er wieder zu Hause. Sein Vater lag im Sterben. Seine Frau zog gerade nach Denver um. Kindheitserinnerungen starrten von den Zimmerwänden auf ihn herab. Das Ende vor Augen, hatte er weder Zeit noch Lust, das Zimmer neu einzurichten, die Vergangenheit auszulöschen. Poster von Quarterback Roger Staubach und von den Super Bowl Cowboys bedeckten die Wände, Hinterlassenschaften eines Jungen, der hier vor beinahe dreißig Jahren seinen Träumen nachgehangen hatte. Was mochte wohl aus dem Poster von Farrah Fawcett geworden sein, das sie mit wallendem Haar und in einem knappen, roten Bikini zeigte? Es war weg, aber nicht vergessen.

Zeit der Unschuld, dachte Ryan. Heute kamen ihm die Dinge nicht mehr so unschuldig vor.

Es war 6.00 Uhr, und Ryan hatte kaum ein Auge zugetan. Immer wieder fragte er sich, ob es wirklich die Kombination aus Alkohol und Schmerzmitteln gewesen sein konnte. Das Gerede von Erpressung und einem Haufen Bargeld klang eher nach Halluzinationen. Aber sein Vater war so verdammt ernst gewesen.

Ryan mußte auf den Dachboden gehen und nachsehen.

Er schlüpfte aus dem Bett und zog sich Jeans, Sportschuhe und ein Polohemd an. Die Dielen knarrten unter seinen Füßen. Er bemühte sich, leise zu sein. Seine Mutter war sicherlich schon auf und saß am Bett seines Vaters. Der frühe Morgen gehörte ihnen allein. In der Stunde seines Todes würde sie bei dem Mann zu sein, mit dem sie seit fünfundvierzig Jahren verheiratet war. Keiner wollte ihr das nehmen.

Die Tür öffnete sich quietschend. Ryan spähte in den Flur. Es war kein Laut zu hören. Der Dachboden war durch eine Luke am Ende des Flurs zu erreichen. Wie ein Einbrecher schlich Ryan am Badezimmer und am Gästezimmer vorbei und blieb unter der Kette stehen, die von der Decke baumelte. Er zog daran. Die Luke öffnete sich wie das Maul eines Krokodils. Die starken Federn knarrten, als Ryan die Leiter aufklappte. Er zuckte zusammen bei dem lauten Geräusch, fürchtete, als nächstes die Stimme seiner Mutter zu hören. Doch es blieb still. Langsam und geräuschlos zog er die Leiter bis zum Boden aus und ließ sie einrasten. Dann holte er tief Luft und kletterte hinauf.

Sofort brach ihm der Schweiß aus. Die Hitze des vergangenen Tages schlug ihm entgegen. Die modrige Luft kitzelte in seiner Nase. Das Licht der fahlen Dämmerung fiel durch das kleine Ostfenster, ließ lange Schatten entstehen, Spinnweben aufleuchten. Ryan zog an der Lampenschnur, aber die Birne war ausgebrannt. Er wartete, bis seine Augen sich an das schwache Licht gewöhnt hatten.

Langsam nahm die Vergangenheit vor ihm Gestalt an. Vor fünfundzwanzig Jahren hatte Ryan mit seinen Freunden hier oben gespielt. Sarah, seine ältere Schwester, hatte ihnen immer hinterherspioniert. Sie war es gewesen, die das wie einen Schatz gehütete *Playboy*-Heft entdeckt hatte. Ryan konnte nicht sagen, ob Sarah sich in der Rolle des braven Mädchens gefiel oder ob sie es einfach nur genoß, wenn er bestraft wurde. Was würde Fräulein Scheinheilig wohl jetzt denken?

Mit jedem Schritt über den Dachboden kamen neue Erinnerungen. Seine erste Stereoanlage mitsamt den Schallplatten. Sie waren in der Hitze hier oben sicher längst geschmolzen. Die Klarinette seiner Schwester aus High-School-Orchesterzeiten. Während er all diese Dinge betrachtete, mußte er daran denken, daß er schon bald seine Aufgabe als Nachlaßverwalter seines Vaters würde antreten müssen – die Inventur der Habseligkeiten eines Mannes, der sein Leben lang als Lohnarbeiter gearbeitet hatte. Eine Kiste mit rostigem Werkzeug. Eine Angel. Stapelweise abgelegte Kleidungsstücke. Möbel, die sein Vater immer hatte reparieren wollen. Und, wenn das kein Witz war, zwei Millionen Dollar schmutziges Geld.

Es mußte einfach ein Witz sein.

Ryan blieb vor der alten Kommode stehen, die sein Vater ihm am Abend zuvor beschrieben hatte. Er schluckte; die Kommode bewies zumindest, daß sein Vater nicht vollkommen verwirrt war. Aber das bedeutete noch lange nicht, daß sich darunter das Geld befand.

Er versuchte, die Kommode wegzuschieben. Sie rührte sich nicht vom Fleck. Er schob kräftiger. Sie bewegte sich zwei Zentimeter weit, dann noch einen. Mit aller Kraft gelang es ihm, die Kommode um einen guten halben Meter zu verrücken. Er betrachtete den Fußboden. Die Dielen, auf denen die Kommode gestanden hatte, waren nicht festgenagelt. Ryan kniete sich hin und hob die losen Dielen an, unter denen sich eine dicke Schicht Glaswolle befand. Als er sie beiseite schob, kam ein Koffer zum Vorschein. Nicht die typische Art Urlaubskoffer. Dieser Koffer war aus Metall, wahrscheinlich feuerfest, wie die Exemplare, die man in Spezialläden für Spione kaufen konnte. Ryan hob den Koffer aus der Vertiefung und legte ihn vor sich auf den Boden. Er war mit einem Zahlenschloß versehen, aber die Schnappriegel waren nicht eingerastet. Offenbar hatte sein Vater die Zahlenkombination nicht verstellt, um es seinem Sohn leichter zu machen. Ryan ließ die Schlösser aufspringen und öffnete den Koffer. Beim Anblick des Inhalts traten ihm fast die Augen aus dem Kopf.

»Ach du Scheiße!«

Da war das Geld, genau wie sein Vater es gesagt hatte. Ryan hatte noch nie im Leben zwei Millionen Dollar gesehen, aber die sauberen Bündel von Hundertdollarnoten konnten gut und gerne dieser Summe entsprechen.

Vorsichtig fuhr er mit den Fingern über die Geldscheine. Obwohl er nie nach Geld gegiert hatte, lief ihm beim Betrachten und Berühren von so viel Barem ein Schauer über den Rücken. Als er gestern Nacht in seinem Bett wach lag, hatte er versucht, über einen Traum in den Schlaf zu gleiten. Er hatte sich einfach vorgestellt, er hätte das Geld tatsächlich gefunden und müßte sich nun überlegen, was er damit anfangen sollte. Immer mit dem Gedanken im Hinterkopf, wie unwahrscheinlich die ganze Sache war, hatte er beschlossen, alles für wohltätige Zwecke zu spenden. Mit den Früchten eines Verbrechens wollte er nichts zu tun haben. Auch dann nicht, wenn der Mann es nach der Aussage seines Vaters verdient hatte, erpreßt zu werden. Bei all den grünen Scheinen aber, die ihn nun anlachten, waren die Dinge nicht mehr ganz so eindeutig. Wenn er sich nicht in den Dienst einer armen Gemeinde gestellt hätte, hätte er in einer normalen, gutgehenden Arztpraxis leicht soviel Geld verdienen können. Vielleicht war das Gottes Entschädigung für seine guten Taten.

Krieg dich wieder ein, Duffy.

Er machte den Koffer zu, legte ihn zurück an seinen Platz und bedeckte ihn mit der Glaswolle und den Bodendielen. Dann schob er die schwere Kommode wieder an die Stelle, wo sie gestanden hatte. Eilig ging er auf die Luke zu. Mit dem Geld würde er sich später befassen. Nach der Beerdigung.

Nach einem letzten Gespräch mit seinem Vater.

Ryan kletterte die Leiter hinunter in den Flur. Sein Hemd war schmutzig und schweißnaß. Er schlüpfte ins Bad und klatschte sich kaltes Wasser ins Gesicht. Sein Hemd warf er in den Wäschekorb, dann ging er in sein Zimmer, um sich ein frisches zu holen. Am Treppenabsatz blieb er stehen. Er meinte, seine Mutter im Wohnzimmer schluchzen zu hören. Er hastete die Treppe hinunter. Sie saß allein auf dem Sofa, in sich zusammengesunken, in Morgenmantel und Hausschuhen.

»Was ist los, Mom?«

Sie schaute auf, und er begriff.

Er setzte sich neben sie und nahm sie in die Arme. Sie war schon immer schmal gewesen, aber sie war ihm noch nie so zerbrechlich vorgekommen.

Sie zitterte am ganzen Körper. »Er war so ... friedlich«, sagte sie stockend. »Sein Atem. Sein Blick. Auf einmal war es einfach zu Ende.«

»Es ist alles gut, Mom.«

»So, als wäre er bereit gewesen«, schniefte sie. »Als hätte er beschlossen, daß es Zeit war.«

Ryan spürte, wie Wut in ihm aufstieg. *Als wollte er lieber sterben, um mit seinem Sohn nicht noch einmal unter vier Augen reden zu müssen.*

Seine Mutter zitterte in seinen Armen, sie ließ ihren Tränen freien Lauf. Er hielt sie ganz fest und wiegte sie sanft. »Keine Sorge«, flüsterte er, mehr zu sich selbst. »Ich werde mich um alles kümmern.«

5 Amy hatte sich den Montagmorgen freigenommen. Sie betrat die Kanzlei erst gegen Mittag. Nachdem sie sechs Tage am Stück gearbeitet und dreitausend Meilen zurückgelegt hatte, um die verschiedenen Niederlassungen der Sozietät aufzusuchen, nachdem sie sich von in Panik geratenen Anwälten unablässig hatte beschimpfen lassen müssen, hatte sie sich ein paar Stunden mit ihrer Tochter verdient.

In Boulder befanden sich die Büroräume von Bailey, Gaslow & Heinz in den oberen drei Stockwerken eines Gebäudes auf der Walnut Street. Boulder war mit dreiunddreißig Anwälten die zweitgrößte Niederlassung der Sozietät, wenn auch weit kleiner als die in Denver, der hundertvierzig Anwälte angehörten. Die Kanzlei brüstete sich damit, daß sie dieselbe Erfolgsquote und die gleiche Anzahl abrechenbarer Stunden pro Anwalt erzielte wie ihre Kollegen in Denver. Das war der Mindeststandard des neuen Kanzleichefs, eines waschechten Workaholics, der aus Denver nach Boulder gekommen war, um den Laden auf Vordermann zu bringen.

»Morgen«, sagte Amy, als sie im Korridor an einem Kollegen vorbeihastete. Sie holte sich eine Tasse Kaffee aus der Kantine und eilte dann an ihren Arbeitsplatz. Als sie daran dachte, daß sich mittlerweile die Arbeit einer ganzen Woche auf ihrem Schreibtisch stapelte, hatte sie regelrecht Angst davor, die Tür zu ihrem Büro zu öffnen.

Ihr Büro war klein, aber Amy war außer den Anwälten die einzige in der Kanzlei, deren Zimmer ein Fenster besaß. Und obendrein ein Fenster mit Aussicht. Marilyn Gaslow hatte alle Register gezogen, damit sie dieses Zimmer bekam. Marilyn war Anwältin und eine einflußreiche Teilhaberin der Sozietät, sie arbeitete jedoch außerhalb von Denver. Ihr Großvater war der »Gaslow« in Bailey, Gaslow & Heinz. Er hatte vor über hundert Jahren die Sozietät mitbegründet. Marilyn und Amys Mutter waren seit der High-School miteinander befreundet – bis zu ihrem Tod waren sie beste Freundinnen gewesen. Marilyn war es gewesen, die Amy den Job als Computerexpertin besorgt hatte, und Marilyn hatte die Kanzlei dazu bewegt, die Hälfte der teuren Studiengebühren zu zahlen, falls Amy Jura studieren wollte. Die einzige Bedingung war, daß Amy nach Abschluß ihres Studiums als angestellte Anwältin in die Firma eintrat und ihre wertvolle Ausbildung der in Umweltrecht international renommierten Sozietät zur Verfügung stellte. Offiziell zumindest war das die einzige Bedingung. Seit Amy das Angebot akzeptiert hatte, wurde sie ausgebeutet wie eine Sklavin.

Sie setzte sich an ihren Schreibtisch und schaltete den Computer ein. Während der vergangenen Woche hatte sie ihre e-mails regelmäßig abgerufen, auch wenn sie sich nicht in ihrem Büro befand, aber es waren schon wieder neue Nachrichten da. Eine war von Marilyn, von heute morgen. Sie lautete: »Braves Mädchen. Verdammt gute Arbeit!«

Amy lächelte. Wenigstens einer der zweihundert Anwälte der Firma bedankte sich dafür, daß sie das Computersystem gerettet hatte. Aber da es von Marilyn kam, von der alten Freundin ihrer Mutter, bedeutete es irgendwie nicht ganz soviel. Sie klickte die nächste virtuelle Post auf ihrem Bildschirm an. Sie kam von Jason Phelps, dem Chef der Schadensersatzabteilung in Boulder. Ein Lob von *ihm* wäre etwas ganz anderes. Begierig öffnete sie die mail.

MELDEN SIE SICH BEI MIR! las Amy. Das war alles.

Sie schaute vom Bildschirm auf und fuhr zusammen. Er stand in der Tür und musterte sie mit finsterem Blick. »Mr. Phelps – guten Morgen, Sir. Ich meine, guten Tag.«

»Ja, es ist *nach* Mittag. Ich nehme an, Timmy hatte heute morgen ein wichtiges Tennisspiel, was?«

Amy drehte sich der Magen um. Es spielte keine Rolle, wie viele Nächte und Wochenenden sie durcharbeitete. Es spielte keine Rolle, wie oft sie im Auftrag der Kanzlei unterwegs war. Bei einer alleinerziehenden Mutter gab vorübergehende Abwesenheit vom Arbeitsplatz jedesmal Anlaß zu negativen Schlußfolgerungen.

»Sie heißt Taylor«, erwiderte sie kühl. »Und sie spielt nicht

Tennis. Ihre Mutter hätte nämlich gar keine Zeit, sie zu den Spielen zu begleiten.«

»Ich brauche das gemeinschaftliche Verteidigungskonzept für den Wilson Superfonds-Prozeß bis spätestens drei Uhr. Keine Minute später.«

»Ich muß mich durch die Management Informationsdienste von sechs Niederlassungen arbeiten. Sie wollen es in zwei Stunden?«

»Ich *wollte* es gestern. Heute *brauche* ich es. Es ist mir scheißegal, *wie* Sie es schaffen, aber sehen Sie zu, *daß* Sie es schaffen.« Er hob eine seiner buschigen grauen Augenbrauen, dann drehte er sich um und ging.

Amy sank in ihren Schreibtischsessel. Es ging wieder genauso los wie vor einer Woche. *Ich hätte die größte Lust, mit deinem Kopf Tennis zu spielen, du Blödmann.*

Am liebsten hätte sie ihm das ins Gesicht gesagt. Aber dann würde er garantiert dafür sorgen, daß die Firma die finanzielle Unterstützung ihrer zukünftigen Ausbildung wieder streichen würde. Dann konnte sie sich ihr Jurastudium aus dem Kopf schlagen. Und diesen Horrorjob wäre sie auch los.

»Mein Leben macht mich fertig«, murmelte sie. Sie fragte sich, warum sie sich mit all dem abfand, aber sie kannte die Antwort. Ihr Exmann erinnerte sie regelmäßig alle zwei, drei Monate daran. Er rief an und erbot sich scheinheilig, die Hälfte von irgendwas für Taylor zu finanzieren, wenn Amy die andere Hälfte übernahm. Manchmal war er regelrecht schäbig. Einmal zum Beispiel hatte er Taylor erzählt, er würde sie mit Amy in die Ferien nach Hawaii schicken, wenn Mommy nur die Hälfte bezahlte. Daraufhin war Taylor eine Woche lang mit einer Kette aus Plastikblüten um den Hals und einer Sonnenbrille auf der Nase im Haus herumgesprungen, bis Amy ihr diese Flausen ausgetrieben hatte. Manchmal legte er es auch nur darauf an, Amy zu verhöhnen, zum Beispiel mit seinem stehenden Angebot, zehntausend Dollar als Grundstock für Taylors Ausbildung anzulegen, wenn Amy die andere Hälfte beisteuerte. Solche Dinge – Dinge, die Taylors Zukunft betrafen – ließen Amy wünschen, sie wäre in der Lage, es einfach drauf ankommen zu lassen.

Vielleicht war sie das ja jetzt.

Ein diebisches Lächeln erhellte ihr Gesicht. Sie nahm den Hörer ab und wählte die Nummer von Teds Büro. Seine Sekretärin meldete sich.

»Tut mir leid«, sagte sie. »Er ist in einer Besprechung. Kann ich ihm etwas ausrichten?«

Sie hatte die Nachricht schon auf der Zunge, und beinahe wäre es ihr herausgerutscht: Taylor geht nach Yale. Dann bezahl mal die Hälfte davon, du Großmaul. Aber es war noch zu früh. Das Geld gehörte ihr nicht. Noch nicht.

»Nein, danke.« Sie legte auf und kehrte in die Realität zurück.

Sie warf einen Blick auf die Uhr. Um Mr. Phelps' Termin um drei Uhr einzuhalten, müßte sie sich selbst klonen. Sie holte tief Luft und setzte sich wieder an ihren Computer. Aber nicht, um an ihrem Auftrag für Phelps zu arbeiten. Auf ihrem Bildschirm erschien ein Programm zum Erstellen von Finanzierungsplänen.

Sie lächelte schwach, als der Computer ihr die Zinsen für zweihunderttausend Dollar ausrechnete.

Die Beerdigung fand am Dienstag in der katholischen Kirche St. Edmund's statt. Weder Ryan noch seine Schwester waren regelmäßige Kirchgänger. Ihre Eltern dagegen hatten in den letzten vierzig Jahren fast keinen Gottesdienst verpaßt. Hier in dieser Kirche hatten Frank und Jeanette Duffy sich das Ehegelöbnis gegeben. Hier waren ihre beiden Kinder getauft worden und zur Erstkommunion gegangen, und Sarah hatte hier sogar geheiratet. In der letzten Reihe auf der Empore hatte einer der anderen Meßdiener Ryan eröffnet, wo die Babys wirklich herkamen. Hinter den schweren Eichentüren in der Seitenkapelle hatte Ryan regelmäßig bei dem alten irischen Priester mit der Trinkernase gebeichtet. *»Segne mich, Vater, denn ich habe gesündigt …«*

Ryan fragte sich, wann sein Vater zum letztenmal zur Beichte gegangen war. Und was er wohl gebeichtet haben mochte.

St. Edmund's war ein altes Gotteshaus aus Stein, im Stil einer spanischen Missionskirche erbaut. Aber der Ort war keine echte spanische Missionsstation gewesen. Auf ihrer Suche nach den mythischen Sieben Goldenen Städten hatten die spanischen Eroberer sich nicht die Mühe gemacht, so weit nach Osten bis in die Ebenen von Colorado vorzudringen. In Orten wie San Luis Valley und Sangre de Cristo Mountains im Südwesten und im Süden von Colorado gab es viele Dinge, die an die legendäre Jagd nach dem puren Gold erinnerten. Aber die Spanier schienen ihre Suche überall dort aufgegeben zu haben, wo sie auf Flachland stießen. Irgendwie mußten die Konquistadoren des sechzehnten Jahrhunderts geahnt haben, daß in Piedmont Springs keine Reichtümer zu finden waren.

Hätten sie bloß auf dem Dachboden von Frank Duffy nachgeschaut.

Ryan fröstelte. In der Kirche war es kalt, selbst im Juli. Dunkle Bleiglasfenster hielten das Sonnenlicht ab. Der Duft nach Weihrauch hing über dem Sarg im Mittelgang und stieg in die steinernen Bögen auf. Der Trauergottesdienst war gut besucht. Frank Duffy hatte eine Menge Freunde. Von denen ahnte offenbar niemand, daß er ein Erpresser gewesen war, der irgend jemanden um zwei Millionen Dollar erleichtert hatte. Schwarzgekleidete Trauergäste füllten dreißig Kirchenbankreihen zu beiden Seiten des Mittelgangs. Pfarrer Marshall las die Messe mit ernstem Gesichtsausdruck und ganz in Violett gewandet. Ryan saß in der ersten Reihe neben seiner Mutter. Zu seiner Linken saßen seine Schwester und sein Schwager. Liz, seine Exfrau, war »verhindert«.

Die Orgelmusik hörte abrupt auf. Eine drückende Stille breitete sich in der Kirche aus, nur unterbrochen vom gelegentlichen Quäken eines ungeduldigen Kindes. Ryan faßte nach der Hand seiner Mutter, als sein Onkel die Kanzel betrat, um eine Ansprache zu halten. Onkel Kevin war kahlköpfig und übergewichtig; er war herzkrank, was ihn eigentlich dazu prädestiniert hätte, vor seinem jüngeren Bruder das Zeitliche zu segnen. Ihn schien Frank Duffys Tod besonders unverhofft getroffen zu haben.

Er rückte das Mikrophon zurecht und räusperte sich. »Ich habe Frank Duffy geliebt«, sagte er mit zittriger Stimme. »Wir alle haben ihn geliebt.«

Ryan hätte ihm gern zugehört, doch seine Gedanken schweiften ab. Seit Monaten hatten sie gewußt, daß dieser Tag kommen würde. Es hatte mit einem Husten angefangen, das Dad als Begleiterscheinung seines chronischen Lungenemphysems abgetan hatte. Dann war die krankhafte Veränderung am Kehlkopf entdeckt worden. Anfangs hatten sie befürchtet, Dad würde seine Stimme verlieren. Frank Duffy hatte ein reges Mundwerk besessen. Er war immer derjenige, der auf den Partys Witze erzählte und an der Bar am lautesten lachte. Es wäre eine grausame Ironie des Schicksals gewesen, wenn er seine Stimme verloren hätte – wie ein Maler, der erblindet, oder ein Musiker, der taub wird. Die krankhafte Veränderung des Kehlkopfs war jedoch nur die sprichwörtliche Spitze des Eisbergs gewesen. Der Krebs hatte bereits Metastasen gebildet. Die Ärzte gaben ihm noch zwei oder drei Monate. Seine Stimme hatte er behalten – jedenfalls bis zum Ende, bis sein Schamgefühl ihn endgültig zum Schweigen gebracht hatte. Sein Tod hatte seine eigene Ironie.

Ryan konzentrierte sich wieder auf die Rede seines Onkels. »Mein Bruder hat sein Leben lang hart gearbeitet, er war der Typ, der nervös wurde, wenn der Einsatz beim Poker fünfzig Cent überstieg.« Onkel Kevins Lächeln erstarb, und er wurde wieder ernst. »Aber Frank war auf andere Weise reich, er hatte Humor und war mit einer liebevollen Familie gesegnet.«

Ryan spürte nur Leere. Die liebevollen Erinnerungen seines Onkels berührten ihn nicht. Angesichts der zwei Millionen Dollar auf dem Dachboden wirkten sie regelrecht verlogen.

Er hörte seine Tante in der zweiten Reihe schluchzen. Viele der Trauergäste waren zu Tränen gerührt. Ryan schaute seine Mutter an. Keine Tränen hinter dem schwarzen Schleier, stellte er verwundert fest. Ihr Gesicht war wie versteinert. Kein Anzeichen von Trauer oder Schmerz. Natürlich hatte sich die Krankheit lange hingezogen. Wahrscheinlich hatte sie alle ihre Tränen schon geweint.

Oder konnte es sein, überlegte Ryan, *daß sie irgend etwas wußte*?

6

Amy hielt Mr. Phelps' unrealistischen Dreiuhrtermin ein. Sie hielt alle Termine ein. Diesmal jedoch fühlte sie sich ausgenutzt. Als sie fertig war, fuhr sie nach Hause.

Während der Fahrt beschwor sie ein Bild herauf – ein Phantasieszenario. Es hatte mit dem Geld zu tun. Sie würde nicht einfach still kündigen, beschloß sie. Sie würde wie jeden Tag mit ihrem alten Pick-up in die Kanzlei von Bailey, Gaslow & Heinz fahren. Sie würde sich ihren Kaffee holen, sich in ihr Büro zurückziehen und in aller Ruhe an ihrem Schreibtisch Platz nehmen. Aber sie würde noch nicht einmal die Tür schließen. Sie würde sie weit offenstehen lassen – und darauf *warten*, daß jemand wie Phelps ihr blöd kam.

Im Moment aber jagte in dieser Zeit des Wartens eine Wahnvorstellung die nächste.

Es war Grans Idee gewesen, das Geld im Haus aufzubewahren und abzuwarten, was passierte. Amy wurde das ungute Gefühl nicht los, daß irgend jemand sie auf die Probe stellte, testete, ob sie das Richtige tun würde. Sie erinnerte sich an die gezielten Fragen, die sie beantworten mußte, als sie sich um einen Studienplatz für Jura beworben hatte. *Wird zur Zeit in einer Strafsache gegen Sie ermittelt*? *Sind Sie je wegen einer Straftat verurteilt worden*? Irgendwann würde sie dieselbe Art Fragen vor der Anwaltskammer von Colorado beantworten müssen. In welchem Licht würden sie eine Kandidatin sehen, die die Steuerbehörde wissentlich um ihren

Anteil an einem geheimnisvollen Geldregen gebracht hatte? Schlimmer noch, es könnte ja auch sein, daß jemand versuchte, sie reinzulegen – jemand wie ihr Exmann. Womöglich hatte er das Geld als gestohlen gemeldet und dem FBI die Seriennummern der Geldscheine mitgeteilt. Womöglich würde sie in dem Augenblick, wenn sie versuchte, das Geld auszugeben, auf der Stelle verhaftet werden.

Jetzt drehst du wirklich langsam durch. Amys Exmann machte einen Aufstand wegen der fünfhundert Dollar Kindesunterhalt, die er monatlich zahlen mußte. Er würde garantiert keine zweihundert Riesen in einem Pappkarton verschicken. Dennoch wäre es das beste, sich mit der Polizei in Verbindung zu setzen, wahrscheinlich sogar, die Steuerbehörde zu benachrichtigen, dachte Amy. Aber Gran würde ihr den Hals umdrehen. Eher würde sie sich selbst den Hals umdrehen, als sich um die Chance zu bringen, das Jurastudium sausen zu lassen und ihr altes Traumstudium wieder aufzunehmen. Es wurde Zeit für Amy Parkens, ein bißchen risikofreudiger zu werden.

Amy ging in die Küche und öffnete den Tiefkühlschrank. Sie griff nach dem Paket mit dem Geld, das hinter dem gefrorenen Rollbraten lag.

»Amy, was machst du da?«

Amy fuhr herum, als sie die Stimme ihrer Großmutter hörte. Sie hätte gern gelogen, wußte aber, daß sie ihre Großmutter nicht hereinlegen konnte. »Ich wollte nur mal nach unserem Kapital sehen.«

Gran stellte eine Tüte mit Lebensmitteln auf den Tisch. Sie war früher als erwartet vom Einkaufen zurückgekommen. »Es ist noch alles da«, sagte Gran. »Ich habe nichts weggenommen.«

»Das wollte ich nicht nachprüfen.«

»Dann laß die Finger davon, Mädel.«

Amy schloß die Tür und half ihr beim Auspacken. »Wo ist Taylor?«

»Draußen. Mrs. Bentley von Nummer 317 paßt auf sie auf.

Ich hab ihre kleinen Monster schon so oft gehütet, daß sie sich ruhig mal revanchieren kann.« Gran lächelte nachdenklich. »Vielleicht könnten wir von dem Geld eine Kinderfrau für Taylor bezahlen. Eine richtig gute. Eine, die Französisch spricht. Ich fände es schön, wenn Taylor Französisch lernen würde.«

Amy stellte eine Schachtel Rice Krispies in die Vorratskammer. »Gute Idee. Sie wird die einzige Vierjährige in Boulder sein, die *pommes frites* zu ihrer Juniortüte bestellt.«

»Ich meine es ernst, Amy. Dieses Geld wird deiner Tochter eine ganz neue Welt eröffnen.«

»Ich finde es unfair, daß du Taylor dazu benutzt, mir die Sache mit dem Geld schmackhaft zu machen.«

»Ich verstehe dich nicht. Was spricht denn dagegen, daß wir es behalten?«

»Es macht mich nervös, herumzusitzen und darauf zu warten, daß uns ein Brief ins Haus flattert oder jemand an die Tür klopft – irgendwas, das erklärt, wo das Geld herkommt. Vielleicht kommt die Erklärung nie. Falls uns jemand das Geld aus Versehen geschickt hat, will ich es wissen. Wenn es ein Geschenk ist, will ich wissen, wessen Großzügigkeit ich es zu verdanken habe.«

»Du kannst ja einen Detektiv anheuern, wenn es dich dermaßen nervös macht. Vielleicht kann der den Karton oder sogar die Geldscheine auf Fingerabdrücke überprüfen.«

»Das ist eine gute Idee.«

»Es gibt nur ein Problem. Wovon willst du den Detektiv bezahlen?«

Amys Lächeln verschwand.

Gran sagte: »Du könntest etwas von dem Geld dazu benutzen. Nimm fünfhundert Dollar oder so.«

»Nein. Wir können nichts davon ausgeben, solange wir nicht wissen, woher es kommt.«

»Dann bleibt uns nichts anderes übrig, als zu warten.« Gran faltete die Einkaufstüte zusammen, legte sie in die Schublade und küßte Amy auf die Stirn. »Ich werde mal nach unserem kleinen Engel sehen.«

Amy verzog das Gesicht, als ihre Großmutter die Wohnung verließ. Abzuwarten war nicht ihr Stil. Aber außer dem Detektiv, den sie nicht anheuern konnte, weil ihr das Geld dazu fehlte, fiel ihr nichts ein. Was konnte sie bloß tun? Die Herkunft von Bargeld zu ermitteln war praktisch unmöglich. Die Plastikverpackung gab nichts her. Blieb nur noch der Pappkarton.

Der Pappkarton!

Sie stürzte auf den Tiefkühlschrank zu, riß die Tür auf und nahm den Karton heraus. Sie stellte ihn auf den Tisch und untersuchte die Klappen auf der Oberseite. Nichts. Sie drehte den Karton um. Bingo. Wie sie gehofft hatte, stand auf dem Boden die Produktnummer des Römertopfs, den der Karton einmal enthalten hatte. Amy hatte genug Haushaltsgeräte gekauft, um zu wissen, daß sie immer mit einer Garantiekarte geliefert wurden, deren Nummer man registrieren lassen mußte. Sie bezweifelte allerdings, daß die Firma per Telefon Namen und Adressen ihrer Kunden herausgeben würde. Amy dachte kurz nach, telefonierte mit der Auskunft, ließ sich die Nummer von Gemco Home Appliances geben und rief dann bei der Firma an.

»Guten Tag«, sagte sie in einem übertrieben freundlichen Tonfall. »Ich möchte Sie um einen Gefallen bitten. Wir hatten neulich hier in unserem Gemeindezentrum eine Party, und, ob Sie es glauben oder nicht, zwei Frauen kamen mit haargenau dem gleichen Römertopf von Gemco an. Ich hab sie beide gespült, und jetzt weiß ich nicht mehr, wem welcher Topf gehört. Es wäre mir furchtbar peinlich, den Frauen sagen zu müssen, daß ich ihre Töpfe verwechselt habe. Nun dachte ich, Sie könnten mir vielleicht sagen, wem einer der Töpfe gehört, wenn ich Ihnen die Produktnummer dieses Topfes nenne.«

Der Mann am anderen Ende der Leitung zögerte. »Also, ich weiß wirklich nicht, ob ich das tun kann, Ma'am.«

»Ach, bitte. Nur den Namen. Sie würden mir eine schrecklich peinliche Situation ersparen.«

»Na ja – ich denke, das läßt sich machen. Aber sagen Sie bitte meinem Chef nichts davon.«

Amy las ihm die elfstellige Zahl vor und wartete.

»Hier hab ich's«, sagte der Mann. »Dieser Topf gehört Jeanette Duffy.«

»Ach, Jeanette.« Am liebsten hätte Amy noch nach der Adresse gefragt, aber sie wußte nicht, wie sie dieses Ansinnen überzeugend vorbringen sollte. *Laß es gut sein*, sagte sie sich. »Ich danke Ihnen, Sir.«

Mit klopfendem Herzen legte sie den Hörer auf. Sie war über ihre eigene Dreistigkeit verblüfft. Es hatte regelrecht Spaß gemacht. Und vor allem, es hatte funktioniert. Sie hatte eine Spur.

Jetzt brauchte sie nur noch die richtige Jeanette Duffy ausfindig zu machen.

7

In der Küche roch es nach Corned Beef und Kohl. Im Eßzimmer auch. Und im Wohnzimmer. Im ganzen Haus roch es danach. Es war eine Familientradition der Duffys, die so weit zurückreichte wie Ryans Erinnerungsvermögen, und das begann mit der Beerdigung seines Großvaters. Kaum war der Sarg in die Erde gelassen worden, waren sie alle nach Hause geeilt und hatten sich über das Essen hergemacht. So, als wollten sie sich beweisen, daß nichts deprimierend genug war, um eine gute Mahlzeit zu ruinieren. Irgend jemand brachte immer Kohl mit Corned Beef mit. Verdammt, jeder, der wußte, wie man einen Ofen einschaltet, konnte Kohl mit Corned Beef zubereiten.

Dad konnte Kohl mit Corned Beef nicht ausstehen. Nicht daß es noch eine Rolle gespielt hätte. Dad war nicht mehr da.

»Dein Vater war ein guter Mann, Ryan.« Es war Josh Colburn, der Familienanwalt. Er war der Familienanwalt von *al-*

len im Ort, und das seit fünfzig Jahren. Er war kein Clarence Darrow, aber er war ein aufrechter Mann, ein Anwalt der alten Schule, dem das Gesetz heilig war. Kein Wunder, daß das Testament seines verstorbenen Mandanten das Geld auf dem Dachboden mit keiner Silbe erwähnte. Colburn war der *letzte*, dem Frank etwas davon erzählt hätte.

Bevor Ryan ihm für seine freundlichen Worte danken konnte, stand er schon wieder in der Schlange am Buffet.

Abgesehen von der schwarzen Trauerkleidung der Gäste erinnerte bei dem Leichenschmaus nichts mehr an eine Beerdigung. Anfangs war die Stimmung noch ernst und verhalten gewesen, Freunde und Verwandte hatten in Gruppen beieinandergestanden und des Toten gedacht. Mit der Anzahl der Gäste stieg auch der Geräuschpegel. Dreier- und Verergrüppchen wuchsen zu Ansammlungen von sechs bis acht Personen an, und schon bald war das Haus so voll, daß man überhaupt keine Gruppen mehr unterscheiden konnte. Das Essen hatte die letzten traurigen Gesichter erhellt – Tonnen von Essen, von Lammfleisch bis Weißfisch, von Klößen bis Vanillecreme. Irgendwann setzte sich dann jemand an das alte Klavier und spielte »Danny Boy«, und Onkel Kevin schenkte Whiskey ein, um auf den lieben Verstorbenen und auf alte Zeiten anzustoßen.

Ryan hielt sich aus all dem heraus. Er schlenderte von Zimmer zu Zimmer. Er blieb nirgendwo stehen, weil er von niemandem in ein Gespräch verwickelt werden wollte, an dem er kein Interesse hatte. Er hatte überhaupt keine Lust zu reden. Außer mit seiner Mutter.

Ryan beobachtete sie schon den ganzen Tag seit der Ansprache seines Onkels. Sie hatte alle zu Tränen gerührt – alle außer Jeanette Duffy. Sie wirkte distanziert und abwesend. In gewisser Weise schien das normal. Sie wäre nicht die erste Witwe, die die Beerdigung ihres Mannes wie benommen durchlebte. Aber es paßte so gar nicht zu ihr. Sie war eine emotionale Frau, die Sorte Frau, die »It's a Wonderful Life« mindestens fünfzigmal gesehen hatte und immer noch jedesmal in Tränen ausbrach, wenn Clarence seine Flügel bekam.

Ihre Blicke trafen sich, als sie am anderen Ende des Raums stand. Sie wandte sich ab.

»Du mußt etwas essen, Ryan.« Ryans Tante schob ihm einen gefüllten Teller zu.

»Nein, danke. Ich habe keinen Hunger.«

»Du ahnst nicht, was du dir entgehen läßt.«

»Ich habe wirklich keinen Hunger.« Durch die Menge hindurch versuchte er, den Blick seiner Mutter noch einmal zu erhaschen, aber sie schaute nicht in seine Richtung. Er sah zu seiner Tante hinunter, die nicht größer als einssechsundfünfzig war. »Tante Angie, hast du den Eindruck, daß mit Mom alles in Ordnung ist?«

»In Ordnung? Ich glaube schon. Sie hat es im Moment sehr schwer, Ryan. Dein Vater ist der einzige Mann, den sie je – na, du weißt schon. Den sie je geliebt hat. Was die beiden miteinander verband, war etwas ganz Besonderes. Es war, als wären sie ein und dieselbe Person gewesen.«

Er schaute seine Mutter an, dann wieder seine Tante. »Wahrscheinlich hatten sie keine Geheimnisse voreinander, nicht wahr?«

»Ich glaube kaum. Nein, bestimmt nicht. Nicht Frank und Jeanette.«

Ryan starrte zu seiner Mutter hinüber, aber sein Blick ging ins Leere. Er versank in Gedanken.

Seine Tante berührte seine Hand. »Alles in Ordnung, Ryan?«

»Es geht mir gut, danke«, erwiderte er geistesabwesend. »Ich glaube, ich brauche einfach ein bißchen frische Luft. Würdest du mich einen Moment lang entschuldigen?« Er durchquerte das Wohnzimmer in Richtung Eingangstür, dann blieb er plötzlich stehen. Er spürte, daß seine Mutter ihn beobachtete. Als er sich umdrehte, begegneten sich ihre Blicke. Diesmal wandte sie sich nicht ab.

Ryan kämpfte sich durch die Menge. Seine Mutter stand im Eßzimmer am Kopfende des mit Speisen beladenen Tischs.

Sie war dabei, für eins der Kinder ein Stück Corned Beef in mundgerechte Stücke zu schneiden. Er trat neben sie, legte seine Hand auf ihre und sagte leise: »Mom, ich muß unter vier Augen mit dir reden.«

»Jetzt gleich?«

»Ja.«

Sie lächelte nervös. »Aber die Gäste.«

»Die können warten, Mom. Es ist wichtig.«

Sie blinzelte angespannt, dann legte sie das Messer neben dem Teller ab. »In Ordnung. Wir können ins Schlafzimmer gehen.«

Ryan folgte ihr auf den Korridor. Als sie das Elternschlafzimmer erreichten, flog die Tür auf. Ein alter Mann kam heraus und machte sich die Hose zu.

»Tut mir leid«, sagte er verlegen. »Die verdammte Prostata.« Dann hastete er davon.

Gemeinsam betraten sie das Zimmer. Ryan schloß die Tür, und sofort wurde es still. Wie in seinem alten Kinderzimmer war im Schlafzimmer seiner Eltern die Zeit stehengeblieben. Auf dem Boden lag immer noch der alte, reliefartig gemusterte Teppichboden, und an den Wänden hing dieselbe Tapete mit dem Rosenmuster. Das Bett war ein altmodisches Möbelstück mit vier Eckpfosten und so hoch, daß man einen Hocker brauchte, um hineinzuklettern. Als Kinder hatten Ryan und seine Schwester sich gern dahinter versteckt. Ihr Vater hatte immer so getan, als könnte er sie nicht finden, obwohl ihr Kichern so laut war, daß es die Nachbarn hätte wecken können. Ryan schob die Erinnerungen beiseite und sah im Badezimmer nach, um sich zu vergewissern, daß sie allein waren. Seine Mutter setzte sich in den Sessel, der neben dem Schreibtisch in der Ecke stand. Ryan lehnte sich an einen der Bettpfosten.

»Was bedrückt dich, Ryan?«

»Dad hat mir am Abend vor seinem Tod etwas erzählt. Etwas, das mich sehr irritiert hat.«

»So?« Ihre Stimme klang brüchig.

Ryan begann, im Zimmer auf und ab zu gehen. »Hör zu, ich weiß nicht, wie ich es behutsam angehen soll, also werde ich dich einfach rundheraus fragen. Hast du irgend etwas über eine Erpressung gewußt, in die Dad möglicherweise verwickelt war?«

»Erpressung?«

»Ja, Erpressung. Zwei Millionen Dollar in bar.« Ryan beobachtete sie genau, suchte in ihrem Gesicht nach Anzeichen dafür, daß sie überrascht war. Er konnte keins entdecken.

»Ja, davon habe ich gewußt.«

Er blieb verblüfft stehen. »*Was* hast du gewußt?«

Sie seufzte. Es war, als hätte sie mit diesem Gespräch gerechnet. Das bedeutete aber noch lange nicht, daß sie sich dabei wohl fühlte. »Ich wußte von dem Geld. Und ich wußte von der Erpressung.«

»Du hast das tatsächlich zugelassen?«

»So einfach ist das nicht, Ryan.«

Er wurde lauter. »Ich bin ganz Ohr, Mom. Erzähl's mir.«

»Du hast keinen Grund, in diesem Ton mit mir zu reden.«

»Tut mir leid. Aber wir haben nicht gerade wie Millionäre gelebt. Jetzt, wo Dad tot ist, erfahre ich, daß er ein Erpresser war und daß zwei Millionen Dollar auf dem Dachboden liegen. Wen zum Teufel hat er denn überhaupt erpreßt?«

»Das weiß ich nicht.«

»Was soll das heißen, du weißt es nicht?«

»Er hat es mir nie gesagt. Er wollte nicht, daß ich es weiß. Falls irgend etwas schiefgelaufen wäre, hätte ich der Polizei reinen Gewissens erklären können, daß ich von nichts gewußt habe. Ich hatte nichts damit zu tun.«

»Aber du hattest nichts dagegen, von dem Geld zu profitieren.«

»Nein, so war es nicht. Darum liegt das Geld auch immer noch auf dem Dachboden. In meinen Augen war es schmutzig. Ich habe nie zugelassen, daß dein Vater etwas davon ausgab. Darüber haben wir uns nicht nur einmal heftig gestritten. Ich habe sogar damit gedroht, ihn zu verlassen.«

»Und warum hast du es dann nicht getan?«

Sie sah ihn an, als hätte er eine unglaublich dumme Frage gestellt. »Weil ich ihn liebte. Und er hat mir erklärt, daß der Mann es verdient hatte, erpreßt zu werden.«

»Und du hast ihm das geglaubt?«

»Ja.«

»Das ist alles? Dad behauptet, der Typ hat's verdient, also kann er das Geld behalten. Aber ausgeben darf er es nicht. Das ist doch absurd.«

Sie verschränkte die Arme vor der Brust. »Wir haben einen Kompromiß geschlossen«, sagte sie mit einem trotzigen Unterton. »Es widerstrebte mir, das Geld auszugeben, aber dein Vater meinte, daß du und deine Schwester vielleicht anders darüber denken könntet. Also haben wir uns darauf geeinigt, das Geld bis zu seinem Tod in dem Versteck zu lassen. Und dann würden wir es dir und Sarah überlassen, was ihr damit anfangen wollt – ob ihr es behalten, weggeben oder verbrennen wollt – was auch immer. Es gehört euch. Wenn ihr es guten Gewissens ausgeben könnt, den Segen eures Vaters habt ihr.«

Ryan trat ans Fenster und schaute in den Garten hinaus. Onkel Kevin trommelte gerade ein paar Leute zusammen, um Hufeisenwerfen zu spielen. Mit dem Rücken zu seiner Mutter fragte er ruhig: »Und was soll ich jetzt dazu sagen?«

»Ab jetzt ist es deine Sache – deine und Sarahs.«

Er drehte sich um und sah sie ausdruckslos an. »Ich schätze, es ist Zeit, mal ein Wörtchen mit meiner großen Schwester zu reden.«

8 Seit der Römertopfgeschichte war Amy in heller Aufregung. Aus Sicherheitsgründen wollte sie weder das Computersystem noch das Telefon der Kanzlei benutzen, um die Spur weiterzuverfolgen. Ihre Recherchen im Internet auf ihrem PC hatten jedoch Hunderte von Jeanette Duffys zutage gefördert. Und nichts ließ darauf schließen, welche von ihnen die Absenderin sein könnte. Also ging Amy in die juristische Bibliothek der University of Colorado. Sie war zwar noch nicht offiziell eingeschrieben, aber ein freundliches Lächeln und eine Kopie ihrer Aufnahmebestätigung für das Herbstsemester reichten aus, um ihr Zugang zu dem kostenlosen Nexisservice zu verschaffen, mit dessen Hilfe sie Hunderte von Zeitungen und Zeitschriften durchstöbern konnte.

Zuerst würde sie sich auf das Gebiet des Staates Colorado beschränken, ihre Suche dann, falls nötig, weiter ausdehnen. Sie tippte den Namen »Jeanette Duffy« ein, klickte den Befehl »suchen« an und wählte dann den neuesten Eintrag aus einer chronologischen Abfolge von etwa einem Dutzend Artikeln aus.

Auf dem Bildschirm erschien der volle Text eines Artikels aus dem *Pueblo Chieftain* des Vortages. Amy hätte sich nicht gewundert, wenn es sich um einen Bericht über eine Frau namens Jeanette Duffy gehandelt hätte, die gerade bei der First National Bank of Colorado zweihunderttausend Dollar unterschlagen hatte.

Statt dessen las sie einen Nachruf.

»Frank Duffy«, las sie, »Zweiundsechzig, alteingesessener Bürger von Piedmont Springs, starb am 11. Juli nach langem, tapferen Kampf gegen den Krebs. Er hinterläßt seine Ehefrau, Jeanette Duffy, mit der er vierundvierzig Jahre lang verheiratet war, einen Sohn, Dr. med. Ryan Patrick Duffy, und eine Tochter, Sarah Duffy-Langford. Trauergottesdienst heute, 10.00 Uhr, in der katholischen Kirche St. Edmund's in Piedmont Springs.«

Amy starrte wie gebannt auf den Bildschirm. Ein Todesfall konnte einiges erklären. Vielleicht waren die zweihunderttausend Dollar eine Art Vermächtnis. Sie druckte den Artikel aus, schaltete den Computer ab, ging zu dem Münzfernsprecher neben den Toiletten und rief bei sich zu Hause an.

»Gran, erinnerst du dich noch, an welchem Tag unser Päckchen angekommen ist?«

»Das hab ich dir doch schon gesagt, Liebes. Ich war nicht da, als es gebracht wurde. Es lag auf der Türschwelle, als ich nach Hause kam.«

»Denk nach. An welchem Tag ist es aufgetaucht?«

»Ach, ich weiß nicht. Aber es war kurz nach deiner Abreise. Höchstens ein paar Tage danach.«

»Es ist also auf jeden Fall über eine Woche her.«

»Ich würde sagen, ja. Warum fragst du?«

Amy zögerte, weil sie fürchtete, daß ihre Großmutter sich aufregen würde. »Ich habe ein paar Nachforschungen angestellt.«

»Amy«, stöhnte Gran.

»Hör zu. Das Geld war in einer alten Verpackung von einem Römertopf, stimmt's? Also, ich hab die Produktnummer vom Boden des Kartons abgeschrieben und rausgefunden, daß der Topf einer Jeanette Duffy gehört. Und jetzt stellt sich heraus, daß es in Piedmont Springs eine Jeanette Duffy gibt, deren Mann vor fünf Tagen gestorben ist.«

»Was du nicht sagst. Wahrscheinlich haben sie ihn in einem Römertopf begraben.«

»Hör auf, Gran. Ich glaube, ich habe eine Spur. In seinem Nachruf steht, daß er lange gegen den Krebs gekämpft hat. Das heißt, er wußte, daß er sterben würde. Womöglich hat er mir das Geld vor seinem Tod geschickt. Oder seine Frau hat es geschickt. Wie eine heimliche Hinterlassenschaft oder irgendwas, das er seinen Kindern vorenthalten wollte.«

»Findest du nicht, daß du da voreilige Schlüsse ziehst?«

»Nein, überhaupt nicht. Meine Befürchtungen, daß das Ganze etwas mit einem Verbrechen zu tun hat, erscheinen mir um so unangebrachter, je länger ich darüber nachdenke. Ein Krimineller würde kein Geld in einem Römertopfkarton verschicken. Nichts für ungut, Gran, aber das kommt mir eher vor wie etwas, das ein alter Mann oder eine alte Frau tun würde.«

»Und was willst du jetzt tun? Du hast doch hoffentlich nicht vor, diese Jeanette Duffy anzurufen, kaum daß sie ihren Mann unter die Erde gebracht hat? Laß der armen Frau ein bißchen Zeit zum Trauern.«

»Verdammt, ich will keine Zeit verlieren.«

»Amy«, sagte Gran streng. »Sei doch vernünftig.«

»Okay, okay. Ich muß Schluß machen. Grüß Taylor von mir«, erwiderte Amy und legte auf. Beinahe hätte sie den Hörer gleich wieder abgenommen und Jeanette Duffy angerufen. Aber Gran hatte recht. Es war durchaus denkbar, daß der alte Duffy das Geld ohne Wissen seiner Frau verschickt hatte. Oder es war überhaupt die falsche Jeanette Duffy. In jedem Fall wäre es wahrscheinlich ziemlich rücksichtslos, eine Frau, die gerade Witwe geworden war, mit so einer Sache zu belästigen. Amy las den Nachruf noch einmal durch. Dann breitete sich ein diebisches Grinsen auf ihrem Gesicht aus, und sie wählte die Nummer der Auskunft.

»Ich hätte gern die Adresse eines Dr. med. Ryan Duffy in Piedmont Springs, bitte«, sagte sie. Triumphierend notierte sie sich die Angaben auf ihrem Notizblock.

Die Witwe war tabu. Aber den Sohn mußte man nicht mit Samthandschuhen anfassen.

9

»Wir sind reich!«

Sarah Langford strahlte vor Begeisterung. Wahrscheinlich wäre sie von ihrem Stuhl aufgesprungen, dachte Ryan, wenn sie nicht im achten Monat schwanger wäre.

Sarah war nur fünf Jahre älter als Ryan, aber ihm war sie immer alt vorgekommen. Als er noch in der Grundschule war, hatte sie mit ihrer Hochfrisur und der Katzenaugensonnenbrille im Stil der sechziger Jahre matronenhafter ausgesehen als seine Mutter. Die anderen Kinder zogen sie immer auf und sagten, daß Ryan hübscher sei als seine Schwester. Das war eher als Ohrfeige für sie denn als Kompliment für ihn gemeint. Leider hatte sie sich in den vergangenen dreißig Jahre kaum verändert, wenn man von den grauen Haaren, den Krähenfüßen und ein paar Kilo zuviel auf den Hüften absah. Sarah war schon vor ihrer Schwangerschaft recht füllig gewesen, im achten Monat sah sie jetzt aus, als wäre sie im zwölften.

»Zwei Millionen Dollar!« Sie quiekte tatsächlich vor Vergnügen. »Ich kann es gar nicht fassen!«

Sie waren allein in Ryans altem Zimmer. Ihre Mutter bereitete unten zusammen mit ein paar Verwandten aus den Resten des Buffets von dem nachmittäglichen Leichenschmaus ein Abendessen zu. Ryan saß auf dem Bett. Sarah hatte sich in seinen alten, abgewetzten Schreibtischsessel gequetscht. Er hatte keine andere Wahl gehabt, als es ihr zu sagen. Die Hälfte des Geldes stand ihr rechtmäßig zu. Aber er hatte nicht erwartet, daß sie so aus dem Häuschen geraten würde. Zumindest nicht am Tag der Beerdigung ihres Vaters.

»Krieg dich ein, Sarah. Die Sache hat einen Haken.«

Ihre freudige Erregung ließ deutlich nach. »Einen Haken?«

»Wir haben es nicht gerade zufällig gefunden. Und es ist kein ehrlich verdientes Geld.«

»Was denn sonst?«

»Dad hat es von jemandem erpreßt.«

Ihre Augen weiteten sich erneut, diesmal vor Wut. »Wenn das ein Witz sein soll, dann –«

»Es ist kein Witz.« Kurz und knapp erzählte er ihr, was er wußte – schließlich auch, daß weder er noch ihre Mutter wußte, von wem das Geld stammte. »Das einzige, was Dad zu Mom gesagt hat, ist, daß der Typ es verdient hat, erpreßt zu werden.«

»Dann haben wir es verdient, das Geld zu behalten.«

»Sarah, das können wir nicht wissen.«

»Was hast du denn vor? Willst du es vielleicht zurückgeben?«

Er schwieg.

Seine Schwester warf ihm einen besorgten Blick zu. »Das kann doch nicht dein Ernst sein.«

»Ich will einfach ein paar grundsätzliche Fragen klären, bevor wir irgendwas unternehmen. Alles, was wir wissen, ist, daß Dad irgendeinem armen Schwein jeden Penny abgeknöpft hat, den der besaß. Womöglich mußte er das Geld sogar klauen, um Dads Forderungen zu erfüllen. Außerdem wüßte ich mal gerne, mit was für einer schrecklichen Tat dieser Mann sich so erpreßbar gemacht hat.«

»Meinst du nicht, wir sind unserem Vater schuldig, uns auf sein Urteil zu verlassen?«

»Nein, verdammt. Ich habe Dad geliebt, aber es führt kein Weg an der Erkenntnis vorbei, daß er ein Erpresser war. Von der moralischen Seite mal ganz abgesehen, bringt dieses Geld ein paar ernste rechtliche Probleme mit sich. Wenn die Steuerbehörde oder das FBI Wind davon bekommt, daß Dad an zwei Millionen Dollar gekommen ist und es kein Lottogewinn war, dann wird irgend jemand – nämlich *wir* – ein paar Fragen beantworten müssen.«

»Okay. Dann gib mir meine Million, du kannst ja mit deiner machen, was du willst. Ich gehe das Risiko ein. Aber so, wie ich das sehe, kriegt es jeder Anwalt hin, einem Millionär diese Sorte von Schwierigkeiten vom Hals zu schaffen.«

»Ich habe keine Lust, mich mit dir darüber zu streiten. Wir brauchen einen Plan, und zwar einen, mit dem wir beide leben können.«

Sie holte mühsam Luft und rückte ihren schwangeren Körper schwerfällig auf dem Sessel zurecht. Schon die geringste Bewegung schien ihr Mühe zu machen. »Verdammt, Ryan. Du bringst meine Hämorrhoiden wieder zum Aufblühen.«

»Ich schreib dir 'ne Salbe auf«, erwiderte er trocken.

»Das nützt mir auch nichts. Ich kann sie sowieso nicht bezahlen. Sei doch mal realistisch, Ryan. Für die ganze Familie ist es ein hartes Jahr gewesen. Abgesehen von all den Arztrechnungen, die uns im Moment dauernd ins Haus flattern, werden wir uns demnächst auch noch um Mom kümmern müssen. Sie ist ihr Leben lang von Dad abhängig gewesen, und du kannst dich darauf verlassen, daß sie sich über kurz oder lang an uns hängen wird. Du steckst mitten in einer Scheidung, und obwohl Liz sich der Familie gegenüber bisher anständig verhalten hat, läßt es doch ziemlich tief blicken, daß sie nicht zur Beerdigung gekommen ist. Ich habe gehört, sie hat sich einen Scheidungsanwalt aus Denver genommen, einen scharfen Hund, der den Ruf hat, Ehemänner in den Bankrott zu treiben.«

»Sarah, mit meinen eigenen Problemen werde ich selber fertig.«

»Also, ich hab auch Probleme. Diese Schwangerschaft möglich zu machen, hat Brent und mich ein Vermögen gekostet. All diese Fruchtbarkeitspillen sind nicht gerade billig. Wir sind bis über beide Ohren verschuldet, und das Baby ist noch nicht mal geboren. Und so wie Mom dauernd rumjammert, muß ich dich wohl nicht daran erinnern, daß Brent arbeitslos ist seit die Fabrik geschlossen wurde.«

»Glaubst du, mit zwei Millionen Dollar kannst du alle Probleme dieser Welt lösen?«

»Nein. Aber *unsere*.«

»Womöglich hast du hinterher noch mehr Probleme als jetzt.«

»Nur wenn du dafür sorgst. Und jetzt würde ich gern meine Million sehen, wenn du nichts dagegen hast.«

Er schüttelte den Kopf. »Wir können es erst aufteilen, wenn wir uns geeinigt haben, was wir damit anfangen.«

»Das Geld gehört mir. Ich werde damit tun, was ich will.«

»Wir müssen zusammenhalten. Da kann alles mögliche auf uns zukommen. Nicht zuletzt eine Vermögenssteuer.«

»Mein Gott, Ryan. Nimm doch einfach dein Geld und freu dich darüber.«

»Ich bin Dads Nachlaßverwalter. Hier geht es um meinen Hals. Erpressung ist illegal, falls du das vergessen haben solltest. Wir reden hier über die Gewinne aus einem Verbrechen.

Wenn wir in dieser Sache irgend etwas unternehmen, dann machen wir es richtig.«

»Und was heißt das, richtig?«

»Das Geld bleibt in seinem Versteck, bis wir rausgefunden haben, wen Dad erpreßt hat. Und wir erzählen vorerst niemandem davon. Liz nicht und Brent auch nicht. Auf diese Weise kann niemand das Geheimnis ausplaudern, und wir müssen nicht befürchten, daß die Steuerbehörde uns aufs Dach steigt. Wenn wir am Ende zu dem Schluß kommen, daß Dad recht hatte – falls der Mann es verdient hat, erpreßt zu werden –, behalten wir das Geld.«

»Und wenn nicht?«

»Dann werden wir das Geld anonym für einen wohltätigen Zweck spenden.«

»Du kannst mich mal!«

»Das sind die Bedingungen, Sarah.«

»Und was ist, wenn sie mir nicht passen?«

»Ich will mich ja nicht mit dir anlegen, aber du weißt nicht, wo das Geld ist. Nur ich weiß es. Und falls hier jemand allzu gierig wird, hab ich mir schon eine Institution ausgesucht, die das Geld sehr gut gebrauchen kann.«

»Scheiße, Ryan, das ist ja Erpressung.«

»Tja, das muß in der Familie liegen.«

Sie verzog das Gesicht.

»Also«, sagte er. »Wir sagen keinem was davon, noch nicht mal Liz und Brent. *Vor allem* nicht Liz und Brent. Bis ich die Wahrheit rausgefunden habe. Abgemacht?«

»Meinetwegen«, knurrte sie.

»Gut.« Er erhob sich und wollte seiner Schwester aus ihrem Sessel helfen. Sie winkte ab. Er trat zur Seite, als sie an ihm vorbei zur Tür watschelte. Er kratzte sich am Kopf, während er sie beobachtete. Er fragte sich, ob dieser Kompromiß das richtige war – und ob er sich auf seine Schwester verlassen konnte.

Ryan wußte, daß seine Schwester sauer war. Nach dem Gespräch verließ sie sofort das Haus. Sie nahm sich noch nicht mal die Zeit, sich von ihrer Mutter zu verabschieden. Es hatte keinen Zweck, ihr nachzulaufen. Sie hatten beide gesagt, was zu sagen war. Er konnte nur hoffen, daß sie sich wieder beruhigen würde.

Seine Mutter und seine Tanten liefen geschäftig zwischen Küche und Eßzimmer hin und her und räumten auf. Etwas zu tun war ein gutes Mittel gegen die Einsamkeit, gegen die Weinkrämpfe. Ryan stahl sich ins Wohnzimmer und schaltete die Abendnachrichten ein. In Indien hatte eine Flutkatastrophe sechsundachtzig Menschenleben gefordert. In Fort Collins war ein Supermarktangestellter erschossen worden.

In Piedmont Springs ist ein einfacher Arbeiter im Schlaf gestorben. Darüber hatten sie nicht in den Nachrichten berichtet. Keine Gewalt, kein Aufsehen, keine Nachrichten. *Du hättest vom Dach springen sollen, Dad.*

Plötzlich ging Ryan ein Gedanke durch den Kopf. Vielleicht hatte sein Vater nach dem Prinzip gelebt, daß das Leben nichts wert ist, wenn es nicht mal eine Nachricht wert ist. Dad hatte sein Licht immer unter den Scheffel gestellt. Daß man sich in seiner Gegenwart immer wohl in der eigenen Haut fühlte, hatte er nie als sein Verdienst betrachtet. Die meisten Menschen verschwendeten keine Zeit damit, die Kassiererinnen im Supermarkt oder den Tankwart an der Tankstelle überhaupt nur zu grüßen. Frank Duffy dagegen kannte sie alle mit Namen, und sie kannten den seinen. Er besaß ein unglaubliches Talent, mit Menschen umzugehen. Das war etwas, worauf er stolz sein konnte. Doch Ryan erinnerte sich daran, wie er, kurz vor dem High-School-Abschluß, das Bestätigungsschreiben der University of Colorado erhalten hatte. Er war der erste Duffy, der eine Universität besuchen würde. Sein Vater war der Übermut in Person gewesen und hatte ihn so fest an sich gedrückt, daß er ihm fast die Rippen gebrochen hätte. »Jetzt haben die Duffys etwas, worauf sie stolz sein können«, hatte er seinem Sohn ins Ohr geflüstert. Damals hatte es Ryan traurig gemacht, daß sein Vater nicht ebenso stolz auf sich selbst war. In seinen Augen hätte er damals allen Grund dazu gehabt. Jetzt konnte er nur mutmaßen, welche Geheimnisse solche Scham bei ihm ausgelöst hatten.

Als die Sportnachrichten gesendet wurden, hörte Ryan ein Klopfen an der Tür. Er stand auf und öffnete.

»Liz«, sagte er verblüfft.

Seine Frau blieb zögernd in der Tür stehen. »Darf ich – darf ich reinkommen?«

Er trat verlegen zur Seite. »Natürlich. Bitte, tritt ein.«

Liz trug ein legeres Sommerkleid mit Blumenmuster, nicht gerade Trauerkleidung. Es betonte ihre Figur, um die sie ständig bemüht war. Sie hatte eine neue Haarfarbe, bemerkte Ryan. Ihr Haar war heller, fast blond. Es ließ ihre Augen noch grüner und ihre Beine noch brauner erscheinen. Die körperliche Anziehung war in ihrer Ehe nie das Problem gewesen. Vielleicht war es der klassische Fall: Man will immer genau das, was man gerade nicht bekommen kann. Jedenfalls hatte Ryan seine Frau noch nie so attraktiv gefunden wie in den vergangenen sieben Wochen seit sie ihm eröffnet hatte, daß sie sich scheiden lassen wollte.

»Kann ich dir etwas anbieten?« fragte Ryan. »Es ist noch jede Menge vom Büffet übrig. Du weißt ja, wie es bei den Duffys auf Beerdigungen zugeht.«

»Nein, danke.«

Ryan wunderte sich nicht. Liz schien nie etwas zu essen, sie schien überhaupt nichts in der Art zu brauchen. In acht Jahren Ehe war es ihm nie gelungen, die Batterie ausfindig zu machen, von der sie ihre Energie bezog.

»Hast du einen Moment Zeit zum Reden?« fragte Liz.

Die Geräusche aus der Küche schienen sie nervös zu machen. Ryan schloß daraus, daß ihr Anliegen kein familiäres war. Sie wollte unter vier Augen mit ihm reden. »Ich will dich ja nicht gleich wieder rauswerfen«, sagte er. »Aber was hältst du von der Veranda?«

Sie nickte und ging voraus auf die breite, überdachte Veranda, die sich über die ganze Hausfront erstreckte. Ryan schloß die Tür hinter sich. Er ging auf das kleine Rattansofa vor dem Wohnzimmerfenster zu, doch dann blieben sie beide stehen. Zu viele Erinnerungen an gemeinsam genossene Sonnenuntergänge. Liz setzte sich in den alten Schaukelstuhl. Ryan lehnte sich neben dem Blumentopf mit dem Kaktus an das Verandageländer.

»Tut mir leid, daß ich die Beerdigung verpaßt habe«, sagte Liz mit niedergeschlagenen Augen. »Nach all den Jahren habe ich Frank wirklich gemocht. Ich wollte eigentlich kommen. Aber dann hatte ich das Gefühl, ich würde die Familie in eine peinliche Situation bringen. Dich vor allem.«

»Das kann ich verstehen.«

»Hoffentlich. Ich möchte nämlich nicht, daß wir noch als Feinde enden.«

»Es ist in Ordnung. Ganz bestimmt.«

Sie wandte sich ab, dann schaute sie Ryan wieder an. »Frank würde sich bestimmt nicht wünschen, daß wir Feinde werden.«

»Dad würde sich wünschen, daß wir zusammenbleiben, Liz. Aber hier geht es nicht darum, was Dad will.« Ryan schwieg. Seine Worte hatten härter geklungen als beabsichtigt. »Ich bin dir dankbar, daß du mich dabei unterstützt hast, Dad das mit der Scheidung zu verheimlichen. Das mußte er wirklich nicht mehr erfahren.«

Sie schniefte, aber es war fast ein verächtliches Schnauben. Es war ein lächerliche Scharade gewesen, die Ryan seinem sterbenden Vater zuliebe gespielt hatte. Er hatte ihm nie gesagt, daß seine Ehe gescheitert war. »Er muß es gewußt haben. Herrgott noch mal, wir haben in Piedmont Springs gewohnt. *Jeder* hat es gewußt.«

»Mir gegenüber hat er jedenfalls nie etwas erwähnt. Ich meine, nichts, woraus ich hätte schließen können, daß er es wußte.«

»Ich habe vor ein paar Wochen mit ihm telefoniert.«

»Das wußte ich nicht.«

»Er hat nicht gerade das Wort ›Scheidung‹ in den Mund genommen. Aber ich glaube, er wußte, daß wir finanzielle Probleme hatten.«

»Was hat er denn gesagt?«

»Kurz bevor er aufgelegt hat, meinte er, ich solle mir keine Sorgen machen. Es wird alles gut werden, hat er gesagt. Es wird bald genügend Geld da sein.«

»Hast du ihn gefragt, was er damit gemeint hat?«

»Ich wollte nicht in ihn dringen. Ich hielt es damals für unangebracht.« Sie machte eine Pause, als überlegte sie, wie sie fortfahren sollte. »Aber ich habe über das nachgedacht, was er gesagt hat. Sehr oft sogar. Darum bin ich wohl auch den ganzen Weg hierhergefahren, um mit dir zu reden.«

»Und was hast du dir gedacht?« fragte Ryan gereizt.

»Ich habe gedacht, wenn das bloß wahr wäre. Wenn wir unsere finanziellen Probleme lösen könnten, wären wir vielleicht nicht da, wo wir jetzt sind.« Sie schaute auf, und ihre Blicke trafen sich.

Er blinzelte. Sie wirkte ehrlich, so, als würde sie das, was sie sagte, ernst meinen. Und doch mißtraute er ihr. Ärger stieg in ihm auf. Es war das verdammte Geld. Entweder war sie hinter dem Zaster her und verstellte sich nur. Oder sie wußte überhaupt nichts davon, und es machte ihn paranoid. *Das verdammte Geld.*

»Liz, es ist nicht so, als würde ich nichts mehr für dich empfinden. Aber ich habe heute meinen Vater begraben, ich verkrafte dieses emotionale Achterbahnfahren einfach noch nicht.«

»Tut mir leid«, sagte sie und stand auf. »Ich bin nicht hergekommen, um dir zuzusetzen.«

»Ich wollte dich nicht wegschicken.«

Sie lächelte traurig. »Ist schon gut. Es ist wohl besser, wenn ich gehe. Grüß Jeanette von mir.« Sie drückte ihm einen flüchtigen Kuß auf die Wange – es war nur ein Hauch, fast nichts.

»Danke, daß du hergekommen bist. Das war eine nette Geste.«

»Gern geschehen.« Sie ging die Stufen der Veranda hinunter und überquerte den Rasen. Sie wandte sich noch einmal um, winkte kurz zum Abschied, dann stieg sie in ihren Wagen und fuhr davon.

Ryan schaute den Rücklichtern ihres Wagens nach, bis sie in der Dunkelheit verschwanden. Er war in Versuchung, sie anzurufen und ihr von dem Geld zu erzählen. Doch das, was seine Schwester ihm am Nachmittag erzählt hatte – daß Liz sich einen gerissenen Scheidungsanwalt genommen hatte –, hielt ihn zurück. Womöglich war Liz nur darauf aus gewesen, ihm irgendwelche Informationen zu entlocken, etwas, womit sie ihren Anwalt füttern konnte.

Er ging wieder ins Haus und schalt sich einen Narren. Erst hatte er seiner Schwester ins Gewissen geredet, solange dichtzuhalten, bis sie die Wahrheit rausgefunden hatten. Und jetzt war er selbst drauf und dran, Liz gleich beim ersten Anzeichen eines Versöhnungsversuchs alles zu erzählen. Dennoch, seine Gefühle für Liz konnte er nicht leugnen. Und was war schon verwerflich daran, daß eine Frau ein bißchen finanzielle Sicherheit haben wollte?

Er ging ins Wohnzimmer und nahm den Telefonhörer ab. Er wollte auf ihren Anrufbeantworter sprechen und sie bitten, ihn zurückzurufen, sobald sie nach Hause kam. Er drückte drei Tasten, dann legte er auf.

Schlaf lieber noch mal drüber, sagte er sich.

10

Zwei Tage waren vergangen, und Amy hatte sich immer noch nicht dazu durchringen können, Ryan Duffy anzurufen. Nur eine Frage – die Zweihunderttausenddollarfrage – lähmte sie: Waren es die richtigen Duffys?

Sie hatte eine Menge Nachforschungen angestellt. Gestern hatte sie sich sogar einfach krank gemeldet und war nach Piedmont Springs gefahren. Dort hatte sie so diskret wie möglich Ausschau gehalten nach deutlichen Anzeichen des Wohlstands dieser Familie, die ohne weiteres zweihunderttausend Dollar erübrigen konnte. Sie hatte nichts dergleichen gefunden. Die Duffys besaßen ein einfaches Haus in einer für die Mittelschicht typischen Kleinstadt. Das einzige Auto, das in ihrer Einfahrt stand, war ein alter Jeep Cherokee. Ryans Praxis wirkte von außen wie ein verlassener Kramladen, seine Patienten sahen aus, als würden sie ihren Arzt mit Schafen bezahlen. Und Frank Duffy war sein Leben lang lohnabhängig gewesen.

Ihre Entdeckungen hatten sie so verwirrt, daß sie sich noch einmal an den Computer gesetzt hatte, um die anderen Jeanette Duffys auf ihrer Liste zu überprüfen. Aber keine Familie erschien ihr so vielversprechend wie die in Piedmont Springs. Amy vermutete, daß derjenige, der ihr das Geld geschickt hatte, nicht einfach eines Morgens mit dieser Idee aufgewacht war. *Irgend etwas* mußte den Entschluß ausgelöst haben – ein traumatisches, erschütterndes Erlebnis wie Frank Duffys tödliche Krankheit. Es konnte kein Zufall sein. Es mußten *diese* Duffys sein. Sie stellten ihren Reichtum eben nicht zur Schau, aus was für Gründen auch immer.

Amy mußte achtsam vorgehen. Es wäre nicht gerade schlau, Frank Duffys Sohn anzurufen und zu sagen: »Irgend jemand aus Ihrer Familie scheint mir aus unerfindlichen Gründen einen Karton voller Bargeld geschickt zu haben.« Gierige Erben würden ihr kaum erklären, warum sie das Geld bekommen hatte. Sie würden wahrscheinlich eher sagen: »Es gehört mir, geben Sie es zurück.«

Am Donnerstag holte Amy sich in der Frühstückspause eine Cola und eine Apfelsine aus der Cafeteria und ging wieder in ihr Büro. Während sie die Apfelsine schälte, betrachtete sie die Fotos, die sie vom Haus der Duffys gemacht hatte. Es waren acht Stück, die auf ihrem Schreibtisch ausgebreitet lagen. Sie hatte die Fotos vor allem für den Fall gemacht, daß sie zur Polizei gehen mußte. Die Polizei fotografierte immer alles – das zumindest war ihre Erfahrung. Sie erinnerte sich noch daran, wie ihre Mutter gestorben war. Amy war damals acht Jahre alt gewesen. Die Polizei hatte überall, im ganzen Haus, Fotos gemacht.

Komisch, aber das Haus der Duffys erinnerte sie irgendwie an das Haus, in dem sie damals gelebt hatte. Ein altes, zweistöckiges Holzhaus mit grünen Fensterläden und einer großen Veranda davor. So etwas schien man heute nicht mehr zu bauen. Ob Frank Duffy wohl in diesem Haus gestorben war, so, wie ihre Mutter in ihrem Haus? Wer mochte ihn wohl gefunden haben, wer mochte der erste gewesen sein, der festgestellt hatte, daß er tot war? Bei dem Gedanken lief Amy ein kalter Schauer über den Rücken. Ein Haus, in dem jemand gestorben war, hatte etwas Unheimliches. Erst recht, wenn jemand eines gewaltsamen Todes gestorben war. So wie ihre Mutter. Seit der Nacht, in der der Schuß gefallen war, war Amy nicht mehr in ihr altes Haus zurückgekehrt. Jedenfalls *physisch* nicht. In ihrem Kopf hatte sie jene Nacht unzählige Male von neuem durchlebt. Jetzt, in ihrem stillen Büro, schienen die Fotos auf ihrem Schreibtisch vor ihren Augen zu tanzen. Auch ihre Gedanken begannen zu wandern. Das Haus auf den Fotos verwandelte sich in das Haus ihrer Kindheit, schließlich konnte sie über die Ähnlichkeiten hinwegsehen, direkt in ihr ehemaliges Kinderzimmer. Sie sah sich selbst in jener unvergeßlichen Nacht, ein verängstigtes, achtjähriges Mädchen allein in seinem dunklen Kinderzimmer, zitternd vor Angst in jener warmen Sommernacht, völlig verunsichert, was es jetzt tun sollte …

Amy hockte auf dem Fensterbrett, die Knie unter dem Kinn, ein kleines, zitterndes Knäuel. Sie hatte auf einen weiteren Schuß gewartet, vergeblich. Kein Laut war mehr zu hören. Nur Stille in der Dunkelheit.

Sie wußte nicht, was sie tun sollte, weglaufen oder bleiben, wo sie war. Jemand konnte im Haus sein, ein Einbrecher. Oder Mama brauchte ihre Hilfe. Irgend etwas *mußte* sie tun. Sie mußte all ihren Mut zusammennehmen, aber dann setzte sie ganz langsam ihre Füße auf den Boden. Die hölzernen

Dielen knarrten unter ihren Schritten, und sie fuhr vor Schreck zusammen. Sie holte tief Luft und ging auf die Tür zu, ganz vorsichtig und auf Zehenspitzen, um nur ja keinen Lärm zu machen. Falls jemand ins Haus eingedrungen war, sollte er sie nicht hören.

Behutsam drehte sie den Türknauf und zog daran. Die Tür ließ sich einen Spaltbreit öffnen, dann blieb sie an etwas hängen. Amy zog fester. Die Tür ging nicht weiter als zwei Fingerbreit auf. Die Wange gegen den Türrahmen gepreßt, spähte Amy durch die schmale Öffnung. Sie blinzelte verwirrt. Ein Seil war um den Türknauf gebunden. Das andere Ende hatte jemand am Treppengeländer festgeknotet. Jetzt, wo die Zimmertür einen Spaltbreit offenstand, war es so fest gespannt wie ein Hochseil.

Jemand hatte sie in ihrem Zimmer eingesperrt.

Zitternd schloß sie die Tür. Einem spontanen Impuls folgend kletterte sie in den Wandschrank und schloß die Tür. Drinnen war es stockdunkel. Nach all den Nächten, die sie an ihrem Teleskop verbracht hatte, hatte sie sich an die Dunkelheit gewöhnt. Jetzt fürchtete sie sich zum erstenmal vor ihr.

Die Taschenlampe, dachte sie.

Sie war hier im Schrank, bei Amys Astronomiebüchern. Das dritte Fach von oben. Sie tastete sich durch ihre Habseligkeiten. Schließlich fand sie die Taschenlampe und schaltete sie ein. Das helle Licht blendete sie, und sie richtete den Strahl auf den Boden. Der Schrank erglühte. Allmählich gewöhnten sich ihre Augen an das Licht. Schuhe lagen am Boden verstreut. Ihre Kleider hingen an einer Stange direkt über ihrem Kopf. An der Seite befanden sich Regalbretter, die wie eine Leiter vom Boden bis zur Decke reichten. Ganz oben war eine Klappe – der Eingang zum Dachboden.

Einmal war Amy durch diese Öffnung geklettert, als sie mit ihren Freunden Verstecken gespielt hatte. Vom Dachboden aus gelangte man ins Gästezimmer, das auf der anderen Seite des Flurs lag. Als ihre Mutter sie erwischt hatte, hatte sie ihr streng verboten, dort noch einmal hinaufzuklettern. Aber heute nacht war zweifellos eine Ausnahme.

Amy fürchtete sich davor, allein auf den Dachboden zu klettern, aber sie fürchtete sich noch mehr davor zu bleiben, wo sie war. Sie schluckte, um sich Mut zu machen, dann klemmte sie sich die Taschenlampe unters Kinn und begann, an den Regalbrettern hinaufzuklettern.

... Plötzlich läutete das Telefon auf ihrem Schreibtisch und riß sie aus ihren Erinnerungen. Es war nur eine Freundin, die sich mit ihr zum Mittagessen verabreden wollte. »Okay«, sagte Amy. »Wir treffen uns um zwölf am Ausgang.«

Sie legte auf, immer noch geistesabwesend, immer noch mit ihren Gedanken in der Vergangenheit. Für ein kleines Mädchen war es ganz schön mutig gewesen, aus dem Wandschrank zu klettern und nachzusehen, was außerhalb des Kinderzimmers vor sich ging. Sie mußte sich sammeln und diesen Mut auch jetzt beweisen.

Amy nahm den Hörer ab und wählte die Nummer von Ryan Duffys Praxis. Im Gegensatz zum Vortag verlor sie diesmal nicht die Nerven. Sie blieb am Telefon, als die Sprechstundenhelferin sich meldete. »Kann ich bitte mit Dr. Duffy sprechen?«

»Tut mir leid, er ist gerade mitten in einer Untersuchung.«

»Würden Sie ihn bitte unterbrechen? Es dauert nur eine Minute.«

»Handelt es sich um einen Notfall?«

»Nein, aber –«

»Wenn es kein Notfall ist, werde ich ihn bitten, Sie zurückzurufen.«

»Es ist etwas Persönliches. Sagen Sie ihm, es geht um seinen Vater.«

Die Sprechstundenhelferin zögerte. Dann sagte sie: »Einen Augenblick bitte.«

Während Amy wartete, ging sie noch einmal ihre Strategie durch. Die Wahrheit sagen – bis zu einem gewissen Punkt. Nur den Vornamen nennen, auf keinen Fall den Nachnamen. Kein Wort über ihre Adresse.

»Dr. Duffy.«

»Hallo«, sagte Amy, beinahe verblüfft. »Danke – danke, daß Sie gekommen sind. Ich meine, ans Telefon.« *O Gott*, dachte sie zähneknirschend. *Selbst Taylor hätte einen besseren Satz formulieren können.*

»Mit wem spreche ich, bitte?«

»Sie kennen mich nicht. Aber ich glaube, Ihr Vater muß mich gekannt haben. Oder vielleicht auch Ihre Mutter.«

»Was? Wollen Sie mich auf den Arm nehmen?«

»Tut mir leid. Ich bin ein bißchen durcheinander. Lassen Sie mich einfach von vorne anfangen, dann können Sie entscheiden, was Sie davon halten. Sehen Sie, ich habe vor ein paar Wochen ein Päckchen erhalten. Es stand kein Absender drauf, aber ich bin mir sicher, daß Ihre Mutter oder Ihr Vater es losgeschickt hat. Ich weiß, daß Ihr Vater kürzlich verstorben ist, und ich wollte Ihre Mutter nicht belästigen.«

Ryan wurde plötzlich ungehalten. »Woher wollen Sie wissen, daß meine Eltern Ihnen das Päckchen geschickt haben?«

»Ich hab's einfach rausgefunden.«

»Was war denn in dem Päckchen?«

»Ein Geschenk.«

»Was für ein Geschenk?«

»Ein völlig unerwartetes. Ich möchte am Telefon nicht so offen darüber sprechen. Könnten wir uns nicht irgendwo treffen und darüber reden?«

»Ich würde wirklich gern mehr über dieses Geschenk wissen.«

»Und ich würde Ihnen liebend gern mehr darüber erzählen«, sagte Amy. »Aber bitte nicht am Telefon.«

»Wo wollen Sie sich denn mit mir treffen?«

»An einem öffentlichen Ort, in einem Restaurant oder so. Nicht daß ich Ihnen nicht traue. Aber ich kenne Sie ja gar nicht.«

»Okay. Wollen Sie sich in Piedmont Springs mit mir treffen? Ich könnte es heute abend einrichten, wenn Sie wollen.«

Amy zögerte. Fünf Stunden Fahrt von Boulder, und sie war

diese Strecke erst gestern gefahren. Lange Fahrten in ihrem alten, klapprigen Wagen waren jedesmal ein Risiko, vor allem in der Dunkelheit. Außerdem konnte sie es sich nicht leisten, einen weiteren Tag freizunehmen. »Das ist ein bißchen weit für mich.«

»Von wo kommen Sie denn?«

»Das würde ich lieber nicht sagen.«

»Also, morgen habe ich in Denver zu tun. Würde Ihnen das besser passen?«

Amy war sich sicher, daß sie in ihrem Job irgendeinen Vorwand finden würde, unter dem sie in die Niederlassung in Denver fahren konnte. »Ja, das paßt mir besser. Kennen Sie das GREEN PARROT? Es ist ein Café am Larimer Square.«

»Das werde ich schon finden.«

»Wunderbar«, sagte Amy. »Welche Uhrzeit wäre Ihnen recht?«

»Ich habe einen Termin um zwei. Ich bin mir nicht sicher, wie lange ich dort brauche. Sagen wir sicherheitshalber vier Uhr.«

»In Ordnung, vier Uhr«, sagte sie.

»Hey«, sagte er, als sie gerade auflegen wollte. »Wie werden wir einander erkennen?«

»Nennen Sie der Empfangsdame einfach Ihren Namen. Ich werde nach Dr. Duffy fragen, wenn ich komme.«

»Also dann, bis morgen.«

»Ja«, sagte sie freudig erregt. »Bis morgen.«

11

Ryan aß am Freitag frühzeitig zu Mittag und fuhr allein nach Denver. Er hatte das Autoradio eingeschaltet, doch er hörte gar nicht hin. Der Termin mit Liz und ihrem Anwalt am Nachmittag, bei dem Vermögensregelungen getroffen werden sollten, war schon genug, um ihn in helle Aufruhr zu versetzen. Jetzt konnte er sich auch noch auf diese geheimnisvolle Frau und ihre Vieruhrüberraschung freuen.

Ryan hatte Liz am Morgen nach ihrem Gespräch auf der Veranda angerufen. Nachdem er darüber geschlafen hatte, hatte er beschlossen, ihr erst einmal auf den Zahn zu fühlen, bevor er ihr etwas von dem Geld erzählte. Er hatte ihr angeboten, sie in seinem Wagen mit zu dem Treffen nach Denver zu nehmen, in der Hoffnung, sie würde vorschlagen, die Scheidung erst einmal aufzuschieben und vielleicht einen Versöhnungsversuch zu machen. Aber sie hatte sein Angebot abgelehnt. Anscheinend mußte sie drei Stunden vor dem Termin in Denver sein, um sich mit ihrem Anwalt zu beraten.

Drei Stunden? Für wen zum Teufel hielten die ihn eigentlich? Donald Trump?

Die Erkenntnis fuhr ihm blitzschnell durch den Kopf. Sein Herz begann zu rasen. Praktisch gesehen war er tatsächlich Millionär. Aber woher sollte Liz das wissen? Ryan hatte noch nicht mal seinem eigenen Anwalt von den zwei Millionen auf dem Dachboden erzählt. Und das war sein nächstes Problem. Irgendwann würde er während des Scheidungsprozesses seine Vermögensverhältnisse offenlegen müssen und sie in einer eidlichen Aussage bestätigen. Vorerst jedoch betrachtete er das schmutzige Geld nicht als sein Vermögen. Jedenfalls nicht, solange er sich nicht entschieden hatte, es zu behalten. Heute kam es lediglich darauf an, sich nicht allzu tief in die Karten schauen zu lassen. Sollte er irgendwann den Entschluß fassen, das Geld zu behalten, konnte er Liz später immer noch davon erzählen.

Es sei denn, sie wußte bereits etwas. Irgendwie.

Die 17th Street war die Hauptgeschäftsstraße des Finanzdistrikts von Denver. Im Schatten von mehr als einem Dutzend eleganten Wolkenkratzern aus Stahl und Glas fuhr Ryan langsam die Straße entlang, auf der Suche nach einer Tiefgarage, wo die Parkgebühren nicht so hoch waren, daß man gleich einen Herzinfarkt bekam. Es war zwecklos. Er parkte in der Garage eines vierzigstöckigen Hochhauses, das der

Anaconda Corporation gehörte, einer internationalen Bergwerksgesellschaft, deren eigentliche Goldmine die Tiefgarage sein mußte. Über einen Steg gelangte er in das Atrium des Gebäudes, wo er mit dem Expreßaufzug in den vierunddreißigsten Stock fuhr.

Als die Türen sich öffneten, trat er in ein geräumiges Foyer. Seidene Tapeten und Kirschholzvertäfelungen verliehen dem Raum die gewünschte Aura von Prestige und Macht. Der Fußboden aus poliertem Marmor mit kunstvollem Mosaik an den Randstreifen hätten dem Vatikan alle Ehre gemacht. Die vollständig verglaste Westfront bot einen atemberaubenden Ausblick auf schneebedeckte Berggipfel in der Ferne. Allein das eindrucksvolle Ambiente sagte Ryan, daß er am richtigen Ort war, aber die leuchtenden Messingbuchstaben an der Wand beseitigten den letzten Zweifel daran, daß er sich in der Kanzlei Wedderburn & Jackson, P. A. befand.

Kein Vergleich mit meiner Praxis, dachte Ryan.

In seiner Khakihose und ohne Schlips fühlte Ryan sich peinlich unangemessen gekleidet. Er hatte irgendwo gelesen, daß man sich in Anwaltskanzleien neuerdings gemäß dem neuesten Trend in der Geschäftswelt freitags leger kleidete. Wenn das der Fall war, mußte die normale Kleiderordnung hier Schwalbenschwanz und schwarze Krawatte vorschreiben.

»Kann ich Ihnen helfen, Sir?«

Ryan wandte sich um. Die junge Frau am Empfangstresen hielt ihn wahrscheinlich für einen verirrten Touristen. »Mein Name ist Ryan Duffy. Meine Anwältin und ich haben um 14.00 Uhr einen Termin mit Phil Jackson. Mr. Jackson vertritt meine Frau. Wir, ähem, wir lassen uns gerade scheiden.«

Sie lächelte. Lächeln war ihr Job. Ryan hätte genausogut sagen können, er sei ein Serienkiller und wünsche einen Rat, wie er Leichenteile loswerden könne, und sie hätte immer noch gelächelt.

»Ich werde Mr. Jackson mitteilen, daß Sie da sind«, sagte sie freundlich. »Nehmen Sie doch Platz.«

Ryan trat an die Fensterfront und genoß die Aussicht. Er

war zwanzig Minuten zu früh da. Seine Anwältin würde hoffentlich auch bald auftauchen. Er hatte das Gefühl, daß sie diesmal etwas mehr Zeit zur Vorbereitung brauchen konnten als die üblichen zwei Minuten am Wasserspender.

Während der nächsten halben Stunde blätterte Ryan jede Zeitschrift durch, die auf dem Tisch im Wartebereich lag. Um 14.15 Uhr war seine Anwältin immer noch nicht aufgetaucht. Um 14.20 Uhr trat ein elegant gekleideter Mann auf Ryan zu. »Dr. Duffy, ich bin Phil Jackson.«

Ryan erhob sich von der Ledercouch und schüttelte die Hand des Gegners. Er war Liz' Anwalt noch nie begegnet, doch der Name kam ihm bekannt vor. »Freut mich, Sie kennenzulernen«, log er.

Jackson sagte: »Ich habe in der Kanzlei Ihrer Anwältin angerufen, um mich zu erkundigen, ob sie unterwegs ist, aber anscheinend wurde sie in einem dringenden Fall ins Gericht bestellt.«

»Und sie hat mich nicht benachrichtigt?« fragte er ungläubig.

»Ich bin sicher, sie hat versucht, Sie zu erreichen.«

Ryan warf einen Blick auf den Pager an seinem Gürtel. Keine Nachricht. *Von wegen dringender Fall.* Wahrscheinlich war sie bereits auf dem Weg in ein verlängertes Wochenende. Damit war klar: Er brauchte einen anderen Anwalt. »Was ist mit unserem Termin, Mr. Jackson?«

»Wir können einen neuen Termin vereinbaren.«

»Ich kann mir nicht leisten, einen weiteren Tag in der Praxis zu fehlen.«

»Dann werden wir warten müssen, bis ihre Anwältin eintrifft, was mehrere Stunden dauern kann. Ich muß Ihnen allerdings sagen, daß mein Honorar dreihundert Dollar die Stunde beträgt, einschließlich Wartezeit. Ich vertrete zwar Ihre Frau, aber machen wir uns nichts vor. Am Ende werden *Sie* zahlen.«

Ryan starrte ihn wütend an. Die letzte Bemerkung hatte Jackson offensichtlich Vergnügen bereitet. »Sie haben wirklich ein Händchen im Umgang mit Menschen, hat Ihnen das schon mal jemand gesagt?«

»Das ist ein Talent«, erwiderte Jackson süffisant.

»Wir fangen einfach ohne sie an«, sagte Ryan.

»Tut mir leid, das geht nicht. Meine Berufsethik verbietet mir, mit Ihnen allein zu verhandeln, wenn Sie von einem Anwalt vertreten werden.«

»Ich habe meine Anwältin gerade gefeuert. Es gibt also kein ethisches Problem mehr.«

Jackson hob eine Braue. »Oh, Sie überraschen mich, Doktor. Ich hatte Sie für jemanden gehalten, der sich am liebsten hinter den Schürzenbändern seiner Anwältin versteckt.«

Ich würde dir am liebsten eins überbügeln, dachte Ryan. »Bringen wir es einfach hinter uns.«

»Hier entlang, bitte.« Jackson führte ihn durch einen langen Korridor in einen durch Glaswände abgetrennten Konferenzraum. Die Tür stand offen. Liz saß am anderen Ende des Raums, den Rücken dem Fenster zugewandt. Am Kopfende des langen Tisches hatte bereits eine Stenographin Platz genommen.

»Hallo Liz«, sagte Ryan. Sie reagierte mit einem schwachen Lächeln.

Ryan schaute erst die Stenographin, dann Jackson an. »Wozu brauchen wir einen Gerichtsreporter? Ich dachte, dies sei ein informelles Treffen, keine Zeugenvernehmung unter Eid.«

»Niemand steht hier unter Eid«, sagte Jackson. »Sie ist nur da, um alles aufzuzeichnen, was gesagt wird, damit wir hinterher ein Protokoll haben. Es ist im Prinzip nichts anderes, als wenn ich einen Kassettenrecorder laufen lassen würde.«

Genau, dachte Ryan. *Nur zehnmal so einschüchternd, du Arschloch*. »Es wäre mir lieber, wenn wir das ohne sie machen könnten.«

»Wieso?« fragte Jackson sarkastisch. »Gehören Sie vielleicht zu den Leuten, die nur dann etwas sagen, wenn sie das Recht haben, es später zu widerrufen?«

Ryan schaute zu der Stenographin hinüber. Ihre Finger flogen über die Tasten. Den ersten Schlagabtausch hatte sie bereits aufgezeichnet. »In Ordnung. Sie kann bleiben.«

Jackson ging um die Frau herum und setzte sich auf den Stuhl neben Liz. Ryan nahm auf der gegenüberliegenden Seite Platz. Er saß mit dem Gesicht zum Fenster. Die Jalousien waren vor seiner Ankunft so eingestellt worden, daß die Sonne ihm direkt in die Augen schien.

»Verzeihen Sie«, sagte er, »aber ich habe meine Schweißerbrille im Auto gelassen. Wäre es Ihnen möglich, die Jalousien herunterzulassen?«

Jackson grinste. »Oh, das tut mir aber leid. Ich werde das sofort in Ordnung bringen.« Er lehnte sich zurück, um die Jalousien zu verstellen – aber nur minimal. In wenigen Minuten würde die Sonne Ryan wieder in die Augen scheinen. Wahrscheinlich gehörte das zu Jacksons Strategie. Alle drei, vier Minuten würde Ryan wieder von der Sonne geblendet werden. Jedes Mittel war recht, um die Gegenpartei abzulenken oder zu ärgern. *Dieser Typ ist einfach unglaublich.*

Jackson sagte: »Halten wir für das Protokoll zunächst einmal fest, daß Dr. Duffy gerade seine Anwältin gefeuert hat und sich folglich heute selbst vertritt. Ist das korrekt, Doktor?«

»Ja.«

»Also gut«, sagte Jackson. »Dann wollen wir mit einer Überprüfung der Dokumente beginnen.«

»Welcher Dokumente?«

Er reichte Ryan ein Papier. »Das haben unsere Steuerexperten für uns zusammengestellt. Es ist eine genaue Ermittlung ihrer Einkommens- und Vermögensverhältnisse.«

Ryans Blick wanderte sofort zum Ende der Seite. Ihm stockte der Atem. »Siebenhunderttausend Dollar! Das ist das Zehnfache meines Jahreseinkommens!«

»Das Zehnfache dessen, was Sie als Jahreseinkommen *angegeben* haben. Ihre Steuererklärung geht zwar nur von einer fünfstelligen Summe aus, aber wir wissen es besser.«

Ryan schaute Liz an. *Wußte sie von dem Geld auf dem Dachboden*? »Wovon reden Sie überhaupt?«

Jackson legte eine Akte auf den Tisch. Sie enthielt einen Stapel Belege, der fast zwanzig Zentimeter hoch war. »Rechnungen«, sagte er trocken.

»Was für Rechnungen?«

»Während der letzten acht Monate Ihrer Ehe hat Liz sich in Ihrer Praxis um die Rechnungen gekümmert. Sie hat alle Patienten angeschrieben, die ihre Rechnungen nicht bezahlt hatten. Das wollen Sie doch sicherlich nicht leugnen?«

»Nein, das leugne ich nicht. Es war Liz' Idee. Ich habe ihr gleich gesagt, daß diese Leute einfach nicht bezahlen können. Sie hat ihnen trotzdem Mahnungen geschickt. Aber unbezahlte Rechnungen können Sie nicht als Einkommen verbuchen. Das ist doch absurd.«

Jackson beugte sich herausfordernd vor. »Wir glauben nicht, daß sie nicht bezahlt wurden.«

»Ich verstehe nicht recht.«

»Sie wußten, daß Liz unglücklich war. Sie haben schon lange damit gerechnet, daß eine Scheidung auf Sie zukommt. Wir werden nachweisen, daß Sie von Ihren Patienten Geld unter der Hand angenommen haben. Diese Einnahmen haben Sie Liz vorenthalten, damit Sie sie für sich behalten können.«

»Sie sind wohl nicht ganz bei Sinnen!« Er schaute seine Frau an. »Liz, erklär's ihm.«

Sie wandte sich ab.

»Dr. Duffy, es läuft darauf hinaus, daß Sie Ihrer Frau eine Abfindung in Höhe von siebenhunderttausend Dollar zu zahlen haben, zuzüglich eines monatlichen Ehegattenunterhalts in einer Höhe, die den Einkünften einer gutgehenden Arztpraxis angemessen ist.«

»Das ist doch lächerlich.«

»Es lacht aber niemand, Doktor.«

»Liz, ich kann es nicht fassen, daß du mich hier dermaßen reinlegen willst.«

Jackson sagte: »Ich würde es begrüßen, wenn Sie Ihre Kommentare an mich richten würden, Dr. Duffy, nicht an Ihre Frau.«

»Selbstverständlich. Ich bin mir sicher, daß Sie sich diese Intrige ausgedacht haben.«

»Niemand hat sich hier irgend etwas ausgedacht.«

»Seit wann vertreten Sie meine Frau? Seit acht Monaten. Ich wette, seit dem Tag, an dem sie angefangen hat, diese Mahnungen zu schreiben. Nur weil sie von Ihnen angestachelt wurde, ist sie auf die Idee gekommen, Patienten, die sowieso nicht zahlen können, Mahnungen zu schicken und mich anschließend zu beschuldigen, ich hätte das Geld unter der Hand eingesteckt.«

»Ich habe nicht vor, mich von Ihnen beschimpfen zu lassen, Dr. Duffy. Entweder wir führen dieses Gespräch auf professioneller Ebene, oder wir brechen es ab.«

Ryan stand auf und trat vom Tisch zurück. »Einverstanden. Dieses Gespräch ist beendet.« Er warf Liz einen wütenden Blick zu. »Und zwar endgültig.« Er drehte sich um und verließ den Raum.

Liz sprang auf und lief hinter ihm her. Ihr Anwalt packte sie am Handgelenk, doch sie schüttelte ihn ab. »Ryan, warte!«

Er hörte sie, ging jedoch unbeirrt weiter. Er war schockiert, wie sehr sich Liz seit ihrem freundschaftlichen Gespräch vor drei Tagen auf der Veranda verändert hatte. Die dreistündige Vorbereitung mit Mr. Liebenswürdig hatte offenbar ihre negative Energie freigesetzt. *Oder das Gespräch am Dienstag war lediglich eine Kriegslist gewesen.*

»Ryan!«

Er ging weiter ohne sich umzusehen. Die Türen des Aufzugs öffneten sich, und er trat hastig ein. Liz machte einen Satz und schaffte es im letzten Augenblick, bevor sich die Aufzugstüren wieder schlossen. Auf der Fahrt nach unten waren sie in der Aufzugskabine allein. Liz' Gesicht war gerötet. Sie war völlig außer Atem. »Ryan, hör mir zu.«

Er vermied es, sie anzusehen, und starrte statt dessen auf die Leuchtanzeige über den Aufzugstüren.

»Das war nicht meine Idee«, sagte sie in flehendem Tonfall.

Schließlich schaute er sie an. »Was hast du versucht, mir da drin anzuhängen?«

»Es ist zu deinem eigenen Vorteil.«

»Zu meinem eigenen Vorteil? Daß ich nicht lache!«

»Mein Anwalt ist auf die Idee gekommen, dir vorzuwerfen, du hättest Schwarzgeld angenommen. Er wollte dich in die Defensive treiben. Ich würde nie zulassen, daß er diesen Trick vor Gericht anwendet oder bei irgendeiner anderen Gelegenheit, wo es dir schaden könnte. Aber das heute war doch nur ein Vorgespräch. Das war doch nur Geplänkel.«

»*Geplänkel?* Das wird ja immer besser. Wie konntest du nur zulassen, daß er mir so übel mitspielt?«

»Weil es allmählich Zeit wird, daß du aufwachst«, sagte sie gereizt. »Acht Jahre lang hab ich dich angefleht, deine Karriere in die Hand zu nehmen und das Geld zu verdienen, das uns zusteht. Du könntest in jedem Krankenhaus hier in Denver ein Topchirurg sein. Aber du hast einfach alles aufgegeben.«

»Nichts habe ich aufgegeben. Ich bin immer noch Arzt.«

»Eine Vergeudung von Talent, das bist du. Es wird Zeit, daß du endlich aufhörst, für die armen Kranken in Piedmont Springs die Mutter Teresa zu spielen. Verdien endlich mal richtig Geld – für uns beide.«

»Dafür werdet ihr schon sorgen, du und dein Anwalt. Ist es das, was du vorhast?«

»Wenn ich dich nur so aus Piedmont Springs rauskriegen kann, dann werde ich dich tatsächlich zwingen, mir jeden Monat einen fetten Scheck zu schicken. Das hast du dir selbst zuzuschreiben. Ich habe mich nicht mit zwei Jobs gleichzeitig abgerackert, um dir dein Studium zu finanzieren, nur damit mir jeden Morgen der Gestank von Kuhmist in die Nase steigt. Piedmont Springs war *nicht* die Zukunft, über die wir vor unserer Heirat gesprochen haben. Ich habe lange genug gewartet, um aus diesem Drecksnest rauszukommen.«

Die Aufzugstüren öffneten sich. Liz war schon auf dem Weg in die Empfangshalle. Ryan hielt sie zurück.

»Ist es das, was dich treibt, Liz? Du kannst es nicht erwarten, aus Piedmont Springs rauszukommen?«

Ihre Augen wurden kalt. »Nein, Ryan. Mich treibt etwas ganz anderes. Ich habe es einfach satt, auf dich zu warten.«

Er schluckte schwer an dem bitteren Geschmack, als sie mit schnellen Schritten davonging.

12

Es herrschte dichter Verkehr, als Amy am Freitag nachmittag in Denver ankam. Sie parkte in der Nähe des Civic Center, etwa eine Meile von dem Café entfernt, dann ging sie zu Fuß einen Block weit bis zur Mall in der 16th Street und nahm den Shuttle in die Innenstadt. Die Busfahrt war Teil ihres Plans. Sie wollte ihre Identität, soweit es ging, verheimlichen. Es war denkbar, daß Ryans Vater ihr das Geld geschickt hatte, ohne irgend jemandem davon zu erzählen. Möglicherweise hatte er Amys Namen und Adresse mit ins Grab genommen. Sie wollte nicht, daß Ryan einfach von ihrem Nummernschild ablesen konnte, wer sie war.

Sie wurde nervös bei dem Gedanken, Ryan von Angesicht zu Angesicht gegenüberzutreten. Sie wünschte, sie hätte einen Freund bei der Polizei, der Nachforschungen über die Duffys anstellen und feststellen könnte, ob das Geld sauber war. Leider hatte sie keinen. Herumschnüffeln brachte normalerweise nichts. Das hatte sie in ihrer Ehe gelernt. Wochen diskreter Nachforschungen hatten ihr nur noch mehr Ärger eingebracht. Die Antwort hatte sie erst bekommen, nachdem sie sich vor ihn hingestellt und gefragt hatte: »Gehst du neuerdings mit einer anderen ins Bett?« Nicht die üblichen Verniedlichungen wie »triffst du dich mit einer anderen«, »hast du eine Affäre« oder »betrügst du mich«. Es hatte weh getan, die Wahrheit zu hören. Aber sie wußte damals dann, woran sie war.

Die direkte Konfrontation. In einer Notlage gab es keine andere Möglichkeit.

Der Shuttlebus brachte sie bis zum Larimer Square, einer historischen Straße mit authentischer viktorianischer Architektur. Wenn die Denkmalschützer sich nicht so engagiert hätten, wären diese Häuser auch der Abrißbirne zum Opfer gefallen, um Platz zu schaffen für weitere Wolkenkratzer aus Stahl und Glas. Sie wären verschwunden wie so viele andere auch, als in Denver der Ölboom herrschte und »Der Denver-Clan« im Fernsehen lief. Larimer Square war inzwischen die attraktivste Einkaufsstraße von Denver mit Spezialitätenläden, Cafés und mit Backsteinen gepflasterten Höfen, in denen im Sommer Konzerte stattfanden.

THE GREEN PARROT, ein Café, über dessen Eingang ein Schild mit einem grünen Papagei hing, befand sich in einem hundert Jahre alten Eckhaus, das einmal ein Drugstore gewesen war. An der hohen Decke hing ein prächtiger Kronleuchter. Wo früher die Ladentheke gestanden hatte, wurde jetzt an einem Tresen Espresso getrunken. Der Boden war mit alten Ziegeln aus Chicago gefliest. Die dekorativen, gußeisernen Tische waren mit Orchideenblüten verziert. Zwischen sprudelnden Springbrunnen und den grünen Pflanzen fühlte man sich bei einem Kaffeeklatsch, als würde man einen Tag im Park verbringen. Über den Tischen hingen riesige Käfige mit exotischen Vögeln.

Bevor sie eintrat, betrachtete Amy kurz ihr Spiegelbild in einem der Fenster. Sie hatte ihre Kleidung sorgfältig ausgewählt. Nichts, was zu sexy wirkte. Sie wollte Ryan nicht zu der Annahme verleiten, sein alter Herr hätte das Geld seiner achtundzwanzigjährigen Geliebten vermacht. Sie trug ein marineblaues Kostüm mit pfirsichfarbener Bluse und Schuhe mit niedrigem Absatz. Keinen auffälligen Schmuck, nur falsche Perlen und passende Ohrringe. Lässig, aber seriös. Sie ging durch die Flügeltür und blieb vor dem Schild mit der Aufschrift »Bitte hier warten, Sie werden plaziert« stehen.

»Kann ich Ihnen helfen?« wurde sie von der Empfangsdame angesprochen.

»Ja, ich bin hier verabredet. Mit Dr. Duffy.«

Die Empfangsdame warf einen Blick auf ihr Klemmbrett. »Ja, er ist schon da. Er hat gesagt, daß er jemanden erwartet. Bitte folgen Sie mir.«

Amy schluckte. Er war also tatsächlich gekommen.

Die meisten Tische waren besetzt, und das Feierabendpublikum fand sich ein. Man trank Wein, in der Region gebrautes Bier und auch Kaffee. Die Empfangsdame führte Amy zu einem Tisch am Fenster. Der Mann stand auf, um sie zu begrüßen. Er war jünger, als sie erwartet hatte. Und attraktiver. Ein gutaussehender Arzt. *Gran würde Luftsprünge machen.*

»Dr. Duffy?« sagte sie, als sie auf ihn zutrat.

Sie begrüßten sich mit einem Handschlag. »Richtig. Und Sie sind ...«

Sie zögerte. *Kein Nachname.* »Nennen Sie mich Amy.«

»Okay, Amy.« Er bestand nicht darauf, ihren Nachnamen zu erfahren. »Setzen Sie sich doch bitte.«

Als sie einander gegenüber Platz nahmen, erschien die Kellnerin. »Was darf ich Ihnen bringen?« fragte sie.

»Für mich einen coffeinfreien Cappuccino«, sagte Amy.

»Und für Sie, Sir?«

Ryan überlegte. »Ich nehme einen Kaffee.«

»Wir haben zweihundert verschiedene Sorten.«

»Suchen Sie irgendeine aus. Überraschen Sie mich einfach.«

Sie verdrehte die Augen, notierte sich etwas auf ihrem Block und ging.

Amy sah sich Ryan noch einmal genauer an. Er sah wirklich gut aus.

»Stimmt irgend etwas nicht?« fragte er.

Sie errötete, es war ihr peinlich, daß er sie dabei erwischt hatte, wie sie ihn anstarrte. »Tut mir leid. Sie sehen einfach nicht aus wie der Landarzt, den ich erwartet hatte.«

»Tja, ich achte sehr darauf, meine Maiskolbenpfeife niemals außerhalb von Piedmont Springs zu rauchen.«

Sie nickte und lächelte, als hätte sie diese Antwort verdient. »Jedenfalls vielen Dank, daß Sie gekommen sind, Doktor.«

»Nennen Sie mich Ryan. Und Sie brauchen sich nicht bei mir zu bedanken. Ich bin ziemlich neugierig darauf zu erfahren, was das für ein Geschenk ist, von dem Sie mir erzählt haben.«

»Dann will ich Sie nicht länger auf die Folter spannen. Wie ich schon sagte, ich habe vor einigen Wochen ein Paket erhalten. Unter dem braunen Packpapier kam ein Karton zum Vorschein, der einmal einen Römertopf enthalten hat. Kein Absender, kein Begleitschreiben. Ich habe die Produktnummer auf dem Kartonboden entdeckt, bei der Herstellerfirma angerufen und rausgefunden, daß sie auf den Namen Jeanette Duffy registriert ist.«

»Das ist der Name meiner Mutter.«

»Hat sie einen Römertopf?«

Ryan lachte in sich hinein bei der Erinnerung an die Berge von Corned Beef, die es nach der Beerdigung gegeben hatte. »Allerdings.«

»Ist es zufällig ein Römertopf der Marke Gemco?«

»Zufällig ja. Ich war dabei, als mein Vater den Topf gekauft hat.«

Das war genau die Bestätigung, die sie haben wollte. »Gut. Also, ich habe den Karton geöffnet.«

»Ich nehme an, er enthielt keinen Römertopf.«

»Nein.« Sie wurde ernst. »Es war Geld drin. Tausend Dollar.« Amy beobachtete sein Gesicht ganz genau. Sie kam sich unehrlich vor, aber was sie gesagt hatte, war ja nicht ganz gelogen. Es waren tatsächlich tausend Dollar in dem Karton gewesen. Sie hatte nur nicht erwähnt, daß sich noch weitere hundertneunundneunzigtausend darin befunden hatten.

»Tausend Dollar also.«

»Ich weiß nicht, ob Ihre Mutter oder Ihr Vater mir das Geld geschickt hat. Ich wollte Ihre Mutter nicht damit belästigen, so kurz nachdem Ihr Vater gerade gestorben ist. Darum habe ich Sie angerufen. Ich weiß ehrlich gesagt nicht, was ich tun soll.«

»Behalten Sie's.«

Die spontane Antwort verblüffte sie. »Einfach so?«

Ryan zuckte die Achseln. »Ich kann mir nicht vorstellen, daß meine Mutter so etwas tun würde. Also war es wahrscheinlich mein Vater. Offenbar wollte er, daß Sie das Geld bekommen. Sie mögen ihn vielleicht nicht gekannt haben, aber irgendwann müssen Sie ihm etwas Gutes getan haben, oder vielleicht haben Sie ihm aus irgendeinem Grund leid getan. So war mein Vater. Es wundert mich nicht, daß er jemandem wie Ihnen Geld geschickt hat. Sie scheinen ganz nett zu sein. Gott, es würde mich nicht wundern, wenn er allen möglichen Leuten Geld geschickt hätte, nachdem er erfahren hatte, daß er Krebs hatte.«

Die Kellnerin unterbrach sie. »Ein coffeinfreier Cappuccino«, sagte sie und stellte Amy die Tasse hin. »Und eine Tasse schwarzen Bodensatz für den Herrn.« Sie grinste. »Das war nur Spaß. Es ist eine brasilianische Mischung. Haben Sie sonst noch einen Wunsch?«

»Nein, danke«, sagte Ryan. Die Kellnerin drehte sich um und ging.

Amy schüttete ein Päckchen Süßstoff in ihren Cappuccino. »Meinen Sie das ernst, ich soll es einfach behalten?«

»Gott, es sind tausend Dollar. Wir reden hier nicht über Fort Knox. Sagen Sie nur meiner Frau nichts davon. Sie würde mich wahrscheinlich verklagen.«

Amy witterte eine Gelegenheit, ein paar persönliche Einzelheiten in Erfahrung zu bringen. »Ist Geld ihr sehr wichtig?«

»Das wäre reichlich untertrieben. Geld ist der Grund, warum wir uns scheiden lassen.«

»Das tut mir leid.«

»Ja, mir auch. Zum Glück haben wir keine Kinder. Nur Geldprobleme.«

»Zuviel oder zuwenig?«

Ryan hob eine Braue. »Das ist eine ziemlich persönliche Frage.«

»Verzeihung. Es ist einfach ein ziemlich weitverbreitetes

Problem.« Amy zögerte. Sie wollte nicht zuviel von sich preisgeben, aber wenn sie ihm ein bißchen über sich erzählte, würde sie vielleicht etwas mehr über die Familie Duffy erfahren. »Man könnte sagen, daß ich in gewisser Weise eine Expertin in Sachen Geld und Ehe bin.«

»Ach ja?«

»Mein Exmann ist Investment Banker. Steinreich. Aber das hat ihn nur immer rücksichtsloser und gieriger gemacht, wenn Sie mich fragen.«

»Sie sind geschieden?«

»Ja. Und ich will ganz ehrlich sein. Wir reden hier vielleicht nicht über Fort Knox, um Sie zu zitieren. Aber ich bedanke mich für Ihre Großzügigkeit. Ich kann das Geld gut gebrauchen.«

»Ihr reicher Exgatte zahlt Ihnen wohl nicht genug Unterhalt, wie?«

»Er bezahlt überhaupt nichts. Keinen Penny.«

»Wissen Sie zufällig, wie sein Anwalt heißt?« fragte Ryan scherzhaft.

Amy lächtelte, dann wurde sie ernst. »Ted brauchte keinen Anwalt. Als ich die Scheidung eingereicht habe, hat er mir gedroht, er würde ein Päckchen Kokain in meinem Wagen verstecken und dafür sorgen, daß man mich verhaftet und mir wegen des Drogendelikts das Sorgerecht für meine Tochter entzieht. Ich war mir nicht sicher, ob er das ernst meinte, aber ich konnte das Risiko nicht eingehen. Wir haben uns geeinigt. Ich habe bekommen, was mir wichtig war – mein Kind. Ted hat bekommen, was ihm wichtig war – er zahlt mir keinen Unterhalt und für meine Tochter so wenig, daß es kaum reicht, um sie zu ernähren.«

»Klingt ziemlich hart.«

»Eigentlich bin ich noch nie in meinem Leben so zufrieden gewesen.« Sie lächelte, obwohl auch das eine Halbwahrheit war. Taylor war ihr Sonnenschein, aber daß sie nur des Geldes wegen Jura studieren wollte, kam ihr vor wie Selbstverrat.

Sie hob ihre Tasse. »Auf Ihr neues Leben als Redneck.«

»Redneck?«

»Es ist ein Akronym. Klingt wie Redneck: R-D-N-K. Recently Divorced, No Kids: frisch geschieden, keine Kinder.«

Ryan lächelte. »Das hab ich ja noch nie gehört.«

»Ich hab's mir gerade ausgedacht. Prost.«

»Prost.«

Sie bemerkte, wie er sie über den Rand seiner Tasse hinweg beobachtete. Die plötzliche Stille zwischen ihnen hätte peinlich werden können, aber sein Blick beruhigte Amy. Sie blinzelte und mußte sich daran erinnern, weshalb sie hier war. »Und jetzt zurück zu diesem Geldproblem.«

»Ja, natürlich. Das Geld.«

»Am Anfang hat es mich ziemlich nervös gemacht. Jetzt, wo ich Sie kennengelernt habe, ist es mir fast peinlich, Ihnen zu erzählen, was ich gedacht habe. Ich hatte einfach Angst, es zu behalten. Ich mußte mich vergewissern, daß mit Ihrem Vater alles in Ordnung war.«

»Wie meinen Sie das?«

»Ach, mir sind die verrücktesten Gedanken durch den Kopf gegangen. Es hätte ja sein können, daß Ihr Vater ein gesuchter Bankräuber war oder so.«

Ryan lächelte. »Wir reden hier über Piedmont Springs. Als wir das letztemal einen Bankraub hatten, waren Bonny und Clyde die Hauptverdächtigen.«

Amy lachte. »Sie sind eine harte Nuß, wissen Sie das?«

»Wieso?«

»Ein Arzt, der nicht scharf aufs Geld ist und seinen Sinn für Humor noch nicht verloren hat.«

»Ich schätze, das habe ich von meinem Vater geerbt.«

»Sind Sie ihm sehr ähnlich?«

Ryan überlegte einen Moment. Noch vor einer Woche hätte er spontan ja gesagt. Jetzt antwortete er ausweichend: »Ich glaube schon. Komisch. Nach der Beerdigung habe ich in ein paar Familienalben geblättert. Ein paar alte Fotos von meinem Vater haben mich wirklich verblüfft. Er sah fast genauso aus wie ich jetzt. Wenn man ihn in andere Kleider gesteckt und ihm eine andere Frisur verpaßt hätte, hätte man ihn glatt für mich halten können.«

»Das ist unheimlich, nicht wahr?«

»Ja. Irgendwie sind wir alle ein bißchen wie unsere Eltern. Aber bei einer so starken körperlichen Ähnlichkeit fragt man sich, wieviel von dem, was einen ausmacht, vorherbestimmt ist.«

Amy wurde still. Genau das hatte sie sich auch schon oft gefragt. Sie war ihrer Mutter wie aus dem Gesicht geschnitten. »Ich weiß, was Sie meinen.«

»Jetzt, wo er tot ist, macht es mich richtig wütend, daß ich ihn nicht besser gekannt habe. Nicht, daß wir uns nicht nahegestanden hätten. Aber ich habe ihm nie die Fragen gestellt, die mir geholfen hätten, mich selbst besser zu verstehen.«

»Manchmal hat man einfach nicht die Gelegenheit dazu«, sagte sie beim Gedanken an ihre eigene Situation.

Ryan nippte an seinem Kaffee. »Gott, das geht ja richtig ans Eingemachte. Wahrscheinlich denken Sie jetzt, daß ich einen Psychiater brauche.«

»Überhaupt nicht.«

Sie plauderten noch eine Viertelstunde. In Anbetracht der Umstände gingen sie erstaunlich locker miteinander um. Es war fast, als hätten sie sich zu einem Rendez-vous getroffen und nicht zu einem Geschäftstermin, bei dem es um Geld ging.

»Möchten Sie noch Kaffee?« fragte die Kellnerin, die lautlos an ihren Tisch getreten war.

Sie schauten einander an. Eigentlich war alles Wichtige gesagt worden, doch keiner von ihnen schien das Treffen beenden zu wollen.

»Ich habe keine weiteren Termine heute«, sagte Ryan.

Amy warf einen Blick auf ihre Uhr und verzog das Gesicht. »Mist. Ich leider schon. Ich muß meine Tochter abholen.«

Er wirkte enttäuscht. »Schade.«

»Ich habe wirklich nicht damit gerechnet, daß wir so lange sprechen würden.«

Die Kellnerin legte die Rechnung auf den Tisch. Ryan griff danach. »Ich erledige das.«

»Vielen Dank. Tut mir leid, daß ich keine Zeit mehr habe.«

»Kein Problem.« Er nahm eine Visitenkarte aus seiner Brieftasche und notierte eine Telefonnummer auf der Rückseite. »Hier ist meine Privatnummer für den Fall, daß noch irgendwelche Fragen auftauchen. Ich meine, wegen des Geldes.«

Sie nahm die Karte entgegen und stand auf. »Danke.«

Seine Augen funkelten humorvoll. »Ich würde Ihnen gerne vorschlagen, mich zu besuchen, wenn Sie mal wieder in Piedmont Springs sind, aber ich bin sicher, daß Sie dort eine Menge Bekannte haben und ich ziemlich am Ende Ihrer Liste stehe.«

»Klar. Paris, London, Piedmont Springs. Das Problem hab ich überall, egal, wohin ich komme.«

»Das habe ich mir gedacht. Ich könnte Ihnen ja noch mal tausend Dollar schicken, dann hätten wir einen Grund, uns wieder zu treffen.«

Sie lächelte, aber innerlich drehte es ihr den Magen um. Er konnte ja nicht ahnen, daß er bereits für weitere hundertneunundneunzig Verabredungen im voraus bezahlt hatte. Plötzlich war sie ganz nervös, wußte nicht, was sie sagen sollte. »Man kann nie wissen.«

Er zuckte die Achseln. Ihre Antwort hatte in seinen Ohren wie ein Korb geklungen. »Tja, es war jedenfalls sehr nett, Sie kennenzulernen.«

Sie blieb einen Moment lang zögernd stehen, wünschte, sie müßten sich jetzt nicht trennen, nicht in dieser Stimmung. Aber eine Bemerkung wie »Man kann nie wissen« konnte sie nicht so einfach zurücknehmen. Sie wußte eigentlich nicht recht, warum sie das gesagt hatte, und auch nicht, wie sie es wiedergutmachen sollte. »Mich hat es auch gefreut, Sie kennenzulernen, Ryan.«

Sie lächelten einander ein letztes Mal an, diesmal ein wenig traurig. Mit dem leeren Gefühl, eine Chance verpaßt zu haben, wandte Amy sich ab und ging zur Tür.

13 Von Denver in die Ebenen im Südosten von Colorado ging es ständig abwärts. Für einen Mann, mit dessen Ehe es bergab ging, genau passend. Wie benommen fuhr Ryan den ganzen Weg nach Piedmont Springs; er hielt nirgendwo an, hörte kein Radio und kam in der Abenddämmerung an. Er war so in Gedanken versunken, daß er automatisch in die River Street einbog und auf das Haus zufuhr, in dem er und Liz während der letzten Jahre ihrer Ehe gelebt hatten. Erst kurz vor dem Haus bemerkte er seinen Irrtum. Hier wohnte er nicht mehr. Seit dem Nachmittag war ihm endgültig klar, daß er auch nie wieder hier wohnen würde. Er wendete und fuhr zum Haus seiner Eltern. Dem Haus seiner Mutter. Sein Vater war tot. Jetzt gehörte das Haus seiner Mutter.

Ryan hatte Kopfschmerzen.

In seinem Schädel hämmerte es buchstäblich. Während der ganzen Heimfahrt hatte er in Gedanken den Zusammenstoß mit Liz immer wieder durchgespielt. Es war ein eigenartiger Zufall, daß Liz' Anwalt ihn ausgerechnet jetzt beschuldigte, hinter dem Rücken seiner Frau riesige Summen zu horten. *Wenn sie nur wüßten.*

Sein Puls beschleunigte sich, als er in die Einfahrt bog. *Konnten sie es denn wissen?*

Sie konnten es nicht. So wütend, wie Liz heute gewesen war, hätte sie bestimmt etwas gesagt. Das einzige, was sie verlangte, war, daß Ryan sich endlich einen gutbezahlten Job suchte und richtig Geld verdiente. Auf keinen Fall erhob sie Anspruch auf einen Koffer voll Geld, der auf dem Dachboden versteckt war.

Er stellte den Motor ab und stieg aus seinem Jeep Cherokee. Auf dem Weg zum Haus wanderten seine Gedanken wieder zu Amy. Ihm war immer noch nicht klar, was am Ende schiefgelaufen war. Er hatte geglaubt, so etwas wie Sympathie gespürt, etwas in ihrem Lächeln gesehen zu haben. Einen Moment lang war es ihm in ihrer Gegenwart gar nicht mehr so schrecklich vorgekommen, daß ihm eine Scheidung bevorstand. Sie war eine Frau, die er gern näher kennengelernt hätte. Aber als er auch nur erwähnt hatte, daß sie sich vielleicht wiedersehen könnten, hatte sich alles in Wohlgefallen aufgelöst. Er fragte sich, was hier eigentlich los war. Erst am Dienstag hatte Liz erwähnt, sein Vater hätte ihr auf dem Sterbebett versprochen, daß »bald genug Geld da sein würde«. Vielleicht war diese Amy eine Freundin von Liz, eine, die dieser raffinierte Anwalt auf ihn angesetzt hatte, um ihm Informationen über seine finanziellen Verhältnisse zu entlocken. Oder sie hatte womöglich tatsächlich ein Paket mit Geld erhalten und war jetzt nur nett zu ihm, weil sie hoffte, seine Familie noch ein bißchen ausnehmen zu können.

Nachdenklich kramte er seinen Hausschlüssel aus der Hosentasche. Erpreßtes Geld auf dem Dachboden. Geldgeschenke an Fremde. Versprechungen an Liz. *Was zum Teufel willst du mir noch alles antun, Dad?*

Ryan schaute nach Westen. In der Ferne verblaßte das Abendrot hinter den Bergen. Jedenfalls *ahnte* er, daß dort irgendwo Berge waren. Er konnte sie nicht wirklich sehen. Von den staubigen Ebenen in Südostcolorado aus lagen selbst Viertausender außer Sichtweite. Der vollkommen flache Horizont erinnerte ihn an einen späten Nachmittag, den er allein mit seinem Vater auf der Veranda verbracht hatte. Es war lange her, Ryan war damals noch klein, und sein Vater hatte eine Zigarette nach der anderen geraucht, die ihn schließlich das Leben gekostet hatten. Der Himmel war an jenem Tag ungewöhnlich klar gewesen. Das hatte seinen Vater auf eine spontane Idee gebracht. Er hatte das Fernglas geholt in der naiven Annahme, Ryan könnte damit zum erstenmal die Berge im Westen sehen. Aber selbst an einem so klaren Tag waren sie immer noch zu weit weg. Ryan war enttäuscht, aber er hörte gespannt zu, als sein Vater ihm den majestätischen Anblick beschrieb.

»Warum wohnen wir nicht dort?« hatte Ryan begierig gefragt.

»Weil wir hier wohnen, mein Sohn.«

»Und warum ziehen wir nicht einfach um?«

Sein Vater lachte in sich hinein und blies den Zigarettenrauch aus. »Man zieht nicht einfach um.«

»Warum nicht?«

»Darum nicht.«

»Soll das heißen, wir sitzen hier fest?«

Sein Vater schaute zum Horizont. Seine Stimme nahm einen traurigen Ton an. »Hier sind deine Wurzeln, Ryan. Die Familie deiner Mutter lebt seit fünf Generationen hier. Wurzeln kann man nicht einfach ausreißen.«

Dreißig Jahre später erinnerte Ryan sich deutlicher an den Ton als an die Worte. Totale Resignation, als wäre die Vorstellung von Sonnenuntergängen und glitzernden Bergen im Westen eine ständige Erinnerung daran, daß alles Schöne in unerreichbarer Ferne von Piedmont Springs lag.

Wenn er jetzt darüber nachdachte, verstand er, warum Liz und sein Vater sich so gut verstanden hatten. Bisher hatte er es sich immer damit erklärt, daß sich Vater und Sohn so ähnlich waren. Aber vielleicht lag es eher daran, daß sie so verschieden waren.

Ryan schloß die Haustür auf und trat ein. Die Sonne war ganz untergegangen, das Haus lag im Dunkeln. Er schaltete das Licht an und rief: »Mom, bist du da?«

Keine Antwort. Er ging in die Küche. Am Kühlschrank hing ein Zettel mit einer Nachricht. Auf diese Weise hatten sich die Duffys schon immer verständigt. Die Zivilisation mochte sich von der Buschtrommel bis zur e-mail entwickelt haben, aber nichts war so effektiv wie ein Zettel an der Kühlschranktür. Ryan las die Zeilen, während er sich ein Bier aus dem Kühlschrank nahm. »Gehe mit Sarah essen und anschließend ins Kino«, stand da. »Bin gegen zehn zurück.«

Er warf einen Blick auf die Uhr am Backofen. Halb neun. Gut, daß Mom unter Leute kam. Gut, daß sie jetzt nicht zu Hause war und von ihm wissen wollte, wie das Treffen mit Liz gelaufen war. Er öffnete die Flasche und trank auf dem Weg ins Wohnzimmer einen kräftigen Schluck Coors. Er schaltete das Licht ein und erstarrte.

Die Möbel waren verrückt worden. Nicht ordentlich umgeräumt. Verschoben. Das Sofa stand in einem merkwürdigen Winkel. Die Schrankwand war einige Zentimeter weit von der Wand abgerückt worden, mehrere Schubladen standen offen. Der Teppich war an einem Ende aufgerollt. Offenbar war jemand hiergewesen. Jemand, der nach etwas gesucht hatte.

Jemand, fürchtete Ryan, der von dem Geld wußte.

14

Dumm. Genauso kam Amy sich vor. Obwohl sie sich so gut auf ihr Treffen mit Ryan Duffy vorbereitet hatte, hatte sie ihr Ziel nicht erreicht. Sie hatte herausfinden wollen, warum Frank Duffy ihr das Geld geschickt hatte. Sie besaß immer noch keine eindeutige Antwort auf diese Frage. Dumm, schlicht und einfach dumm.

Nicht, daß sie es für etwas Großartiges hielt, immer klug zu sein. Schon als Kind hatte sie die Nachteile der Klugheit kennengelernt. Wenn man dumm war, wurde man nie für etwas verantwortlich gemacht. Intelligenz dagegen machte die Leute mißtrauisch, als würde man immer etwas falsch machen, nur weil man schlau war. Diese Reaktion hatte Amy mit der Zeit schüchtern gemacht, so schüchtern, daß sie heute das Gespräch mit Ryan unter anderem auch deswegen verpatzt hatte. Sie konnte diese Seite an sich nicht leiden. Deshalb konnte sie sich noch genau an den Tag erinnern, an dem sie von einem kontaktfreudigen Kind zu einem scheuen jungen Mädchen geworden war, das sich für seine außergewöhnlichen Fähigkeiten beinahe schämte. Ihre Mutter hatte sie, ein paar Jahre vor ihrem Tod, mitgenommen, als sie bei ihrem Hausarzt den jährlichen Gesundheitscheck machen ließ. Ihre Mutter hatte auf der Liege gesessen, sie war so hübsch gewesen, genau so eine Frau, wie Amy später einmal sein würde. Amy sah aufmerksam zu, wie die Schwester den

Ärmel ihrer Mutter hochschob, um den Blutdruck zu messen.

»Sehr gut«, sagte die Schwester, als sie die Werte ablas. »Hundertzwanzig zu achtzig.«

»Eineinhalb«, sagte Amy.

»Eineinhalb was?« fragte ihre Mutter.

»Hundertzwanzig zu achtzig. Das ist eineinhalb.«

Die Schwester schaute von ihrem Formular auf und ließ vor Erstaunen beinahe ihren Stift fallen. »Wie alt ist das Kind?«

»Sechs«, sagte Amys Mutter. »Na ja, beinahe sechs.«

Mehr als zwanzig Jahre später hatte Amy immer noch den Blick der alten Schwester vor Augen. Während ihrer Kindheit war Amy diesem Ausdruck völliger Entgeisterung immer wieder begegnet. Wenn die Leute die erstaunlichen Dinge vernahmen, die aus Amys Mund kamen, nahmen sie zunächst mal an, sie sei zu klein für ihr Alter. Wenn sie dann erfuhren, wie alt sie tatsächlich war, schauten sie sie an, als wäre sie ein Wunderkind. »Du bist etwas ganz Besonderes«, sagte ihre Mutter dann, und Amy hatte sich immer so gefühlt. Bis ihre Mutter gestorben war. Von da an war alles ganz schwierig. Amy lernte hart zu sein, körperlich und emotional. Vor allem Jungs gegenüber. In der Grundschule zettelten sie auf dem Schulhof Raufereien mit ihr an, nur um ihr zu zeigen, daß Intelligenz ihre Grenzen hatte. Hübsch, wie sie war, wurde sie während ihrer High-School-Zeit von vielen Jungen eingeladen, aber selten ein zweites Mal. Intelligenz war vielen Leuten unheimlich, von der Schwester in der Arztpraxis über die Jungs auf dem Schulhof bis zu Amys Exmann, einem echten Ekelpaket.

Irgendwie hatte sie den Eindruck, daß dieses Problem für einen Mann wie Ryan Duffy nie ein Thema sein würde.

Das Treffen mit Ryan war zugegebenermaßen nicht gerade das klügste gewesen, was sie bisher in ihrem Leben angezettelt hatte. Selbst ihre Mutter hätte ihr das gesagt, würde sie noch leben. Und doch ging es ihr gegen den Strich, das Ganze als Dummheit abzutun. Ryan gefiel ihr. Er hatte sie zum Lächeln gebracht, er hatte es geschafft, daß sie sich ungezwungen gefühlt hatte in einer Situation, die äußerst unangenehm hätte werden können. Zu ihrer eigenen Verwunderung wünschte sie sich, sie wären sich unter anderen Umständen begegnet, zu einem anderen Zeitpunkt in ihrem Leben. Sie wußte nicht recht, was sich in ihrem Innern zusammenbraute, aber seit sie das Café verlassen hatte, dachte sie mehr an ihn als an das Geld.

Wenn Dummheit sich so anfühlte, dann war es gar nicht so schlimm, dumm zu sein.

Wirklich dumm war ihre Bemerkung gewesen, nachdem er gesagt hatte, er würde sie gern wiedersehen. *Man kann nie wissen.* Vier kleine Wörter, die jedes denkende Wesen übersetzen würde mit: »Träum weiter, Süßer.«

Schluß mit der Selbstzerfleischung. Sie hatte schließlich seine Telefonnummer. Und sie mußte ihn sowieso anrufen. Zumindest mußte sie ihm die Wahrheit sagen. Hier ging es nicht um tausend Dollar, wie sie ihn hatte glauben lassen. Sie hatte ihren Vorsatz, die »direkte Konfrontation« zu suchen, völlig außer acht gelassen. Es wurde Zeit, das in die Tat umzusetzen, was sie sich vorgenommen hatte.

Und dann zu sehen, wozu das führte.

Sie nahm den Telefonhörer ab, holte tief Luft und wählte die Nummer.

*

Das Klingeln des Telefons zerriß die Stille. Ryan blieb im Flur stehen. Er hatte sämtliche Zimmer durchsucht. Außer ihm war niemand im Haus. Wer immer dagewesen war, war verschwunden. Dennoch wurde er das seltsame Gefühl nicht los, daß jemand das Haus beobachtete – daß derjenige, der eingebrochen war, ihn jetzt anrief, um ihn zu verhöhnen. Er ging in die Küche und nahm den Hörer ab.

»Was wollen Sie?« fragte er barsch.

»Hallo Ryan. Hier ist Amy. Habe ich einen ungünstigen Moment erwischt?«

Er wußte, daß er gereizt klang, aber er würde sich hüten, ihr von dem Einbruch zu erzählen. »Irgendwie schon. Nein, tut mir leid. Schießen Sie los.«

»Nur ganz kurz. Ich habe über unser Gespräch nachgedacht, und ich wollte noch etwas klarstellen. Aber ich kann auch später noch mal anrufen, wenn Sie wollen.«

»Nein, ist schon gut. Worum geht es denn?«

Die richtigen Worte zu finden war schwer, aber sie wollte nicht wie eine Lügnerin klingen. »Eine Bemerkung von Ihnen geht mir nicht mehr aus dem Kopf. Sie haben gesagt, es hätte Sie nicht gewundert, daß Ihr Vater mir Geld geschickt hat. Sie haben gesagt, es würde Sie nicht wundern, wenn Ihr Vater noch allen möglichen anderen Leuten Geld geschenkt hätte, nachdem er erfahren hatte, daß er krebskrank war.«

»Das habe ich nur so gesagt.«

»Aber angenommen, er hat noch mehr Leuten Geld gegeben. Vielleicht viel mehr. Ich möchte Ihnen nicht zu nahe treten, aber soweit ich das beurteilen kann, war Ihr Vater nicht gerade wohlhabend.«

Ryan lehnte sich an den Kühlschrank. »Worauf wollen Sie hinaus?« fragte er, plötzlich neugierig.

Die direkte Konfrontation, ermahnte Amy sich. *Sei geradeheraus.* »Woher könnte er das Geld haben?« fragte sie gepreßt.

Ryan zögerte. *Ob sie etwas wußte*? »Ich kann nur annehmen, daß er es gespart hat.«

»Aber was wäre, wenn es viel mehr wäre als tausend Dollar? Ich meine, theoretisch.«

»Ich verstehe nicht, was Sie meinen.«

»Hören Sie mir zu. Sie haben einen sympathischen Eindruck auf mich gemacht, als wir uns unterhalten haben. Ich glaube, ich möchte einfach wissen, wie nett Sie wirklich sind. Sagen wir, es waren ... fünftausend Dollar in dem Paket. Würden Sie dann immer noch sagen, ich soll es behalten?«

»Tausend, fünftausend. Was auch immer. Klar, behalten Sie's.«

»Und wenn es fünfzigtausend wären? Ich meine, theoretisch.«

Er schluckte nervös. »Ich würde sagen, es würde keinen Unterschied machen. Nicht, wenn mein Vater es so gewollt hätte.«

»Und wenn es hunderttausend wären?«

Er sagte nichts, so als wäre das undenkbar.

»Nein«, sagte Amy. »Sagen wir, es waren zweihunderttausend Dollar. Dürfte ich es behalten?«

Eine angespannte Stille herrschte in der Leitung. »Theoretisch?« fragte Ryan.

»Theoretisch«, sagte Amy bestimmt.

Er antwortete langsam und ruhig. »Dann würde ich mich fragen, wo zum Teufel mein Vater das Geld her hat.«

»Genau das würde ich mich auch fragen«, sagte sie in demselben ernsten Ton.

Er ließ sich auf den Barhocker an der Küchenanrichte sinken. »Was wollen Sie von mir?«

»Ich möchte einfach, daß das alles mit rechten Dingen zugeht. Ich würde das Geld gern behalten. Und, wie Sie schon sagten, Ihr Vater muß irgendeinen Grund gehabt haben, es mir zu schicken. Aber wenn es schmutziges Geld ist, will ich nichts damit zu tun haben.«

»Ich habe keine Ahnung, woher mein Vater zweihunderttausend Dollar haben sollte, falls es das ist, was Sie wissen wollen.«

»Ich möchte eigentlich nur wissen, ob Ihr Vater ein ehrlicher Mensch war.«

Ryan seufzte. »Um darauf zu antworten, brauche ich möglicherweise ein bißchen Zeit.«

»Ich verstehe nicht recht.«

»Ich auch nicht. Es gibt da ein paar Dinge, die ich noch klären muß.«

»Was für Dinge?«

»Bitte, geben Sie mir eine Woche Zeit, um alles in Ordnung zu bringen. Familienangelegenheiten.«

Sie antwortete nicht sofort, aber sie hatte eigentlich keine Wahl. Nicht, wenn sie das Geld behalten wollte. »Okay. Ich möchte Ihre Familie nicht belästigen oder dem guten Ruf Ihres Vaters schaden. Aber wenn Sie mir keine Kontoauszüge oder irgend etwas anderes zeigen können, was beweist, daß das Geld aus legalen Quellen stammt, dann, fürchte ich, muß ich es der Polizei aushändigen.«

»Sie könnten es einfach zurückgeben.«

»Verzeihen Sie, aber es ist in mein Haus gekommen, es hat meine Hände berührt. Wenn es schmutziges Geld ist, muß ich es den Behörden übergeben. Vielleicht kann die Polizei feststellen, woher es stammt.«

»Das klingt wie eine Drohung.«

»Ich weiß. Glauben Sie mir, das war das letzte, was ich vorhatte, als ich Sie angerufen habe, ich hatte gehofft ...«

»Was hatten Sie gehofft?«

Die Worte blieben ihr im Hals stecken. Es hatte keine Zweck, ihm zu sagen, daß sie gehofft hatte, ihn wiederzusehen. Nicht, wenn er keine spontane Antwort auf die simple Frage geben konnte: *War Ihr Vater ein ehrlicher Mann*?

»Nichts. Ich hoffe nur, daß Sie dann eine Erklärung parat haben, die mich zufriedenstellt. Sie haben eine Woche, Ryan. Dann rufe ich Sie wieder an«, sagte sie und legte auf.

15

Ryan legte auf und erstarrte. Er hörte, wie dicht hinter ihm die Bodendielen knarrten. Er fuhr herum.

Seine Panik wich sofort einem Gefühl der Erleichterung. Es war sein Schwager. Sarah mußte ihm ihren Schlüssel gegeben haben. »Verdammt, Brent. Was soll das, dich hier so reinzuschleichen?«

»Ich hab mich nicht reingeschlichen.« Seine Stimme klang heiser und belegt. Er roch nach Bier, und in der Hand hielt er eine halbleere Flasche Coors.

Ryan spähte durch das Küchenfenster auf die Einfahrt hinaus. Brents Wagen stand hinter seinem, in einem komischen Winkel geparkt. Er mußte angekommen sein, während Ryan mit Amy telefoniert hatte. »Bist du in diesem Zustand Auto gefahren?«

Brent grinste breit, als würde ihn die Frage amüsieren. »Ich kann mich nicht erinnern.« Typisch Brent. Immer noch stolz darauf, daß er mehr Bier vertragen konnte als ein Burschenschaftler.

Brent war vier Jahre jünger als Ryan, wirkte jedoch älter. Er hatte früher einmal gut ausgesehen – das tat er eigentlich immer noch, jedenfalls an den zwei, drei Tagen in der Woche, an denen er geduscht hatte und rasiert und nüchtern war. Seine glorreiche Zeit als Footballstar hatte mit dem Abschluß der High-School geendet, war dann allerdings noch einmal kurz aufgeflammt, als er mit Ende Zwanzig davon geträumt hatte, als Bodybuilder berühmt zu werden. Ryan hatte ihn dazu gebracht, die Hormonpräparate abzusetzen. Doch dann hatte Brent angefangen zu trinken. Die Muskeln wurden weicher, sein Charakter härter. Jetzt war er feist und verbittert und sah aus wie einer von diesen übergewichtigen Ringern im Fernsehen, die jenseits von Gut und Böse waren. Und hatte seinen Job verloren. Ryan war nie von den Männern begeistert gewesen, die sich Sarah angelacht hatte, aber vor fünf Jahren war sie so richtig in Torschlußpanik geraten, als sie fast vierzig war und immer noch unverheiratet. Da hatte sie sich an Brent gehängt, er sah gut aus, war neun Jahre jünger und ließ sich auf die Geschichte ein, weil sie für ihn die Haushälterin spielte. Jetzt war sie Anfang Vierzig und schwanger und mit einem Blindgänger geschlagen, der jeden Morgen, wenn seine schwangere Frau bei Wal-Mart für einen Hungerlohn malochte, seinen Kater ausschlief.

»Du bist heute schon mal hiergewesen, stimmt's?« sagte Ryan.

»Stimmt. Hab über 'ne Stunde auf dich gewartet.«

Ryan bemerkte die leeren Bierflaschen auf dem Küchentisch. Acht Stück. »Du läßt nach, Kumpel«, sagte er sarkastisch.

Brents Gesicht glühte. Er war offensichtlich betrunken. Er hielt Ryan die halbleere Flasche hin. »Willste 'n Schluck?«

Ryan schob ihn weg. »Was hattest du hier zu suchen?« fragte er scharf.

Brent trat an den Kühlschrank und nahm sich ein frisches Bier. Er legte den Kopf in den Nacken und trank die Flasche in einem Zug aus. Ein halber Liter in zwölf Sekunden. Er wischte sich übers Kinn und sah Ryan an. »Ich hab das Geld gesucht.«

Das Wort traf ihn wie ein Vorschlaghammer, doch Ryan verzog keine Miene. »Welches Geld?«

»Spiel hier bloß nicht den Dummen. Sarah hat mir alles erzählt.«

Ryan packte die Wut. *Wenn es um Geheimnisse ging, war immer Verlaß auf die gute alte Sarah.* »Und, was ist damit?«

»Ich brauch fünfzigtausend Dollar. Und zwar heute abend.«

»Wofür?«

»Das geht dich einen Scheißdreck an. Es ist Sarahs Geld. Und ich will es haben.«

»Sarah und ich haben eine Abmachung getroffen. Keiner von uns rührt das Geld an, bis wir wissen, woher es stammt.«

Brents Augen zogen sich zusammen. »Und woher sollen wir wissen, ob du es nicht vielleicht schon ausgegeben hast?«

»Ihr werdet mir wohl einfach vertrauen müssen.«

»Ich vertrau dir gern die restlichen neunhundertfünfzigtausend an. Gib mir einfach die verdammten fünfzigtausend.«

»Nein. Für wen hältst du dich eigentlich, Brent? Wie kommst du dazu, in das Haus meiner Mutter einzudringen und nach Geld zu suchen?«

Brent erhob sich drohend. »Das Geld gehört Sarah. Gib es mir gefälligst!«

»Ich habe gesagt, nein.«

Brent wankte auf ihn zu. »Gib mir die verdammte Kohle, Mann, oder ich –«

Ryan brachte ihn mit einem stahlharten Blick zum Schweigen. »Oder was, Brent?«

Brent hütete sich, es in betrunkenem Zustand mit Ryan aufzunehmen. Doch er hatte einen irren Blick in den Augen, als wären die acht leeren Bierflaschen nur das Nachspiel eines durchsoffenen Tages gewesen. »Oder«, erwiderte Brent beinahe lallend, »ich könnte mich gezwungen sehen, eine schwangere Frau zu verprügeln.«

Ryan verlor die Beherrschung. Er stürzte sich auf Brent, packte ihn an der Kehle und warf ihn auf den Boden. »Ich hab dir gesagt, ich bringe dich um, Brent! Wenn du sie noch einmal anrührst, bring ich dich um!«

Brent wand sich und schlug um sich, um sich aus Ryans Griff zu befreien. Sein Gesicht lief blau an. Ryan drückte noch fester zu, getrieben von der Erinnerung daran, wie er die Wunden seiner Schwester genäht hatte, nachdem ihr Mann sie verprügelt hatte. Er hätte damals schon mit Brent abrechnen sollen, doch Sarah hatte ihn angefleht, es nicht zu tun.

»Ry-an«, keuchte Brent, kaum noch bei Bewußtsein. Die Augen schienen ihm aus dem Kopf zu treten.

Als Ryan plötzlich bewußt wurde, was er tat, ließ er los.

Hustend und nach Luft schnappend wälzte Brent sich auf die Seite. »Du hättest mich beinahe umgebracht, du Bastard.«

Ryan zitterte. Er hätte ihn tatsächlich beinahe umgebracht.

Erbärmlich jammernd rappelte Brent sich langsam auf. »Gib mir mein Geld«, greinte er. »Ich brauche es ganz dringend. Bitte, Ryan, du mußt es mir geben.«

Ryans Hände zitterten. Seit der Beerdigung redete jeder nur noch von Geld. Liz wollte sich wegen Geld von ihm scheiden lassen. Brent drohte, Sarah wegen Geld zu verprügeln. Und Amy – wer zum Teufel wußte schon, was sie vorhatte?

»Du willst das Geld?« sagte Ryan bitter. »In Ordnung. Ich werde es dir geben. Warte hier auf mich.« Er stürzte aus dem Zimmer und rannte die Treppe hinauf, immer zwei Stufen auf einmal nehmend. Er riß die Luke zum Dachboden auf und kletterte die Leiter hinauf. Ohne zu zögern ging er zu der alten Kommode und schob sie zur Seite. Innerhalb von Sekunden hatte er die Dielen aufgehoben und den Koffer geöffnet. Er griff sich ein Bündel Geldscheine – es konnten locker mehrere tausend Dollar sein, doch er zählte sie nicht –, kletterte die Leiter hinunter und rannte zurück nach unten. Schnaufend wie ein Kurzstreckenläufer hastete er an der Wohnzimmertür vorbei, dann blieb er unvermittelt stehen. Er hatte plötzlich eine Idee. Es war, als hätten Liz, Amy und jetzt Brent an einem Tag alles auf einen Punkt gebracht und Ryan die Augen geöffnet. Der Treuebruch seines Vaters. Die Gier überall um ihn herum.

»Komm, und hol dir dein Geld, Brent«, rief er in Richtung Küche. »Es ist alles hier.«

Eilig kam Brent ins Wohnzimmer gelaufen. Der Anblick, der sich ihm in dem schwach erleuchteten Raum bot, ließ ihn erstarren. Ryan stand neben dem Kamin. In der einen Hand hielt er ein Bündel Geldscheine, in der anderen ein langes, brennendes Streichholz. Auf dem Kaminsims stand eine offene Flasche Brennspiritus.

»Was – was machst du da?« fragte Brent mit zitternder Stimme.

»Wie gewonnen, so zerronnen.« Ryan hielt das Streichholz an das Geldbündel, bis eine Ecke Feuer fing.

»Nein!«

Die Geldscheine gingen in hellen Flammen auf; er hatte sie mit Brennspiritus getränkt. Ryan warf das Bündel in den Kamin. Im gleichen Augenblick stürzte Brent vorwärts. Ryan packte den Schürhaken und hielt ihn wie einen Baseballschläger. »Keinen Schritt weiter, Brent!«

Mit kummervoller Miene blieb Brent stehen. Das Geld verbrannte, aber Ryan war es todernst. Brent war den Tränen nahe. »Ryan, Mann. Verbrenn es nicht, bitte.«

Asche stob aus dem Kamin. Die Geldscheine verbrannten schnell. Ryan rührte sich nicht. »Wenn du Sarah auch nur ein einziges Mal anrührst, verbrenne ich alles. Ich schwöre dir, ich verbrenne es bis auf den letzten Geldschein.«

»Okay, Mann. Immer mit der Ruhe, okay?«

»So lautet die Abmachung«, sagte Ryan, als müsse er sich selbst ebenso daran erinnern wie Brent. »Keiner kriegt das Geld. Keiner erzählt irgend jemandem von dem Geld. Und zwar so lange, bis wir rausgefunden haben, wer es meinem Vater gezahlt hat und warum.«

Brent wich langsam zurück. »Okay, Ryan. Du bist der Boß. Du bestimmst die Regeln. Ich geh jetzt nach Hause. Hauptsache, du verbrennst nicht noch mehr von dem Geld. Einverstanden? Wir beide tun einfach so, als wäre das alles nie passiert.«

Ryan hielt den Schürhaken immer noch drohend in der Luft, er würde Brent, wenn nötig, den Schädel einschlagen.

Rückwärts arbeitete Brent sich bis zur Tür vor. »Also abgemacht. Wenn du sagst, das ist die Abmachung, dann ist das die Abmachung. Ich fahre jetzt nach Hause und sage Sarah, daß wir uns an die Regeln halten müssen, das ist alles.«

»Mach, daß du mir aus den Augen kommst, Brent.«

Brent nickte unbeholfen, dann verschwand er durch die Tür. Ryan trat ans Fenster und sah zu, wie Brent losfuhr. Dann warf er noch einmal einen Blick auf den Kamin. Das Geld war nur noch ein Häufchen glühender Asche. Tausende von Dollar. Weg. Komischerweise hatte er ein gutes Gefühl dabei. Er schaute zur Treppe hinüber, die nach oben und auf den Dachboden führte. Es war immer noch genug da, um das man sich streiten konnte.

Oder genug zum Verbrennen.

Ryan warf einen Blick auf die Uhr auf dem Sofatisch. Es würde noch mindestens eine Stunde dauern, bis seine Mutter nach Hause kam. Er goß noch einen Schuß Brennspiritus über die Asche, legte eine Handvoll Reisig darauf und dann noch ein dickes, trockenes Holzscheit. Als das Feuer zischte und die Flammen hochschlugen, schloß er das Kamingitter und ging nach oben.

16

Um 21.00 Uhr hatte Amy eine Verabredung. Mit Taylor.

Das Fiske Planetarium der University of Colorado war das größte Planetarium zwischen Chicago und Los Angeles. Den ganzen Sommer über gab es dort öffentliche Vorträge über Astronomie, im Anschluß daran wurde den Besuchern Gelegenheit zur Sternenbeobachtung am Observatorium gegeben. Die Abendveranstaltungen waren viel zu anspruchsvoll für Taylor, sie waren eher für Studenten gedacht als für vierjährige Kinder. Aber Taylor war ganz begeistert gewesen von den Matineeprogrammen, die mittwochs vormittags für Familien mit Kindern angeboten wurden. Dort hatte sie gelernt, wie entlaufene Sklaven sich auf der Flucht in die Freiheit nach dem Großen Wagen gerichtet hatten, und sie hatte in einem Simulator eine Reise durch das Sonnensystem gemacht. Die Simulierungen in der Kuppel waren schon ziemlich eindrucksvoll, aber Amy hatte ihr versprochen, sie einmal mit ins Observatorium zu nehmen, wo sie den echten Nachthimmel beobachten konnte. Und heute abend war es soweit.

Sie verbrachten über eine Stunde im Sommers Bausch Observatorium, beobachteten Doppelsterne und Galaxien durch ein 16-Zoll-Teleskop. Das größte Ereignis jedoch kam für Taylor, als sie durch ein wesentlich kleineres Teleskop auf dem Dach den Saturn und alle seine Ringe betrachteten. Taylor hatte tausend Fragen. Ihre Mutter kannte alle Antworten. Drei Semester Physik und Astronomie waren nicht völlig umsonst gewesen.

»Das ist cool«, sagte Taylor.

»Astronomie gefällt dir?«

»Nur, wenn ich jeden Abend lange aufbleiben darf.«

Amy lächelte. Das klang wie etwas, das sie früher zu ihrer Mutter hätte gesagt haben können. Taylor hatte zweifellos Interesse, doch sie besaß nicht die gleiche Leidenschaft für Astronomie, die Amy als Kind gehabt hatte. Andererseits hatte Amy, seit sie angefangen hatte, in der Anwaltskanzlei zu arbeiten, ihrer Tochter nicht die gleiche Unterstützung bieten können, die Amy von ihrer Mutter erhalten hatte. Die Zeit reichte einfach nicht.

Sie hatte sich bemüht, es sich nicht anmerken zu lassen, doch sie war fast den ganzen Abend mit den Gedanken woanders gewesen. Sie mußte ständig an Ryan denken, an ihn und nicht an das Geld. Etwas, das er im Café gesagt hatte, ging ihr nicht mehr aus dem Sinn. Es hatte sie berührt, daß er sich wünschte, seinen Vater besser gekannt zu haben. Die Vorstellung, man hätte sich dann selbst besser verstehen können, war ihr vertraut. Amy kannte dieses Gefühl nur zu gut, die unheimliche Ahnung, daß man sein könnte, was die Eltern waren, die Angst, dieselben Fehler zu machen wie sie. In Amys Fall, denselben tödlichen Fehler.

Amy ging auf den Rand der Beobachtungsplattform zu und trat an ein kleines $2^{1}/_{2}$-Zoll-Teleskop. Sie richtete es nach oben, dorthin, wo die Leier in Sommernächten über Boulder stand. Schon bald hatte sie Wega gefunden, den hellsten und größten Stern der Konstellation. Gleich darunter befand sich der Ringnebel – das Gestirn, das sie in der Nacht beobachtet hatte, als ihre Mutter gestorben war. Das Gestirn, das unwiderruflich sterben würde, so wie Amys Kindheitsträume und alles, was ihre Mutter ihr mit auf den Weg gegeben hatte.

Seit jener Nacht hatte Amy sich nie wieder mit dem Ringnebel beschäftigt. Das brauchte sie nicht. Moderne Astronomen starrten nicht nächtelang in den Himmel, um ihre Studien zu betreiben. Sie richteten ihre Teleskope aus und überließen den Instrumenten das Beobachten. Nicht daß es Amy keinen Spaß machte, die Sterne zu betrachten. Im Gegenteil. Es war nur dieses eine Gestirn, das sie einfach nicht mehr anschauen konnte.

Sie senkte das Teleskop ein wenig. Sie wandte eine abgeneigte Blickrichtung an und beobachtete aus den Augenwinkeln heraus; die beste Methode, weit entfernte Objekte am Himmel zu erkennen. Die graugrünen Ringe tauchten vor ihren Augen auf. Sie blinzelte. Ein Teil von ihr wollte sich abwenden, ein anderer Teil hinderte sie daran. Der Ringnebel sah genauso aus wie vor zwanzig Jahren. Er weckte sogar die gleichen Gefühle in ihr. Kälte. Einsamkeit. Die Erinnerungen kamen zurück. Der Ringnebel hatte ein Fenster zu Amys Vergangenheit geöffnet. Sie sah ein achtjähriges Mädchen zitternd vor Angst an den Regalbrettern ihres Wandschranks nach oben auf den Dachboden klettern, ihre einzige Fluchtmöglichkeit...

Die Luke ließ sich leicht und geräuschlos öffnen. Amy drückte sie hoch und dann zur Seite. Die Luft auf dem Dachboden war heiß und stickig. Noch eine letzte Anstrengung, und Amy war oben.

Das Licht der Taschenlampe wies ihr den Weg. Sie wußte noch vom letztenmal, als sie mit ihren Freunden hier oben gespielt hatte, daß es nur wenige Schritte entfernt noch eine Luke gab. Diese führte in das Gästezimmer auf der anderen Seite des Flurs. Auf Händen und Knien kroch sie über die Dachbalken und achtete dabei darauf, daß sie die Taschenlampe nicht verlor.

Als sie die andere Luke erreichte, hob sie die Klappe mit einer Hand und schaute hinunter. Der Wandschrank sah genauso aus wie der im Kinderzimmer – eine Kleiderstange auf der einen Seite und ein Regal auf der anderen. Amy klemmte sich die Taschenlampe unters Kinn und kletterte an den Regalbrettern hinunter. Unten angekommen, kauerte sie sich auf den Boden und blieb einen Moment lang dort hocken, um sich zu orientieren. Falls jemand ins Haus eingedrungen war, würde er sie hier bestimmt nicht finden. Sie könnte einfach in ihrem Versteck bleiben und abwarten. Doch dann schoß es ihr wieder durch den Kopf – wenn ihre Mutter sie nun brauchte? Wenn sie verletzt war?

Langsam stand sie auf. Sie mußte es riskieren. Aber die Taschenlampe konnte sie nicht benutzen. Falls jemand in dem dunklen Haus auf sie lauerte, würde die Taschenlampe sie verraten, so, als wäre sie der Nordstern am dunklen Nachthimmel.

Sie schaltete die Taschenlampe aus und öffnete die Tür des

Wandschranks. Der Flur lag nur wenige Schritte weit entfernt, direkt hinter der Zimmertür. Schnell war Amy an der Tür und spähte den Flur hinunter. Es war nichts zu sehen. Sie wartete ein paar Sekunden. Immer noch nichts. Mit wild klopfendem Herzen trat sie aus der Sicherheit des Gästezimmers in den dunklen Flur.

Das Zimmer ihrer Mutter lag auch im ersten Stock, am anderen Ende des Korridors. Es war dunkel, aber Amy fand sich zurecht. Sie verließ sich mehr auf die Erinnerung als auf ihre Augen. Sie konnte schon das Geräusch des Ventilators im Zimmer ihrer Mutter hören. Sie kam immer näher. Vor der Tür blieb sie stehen. Die Tür stand einen Spaltbreit offen. Amy machte noch einen Schritt und schaute in das Zimmer.

Der Schein der Straßenlaterne tauchte den dunklen Raum in ein fahles, gelbes Licht. Alles sah normal aus. Der Fernseher auf dem Ständer. Der große Spiegel über dem Schreibtisch. Amys Blick wanderte zum Bett hinüber. Sie sah einen Berg von Decken, unter dem sie die Gestalt ihrer Mutter nicht richtig ausmachen konnte. Aber sie sah die Hand. Sie hing schlaff über der Bettkante. Ein Schlaf, so tief, wie Amy ihn noch nie gesehen hatte.

»Mama?« sagte sie ängstlich.

Keine Antwort.

Sie sagte noch einmal: »Mama, ist alles in Ordnung?«

»Mama, Mama!«

Taylors Stimme riß Amy aus ihren Gedanken.

»Mama, laß mich auch mal gucken!« Taylor zerrte an ihrem Ärmel und war dabei, auf das Teleskop zu klettern.

Amy drückte sie fest an sich.

Ihre Tochter wand sich aus ihren Armen. »Ich will gucken!«

Amy drehte das Teleskop in eine andere Richtung, weg vom Ringnebel, weg von ihrer Vergangenheit. Sie richtete es abwärts auf das Fleming Law Building, etwas südlicher auf dem Campusgelände. In der Bibliothek brannte noch immer Licht. Wahrscheinlich jemand, der für ein Examen büffelte. Sie hob Taylor hoch, damit sie besser sehen konnte.

»Schau mal, da wird Mama ab September Jura studieren.«

»Darfst du da auch immer durch ein Teleskop gucken?«

»Nein, mein Schatz.«

»Warum willst du denn dann dahin gehen?«

Amy schluckte einen Kloß im Hals hinunter. »Komm, laß uns jetzt nach Hause fahren, Taylor.«

Es war 22.30 Uhr, als sie losfuhren, und Taylor schlief schon in ihrem Kindersitz, bevor sie das Campusgelände verlassen hatten. Tagsüber bot eine Fahrt über die U. S. 36 einen phantastischen Blick auf den Flagstaff Mountain und die Flat Irons, die viel fotografierten rotbraunen Sandsteinformationen, die die übergangslose Grenze zwischen der Ebene und den Bergen bildeten. Nachts jedoch war man dort wie an jedem anderen dunklen Ort allein mit seinen Sorgen und Nöten.

Jetzt kreisten Amys Gedanken um das Geld.

Sie parkte den Pick-up an der üblichen Stelle und ging, ihre schlafende Tochter auf dem Arm, die Treppe zur Wohnung hinauf. Leise öffnete sie die Tür und trug Taylor in ihr Zimmer. Es war eine kleine Traumwelt für sie beide. Amy hatte einen Sternenhimmel an die Decke gemalt. Die Farben allerdings hatte Taylor ausgesucht. Sie besaßen das einzige Planetarium der Welt mit einem pinkfarbenen Himmel.

Amy bemühte sich, so gut sie konnte, Taylor die Schuhe auszuziehen und ihre Tochter in den Schlafanzug zu stecken, ohne sie aufzuwecken. Sie gab ihr einen Gutenachtkuß, dann schaltete sie das Licht aus und schloß leise die Tür.

Im großen und ganzen war es ein schöner Abend gewesen. Der Besuch im Observatorium hatte sie in der Hoffnung bestärkt, daß Ryan Duffy sich mit einer positiven Nachricht bei ihr melden würde. Wenn das Geld sauber war, konnte sie das Jurastudium vergessen und dorthin zurückkehren, wo sie hingehörte.

Geld – der *Mangel* daran – würde nicht mehr als Vorwand dafür herhalten, daß sie vor den Dämonen davonlief, die am Himmel lauerten. An einem Himmel, den sie als Kind so geliebt hatte.

17

Das Geld brannte. Aber nur in seinem Kopf.

Der Metallkoffer voller Bargeld war schwerer, als Ryan erwartet hatte. Er hatte ihn zuerst die Leiter, dann die Treppe hinuntergeschleppt. Er war so schnell gewesen, daß die Flammen im Kamin immer noch loderten. Direkt vor der Feuerstelle sank er auf die Knie, öffnete den Koffer und riß das Kamingitter auf. Mit zitternden Händen griff er nach dem Geld. Er war wild entschlossen, es zu tun. Doch dann erstarrte er.

Zwei *Millionen* Dollar.

Vor Hitze und Aufregung war er schweißgebadet. Immer noch auf den Knien, schaute er abwechselnd das Geld und das flackernde Feuer an und wägte seinen Entschluß ab. Das Ganze machte ihn völlig verrückt. Es machte sie *alle* völlig verrückt. Sein Vater war noch nicht einmal eine Woche tot. Getrieben von Worten, die sein Vater auf dem Sterbebett gesprochen hatte, hatte Liz sich in den Kopf gesetzt, eine riesige Abfindungssumme von ihm zu erstreiten. Sein gieriger Schwager drohte ihm an, seine schwangere Schwester zu verprügeln, und hatte ihn dazu gebracht, den Gegenwert eines Monatseinkommens zu verheizen. Und irgendeine geheimnisvolle Frau behauptete, sein Vater hätte ihr ohne Grund zweihunderttausend Dollar geschickt. Das Geld richtete nur Unheil an, daran bestand kein Zweifel. Es zu verbrennen war das einzig Richtige.

Er packte ein Bündel Geldscheine und hielt es über die Flammen. Sein Verstand befahl ihm, es fallen zu lassen, doch seine Hand wollte nicht gehorchen. Oder vielleicht war es auch das Herz. Er brachte es einfach nicht fertig.

Gequält und beschämt schloß er die Augen. Bisher hatte Geld nie Macht über ihn besessen. Noch nie hatte er sich so schwach gefühlt.

Ein Geräusch riß ihn aus seinen Gedanken. Es war von draußen gekommen. Er sprang auf und eilte ans Fenster. In der Dunkelheit sah er, wie Brents Buick in die Einfahrt fuhr.

Er ist wieder da.

Ryan fuhr herum. Das Geld. Er mußte das Geld verstecken. Er schnappte den Koffer, zögerte den Bruchteil einer Sekunde, während er fieberhaft überlegte, wo er ihn verstecken sollte. Er hörte, wie eine Wagentür zugeschlagen wurde. Keine Zeit zu verlieren. Er schob den Aluminiumkoffer unter das Sofa. Aus dem Augenwinkel sah er, daß das Feuer immer noch brannte. Er hätte das Geld in die Flammen werfen sollen, dachte er – und das brachte ihn auf eine Idee. Er nahm die Zeitung vom Tisch und warf sie in den Kamin. Sie ging sofort in Flammen auf und hinterließ ein kleines Häufchen Papierasche. Es konnte genausogut von Papiergeld stammen. Nicht viele Leute waren verrückt genug, um zu wissen, wie verbranntes Geld aussah.

Ryan erstarrte, als ihm klarwurde, was ihm bevorstand. Es war ziemlich unwahrscheinlich, daß Brent zurückgekommen war, um zu diskutieren. Ebenso unwahrscheinlich war es, daß er wieder nüchtern war. Eher war er noch betrunkener, noch wütender. Er wollte das Geld. Er war garantiert zurückgekommen, um sich mit Ryan anzulegen. Ryan besaß keine Waffe, aber sein Vater hatte eine gehabt. Nachdem er vom Nachlaß seines Vaters eine komplette Bestandsaufnahme gemacht hatte, wußte Ryan über alles im Haus Bescheid. Er wußte genau, wo sich alles befand, bis hin zu den letzten zwei Millionen Dollar. Bis auf die letzte 9-Millimeter-Patrone.

Er lief durch den Korridor ins Schlafzimmer seiner Eltern. Die alte Smith & Wesson lag in der Kommode, in der obersten Schublade. Die Kugeln waren in der Geldkassette im Wandschrank. Ryan holte sich zuerst den Revolver, dann die Munition. Er lud alle sechs Kammern und legte seine Hand um den mit Perlmutt verzierten Griff, so, wie sein Vater es ihm beigebracht hatte. Der Revolver war kein Spielzeug, hatte sein Vater immer wieder betont, er war nur für den Fall der Notwehr gedacht. Notwehr gegen betrunkene Schwager, die hinter den Millionen der Duffys her waren.

Ryan hörte Schritte auf der Veranda, dann das Geräusch

eines Schlüssels im Haustürschloß. Er entsicherte den Revolver und ging in Richtung Wohnzimmer.

Den Revolver in der Hand, blieb er am Fuß der Treppe stehen und beobachtete die Haustür. Er hörte Schlüssel klimpern. Dann sah er, wie der Zylinder sich drehte. Er hob den Revolver und zielte, bereit, sich zu verteidigen. Die Tür öffnete sich. Ryans Finger zuckte. Sein Herz raste. Er stand unter Hochspannung. Dann atmete er erleichtert auf.

»Mom?« sagte er, als sie im Türrahmen stand.

Sie schnüffelte. Ihr Gesicht wurde aschfahl. »Sag nicht, du hast es tatsächlich verbrannt.«

Ryan war sprachlos vor Verblüffung. Seine Mutter war schon immer sehr intuitiv gewesen, aber von dem Geruch nach Rauch darauf zu schließen, daß er das ganze Geld verbrannt hatte, war regelrecht hellsichtig. Er ließ den Revolver sinken und beschloß, sich dumm zu stellen. »Was verbrannt?«

Sie schloß die Tür und ging direkt zum Kamin hinüber. »Das Geld«, sagte sie barsch. »Ich war bei Sarah, als Brent nach Hause kam. Er war vollkommen hysterisch, behauptete, du seist endgültig durchgedreht und dabei, das Geld zu verbrennen.«

»Ist er immer noch dort?« fragte Ryan. »Ich dachte, ich hätte seinen Wagen gesehen.«

»Sarah hat mich hergefahren.« Sie betrachtete die Asche im Kamin. »Ich kann es nicht fassen, daß du das getan hast.«

Ryan schob diskret den Revolver in die Hosentasche, um ihn vor seiner Mutter zu verbergen. »Was hat Brent dir erzählt?«

»Er sagt, du hättest mindestens zehntausend Dollar im Kamin verbrannt. Und du hättest gedroht, alles zu verbrennen.«

»Das stimmt.«

Seine Mutter trat auf ihn zu und sah ihm in die Augen. »Hast du getrunken?«

»Nein. Brent ist der Säufer. Er ist wie ein Einbrecher hier eingestiegen und hat nach dem Geld gesucht.«

Ihr Ton wurde weicher. »Sie haben Angst, du könntest sie um ihre Hälfte betrügen.«

»Ich betrüge niemanden.«

Sie schaute wieder zu der Asche im Kamin hinüber. »Ryan, mit deinem Anteil kannst du machen, was du willst. Aber du hast kein Recht, den Anteil deiner Schwester zu verbrennen.«

»Sarah und ich haben eine Abmachung. Das Geld bleibt, wo es ist, bis wir rausgefunden haben, wen Dad erpreßt hat und warum. Ich habe sie gebeten, Brent nichts von dem Geld zu erzählen. Aber offenbar hat sie's doch getan.«

»Du mußtest doch damit rechnen, daß sie ihrem Mann davon erzählt.«

»Wieso?«

»Weil er ihr Mann ist.«

»Nach der Logik hätte Dad dir auch erzählen müssen, wen er erpreßt hat.«

Sie schien unter seinem Blick zu schrumpfen. »Ich habe es dir doch gesagt. Ich kenne die Einzelheiten nicht. Ich wollte es nicht wissen, und dein Vater wollte es mir nicht erzählen.«

Ryan trat näher auf sie zu und nahm ihre Hand. »Mom, ich hätte heute abend beinahe zwei Millionen Dollar verbrannt. Vielleicht wärst du mit diesem Schritt einverstanden gewesen, vielleicht auch nicht. Aber ich habe es verdient, daß du mir alles sagst, was du weißt, bevor ich eine endgültige Entscheidung fälle.«

Sie wandte sich ab und starrte ins Feuer. In ihren dunklen, bekümmerten Augen spiegelten sich die zuckenden Flammen. Ohne aufzusehen, antwortete sie mit leiser, ernster Stimme: »Ich weiß mehr. Aber ich weiß nicht alles.«

Ryan begann zu ahnen, warum seine Mutter bei der Beerdigung nicht geweint hatte. »Sag mir, was du weißt.«

»Dein Vater –« Sie rang nach Worten. »Ich glaube, ich weiß, wo du die Antworten findest, die du suchst.«

»Wo?«

»Am Abend vor seinem Tod hat mir dein Vater den Schlüssel zu einem Bankschließfach gegeben.«

»Was ist in dem Schließfach?«

»Ich weiß es nicht. Dein Vater hat nur gesagt, falls du wegen des Geldes irgendwelche Fragen hättest, soll ich ihn dir geben. Ich bin sicher, daß du alles über die Erpressung erfahren wirst, wenn du es öffnest.«

»Woher willst du das wissen?«

»Dein Vater hat es offenbar nicht über sich gebracht, dir alles von Angesicht zu Angesicht zu erzählen. Aber er wollte, daß du Bescheid weißt. Und ich wüßte nicht, wo du die Antwort sonst finden könntest.«

Er sah ihr forschend in die Augen, als versuchte er, in ihre Seele zu sehen. So hatte er seine Mutter noch nie angesehen. Noch nie hatte er nach Anzeichen der Täuschung suchen müssen. Er konnte keine entdecken. »Danke, Mom. Danke, daß du es mir gesagt hast.«

»*Danke* mir nicht. Siehst du denn nicht, wie sehr mir das alles angst macht? Angst um dich, um uns alle?«

»Was soll ich denn tun?«

Sie machte ein gequältes Gesicht. »Das überlasse ich dir. Du kannst es machen wie ich und die Finger davon lassen. Oder du kannst das Schließfach öffnen und dann entscheiden, was du mit dem tust, was du darin findest.«

Er wartete, bis ihre Blicke sich trafen. »Ich muß es wissen, Mom.«

»Natürlich«, sagte sie mit immer leiser werdender Stimme. »Aber erzähl *mir* nichts davon.«

18

Panama. Bisher hatte Ryan mit dem Wort nichts anderes verbunden als einen berühmten Kanal und einen berühmt-berüchtigten Diktator namens Noriega, der gestürzt worden war. Als seine Mutter ihm von dem Bankschließfach erzählt hatte, war es ihm fast so vorgekommen, als läge Panama nicht weiter weg als Denver.

Wozu, zum Teufel, brauchte sein Vater ein Bankschließfach in Panama?

Der Schlüssel und die dazugehörigen Papiere befanden sich in einer verschlossenen Geldkassette im Schlafzimmerschrank, genau wie es seine Mutter gesagt hatte. Schließfach 242 beim Banco Nacional in Panama City. Sogar ein Stadtplan lag dabei. Und der Reisepaß seines Vaters. Ryan hatte noch nicht einmal gewußt, daß sein Vater einen besessen hatte. Er blätterte die Seiten um. Die meisten waren leer. Der Paß war wie neu, nur zweimal abgestempelt. Eine Reise nach Panama vor neunzehn Jahren und die Rückreise in die Vereinigten Staaten am nächsten Tag. Kein großartiger Urlaub. Frank mußte geschäftlich unterwegs gewesen sein.

Geschäftlich in Sachen Erpressung.

Ryan nahm die Kassette mit nach oben in sein Zimmer und lag Freitag nacht die meiste Zeit wach im Bett, während seine Gedanken rasten. Er versuchte, sich an jeden Menschen zu erinnern, mit dem er seinen Vater zusammen gesehen hatte; an jeden Mann und jede Frau, die sein Vater ihm gegenüber je erwähnt hatte. Keiner war darunter, der die finanziellen Mittel besessen hätte, um zwei Millionen Dollar Erpressungsgeld zu zahlen. Vor allem fiel ihm niemand ein, der irgend etwas mit Panama zu tun hatte.

Um 2.00 Uhr früh hatte er sich endlich so etwas wie einen Plan zurechtgelegt. Er stand leise auf und schaute kurz ins Schlafzimmer seiner Mutter, um sich zu vergewissern, daß sie schlief. Dann schlich er nach unten. Das Geld lag immer noch unter dem Sofa, wo er es versteckt hatte, als seine Mutter unerwartet aufgetaucht war. Ryan besaß eine kleine Lagerhalle in der Nähe der Praxis, wo er Vorräte an

Medikamenten und dergleichen aufbewahrte und einige alte Möbel abgestellt hatte. Nicht einmal Liz wußte von deren Existenz. Wie ein Dieb schlüpfte er geräuschlos durch die Haustür und schob seinen Jeep Cherokee bis zum Ende der Einfahrt, damit seine Mutter nicht von dem Motorengeräusch aufwachte. Er fuhr auf direktem Weg zu der Lagerhalle und verstaute das Geld in der untersten Schublade eines alten Aktenschranks. Dort war es in Sicherheit. Sowohl der Aktenschrank als auch der Metallkoffer, den sein Vater ihm hinterlassen hatte, waren feuerfest. Ryan fuhr zurück nach Hause, legte sich ins Bett und wartete auf den Sonnenaufgang.

Am Samstag morgen stand er früh auf, nach ein paar spärlichen Stunden Schlaf. Er duschte, zog sich an und ging mit der Kassette unter dem Arm nach unten in die Küche. Seine Mutter saß am Tisch, trank Kaffee und las die *Lamar Daily News*, ein Lokalblatt aus der nächstgelegenen »Metropole« – Lamar, Einwohnerzahl 8.500. Normalerweise bestand sie aus nicht mehr als sechzehn Seiten, von denen drei oder vier gewöhnlich mit reich bebilderten Berichten über das Jahrgangsstufentreffen der Granada High-School oder die Sieger der Pferdeshow gefüllt waren. Beim Anblick seiner Mutter mit ihren Kleinstadtnachrichten erschien Ryan die ganze Geschichte von Panama und dem Bankschließfach noch absurder.

»Ich habe mir alles angesehen«, sagte Ryan.

Seine Mutter starrte noch konzentrierter in ihre Zeitung.

»Willst du denn nicht wissen, was in der Kassette war?« fragte er.

»Nein.«

Ryan blieb stehen und wartete, in der Hoffnung, sie würde wenigstens aufblicken. Die Wand aus Zeitungspapier schien undurchdringlich. Das paßte, dachte Ryan. Die meisten Leute in Piedmont Springs lasen wenigstens hin und wieder den *Pueblo Chieftain*, die *Denver Post* oder sogar das *Wall Street Journal*. Nicht seine Mutter. Sie erlebte die Welt durch den Filter der *Lamar Daily News*. Manche Dinge wollte sie einfach nicht wissen.

»Mom, ich nehme das ganze Zeug mit, wenn du nichts dagegen hast.«

Sie reagierte nicht. Ryan wartete eine ganze Minute lang, erwartete, daß sie ihn wenigstens fragen würde, wohin er ging. Doch sie blätterte nur schweigend die Seite um, suchte noch nicht einmal Blickkontakt. »Ich komme heute abend erst spät zurück«, sagte er auf dem Weg nach draußen.

Er legte die Kassette auf den Rücksitz seines Jeep Cherokee und ließ den Motor an. Die Sonne ging gerade über den Maisfeldern auf. Meilen und Meilen von Mais, nur Futtermais, nicht der Süßmais, der für den menschlichen Verzehr angebaut wird. Eine Staubwolke wirbelte auf, als er auf der einsamen, staubigen Straße Gas gab, einer Abkürzung zum Highway 50, der ersten Etappe der zweihundert Meilen weiten Fahrt nach Denver.

*

Die Klimaanlage in Amys Pick-up war immer noch kaputt. Es machte den Verkehrsstau am Samstag nachmittag noch unerträglicher. Historikern zufolge hatte der Arapahohäuptling Niwot einst gesagt, »Menschen, die die Schönheit des Boulder Valley einmal gesehen haben, werden dort bleiben wollen, und ihr Bleiben wird das Ende der Schönheit bedeuten«. Als die Ampel an der Ecke 28th Street und Arapahoe Avenue zum viertenmal auf Rot sprang und Amy wieder nur wenige Zentimeter vorangekommen war, begann sie, die Wahrheit in dem Satz zu erkennen, den die Einheimischen »Niwots Fluch« nannten.

Amy hatte um 12.30 Uhr eine Verabredung zum Mittagessen in ihrem Lieblingsrestaurant. Gran hatte großzügigerweise eingewilligt, bis 15.00 Uhr auf Taylor aufzupassen. Für Taylor bedeutete das endlose Wiederholungen von »Pocahontas« und »Der König der Löwen«, zumindest bis sie in ihren Mittagsschlaf sank. Amy kam sich ein bißchen wie eine Rabenmutter vor, aber für morgen hatte sie sich bereits etwas überlegt, um das Verdummungsprogramm wieder wettzumachen.

Sie parkte in der Nähe des Broadway und ging zu Fuß zur Pearl Street Mall. Boulder hatte Unglaubliches an Naturschönheiten zu bieten, war aber ironischerweise ausgerechnet für seine Mall berühmt. Das ursprüngliche Stadtzentrum war jetzt reine Fußgängerzone, die sich über vier Blocks erstreckte. Zu beiden Seiten der mit Ziegelsteinen gepflasterten Straße standen historische Häuser und dem alten Stil geschmackvoll angepaßte Neubauten mit zahllosen Läden, Galerien, Minibrauereien, Büros und Cafés. Die Mall war der beste Ort, um Leute zu beobachten, vor allem am Wochenende. Jongleure, Musikanten, Schwertschlucker und andere Straßenkünstler verliehen dem Ganzen eine Atmosphäre wie auf einem Jahrmarkt. Amy lächelte, als sie im Vorübergehen den »Zip Code Man« sah, einen regelrechten menschlichen Computer, der einem, wenn man ihm seine Postleitzahl nannte, genau den Ort beschreiben konnte, wo man wohnte, egal, wie weit entfernt er lag. Taylor hatte ihn letzten Dezember in Verlegenheit gebracht, als sie ihm den Zip Code nannte, den sie auf ihren Brief an den Weihnachtsmann geschrieben hatte.

Das nepalesische Restaurant NARAYAN war ein geräumiges Lokal, wo man für wenig Geld riesige Portionen bekam. Als Studentin hatte Amy dort oft mit Maria zu Mittag oder zu Abend gegessen. Maria Perez war damals ihre Tutorin am Institut für Astrophysik und Geophysik gewesen. Bei gefüllten Schweinefleischröllchen oder scharfen vegetarischen Gerichten hatten sie Amys Dissertationsthema diskutiert. Seit Amy ihr Studium abgebrochen hatte, hatte sie Maria so gut wie gar nicht mehr gesehen. Obwohl sie sie immer noch als Freundin betrachtete, fiel es ihr schwer, den Telefonhörer abzunehmen und sie anzurufen. Teilweise lag das daran, daß sie das Gefühl hatte, Maria enttäuscht zu haben. Vor allem aber lag es daran, daß sie sich selbst nicht genügt hatte.

Als Amy kam, wartete Maria bereits am Eingang auf sie.

»Na, wie geht's, Fremde?« fragte sie, als die beiden sich umarmten.

»Wie schön, dich zu sehen«, sagte Amy.

Sie waren schon mitten in ein Gespräch vertieft, als die Empfangsdame sie an einen kleinen Tisch am Fenster führte. Es gab soviel zu erzählen. Maria hatte vor kurzem ihren achten Dreier abgehakt – was im Coloradojargon bedeutete, daß sie den achten der fünfundfünfzig Dreitausender des Staates Colorado bestiegen hatte. Maria war eine echte Fitneßfanatikerin, keine Seltenheit in einer Stadt, wo im Winter die Radwege noch vor den Straßen mit Schneepflügen geräumt wurden. Sie aß kein Fleisch und hatte tatsächlich in ihrem winzigen Büro eine Stange anbringen lassen, an der sie Klimmzüge machte. Amy war die einzige am Institut gewesen, die beim Joggen halbwegs mit ihr hatte mithalten können.

Die Kellnerin nahm ihre Bestellungen entgegen, und dann bewunderten sie bei einem Glas Chardonnay die neuesten Fotos von Taylor. Auf einigen Umwegen kamen sie schließlich auf Amys berufliche Pläne zu sprechen.

»Du fängst also im Herbst mit deinem Jurastudium an?«

»Sieht so aus.«

Maria grinste. »Schön, daß deine Begeisterung gewachsen ist, seit wir uns das letztemal gesprochen haben.«

»Was diese Sache angeht, habe ich möglicherweise gute Nachrichten.«

»Was denn?«

»Es ist absolut vertraulich. Ich sage es dir, aber du darfst mit niemandem darüber sprechen, nicht mal mit deinem Mann.«

»Wegen Nate brauchst du dir keine Sorgen zu machen, Liebes. Ich könnte ihm erzählen, ich hätte gerade die geheime Formel für Coca-Cola rausgekriegt, und er würde höchstens sagen: ›Freut mich, Schätzchen. Hast du meine Autoschlüssel gesehen?‹ Komm schon«, sagte sie begierig. »Was ist das große Geheimnis?«

Amy machte eine theatralische Pause, dann sagte sie: »Vielleicht schreibe ich mich im Herbst wieder am Institut für Astrophysik ein.«

Maria quiekte vor Begeisterung. An den Nachbartischen drehten sich die Leute nach ihr um, doch sie ließ sich nicht bremsen. »Wahnsinn! Das ist ja phantastisch. Mehr als phantastisch. Aber warum ist es ein Geheimnis?«

»Weil die Kanzlei, für die ich arbeite, mir ein Teilstipendium für das Jurastudium bewilligt hat. Wenn die rausfinden, daß ich dabei bin, es mir anders zu überlegen, streichen sie womöglich das Stipendium. Und wenn das mit meinem Astronomiestudium nicht klappt, dann bin ich richtig aufgeschmissen.«

Mit einer symbolischen Handbewegung verschloß Maria ihre Lippen. »Dein Geheimnis ist bei mir in Sicherheit. Wann wirst du es endgültig wissen?«

»Ende der Woche, hoffe ich.«

»Gott, ich bin ja so froh, daß du deine Meinung geändert hast.«

»Meine Meinung ist immer dieselbe gewesen. Aber die Umstände haben sich geändert. Genauer gesagt, meine finanzielle Situation.«

»Was, ist jemand gestorben und hat dir ein Vermögen hinterlassen?«

»Genau.«

»Super!« Marias Lächeln erstarb. »Ich meine, es tut mir leid, daß jemand gestorben ist. Aber für dich ist es ein Glück. Ach, verdammt, du weißt schon, was ich meine.«

»Schon gut. Ich hab den Mann eigentlich gar nicht gekannt.«

»Jemand, den du gar nicht gekannt hast, hat dir einen Haufen Geld hinterlassen?«

»Ja, möglicherweise. Ich habe mich gestern mit seinem Sohn getroffen, um mich davon zu überzeugen, daß alles seine Richtigkeit hat. Es ist ein bißchen schwierig. Er steckt mitten in einer Scheidung.«

»Ach«, sagte Maria.

»Warum siehst du mich so an?«

»Also, ein Mann, den du nicht kennst, vermacht dir Geld. Sein Sohn steckt mitten in einer Scheidung. Meinst du nicht, daß dein Vorhaben, dich im Herbst wieder einzuschreiben, ein bißchen zu optimistisch ist? Solche juristischen Probleme können sich ewig hinziehen.«

Amy zögerte. Die Sache war ja noch viel komplizierter, aber sie wollte lieber nicht noch mehr erzählen. »Er hat mir versprochen, alles bis Freitag zu klären.«

»Freitag«, sagte Maria, während sie mit den Fingern auf den Tisch trommelte. »Um ehrlich zu sein, das könnte fast zu spät sein.«

»Wieso?«

»Versteh mich nicht falsch. Niemand würde sich mehr als ich darüber freuen, wenn du wieder zurückkommst. Aber wir haben schon Mitte Juli. Ich bin mir nicht sicher, ob wir es schaffen, bis zum Herbstsemester alles zu organisieren.«

»Wo ist das Problem? Ich fange einfach da wieder an, wo ich aufgehört habe.«

»So einfach ist das nicht. Du mußt keine Scheine mehr machen, dein Schwerpunkt ist jetzt die Forschung. Auf dem Gebiet Sternentwicklung und der möglichen Existenz von Planetensystemen in ihrem Umfeld wird bereits intensiv geforscht. Wenn du eine zur Veröffentlichung bestimmte Dissertation schreiben willst, mußt du ans Meyer-Wombly-Observatorium auf dem Mount Evans.«

Das wußte Amy. Auf über viertausend Metern über dem Meeresspiegel konnte man Bilder machen, die sich an Qualität mit denen des Hubble-Teleskops messen konnten. »Wie komme ich denn da rein?«

»Das Observatorium wird von der University of Denver betrieben, aufgrund eines Sondernutzungsrechts des U. S. Forest Service. Das Institut wird also eine Art Vereinbarung über Forschungszusammenarbeit mit der DU treffen müssen. Das muß man lange im voraus in die Wege leiten. Es geht nicht nur darum, dir Zugang zum Teleskop zu verschaffen. Es geht auch um deine Unterbringung. Die Unterkunftsmöglichkeiten auf dem Berg sind ziemlich begrenzt, vor allem wenn du deine Tochter und deine Großmutter mitnehmen willst. Du kannst nicht jeden Tag von Boulder aus dort hinfahren. Das ist nicht nur viel zu zeitaufwendig. Ab November mußt du damit rechnen, daß die Straßen gar nicht mehr befahrbar sind.«

Nachdenklich nippte Amy an ihrem Wein. »Ich werde dir bis nächsten Freitag Bescheid geben. Versprochen.«

»Ich kann dir nichts garantieren.«

»Komm schon. Gib mir ein bißchen Aufschub, okay? Wann ist der absolut letzte Termin?«

»Gestern. Oder, um es genau zu sagen, letzten Monat. Wenn ich alle Hebel in Bewegung setze, um dich ins Herbstprogramm zu schleusen, brauche ich eine eindeutige Zusage von dir. Und zwar jetzt. Ich sage dir das ganz offen, Amy. Als Freundin.«

Amy biß sich auf die Lippe. Sie hatte Ryan Duffy eine Woche gegeben, um die Unterlagen zu besorgen, aber das war schließlich nicht in Stein gemeißelt. »Okay«, sagte sie und nickte kurz. »Ich sage dir Montag Bescheid.«

19

Am frühen Nachmittag konnte Ryan von der Autobahn aus die Skyline von Denver sehen. Eine Andeutung der berühmt-berüchtigten braunen Dunstglocke hing über der Stadt. Trotz zahlreicher Bemühungen war es Denver immer noch nicht gelungen, der Luftverschmutzung Herr zu werden. Das Schlimmste in dieser Richtung hatte Ryan vorletzten Winter erlebt. Seitdem war er bei seinem alten Freund Norman Klusmire nicht wieder zu Besuch gewesen.

Das einst unzertrennliche Paar hatte sich im ersten Studiensemester an der University of Colorado kennengelernt – als

Zimmergenossen auf dem Campus. Selbst ausgesucht hatten sie sich das nicht. Und sie schienen auch nicht gerade für eine Freundschaft geschaffen zu sein, erst recht nicht eine, die ein Leben lang halten sollte. Ryan nahm sein Studium ernst, hatte von Anfang an gewußt, daß er Medizin als Fach belegen würde. Norm war nur deswegen bei der University of Colorado gelandet, weil sie in der Nähe der Skipisten lag. Eine seltsame Wahl für einen jungen Mann aus dem Süden von Mississippi, der Eis bislang nur als Würfel in seiner Cola kannte. Seine Noten waren eigentlich miserabel; bedachte man allerdings, daß er nie am Unterricht teilnahm, waren sie fast schon wieder beeindruckend. Aus einer Laune heraus hatte er an der Aufnahmeprüfung für die juristische Fakultät teilgenommen und war mit seinem Prüfungsergebnis in der Spitzengruppe von null Komma fünf Prozent gelandet. Die große Wende kam, als er Rebecca kennenlernte, eine strahlende Schönheit, noch eine, die es aus dem Süden nach Colorado verschlagen hatte. Allerdings hätte er es sich mit ihr um ein Haar gleich am Tag ihrer Hochzeit verdorben. Norm hatte seinem älteren Bruder, einem echten Draufgänger, die Organisation der Junggesellenparty übertragen – wahrscheinlich seine einzige Fehlentscheidung seit seinem einundzwanzigsten Geburtstag. Als er eine Stunde vor der Hochzeit aufwachte, hatte er in der Brustwarze einen Ring, groß genug, um einen Metalldetektor bis zum Anschlag ausschlagen lassen. Er konnte sich absolut nicht daran erinnern, wie das Ding dahin gekommen war. Ryan führte eine kleine Notoperation im Keller der Kirche durch. Die Fäden paßten wunderbar zu Norms Brustbehaarung. Rebecca erfuhr nie davon. Die beiden waren noch immer miteinander verheiratet.

Norms stehende Rede war seit damals, daß Ryan sich vertrauensvoll an ihn wenden solle, wenn er jemals in Schwierigkeiten geriete. Er würde sich für den Gefallen revanchieren. Damals war das als Witz gemeint. Norm hatte sich auf Strafrecht spezialisiert.

Ryan ging zur Telefonzelle auf der Raststätte kurz vor Denver. Er kündigte Norm an, daß er vorhabe, auf sein altes Angebot zurückzukommen. Norm lachte, als er sich an den längst vergessenen Witz erinnerte. Aber Ryan lachte nicht mit. Norm ließ sofort alles stehen und liegen und lud seinen alten Freund zu sich nach Hause ein.

Norm wohnte in der Monroe Street im nördlichen Cherry Creek-Viertel. Für eine Million bekam man auch in Denver keine Villa mehr, aber Ryan fand, daß Norm für das Haus mit seinen fünf Schlafzimmern, das an ein Mausoleum erinnerte und noch nicht mal einen nennenswerten Garten hatte, ein bißchen zuviel bezahlt hatte. Es war eins von diesen Bauwerken im Maisonettestil, von denen derselbe Bauherr noch mindestens ein Dutzend in der Gegend errichtet hatte, alle zum Preis von einer satten Million. Für das Geld hätte sich Ryan eher eins der liebevoll restaurierten viktorianischen Schmuckstücke in der Capitol Hill-Gegend gekauft.

Ryan parkte hinter dem Range Rover in der Einfahrt. Norm kam vor das Haus, um ihn zu begrüßen. Er trug weite Nikeshorts und ein verschwitztes T-Shirt, er sah fast so aus wie seine drei Söhne. Sie spielten gerade Basketball, zwei gegen zwei. Norm war als Student kein schlechter Sportler gewesen, aber er hatte ein paar Pfund zugelegt, seit Ryan ihn das letztemal gesehen hatte. Und ein paar Haare verloren.

Norm schloß Ryan wie in alten Zeiten in seine bärenstarken Arme – egal, wie verschwitzt er war.

Ryan schob ihn von sich und verzog das Gesicht. »Was war das noch für eine Philosophie, die du immer verbreitet hast? – Südstaatler schwitzen nicht – sie glänzen?«

»Ganz genau«, sagte Norm und verpaßte ihm gleich noch eine nasse Umarmung. »Manche von uns glänzen halt ganz besonders.«

Norm trocknete sich mit einem Handtuch ab, während er seinen Freund hinter das Haus auf die Veranda führte, wo sie sich ungestört unterhalten konnten. Die Haushälterin brachte ihnen eine Kanne mit fürchterlich süßem Eistee, noch eins von diesen untrüglichen Zeichen für Norms Südstaatenwurzeln. Norm schenkte ihnen ein, und Ryan berichtete kurz von der Beerdigung, an der Norm gern teilgenommen hätte. Dann kamen sie zur Sache.

»Also«, sagte Norm zwischen zwei kräftigen Schlucken. »Was führt dich den weiten Weg nach Denver zu einem der berühmtesten Strafverteidiger Amerikas?«

»Was ich jetzt sage, fällt doch unter das Schweigegebot, oder?«

»Klar. Das ist alles absolut vertraulich. Die Tatsache, daß wir Freunde sind und das Gespräch gratis ist, ändert da gar nichts dran.«

»Ich kann dir deine Arbeitszeit bezahlen, Norm. Ich bin nicht auf Almosen aus.«

»Blödsinn. Glaub mir, wenn ich dir sage, daß du dir mich nicht leisten kannst. Und tu mir den Gefallen, und nimm das nicht persönlich. Verdammt, wenn ich einen Anwalt nötig hätte, ich könnte mir mich auch nicht leisten.«

»Das ist so ungefähr der Grund, warum ich hier bin, Norm. Ich könnte dich sehr wohl bezahlen. Sieht so aus, als hätte mein Vater mir ein bißchen Geld hinterlassen.«

Norms Interesse war geweckt. »Wieviel?«

»Mehr als du dir vorstellen kannst.«

»Ah ja. Da wirst du einen brauchen, der sich auf Erbrecht spezialisiert hat. Wen hast du denn beauftragt?«

»Ich hatte vor, denselben Anwalt zu nehmen, der Dads Testament aufgesetzt hat. Josh Colburn, ein zuverlässiger Mann. Nicht besonders gerissen, aber treu wie ein Hund. Er vertritt so ziemlich jeden in Piedmont Springs. Aber ich hab allmählich das Gefühl, daß das hier nicht ganz seine Kragenweite ist.«

»Inwiefern?«

»Es haben sich ein paar Fragen bezüglich der Herkunft des Geldes aufgetan.«

»Was für Fragen?«

Ryan zögerte. Er fühlte sich plötzlich gehemmt. Norm war sein Freund und hatte seinen Vater gekannt. Das hatte nichts mit Vertrauen zu tun. Es war die pure Scham, die ihn davon abhielt, das Wort »Erpressung« auszusprechen. Kurz entschlossen überging er dieses Detail. »Mein Vater hatte ein Bankschließfach in Panama.«

»Panama?«

»*Sí*«, sagte Ryan.

»Das allein bedeutet noch gar nichts.«

»Norm, spar dir das politisch korrekte Gesülze. Wir reden hier nicht über einen gewieften, international tätigen Geschäftsmann. Wir reden über einen zweiundsechzigjährigen Elektriker aus Piedmont Springs.«

»Verstehe.«

»Er hat das Schließfach vor fast zwanzig Jahren gemietet. An einem Dienstag ist er runtergeflogen und am nächsten Tag gleich wieder zurück. Seinem Reisepaß entnehme ich, daß er nie wieder hingefahren ist.«

»Weißt du, was sich in dem Schließfach befindet?«

»Angeblich Unterlagen, die erklären, wo das Geld herkommt.«

Norm schüttelte verwirrt den Kopf. »Du mußt mir das schon ein bißchen genauer erklären. Wenn du von Geld sprichst, meinst du Aktien, Wertpapiere, Golddublonen – oder was?«

»Bargeld. Ein siebenstelliger Betrag.«

Norms Augen weiteten sich. »Glückwunsch, Kumpel. Du kannst mich *wirklich* bezahlen.«

»Was weißt du über die Banken in Panama?«

»Kommt drauf an. Als damals noch die Diktatur herrschte, war alles anders als heute. Sehr strenges Bankgeheimnis. Eine Menge Drogengeld ist in den Banken in Panama gewaschen worden. Es wird behauptet, das hätte sich bis heute nicht geändert, nur daß es nicht mehr von der Regierung unterstützt wird.«

»Wahnsinn.«

Norm lehnte sich vor. »Ich will dich ja nicht nervös machen, *amigo*. Auch wenn ich hauptsächlich mit Strafrecht zu tun habe, habe ich mich genug mit Erbrecht beschäftigt, um zu wissen, daß du im Zweifelsfall auch mit drinhängst.«

»Wie meinst du das?«

»Du bist der Nachlaßverwalter deines Vaters, stimmt's? Das bedeutet, daß du deine eigenen ethischen und rechtlichen Verpflichtungen hast. Zunächst einmal: Wo kommt das Geld her?«

»Das weiß ich nicht genau.«

»Was *glaubst* du denn, wo es herkommt? Sei ehrlich.«

Ryan konnte es immer noch nicht aussprechen – er brachte es nicht über sich, seinen Vater einen Erpresser zu nennen. »Ich fürchte, es könnte sich herausstellen, daß das Geld meinem Vater nicht gehörte.«

»Also gut. Nur damit wir hier endlich ein vernünftiges Gespräch führen können, sagen wir mal, dein alter Herr hat jemanden betrogen. Ich nehme an, er hat keine Einkommenssteuer auf das Geld gezahlt.«

»Garantiert nicht.«

»Das ist Problem Nummer eins. Die Steuerbehörde hat in diesen Dingen nicht den geringsten Sinn für Humor.«

»Das heißt, ich werde das Geld wohl auf irgendeiner Erbschaftssteuererklärung angeben müssen.«

»Nicht nur das. Das Nachlaßgericht verlangt von dir eine genaue Liste aller Vermögenswerte. Außerdem bist du verpflichtet, potentielle Gläubiger vom Tod deines Vaters zu unterrichten, die dann das Recht haben zu klagen. Wenn dein Vater jemanden betrogen hat, werden die Opfer wahrscheinlich als Gläubiger betrachtet. Strenggenommen wärst du sogar verpflichtet, ihnen eine Mitteilung zu schicken, so daß sie ihr Geld zurückbekommen könnten, wenn sie Ansprüche geltend machen würden.«

»Was ist, wenn ich nicht weiß, wer diese Leute sind?«

»Du bist der Nachlaßverwalter. Es ist deine Pflicht, das rauszufinden. Natürlich nur im Rahmen eines zumutbaren Aufwandes.«

Daß Norm ihn auf die rechtlichen Auflagen hinwies, erhöhte nur Ryans moralisches Pflichtgefühl – ganz zu schweigen von seiner Neugier. »Ich kann es immer noch nicht fassen, daß mein Vater womöglich in irgendwas ... Zwielichtiges verwickelt war. Ich habe ihn immer für einen verantwortungsbewußten Menschen gehalten.«

»So wollen wir unsere Eltern sehen. Auch uns selbst. Und dann, eines Tages, kommt die große Gelegenheit. Das ist dann die Stunde der Wahrheit. Sind wir wirklich ehrlich? Manche Leute sind grundehrlich. Manche sind geborene Verbrecher. So sehen die Extreme aus. Die meisten, die ich verteidige, gehören eher zum Mittelfeld. Sie bleiben ihr Leben lang gesetzestreu, aber nur deswegen, weil die Angst vor dem Knast so groß ist, daß das Verbrechen sich nicht lohnt. Für sie ist Moral nichts anderes als eine simple Risikokalkulation. Bei diesen Leuten weiß man erst, auf welcher Seite sie wirklich stehen, wenn sich ihnen so eine richtig große Gelegenheit bietet.«

»Ich fürchte, mein Vater ist bei diesem Test durchgefallen.«

»Das ist kein Test, Ryan. Jedenfalls nicht die Sorte, für die man am Abend vorher büffeln kann, wie wir das an der Uni gemacht haben. Da zeigt sich spätestens, aus welchem Holz man geschnitzt ist. Also, ich weiß nicht, woher dein Vater dieses Geld hatte. Vielleicht ist es absolut sauber. Vielleicht auch nicht. Aber vielleicht hatte er auch einen verdammt guten Grund für das, was er getan hat.«

»Ich kann mir bisher noch kein genaues Bild davon machen.«

»Dann hast du mehrere Möglichkeiten. Du kannst nach Panama fliegen und das Schließfach öffnen. Oder du kannst das alles einfach ignorieren. Ich vermute allerdings, daß du, wenn du hinfährst, erfahren wirst, aus welchem Holz dein Vater geschnitzt war. Glaubst du, daß du damit umgehen kannst?«

»Klar«, erwiderte Ryan ohne zu zögern. »Ich muß.«

»Okay. Das ist der leichtere Teil der Übung. Ab dann wird es kompliziert.«

»Wie meinst du das?«

»Wenn du einmal anfängst, die Spur des Geldes zurückzuverfolgen, kann es gut sein, daß du dabei rausfindest, aus welchem Holz *du* geschnitzt bist. Bevor du also in ein Flugzeug steigst, solltest du dich fragen: Kannst du *damit* umgehen?«

Ryan schaute seinem Freund in die Augen. »Ich habe meinen Paß mitgebracht«, sagte er. »Diese Frage habe ich beantwortet, bevor ich hierhergekommen bin.«

20

Am Sonntag morgen rief Amy Ryan Duffy noch einmal an. Eine ältere Frau ging ans Telefon, das mußte seine Mutter sein. Amy hatte nicht gewußt, daß der Arzt, den sie so attraktiv gefunden hatte, offiziell wieder zu seiner Mutter gezogen war, doch sie hütete sich, ihn deswegen zu verurteilen. Sie wußte besser als jeder andere, wie eine Scheidung die Wohnverhältnisse verändern konnte.

»Er ist nicht da«, sagte Mrs. Duffy.

»Wissen Sie, wann er zurück sein wird?«

»Er ist geschäftlich unterwegs. Kann ich ihm etwas ausrichten?«

»Ich rufe lieber noch mal an. Glauben Sie, daß er morgen zu erreichen ist?«

»Wahrscheinlich nicht. Er hat mich gestern abend vom Flughafen in Denver aus angerufen und gesagt, er würde für ein paar Tage weg sein. Sind Sie mit ihm befreundet?«

»Ja, gewissermaßen. Vielen Dank für Ihre Geduld, Ma'am. Ich rufe später wieder an.« Sie legte auf, bevor Mrs. Duffy eine weitere Frage stellen konnte.

Amy saß in ihrem Zimmer auf der Bettkante. Ihre Gedanken rasten. Es hatte sie unangenehm berührt, Jeanette Duffys Stimme zu hören, die Stimme der Witwe. Schließlich war es Jeanettes Römertopf gewesen, der sie auf die Spur der Duffys geführt hatte. In diesem Licht gesehen, erschien es ihr interessant, wie Ryan vor ein paar Tagen reagiert hatte. Er hatte die Möglichkeit, daß seine Mutter etwas mit der Sache zu tun haben könnte, ganz schnell vom Tisch gewischt: Vielleicht sein Vater, aber auf gar keinen Fall seine Mutter sei der Typ, der so einfach große Summen an Fremde verschenkte. Und jetzt dieses Telefongespräch. Mrs. Duffy hatte bestenfalls ausweichend reagiert.

Amy trat an den Wandschrank und kramte hastig ihre Turnschuhe hervor. Wenn Mrs. Duffy log und Ryan zu Hause war, mußte sie unbedingt mit ihm reden. Falls er tatsächlich verreist war, war das für Amy die Gelegenheit, mit Mrs. Duffy zu sprechen.

Es war Zeit für einen weiteren Besuch in Piedmont Springs.

*

Die Temperaturen stiegen, je später es wurde und je weiter Amy ins Flachland kam. Die fünfstündige Fahrt auf der Autobahn hatte sie aus einer Höhe von fast achtzehnhundert Metern auf tausend Meter heruntergeführt. Die für den Juli typische Luftfeuchtigkeit und die dicken Gewitterwolken am Himmel ließen keinen Zweifel daran, daß sie in Prowers County angekommen war.

Amy kannte den Weg zum Haus der Duffys von ihrem letzten Besuch in Piedmont Springs, als sie die Familie vor ihrem Treffen mit Ryan ausspioniert hatte. Sie hoffte, daß ihr alter Pick-up die zweite lange Fahrt innerhalb einer Woche verkraften würde. Solange sie jedoch bei Tageslicht fuhr, fühlte sie sich sicher.

Gegen 14.00 Uhr erreichte sie das Haus der Duffys. Der Jeep Cherokee, der letztesmal in der Einfahrt gestanden hatte, war nirgendwo zu sehen. Vielleicht war Ryan tatsächlich verreist. Ein anderer Wagen stand jetzt in der Einfahrt, ein weißer Buick. Amy parkte direkt dahinter. Sie holte tief Luft und ging auf die Haustür zu.

Ein Glockenspiel klimperte in der leichten Brise, als sie auf die Veranda stieg und vorsichtig anklopfte. Die Fliegengittertür war mit einem Metallriegel verschlossen. Die schwere Holztür dahinter stand zum Lüften weit offen. Durch das Fliegengitter konnte Amy bis fast in die hinter dem Wohnzimmer gelegene Küche sehen. Ihre Hände begannen zu schwitzen, als sie darauf wartete, daß jemand an die Tür kam. Während der Fahrt auf der Autobahn hatte sie sich immer wieder eingeprägt, wie sie vorgehen wollte – nach Plan A oder Plan B, je nachdem, ob Ryan oder seine Mutter aufmachte.

Amy war drauf und dran, noch einmal zu klopfen, als sie Schritte hörte. Eigentlich klang es eher wie ein Schlurfen. Eine dicke Frau kam langsam auf die Tür zu. Als sie sich näherte, sah Amy, daß sie schwanger war. Hochschwanger.

»Kann ich Ihnen helfen?« fragte sie, während sie auf die Tür zuschlurfte.

Amy lächelte. Sie hatte diese Vorstellung, daß Leute in kleinen Orten immer lächelten. Es war jedoch ein nervöses Lächeln, denn die Stimme dieser Frau entsprach nicht der, die Amy am Telefon gehört hatte. Amy besaß keinen Plan C.

»Ich – ähem. Ist Ryan da?«

Die Frau blieb keuchend auf der anderen Seite des Fliegengitters stehen. »Nein.«

»Sind Sie – Sie sind nicht Jeanette Duffy, nicht wahr?«

»Ich bin Sarah. Ryans Schwester.« Plötzlich wurde sie mißtrauisch. »Wer sind Sie?«

Amy überlegte. Letzten Freitag hatte sie Ryan ihren Vornamen genannt. Es wäre interessant zu erfahren, ob die Schwester mit dem Namen etwas anfangen konnte. »Ich bin Amy.«

»Sind Sie eine Freundin von Ryan?« Weder Sarahs Ton, noch ihr Gesichtsausdruck ließen darauf schließen, daß sie den Namen schon einmal gehört hatte. Offenbar hatte Ryan seiner Schwester nichts erzählt.

»Ich würde nicht sagen, daß ich eine Freundin von ihm bin. Ehrlich gesagt, können Sie mir genausogut helfen wie Ryan. Vielleicht noch besser.«

»Wovon reden Sie überhaupt?«

»Es geht um Geld. Geld, das wahrscheinlich von Ihrem Vater kommt.«

Sarahs Augen weiteten sich. »Kann ich kurz reinkommen und mit Ihnen reden?« fragte Amy, der die Reaktion nicht entgangen war.

Sarah rührte sich nicht, sagte kein Wort.

»Nur für einen kleinen Moment«, drängte Amy.

»Wir können hier draußen reden.« Die Fliegengittertür quietschte, als Sarah auf die Veranda trat. Sie bot Amy den Schaukelstuhl in der Ecke an. Sarah selbst setzte sich auf die hölzerne Verandaschaukel. Sie wirkte so elend, wie eine Hochschwangere im Hochsommer nur wirken konnte.

»Ich höre«, sagte Sarah. »Von welchem Geld reden Sie?«

Amy saß nervös auf der Stuhlkante. Sie wußte nicht genau, wie sie mit der Situation umgehen sollte. Schließlich entschied sie sich, genauso vorzugehen wie bei ihrem Treffen mit Ryan. »Vor ein paar Wochen habe ich ein Paket erhalten. In dem Paket war Geld. Kein Absender, kein Begleitschreiben. Aber soweit ich es beurteilen kann, kam das Geld von Ihrem Vater.«

»Haben Sie meinen Vater gekannt?«

»Ich kann mich nicht erinnern, ihm jemals begegnet zu sein.«

»Wie kommen Sie darauf, daß das Geld von meinem Vater stammt?«

»Es war in einem Karton, in dem einmal ein Römertopf gekauft worden ist. Über die Produktnummer auf dem Kartonboden habe ich rausgefunden, daß der Topf Ihrer Mutter gehört. Ich nehme an, es ist genausogut möglich, daß Ihre Mutter das Geld –«

»Nein«, fiel Sarah ihr ins Wort. »Nicht meine Mutter. Wieviel war in dem Paket?«

»Mindestens tausend Dollar.« Amy zuckte bei ihrer eigenen Lüge zusammen – doch auch diesmal war es ja keine reine Lüge. Es waren *mindestens* tausend Dollar. »Ehrlich gesagt, bin ich mir nicht sicher, was ich damit tun soll.«

Sarah beugte sich auf der Schaukel vor und sagte in scharfem Ton: »Ich werde Ihnen sagen, was Sie damit tun sollen. Sie packen das Geld zurück in den Karton. Bis auf den letzten Penny. Und dann bringen Sie es hierher zurück. Sie haben kein Recht, es zu behalten.«

Amy erstarrte auf ihrem Schaukelstuhl. Es war, als wäre sie auf eine Klapperschlange getreten. »Ich bin nicht hergekommen, um Ärger zu machen.«

»Ich werde auch nicht zulassen, daß Sie Ärger machen. Ryan und ich sind die einzigen Erben. Unser Vater hat kein Testament hinterlassen, und in den zwei Monaten, die er im Sterbebett gelegen hat, hat er garantiert keine Amy erwähnt.«

»Sind Sie sicher?«

»Absolut.«

»Ist Ihre Mutter zu Hause? Ich würde gern mit ihr sprechen. Vielleicht hat Ihr Vater mich ihr gegenüber erwähnt.«

»Wagen Sie es nicht, in die Nähe meiner Mutter zu kommen. Das alles ist schon schlimm genug für sie. Das fehlt mir gerade noch, daß Sie sich wie das lange verloren geglaubte uneheliche Kind hier einschleichen, um an Ihr Erbteil zu gelangen.«

»Wie kommen Sie denn auf *so was*? Ich versuche doch bloß rauszufinden, wie Ihr Vater auf die Idee kommt, mir anonym einen Karton voll Bargeld zu schicken. Und ich wüßte gern, woher das Geld stammt.«

»Es spielt überhaupt keine Rolle, woher das Geld stammt. Hauptsache, es kommt dorthin zurück, wo es hingehört. Ich will mein Geld zurück, Miss Amy. Ich kann nur hoffen, daß wir uns da einig sind.«

»Ich wünschte wirklich, Sie würden mich kurz mit Ihrer Mutter reden lassen. Vielleicht kann sie die Sache aufklären.«

Sarahs Augen zogen sich zu Schlitzen zusammen. »Es gibt nichts aufzuklären. Ich habe Ihnen gesagt, was Sie zu tun haben. Also *machen* Sie schon!«

Amy hielt Sarahs Blick stand. Es gab nichts mehr zu sagen.

»Vielen Dank für Ihre Gastfreundschaft«, sagte sie und erhob sich.

Sie stieg die Verandastufen hinab und ging zu ihrem Wagen.

Er mußte fast seine Visa-Karte überziehen, trotzdem buchte Ryan einen Flug nach Panama City über Dallas. Von Denver wegzukommen, war kein Problem. Aber die Maschine, mit der er den zweiten Teil der Strecke zurücklegen sollte, war offenbar an Malaria oder irgendeiner anderen tropischen Seuche erkrankt. Die ganze Nacht und fast den ganzen Sonntag wartete Ryan in der Abflughalle des Dallas-Fort Worth International Airport darauf, daß eine technisch einwandfreie Boeing 737 ihn und die anderen zweihundert Passagiere nach Panama brachte.

Ryan hatte keinen Koffer aufgegeben, er reiste nur mit Handgepäck. Norm hatte ihm noch ein paar Sachen geliehen, daher der aufgestickte Polospieler auf dem Hemd, das er trug. Auf einem Sessel in der Wartehalle nickte Ryan mehrmals ein, schlief jedoch nie länger als zwanzig Minuten und hielt seine Reisetasche stets mit beiden Armen umklammert. Das letzte, was er gebrauchen konnte, war, daß ihm jetzt jemand seinen Paß klaute. Seine Blase drohte zu platzen, doch er wagte nicht, sich von seinem Platz zu entfernen. Für den Flug waren zu viele Buchungen vorgenommen worden, und ein Gang auf die Flughafentoilette hätte bedeutet, daß Ryan bis zum Abflug auf dem Fußboden hätte sitzen müssen. Die Familie, die neben ihm auf dem Boden campierte, sprach kein Englisch, und so ergriff er die Gelegenheit, sein Spanisch ein bißchen zu üben. Er sprach ziemlich holprig, freute sich jedoch darüber, daß es ihm gelang, sich verständlich zu machen. Er hatte über die Jahre einige spanischsprechende Patienten behandelt, hauptsächlich Wanderarbeiter von den Melonenfeldern westlich von Piedmont Springs.

Um 15.35 Uhr wurden die Passagiere des Flugs Nummer

97 nach Panama aufgefordert, sich in fünfzehn Minuten zum Einsteigen bereit zu machen.

Versprechungen, Versprechungen. Ryan nahm seine Tasche in die Hand und marschierte entschlossen in Richtung Toilette. Auf dem Korridor blieb er an den Münzfernsprechern stehen. Er wollte noch einmal zu Hause anrufen, um sich nach dem Rechten zu erkundigen. Er wählte die Nummer und wartete. Sarah nahm den Hörer ab.

»Hallo, hier ist Ryan«, sagte er. »Alles in Ordnung?«

»Klar, alles in Ordnung.«

»Mom geht's gut?«

»Ja.«

»Du bleibst heute nacht bei ihr, ja?«

»Ich bin schon den ganzen Tag bei ihr, Ryan. Und ich bleibe auch über Nacht hier.«

»Laß dich nicht abwimmeln. Sie wird dir erklären, daß sie allein zurechtkommt, damit du nach Hause gehst. Aber sie ist immer noch sehr mitgenommen. Gestern abend hat sie den verdammten Gasherd angelassen. Sie ist einfach nicht ganz beisammen. Sie wird sich noch umbringen, wenn niemand auf sie aufpaßt.«

»Ryan, ich hab gesagt, ich bleibe bei ihr.«

»Okay. Vielen Dank.«

»Wann kommst du zurück?«

»Wahrscheinlich Montag abend. Spätestens Dienstag.«

Aus den Lautsprechern dröhnte eine Durchsage für Ryans Flug. Noch fünf Minuten, und die Passagiere konnten an Bord gehen. »Ich muß los, Sarah. Bist du sicher, daß alles okay ist?«

»Ja«, stöhnte sie. »Es war ein ganz normaler langweiliger Tag in Piedmont Springs.«

»Was meinst du damit?«

»Nichts, Ryan. Überhaupt nichts. Ich schwöre dir, es ist alles vollkommen in Ordnung.«

21

Kurz vor dem Schauplatz des Sand Creek-Massakers begann Amys Pick-up, seinen Geist aufzugeben.

Nördlich der Kleinstadt Chivington, genauer, in der Nähe des kleinen steinernen Denkmals, das die Stelle markierte, wo Colonel John Chivington und seine Bürgerwehr 1864 einen kompletten Stamm friedlicher Indianer niedergemetzelt hatten, einschließlich der unbewaffneten Frauen und Kinder, die fliehen wollten. Amy erinnerte sich an den grauenhaften Bericht aus dem Geschichtsunterricht in der Grundschule. Im Augenblick jedoch interessierte sie nur noch ihr eigenes Desaster.

Dunkler Rauch quoll aus der Kühlerhaube. Der Motor stotterte. Der Wagen verlor immer mehr an Geschwindigkeit. Amy drehte die Heizung auf. Aus Erfahrung wußte sie, daß man damit einen überhitzten Motor abkühlen konnte – auf Kosten des Fahrers natürlich. Die nachmittäglichen Temperaturen von beinahe vierzig Grad waren zum Glück vorbei, aber die Hitze war immer noch unerträglich. Die Heizung lief auf vollen Touren. Vor Amy breitete sich die Ebene in alle Richtungen aus, meilenweit war kein Haus und kein Auto in Sicht. Nur Sojabohnenfelder rechts und links. Die schnurgerade Straße flimmerte in der Hitze. Amy fühlte sich, als würde sie gleich in Ohnmacht fallen. Sie streckte den Kopf aus dem Fenster, um ein bißchen kühlere Luft zu erwischen. Der Pick-up hoppelte mit dreißig Stundenkilometern dahin. Sie mußte es unbedingt bis in den nächsten Ort schaffen. Ein menschenleerer Highway war nicht der geeignete Ort, um dort die Nacht zu verbringen.

»Komm schon, Baby. Du schaffst es.« Ihrem Wagen gut zuzureden hatte bisher immer geholfen. Auf jeden Fall konnte es nicht schaden.

Irgendwie gelang es ihr, noch ein paar Meilen zurückzulegen, bis zu einer Kleinstadt namens Kit Carson. Sie wußte nicht genau, wo sie war, aber in einem Ort, der nach dem berühmtesten Scout von Colorado benannt war, konnte man sich eigentlich sicher fühlen. Zum Glück gab es hier mehrere Tankstellen, vor allem dort, wo der Highway 40 die 287 kreuzte. Amys Pick-up rollte langsam in die Einfahrt der Tankstelle; der Motor schaffte gerade noch die letzten Meter bis vor das Werkstattor. Leider war Sonntag. Vor Montag morgen würde kein Mechaniker hiersein. Wie sie es auch drehte und wendete, Amy hing über Nacht in diesem Kaff fest. Sie klemmte einen Zettel unter den Scheibenwischer, auf dem sie den Mechaniker informierte, daß sie um sechs Uhr früh, wenn die Werkstatt aufmachte, wieder dasein würde. Ein Stück weit die Straße hinunter entdeckte sie ein kleines Motel. Auf dem Schild stand »Zimmer frei«. So wie der Laden aussah, waren wahrscheinlich *immer* Zimmer frei. Amy schloß ihren Wagen ab und ging über den Seitenstreifen des Highway auf das Motel zu.

Das KIT CARSON MOTEL war ein einfacher Flachbau, eine billige Unterkunft für Leute auf der Durchreise. Jedes Zimmer hatte einen eigenen Zugang von außen. Die vorderen Zimmer lagen zur Straße, die hinteren zum kiesbedeckten Parkplatz. Nur die hinteren Zimmer hatten Klimaanlagen, rostige, alte Kästen, die unter den Fenstern aus der Wand ragten. Amy nahm das einzige Zimmer, dessen Klimaanlage tatsächlich funktionierte.

Amy duschte und wusch ihre Kleider im Waschbecken. An der Rezeption kaufte sie sich eine Zahnbürste und Zahnpasta. Sie wickelte sich in das abgenutzte Badetuch und hängte ihre Kleider zum Trocknen über die Stange des Duschvorhangs. Der Fernseher funktionierte nicht, was ihr ganz recht war. Erschöpft legte sie sich aufs Bett, doch bevor sie auch nur an Schlaf denken konnte, mußte sie noch zu Hause anrufen.

Sie richtete sich auf und wählte die Nummer. Während sie auf das monotone Freizeichen am anderen Ende der Leitung lauschte, ließ sie ihren Gedanken freien Lauf. Gran war total in Fahrt geraten. Als Amy am Morgen nach Piedmont Springs aufgebrochen war, um die Duffys aufzusuchen, hatte sie beschlossen, es Gran zu sagen. Dann hatte, wie immer, eins zum anderen geführt, und bevor Amy in ihrem Pick-up saß, wußte Gran alles über Amys Treffen mit Ryan in Denver. Gran gefiel die Geschichte ganz und gar nicht – und Amy wappnete sich innerlich gegen ihren Zorn.

»Gran, ich bin's.«

»Wo zum Teufel steckst du?«

»Ich bin im KIT CARSON MOTEl. Mein Pick-up hat unterwegs seinen Geist aufgegeben.«

»Hab ich dir nicht gesagt, du sollst die Kiste verschrotten?«

»Ich weiß, ich weiß. Ich glaube, es ist nur der Wasserschlauch. Aber ich kann ihn erst morgen reparieren lassen, deswegen muß ich über Nacht hierbleiben.«

»Was ist mit deiner Arbeit? Soll ich in der Kanzlei anrufen und sagen, du bist krank?«

»Gran, ich bin nicht mehr in der Grundschule. Ich kann selbst anrufen.« Im gleichen Augenblick bereute sie ihre sarkastische Bemerkung. Gran meinte es gut mit ihr, auch wenn sie sie manchmal behandelte, als sei sie nicht älter als Taylor.

Gran reagierte nicht auf Amys Stichelei. »Übrigens, hast du mit Mrs. Duffy gesprochen?«

»Nein.«

»Um so besser.«

»Ich habe mit ihrer Tochter gesprochen. Einer Frau namens Sarah. Sie sagt, sie will das Geld zurück.«

»Verdammt, Amy. Ich hab dir ja gesagt, du solltest lieber keine schlafenden Hunde wecken. Jetzt sieh dir an, was du uns eingebrockt hast.«

»Ich hab ihr nicht gesagt, daß zweihunderttausend Dollar in dem Paket waren. Ich hab ihr gesagt, es waren nur tausend.«

»Gut gemacht.«

Amy blinzelte. Die Frau, die ihr den Unterschied zwischen Gut und Böse beigebracht hatte, lobte sie plötzlich dafür, daß sie Halbwahrheiten verbreitete. »Gran, ich fürchte, ich halte das nicht durch.«

»Blödsinn. Wir sind jetzt über den Berg. Du hast mit dem

Sohn gesprochen, du hast mit der Tochter gesprochen. Du hast versucht, mit der Witwe zu reden. Du hast alles getan, was in deiner Macht steht, um rauszufinden, woher das Geld stammt. Du kannst ein ganz reines Gewissen haben. Gib dieser Sarah einfach ihre tausend Dollar, dann sind alle glücklich und zufrieden.«

»Da steckt noch mehr dahinter.«

»Was denn zum Beispiel?«

»Ich weiß nicht, wie ich es beschreiben soll. Ich hab mich in Gegenwart von Sarah ganz unwohl gefühlt. Sie war regelrecht feindselig.«

»Wie meinst du das?«

Amy hatte nicht vergessen, wie Sarah sie behandelt hatte – wie die geldgierige uneheliche Tochter, die sich ihr Erbteil erschleichen wollte. Doch es war eine heikle Angelegenheit, dieses Thema mit ihrer Großmutter zu besprechen – der Mutter ihres Vaters. »Wahrscheinlich ist es nichts. Ich bin einfach manchmal ein nervöses Huhn.«

»Allerdings. Versprich mir, daß du auf dem Heimweg vorsichtig fährst.«

»Mach ich. Laß mich noch ein paar Minuten mit Taylor reden, okay?«

»Kann sein, daß sie schon schläft. Ich sehe eben mal nach.«

Während Amy wartete, mußte sie wieder an Sarah denken. Eine Erbschaft würde das Geld erklären. Amy besaß keine Liste von allen Männern, mit denen ihre Mutter intime Beziehungen gehabt hatte. Vielleicht gehörte Frank Duffy dazu. Vielleicht war das Geld seine Art gewesen, seine Vaterschaft anzuerkennen. Wie hätte er sonst so achtlos sein können, das Geld in einem Römertopfkarton zu verschicken? Schließlich hatte Amy nur deshalb den Absender ausfindig machen können, zugegebenermaßen mit ein bißchen Phantasie und Hartnäckigkeit. Vielleicht hatte sein Verstand ihm geraten, ihr das Geld anonym zu schicken, während er doch in seinem Herzen *wollte*, daß sie erfuhr, wer ihr wirklicher Vater war.

Mit einemmal wurde ihr ganz mulmig bei dem Gedanken, wie sehr sie sich von Frank Duffys gutaussehendem Sohn angezogen gefühlt hatte.

»Sie schläft schon«, sagte Gran. »Die arme Kleine muß heute hundert Meilen auf ihren Rollschuhen zurückgelegt haben. Ruf morgen früh noch mal an, bevor du losfährst. Und paß auf dich auf. Ich liebe dich, mein Engel.«

»Ich liebe dich auch.«

Amy legte auf. Sie fühlte sich innerlich zerrissen. Sie liebte ihre Großmutter. Sie würde sie immer lieben. Auch wenn sich herausstellen sollte, daß sie nicht ihre *echte* Großmutter war.

22

Als Ryan am Montag morgen aufwachte, zeigte seine Uhr 5.30. Er stellte sie zwei Stunden vor, denn in Panama City war es bereits 7.30 Uhr. Er spürte ein Kribbeln im Magen. Die Bank machte in einer halben Stunde auf.

In Windeseile duschte er und zog sich an. Dann ließ er sich ein kleines Frühstück aufs Zimmer bringen. Während er sich rasierte, nippte er mehrmals an seinem *café con leche*, ansonsten brachte er nichts hinunter. Irgend etwas in ihm hatte sich über Nacht geändert. Er fühlte sich anders. Als er sich im Spiegel betrachtete, stellte er fest, daß er sich selbst sogar mit anderen Augen ansah. Seit er vor fast achtundvierzig Stunden in Piedmont Springs aufgebrochen war, hatte sein Gehirn ihn strategisch geschickt von seinem eigentlichen Problem abgelenkt. Er hatte an seine Mutter gedacht und an ihre engstirnigen Bemühungen, von all dem nichts wissen zu wollen, was es nicht wert war, in den *Lamar Daily News* abgedruckt zu werden. Er hatte sich mit seinem Freund Norm getroffen, um mit ihm über die juristischen Feinheiten des panamaischen Bankwesens zu diskutieren. Er hatte am Flughafen mit einer Familie aus Panama geplaudert. Er hatte alles mögliche getan, um sich nicht damit auseinandersetzen zu müssen, daß sein Vater ein Erpresser gewesen war – und daß das Bankschließfach ihm sagen würde, warum.

Jetzt jedoch konnte er der Wahrheit nicht länger ausweichen. Er fühlte sich wie ein Sohn, der seinen Vater nie gekannt hatte. Heute würde er ihm zum erstenmal in seinem Leben begegnen.

Ryan verließ das Hotel um 7.50 Uhr. Seine Reisetasche ließ er in der Obhut der Empfangsdame. Später, nach seinem Besuch bei der Bank, würde er sie auf dem Weg zum Flughafen wieder abholen. Die kleine Tasche mit dem Schulterriemen, die ihn aussehen ließ wie einen Touristen mit einer Kameratasche, nahm er mit. Was auch immer sich in dem Bankschließfach befand, würde er in der Tasche mitnehmen können, ohne daß irgend jemand etwas bemerkte.

Er war schweißgebadet, kaum daß er aus dem Hotel getreten war. Panama war nicht nur für den Kanal und die nach ihm benannten Hüte bekannt, die eigentlich in Ecuador hergestellt wurden, sondern auch für seinen Überfluß an Regen. In Panama fiel mehr Wasser vom Himmel als in jedem anderen mittelamerikanischen Land, vor allem zwischen April und Dezember. Heute hatte es noch nicht zu regnen begonnen, aber die tropische Hitze und neunzig Prozent Luftfeuchtigkeit ließen das Unvermeidliche erahnen. Ryan überlegte, ob er sich ein Taxi nehmen sollte, um der Hitze zu entkommen, aber die Fahrer waren mehr als aggressiv; sie fuhren ausgesprochen rücksichtslos und waren für ihre vielen Unfälle bekannt. Von den Bussen gab es auch nichts Besseres zu berichten. Den Spitznamen, »die roten Teufel«, hatte man ihnen nicht nur wegen ihrer Farbe gegeben. Es blieb Ryan nichts anderes übrig, als zu Fuß zu gehen.

Ryan ging schnell, nicht nur weil er es eilig hatte, das Schließfach zu öffnen, sondern auch weil ihm die Gegend nicht geheuer war. Die Gehwege schienen in erster Linie mit Bettlern bevölkert zu sein. In Panama Stadt war die Straßenkriminalität ein ernstes Problem. Es wunderte Ryan, daß sein

Vater hierhergekommen war. Seine Mutter würde niemals einen Fuß in diese Stadt gesetzt haben.

Der Gedanke elektrisierte ihn.

Womöglich war das der springende Punkt. Sein Vater hatte seine schmutzigen Geheimnisse an einem Ort versteckt, an dem seine Mutter nie danach suchen würde – selbst wenn sie wußte, wo sie sich befanden und sie sie unbedingt in Erfahrung bringen wollte.

Als Ryan in die Avenida Balboa einbog, sah die Umgebung schon gepflegter aus. Der Banco Nacional de Panama befand sich in einem modernen Gebäude auf der belebten Durchgangsstraße, dem florierenden Finanzzentrum von Panama Stadt, wo sich buchstäblich Hunderte internationaler Banken aneinanderreihten. Langsam stieg Ryan die Sandsteinstufen hinauf, leicht irritiert von dem Gedanken, daß er die Schritte seines Vaters nachvollzog. Es war eine mittelgroße Bank, ein wenig größer als eine typische Bankzweigstelle in den Vereinigten Staaten. Der Eingang war kühl und beeindruckend, eine geschmackvolle Mischung aus Chrom, Glas und poliertem Marmor. An der Tür stand ein bewaffneter Wachmann. Zwei weitere waren im Innern des Gebäudes postiert. Die Bank hatte vor einer Viertelstunde geöffnet, und es herrschte bereits ein reges Treiben. Hinter dicken samtenen Absperrseilen standen die Kunden vor den Schaltern in der Schlange. Die Bankangestellten waren mit ihren Kunden beschäftigt oder in Telefongespräche vertieft. Für internationale Bankgeschäfte hatten Zeitzonen keine Bedeutung mehr.

Ryan durchquerte die Halle und ging auf ein Schild zu mit der Aufschrift LAS CAJAS DE SEGURIDAD – SCHLIESSFÄCHER. Die Schließfächer befanden sich in einem kleinen, fensterlosen Flügel hinter den Schaltern, dem Bereich für Privatkunden. Ryan nannte der Angestellten am Eingang seinen Namen und nahm auf dem Sofa Platz, von wo aus er seine Umgebung beobachtete. Der gutgekleidete Herr neben ihm las eine französische Zeitschrift. Die Sekretärin schien indianischer Abstammung zu sein. Einer der Schalterangestellten war ein Schwarzer, ein anderer Chinese. Ryan hatte irgendwo gelesen, Panama sei kein Schmelztiegel, sondern ein Sancocho-Topf. Wie in dem Nationalgericht trugen die »Zutaten« zum typischen Geschmack bei, während sie ihre Identität behielten. Allmählich verstand Ryan die Bedeutung des Begriffs.

»Señor Duffy?«

Ryan schaute zu der Frau auf, die in der Tür erschienen war. *»Buenos dias, señora. Yo soy Ryan Duffy.«*

Sie grinste. Offenbar hatte sie an seinem Akzent erkannt, daß Spanisch für ihn eine Fremdsprache war – eine *sehr* fremde Sprache. Sie antwortete auf englisch. »Guten Morgen. Ich bin Vivien Fuentes. Bitte, folgen Sie mir.«

Ihr Englisch war nicht perfekt, aber ziemlich gut, was erklären mochte, warum Ryans Vater diese Bank gewählt hatte. Ryan folgte der Frau in das kleine Büro. Sie bot ihm einen Stuhl an, dann schloß sie die Tür und nahm hinter dem Schreibtisch Platz. Sie lächelte ihn freundlich an und fragte: »Was kann ich für Sie tun?«

»Ich bin in einer Familienangelegenheit hier. Mein Vater ist kürzlich verstorben.«

»Das tut mir leid.«

»Danke. Als sein Nachlaßverwalter ist es meine Aufgabe, seine Vermögensverhältnisse zu klären. Nach meinen Informationen besaß er bei Ihrer Bank ein Schließfach, das ich heute morgen zu öffnen wünsche.«

»Gut. Ich brauche Ihren Ausweis und Ihre Vollmacht.«

»Selbstverständlich.« Ryan öffnete seine Tasche und nahm die Vollmacht heraus, die sein Vater ausgestellt hatte, kurz nachdem er erkrankt war. Er reichte sie der Bankangestellten zusammen mit seinem Paß.

»Vielen Dank.« Sie schlug die Seite mit dem Foto auf und schaute Ryan an. Sie schien überzeugt. »Der Name Ihres Vaters?« fragte sie, bereit, ihn in ihren Computer einzugeben.

»Ich glaube, es handelt sich um ein Nummernkonto.«

»Die Nummer gilt außerhalb der Bank. In unserer internen Datei sind auch die Namen registriert.«

»Natürlich«, sagte Ryan. Er kam sich ziemlich dumm vor. »Sein Name war Frank Patrick Duffy.«

Sie tippte den Namen ein und drückte auf die Eingabetaste. »Da haben wir ihn ja schon«, sagte sie mit einem Blick auf den Bildschirm. »Ja, er hat immer noch ein Schließfach bei uns.«

»Nummer 242«, sagte Ryan, während er den Schlüssel aus seiner Tasche nahm.

»Das ist die Nummer, die auf Ihrem Schlüssel steht. Das Schließfach hat die Nummer 193. Die Nummern sind aus Sicherheitsgründen codiert.«

»Wie auch immer, ich würde das Schließfach gern sobald wie möglich einsehen.«

»Zuerst muß ich die Unterschrift Ihres Vaters auf der Vollmacht mit der Unterschriftsprobe in unseren Akten vergleichen. Reine Routinesache. Es dauert nur einen Moment.« Mit einem Mausklick holte sie die Unterschrift auf ihren Bildschirm. Dann gab sie die Unterschrift, die sich auf der Vollmacht befand, mit einem Scanner ein. Innerhalb von Sekunden bestätigte der Computer, daß die Unterschrift echt war.

»Gehen wir«, sagte sie und erhob sich.

Ryan folgte ihr in den Korridor. An einer Sicherheitsschleuse, wo ein weiterer bewaffneter Wachtposten stand, blieben sie stehen. Der Wachmann öffnete die Glastür, um Ryan und seine Begleiterin durchzulassen. Die Schließfächer befanden sich alle in einem speziell gesicherten Raum, wo sie die Wände vom Boden bis zur Decke füllten. Ein Schließfach neben dem anderen, wohin Ryan auch blickte. Die großen befanden sich unten, die kleinen oben. Ms. Fuentes führte Ryan zum Schließfach mit der Nummer 193, einem von der kleinen Sorte. Es hatte zwei Schlösser. Sie steckte ihren Schlüssel in eins der Schlüssellöcher und drehte ihn um.

»Ihr Schlüssel paßt auf das zweite Schloß«, sagte sie. »Ich werde Sie jetzt allein lassen. Wenn Sie mich brauchen, wenden Sie sich an den Wachmann. Dort links befindet sich ein Raum mit einem Tisch und einem Stuhl. Wenn Sie möchten, können Sie die Kassette ganz herausnehmen und sie dort öffnen. Niemand erhält Zutritt zu diesen Räumen, bis Sie fertig sind.«

»Vielen Dank«, sagte Ryan.

Sie nickte, dann wandte sie sich um und ging.

Ryan starrte auf die glänzende Stahlkassette. Er konnte nur noch den Kopf schütteln. Sein Vater hatte ein einfaches Leben geführt. So einfach, daß seine Geheimnisse in einer kalten Stahlkassette in Zentralamerika lagen.

Zu seiner eigenen Verblüffung war er wie benommen, wie gelähmt. Noch vor fünf Minuten hatte er es so eilig gehabt, den Inhalt des Schließfachs zu sehen, daß er fürchtete, er würde vor Aufregung beim Aufsperren den Schlüssel abbrechen. Jetzt war er nicht mehr so mutig. Er spürte die Angst seiner Mutter. Norms Warnung klang ihm in den Ohren. Er hatte die Wahl. Er konnte das Schließfach öffnen. Oder nicht. Es ging nicht nur darum, die Wahrheit herauszufinden. Die Frage lautete: Würde er mit der Wahrheit umgehen können?

Langsam hob er den Schlüssel und steckte ihn in das Schloß. Als er den Schlüssel drehte, klickten die Zuhaltungen. Er packte den Griff und zog. Die Kassette kam ein paar Zentimeter weit heraus, wie eine kleine Schublade. Er erstarrte. Am liebsten hätte er die Kassette wieder zurückgeschoben und das Fach für immer verschlossen. Es war immer noch Zeit, es sich anders zu überlegen. Noch hatte er nicht gesehen, was sich in der Kassette befand. Aber er hatte diese weite Reise nicht gemacht, um der Vergangenheit die Ehre zu erweisen und sie dann doch unangerührt zu lassen.

Mit einem entschlossenen Ruck zog er die Kassette ganz heraus. Er stellte sie auf die Bank hinter sich. Sie war nicht größer als ein Schuhkarton, rundherum fest verschlossen. Jetzt, wo er der Wahrheit so nahe war, siegte die Neugier. Er machte sich gar nicht erst die Mühe, die Kassette auf den

Tisch im Nebenraum zu bringen. Sein Puls raste. Er schob den Riegel zur Seite und öffnete den Deckel.

Ryan starrte in die Kassette. Er war sich nicht sicher, was er erwartet hatte, aber das hier sah nach nichts Besonderem aus. Nur ein paar Papiere. Er griff hinein und nahm das oberste Blatt heraus. Es handelte sich um Unterlagen einer anderen panamaischen Bank, des Banco del Istmo. Ryan las das Blatt sorgfältig durch. Er erkannte die Unterschrift seines Vaters am unteren Rand. Es war ein Antrag auf ein Nummernkonto sowie ein Kontoauszug, der mit einer Büroklammer daran befestigt war. Ryans Hand zitterte.

Das Guthaben auf dem Konto betrug drei Millionen Dollar.

»Ach du Scheiße«, murmelte er. Ihm schwirrte der Kopf. Die zwei Millionen, die er auf dem Dachboden gefunden hatte, waren womöglich ein Teil der drei Millionen. Oder es existierten noch weitere drei Millionen. Bei dem Gedanken wurde ihm ganz schwindlig.

Er nahm den großen, braunen Umschlag, der die restlichen Papiere enthielt, aus der Kassette. Er öffnete die Lasche und zog ein Dokument aus dem Umschlag. Es sah alt aus und war an den Rändern leicht zerfleddert. Es war tatsächlich alt. Sechsundvierzig Jahre, um es genau zu sagen.

Ryan überflog das Schriftstück. Es war die Information, vor der seine Mutter sich intuitiv gefürchtet hatte. Die Kopie einer geheimen Akte des Jugendgerichts von Colorado. Ein Strafurteil »gegen den minderjährigen Frank Patrick Duffy«. Sein Vater hatte nicht nur ein Verbrechen begangen, er war offenbar auch dafür verurteilt worden. Er hatte sich sogar schuldig bekannt. Ryan lief ein kalter Schauer über den Rücken, während er ungläubig auf den Urteilsspruch starrte.

»Anklagepunkt betreffend eines Sexualdelikts in Verletzung der Gesetze des Staates Colorado, Abteilung …«, las er laut.

Seine Kehle war wie zugeschnürt. Bevor er das Schließfach geöffnet hatte, hatte er sich alles mögliche gewünscht. Aber *das* hatte nicht auf seiner Wunschliste gestanden.

Frank Duffy hatte im Alter von sechzehn Jahren eine Frau vergewaltigt.

23

Dr. med. Ryan Duffy, S.E.V. – Sohn eines Vergewaltigers.

Das war die Identität, an die Ryan sich gewöhnen mußte. Er empfand Wut, Groll, fühlte sich verraten – eine Flut von Gefühlen. Sein Vater und er hatten sich immer sehr nahegestanden. Oder nicht? Auf jeden Fall war Ryan stolz darauf gewesen, Franks Sohn zu sein. In Wahrheit jedoch hatten sie immer eine gesunde emotionale Distanz gewahrt. Ryans Vater war ein echter Kumpel gewesen – ein echter Kerl, der noch auf dem Sterbebett einen Whisky mit seinem Sohn trank. Auf dieser Ebene hatten Ryan und er sich nahegestanden. Verdammt, auf dieser Ebene hatte Frank Duffy der Hälfte der männlichen Bevölkerung von Prowers County »nahegestanden«. Aber es gab Dinge, über die Ryan und sein Vater nie diskutiert hatten, Dinge, über die sie wahrscheinlich besser gesprochen hätten. Nicht nur die Vergewaltigung, das Geld, die Erpressung. Auch andere Dinge.

Wie zum Beispiel über den *wahren* Grund, warum Ryan eine vielversprechende Karriere in Denver aufgegeben hatte und nach Piedmont Springs zurückgezogen war.

Anscheinend gehörten Geheimnisse bei den Duffys zur Familientradition. Vielleicht lag es in den Genen. Als Kind hatte Ryan seinem Vater nachgeeifert, hatte unbedingt so werden wollen wie er. Wie ähnlich waren sie sich eigentlich wirklich, fragte er sich.

Ryan kehrte gegen 18.00 Uhr ins Hotel zurück. Er hatte seine Hotelrechnung schon bezahlt, aber sein Flug ging erst in vier Stunden. Er beschloß, sich die Zeit in der Hotelbar zu vertreiben.

»Jameson's mit Wasser«, bestellte er beim Barkeeper.

Ryan saß allein auf einem Barhocker am Ende des Tresens aus Mahagoniholz. Es war ein langer Tag gewesen. Zuerst das Schließfach beim Banco Nacional, dessen Inhalt ihn zu einem weiteren Konto beim Banco del Istmo geführt hatte – das sich als wahre Goldgrube entpuppt hatte. Die zwei Millionen auf dem Dachboden waren weder von diesem Konto abgehoben noch über dieses Konto gewaschen worden, was auch immer die korrekte Bezeichnung für einen solchen Vorgang sein mochte. Es handelte sich um zwei gesonderte Beträge, die jedoch zweifellos miteinander zu tun hatten. Ryan hatte *zusätzliche* drei Millionen vorgefunden, die sein Vater durch Erpressung ergaunert hatte. Das machte insgesamt fünf Millionen.

Der Barmann stellte ihm seinen Drink hin. *»Salud«*, sagte er, dann wandte er sich wieder dem Fußballspiel zu, das im Fernseher am anderen Ende des Tresens lief. Der Barkeeper und noch ein paar Fans verfolgten das Spiel mit lauten Kommentaren. Ryan bekam weder etwas von dem Spiel noch von dem Lärm mit. Er kippte seinen Whisky und bestellte gleich noch einen, einen doppelten. Mit jedem Schluck rückten die Hintergrundgeräusche in weitere Ferne. Er begann, sich zu entspannen. Der Barmann brachte ihm noch einen Drink.

»No, gracias«, sagte Ryan und winkte ab. »Ich habe für heute genug.«

»Der kommt von der jungen Dame an dem Tisch da drüben.« Mit einem angedeuteten Blick aus dem Augenwinkel wies er in die Richtung.

Ryan drehte sich auf seinem Barhocker um. In der Bar herrschte schummrige Beleuchtung, doch es war hell genug, daß er die Frau mustern konnte. Sie war überraschend attraktiv. Sehr attraktiv. Ryan schaute den Barmann an. »Ist sie eine ... Sie wissen schon?«

»Eine Prostituierte? Nein. Wollen Sie eine? *No problemo.* Ich besorge Ihnen, was Sie wollen.«

»Nein, das meinte ich nicht«, sagte Ryan leicht verlegen.

»Schöne Frau«, sagte der Barmann grinsend.

Ryan warf einen Blick in den Spiegel hinter dem Tresen. Noch nie hatte ihm eine Frau einen Drink spendiert. Bars waren noch nie sein Revier gewesen. Er war zu schüchtern. Wahrscheinlich war er der einzige Mann in ganz Amerika, der noch nie in einer Bar die Telefonnummer einer Frau zugesteckt bekommen hatte, noch nicht mal während seiner Studentenzeit. *Vielleicht hätte ich häufiger die Bars in Panama zur Happy Hour aufsuchen sollen.*

Er schaute zu ihr hinüber und hob sein Glas, um sich zu bedanken. Sie lächelte – nicht zu deutlich, kaum wahrnehmbar. Ein subtiles Lächeln, das ihn einlud, sich zu ihr zu setzen.

Sein angeschlagenes Ego blühte auf. Es war lange her, daß eine Frau ihn so angesehen hatte. Liz hatte ihm schon Monate vor ihrer Trennung die kalte Schulter gezeigt. Amy hatte ihn im GREEN PARROT ein paar Minuten lang angemacht, um dann wie ein Eichhörnchen die Flucht zu ergreifen. Eigentlich war ihm heute abend nicht gerade nach Flirten zumute. Aber ihr Interesse schmeichelte ihm. Zumindest mußte er höflich sein und sich bei ihr bedanken. Er stand auf und ging auf ihren Tisch zu. Je näher er ihr kam, um so besser gefiel sie ihm.

Sie war etwa Anfang Dreißig. Ihr glattes, schwarzes Haar war schulterlang und glänzte in dem schwachen Licht. Auch die Augen waren fast schwarz, nicht kalt, aber geheimnisvoll. Sie trug ein dunkelbraunes, knapp sitzendes Kostüm, wahrscheinlich italienisch oder französisch. Ihr Schmuck war aus Gold mit Saphiren, offensichtlich teuer, aber nicht aufdringlich. Eine umwerfend gutaussehende Geschäftsfrau. Ryan konnte kaum glauben, daß sie ohne Begleitung war.

In Piedmont Springs sieht man solche Frauen nicht gerade häufig.

»Vielen Dank für den Drink«, sagte er.

»Gern geschehen. Verstehen Sie das nicht falsch, aber Sie sahen so aus, als könnten Sie ihn gebrauchen. Ein sehr sorgenvoller Ausdruck in so einem schönen Gesicht.«

»Ich habe einen ziemlich harten Tag hinter mir.«

»Tut mir leid.« Sie bot ihm einen Platz an. »Wollen Sie mir davon erzählen?«

Er überlegte, entschied sich jedoch dagegen. Es konnte nichts Gutes dabei herauskommen, wenn man sich einer Fremden anvertraute, wie schön sie auch sein mochte. »Vielen Dank für die Einladung, aber meine Frau hat etwas dagegen, wenn ich mich in Bars mit anderen Frauen treffe. Können Sie sich so was vorstellen?«

Sie lächelte schmallippig. »Ich verstehe. Das ist sehr anständig von Ihnen. Ihre Frau hat großes Glück.«

»Danke.«

»Weiß Sie überhaupt, wieviel Glück sie hat?«

Es war eine seltsam persönliche Frage, sie klang fast wie einstudiert. Wahrscheinlich ein bewährter *modus operandi* – die schöne Frau in der Bar, die verheiratete Männer dazu brachte, ihre Aufmerksamkeit einer Frau zu widmen, die sie zu schätzen wußte. »Vielen Dank für den Drink«, sagte er.

»War mir ein Vergnügen.«

Er drehte sich um und ging auf seinen Barhocker zu. Die Ironie schnürte ihm beinahe die Kehle zu – daß er Liz als Vorwand benutzt hatte, um eine attraktive, interessante Frau abzuwimmeln. Sein Instinkt jedoch ließ ihn mittlerweile alles und jeden in Frage stellen. Vor allem bei dem, was er in seiner Tasche hatte.

Meine Tasche!

Er erstarrte, kurz bevor er seinen Barhocker erreichte. Von der Ledertasche war nichts zu sehen. Ihm war gerade erst wieder eingefallen, daß er sie dort abgestellt hatte. Der verführerische Blick hatte ihn alles vergessen lassen, als er zu ihrem Tisch hinübergegangen war. Er war sich sicher, daß er die Tasche neben dem Hocker auf dem Boden stehengelassen hatte.

Er schaute neben den anderen Barhockern nach. Die Tasche war nirgends zu finden. Panik ergriff ihn. Die Tasche enthielt alles – seinen Paß, sein Flugticket, Fotokopien *aller* Unterlagen der panamaischen Banken.

»Verzeihen Sie!« sprach er den Barmann an. »Haben Sie meine Tasche gesehen? Sie stand direkt neben meinem Hocker.«

»Nein, tut mir leid.«

»Könnte sie jemand aus Versehen mitgenommen haben?«

»Ich habe niemanden gesehen.«

Ryan fuhr herum, um nach der Frau zu sehen. Der Tisch war leer. Sie war weg.

»Verdammt!« Er rannte in die Eingangshalle, schob sich durch die Menge, rutschte auf dem Marmorboden aus. Beinahe hätte er einen mit Gepäck beladenen Pagen umgerannt. »Haben Sie eine Frau in einem braunen Kostüm gesehen? Schwarze Haare?«

Der Mann zuckte nur die Achseln. »Viele Leute, *señor.*«

Ryan hätte es am liebsten noch einmal auf spanisch versucht, doch seine Gedanken rasten so schnell durch seinen Kopf, daß ihm kein einziges spanisches Wort mehr einfiel. Er rannte durch die Halle und durch die Drehtür des Haupteingangs. Draußen dämmerte es. Die Lichter der Stadt flimmerten, ein Willkommen aus Neonlicht, das das Nachtleben einläutete. Autos und Taxis verstopften den Eingang zum Hotel. Die Gehwege auf beiden Seiten der Avenida Balboa waren mit Fußgängern bevölkert. Ryan trat an die Bordsteinkante und schaute die Straße hinauf und hinunter. Vier Blocks in jede Richtung, Scharen von Menschen auf dem Weg in Läden und Boutiken, die bis spät in den Abend hinein geöffnet sein würden. Ryan entdeckte in der Menge mehrere Frauen in braunen Kostümen, doch keine stach besonders hervor. In Panama war das pechschwarze Haar einer Frau kein besonders auffälliges Merkmal.

Ryan ballte die Fäuste vor Wut, Wut vor allem auf sich selbst. Sie war zweifellos ein Lockvogel gewesen. Man hatte ihn beraubt. Besser gesagt, beschissen. Wahrscheinlich war die Frau in eine Richtung davongelaufen, und ihr Partner in die andere – mit Ryans Tasche.

Er warf den Kopf in den Nacken und schaute in den immer dunkler werdenden Himmel. »Ich *Idiot.*«

24

Die Reparatur ihres Pick-up dauerte länger als Amy erwartet hatte. Erst am späten Vormittag konnte sie aufbrechen. Es war nicht nur ein undichter Wasserschlauch gewesen. Der Kühler hatte Löcher. Keine Rostlöcher. Es waren kleine, kreisrunde, gleichmäßig verteilte Löcher, so als wäre das Metall von etwas durchlöchert worden. Oder von jemandem. Der Mechaniker meinte, es könnten Kinder gewesen sein, die ihr einen Streich spielen wollten – gelangweilte Teenager, die an einem langen Sommertag nichts Besseres mit ihrer Zeit anzufangen wußten.

Amy war sich da nicht so sicher.

Von Kit Carson aus fuhr sie auf direktem Weg nach Boulder, hielt unterwegs nur einmal an, um zu tanken und zu telefonieren. Im Büro wartete nichts Dringendes auf sie. Zu Hause nahm niemand ab. Das wunderte sie nicht. Gran ging montags-, mittwochs- und donnerstags nachmittags mit Taylor ins Jugendzentrum. Während Gran mit den anderen Erwachsenen Karten spielte, beschäftigte Taylor sich mit Seilspringen und Ballspielen, wobei sie die meiste Zeit damit zubrachte, vor den Jungs davonzulaufen, die es nicht lassen konnten, das hübscheste Mädchen auf dem Spielplatz an den Haaren zu ziehen.

Um 17.20 Uhr erreichte Amy den Stadtrand von Boulder. Am liebsten wäre sie direkt zum Jugendzentrum gefahren, um Taylor abzuholen, aber im dichten Berufsverkehr hätte sie es unmöglich geschafft, bevor die Einrichtung um 18.00 Uhr schloß. Sie fuhr nach Hause in ihre Wohnung, dort würde sie auf Gran und auf ihre Kleine warten.

Amy steckte den Schlüssel ins Schlüsselloch, aber das Schloß war nicht verriegelt. Komisch, Gran schloß die Tür *immer* ab. Sie drehte den Türknauf. Es fühlte sich ungewohnt an, wie er sich drehen ließ. Die Tür ging von alleine auf, nur ein paar Zentimeter weit. Amy begriff, daß hier etwas nicht stimmte.

Das Schloß war aufgebrochen worden. Jemand war hiergewesen.

Die Logik riet ihr wegzulaufen, aber der Mutterinstinkt ließ das nicht zu. Sie machte sich Sorgen um ihre Tochter. »Gran! Taylor!« rief sie.

Keine Antwort. Vorsichtig öffnete sie die Tür. Bei dem Anblick, der sich ihr bot, weiteten sich ihre Augen vor Entsetzen.

Jemand hatte ihre Wohnung durchwühlt – *vollkommen* auseinandergenommen. Man hatte das Sofa zerhackt, die Kissen aufgeschlitzt, den Fernseher eingeschlagen. Sämtliche Regale waren leer, Bücher und Papiere lagen auf dem Boden verstreut. Jemand hatte nach etwas gesucht.

»Taylor!« rief Amy, aber alles blieb still. Amy wußte, daß die beiden eigentlich im Jugendzentrum sein mußten, aber irgend etwas sagte ihr, daß heute alles anders war. Der *Geruch*. In der ganzen Wohnung hing dieser seltsame Geruch.

Sie rannte ins Bad. Glasscherben von gerahmten Bildern knirschten unter ihren Füßen. Ein Hindernisparcours aus demolierten Möbeln und Erinnerungsfetzen. »Taylor, wo bist du?«

Amy stieß einen Schrei aus. Taylors Zimmer war vollkommen verwüstet worden, die Matratze zerfetzt. Die Kommode war umgestürzt, Taylors kleine Kleider lagen überall herum. Aber von Amys Tochter keine Spur.

»Taylor! Gran!« Sie rannte in das nächste Zimmer. Derselbe Anblick – alles war zerstört. Das drahtlose Telefon lag auf dem Boden neben der zerbrochenen Lampe. Amy hob es auf und wollte gerade 911 wählen, hielt jedoch inne. Die Polizei konnte ihr nicht sagen, was sie wissen wollte. Sie rief zuerst im Jugendzentrum an.

»Hier spricht Amy Parkens«, sagte sie atemlos. »Ich suche

meine Tochter Taylor und meine Großmutter Elaine. Es handelt sich um einen Notfall. Meine Großmutter müßte im Aufenthaltsraum für Senioren sein.«

»Ich werde nachsehen«, sagte die Frau am anderen Ende der Leitung.

»Bitte, beeilen Sie sich.« Während sie wartete, ließ Amy ihren Blick über die Szene der Verwüstung gleiten, doch sie brauchte sich nicht lange zu gedulden. Gran kam ans Telefon.

»Was gibt es denn, Liebes?«

»Gran, geht es dir gut?«

»Ja, ich habe schon fünf Dollar gewonnen.«

»Jemand ist in unsere Wohnung eingebrochen. Es ist alles völlig verwüstet.«

»Das meinst du nicht ernst.«

»Doch, ich bin gerade nach Hause gekommen. Wo ist Taylor? Ist sie bei dir?«

»Sie ist – ich habe sie bei der Betreuerin gelassen. Draußen. Warte, ich seh mal nach.« Gran trat ans Fenster und suchte mit den Augen den Spielplatz ab. Draußen wimmelte es von Kindern, die in alle Richtungen herumrannten. Sie schaute zu den Schaukeln hinüber, zum Klettergerüst. Schließlich entdeckte sie die Kleine. »Ja, sie sitzt draußen auf der Wippe.«

»Gott sei Dank.«

»Was ist mit dem Geld?« fragte Gran.

Amy wurde von Panik ergriffen. »Daran hab ich noch gar nicht gedacht. Moment, ich sehe nach.« Das Telefon in der Hand, sprang sie wie eine Hürdenläuferin über die umgeworfenen Möbel. An der Küchentür blieb sie stehen. Alle Schränke waren leer. Haken waren aus den Wänden gerissen worden. Grans Lieblingsgeschirr lag in Scherben auf dem Boden verstreut. Kühlschrank und Tiefkühlschrank standen weit offen. Die Lebensmittel lagen davor. Ein widerlicher Geruch lag in der Luft – Fleisch oder irgend etwas war verdorben. *Das* war es, was sie gerochen hatte.

Amy sah in der untersten Schublade des Tiefkühlschranks nach, wo Gran das Geld versteckt hatte.

Ihre Hand zitterte, als sie ins Telefon sprach. »Es ist weg. Der Karton, das ganze Geld. *Alles* ist weg.«

Gran konnte nur mit Mühe sprechen. »Und was machen wir jetzt?«

»Was wir von Anfang hätten tun sollen. Wir rufen die Polizei.«

Teil zwei

25

Ryan rief nicht bei der Polizei an. Okay, er war beraubt worden – man hatte ihm die Papiere geklaut, die bewiesen, daß sein Vater ein Erpresser gewesen war. Er brauchte Hilfe, aber nicht von den Gesetzeshütern. Er brauchte einen Anwalt, und zwar einen guten.

Von einer Telefonzelle in der Hotelhalle aus rief er Norm an. In Denver war es zwei Stunden früher, und Norm war noch in der Kanzlei. Nach einem langen Arbeitstag saß er zurückgelehnt in seinem Sessel, die Füße auf dem Schreibtisch.

»Norm, ich brauche deine Hilfe.«

»Was hast du denn verbrochen, hast du die Kanalschleusen geklaut?«

»Norm, das ist kein Witz. Ich bin ausgeraubt worden.«

Norm richtete sich auf. »Was ist passiert?«

In wenigen Minuten erzählte Ryan Norman alles. Von der Erpressung, der Verurteilung wegen einer Vergewaltigung, von dem Diebstahl in der Hotelbar. Am Telefon war es weniger peinlich als von Angesicht zu Angesicht. Jetzt, wo Ryan wußte, daß sein Vater eine Vergewaltigung begangen hatte, fiel es ihm beinahe leicht; jetzt schien sein Vater es kaum noch verdient zu haben, daß man ihn schützte.

Nachdem Ryan geendet hatte, herrschte einen Moment lang Schweigen in der Leitung, als müßte Norm die Informationen erst einmal sinken lassen. Schließlich sagte er: »Das ist ziemlich merkwürdig.«

»Merkwürdig?« fragte Ryan gereizt. »Das ist ein Alptraum, Norm.«

»Nimm's mir nicht übel. Ich weiß, es ist gräßlich. Was ich meinte, ist, die Sache mit der Erpressung ist merkwürdig. Dein Vater vergewaltigt eine Frau, und dann, fünfundzwanzig Jahre später, erpreßt er jemanden um fünf Millionen Dollar. Das ergibt einfach keinen Sinn. Man würde doch eher erwarten, daß *er* erpreßt wurde, daß jemand ihm angedroht hätte, die unter Verschluß befindlichen Jugendgerichtsakten zu veröffentlichen, oder so was ähnliches.«

»Was heißt das genau – unter Verschluß befindlich?«

»Die Urteile des Jugendgerichts sind absolut vertraulich. Nach dem Gesetz kann niemand in Erfahrung bringen, welche Verbrechen jemand als Jugendlicher begangen hat.«

»Es könnte also sein, daß nicht einmal meine Mutter etwas davon weiß?«

»Klar. Hätte deine Mutter einen Vergewaltiger geheiratet? Deswegen wäre es viel wahrscheinlicher gewesen, daß jemand deinen Vater erpreßt hätte. Nicht umgekehrt.«

»Nur daß mein Vater nicht gerade ein reicher Mann war, von dem man eine Menge Geld hätte erpressen können. Ich blicke wirklich nicht mehr durch. Ich weiß nur, daß jetzt in Panama eine Frau mit sämtlichen Informationen rumläuft, die ich mir gerade beschafft habe. Ganz zu schweigen von meinem Paß und meinem Flugticket.«

»Hattest du irgendwelche Originale in der Tasche?«

»Nein, nur Kopien. Die Originaldokumente hab ich im Schließfach gelassen.«

»Gut. Wir werden folgendes tun. Als erstes besorgen wir dir einen neuen Paß. Ich werde mich gleich morgen darum kümmern. Hast du irgend etwas, womit du dich ausweisen kannst? Etwas mit einem Foto?«

»Ja, meinen Führerschein. Meine Brieftasche haben sie nicht erwischt.«

»Hervorragend. Morgen früh gehst du noch einmal zur Bank. Wenn du mit derselben Frau sprichst, die dich heute morgen bedient hat, müßte dein Führerschein ausreichen, um noch mal an das Schließfach zu kommen. Vor allem, wenn du ihr sagst, daß dir dein Paß gestohlen wurde. Dann machst du von den Papieren des Jugendgerichts, den Bankunterlagen und allem, was in deiner Tasche war, neue Kopien. Aber nimm nichts aus der Bank mit – nicht mal die Kopien. Laß die Kopien direkt in der Bank machen, dann packst du alles in einen Umschlag und schickst es mir per Nachtexpreß zu. Ich will nicht, daß du irgend etwas mit dir herumträgst.«

»Und dann?«

»Ich werde dir den Paß durch die Botschaft zustellen lassen. Aber du wirst wahrscheinlich noch mindestens einen Tag lang da unten festsitzen.«

»Gut. Vielleicht finde ich die Frau ja wieder.«

»Ich würde an deiner Stelle nicht zur Polizei gehen, falls du das vorhattest. Das politische Klima in Panama hat sich seit damals, als dein Vater das Konto angelegt und das Schließfach gemietet hat, kaum geändert. Ein Mann, der gerade fünf Millionen Erpressergeld geerbt hat, wird da unten wahrscheinlich nicht besonders gut angesehen sein.«

»Ich hatte nicht vor, mich an die Polizei zu wenden. Aber ich könnte mich mal in den größeren Hotels umsehen. Ich weiß ja jetzt, wie sie vorgeht. Vielleicht erwische ich sie dabei, wie sie den nächsten blöden Amerikaner reinlegt, der mit dem Schwanz denkt.«

»Ich glaube kaum, daß du diese Frau noch einmal in der Stadt antreffen wirst. Das scheint mir eine größere Sache zu sein.«

»Wie meinst du das?«

»Die Frau war offensichtlich nur der Lockvogel. Sie hat dich abgelenkt, während jemand deine Tasche geklaut hat.

Diebe arbeiten fast immer als Team. Aber wir können nicht davon ausgehen, daß nicht mehr dahintersteckt.«

»Du glaubst also nicht, daß es Zufall war?«

»Du etwa?«

»Ich denke, daß es irgendwie damit zusammenhängt, daß ich heute morgen die beiden Banken aufgesucht habe. Aber ich bin mir nicht sicher, auf welche Weise.«

»Möglicherweise hat jemand einen Tip von einem Angestellten der Bank bekommen, daß du heute morgen da warst, um das Schließfach deines Vaters zu öffnen. Vielleicht wollte dieser jemand wissen, was du in dem Schließfach gefunden hast.«

»Willst du damit sagen, daß ich möglicherweise verfolgt werde?«

»Es geht hier nicht um Kleckerbeträge, Ryan.«

»Das stimmt, aber so wie du redest, hört es sich an, als ginge es um eine große Verschwörung.«

»Nenn es, wie du willst. Aber wenn diese Leute es sich leisten können, deinem Vater fünf Millionen Dollar zu zahlen, dann können sie es sich erst recht leisten, dich beschatten zu lassen.«

»Oder Schlimmeres«, sagte Ryan, der plötzlich einen Kloß im Hals hatte.

»Oder noch *viel* Schlimmeres. Hör auf meinen Rat. Vergeude nicht deine Zeit mit der Suche nach einer geheimnisvollen Frau in einem braunen Kostüm. Konzentrieren wir uns auf die drei Millionen Dollar, die auf dem Bankkonto liegen. Wir müssen herausfinden, von wo das Geld überwiesen wurde und wer es überwiesen hat. Nur so können wir in Erfahrung bringen, wer der Erpreßte ist.«

»Beim Banco del Istmo wollten sie mir nicht mehr sagen, als daß das Geld von einem anderen Nummernkonto bei derselben Bank stammt. Das Bankgeheimnis verbietet, den Namen eines Kontoinhabers preiszugeben.«

»Das ist richtig«, sagte Norm. »Die Bank ist beiden Kontoinhabern gegenüber zur Geheimhaltung verpflichtet. Sie dürfen ohne Zustimmung des Kunden keine Namen nennen.« Nachdenklich trommelte er mit den Fingern auf seinen Schreibtisch. »Irgendwie müssen wir sie überreden, uns mehr zu sagen.«

Ryan dachte einen Moment lang nach. »Ich wette, die Frau in dem braunen Kostüm kann uns weiterhelfen.«

»Ich glaube kaum, daß sie dazu bereit ist.«

»Vielleicht hat sie uns schon geholfen.«

»Ich kann dir nicht ganz folgen.«

»Das ist wahrscheinlich auch besser so«, sagte Ryan süffisant.

»Vorsicht, mein Freund. Das letztemal, als ich diesen Ton in deiner Stimme gehört habe, hast du es beinahe geschafft, daß ich von der Uni geflogen wäre. Hier geht es nicht um Studentenstreiche. Du befindest dich in einem Dritte-Welt-Land, und zwar ohne Paß, und Gott allein weiß, wer dich beobachtet. Geh kein überflüssiges Risiko ein.«

Ryan erwiderte nichts, die Gedanken in seinem Kopf überschlugen sich.

»Ryan, mach keinen Quatsch. Ich weiß nicht, was du vorhast, aber denk an das, was ich dir vor deiner Abreise gesagt habe. Du bist der Nachlaßverwalter. Irgendwann wirst du vor Gericht nachweisen müssen, daß du alle Erben bedacht und alle Vermögenswerte aufgelistet hast. Was zum Teufel willst du zu den zwei Millionen auf dem Dachboden und den drei Millionen auf dem Konto in Panama sagen? Ich bin dein Freund, und ich möchte dir helfen, aber ich kann einem Klienten nicht dabei helfen, die Gesetze zu brechen.«

»Ich rufe dich morgen wieder an. Und ich verspreche dir, daß ich keine Gesetze brechen werde.« Er legte auf. *Jedenfalls nicht die Gesetze der Vereinigten Staaten.*

Ryan trat aus der Telefonzelle und ging durch die mit Menschen überfüllte Hotelhalle zurück in die Bar. Inzwischen hatten sich noch mehr Leute vor dem Fernseher versammelt, auf dem immer noch das Fußballspiel lief. Das Spiel war fast zu Ende, es stand unentschieden. Der Barmann sah aus, als hätte er sich die ganze Zeit nicht gerührt. Auch die einzige Kellnerin war von dem Spiel wie gebannt. Niemand hatte die Tische abgeräumt, seit Ryan gegangen war. Er schaute zu dem Tisch hinüber, an dem die Frau gesessen hatte.

Ihr leeres Glas stand noch da.

Ryan lächelte. *So weit, so gut.*

26

Die Polizei war innerhalb von Minuten da. Vor dem Haus und neben den Streifenwagen auf dem Parkplatz hatte sich eine neugierige Menge versammelt. Zwei Polizisten durchkämmten die nähere Umgebung des Hauses, die anderen beiden sperrten den Tatort mit gelbem Band ab.

Ein Detective vernahm Amy in der Tür. Sie hätte ihn hereingebeten, aber es gab keinen einzigen brauchbaren Stuhl mehr. Der Polizist hatte graumeliertes Haar und im Gesicht tiefe Furchen von der Art, die von zuviel Arbeit oder zuviel Alkohol kommen oder von beidem. Er war ein bärbeißiger Typ, nicht gerade von der feinfühligen Sorte. Sein Ausdruck des Mitgefühls beschränkte sich auf ein knappes »Ich hoffe, Sie sind versichert, junge Frau«. Während er Amy auf nüchterne, sachliche Art befragte, machte er sich auf einem Spiralblock Notizen.

Plötzlich stand Amys Großmutter da. Der Schock in ihrem Gesicht rührte Amy. Wortlos fielen die beiden Frauen sich in die Arme.

»Es wird alles gut, Gran.« Diese Worte aus dem Mund ihrer Großmutter hatten Amy als Kind immer beruhigt. Es kam ihr ein bißchen komisch vor, daß sie das jetzt sagte.

»Gott sei Dank waren wir nicht zu Hause.«

Amy trat einen Schritt zurück. »Wo ist Taylor?«

»Ich wollte nicht, daß sie das hier sieht. Sie ist drüben bei Mrs. Bentley.«

Sie schauten beide in die Wohnung und ließen ihren Blick

durch das Wohnzimmer schweifen. Amy sah jetzt Einzelheiten, wo sie vorher nur ein allgemeines Bild der Zerstörung wahrgenommen hatte. Die Topfpflanzen, die Gran so liebevoll gehegt hatte, lagen mit dem Gesicht nach unten auf dem Boden. Taylors Spielsachen waren nur noch ein Haufen zerborstenes Holz.

»Ich kann es nicht fassen, daß die das getan haben«, sagte Gran in einem Ton, als wäre sie auf einer Beerdigung. »Sie haben alles zerstört, was uns gehört hat.«

»Verzeihung«, sagte der Detective. »Wer sind ›die‹?«

Gran blinzelte verwirrt. »Ähem – wie bitte?«

»Sie sagten, Sie könnten es nicht fassen, daß *die* das getan haben. Wer sind ›die‹?«

»Ach, das war nur so eine Redensart.«

»Haben Sie Grund zu der Annahme, daß es mehr als ein Täter war?«

»Eigentlich nicht.«

»Können Sie sich vorstellen, *wer* das getan hat?«

»Nein.«

Er sah Amy an. »Sie haben gesagt, Sie sind geschieden, richtig?«

»Richtig.«

»Wie ist Ihr Verhältnis zu Ihrem Exmann?«

»Wir gehen höflich miteinander um.«

Er dachte einen Moment lang nach. »Könnte *er* wissen, wer *die* sind?«

»Warum reiten Sie eigentlich darauf herum? Meine Großmutter hat Ihnen doch gesagt, es war nur so eine Redensart.«

»Ehrlich gesagt, Miss, habe ich das Gefühl, daß Sie mir nicht alles sagen, was Sie wissen.«

Gran mischte sich ein und sagte in scharfem Ton: »Wollen Sie meine Enkelin vielleicht eine Lügnerin nennen?«

Er zuckte die Achseln. »Es wäre nicht das erstemal, daß eine Mutter lügt, um dem Vater ihres Kindes eine Gefängnisstrafe zu ersparen.«

»Mein Exmann würde so etwas niemals tun.«

Der Detective nickte, ohne zuzustimmen. »Ich will Ihnen mal was sagen. Ich bin seit fast fünfundzwanzig Jahren Polizist. Um so einen Tatort zu analysieren, muß man kein Genie sein. Das sieht nicht aus wie ein typischer Einbruch. Das riecht verdammt nach persönlicher Wut. Als wollte sich jemand für irgend etwas rächen. Ihnen Angst einjagen.«

Sein Scharfsinn ließ Amy aufhorchen, doch sie sagte nichts.

»Es würde mich noch nicht einmal wundern«, fuhr er fort, »wenn es sich herausstellte, daß Einbruchdiebstahl gar nicht das eigentliche Motiv ist.«

»Ich habe Ihnen genau beschrieben, was passiert ist. Als ich nach Hause kam, habe ich die Wohnung verwüstet vorgefunden. Warum die das getan haben, weiß ich nicht.«

»Da haben wir *die* ja schon wieder«, sagte der Detective grinsend.

»Hören Sie auf, uns zu quälen«, fauchte Gran.

»Ist schon gut«, sagte Amy. »Ich kann mir vorstellen, daß das alles ein bißchen … ungewöhnlich wirkt.«

Der Detective reichte ihr seine Visitenkarte. »Ich werde mich mal gründlich umschauen. Sehen Sie zu, daß Sie sich ein bißchen ausruhen und den ersten Schock überwinden. Und dann rufen Sie mich an. Ich habe bestimmt noch ein paar Fragen an Sie.«

»Ich werde alle Ihre Fragen beantworten.«

»Gut. Ich würde diesen Einbruch nämlich gern aufklären. Wenn der Tatort freigegeben ist, möchte ich, daß Sie alle Ihre Sachen überprüfen. Sagen Sie mir, ob irgend etwas fehlt. Egal, was.«

Gran wirkte verwirrt. »Was soll das heißen, Ihnen sagen, ob etwas fehlt. Natürlich fehlt –«

Ein Blick von Amy ließ sie verstummen.

»Was wollten Sie gerade sagen?« fragte der Detevtive.

Gran zögerte. »Ich wollte sagen, äh, sehen Sie sich das doch mal an. Ist doch klar, daß da was fehlt.«

»Ja, ja«, sagte er ungerührt. »Lassen Sie es mich einfach

wissen. Sie haben meine Karte.« Er hob eine Braue, dann wandte er sich ab und ging.

Gran nahm Amy am Ellenbogen und ging mit ihr den Korridor entlang, weg vom Tatort. »Offenbar hast du ihm nichts von dem gestohlenen Geld gesagt«, raunte sie.

»Noch nicht. Ich war drauf und dran, aber dann hab ich's mir anders überlegt.«

»Er ist schon ein ziemliches Ekel.«

»Das allein war es nicht. Sosehr ich am Anfang der Meinung war, wir sollten sofort zur Polizei gehen, hatte ich jetzt Angst, wir könnten noch mehr Ärger bekommen, wenn wir zugeben, daß wir das Geld einfach behalten haben, ohne der Steuerbehörde oder sonst jemandem davon zu erzählen. Ich würde mir gern zuerst irgendwo Rat holen. Von einem Profi.«

»Und von wem genau?«

»Es gibt nur eine Anwältin, der ich so etwas anvertrauen würde. Und das ist Marilyn Gaslow.«

»Bist du sicher, daß es ratsam ist, dich an jemanden aus der Firma zu wenden?«

Amy blieb stehen und sah ihrer Großmutter in die Augen. »Sie ist nicht irgend jemand. Sie ist Marilyn.«

Von einer luxuriösen Hotelsuite aus beobachtete sie, wie das Nachtleben in Panama Stadt erwachte. Im Zimmer hing noch immer der Dampf von einer heißen Dusche. Ein Badetuch umhüllte ihren wohlgeformten jungen Körper. Ihr nasses Haar steckte in einem kleineren, zu einem Turban gedrehten Handtuch. Auf der Kommode lag eine lange, schwarze Perücke. Ryan Duffys Ledertasche lag offen auf dem Bett. Sie lehnte sich gegen das Kopfkissen und nahm den Telefonhörer ab. Ihre Stimme hatte nichts mehr von dem weichen, verführerischen Ton, den sie in der Bar angeschlagen hatte.

»Ich habe seine Tasche. Für hundert Dollar hat der Barmann ein kleines Ablenkungsmanöver für mich veranstaltet.«

»Ich hab dir gesagt, du sollst keinen da reinziehen.«

»Ich hab ihn nicht *reingezogen*. Dieses Spiel hat der Typ

garantiert schon mit der Hälfte aller Huren von Panama gespielt. Er hat sich einfach die Tasche geschnappt, als Duffy abgelenkt war.«

»Und was ist drin?«

»Bankunterlagen, Papiere. Nichts, wovon du mir nicht schon erzählt hattest.« Sie klemmte sich den Hörer zwischen Kinn und Schulter und schloß den Reißverschluß der Tasche.

»Hast du mit Duffy gesprochen?«

»Ja. Aber er hat nicht angebissen. Nur belangloses Bargeplänkel.«

»Bist du aus der Übung, oder was?«

Sie schaute in den Spiegel, dann erwiderte sie mit affektierter, rauchiger Stimme: »Was glaubst du denn?«

»Der Typ muß schwul sein.«

Sie lachte. »Und wie ist es in Boulder gelaufen?«

»Ich schätze, ich habe ein deutliches Zeichen hinterlassen.«

»Was soll das heißen?«

»Das geht dich nichts an.«

»Komm schon. Ich kann es nicht ausstehen, im Dunkeln zu arbeiten.«

»Ach wirklich? Und ich hab die ganze Zeit gedacht, du würdest nur meinetwegen das Licht anlassen.«

»Sehr witzig. Aber so ein Witz wird dich einiges kosten. Es sei denn, du machst es wieder gut.«

»Und an was hattest du gedacht?«

»Sag mir, was in Boulder gelaufen ist.«

»Du bist neugieriger, als gut für dich ist.«

»Kann sein. Aber wenn ich meinen Teil des Jobs ordentlich erledigen soll, muß ich wissen, was gespielt wird.«

»Also gut. Dein Instinkt hat dich nicht betrogen. Das Tête-à-tête, das du in Denver im GREEN PARROT beobachtet hast, war offenbar nicht nur ein harmloses Treffen zwischen Freunden. Ich hab zweihundert Riesen in ihrer Wohnung gefunden. In bar.«

»Mann-o-Mann. Die heilige Amy scheint wohl ihr Armutsgelübde gebrochen zu haben.«

»Bist du sicher, daß du nichts übersehen hast? Hat Duffy ihr vielleicht in dem Restaurant irgendwas gegeben?« fragte er.

»Ganz sicher nicht. Ich bin ihm den ganzen Tag lang auf den Fersen geblieben, wie du es mir gesagt hast. Hab ihn keinen Moment lang aus den Augen verloren.«

»Jemand muß es ihr gegeben haben, bevor der Alte abgenippelt ist. Ich kann mir nicht vorstellen, wo sie sonst soviel Geld herhaben soll.«

»Und was bedeutet das alles? Soll ich weiter an ihm dranbleiben?«

»Auf jeden Fall. Aber von jetzt an mußt du dich höllisch in acht nehmen. Wir haben diesmal bei beiden gleichzeitig zugeschlagen, der Überraschungseffekt war auf unserer Seite. Aber jetzt werden sie auf der Hut sein. Wir müssen davon ausgehen, daß die beiden Familien sowohl den Zaster als auch die Information teilen.«

»Und das Risiko«, sagte sie kühl.

»Das auch.«

Sie stand auf und trat ans Fenster. Die belebten Straßen unter ihr waren eine endlose Lichterkette. »Was soll ich als nächstes tun?«

»Bleib da, bis Duffy abreist, laß ihn nicht aus den Augen. Und sorg dafür, daß dieser Trottel nicht in Schwierigkeiten gerät. Ich will ihn mir vorknöpfen, wenn er wieder hier ist. Also sieh zu, daß er auch *wirklich* zurückkommt.«

»Alles klar.« Sie wollte gerade auflegen, doch dann fiel ihr noch etwas ein. »Moment noch.«

»Was denn?«

»Ich lasse tatsächlich dir zuliebe das Licht an«, sagte sie und legte auf.

27

Am Dienstag morgen ging Ryan noch einmal zum Banco del Istmo. Das Gebäude lag nur einen halben Block entfernt vom Banco Nacional, wo er die Unterlagen über die drei Millionen Dollar im Bankschließfach gefunden hatte. Am Vortag hatte er den Weg in einem Zustand der Fassungslosigkeit zurückgelegt, hatte sich gefühlt wie vor den Kopf geschlagen. Erst heute fiel ihm das Logo auf den Eingangstüren auf, das den schmalen Isthmus von Panama darstellte – was den Namen der Bank erklärte.

Ryan wartete fast eine Stunde lang in der Eingangshalle. Er war allein. Nicht ein einziger Kunde kam oder ging. Das Gebäude war viel älter als das des Banco Nacional, die Einrichtung weniger eindrucksvoll. Keine Kunstwerke an den Wänden, keine Pflanzen in den Räumen. Keine Klimaanlage, jedenfalls keine von der modernen Sorte. Durch die offenen Fenster drangen Verkehrslärm und Abgasgestank herein. Ein wackeliger alter Ventilator schlingerte an der Decke, als versuchte er, sich aus seiner Halterung loszureißen. Ryan wurde das Gefühl nicht los, daß nur äußerst wenige Kunden ihre Geschäfte mit dem Banco del Istmo persönlich vor Ort abwickelten.

Ryan trank zwei Tassen Kaffee, während er wartete. Während der Wartezeit boten zwei Bankangestellte ihm ihre Dienste an, aber er wollte unbedingt mit demselben stellvertretenden Direktor reden, der ihn am Vortag beraten hatte. Um 11.15 Uhr trat Humberto Hernandez endlich aus seinem Büro.

»Dr. Duffy?« sagte er mit einem entschuldigenden Lächeln. »Tut mir leid, daß Sie so lange warten mußten. Ich hatte ein wichtiges Telefongespräch.«

Ryan erhob sich und reichte ihm die Hand. »Kein Problem.«

»Bitte, kommen Sie mit in mein Büro.«

Ryan folgte ihm den Korridor entlang. Hernandez trug ein kurzärmeliges Hemd ohne Jackett oder Krawatte, sehr praktisch bei der Hitze. Er hatte dichtes, schwarzes Haar, das er streng aus der Stirn frisiert trug. Es glänzte von irgendeiner

Art Pomade, so daß er aussah, als käme er gerade aus der Dusche. Er war fast um einen Kopf kleiner als Ryan, aber mindestens zwanzig Kilo schwerer. Ein Teller mit Essensresten stand mitten auf seinem mit Unterlagen übersäten Schreibtisch.

»Bitte, nehmen Sie Platz«, sagte er, während er sich in seinen mit Kunstleder bezogenen Schreibtischsessel sinken ließ.

»Danke.« Ryan nahm den einzigen übrigen Stuhl auf der anderen Seite des Schreibtischs.

»Was kann ich heute für Sie tun, Doktor?«

»Ich möchte noch einmal auf einiges zurückkommen, über das wir gestern gesprochen haben.«

»Fahren Sie fort.«

»Es hat mit der Herkunft der drei Millionen Dollar zu tun, die auf das Konto meines Vaters überwiesen wurden.«

»Es tut mir außerordentlich leid, Sir. Das habe ich Ihnen ja bereits erklärt. In diesem Punkt kann ich Ihnen leider nicht helfen.«

»Wenn Sie gestatten, würde ich Ihnen gern meine Situation erklären. Ich glaube, das könnte die Sache ändern.«

Hernandez wirkte wenig beeindruckt. »Bitte.«

»Ich bin der Nachlaßverwalter meines Vaters. Es ist meine Aufgabe, das Vermögen den Wünschen meines Vaters entsprechend aufzuteilen. Ich kann dieses Vermögen nicht guten Gewissens verteilen, wenn ich nicht weiß, woher es stammt.«

»Warum nicht?«

»Weil mein Vater nicht der Typ war, der ein Nummernkonto mit drei Millionen Dollar beim Banco del Istmo gehabt hätte.«

»Sir, dies ist eine Bank, die legale Geschäfte betreibt. Daß Sie das Gegenteil annehmen, ist empörend.«

»Es war nicht meine Absicht, Sie zu beleidigen. Was ich meinte, ist, daß mein Vater nicht der Mann war, zu dem es gepaßt hätte, bei *irgendeiner* Bank ein Konto mit drei Millionen Dollar zu besitzen.«

»Vielleicht wissen Sie einfach nicht, was Ihr Vater für ein Mann war.«

»Was meinen Sie damit?«

»Nichts.«

»Haben Sie meinen Vater gekannt?«

»Nein. Sie?«

Ryan kniff die Augen zusammen. »Ich muß wissen, woher das Geld stammt. Punkt.«

Hernandez lehnte sich vor, die Hände auf dem Schreibtisch. Er war höflich, aber bestimmt. »Wie ich Ihnen bereits gestern erklärt habe, das Geld wurde von einem anderen Nummernkonto dieser Bank überwiesen. Genauso, wie der Name Ihres Vaters durch das Bankgeheimnis geschützt war, hat der Besitzer des anderen Kontos dasselbe Recht auf Schutz seiner Identität. Ich kann dieses Vertrauen nicht brechen, nur weil Sie hier auftauchen und es von mir verlangen.«

Ryan starrte ihn wütend an, dann öffnete er die Papiertüte, die er mitgebracht hatte. »Ich habe hier etwas für Sie, Mr. Hernandez.«

»Ach ja? Was denn?«

Ryan griff mit einem Taschentuch in die Tüte. Vorsichtig holte er das Glas heraus und stellte es auf den Schreibtisch. »Dieses Cocktailglas stammt aus der Hotelbar des MARRIOTT.«

Hernandez war völlig verblüfft, wußte nicht, was er sagen sollte. »Haben Sie mir auch ein Badehandtuch mitgebracht?«

»Das ist kein Witz. Nachdem ich diese Bank gestern verlassen habe, ist mir jemand ins Hotel gefolgt und hat mich ausgeraubt. Man hat mir meine Tasche mitsamt Inhalt gestohlen.«

»Tut mir leid, das zu hören.«

»Ich glaube, daß es eine Angestellte dieser Bank war, die mir gefolgt ist.«

»Das ist ja lächerlich.«

»Ich kann es beweisen. Die Frau, die mir gefolgt ist, hat aus diesem Glas getrunken. Ihre Fingerabdrücke befinden sich noch darauf.«

»Haben Sie die Fingerabdrücke analysieren lassen?«

»Natürlich nicht. Noch nicht.«

»Dann könnte die Analyse also durchaus beweisen, daß die Abdrücke von keiner unserer Angestellten stammen.«

»Oder sie könnte das Gegenteil beweisen. Es kommt darauf an, welches Risiko Sie einzugehen bereit sind.«

»Risiko?«

»Ja, Risiko. Wenn ich dieses Glas der Polizei übergebe und es keine Übereinstimmung mit einer Ihrer Angestellten gibt, sind Sie aus dem Schneider. Aber sollte es doch so sein, werden die Probleme mit den Behörden Ihre geringste Sorge sein. Heutzutage herrscht zwischen den internationalen Banken ein brutaler Wettbewerb. Ich bin sicher, daß die Konkurrenz ein solches Mißgeschick sofort ausnutzen wird. Wenn Ihre Kunden erführen, daß ein gesetzestreuer amerikanischer Arzt, der drei Millionen Dollar auf einem Konto Ihrer Bank besitzt, von einer Ihrer Angestellten verfolgt und ausgeraubt wird, wäre das mehr als geschäftsschädigend. Dann hätten Sie ein riesiges Problem mit Ihren Kunden, das garantiere ich Ihnen.«

Hernandez' Augenwinkel zuckten. »Ich gebe zu, daß der Banco del Istmo nicht gerade auf eine Vergangenheit zurückblicken kann, die, wie man in Amerika sagt, blitzsauber ist. Aber in den letzten Jahren haben wir hart gearbeitet, um unser Image zu verbessern. Ich flehe Sie an, beschmutzen Sie nicht unseren guten Namen.«

»Es liegt ganz in Ihrer Hand. Wenn Sie sich absolut sicher sind, daß es keine Angestellte Ihrer Bank war, die mir zu meinem Hotel gefolgt ist, dann können Sie mich ja guten Gewissens zur Polizei schicken. Aber wenn Sie auch nur den geringsten Zweifel hegen, hier ist das Glas. Betrachten Sie es als Geschenk.«

Hernandez sah erst das Glas und dann Ryan an. »Es wäre mir natürlich schrecklich unangenehm, ein Geschenk von einem Freund anzunehmen, ohne mich dafür erkenntlich zu zeigen.«

»Sie wissen ja, was ich will.«

»Ich habe es Ihnen gesagt. Es ist gegen das Gesetz.«

»Ich bin noch nie ein großer Fan von Gesetzen gewesen, die es Kriminellen ermöglichen, sich unter den Schutz von Banken zu stellen. Darüber läßt sich nicht verhandeln.«

Hernandez wirkte gequält, wie ein Mann, dem man eine Pistole an die Schläfe hält. Plötzlich schwenkte er seinen Sessel so weit, daß er vor dem Computer zu sitzen kam, und tippte die Kontonummer ein. »Ich habe hier sämtliche Bewegungen auf dem Konto Ihres Vaters. Jede Einzahlung, jede Abbuchung ist aufgeführt. Einschließlich Überweisungen innerhalb der Bank.«

Von dort, wo er saß, konnte Ryan den Bildschirm nicht sehen. Als er aufstand, um einen Blick darauf zu werfen, sagte Hernandez: »Bleiben Sie, wo Sie sind.«

Verwirrt setzte Ryan sich wieder hin.

»Wie gesagt, ich kann Ihnen diese Informationen nicht geben«, sagte Hernandez. »Das wäre illegal. Das ist mein letztes Wort in dieser Angelegenheit.« Er stand auf. »Ich werde jetzt mit diesem Glas in die Cafeteria gehen und mir einen Schluck kaltes Wasser holen. Ich werde in genau fünf Minuten wieder da sein. Wenn Sie wollen, können Sie hier auf mich warten. Was immer Sie tun, schauen Sie nicht auf den Bildschirm. Ich wiederhole: Schauen Sie *nicht* auf den Bildschirm.«

Der Banker hatte sein Gewissen entlastet. Er nahm das Glas, verließ das Zimmer und schloß die Tür.

Ryan blieb auf seinem Stuhl sitzen und starrte auf die Rückseite des Monitors. Die Vorstellung, daß die Antwort auf der anderen Seite auf dem Bildschirm flimmerte, ließ ihn erschauern. Doch um zu erfahren, wer das Geld gezahlt hatte, würde er das Bankgeheimnis verletzen müssen. Es war kein amerikanisches Gesetz. Es war noch nicht einmal ein Gesetz, vor dem er besonderen Respekt hatte, ein Gesetz, das von Drogenbaronen und Steuerhinterziehern ständig gebrochen wurde. Andererseits war es immer gefährlich, Gesetze zu übertreten. Irgendwie schien der erste Schritt zwangsläufig zum nächsten zu führen.

Er wägte seine Alternativen ab. Er könnte aufstehen und gehen, dann würde er vielleicht niemals erfahren, wen sein Vater erpreßt hatte. Oder er könnte auf die andere Seite des Schreibtischs treten und einen Blick auf den Bildschirm werfen.

Er überlegte nur einen Augenblick lang. Dann stand er auf und machte den ersten Schritt.

28

Amy fuhr auf gut Glück nach Denver. Sie hatte keinen offiziellen Termin mit Marilyn Gaslow, doch sie vertraute darauf, daß Marilyn Zeit für sie haben würde. Kaum jemand wußte von der persönlichen Geschichte, die Amy und die einflußreichste Anwältin der Firma miteinander verband.

Der Hauptsitz von Bailey, Gaslow & Heinz befand sich in fünf aufeinanderfolgenden Etagen etwa vierzig Stockwerke über dem Stadtzentrum von Denver. Theoretisch operierten die Hauptniederlassung in Denver und die sechs Zweigniederlassungen wie eine einzige Kanzlei. Für die reibungslose Kommunikation zwischen den Standorten sorgte Amy stets mit den modernsten Computerlinks. Dennoch war es weder technologisch noch auf andere Weise möglich, die hochaufgeladene Atmosphäre des Hauptniederlassung auf die anderen Büros zu übertragen. Jedesmal, wenn sie nach Denver kam, wurde Amy erneut bewußt, daß es nicht die Zweigniederlassungen in Boulder oder Colorado Springs waren, die diese Kanzlei in den Rocky Mountains mit den berühmtesten Kanzleien in New York oder Los Angeles auf eine Stufe stellten.

Amy fühlte sich leicht beklommen, als sie Marilyns Vorzimmer betrat. Ihre Sekretärin war nicht nur für ihre Arroganz bekannt, sondern auch dafür, daß sie Marilyn abschirmte, als wäre sie eine königliche Hoheit.

»Guten Morgen«, sagte Amy. »Ist Marilyn da?«

Die Sekretärin hob eine Braue und schaute Amy an, als sei der Gebrauch des Vornamens eine Majestätsbeleidigung. »Ja, sie ist da, aber sie ist nicht zu sprechen.«

»Spricht sie gerade mit einem Mandanten?«

»Nein, sie ist einfach nicht zu sprechen.«

»Wann wird sie denn wieder zu sprechen sein?«

»Kommt drauf an.«

»Worauf?«

Die Sekretärin schaute Amy beinahe wütend an. »Ob ein Mandant sie aufsucht«, sagte sie hochnäsig. »Ob ihre Kollegen sie brauchen. Wenn Jupiter mit Mars in Konjunktion tritt.«

»Bitte, sagen Sie ihr, daß Amy Parkens hier ist. Es geht um etwas Persönliches, und es ist sehr wichtig.«

Die Sekretärin rührte sich nicht.

Amy hielt ihrem Blick stand. »Wenn sie sich aufregt, dürfen Sie persönlich mein Entlassungsgesuch tippen.«

Mit süffisantem Grinsen nahm die Sekretärin den Telefonhörer ab und übermittelte Marilyn die Nachricht genauso, wie Amy sie formuliert hatte. Plötzlich nahm ihr Gesicht einen verblüfften Ausdruck an. Sie legte auf und knurrte: »Ms. Gaslow bittet Sie einzutreten.«

Amy grinste. *Man sollte nie die Macht einer Astronomin unterschätzen, Planeten zur Konjunktion zu bringen.*

Marilyn Gaslow hatte ein eindrucksvolles Eckbüro im zweiundvierzigsten Stock mit einer atemberaubenden Aussicht auf die Berge und die Ebene. Die Einrichtung bestand aus französischen Antiquitäten. Die Kunstwerke, die eine Wand dekorierten, wären eines Museums würdig gewesen. Eine andere Wand war bedeckt mit Plaketten und Auszeichnungen, die sie über die Jahre errungen hatte, eine Galerie, die ein von außergewöhnlichen Leistungen geprägtes Leben dokumentierte. Marilyn war nicht nur der erste weibliche Präsident des ABA, des amerikanischen Bundesverbandes der Anwaltschaft gewesen, sondern hatte unter anderem vier Jahre lang den Vorsitz der CFTC, der Aufsichtsbehörde für die Warenterminbörse geführt. Zwischen den Dokumenten des Ruhms hingen gerahmte Fotos, auf denen Marilyn mit jedem amerikanischen Präsidenten seit Gerald Ford zu sehen war, jedes signiert und mit einer persönlichen Widmung versehen. Hinter dem Schreibtisch ein gerahmter, leicht vergilbter Schnappschuß von zwei lächelnden Teenagern. Marilyn mit Amys Mutter.

»Wie schön, dich zu sehen, Amy.« Marilyn stand auf und nahm Amy in den Arm.

Die Geste wirkte fast mütterlich; in gewisser Weise war Marilyn auch wie eine Mutter zu Amy, zumindest, wenn sie mit ihr zusammen war. Marilyn war die beste Freundin von Amys Mutter gewesen und hatte nach deren Selbstmord auf ihre Weise stets ein fürsorgliches Interesse an Amy gezeigt. Doch wenn sie Amy nicht direkt vor Augen hatte, war sie einfach zu beschäftigt, um sich zu vergegenwärtigen, daß Amy von der Hand in den Mund lebte und sich mit Großmutter und Tochter eine winzige Wohnung teilte. Marilyn war eine Karrierefrau, die keinerlei Privatleben besaß. Ihre einzige Ehe hatte vor zwanzig Jahren mit einer Scheidung geendet, und sie hatte keine eigenen Kinder.

Amy erzählte ihr die neuesten Geschichten von Taylor, während sie es sich bequem machten. Sie setzte sich auf das Sofa, Marilyn nahm auf dem Louis XVI-Sessel Platz. Marilyn war freundlich, aber offensichtlich in Zeitdruck.

»Was ist das also für eine persönliche und sehr wichtige Angelegenheit, in der du mich sprechen wolltest?«

»Gestern ist in unsere Wohnung eingebrochen worden. Alles ist vollkommen verwüstet.«

»Mein Gott, das ist ja schrecklich. Brauchst du eine Unterkunft?«

»Nein, wir kommen schon zurecht. Glücklicherweise bin ich versichert. Wir müssen einfach den Nachbarn auf die Pelle rücken, bis die Wohnung wieder in Ordnung ist.«

Marilyn griff nach dem Telefon. »Ich kenne den Polizeichef von Boulder. Ich werde ihn kurz anrufen und sicherstellen, daß in der Gegend verstärkt Streife gefahren wird.«

»Marilyn, das ist nicht nötig. Ich wollte mir nur Rat von dir holen.«

»In welcher Angelegenheit?«

»Die Einbrecher haben Geld mitgehen lassen.«

»Wieviel?«

»Zweihunderttausend Dollar. In bar. Es war im Gefrierschrank.«

Marilyn starrte sie fassungslos an. »Was machst du denn mit zweihunderttausend Dollar im Tiefkühlschrank?«

»Das ist eine lange Geschichte.« In wenigen Minuten gab Amy Marilyn eine Zusammenfassung der Ereignisse. Die Geschichte mit dem Römertopfkarton, der ihr zugeschickt worden war, ohne Absender. Das Treffen mit Ryan Duffy. Die Begegnung mit Sarah und der Vorfall in Kit Carson. Schließlich die verwüstete Wohnung und das gestohlene Geld. Anfangs fiel ihr das Erzählen schwer, doch dann begannen die Worte nur so zu fließen. Gran war großartig, aber es war gut, eine Frau wie Marilyn zur Seite zu haben.

Marilyn lehnte sich in ihrem Sessel zurück, offenbar überwältigt von dem, was sie gehört hatte. »Die Polizei weiß also bisher nichts von dem Geld?«

»Nichts«, sagte Amy. »Ich weiß nicht, was ich denen sagen soll. Darum bin ich hier. Ich brauche deinen Rat.«

»Zunächst einmal: Bewahre niemals große Summen im Gefrierschrank auf. Aber, wie es so schön heißt, dieser Rat ist vergebliche Liebesmüh.«

»Es war Grans Idee.«

»Das spielt keine Rolle. Jetzt wollen wir erst mal zusehen, daß wir diese Sache klarkriegen. Du sagst, das Geld kam in einem Römertopfkarton. Du weißt nicht, wer es dir geschickt hat. Du glaubst, es war ein Mann namens Frank Duffy, dem du noch nie begegnet bist. Du hast keine Ahnung, warum er dir das Geld geschickt hat, noch dazu eine solche Summe. Er war ein Kleinbürger, bei dem nichts darauf hinweist, daß er in irgendeiner Weise vermögend war. Er hat dir das Geld geschickt, kurz bevor er gestorben ist.«

»So ist es.«

»Dein größtes Problem liegt auf der Hand. Man wird dich als erstes fragen, was zum Teufel du geraucht hast.«

»Du glaubst mir nicht?«

»*Ich* glaube dir. Mit Mühe. Aber nur, weil ich dich kenne.«

»Warum sollte ich mir so was ausdenken?«

»Wer weiß? Um Sympathie zu erheischen? Verzweifelte, alleinerziehende Mutter ist in den Abendnachrichten zu sehen. Sie erzählt, daß ihre Wohnung verwüstet wurde und die Einbrecher zweihunderttausend Dollar in bar gestohlen haben. Eh du dich's versiehst, fangen die Leute an, Schecks an den Fernsehsender zu schicken, um dir den Schaden zu ersetzen. Ich behaupte nicht, daß es so funktionieren würde. Aber ein Skeptiker könnte auf die Idee kommen, daß das deine Absicht ist.«

»Aber du weißt doch, daß ich nicht so bin.«

»Natürlich. Dennoch müssen wir uns Gedanken darüber machen, wie andere Leute die Sache sehen könnten.«

»Die Meinung anderer Leute interessiert mich nicht.«

»Mich schon. Und dich sollte sie auch interessieren. Du bist eine geschätzte Mitarbeiterin dieser Kanzlei. Alles, was du tust, fällt auf uns zurück. Was sagtest du, wie alt dieser Mr. Duffy war?«

»Zweiundsechzig.«

»Großartig. Ein verheirateter alter Mann, der im Sterben liegt, schenkt einer hinreißenden Achtundzwanzigjährigen zweihunderttausend Dollar in bar. Und sie kann sich das überhaupt nicht erklären. Um es mal ganz primitiv auszudrücken, möchtest du, daß die Leute dich eine Hure schimpfen, Amy?«

»Marilyn!«

»Ich mache keine Unterstellungen. Ich will nur die verschiedenen Möglichkeiten in Betracht ziehen. Abgesehen von der Meinung der Leute hast du noch größere Probleme. Die wichtigste Frage lautet: Wer ist dieser Frank Duffy? Soweit wir das beurteilen können, muß er oder sein Sohn oder sonst jemand in der Familie ein skrupelloser Drogendealer sein. Warum sollte jemand den Verlust von Geld anzeigen, das ihn mit so jemandem in Verbindung bringt?«

»Weil ich nichts zu verbergen habe.«

»Wie ich schon sagte, keiner wird dir glauben, daß jemand dir ohne jede Gegenleistung soviel Geld schenkt. Am Ende riskierst du, daß die Polizei von Boulder oder sogar das FBI dich für den Rest deines Lebens überwacht. Und vergiß nicht, auch wenn du nicht wegen eines Verbrechens *verurteilt* bist, kann der Verband der Anwaltschaft dir die Zulassung als Anwältin in Colorado verweigern. Wenn dein Charakter auch nur in geringster Weise in Frage gestellt wird, läufst du Gefahr, daß du drei Jahre an der Uni verbringst und dann doch nie Anwältin werden darfst.«

»Hältst du das wirklich für möglich?«

»Durchaus. Eines ist sicher. Du wirst zumindest in dieser Kanzlei große Probleme bekommen. Ich habe mich dafür eingesetzt, daß die Firma dir ein Stipendium ausschreibt, damit du im Herbst mit dem Jurastudium anfangen kannst. Wie willst du meinen Partnern erklären, daß du, während du die Arme und Hilfsbedürftige gespielt hast, zweihunderttausend Dollar in deiner Wohnung rumliegen hattest?«

»Das ist doch erst ein paar Wochen her.«

»Klar. Und wenn es dir nicht gestohlen worden wäre, hättest du uns dann darüber unterrichtet?«

Amy schwieg. Sie hätte sagen können, daß sie nicht mehr an einem Jurastudium interessiert gewesen wäre, wenn man ihr das Geld nicht gestohlen hätte – aber dies schien nicht der richtige Zeitpunkt dafür zu sein. »Ich verstehe, was du meinst.«

Marilyn warf einen Blick auf ihre Armbanduhr. »Tut mir leid, daß ich das Gespräch abbrechen muß. Ich habe einen Lunchtermin. Ich werde mir das alles gründlich durch den Kopf gehen lassen, aber ich glaube, mein Gefühl ist ziemlich eindeutig.«

»Was soll ich denn nun als nächstes tun?«

»Versuch vor allem, die ganze Sache nüchtern zu betrachten. Im Augenblick mögen dir zweihunderttausend Dollar wie unermeßlicher Reichtum erscheinen. In zehn Jahren wirst du dieser Firma als Partnerin beitreten, und dann reicht die Summe noch nicht mal als Anzahlung für ein Haus. Und egal, was du unternimmst, du wirst das Bargeld nie wiedersehen. Es hätte genausogut verbrennen können. Du hast eine wunderbare Zukunft vor dir. Es gibt keinen Grund, dich als Blitzableiter für eine Menge Ärger anzubieten.«

Marilyn beugte sich vor, legte ihre Hand auf Amys Arm und schaute ihr in die Augen. »Hör zu, Amy. Es war, als hättest du dieses Geld gefunden. Jetzt hast du es wieder verloren. Vergiß einfach, daß du es je besessen hast. Am besten, wir beide vergessen auch gleich, daß wir dieses Gespräch geführt haben.«

Amy blieb keine Zeit zu reagieren. Marilyn war schon wieder auf den Beinen und telefonierte mit ihrer Sekretärin. Amy stand auf und ging auf die Tür zu.

Marilyn bedeckte die Sprechmuschel mit der Hand. »Grüß Taylor von mir«, rief sie quer durch den Raum, dann nahm sie ihr Gespräch wieder auf. Amy rang sich ein Lächeln ab und ging. Das war Marilyn. Schon wieder mit dem nächsten Mandanten beschäftigt, mit dem nächsten Fall, bei dem es um Millionen ging.

Während Amy sich mit ihren kleinen Problemen herumschlug.

Liz Duffy ging in der Mittagspause zu SPENCER'S, einem Schnellrestaurant in der 16th Street Mall. Sie saß allein an einem Tisch für zwei. Sie war noch neu in Denver und versuchte, neue Freunde zu finden und ein Leben ohne Ryan aufzubauen. Sie stocherte in ihrem gemischten Salat herum und hatte gerade das zweite Kapitel eines eselsohrigen Taschenbuchs angefangen, als ihr Handy klingelte.

Sie fuhr zusammen. Sie hatte nie ein Handy besessen, ihr

Anwalt hatte es ihr besorgt. Jackson hatte gesagt, es sei für den Fall, daß er sie einmal dringend erreichen müsse. Bisher allerdings hatte er es nur benutzt, um hallo zu sagen – mindestens zweimal am Tag. Liz fühlte sich von all der Aufmerksamkeit geschmeichelt. Jackson hatte eine Menge, das für ihn sprach. Er war intelligent, sah gut aus, und er hatte Geld. Viel Geld.

»Hi«, sagte er. »Was machen Sie gerade?«

»Ich esse zu Mittag. Rufen Sie nur an, um mich mal wieder zu ärgern?« fragte sie lächelnd.

Er bog mit seinem Lexus um die Ecke und fädelte sich in den Verkehr in Richtung Innenstadt ein. »Diesmal rufe ich zur Abwechslung geschäftlich an. Was wissen Sie über Ihren Schwager, Brent Langford?«

»Ein totaler Versager. Der hat, seit ich ihn kenne, noch nie einen anständigen Job gehabt. Seit mindestens sechs Monaten hat er überhaupt keinen Job mehr. Warum?«

»Mein Privatdetektiv hat ein paar interessante Dinge über ihn in Erfahrung gebracht. Brent hat sich anscheinend in Pueblo einen brandneuen Corvette bestellt. So ein Wagen kostet über fünfzigtausend Dollar. Am selben Tag ist er in Piedmont Springs in einer Bar gewesen und hat damit angegeben, daß er demnächst in Geld schwimmen wird.«

»Das ist ja wirklich interessant. Eigentlich unglaublich.«

»Vielleicht hat Frank Duffy doch nicht phantasiert, als er Ihnen eine Menge Geld versprochen hat.«

Es war Liz unangenehm, wie ihr Anwalt die Sache darstellte. Was das sogenannte Versprechen anging, hatte sie ihm dasselbe erzählt wie Ryan nach der Beerdigung auf der Veranda. »Wissen Sie, ich bin mir immer noch nicht sicher, ob das wirklich ein Versprechen war. Wie ich schon sagte, Frank wollte, daß Ryan und ich zusammenbleiben. Er hat nur gesagt, ich soll nicht aufgeben, wir würden schon noch zu Geld kommen oder so ähnlich.«

»Liz«, sagte Jackson freundlich, aber bestimmt. »Erinnern Sie sich noch daran, daß ich Ihnen gesagt habe, wie wichtig es war, daß Frank Ihnen eindeutig viel Geld in Aussicht stellte, als er noch lebte?«

»Ja.«

»Wissen Sie noch, was ich Ihnen über Hühner gesagt habe?«

Sie lächelte. »Sie werden gerupft.«

»So gefallen Sie mir schon besser. Also hören Sie auf, wie ein Suppenhuhn zu reden, okay?«

»Okay.«

»Gut. Und jetzt arbeiten Sie gefälligst an Ihrem Gedächtnis. Wenn Sie Ihre Sache gut machen, mache ich meine auch gut.«

»Was haben Sie vor?«

Er hielt an einer Ampel und betrachtete sich im Rückspiegel. »Ein Schritt nach dem anderen. Die neuesten Entwicklungen könnten unsere Chancen in den Verhandlungen um die Abfindungssumme sehr verbessern. Ich dachte, ich könnte den alten Brent zu einer eidlichen Aussage vorladen lassen. Vielleicht kriegen wir aus ihm raus, um wieviel Geld es hier tatsächlich geht.«

Liz überlegte. Aus Respekt vor Frank fiel es ihr schwer, die Familie in die Scheidung hineinzuziehen. Aber Brent war ein Langford, kein Duffy. Verdammt, wenn sie Frank gefragt hätte, der hätte ihn noch nicht mal als Mensch bezeichnet, geschweige denn als Familienmitglied.

»Also, was ist, Liz?«

»Machen Sie nur. Nehmen Sie diesen Blödmann auseinander.«

29

Gegen Mittag rief Ryan Norm aus dem MARRIOTT in Panama an. Er hatte sich ein Zimmer für die Nacht genommen, um auf seinen neuen Paß zu warten. Der Paß jedoch war nicht seine größte Sorge.

»Ich hab's rausgefunden«, sagte Ryan. »Ich weiß, wo die Spur der drei Millionen hinführt, die vom Banco del Istmo auf das Konto meines Vaters überwiesen wurden.«

»Wie hast du das denn geschafft?«

»Mit ein bißchen Überredungskunst.«

»Irgend etwas sagt mir, daß ich die Einzelheiten lieber nicht hören möchte.«

»Ich hatte auch nicht vor, sie dir zu unterbreiten. Jedenfalls nicht am Telefon.«

»Was hast du denn in Erfahrung gebracht?« fragte Norm.

»Ob du es glaubst oder nicht, das Geld ist in dreihundert Raten von neuntausendneunhundertneunundneunzig Dollar überwiesen worden. Zum Schluß kam dann noch eine letzte Rate von dreihundert Dollar, so daß die drei Millionen komplett waren. Das Ganze hat sich über fünfzehn Jahre hingezogen. Die letzte Rate kam vor etwas über einem Jahr.«

»Hört sich so an, als ob jemand versucht hat, die Meldepflicht zu umgehen.«

»Was bedeutet das?« fragte Ryan.

»Die Banken sind verpflichtet, alle Überweisungen über zehntausend Dollar oder mehr zu melden. Eine solche Mitteilung ist für die Finanzbehörden ein Alarmsignal. So versucht man, größere Transaktionen zwischen den Banken im Auge zu behalten.«

»Aber das waren keine Transaktionen zwischen verschiedenen Banken. Es waren alles interne Überweisungen, von einem Nummernkonto auf ein anderes beim Banco del Istmo. Wieso sollte sich dafür jemand interessieren?«

»Ich bin mir ziemlich sicher, daß der bankinterne Transfer der letzte Schritt eines ausgeklügelten Sicherheitssystems war, nachdem das Geld schon über mehrere Konten und mehrere Landesgrenzen transferiert worden ist. Garantiert hat mindestens eine der beteiligten Banken ihren Geschäftssitz in den Vereinigten Staaten, was bedeutet, daß sie bei Überweisungen von zehntausend Dollar und mehr meldepflichtig ist. Die am Ende durchgeführten internen Transfers beim Banco del Istmo liegen alle jeweils unter zehntausend Dollar, weil das dem Betrag der Überweisungen zwischen den Banken entspricht.«

»Hm, das leuchtet mir ein. Es würde auch erklären, warum der Name von dem Konto beim Banco del Istmo mir überhaupt nichts sagt.«

»Und wie lautet der Name?« wollte Norm wissen.

»Es ist der Name einer Firma mit Sitz auf den Cayman-Inseln. Jablon Enterprises, Ltd. Ich habe nicht den leisesten Schimmer, wer das ist.«

»Gut möglich, daß du das auch nie erfahren wirst. Das ist garantiert eine Briefkastenfirma.«

»Aber selbst wenn – brauchen die nicht auch wirkliche Menschen, die sich als Direktor oder Manager ausgeben? Darüber muß es doch amtliche Unterlagen geben, oder nicht?«

»Ja, aber diese Unterlagen findest du dann nur auf den Cayman-Inseln.«

»Dann werde ich eben dorthin fliegen.«

»Erst brauchst du einen Paß. Er müßte morgen früh bei der Botschaft für dich bereitliegen.«

Ryan verzog das Gesicht. »Es macht mich ganz verrückt, einen ganzen Tag mit Warten zu vergeuden.«

»Ehrlich gesagt, gefällt mir die Idee mit den Cayman-Inseln überhaupt nicht. Du bist bereits ausgeraubt worden, Ryan. Und bisher hast du nichts weiter getan, als das Konto deines Vaters zu überprüfen. Wenn du anfängst, auf den Cayman-Inseln herumzuschnüffeln, um Namen rauszufinden, sind die beim nächstenmal vielleicht nicht mehr so zimperlich.«

»Ich kann sehr diskret sein.«

»Ja, sicher.«

»Kannst du mir einen Gefallen tun?«

»Was denn, deine nächsten Angehörigen informieren?«

»Spar dir deine blöden Bemerkungen. Ich brauche deine Hilfe. Ich habe über dieses Urteil wegen der Vergewaltigung nachgedacht. Die Tatsache, daß die Papiere sich zusammen mit den Bankunterlagen in demselben Schließfach befanden, legt den Schluß nahe, daß die Erpressung etwas mit der Vergewaltigung zu tun hat, richtig?«

»Ich denke nicht, daß die Unterlagen rein zufällig zusammen in einem Schließfach lagen, falls es das ist, was du damit sagen willst.«

»Genau. Wenn man es sich überlegt, gibt es eine begrenzte Anzahl von Menschen auf diesem Planeten, die es sich leisten können, einem Erpresser fünf Millionen Dollar zu zahlen.«

»Die Welt ist ziemlich groß, Ryan.«

»So groß auch wieder nicht. Vor allem, wenn man bedenkt, daß derjenige, wer immer es sein mag, irgendwann meinem Vater begegnet sein muß. Und wahrscheinlich war das zu dem Zeitpunkt, als die Vergewaltigung stattfand.«

»Klingt logisch.«

»So ist es. Das einzig Vernünftige, was wir also tun können, ist, diesen Abschnitt aus dem Leben meines Vaters zu rekonstruieren – die Zeit, als Frank Duffy sechzehn war. Wir sollten uns die Leute vornehmen, die mein Vater damals gekannt hat, und in Erfahrung bringen, was aus ihnen geworden ist. Vor allem müssen wir feststellen, ob sich darunter jemand befindet, der es sich leisten könnte, einem Erpresser fünf Millionen Dollar zu zahlen.«

»Und wie stellst du dir das vor? Das alles liegt fünfundvierzig Jahre zurück.«

»Wahrscheinlich fangen wir am besten mit der Schule an. Ich habe heute morgen schon den Direktor angerufen. Leider haben sie keine Schülerlisten, die so weit zurückreichen. Die einzige Möglichkeit rauszufinden, wer bei meinem Vater in der Klasse war, ist, im Jahrbuch nachzusehen.«

»Hatte dein Vater denn eins?«

»Als ich nach seinem Tod alle seine Sachen durchgesehen habe, war keins darunter. Ich habe das Gefühl, daß er diesen Abschnitt seines Lebens gern ausradiert hätte. Aber in der High-School haben sie ein Archiv, in dem sich ein Exemplar von jedem Jahrgang befindet.«

Norm schwieg einen Moment lang. »Und du erwartest also jetzt von mir, daß ich bis nach Piedmont Springs fahre, um mir ein fünfundvierzig Jahre altes Jahrbuch anzusehen?«

»So schlimm ist es nicht. Die Familie meiner Mutter lebt seit fünf Generationen in Prowers County. Aber mein Vater ist erst nach der Vergewaltigung dorthin gezogen – wahrscheinlich aus Scham, was erklären würde, warum er sich dort nie so richtig wohl gefühlt hat. Ich erinnere mich noch gut an ein Gespräch zwischen uns, ich war damals noch ein Kind. Der einzige gute Grund, den er mir für sein Verbleiben in Piedmont Springs nannte, war die Tatsache, daß die Familie meiner Mutter dort ihre Wurzeln hatte. Ich glaube, er fühlte sich dort eher wie im Exil.«

»Wo ist er denn zur Schule gegangen? Bis er sechzehn war, meine ich.«

»Er ist in Boulder aufgewachsen. Zum Zeitpunkt der Vergewaltigung war er auf der High-School in Boulder.«

»Ich soll also nach Boulder fahren?«

»Es ist weniger als eine Stunde Fahrt von dir aus, Norm.«

»Also gut, das kann ich diese Woche erledigen.«

»Ich möchte, daß du heute fährst. Mach Kopien von den Büchern und laß einen Detektiv Nachforschungen über diese Leute anstellen. Es kann ja nicht so viele unter den Klassenkameraden meines Vaters geben, die zu Millionären geworden sind.«

Norm warf einen Blick auf den Terminkalender auf seinem Schreibtisch und verzog das Gesicht. »Scheiße. Okay. Ich sehe zu, daß ich das heute nachmittag erledige. Wenn es dir so wichtig ist.«

»Danke«, sagte Ryan. »Es ist mir wirklich wichtig.«

Brent Langford lag ausgestreckt auf dem Wohnzimmersofa, nur mit Sportshorts bekleidet. Selbst halbnackt war es ihm zu heiß, sein ganzer Körper glänzte vor Schweiß. Die größte Hitze des Tages war seit Stunden vorüber, doch es schien im Haus gar nicht mehr abzukühlen. Die alte Klimaanlage war letzten Sommer kaputtgegangen, und sie hatten immer noch kein Geld für die Reparatur. In einem offenen Fenster drehte sich träge ein Ventilator, der die heiße Luft von den Feldern im Raum verteilte. Es war der feuchteste Tag dieses Sommers gewesen. So heiß, daß Brent den ganzen Tag noch nicht vor der Tür gewesen war. Die meiste Zeit hatte er auf dem Sofa gelegen und in den Prospekten für seinen neuen Corvette geblättert.

Ein Cabrio, dachte er, zufrieden grinsend. *Ich kauf mir ein Cabrio, und diese Blonde im Bikini gleich dazu.*

Ein Klopfen an der Haustür störte ihn in seinen Träumereien. Brent rührte sich nicht. Er blätterte die Seite um und überlegte, ob er den Wagen in Rot oder lieber in Gelb nehmen sollte.

Es klopfte wieder, diesmal lauter.

Er schnappte sich die Fernbedienung und machte den Fernseher leiser. »Sarah!« schrie er. »Mach gefälligst die Tür auf!«

Eine halbe Minute später durchquerte Sarah das Zimmer. Die Hitze machte sie fast bewegungsunfähig. Ihre Ärztin hatte ihr gesagt, sie solle zu Hause bleiben und die Beine hochlegen.

Sie atmete besonders schwer, als sie an Brent vorbeiging, um ihm ein schlechtes Gewissen zu machen. Er nahm es überhaupt nicht wahr.

Die Haustür war bereits offen. Sarah sprach durch das Fliegengitter mit dem Fremden, der draußen stand. »Ja bitte?«

Der Mann nickte zum Gruß. »Guten Tag, Ma'am. Ist das hier Ihr ständiger Wohnsitz?«

»Ja.«

Er warf einen Blick auf ihren dicken Bauch. »Ich nehme an, daß sie älter als fünfzehn sind?«

»Ja«, schnaubte sie verächtlich.

Er zog einen Umschlag aus seiner Brusttasche. »Ich habe hier etwas für Sie vom Sheriff von Prowers County.«

Sara öffnete die Fliegengittertür und nahm den Umschlag entgegen.

»Was –«, begann sie zu fragen. Aber in dem Augenblick, als sie den Umschlag berührte, rannte der Mann fort, als befände sich eine Bombe darin. Sie sah zu, wie er in seinen Wagen sprang und mit quietschenden Reifen davonfuhr.

»Wer ist das, Sarah?« rief Brent vom Sofa aus.

Sie las das Dokument auf dem Weg ins Wohnzimmer. »Ich weiß nicht, wer das war. Er hat uns eine Vorladung gebracht.«

»Eine Vorladung?«

»Ja. Wegen Ryans Scheidung. Sieht so aus, als käme sie von Liz' Anwalt. Ausgestellt auf Brent Langford. Du wirst hiermit aufgefordert, eine eidliche Aussage –«

»Eidliche Aussage!« Er sprang auf und riß ihr das Schreiben aus der Hand. Einen Augenblick lang starrte er auf das Dokument, dann warf er es auf das Sofa. »Verdammt, ich will keine eidliche Aussage machen. Wieso hast du das angenommen?«

»Ich wußte doch nicht, was es war.«

»Verdammt, hast du denn überhaupt gefragt?«

»Er hat gesagt, es wäre was vom Sheriff.«

»Wenn er gesagt hätte, es wäre was vom Präsidenten, hättest du ihm das auch abgekauft? Sag bloß nichts. Das hättest du, verdammt.«

Sarah trat ängstlich einen Schritt zurück. »Reg dich ab, okay? Das ist doch kein Problem. Ich rede mit Ryan und frag ihn, was das alles zu bedeuten hat.«

»Es geht um Geld, du blöde Kuh. Es bedeutet, daß Liz versucht, an *mein* Geld zu kommen. Warum hast du dem Typen nicht einfach die Tür vor der Nase zugeknallt? Einfach zugeknallt!« Er ging zur Tür und schlug sie so fest zu, daß die Fenster wackelten. »So einfach wäre das gewesen!«

»Woher hätte ich das denn wissen sollen?« sagte Sarah eingeschüchtert.

»Gesunder Menschenverstand. Wenn du welchen hättest.«

Sarahs Augen füllten sich mit Tränen. So ein Durcheinander von Gefühlen. Wut. Frust. Angst bei dem Gedanken, daß Brent der Vater ihres Kindes war.

»Hör auf zu schniefen, du Heulsuse!«

»Vielleicht – vielleicht kann ich Ryan dazu bringen, daß er die Vorladung zurückziehen läßt.«

»Halt dich gefälligst da raus. Du hast uns schon genug Ärger gemacht.« Er ging zurück zum Sofa und legte die Autoprospekte vorsichtig beiseite. »Ich werde mich selbst darum kümmern. Diese Vorladung werden die so schnell nicht vergessen.«

30

Es wurde allmählich dunkel über den Rocky Mountains. Wolken zogen in langen Fetzen über den Abendhimmel, als wären sie auf ihrem Weg nach Boulder von den Gipfeln zerrissen worden.

Amy beobachtete das Schauspiel schweigend vom Balkon ihres Schlafzimmers aus. Sie war allein in der Wohnung. Gran und Taylor waren für ein paar Tage zu den Nachbarn gezogen, bis die aufgeschlitzten Matratzen und die zerschlagenen Möbel ersetzt sein würden. Amy hatte den ganzen Nachmittag bis in den Abend hinein damit verbracht, die verwüstete Wohnung aufzuräumen. Es war kaum noch etwas zu gebrauchen. Vor einigen Stunden war der Gutachter von der Versicherung dagewesen. Der Scheck würde in wenigen Tagen eintreffen, hatte er versichert, doch das war ein schwacher Trost. Die meisten Möbelstücke waren älter als zehn Jahre und so gut wie nichts mehr wert gewesen. Auf jeden Fall schien der Gutachter die Meinung des Detectives zu teilen. Das war kein normaler Einbruch. Jemand hatte ihr eine Botschaft übermitteln wollen.

Die Frage war nur, was für eine Botschaft?

Ihr Leben lang hatte Amy ein außergewöhnliches Talent im Lösen von Problemen gehabt, egal, ob es sich um mathematische Aufgaben oder Kreuzworträtsel handelte. Doch seitdem sie das Paket mit dem Geld geöffnet hatte, war sie vollkommen ratlos. Sie haßte diese Ratlosigkeit, diese Unfähigkeit, die Zusammenhänge zu durchschauen. Nur einmal in ihrem Leben hatte sie sich so gefühlt. Und das war sehr lange her.

Kurz nach dem Tod ihrer Mutter.

»Amy, alles in Ordnung?« Es war Gran.

Amy stand an das Balkongeländer gelehnt. Sie schaute über ihre Schulter durch die Glasschiebetür in ihr Zimmer. »Ja, alles in Ordnung. Schläft Taylor schon?«

Gran trat auf den Balkon. »Wie ein Stein. Ich wollte nur noch mal raufkommen, um zu hören, wie es dir geht, und nach dem Rechten sehen.«

»Da gibt's nicht mehr viel zu sehen.«

»Ach, vergiß es. Ich wollte schon lange eine Menge von dem alten Kram wegschmeißen. Es wird schon wieder werden.«

Amy lächelte. »Was hast du früher immer zu mir gesagt? Unser Schutzengel ist uns was schuldig?«

Gran erwiderte Amys Lächeln. »Das habe ich schon lange nicht mehr gesagt. Du hast wirklich ein sehr gutes Gedächtnis.«

»Ich vergesse wenig. Nur bestimmte Dinge.«

Gran schaute sie besorgt an, als spürte sie, worüber ihre Enkelin nachgedacht hatte. »Amy, Liebes. Wenn etwas Schlimmes passiert, ist es normal, daß man an Vergangenes denkt, an andere traurige Situationen.«

Amy nickte und schaute zum Himmel auf. »Ich kann Wega sehen.«

»Wo?«

»Da oben. Es ist der hellste Stern im Sternbild Leier. Siehst du ihn?« fragte sie und zeigte in die Richtung. »Zusammen mit den anderen, kleineren Sternen, die wie ein Parallelogramm angeordnet sind, bildet er eine Harfe oder eine Leier.«

»Ja«, sagte Gran lächelnd. »Jetzt sehe ich ihn.«

»Das ist das Sternbild, das ich damals beobachtet habe, als Mom gestorben ist.«

Grans Lächeln verschwand. Sie senkte ihren Blick.

Amy sagte: »Ich habe nur eine sehr ungenaue Erinnerung an diese Nacht. Manche Dinge sind ganz klar. Andere sind völlig verschwommen. An manches kann ich mich überhaupt nicht erinnern. Ich erinnere mich an dieses Geräusch, an den Schuß. Ich weiß noch, wie ich in meinem stockdunklen Zimmer abgewartet habe. Wie ich auf den Dachboden geklettert und dann über den Flur in Moms Zimmer geschlichen bin.« Sie holte tief Luft. »Und ich erinnere mich noch an die Hand, die über der Bettkante hing.«

Eine Zeitlang standen sie schweigend am Balkongeländer. Schließlich sagte Gran: »Wir haben dich in deinem Zimmer gefunden. Ich habe dich gefunden. Du hattest dich ganz klein zusammengerollt und zittertest am ganzen Körper. Ich glaube, es war der Schock. Du lagst auf der gepolsterten Bank vor dem Fenster. Direkt neben deinem Teleskop.«

»Daran kann ich mich überhaupt nicht erinnern.«

»Das ist normal. Es ist wahrscheinlich besser so.«

»Nein«, erwiderte Amy bestimmt. »Es macht mich verrückt. Ich begreife es nicht. Ich werde es *nie* begreifen, wenn ich mich nicht erinnere.«

»Das alles war sehr tragisch. Du solltest dich nicht mehr damit quälen.«

»Glaubst du wirklich, daß sie sich selbst umgebraucht hat?«

Gran verzog das Gesicht, als wäre sie verblüfft über diese Frage. »Ja. Das hat nie jemand bezweifelt.«

»*Ich* habe es *immer* bezweifelt.«

»Du warst damals acht, Amy. Selbstmord war etwas, das du nicht akzeptieren konntest.«

»Nein, es ist mehr als das. Ich denke ständig darüber nach.

Warum sollte Mom sich eine Kugel in den Kopf schießen, während ich im Haus war?«

»Ich nehme an, daß sie deswegen deine Zimmertür mit dem Seil festgebunden hat. Ich glaube, die Polizei hat das richtig gedeutet. Sie wollte nicht, daß du aus deinem Zimmer kommst und sie findest.«

»Das überzeugt mich nicht, Gran. Mom hatte mich erst ein paar Monate vorher beim Spielen auf dem Dachboden erwischt. Sie wußte genau, daß ich aus dem Zimmer rauskommen würde, auch wenn die Tür abgeschlossen war. Sie wußte von der Luke in meinem Wandschrank.«

»Vielleicht hat sie es vergessen. Sie war offenbar sehr verzweifelt.«

»Aber sie war nicht *suizidgefährdet.*«

»Das ist doch wohl für eine Achtjährige ziemlich schwer zu beurteilen.«

»Eigentlich nicht. Ich erinnere mich noch an das Gespräch, das wir miteinander führten, in der Nacht bevor sie starb. Ich hatte sie gebeten, mir was vorzulesen. Sie sagte, sie sei zu müde. Aber sie hat mir versprochen, mir am nächsten Abend etwas vorzulesen. Sie hat gesagt, sie würde mir die schönste Geschichte vorlesen, die ich je gehört hätte.«

»Wer weiß, was in ihrem Kopf vorging?«

»Es klingt einfach nicht wie etwas, das eine Frau zu ihrer Tochter sagt, wenige Stunden bevor sie sich umbringt. Sie hat sich noch nicht mal von mir verabschiedet, Gran.«

»Amy, du weißt nicht, was passiert ist, nachdem sie dich ins Bett gebracht hat.«

»*Ganz genau.* Ich weiß es nicht, weil ich mich nicht an alles erinnern kann. Ich versuche es immer wieder. Weißt du, was passiert? Mir fallen Zahlen ein. M 57. Weißt du, was das ist? Es ist die astronomische Bezeichnung für den Ringnebel, das sterbende Gestirn, das ich an dem Abend beobachtet habe. Ich versuche, mir den Tod meiner Mutter zu erklären, und alles, was mein überzüchtetes Gehirn mir liefert, ist M 57, das siebenundfünfzigste Objekt in Charles Messiers im achtzehnten Jahrhundert erstellten Katalog verschwommener Objekte am Sternenhimmel. Es macht mich völlig verrückt, Gran. Sieh dir den Himmel an. Man kann das Sternbild Leier sehen, in dem der Ringnebel sich befindet, aber mit dem bloßen Auge kann man den Ringnebel nicht erkennen. Wir haben M 57 direkt vor den Augen, aber wir können ihn nicht sehen.

Und genauso geht es mir mit der Erklärung von Moms Tod«, sagte Amy mit leiser werdender Stimme. »Ich sehe alles vor mir, aber ich kann es nicht erkennen.«

Gran sah ihr in die traurigen Augen, dann nahm sie sie zärtlich in die Arme. »Es ist nicht deine Schuld, daß du dich nicht erinnern kannst. Manchmal gibt es Dinge, die wir nicht begreifen. Manchmal gibt es Dinge, auf die wir einfach keine Antwort finden.«

Amy wischte sich eine Träne aus dem Augenwinkel. Sie wußte, daß Gran versuchte, sie zu trösten, aber es funktionierte nicht. Das war Amys allergrößte Angst. Die Angst, die Antwort niemals zu finden.

Gemeinsam wandten sie sich vom Nachthimmel ab und gingen zurück in die Wohnung.

31

Am späten Dienstag abend fragte Ryan von seinem Hotel aus seine Mailbox in der Praxis ab. Er hatte zwar alle Termine für die Woche abgesagt und seine Patienten an die Klinik in Lamar verwiesen, doch er wollte sich vergewissern, daß es keine dringenden Notfälle gab. Die erste Nachricht gab auf jeden Fall keinen Anlaß zur Sorge. Die neunzigjährige Marjorie Spader wollte wissen, ob sie den ihr verschriebenen Hustensaft auch ihrer Katze verabreichen könne, damit diese ein Haarknäuel besser auswürgen konnte. Ryan schüttelte den Kopf. Das war das Verrückte an Piedmont Springs. Einen tödlichen Krebs ließen die Leute jahrelang unbehandelt in ihrem Körper wachsen, aber wenn eine Katze Schwierigkeiten hatte, ein Haarknäuel auszukotzen, riefen sie sofort den Doktor an.

Die fünfte Nachricht ließ ihn aufhorchen. Sie war von Liz.

»Ryan, ich rufe dich nur anstandshalber an, um dir zu sagen, daß mein Anwalt Brent für eine eidlichen Aussage vorgeladen hat. Die Vorladung ist heute zugestellt worden, aber ich wollte nicht anfangen, Familienmitglieder in die Sache hineinzuziehen, ohne dich vorher zu informieren. Mach's gut.«

Ryan verzog das Gesicht. *Von wegen anstandshalber*. Sie hatte aus Schadenfreude angerufen. Er legte auf und rief bei Norm zu Hause an. Norm lag schon im Bett und war beim Fernsehen halb eingeschlafen. Er griff nach dem schnurlosen Telefon auf dem Nachttisch. »Hallo«, brummte er.

»Tut mir leid, daß ich dich zu Hause belästige«, sagte Ryan.

Norm zwang sich, wach zu werden. »Ja, ich war in Boulder, und ich habe die bescheuerten Jahrbücher kopiert. Mein Detektiv wird ein paar Tage brauchen, um sämtliche Klassenkameraden deines Vaters zu überprüfen.«

»Gut. Aber deswegen rufe ich nicht an. Ich muß mit dir reden.«

»Sekunde«, sagte Norm leise. Er wälzte sich aus dem Bett und ging in den begehbaren Kleiderschrank, um seine Frau nicht zu wecken. »Was gibt's?«

»Liz' Anwalt hat Brent, meinen Schwager, zu einer eidlichen Aussage vorgeladen.«

»Mitten in der Nacht?«

»Nein, du Klugscheißer. Aber die Vorladung ist bereits zugestellt worden. Ich muß sehr schnell reagieren, wenn ich die Aussage verhindern will.«

»Was weiß er denn?«

»Nicht alles, aber genug.«

»Erklär mir das mal genauer. Weiß irgend jemand außer dir und deiner Mutter von dem Bankschließfach und dem Geld?«

»Soviel ich weiß, sind meine Mutter und ich die einzigen,

die von dem Schließfach beim Banco Nacional wissen. Der einzige, der von den drei Millionen beim Banco del Istmo weiß, bin ich. Aber Sarah weiß von den zwei Millionen auf dem Dachboden. Und Brent ebenfalls.«

»Was weiß Liz?«

»Schwer zu sagen. Sie hat mit meinem Vater gesprochen, ein paar Wochen vor seinem Tod. Ich erinnere mich nicht genau, wie sie sich ausgedrückt hat, aber sie behauptet, er hätte irgendeine Bemerkung darüber gemacht, daß sie bald genug Geld haben würde.«

Norm setzte sich auf die Wäschetruhe neben der Schranktür. »Aha. Darauf wollen sie also hinaus.«

»Worauf?«

»Sie werden behaupten, daß dein Vater Liz zu seinen Lebzeiten das Geld als Geschenk versprochen hat. Es würde dann nicht unter die Erbmasse fallen.«

»Und was ist der Unterschied? Für Liz, meine ich.«

»Das ist ein riesiger Unterschied. Wenn es eine Erbschaft ist, fällt es nicht unter den Zugewinn. Dann kann sie im Fall einer Scheidung keinen Anspruch darauf erheben. Aber wenn es ein Geschenk ist, das dein Vater ihr vor seinem Tod gemacht hat, sieht die Sache ganz anders aus. Vor allem wenn sie beweisen kann, daß dein Vater das Geld ausdrücklich *ihr* zugedacht hat.«

»Das bedeutet, sie kann ein *Recht* darauf geltend machen?«

»Es ist eine heikle Argumentation. Aber es ist ihre einzige Chance.«

Ryan stand vom Bett auf und begann, im Zimmer auf und ab zu gehen. »Vor ein paar Wochen hätte ich noch nicht für möglich gehalten, daß Liz soweit gehen würde. Aber seit ihr Anwalt mich in seinem Büro in die Mangel genommen hat, wundere ich mich über nichts mehr.«

»Wer ist ihr Anwalt?«

»Phil Jackson aus Denver.«

»Oh, Mann. Der Typ ist ein Hai.«

»Kennst du ihn?«

»Kann man wohl sagen. Der hat einen eigenen Pressesprecher, ob du's glaubst oder nicht. Seine Visage ist jeden zweiten Tag auf der Titelseite von irgendeinem Juristenblatt. Der ist mit allen Wassern gewaschen. Ich würde sogar behaupten, daß er mit falschen Karten spielt. Es würde mich nicht mal wundern, wenn es sich herausstellte, daß einer von seinen übereifrigen Detektiven für das Verschwinden deiner Tasche verantwortlich ist.«

»Wie stellst du dir das denn vor?«

»Nehmen wir an, Liz weiß von dem Geld in Panama. Womöglich hat dein Vater ihr davon erzählt. Sie sagt es Jackson weiter. Er heuert einen Detektiv an, der dich beschattet und den du auf direktem Weg zu dem Geld führst. Bingo. Er hat die Goldader gefunden.«

Ryan schüttelte den Kopf. »Ich weiß nicht. Liz mag vielleicht übergeschnappt sein, aber ich glaube kaum, daß sie jemanden damit beauftragen würde, mir nach Panama zu folgen und mir meine Tasche zu klauen.«

»Jackson könnte sie dazu überredet haben. Oder er hat es ohne ihren Auftrag getan. Womöglich wartet er nur auf den richtigen Augenblick, um Liz eine Kopie von diesem Kontoauszug über drei Millionen Dollar unter die Nase zu halten.«

»Was rätst du mir jetzt?«

»Du mußt mit deinem Scheidungsanwalt reden.«

»Ich habe meinen Scheidungsanwalt gefeuert.«

»Dann besorg dir einen neuen.«

Ryan schwieg.

Norm las seine Gedanken. »Kommt überhaupt nicht in Frage. Ich bin Strafverteidiger. Diesen Scheidungsscheiß hab ich schon vor Jahren aufgegeben. Zu unerquicklich für meinen Geschmack. Wenn mich nach Blut gelüstet, verteidige ich einen Mörder. Das reicht für meinen Bedarf.«

»Ich habe doch sonst niemanden, dem ich diese Sache anvertrauen kann. Verlange nicht von mir, daß ich in die Kanzlei eines wildfremden Anwalts gehe und dem erzähle, daß mein Vater ein Erpresser war, der zwei Millionen auf seinem

Dachboden und drei Millionen auf einem Konto in Panama gebunkert hatte.«

»Du verlangst von mir, daß ich gegen einen der gewieftesten Scheidungsanwälte von Denver antrete. Ich bin, gelinde gesagt, aus der Übung.«

»Norm, du bist mir was schuldig«, sagte Ryan leiser und ernster.

Ryans Ton ließ keinen Zweifel daran, daß es hier um etwas anderes ging als Hochzeitsfeste und Brustwarzenringe. Vor drei Jahren hatte Ryan Norm gezwungen, ein seltsames Muttermal auf seinem Rücken untersuchen zu lassen. Hätte er das nicht getan, wäre Norm vor zwei Jahren an Hautkrebs gestorben. Ryan hätte nie geglaubt, daß er diese Karte je ausspielen würde. Andererseits hatte er *das* nicht vorausahnen können.

»In Ordnung«, seufzte Norm. »Laß es mich langsam angehen. Ich werde mich um die eidliche Aussage kümmern, mal sehen, wie's läuft.«

»Danke, Kumpel. Du rettest mir das Leben.«

»Ich schätze, damit sind wir quitt.«

»Touché.« Ryan warf einen Blick auf den Wecker auf seinem Nachttisch. »Wann wird mein Paß morgen fertig sein?«

»Du kannst am späten Vormittag zur Botschaft gehen. Dann müßte er dort sein. Ruf mich an, falls es irgendwelche Probleme gibt.«

»Mach ich.«

»Ja«, sagte Norm lachend. »Du wirst noch zu meinem besten Mandanten.«

»Nichts für ungut, aber sitzen nicht die meisten deiner Mandanten im Knast?«

Sie mußten beide lachen, aber dann blieb ihnen das Lachen im Hals stecken. Plötzlich war es nicht mehr lustig. Ryan wünschte Norm eine gute Nacht und legte auf. Der Gedanke ließ ihn nicht mehr los.

Sein bester Mandant. *Was für eine zweifelhafte Auszeichnung.*

Phil Jackson stand um 5.00 Uhr auf, um seinen üblichen Elfstundentag in Angriff zu nehmen. Die Leute verabscheuten seinen Stil. Kollegen beneideten ihn um seine Berühmtheit in den juristischen Kreisen von Denver. Niemand bezweifelte, daß er für seinen Erfolg hart arbeitete. Das mußte er. Sein außergewöhnlicher Ruf lockte Mandanten an. Von den Honoraren bezahlte er seine Miete.

Innerhalb von fünfundvierzig Minuten war Jackson geduscht, angezogen und aus der Tür. Es war einsame Routine, doch er genoß die Stille des schlafenden Viertels. Die Sonne würde erst in wenigen Minuten aufgehen. Kein Verkehr störte die Ruhe auf den Straßen. Selbst die Morgenzeitung war noch nicht da.

Vorsichtig ging er über den Rasen. Der mit Ziegeln gepflasterte Gehweg war glitschig vom Morgentau, und es war dunkler als gewöhnlich. Die Laterne vor der Garage war offenbar durchgebrannt.

Mit der Fernbedienung an seinem Schlüsselbund aktivierte er den elektrischen Mechanismus, der das mittlere Tor seiner für drei Autos gebauten Garage öffnete. Heute hatte er Lust, mit dem achthunderter Mercedes zu fahren. Der schwarze Wagen war jedoch kaum auszumachen. Es war ungewöhnlich dunkel in der Garage. Auch hier schien das Licht kaputt zu sein.

Was ist das, eine Epidemie?

Er betrat die Garage und ging auf die Fahrerseite des Mercedes. Die Alarmanlage piepte, als er sie per Fernbedienung deaktivierte. Die Beleuchtung am Armaturenbrett begann zu blinken. Jackson war im Begriff, die Fahrertür zu öffnen. Hinter sich hörte er etwas rascheln. Er drehte sich um, um nachzusehen. Als der erste Schlag ihn am Kopf traf, flog seine Aktentasche durch die Luft. Jackson schlug wie wild um sich. Jemand hatte ihn bei der Gurgel gepackt. Sein Kopf wurde nach vorn gerissen, und er schlug mit dem Gesicht auf der Windschutzscheibe auf. Der Schmerz raubte ihm beinahe die Sinne, und Blut lief ihm in die Augen. Als sein Kopf noch einmal auf die Windschutzscheibe geschlagen wurde, brach das Glas.

Seine Beine gaben nach, doch sein Angreifer hielt ihn aufrecht. Er wurde auf seinen Wagen gedrückt, konnte unter dem Gewicht des Mannes kaum atmen. Er spürte den heißen Atem des Fremden im Nacken. Der Mann schien ihm etwas sagen zu wollen. In seinen Ohren begann es zu pfeifen, doch er hörte die heisere, zweifellos verstellte Stimme.

»Das ist eine Familienangelegenheit. Halten Sie sich da raus.«

Ein letztes Mal schlug der Kopf des Anwalts gegen die Windschutzscheibe. Blut lief in roten Rinnsalen von den Scheibenwischern. Jackson stürzte auf den Betonboden. Er konnte nichts sehen. Alles, was er hörte, waren Schritte, die immer leiser wurden.

Dann verlor er das Bewußtsein.

32

Ryan schlief bis Mittag. Er hatte die ganze Nacht wach gelegen, um 6.55 Uhr hatte er zum letztenmal auf die Uhr geschaut. Seit dem Tod seines Vaters fiel es ihm schwer, Ruhe zu finden. Jedesmal, wenn sein überfordertes Gehirn in den Schlaf glitt, kamen die Bilder. Dann sah er seinen Vater vor sich. Den toten, nicht den lebendigen. Er sah ihn in der Erde liegen, wie er friedlich unter Tonnen von Erdreich schlief. Neben ihm im Sarg befand sich ein Hohlraum, ein Loch, das viel tiefer war als das, in dem sie ihn begraben hatten. Es war eine riesige unterirdische Höhle, so eine wie die, die sein Vater Ryan vor vielen Jahren in New Mexico gezeigt hatte, groß genug für all die Geheimnisse, die er hätte mit ins Grab nehmen sollen.

Das Telefon klingelte. Ryan stand am Waschbecken, nur von der Taille abwärts bekleidet, und war gerade dabei, die seifigen Überreste seiner Morgenrasur abzuwaschen – obwohl es schon fast nachmittag war. Er trocknete sich das Gesicht mit einem Handtuch ab, ging ins Zimmer und nahm den Hörer ab.

»Hallo.«

»Sie sind hinter Ihnen her. Verschwinden Sie aus dem Hotel.«

Es war eine Frauenstimme. Sie kam ihm irgendwie bekannt vor – hörte sich an wie die Frau, die ihn in der Hotelbar reingelegt hatte. »Wer sind Sie?«

»Sie haben dreißig Sekunden, mehr nicht. Verschwinden Sie aus dem Hotel. *Jetzt gleich.*«

Es klickte in der Leitung.

Ryan war wie erstarrt. Es war tatsächlich dieselbe Stimme, er war sich ganz sicher. *Was bedeutet, daß das wahrscheinlich schon wieder ein Trick ist.*

Er zog ein Hemd über und ging an die Tür. Er öffnete sie schnell, aber vorsichtig, nur einen Spalt breit, noch nicht einmal so weit, wie die Sicherheitskette es erlauben würde. Der Türrahmen blockierte die Sicht in die linke Richtung. Auf der rechten Seite jedoch konnte er den gesamten Korridor bis zu den Aufzügen überblicken. Zwischen seinem Zimmer und dem Ausgang lagen etwa dreißig Zimmer. In dem leeren Korridor war es still, nur ein Zimmermädchenwagen war zu sehen. Einige Türen standen offen, weil die Zimmer gerade gereinigt wurden. Ein Signalton kündigte den Aufzug an. Ryan beobachtete von weitem, wie die Türen sich öffneten.

Fünf Männer traten heraus. Ihr Gang war energisch, zielstrebig. Alle trugen die beigebraune Uniform der Militärpolizei von Panama.

Ryan schloß hastig die Tür. *Verdammte Scheiße.*

Seine Gedanken rasten. Das mußte eine Falle sein, eingefädelt von derselben Frau, die ihm seine Tasche gestohlen hatte. Sie hatte die Militärpolizei alarmiert. Aber warum hatte sie dann angerufen, um ihn zu warnen? Vielleicht hatte der Banker aus dem Banco del Istmo die Polizei benachrichtigt.

Das war seine Rache dafür, daß Ryan ihn genötigt hatte, das Bankgeheimnis zu verletzen. Ryan wußte es einfach nicht. Und er hatte nicht vor, solange hierzubleiben, bis er es herausgefunden hatte.

Er vergewisserte sich, daß die Zimmertür verriegelt war, und rannte ins Zimmer zurück. Seine Anzugtasche lag bereits gepackt auf dem Bett, doch Gepäck würde ihn nur behindern, und es war nicht der Mühe wert. Er schnappte sich nur die kleine Tasche und stürzte ans Fenster. Er befand sich im zweiten Stock, in einem der preiswerteren Zimmer, die auf die Seitenstraße hinausgingen. Ausnahmsweise war er froh, kein Zimmer mit Aussicht zu haben. Er überlegte noch einmal kurz. Er könnte bleiben und versuchen, seine Situation zu erklären. Aber ohne Paß und mit drei Millionen Dollar auf einem Nummernkonto hatte er keinen Grund, sich auf ein Polizeiverhör zu freuen. Es herrschte zwar keine Diktatur mehr, aber Panama gehörte immer noch zur Dritten Welt.

Stiefelschritte donnerten über den Korridor, es klang wie eine ganze Kavallerie im Anmarsch. Keine Zeit, um nachzudenken. Er öffnete das Fenster und kletterte auf das Sims.

Die Seitenstraße war eng, schon fast zu schmal für Kleinwagen. Gegenüber von Ryans Zimmer befand sich ein Fischrestaurant. Auf beiden Seiten der Straße lagen Abfälle, teilweise in überquellenden Mülleimern, größtenteils im Rinnstein. Der Gestank ließ darauf schließen, daß die Abfallberge schon eine ganze Weile dort lagen. Ryan überlegte, was er tun sollte. Er konnte einfach auf die Straße springen und riskieren, sich die Knochen zu brechen. Oder er konnte in einen der Müllhaufen springen, um den Aufprall abzufangen, und riskieren, daß er anschließend zum Himmel stank.

Ein lautes Klopfen an der Tür ließ ihn zusammenfahren. »*La policía! Abre la puerta*!«

Ryan überlegte. Wenn er sprang, gab es keinen Weg zurück. *Wenn ich bleibe ...*

Aus dem Klopfen wurde plötzlich ein Poltern – dann ein Krachen. Die Tür ging einen Spalt weit auf, soweit, wie die

Sicherheitskette es zuließ. Sie waren dabei, die Tür aufzubrechen.

Ich habe keine Wahl.

Ryan holte tief Luft und sprang vom Sims. Es verblüffte ihn, wie lange es dauerte, bis er am Boden landete. Seine Füße glitten auf dem Pflaster aus, und er stürzte mitten in die Abfallberge. Er drückte seine Tasche fest an sich, um den zerbrechlichen Inhalt zu schützen. Am Boden liegend warf er einen Blick auf sein Zimmerfenster.

Die Polizisten standen am Fenster und schrien irgend etwas auf spanisch.

Ryan sprang auf und rannte zwischen Mülltonnen und den Notunterkünften der Obdachlosen hindurch die Straße entlang. Sein Knie schmerzte von dem Sturz, doch das hielt ihn nicht auf. In der schattigen Gasse konnte er nur schlecht sehen, wo er hinlief. Er heftete seinen Blick auf das Eckchen Tageslicht, wo die Gasse in die belebte Durchgangsstraße mündete. Hinter sich hörte er lautes Rufen. Die Polizei. Ein Adrenalinstoß beschleunigte sein Tempo. Endlich erreichte er die Straße, seine Tasche wie einen Football unter den Arm geklemmt.

Auf dem Gehweg wimmelte es von Passanten, die beinahe Schulter an Schulter in die entgegengesetzte Richtungen eilten. Unmöglich, weiterzurennen. Lieber *nicht* laufen, dachte Ryan. *Am besten, du mischst dich einfach unter die Menge.*

Ein schrilles Pfeifen übertönte die üblichen Stadtgeräusche. Ryan warf einen Blick über seine Schulter. Es war eine Polizeitrillerpfeife. Sie kamen aus der Gasse gerannt.

Mit den Augen suchte er seine Umgebung nach einem Fluchtweg ab. Es reizte ihn, sich umzudrehen und nachzusehen, ob sie aufholten. Er konnte nicht rennen, ohne sich zu verraten. Aber vielleicht hatten sie ihn schon im Visier. Vielleicht war schnelle Flucht seine einzige Chance.

Ryan sah, wie ein Taxi an einer Straßenecke hielt. Fast wäre er losgerannt. In dem Augenblick, als der Fahrgast ausstieg, sprang Ryan auf den Rücksitz und schlug die Tür zu.

»El embassy de los Estados Unidos«, sagte er in schlechtem Spanisch. Er kramte sein gesamtes Bargeld aus der Hosentasche und hielt es dem Fahrer hin. *»Pronto, por favor.«*

Der Fahrer gab so plötzlich Gas, daß Ryan in den Sitz zurückgeworfen wurde. Er schaute aus dem Heckfenster. Die Polizisten standen am Straßenrand und schrien durcheinander. Einer von ihnen zeigte auf das davoneilende Taxi.

Ryan schaute nach vorne. Die amerikanische Botschaft war nur wenige Blocks entfernt. Das war seine einzige Chance. Dort hatte die panamaische Polizei keine Zugriffsmöglichkeit. Wenn er sich etwas hatte zuschulden kommen lassen, dann würde er in seinem Land dafür geradestehen. Auf jeden Fall hatte er keine Lust, die Nacht – oder mehrere – in einem panamaischen Gefängnis zu verbringen.

Hinter ihm ertönten Sirenen. Die Polizei war ihm auf den Fersen.

»Schnell! Bitte!« sagte Ryan.

Das Taxi hielt mit quietschenden Reifen. Der Fahrer schrie irgend etwas auf spanisch. Ryan verstand die Worte nicht, aber der Sinn war klar. Der Mann wollte nichts mit der Polizei zu tun haben. Ryan gab ihm ein paar Münzen für die Fahrt und sprang aus dem Wagen.

Die Botschaft war nur noch einen halben Block weit entfernt, zwischen der 38th und der 39th Street auf der belebten Avenida Balboa. Das Hauptgebäude, in dem der Botschafter residierte, lag direkt an der blaugrün schimmernden Bucht von Panama. Ryan war sich ziemlich sicher, daß sein Paß in dem Verwaltungsgebäude ein paar Blocks weiter auf ihn wartete, aber im Augenblick hatte er andere Prioritäten. Er schlang sich seine Tasche über die Schulter und rannte auf die große Kreuzung zu. Aus fünf verschiedenen Richtungen strömte der Verkehr in den Kreis mit der Grünanlage in der Mitte. In ihrem Wagen mußten die Polizisten den langen Weg um den ganzen Kreisverkehr nehmen. Zu Fuß war Ryan im Vorteil. Er lief über die Straße und rannte quer durch die Anlage. Jetzt trennten ihn nur noch sechs Straßenspuren von amerikanischem Boden. Der Wagen mit den Polizisten fuhr fast nur noch auf zwei Rädern, als er durch den dichten Verkehr raste. Ryan hastete über die Straße, mehreren Autos wie ein Hase ausweichend. Ein alter Chevy geriet ins Schleudern und mußte fast eine Vollbremsung machen, um ihn nicht zu überfahren. Ohne anzuhalten, rannte Ryan, bis er den Gehweg erreichte. Der Polizeiwagen hielt mit quietschenden Reifen direkt vor der Botschaft. Ryan rannte weiter. Die Polizisten sprangen aus ihrem Wagen und hasteten über den Gehweg, dann blieben sie vor dem Tor der Botschaft stehen – hier endete ihr Zuständigkeitsbereich. Ryan schaute sich um, erleichtert, daß sie jetzt endlich aufgegeben hatten.

Ein Wachmann hielt ihn am Tor an. Ryan war so außer Atem, daß er kaum sprechen konnte. »Ich bin amerikanischer Staatsbürger. Mir wurde mein Paß gestohlen. Ich brauche Hilfe.«

»Folgen Sie mir«, sagte der Wachmann.

Ryan wurde über das Gelände bis zum Haupteingang des Gebäudes geführt, wo ein US-Marine ihn in Empfang nahm. Die Wachleute auf dem Gelände waren Zivilisten, aber im Innern des Gebäudes waren die Marines zuständig. Ryan atmete erleichtert auf, als er die amerikanische Flagge in der Eingangshalle sah. Selbst das Bild des Präsidenten, den er noch nicht mal gewählt hatte, weckte in ihm heimatliche Gefühle.

»Ich danke Ihnen«, sagte er.

Der junge Marine war so steif wie seine gestärkte und gebügelte Uniform. Er trug ein braunes Hemd und eine dunkelblaue Hose mit einem roten Streifen an der Hosennaht. An seinem Gürtel hingen Handschellen und eine Pistole. Er machte weder von der Pistole noch von den Handschellen Gebrauch, doch er tat nichts, um Ryan zu beruhigen. Sie gingen an den Aufzügen und dem Eingang zu den im Erdgeschoß gelegenen Büros vorbei. Auf dem Dienststellenverzeichnis an der Wand waren alle Ämter aufgelistet, vom Botschafter und seinem Attaché bis zur Küstenwache und der Behörde für Drogenbekämpfung. Ryan hatte keine Ahnung, wohin der junge Soldat ihn führen würde. Er folgte ihm wortlos. Vor einer doppelflügeligen Holztür am Ende des Korridors blieben sie stehen. Der Marine öffnete den rechten Flügel.

»Bitte, treten Sie ein, Sir.«

Ryan ging hinein. Der Soldat postierte sich vor der Tür, die er hinter Ryan schloß. Der Raum war spärlich möbliert, es gab nur einen rechteckigen Tisch und ein paar Stühle. An der Decke summte eine Neonlampe. Zwei Männer, die am Tisch einander gegenübergesessen hatten, erhoben sich. Der eine war jung und anscheinend lateinamerikanischer Abstammung. Der andere war älter, eher der Typ des gebildeten, weißen Amerikaners. Beide trugen weiße Hemden und schwarzblaue Blazer. Beide schauten Ryan mit versteinerter Miene an.

»Dr. Duffy?« sagte der ältere. Seine Stimme hallte fast von den nackten Wänden wider.

»Ja.«

Der Mann langte in seine Brusttasche und zeigte Ryan seinen Ausweis. »Agent Forsyth, FBI«, stellte er sich vor. »Agent Enriquez und ich würden Ihnen gern ein paar Fragen stellen. Es wird nur wenige Minuten in Anspruch nehmen. Bitte, nehmen Sie Platz.«

Ryan blieb stehen und trat nervös von einem Fuß auf den anderen. »Ich bin nur geschäftlich hier, wissen Sie. Jemand hat mir meine Tasche gestohlen.«

»Was ist das, was über Ihrer Schulter hängt?«

»Ach das. Die habe ich mir hier in der Stadt gekauft. Im Hotel, um es genau zu sagen. Als Ersatz.«

Der Mann wirkte skeptisch. »Haben Sie den Diebstahl bei der panamaischen Polizei gemeldet?«

»Nein. Ich, äh, ich bin noch nicht dazu gekommen.«

»Warum sind Sie vor der Polizei geflüchtet?«

»Wie bitte?«

Der Blick des Mannes wurde durchdringend. »Sie haben mich verstanden.«

»Hören Sie, diese ganze Angelegenheit ist gerade dabei, mir völlig zu entgleiten. Mir wurde mein Paß gestohlen. Eigentlich wollte ich nur so schnell wie möglich nach Amerika zurückfliegen. Warum sollte ein Mann, der etwas zu verbergen hat, schnurstracks in die Botschaft rennen? Wenn Sie glauben, ich sei auf der Flucht vor der Polizei, dann ist das Ihr Eindruck. Aber ich habe keine Ahnung, warum die Polizei hinter mir her sein sollte.«

»Wir haben die Polizei gebeten, Sie abzuholen«, sagte Forsyth. »Deswegen ist sie Ihnen gefolgt.«

Ryan schaute ihn verwirrt an. »Das FBI hat die Polizei gebeten, mich abzuholen?«

Forsyth nickte. »Es ist nicht ungewöhnlich, daß das FBI die örtliche Polizei darum bittet, gewisse Personen vorzuladen.«

»Vorladen? Stehe ich etwa unter Verdacht? Wessen werde ich verdächtigt?«

»Ich habe gesagt vorladen. Sie stehen nicht unter Verdacht. Bitte, setzen Sie sich. Wir möchten mit Ihnen reden.«

Ryan hatte genug Krimis im Fernsehen gesehen, um zu wissen, was es bedeutete, unter Verdacht zu stehen. Ein Verdächtiger mußte als erstes über seine Rechte aufgeklärt werden – was wahrscheinlich der Grund dafür war, daß sie ihn nicht so nannten. Zumindest noch nicht.

»Was möchten Sie wissen?« fragte Ryan.

»Zunächst einmal würden wir uns gern mit Ihnen über das Konto mit den drei Millionen beim Banco del Istmo unterhalten.« Forsyth lehnte sich vor und sah Ryan eindringlich an. »Diesem Bankangestellten, mit dem Sie zu tun hatten, müssen Sie ja wirklich schwer auf die Füße getreten sein. Heutzutage ist es ein bißchen leichter, das Bankgeheimnis zu durchbrechen, als zu Zeiten der Diktatur. Trotzdem ist es das allererste Mal, daß der Banco del Istmo mit uns zusammenarbeitet. Sie haben sämtliche Unterlagen den Finanzbehörden hier in Panama übergeben, und die haben sie an uns weitergereicht.« Er nahm eine Akte vom Tisch auf und las offenbar davon ab. »Dreihundert Überweisungen von Beträgen über neuntausendneunhundertneunundneunzig Dollar. Eine ziemlich phantasielose Methode, um die Meldepflicht für Beträge ab zehntausend Dollar zu umgehen, würde ich meinen.«

Ryan blinzelte, sagte jedoch nichts.

Forsyth las weiter in der Akte. »Dem Bankangestellten zufolge sagten Sie – ich zitiere – ›Mein Vater war nicht der Typ, der ein Nummernkonto mit drei Millionen Dollar beim Banco del Istmo gehabt hätte. Mein Vater war nicht der Typ, zu dem es gepaßt hätte, bei *irgendeiner* Bank ein Konto mit drei Millionen Dollar zu besitzen.‹« Forsyth blickte von der Akte auf. Mit einem kurzen Blick wies er Ryan an, auf dem leeren Stuhl am Tisch Platz zu nehmen. »Setzen Sie sich, Dr. Duffy. Ich würde Ihnen gern Gelegenheit geben, diese Aussage näher zu erläutern.«

Ryan brach der kalte Schweiß aus. Ein Teil von ihm konnte es kaum erwarten, etwas dazu zu sagen. Ein anderer Teil wollte nichts anderes, als aus diesem Raum zu fliehen. Er kannte seine Rechte nicht, aber es gab jemanden, der sie kannte.

»Ich bin gern bereit, mit Ihnen zu reden«, sagte er. »Nachdem ich mit meinem Anwalt gesprochen habe.«

33

Sie hatten keinen Salat mehr. Seit neun Tagen bestand Sarahs zweites Frühstück aus derselben Delikatesse. Erdnußbutter, Bananenscheiben, Mayonnaise und Eisbergsalat auf Vollkorntoast, von beiden Seiten gegrillt, bis die Mayonnaise Bläschen warf und der Salat weich wurde. *Köstlich*. Aber es war einfach nicht dasselbe ohne den Salat.

Enttäuscht ließ sie die Schultern hängen, als sie in den leeren Kühlschrank starrte. Sie machte einen letzten Versuch, ihren schwangeren Körper zu beugen und in der Gemüseschublade nachzusehen. Kein Salat. Ihre Hormone gewannen die Oberhand. Sie war den Tränen nahe.

Das Telefon läutete. Sie überlegte, ob es der Mühe wert

war, den Hörer abzunehmen. Der Apparat befand sich an der gegenüberliegenden Küchenwand. Ihre geschwollenen Knöchel schmerzten schlimmer als am Tag zuvor, und die kalte Luft aus dem Kühlschrank tat verdammt gut.

Das Telefon läutete und läutete. Sieben-, achtmal. Irgend jemand schien sie unbedingt sprechen zu wollen. Sie wandte sich vom Kühlschrank ab und schlurfte langsam durch die Küche. »Ja?« meldete sie sich knapp.

»Sarah, ich bin's, Liz. Wo ist Brent?«

»Nicht hier.«

»Das hatte ich auch nicht angenommen. Wo ist er?«

Sarah warf einen Blick auf die Uhr am Backofen. »Wahrscheinlich auf halbem Weg zurück aus Denver.«

Liz zögerte. »Ich weiß deine Aufrichtigkeit wirklich zu schätzen.«

»Wie bitte?«

»Ich hätte nicht damit gerechnet, daß du tatsächlich zugeben würdest, daß er hier war.«

»Liz, wovon redest du überhaupt? Er ist nach Denver gefahren, um mit *dir* zu sprechen.«

»Mit mir?«

»Er ist heute früh losgefahren. Richtig früh. Gegen zwei. Er sagte, er wollte dich erwischen, bevor du zur Arbeit gehst. Er konnte nicht schlafen. Die Vorladung zu dieser eidlichen Aussage, die dein Anwalt ihm geschickt hat, hat ihn ganz verrückt gemacht. Er wollte mit dir darüber reden.«

»Bei mir ist er aber nicht gewesen.«

»Komisch. Dann weiß ich nicht, wo er ist.«

»Ich auch nicht. Aber ich kann mir gut vorstellen, wo er *gewesen* ist. Jemand hat heute morgen meinen Anwalt brutal zusammengeschlagen. Dieser Jemand hat ihm in der Garage aufgelauert, als er zur Arbeit fahren wollte.«

»O mein Gott. Ist er schwer verletzt?«

»So schwer, daß er im Krankenhaus liegt.«

»Meine Güte, Liz, das ist ja furchtbar. Es tut mir leid.«

»Wirklich?«

Sarah erstarrte bei Liz' vorwurfsvollem Ton. »Moment mal. Du glaubst doch nicht, daß Brent – worauf willst du eigentlich hinaus?«

»Sieh dir doch bloß an, was passiert ist. Gestern hat Brent eine Vorladung bekommen. Das hat ihn so wütend gemacht, daß er nicht mehr schlafen konnte. Er setzt sich mitten in der Nacht ins Auto und fährt nach Denver, angeblich, um mit mir zu reden. Als nächstes erfahren wir, daß mein Anwalt im Krankenhaus liegt, um sich sein Gesicht zusammenflicken zu lassen.«

Sarahs Hand zitterte. »Jetzt beruhige dich doch. Mir ist klar, daß das nicht gerade wie ein Zufall aussieht. Aber laß uns doch keine voreiligen Schlüsse ziehen.«

»Ich würde das nicht voreilig nennen. Diesmal bekommt Brent Ärger. Riesenärger. Ich hoffe bloß, daß du damit nichts zu tun hast.«

Sarah wollte gerade etwas antworten, doch dann hörte sie das Klicken in der Leitung. Ihre Hände zitterten noch stärker. Vor Verwirrung wie gelähmt, hielt sie den Hörer umklammert. Das Freizeichen summte in ihrem Ohr. Liz hatte aufgelegt. Und keiner wußte, wo Brent war.

Sarah fühlte sich hoffnungslos allein gelassen.

Ryan bestand auf einer privaten Leitung, um seinen Anwalt anzurufen. Forsyth bot ihm an, ein Telefon der Botschaft zu benutzen, doch das kam Ryan in etwa so privat vor, als würde er beim Talk-Radio anrufen. Die einzige Möglichkeit, die für ihn in Frage kam, war eine öffentliche Telefonzelle. Forsyth war darüber nicht besonders erfreut, aber er schien auch nicht die Absicht zu haben, Ryan zu verhaften, um ihn daran zu hindern, das Botschaftsgelände zu verlassen. Ryan fand eine Telefonzelle direkt auf der Avenida Balboa. Autos und Busse donnerten über die verkehrsreiche Straße. Ryan hielt sich ein Ohr mit einem Finger zu, während er Norms Privatnummer wählte.

»Wo bist du?« fragte Norm.

»Etwa einen Block von der Botschaft entfernt. Ich bin in einer Telefonzelle, aber ich muß wieder zurück, wenn ich mit dir geredet habe. Ich stecke mitten in einem Verhör durch das FBI.«

»Was?« Norm klang, als würde er gleich durch die Leitung herbeieilen.

»Du hast mich richtig verstanden.« Ryan faßte die Ereignisse seit ihrem letzten Gespräch kurz zusammen.

»Also«, sagte Norm. »Ich denke, daß du dem FBI und nicht der Drogenfahndung ins Netz gegangen bist, sagt uns schon einiges. Das FBI ermittelt zwar auch in Drogenangelegenheiten, aber ich glaube, wenn die Regierung davon ausginge, daß die drei Millionen Dollar beim Banco del Istmo aus Profiten mit Drogengeschäften stammen, wärst du eher von der Drogenfahndung festgesetzt worden.«

»Heißt das, sie wissen, daß das Geld aus einer Erpressung stammt?«

»So weit würde ich nicht gehen, aber überleg dir mal folgendes: Es ist doch verwunderlich, daß das FBI die örtliche Polizei um Unterstützung bittet, um dich in Panama verhören zu können. Es wäre doch viel einfacher gewesen, einfach abzuwarten, bis du wieder in den Vereinigten Staaten bist.«

»Nur daß ich gestern abend einen Flug auf die Cayman-Inseln gebucht habe, um was über die Firma rauszufinden, die das Geld auf das Konto meines Vaters überwiesen hat. Vielleicht waren die beim FBI sich nicht so sicher, daß ich überhaupt in die Vereinigten Staaten zurückkehren würde.«

»Möglich. Aber das FBI hat keine unbegrenzten Mittel, um Leute über den halben Globus zu verfolgen. Kann sein, daß die beiden Agenten sowieso in Panama stationiert waren. Aber wenn sie extra nach Panama geflogen sind, um mit dir zu reden, könnte es sich um eine viel größere Sache handeln, als dein Vater je geahnt hat.«

Passanten eilten an der Telefonzelle vorbei. In einem Anflug von Verfolgungswahn fragte Ryan sich, ob sie alle beim

FBI waren. »Laß uns das Schritt für Schritt machen. Was soll ich als nächstes tun?«

»Als nächstes besorgst du dir deinen neuen Paß. Er müßte bei der Botschaft für dich bereitliegen, und sie können ihn dir nicht vorenthalten.«

»Und dann?«

»Juristisch gesehen bist du nicht verpflichtet, mit irgend jemandem zu reden. Das FBI hat kein Recht, dich festzuhalten. Andererseits hängt sehr viel davon ab, welchen Eindruck man von dir hat. Nach deiner Abreise wird der FBI-Agent einen Bericht über euer Gespräch schreiben. Es wäre nicht gut, wenn dieser Bericht lediglich besagte, daß du auf Anraten deines Anwalts die Aussage verweigert hast. Das klingt, als hättest du etwas zu verbergen. Sie sollen den Eindruck bekommen, daß du absolut kooperativ bist, ohne daß du mit ihnen redest. Ich sage dir, was du tust. Du gehst zurück in die Botschaft und erklärst ihnen, daß du die Absicht hast, hundertprozentig mit ihnen zusammenzuarbeiten. Aber jetzt ist kein guter Zeitpunkt, um zu reden. Dir wurde deine Tasche mitsamt deinem Paß gestohlen. Du bist erschöpft und mit den Nerven am Ende. Laß dir ihre Visitenkarten geben. Das ist wichtig. Ich muß wissen, aus welcher Abteilung diese Agenten kommen. Sag ihnen, dein Anwalt wird sich mit ihnen in Verbindung setzen, damit sie dich vernehmen können, sobald du wieder in Denver bist.«

»Du willst also, daß ich sofort nach Denver zurückkomme? Keine Zwischenlandung auf den Cayman-Inseln?«

»Flieg auf keinen Fall auf die Cayman-Inseln. Ich werde diese Spur unauffällig von meinem Detektiv überprüfen lassen. Von jetzt an mußt du davon ausgehen, daß das FBI jeden Schritt überwacht, den du tust.«

»Wahnsinn.«

Norm spürte, daß Ryan frustriert war. »Ryan, reg dich nicht auf. Man kann dir nichts vorwerfen. Falls jemand ein Verbrechen begangen hat, dann war es dein Vater. Das FBI kann dich nicht für etwas ins Gefängnis schicken, was dein Vater möglicherweise getan hat.«

»Das FBI ist vielleicht mein geringstes Problem. Offenbar hat mich jemand die ganze Zeit, seit ich in Panama bin, beobachtet, ist mir am Ende schon seit Denver auf den Fersen. Und ich kapier immer noch nicht, warum dieselbe Frau, die mir in der Hotelbar meine Tasche geklaut hat, mich anruft, um mich vor der Polizei zu warnen.«

»Bist du sicher, daß es dieselbe Frau war?«

»Hörte sich jedenfalls so an. Wenn sie es nicht war, dann weiß ich es auch nicht. Aber es ist doch komisch. Warum sollte eine Frau, die mich zuerst beraubt, plötzlich auf meiner Seite stehen?«

»Vielleicht steht sie gar nicht wirklich auf deiner Seite. Möglich vielleicht, daß ihr in gewisser Hinsicht gemeinsame Interessen habt.«

»Wie meinst du das?«

»Bei einer Erpressung dreht sich alles um ein Geheimnis. Keiner der Beteiligten will, daß das Geheimnis gelüftet wird. Denn wenn das passiert, verliert der Erpresser seine goldene Gans, und derjenige, der dem Erpresser Geld gibt, muß damit rechnen, daß die Welt die Wahrheit über ihn erfährt.«

»Du glaubst, sie schützt denjenigen, der von meinem Vater erpreßt wurde?«

»Ich glaube, sie weiß, wer das Geld gezahlt hat. Und ich glaube, es ist ihre Aufgabe, dafür zu sorgen, daß niemand davon erfährt.«

Ryan schluckte. »Und warum bringt sie mich dann nicht einfach um?«

»Wahrscheinlich aus denselben Gründen, warum sie deinen Vater nicht umgebracht hat. Er muß irgendwie Vorsorge für den Fall getroffen haben, daß das Geheimnis rauskommt, falls ihm oder einem Angehörigen der Familie etwas zustößt. Fast alle Erpresser bauen so ein Sicherheitsventil ein.«

»Und wie würde das funktionieren?«

»Nehmen wir mal an, rein theoretisch, dein Vater besaß

Fotos von einem berühmten Fernsehprediger, auf dem dieser zu sehen ist, wie er es mit seinem Schäferhund treibt. So etwas ist der Karriere eines Predigers nicht gerade förderlich. Dein Vater erpreßt den Prediger, fürchtet jedoch, sein Opfer könnte es vorziehen, ihn zu töten, anstatt ihm fünf Millionen Dollar zu zahlen. Also schickt er Abzüge von den Fotos, zusammen mit genauen Instruktionen für den Fall der Fälle, an einen Unbeteiligten. Falls Frank Duffy unter mysteriösen Umständen das Zeitliche segnet, sollen die Fotos sofort an den *National Enquirer* geschickt werden. Auf diese Weise sorgt er dafür, daß sein Opfer nichts davon hat, wenn es ihn aus dem Weg räumt. Es bleibt ihm nichts anderes übrig, als zu zahlen.«

»In meinem Fall wäre dieser Unbeteiligte also ... wer? Meine Mutter?«

»Unwahrscheinlich, daß es sich um ein Familienmitglied handelt. Vielleicht ein Freund. Vielleicht jemand, den niemand mit deinem Vater in Verbindung bringen würde.«

Ryan schwieg nachdenklich. Vielleicht jemand wie Amy Parkens. Vielleicht hatte sie deswegen so komisch reagiert, als er angedeutet hatte, daß er über das Geschäftliche hinaus den Kontakt mit ihr fortzusetzen wünschte.

»Bist du noch dran?« fragte Norm.

»Ja, ich bin noch dran. Ich habe nur nachgedacht. Dieser Unbeteiligte, von dem du sprachst. Der würde das wahrscheinlich nicht umsonst machen, oder?«

»Der typische Fall wäre, daß derjenige einen Anteil abbekommt.«

»Sagen wir, zweihunderttausend Dollar?«

»Gut möglich. Was auch immer ausgehandelt war. Worauf willst du hinaus?«

»Vielleicht ist es wirklich besser, wenn ich nicht auf die Cayman-Inseln fliege. Ich muß in Denver noch was rausfinden.«

Norm zuckte zusammen. »Du hast wieder diesen komischen Ton in der Stimme«, sagte er besorgt. »Woran denkst du?«

Ryan grinste. »Ich denke gerade, daß alles langsam einen Sinn ergibt.«

34

Die Besuchszeit im Denver Health Medical Center begann um 19.00 Uhr. Um 19.01 Uhr betrat Liz die Privatstation, auf der Phil Jackson lag.

Sie konnte es kaum erwarten, ihn zu sehen und sich davon zu überzeugen, daß es ihm gutging. Sie ging mit schnellen Schritten, wurde dann aber allmählich langsamer. Die langen Korridore erinnerten sie an die Zeit, als Ryan hier als Assistenzarzt gearbeitet hatte, damals als das DHMC noch Denver General Hospital hieß. Sie erinnerte sich an den Abend, an dem er sich entschlossen hatte, eine Facharztausbildung als Chirurg zu machen. Und sie erinnerte sich an die Nächte, die darauf folgten, die Jahre der Aufopferung. Ryan arbeitete in Zwanzigstundenschichten für einen Lohn, der längst nicht ausreichte, um seinen Studentenkredit abzubezahlen. Sie lebten von einer Woche zur nächsten von dem, was Liz verdiente. Sie sahen einander einmal am Tag zum Abendessen hier im Krankenhaus, meistens nur für eine zehnminütige Snackpause zwischen seiner Nacht- und ihrer Tagschicht. Ryan hatte soviel investiert. *Sie* hatte ebensoviel investiert. Und was hatte die ganze Plackerei ihr eingebracht? – Lebenslänglich in Piedmont Springs.

Für Liz war es ein herber Rückschlag. Sie war in einem baufälligen kleinen Farmhaus in Armut aufgewachsen, eins von sieben Kindern. Sie war die einzige aus ihrer Familie, die in Piedmont Springs hängengeblieben war. Eine bittere Ironie des Schicksals. Es hatte ihr das Herz gebrochen, als Ryan ohne sie ans College gegangen war. Sie war damals siebzehn und mußte für sechs jüngere Geschwister die Mutter spielen. Seit dieser Erfahrung war sie fest entschlossen, niemals Kinder in die Welt zu setzen. Als Ryan sie vier Jahre später nach

Denver eingeladen und ihr einen Heiratsantrag gemacht hatte, war sie von allen ihren Freundinnen beneidet worden. Ein Medizinstudent. Ein zukünftiger Chirurg. Er hätte sie aus dem Dreck rausholen können. Niemand hatte ihr gesagt, daß sie sich eine Rückfahrkarte eingehandelt hatte. Im nachhinein war ihr klar, daß sie hätte mißtrauisch werden müssen, als aus dem Verlobungsring erst nach fünf Jahren des Zusammenlebens ein Ehering wurde.

»Klopf, klopf«, sagte Liz, als sie durch die Tür trat.

Jackson saß aufrecht im Bett. Er sah mitgenommen aus, aber besser, als sie befürchtet hatte. Die rechte Gesichtshälfte war geschwollen und blau angelaufen. Ein Verband bedeckte eine Naht über seiner rechten Augenbraue. Durch einen Infusionsschlauch tropften Schmerzmittel und eine Traubenzuckerlösung in seine Armvene. Auf seinem Schoß stand ein Tablett mit seinem Abendessen. Er hatte kaum etwas angerührt. Neben ihm auf dem Bett lagen ein Schreibblock und eine Akte, die seine Sekretärin ihm gebracht hatte.

»Phil?« sagte sie leise.

Er bedeutete ihr einzutreten und versuchte zu lächeln, doch jede Bewegung der Gesichtsmuskeln schien ihm Schmerzen zu bereiten.

»Sie armer Mann.«

»Nichts, was eine gute Dosis Arbeit nicht heilen kann.«

»Hören Sie denn nie auf zu arbeiten?«

»Beschweren Sie sich nicht. Es ist Ihr Fall, an dem ich arbeite.«

Sie erschauerte beinahe vor Dankbarkeit. »Sie glauben ja gar nicht, wie froh ich bin, daß Sie das sagen. Ich hatte solche Angst, Sie würden das Mandat niederlegen.«

»Warum sollte ich?«

Sie zuckte verlegen die Achseln. »Ich habe Ihrer Mitarbeiterin heute morgen von meinem Telefongespräch mit Sarah Langford erzählt. Hat sie Ihnen nichts davon gesagt?«

»Sie hat mir alles genau berichtet. Aber ich wußte längst, daß es Brent Langford war. Noch bevor Sie angerufen haben.«

»Und Sie wollen trotzdem weiterhin für mich tätig sein?«

Er legte seinen Schreibblock weg, nahm ihre Hand und schaute ihr direkt in die Augen. »Ich will Ihnen mal was sagen. Ich habe schon die schlimmsten Verbrecher zu eidlichen Aussagen vorladen lassen – und ich habe sie alle restlos auseinandergenommen. Man hat mir die Reifen zerstochen, meine Wohnung verwüstet, mir mit Mord gedroht. Wenn ich mich so leicht einschüchtern ließe, würde ich bei einer großen Kanzlei im Büro sitzen und für ein festes Gehalt arbeiten. An Ihrem Fall ist mir mehr denn je gelegen. Phil Jackson läßt sich von niemandem bedrohen. Schon gar nicht von so einem Idioten wie Brent Langford.«

Sie drückte seine Hand, dann zog sie die ihre schüchtern zurück.

»Es braucht Ihnen nicht peinlich zu sein«, sagte er. »Sie können nichts dafür. Alle Frauen finden Männer mit blau angelaufenem Gesicht unwiderstehlich.«

»Es ist ein sehr schöner Blauton.«

Er lächelte, dann wurde er ernst. »Wissen Sie, ich bin nicht der einzige, der sich auf einen Kampf einstellen muß. Auch Sie müssen sich wappnen.«

Sie nickte zögernd. »Ich tue, was auch immer ich tun muß.«

»Gut. Denn diese ganze Sache wird sehr unangenehm werden. Und ich rede nicht nur von Brents Anhörung. Die ganze Familie Duffy wird sich noch wundern. Ich schätze, das FBI ist bereits dabei, die Duffys ganz genau unter die Lupe zu nehmen.«

»Das FBI?«

»Eine meiner ehemaligen Mandantinnen, die mir zu großem Dank verpflichtet ist, arbeitet heute als Sonderagentin beim FBI in Denver. Ich habe sie heute morgen vom Krankenhaus aus angerufen und sie gebeten, bei den Duffys ein bißchen auf den Busch zu klopfen. Brents Überfall ist eine Straftat nach Bundesrecht – Behinderung der Justiz. Das FBI hat natürlich wesentlich größere Fische am Haken, aber mit ein paar freundlichen Worten und ein wenig Ausschmückung der Tatsachen habe ich ihr Interesse geweckt. Ryans Schwindel mit den angeblich nicht bezahlten Rechnungen. Franks Gerede von dem vielen Geld, das er Ihnen vermachen wollte. Brents Geschwafel von einer ›Familienangelegenheit‹. Wahrscheinlich wird nicht allzuviel dabei herauskommen, aber es kann nicht schaden, wenn Ihr Gatte sich ein bißchen in den Fängen des FBI windet.«

Liz blinzelte nervös. »Das sind aber ziemlich harte Methoden, meinen Sie nicht?«

»Wollen Sie den Fall gewinnen oder nicht?«

»Ja, natürlich will ich gewinnen. Aber –«

»Kein Aber. Und jetzt tun Sie mir einen Gefallen. Nehmen Sie das«, sagte er und reichte ihr einen Zettel. Zwei Telefonnummern standen darauf.

»Was ist das?«

»Meine Sekretärin hat heute morgen einen Anruf aus der Kanzlei von Norman Klusmire bekommen. Er ist der neue Scheidungsanwalt Ihres Mannes. Die obere Nummer ist die seines Pagers. Wenn Sie heute abend nach Hause fahren, halten Sie an einer Telefonzelle an und rufen ihn unter dieser Nummer an. Benutzen Sie auf jeden Fall eine öffentliche Telefonzelle, damit man Ihren Anruf auf keinen Fall zurückverfolgen kann. Geben Sie einfach die andere Nummer ein und legen Sie auf.«

»Wessen Nummer ist das?«

»Das ist die Privatnummer des Richters, der Ihren Fall zu bearbeiten hat. Ein griesgrämiger alter Haudegen, der jedesmal einen Anfall kriegt, wenn ein Anwalt ihn zu Hause anruft. Er wird Klusmire noch nicht mal Gelegenheit geben zu erklären, daß er bloß auf einen Telefontrick reingefallen ist. Auf diese Weise können wir uns darauf verlassen, daß Richter Novak von vorneherein rot sieht, wenn er den Namen dieses Anwalts hört. Das sollte einem großkotzigen Strafverteidiger beibringen, es sich beim nächstenmal sehr gut zu überlegen, bevor er wieder ein Mandat in einem Scheidungsfall annimmt.«

»Das ist ja raffiniert«, sagte Liz, während sie den Zettel einsteckte.

»Die Idee ist leider nicht allein auf meinem Mist gewachsen. Ich habe sie von einer meiner Mandantinnen gestohlen. Immer, wenn sie den Verdacht hatte, daß ihr Mann mal wieder bei seiner Geliebten war, hat sie ihn unter der Telefonnummer ihres Rabbi angepiept.«

»Stehlen Sie von jedem Mandanten etwas?«

»Nicht von jedem.«

»Was werden Sie mir denn stehlen?« fragte sie kokett.

Er hob eine Braue, bis es schmerzte. »Das werden wir noch sehen.«

35

Amy hatte ihre Tochter erst ein paarmal mit nach Denver genommen. Doch jedesmal schienen sie zwangsläufig in LoDo – wie die Einheimischen die Innenstadt, *lower downtown*, nannten – zu landen. Dort befanden sich zwei Attraktionen, die Taylor besonders faszinierten: die weltberühmte Achterbahn im Elitch Garden Amusement Park und Coors Field, das Baseballstadion der Colorado Rockies. Das Besondere an diesem Mittwoch war der »Mützenabend« im Stadion. Die ersten zehntausend Fans bekamen eine Baseballmütze geschenkt. Taylor war sich sicher, daß sogar Fans von so entlegenen Orten wie dem Planeten Pluto nach Denver kommen würden, um in den Genuß dieses Geschenks zu kommen. Das konnten sie sich nicht entgehen lassen. Vor allem nach all dem Streß, den sie seit dem Einbruch in ihre Wohnung gehabt hatten, würde eine Abwechslung beiden gut tun.

Coors Field, eine Konstruktion aus roten Ziegeln und grünem Stahl, gehörte zur neuen Generation der nur für Baseball gebauten Arenen, die die Aura der berühmten alten Baseballstadien ausströmten. Ein Spielfeld aus Naturrasen und offene Tribünen kreierten eine Atmosphäre, wie sie bei Baseballspielen herrschte, bevor überdachte Stadien und künstliche Spielfeldbeläge in Mode kamen. Aber auch die Nostalgiefans freuten sich über moderne Neuerungen wie riesige Leinwände, auf denen die Ergebnisse angezeigt wurden, zahlreiche Imbißbuden und genug Toiletten, die sicherstellten, daß ein Gang aufs Klo mit Taylor während des zweiten Innings nicht bis zum siebten Inning dauerte.

Es war ein kühler Sommerabend, perfekt für ein Baseballspiel. Amy und Taylor saßen auf den billigen Plätzen rechts vom Mittelfeld. Taylor hatte ihren Baseballhandschuh mitgebracht, um den Ball fangen zu können, falls er in die Zuschauerränge geschlagen wurde. Die Baseballmütze war mehrere Nummern zu groß und rutschte ihr immer wieder über die Augen, so daß sie nichts mehr sehen konnte. »Was passiert gerade, Mama?« Amy mußte während des ganzen ersten Innings Radioreporter spielen, bis Taylor das alberne Spiel endlich satt hatte und die Mütze abnahm.

Während des sechsten Innings wurden Taylors Augenlider schwer. Von Zeit zu Zeit sank sie auf ihrem Platz in sich zusammen. Auch Amy war mit den Gedanken längst nicht mehr beim Spiel. Sie dachte an das Gespräch, das sie mit Marilyn Gaslow geführt hatte. Vom Stadion aus konnte sie sogar Marilyns Büro sehen. Im zweiundvierzigsten Stock brannte immer noch Licht. Ob Marilyn wohl noch arbeitete? Ob Marilyn jemandem von ihrem Gespräch erzählt haben mochte?

Sie schüttelte ihre Bedenken ab. Mit Marilyn zu reden war genauso gut wie ein Gespräch mit Gran. Nur ohne die Schuldgefühle.

Doch es störte sie, daß Marilyn ihr nicht ganz zu glauben schien. Amy war sich nicht sicher, welcher Teil der Geschichte für Marilyn so schwer zu schlucken gewesen war. Womöglich hatte sie ihr schon die Sache mit den zweihunderttausend Dollar nicht abgekauft. Vielleicht glaubte sie aber auch nicht, daß Amy keinerlei Verbindung zu dem sterbenden alten Mann gehabt hatte, der ihr das Geld geschickt hatte. Am schlimmsten war jedoch die Vorstellung, daß Marilyn ihre eigenen unausgesprochenen Befürchtungen zum Ausdruck gebracht haben könnte, als sie Amy davor gewarnt hatte, daß andere sie eine Hure nennen könnten.

Zum Glück hatte Amy nichts davon erwähnt, daß sie dem Sohn des Alten schöne Augen gemacht hatte. Das hätte Marilyns Verdacht noch verstärkt.

»Bin so müde«, sagte Taylor. Sie hing halb auf ihrem Platz und halb auf Amys Schoß.

Amy streichelte ihrer Tochter die Stirn, dann nahm sie sie in die Arme. »Es ist sowieso Zeit zu gehen.«

»Ich hab noch keinen Ball gefangen.«

»Nächstes Mal.«

Hand in Hand gingen sie die Betonrampe hinunter. Taylor hatte Mühe, mit ihrer Mutter mitzuhalten. Amy war kurz davor, eine Entscheidung zu treffen, und schritt zielstrebig aus. Es war an der Zeit, einiges noch einmal zu überdenken. Das Astronomiestudium konnte sie in den Wind schreiben. Sie hatte bereits den Termin für die Einschreibung zum Promotionsstudium verpaßt, und das Geld, das ihr die ganze Sache ermöglicht hätte, war sowieso weg. Jetzt kam es darauf an, Marilyns Vertrauen zurückzugewinnen und zu beweisen, daß sie sich die Geschichte mit dem Geld nicht ausgedacht hatte. Dabei würde Ryan Duffy ihr helfen können. Bei ihrem letzten Gespräch hatte sie ihm eine Frist von einer Woche gesetzt, um ihr eine vernünftige Erklärung für die Herkunft des Geldes zu geben. Diese Woche würde am Freitag ablaufen. Sie beschloß, auf jeden Fall noch ein weiteres Treffen zu vereinbaren, obwohl das Geld längst weg war. Sie würde das Gespräch mit Ryan auf Band aufnehmen und es Marilyn vorspielen. Das würde ihr zwar das Geld nicht zurückbringen, aber es würde Marilyns Vertrauen wiederherstellen.

Ein Aufschrei der Menge riß sie aus ihren Gedanken. Die Rockies hatten einen Homerun geschafft. Amy und Taylor gingen weiter, verließen das Stadion durch die Drehtür, die zum Parkplatz führte.

Amy hatte Taylor noch nie zu einem Spiel am Abend mitgenommen. Vor dem Ende des Spiels zu gehen war im Dunkeln anders als bei hellem Tageslicht. Natriumlampen tauchten das Gelände in ein unheimliches, gelbes Licht. Die Mülleimer vor dem Tor quollen über von Dosen und Flaschen, die man den Fans auf ihrem Weg ins Stadion abgenommen hatte. Der Boden war mit den abgerissenen Ecken der Eintrittskarten übersät. Der Lärm der Menge ebbte ab, je weiter sie sich vom Stadion entfernten. Der überfüllte Parkplatz war menschenleer. Es war ein komisches Gefühl, so, als hätten sich vierzigtausend Menschen mit dem Sonnenuntergang in Luft aufgelöst und Amy und Taylor allein in einem Meer von Autos zurückgelassen.

Amy nahm ihre müde Tochter auf den Arm und machte sich mit schnellen Schritten auf den Weg zu ihrem Pick-up.

Der Weg zum Auto kam ihr jedesmal länger vor als der Weg vom Auto ins Station. Ganz besonders dann, wenn man allein mit einer schlafenden Vierjährigen auf dem Arm über den Parkplatz ging. Sie ging an endlosen Reihen leerer Autos vorbei. Amy war sich sicher, daß sie in Abteilung E geparkt hatte, aber die Reihen sahen alle gleich aus. Zum zweitenmal kam sie an demselben roten Honda vorbei. Diesmal wandte sie sich in die andere Richtung, um nach ihrem unverkennbaren alten Pick-up Ausschau zu halten. Taylor schlief inzwischen tief und fest an ihrer Schulter. Amy wurden die Arme lahm. Ihr Rücken schmerzte. Taylor war kein Baby mehr. Endlich entdeckte sie ihren Wagen.

Sie schlängelte sich zwischen zwei Autos hindurch und fummelte in ihrer Tasche nach ihrem Schlüsselbund. Mit einer Hand öffnete sie die Beifahrertür und packte Taylor auf den Kindersitz. Sie schlug die Tür zu und lief um den Wagen herum auf die andere Seite. Plötzlich hörte sie ein Geräusch und blieb stehen. Ein Schatten sprang hinter dem Wagen hervor. Jemand stürzte auf Amy zu und packte sie von hinten. Sie wollte schreien, doch eine riesige Hand legte sich über ihren Mund. An ihrem Hals spürte sie eine kalte Klinge.

»Keine Bewegung.«

Sie zitterte am ganzen Körper, konnte sich jedoch nicht rühren; ihr Angreifer drückte sie gegen ihren Wagen.

Er sprach ihr von hinten direkt ins Ohr. »Wir haben den Polizeibericht gelesen. Du hast kein Wort von dem Geld gesagt. Klug von dir.«

Sie wagte nicht einmal zu atmen. Das war das Schlimmste, was sie befürchtet hatte – die Verbrecher, die hinter dem Geld her waren.

»Mach weiter so. Erzähle niemand von dem Geld. Und wag es nicht, zur Polizei zu gehen.« Er verdrehte ihr den Arm, bis es schmerzte. »Und jetzt steig ein und mach, daß du wegkommst. Wenn du schreist, wenn du auch nur ein Wort mit der Polizei wechselst, wird deine Tochter dafür bezahlen.«

Er stieß sie zu Boden und rannte davon. Amy sprang auf und schaute sich atemlos um. Sie konnte ihn nirgendwo entdecken. Sie griff nach der Trillerpfeife an ihrem Schlüsselbund und führte sie an die Lippen, hielt jedoch im letzten Augenblick inne. Er hatte sie gewarnt.

Sie sprang in ihren Pick-up und ließ den Motor an. Taylor schlief friedlich in ihrem Kindersitz. Der Anblick ihrer kleinen Tochter trieb ihr Tränen in die Augen. Sie beugte sich hinüber und streichelte sie mit dem rechten Arm, während sie mit dem linken lenkte. Als sie aus dem Parkplatz fuhr, zitterte sie am ganzen Körper.

36 Ryans Flug landete um 23.50 Uhr auf dem Internationalen Flughafen von Denver. Er hatte sich nicht die Mühe gemacht, seine Anzugtasche aus dem Hotel in Panama abzuholen. Er trug nur die kleine Tasche bei sich, die er als Ersatz für die gestohlene gekauft hatte. Die Zollkontrolle hatte er bereits bei der Zwischenlandung in Houston passiert. Norm erwartete ihn in seinem Range Rover, in der Nähe des Drive-in Schalters der United Airlines. Die Beifahrertür flog auf, als Ryan aus dem Flughafengebäude trat. Er sprang in den mit laufendem Motor wartenden Wagen und legte seine Tasche vor sich auf den Boden. Nach einem Tag, der mit einer Flucht vor der panamaischen Polizei begonnen hatte, nach dem Verhör durch das FBI und einem neunstündigen Flug verschmolz er fast mit dem ledergepolsterten Sitz.

»Gott, bin ich froh, dich zu sehen«, sagte er zu Norm, als er die Tür zuschlug.

Norm betrachtete ihn mit großen Augen. »Mann, du siehst aus wie Steve McQueen in diesem alten Film über die Teufelsinsel.«

»*Papillon?*«

»Genau. Was hast du gemacht, bist du auf einem Sack Kokosnüsse von Panama hierher gepaddelt?«

»Halt die Klappe und fahr los, Norm.«

Eine Trillerpfeife schreckte sie auf. Die Flughafenverkehrspolizei war drauf und dran, ihnen einen Strafzettel zu verpassen, anscheinend erwarteten sie, daß die Passagiere im Laufen in die fahrenden Autos sprangen, die sie abholten. Norm gab Gas und fädelte sich in den Verkehr ein. An wartenden Bussen und Mietwagen vorbei fuhren sie aus der Flughafenausfahrt und dann auf den Pena Boulevard.

»Ich nehme an, du bist ohne Schwierigkeiten rausgekommen«, sagte Norm.

»Ich habe ihnen genau das gesagt, was du mir empfohlen hast. Ihre Visitenkarten hab ich auch. Forsyth ist fürs FBI hier in Denver im Außendienst. Der andere ist überhaupt nicht beim FBI. Der kommt aus Washington. Von der Steuerfahndung.«

»Ich hab mir schon gedacht, daß es nur eine Frage der Zeit sein konnte, bis die auf den Plan treten.« Norm bog in die Autobahnauffahrt ein. »Ich habe auch ein bißchen Beinarbeit gemacht, während du verreist warst. Ich habe mit einem Freund im Büro des Bundesanwalts telefoniert.«

»Was haben die denn damit zu tun?«

»Bei Ermittlungen, die das FBI durchführt, ist immer ein Staatsanwalt auf Bundesebene zuständig. Ein Zwangsverfahren zur Herausgabe von Beweismitteln zum Beispiel würde auf ministerieller Ebene von einem Staatsanwalt der untergeordneten Behörde durchgeführt. Aber wenn dein Fall einem Bundesstaatsanwalt übergeben würde, der sich auf Geldwäscherei spezialisiert hat, dann würde uns das zumindest etwas darüber sagen, wonach die suchen.«

»Und was hast du rausgefunden?«

»Dein Fall ist in der Abteilung für schwere Verbrechen gelandet.«

»Schwer?« fragte Ryan verblüfft.

»Laß dich von dieser Bezeichnung der Abteilung nicht irritieren. Alles ist schwer. Das ist ein Riesentopf, in den alles geworfen wird, was noch in keine spezielle Schublade paßt.«

»Was glaubst du, worauf es hinauslaufen wird?«

»Könnte ein reiner Fall für die Steuerfahndung sein. Du hast ja selbst gesagt, daß dein Vater das Geld nicht versteuert hat. Oder, wenn das FBI Wind von der Erpressung bekommt, könnte der Fall in der Abteilung für Korruption landen. Wenn sie was von Geldwäsche wittern, geht der Fall zur Abteilung für Wirtschaftskriminalität. Es ist noch zu früh, um etwas Genaueres zu sagen.«

»Und alles bloß, weil ich einem Bankangestellten in Panama auf die Füße getreten bin.«

»Er ist nicht der einzige, der das FBI eingeschaltet hat. Nach dem, was mein Freund bei der Bundesanwaltschaft mir erzählt hat, steckt der Anwalt deiner Frau ebenfalls dahinter.«

»Jackson?«

Norm nickte, während er die Spur wechselte. »Er liegt im Krankenhaus. Kommt aber durch. Sieht so aus, als hätte Brent ihm die Fresse poliert, aus Wut darüber, daß er ihn zu einer eidlichen Zeugenaussage hat vorladen lassen.«

»Dieses Arschloch.«

»Wer? Jackson oder Brent?«

»Beide«, schnaubte Ryan.

»Jedenfalls hat Jackson es geschafft, diesen Vorfall so darzustellen, daß das FBI sich plötzlich für den Fall interessiert. Drei Millionen Dollar auf einem Nummernkonto in Panama sind nicht unbedingt eine Schlagzeile wert. Aber wenn ein Staranwalt anfängt, darin herumzustochern und prompt im Krankenhaus landet, sieht das alles schon wieder ganz anders aus. Vor allem, wenn es sich um einen Typen wie Jackson handelt. Ob du es glaubst oder nicht, der hat tatsächlich Freunde. Und wenn du nicht sein Freund bist, hat er garantiert irgendwas gegen dich in der Hand. Erinnerst du dich an das Beispiel von dem Fernsehprediger und seinem Schäferhund, das ich dir am Telefon erzählt habe?«

»Klar.«

»Jackson ist so ein Typ, der garantiert diese Art von Fotos besitzt. Ganze Aktenschränke voll mit Informationen über jeden, vom Gouverneur von Colorado bis zum Goldfisch in deinem Aquarium. Er ist eine Art juristischer J. Edgar Hoover. Er kann eine Menge in Bewegung setzen. Und dein Schwager Brent hat ihm allen Grund gegeben, sämtliche Register zu ziehen.«

»Wunderbar. Heißt das, Jackson weiß von dem Geld?«

»Nur, wenn es ihm jemand vom FBI gesteckt hat, was ich bezweifle. Aber er ist verdammt nahe dran.«

Eine Weile fuhren sie schweigend weiter. Die Lichter von Denver kamen näher.

»Wie sieht's mit den Jahrbüchern aus? Hast du unter den Klassenkameraden meines Vaters irgendwelche Millionäre gefunden?«

»Noch nicht. Ich arbeite noch dran.«

»Was ist mit der Firma auf den Cayman-Inseln? Ich habe bei dem Versuch rauszufinden, wer das Geld auf das Konto meines Vaters überwiesen hat, eine Menge blaue Flecken abbekommen. Da hätte ich wirklich gern ein paar Antworten.«

»Mein Ermittler kniet sich gerade in die Materie. Ich hoffe bloß, daß er nicht bis auf die Cayman-Inseln fliegen muß.«

»Kannst du mir mal sagen, wie ich diesen Ermittler bezahlen soll? Da kommen ja eine Menge Arbeitsstunden zusammen.«

»Mach dir darüber keine Sorgen. Der kriegt sozusagen ein festes Gehalt. Du mußt ihm nur seine Spesen zahlen.«

»Was sagt man dazu. Das ist ja mal eine gute Nachricht.«

»Sei nicht so pessimistisch. Laß uns erst mal abwarten, was das FBI von dir will. Wenn sie sagen, dein Vater hat Steuern hinterzogen, dann bezahlst du die Strafe und fertig. Wir wissen einfach noch nicht, was auf uns zukommt.«

»Glaubst du, das FBI weiß von den zwei Millionen auf dem Dachboden?«

»Ich wüßte nicht, woher. Wenn nicht, bleibt uns noch etwas Zeit, um zu überlegen, was wir damit machen. Als Nachlaßverwalter deines Vaters hast du neunzig Tage Zeit, eine Vermögensaufstellung zu machen. Bei der Gelegenheit müßtest du dann aber das Geld angeben.«

»Aber was soll ich ihnen bei dem Treffen sagen, das du arrangieren willst? Das können wir doch keine neunzig Tage rausschieben.«

»Beim ersten Treffen werden wir nur zuhören. Ich möchte noch nicht mal, daß du daran teilnimmst.«

»Ich werde dasein«, erwiderte Ryan entschlossen.

»Als dein Anwalt rate ich dir davon ab. Es ist besser, wenn ich allein hingehe und erst mal in Erfahrung bringe, hinter was sie eigentlich her sind. Dann können wir uns alles noch mal genau überlegen und beschließen, was du ihnen sagen wirst.«

»Norm, ich vertraue dir wie meinem eigenen Bruder. Aber ich muß dabeisein. Ich muß einfach.«

Norm seufzte, widersprach jedoch nicht. »Du kannst mitgehen, aber du wirst auf keinen Fall eine Aussage machen. Und verdreh nur ja nicht die Augen und verteile keine wütenden Blicke.«

»Kein Problem.«

»Gut. Wir müssen dieses Treffen wie eine geschäftliche Besprechung angehen. Es geht um Leistung und Gegenleistung. Wie ich schon sagte, mein Gefühl sagt mir, daß diese Sache größer ist, als dein Vater je geahnt hat. Wenn das stimmt, glaube ich kaum, daß die Ermittlungen des FBI sich auf dich als Hauptverdächtigen konzentrieren. Aber sie werden versuchen, dich unter Druck zu setzen, damit du Namen preisgibst und ihnen hilfst rauszufinden, wer hinter dem Geld steckt. Und wenn sie von der Erpressung erfahren, werden sie auch darüber alles wissen wollen.«

»Der einzige, dessen Namen ich preisgeben kann, ist tot.«

Norm sah Ryan in die Augen. »Ich habe deinen Vater gekannt. Soweit ich das beurteilen kann, war er lange nicht gerissen und auch nicht kriminell genug, um eine Fünfmillionenerpressung allein durchzuziehen. Das FBI wird wissen wollen, mit wem er zusammengearbeitet hat.«

»Tja, da müssen wir einfach passen. Weil ich nämlich keine weiteren Namen nennen kann.«

»Namen sind nicht das Wichtigste. Du mußt ihnen einfach irgendwas geben, an dem sie dranbleiben können. Was ist mit der Frau, die dich in Panama beklaut hat?«

»Ich habe keine Ahnung, wer das gewesen sein könnte.«

»Es muß irgend etwas geben, was du dem FBI sagen kannst, irgend etwas, was denen hilft, sie zu finden. Damit will ich ja nicht sagen, daß wir ihnen gleich beim ersten Treffen unser Herz ausschütten. Aber falls es soweit kommt, daß wir um Immunität für dich oder sonst jemanden in deiner Familie verhandeln müssen, dann brauchen wir etwas, das wir der Regierung als Gegenleistung anbieten können.«

Ryan griff nach seiner Tasche. »Vielleicht habe ich etwas anzubieten.«

»Was denn?«

Ryan faltete die Plastiknoppenfolie auseinander. »Das ist das Glas aus der Hotelbar. Das, aus dem die Frau getrunken hat.«

»Du hast mir doch gesagt, du hättest es dem Typen beim Banco del Istmo gegeben.«

»Ich werde doch nicht das einzige Beweisstück rausrücken, das mich zu der Person führen kann, die mich ausgeraubt hat. Ich habe ihm ein Glas aus dem Hotel gegeben, ja. Aber doch nicht dieses.«

Norm hätte ihm am liebsten eine Standpauke gehalten, weil er seinen Anwalt belogen hatte, er war jedoch eher amüsiert als verärgert. »Glaubst du wirklich, daß noch Fingerabdrücke von ihr drauf sind?«

»Ich habe mein Bestes getan, um sie nicht zu verwischen. Diese Tasche und die Verpackungsfolie habe ich direkt im Hotel und nur zu diesem Zweck gekauft. Ich hatte gehofft, das Glas würde mir helfen, die Frau irgendwie ausfindig zu machen. Aber falls es drauf ankommt, wäre es vielleicht nicht schlecht, wenn das FBI mitkriegt, wie gut ich mit Beweismaterial umgehen kann.«

»Je nachdem, in welche Richtung die Ermittlungen gehen, kann es gut sein, daß das FBI sich sehr dafür interessiert.« Norm betrachtete die Lippenstiftspuren am Rand. »Womöglich ist da sogar noch genug getrockneter Speichel dran für eine DNS-Analyse.«

»Das heißt also, wir haben etwas, worüber wir verhandeln können?«

»Es ist zumindest ein guter Anfang. Aber es kann nie schaden, noch ein bißchen mehr in petto zu haben.«

»Das ist aber so ziemlich alles«, sagte Ryan.

Norm nahm einen Unterton in Ryans Stimme wahr. »Du hältst noch etwas zurück, stimmt's?«

Ryan wandte sich ab. Es wurde Zeit, Norm von Amy zu erzählen. Er brauchte nur eine Minute.

Norm schlug mit der Faust auf das Steuerrad und bog wütend von der Straße ab. Er hielt auf dem Parkplatz vor einem Motel. »Verdammt«, knurrte er.

»Was denn?«

»Ich habe es allmählich satt. Das mit dem Glas war eine Sache. Aber mir diese Amy vorzuenthalten ist was anderes. Du führst dich auf, als wärst du der allwissende Doktor und ich der dumme Patient. Du erzählst mir nur, was du für richtig hältst. So funktioniert das nicht. Ich bin dein Anwalt. Du bist mein Mandant. Ich muß alles wissen.«

»Ich spiele nicht mit dir, Norm. Ich will bloß nicht, daß Amy Ärger mit dem FBI bekommt.«

»Und warum nicht? Ist dir noch nicht in den Sinn gekommen, daß sie das Sicherheitsventil sein könnte, von dem ich gesprochen habe? Womöglich hat sie die Information, die dein Vater benutzte, um von jemandem fünf Millionen zu erpressen. Vielleicht war es ihre Aufgabe, die Öffentlichkeit zu informieren, falls deinem Vater etwas zustoßen sollte.«

»Doch, das ist mir durchaus in den Sinn gekommen. Aber es wäre nicht fair, sie in die Sache hineinzuziehen, bevor ich eine andere Möglichkeit ausgeschlossen habe.«

»Und die wäre?«

Ryan senkte den Blick. Er sprach leise, beinahe beschämt. Die Tatsache, daß er sich sosehr zu Amy hingezogen gefühlt hatte, machte es noch schwieriger. »Ich muß wissen, ob sie etwas mit dem Opfer zu tun hat. Mit dem Opfer der Vergewaltigung, meine ich.«

»Was glaubst du denn?«

»Ich bin mir nicht sicher. Wir wissen, daß mein Vater als Jugendlicher wegen Vergewaltigung verurteilt wurde. Das bedeutet, es muß ein Opfer gegeben haben. Amy ist natürlich zu jung, um selbst das Opfer gewesen zu sein. Aber vielleicht wurde ihre Mutter oder ihre Tante oder sonst jemand aus ihrer Familie vergewaltigt. Ich möchte einfach sicher sein, daß das Geld, das mein Vater ihr geschickt hat, kein Versuch war, seine Schuld wiedergutzumachen.«

Norm nickte, schien zu verstehen, worum es Ryan ging.

»Das Problem ist nur, diese Gerichtsakten sind geheim. Verdammt, sie sind wahrscheinlich schon vor Jahren im Reißwolf gelandet. Laut Gesetz müssen diese Akten vernichtet werden, sobald der Delinquent ein bestimmtes Alter erreicht, normalerweise etwa Mitte Zwanzig. Ich wüßte nicht, wie du den Namen des Opfers jemals rausfinden könntest.«

»Im Moment ist mir die Geschichte mit Amy am allerwichtigsten. Als wir uns letzten Freitag getroffen haben, hat sie mir eine Woche Zeit gegeben, um zu beweisen, daß das Geld aus einer legitimen Quelle stammt. Das heißt, sie müßte mich morgen oder am Freitag wieder anrufen.«

»Und was hast du vor?«

»Ich weiß es noch nicht«, erwiderte Ryan und starrte aus dem Fenster. »Aber bis morgen lasse ich mir besser etwas einfallen.«

»Das ist aber verdammt knapp. Was ist, wenn dir nichts einfällt?«

Ryan sah Norm an. Der Gedanke, jemandem sagen zu müssen, daß sein Vater ein Vergewaltiger war, drehte ihm den Magen um – vor allem, wenn er es der Frau eröffnen mußte, die womöglich das Opfer gekannt hatte. »Dann werde ich das einzige tun, was mir übrigbleibt.«

»Und was ist das?«

Ryan wandte sich wieder ab. »Ich werde sie fragen.«

37

Am Donnerstag morgen hatte Ryan sich vorgenommen, zu Hause anzurufen. Sein Vater würde nicht mehr ans Telefon gehen.

Das war etwas, woran Ryan sich noch gewöhnen mußte. Sein Vater war immer derjenige gewesen, der ans Telefon ging. Seine Mutter telefonierte äußerst ungern. Frank Duffy liebte es. Man hörte es schon an seiner Stimme, wenn er sich meldete. Kein gelangweiltes »Hallo«. Es war ein deutliches und energisches »Hal-loo«, eine freudige Begrüßung für denjenigen, der so nett gewesen war, seine Nummer zu wählen. Es war eine Art Scherz unter Freunden gewesen, daß man, egal, ob man Ryan, Sarah oder ihre Mutter sprechen wollte, immer zuerst ein Gespräch mit Frank absolvieren mußte. Er wollte immer wissen, was es Neues gab.

Ryan fragte sich, ob er jetzt wohl zuhörte.

Die vergangene Nacht war hart gewesen. Er hatte fast die ganze Zeit wach gelegen und sich den Kopf darüber zerbrochen, wie er seiner Mutter beibringen sollte, was er in Erfahrung gebracht hatte. Vor allem das mit der Vergewaltigung. Es gab keine schonende Methode. Es ihr von Angesicht zu Angesicht zu sagen, wäre wahrscheinlich das Beste gewesen, aber jetzt, wo ihm das FBI im Nacken saß, mußte er sie zumindest ins Bild setzen.

Beim ersten Tageslicht rief er von Norms Gästezimmer aus an. Es kam ihm gar nicht in den Sinn, daß seine Mutter womöglich nicht auf den Beinen und angezogen sein könnte – und das nicht nur wegen des verdammten Hahns des Nachbarn, der die ganze Familie Duffy stets beim ersten Sonnenstrahl aus dem Schlaf riß. Jeanette Duffy war keineswegs eine Duffy. Sie war eine Greene, Sproß einer Pionierfamilie, die vor mehr als einem Jahrhundert mit zwei Maultieren und einem Saustall in der Ebene Wurzeln geschlagen hatte. Sie war schon immer eine Frühaufsteherin gewesen, als wäre sie genetisch darauf programmiert, vor der Morgendämmerung aufzustehen und die Kühe zu melken und die Hühner zu füttern, auch wenn sie weder Kühe noch Hühner besaß. Seit der Beerdigung hatte sie sich angewöhnt, noch früher aufzustehen. Das große Haus war leer ohne Frank und seine dröhnende Stimme. Wenn sie wach im Bett lag, kam es ihr noch leerer vor. Die Vorstellung bedrückte Ryan. Franks Tod hatte ihren Pioniergeist gebrochen. Sie wirkte mit einemmal viel älter, selbst vor seinem geistigen Auge. Er stellte sich vor, wie sie am Küchentisch saß, den Telefonhörer am Ohr, und zusah, wie ihr Toast und ihr Kaffee kalt wurden, während Ryan versuchte, ihr die Wahrheit über den Mann beizubringen, den sie geheiratet hatte.

»Ich will es nicht hören«, sagte sie bestimmt.

Es war ein abgenutzter Refrain, den sie während des Gesprächs immer wieder wie eine Art Mantra wiederholte. Ryan konnte ihr keine Einzelheiten erzählen. Sie ließ es nicht zu, drohte aufzulegen, wenn er es versuchte. Als hätte sie, indem sie Ryan von dem Bankschließfach erzählte, das Versprechen erfüllt, das sie Frank gegeben hatte, und damit sollte es genug sein. Es war Ryans Entscheidung gewesen, das Schließfach zu öffnen. Jetzt mußte er sich mit den Konsequenzen herumschlagen. Sie nicht.

»Mom, laß mich wenigstens soviel sagen. Es kann sein, daß das FBI sich bei dir meldet.«

»O mein Gott.«

»Nur nicht nervös werden. Ich habe gesagt, es kann sein. Sicher ist es nicht. Gestern hat Norm der Bundesanwaltschaft mitgeteilt, daß er die gesamte Familie Duffy vertritt. Jetzt, wo wir einen Anwalt haben, dürften sie eigentlich zu keinem von uns direkt Kontakt aufnehmen.«

»Was soll ich ihnen denn sagen, falls sie sich bei mir melden?«

»Sag ihnen, sie sollen mich oder Norman Klusmire anrufen. Punkt. Versuch nicht, höflich und hilfsbereit zu sein. Du darfst dich in dem Punkt nicht beirren lassen.«

»Okay.«

»Sarah muß auch Bescheid wissen. Ich versuche seit gestern abend, sie anzurufen. Aber bei ihr geht keiner ans Telefon. Geht es ihr gut?«

»Soweit ich weiß, ja.«

»Falls du sie siehst, sag ihr genau das, was ich dir gerade gesagt habe. Sie soll mich sobald wie möglich anrufen. Ich bin den ganzen Tag entweder bei Norm zu Hause oder in seiner Kanzlei zu erreichen. Wir müssen unbedingt über Brent reden.«

»Brent ist gestern zurückgekommen.«

»Du hast also schon gehört, was er in Denver gemacht hat?«

»Äh – wann kommst du nach Hause, Ryan?«

Er überlegte. Offenbar wollte sie nicht über Brent reden. Sie schien über gar nichts reden zu wollen. »Vielleicht morgen. Ich habe noch ein paar Dinge in der Stadt zu erledigen.«

»Was ist mit deiner Praxis?«

»Mach dir darüber keine Sorgen. Ich habe meine Patienten an Dr. Weber in Lamar verwiesen.«

»Oh, ein guter Arzt. Und seine Sprechstundenhilfe ist so nett. Hübsch und freundlich. Vielleicht rufst du sie mal an, wenn deine Scheidung endgültig –«

»*Mom*«, stöhnte er. In Krisensituationen kam seine Mutter auf die verrücktesten Ideen. »Tschüß, Mom. Ich liebe dich. Und denk dran, keiner von uns hat Grund, sich für irgend etwas zu schämen. Wir haben nichts Böses getan.«

»Ja«, sagte sie, beinahe quäkend. »Ich versuche, dran zu denken.«

Sarah wartete auf das Klicken in der Leitung, dann legte sie auf. Sie hatte alles mitgehört, ohne daß Ryan etwas davon wußte.

Ihr Versuch, Brent gestern abend auf den Überfall anzusprechen, war in einer Katastrophe geendet. Sie war über Nacht im Haus ihrer Mutter geblieben, um ihrem hitzköpfigen Ehemann Gelegenheit zu geben, sich abzukühlen. Sie und ihre Mutter hatten fast die ganze Nacht lang über Ryan gesprochen. Sarah war mißtrauisch. Teilweise aufgrund der Dinge, die Brent ihr erzählt hatte, aber nicht nur deswegen. Für sie sah es im Moment so aus, als ob Ryan versuchte, sie im dunkeln tappen zu lassen, vielleicht um seines eigenen Vorteils willen. Jeanette hatte ihr gestattet, das Gespräch mitzuhören, um diesen Verdacht zu zerstreuen.

Sarahs Pantoffeln schlurften über den Holzfußboden, als sie vom Wohnzimmer in die Küche ging. Sie blieb in der Tür stehen und sah ihre Mutter wütend an. »Warum hast du ihn nicht reden lassen?«

Jeanette nippte an ihrem Kaffee und verzog das Gesicht. Er war kalt. »Wie meinst du das?«

»Du hast ihn nicht erzählen lassen, was er rausgefunden hat.«

»Ich wollte es nicht hören.«

»Aber *ich* will es hören.«

»Ich bin sicher, daß er dir alles erzählen wird.«

Sarah stöhnte verzweifelt. »Nur deswegen wollte ich überhaupt das Gespräch mithören, Mom. Um rauszukriegen, ob er dir erzählt, was er mir vorenthält.«

Jeanette goß sich neuen Kaffee ein und setzte sich wieder an den Tisch. »Tut mir leid. Ich werde mich nicht in diese Sache hineinziehen lassen, nur um dir deinen albernen Verdacht gegen den eigenen Bruder auszutreiben.«

»Das ist nicht albern.« Sarah Augen verengten sich. »Hältst du etwa zu ihm?«

Ihre Mutter hielt mitten im Trinken inne. »Was?«

»Keiner von euch will, daß ich erfahre, was hier gespielt wird.«

»Das ist ja lächerlich.«

»Ihr zwei steckt doch unter einer Decke. Sobald ich aus der Tür bin, rufst du ihn zurück und läßt dir alles haarklein berichten. Ihr wollt mich außen vor lassen.«

»Sarah, nimm dich zusammen. Du redest über deine Familie.«

»Mom, ich habe alles mitgehört, okay? Kaum hat er Brents Namen erwähnt, fängst du an, irgendwas von einer bescheuerten Sprechstundenhelferin aus Lamar zu faseln. Ist das das Problem? Hast du Angst vor Brent? Oder vertraust du mir jetzt auch nicht mehr?«

»Natürlich vertraue ich dir, Sarah. Und das tut dein Bruder ebenfalls.«

»Und warum hat er mir dann nichts von dieser Amy erzählt?«

»Von welcher Amy?«

»Von dieser Frau, der Dad ein Paket mit Geld geschickt hat. Sie hat sich mit Ryan getroffen, und er hat mir nichts davon erzählt. Und dann ist sie zu mir gekommen.«

Jeanette schüttelte energisch den Kopf. »Ich will davon nichts wissen. Ich bin sicher, Ryan hatte seine Gründe.«

Sarah setzte sich an den Tisch. Offensichtlich wollte ihre Mutter nicht darüber reden, aber Sarah ließ nicht locker. »Sie ist hierher nach Piedmont Springs gekommen. Ich habe mit ihr gesprochen. Sie sagt, Dad hat ihr ein Päckchen mit tausend Dollar geschickt. Ich hatte ein ganz schlechtes Gefühl, als ich mit ihr geredet hab. Sie gefiel mir nicht. Überhaupt nicht.«

Jeanette sagte nichts.

»Sie kam mir ein bißchen zu anspruchsvoll vor«, sagte Sarah. »Als würde ihr irgendwas zustehen. Als würde sie zur Familie gehören oder so was.«

Jeanette starrte in ihre Kaffeetasse. Ihre Hände zitterten, als befürchtete sie das Schlimmste.

»Mom, ich muß dich was fragen. Ist Dad dir je untreu gewesen?«

Plötzlich herrschte Stille. Sarah versuchte, ihrer Mutter in die Augen zu sehen, doch die hielt ihren Blick gesenkt. Schließlich antwortete sie fast unhörbar: »Das ist eine sehr persönliche Frage.«

»Und?«

»Ich wüßte nicht, was das mit der ganzen Sache zu tun haben soll.«

»Ein Mann kann keine uneheliche Tochter namens Amy haben, wenn er nicht fremdgegangen ist.«

Ihre Mutter nickte langsam und zögernd. »Wenn du es so siehst, will ich dir antworten, so gut ich kann.«

Sarah sah, wie ihre Mutter nach Worten rang. »Also?« drängte sie.

Jeanette sah ihrer Tochter in die Augen. »Es könnte sein.«

Um 7.35 Uhr war Amy bereits auf dem Weg zur Arbeit. Es herrschte starker Berufsverkehr auf der Arapahoe Avenue, doch Amy fuhr so, als hätte sie auf Autopilot umgeschaltet; sie war tief in Gedanken versunken.

Sie hatte die ganze Nacht wach gelegen. Den Weg vom Coors Stadion nach Hause war sie wie in Trance gefahren. Erst gegen drei, Stunden nachdem sie Taylor ins Bett gebracht hatte, hatte sie aufgehört zu zittern. Sie konnte nicht darüber reden, nicht einmal mit Gran. Viermal im Lauf der Nacht hatte sie den Telefonhörer aufgenommen, um die Polizei anzurufen. Jedesmal hatte sie, die Drohung ihres Angreifers im Ohr, wieder aufgelegt, noch bevor sie die Nummer zu Ende gewählt hatte.

Wenn du auch nur ein Wort mit der Polizei wechselst, wird deine Tochter dafür bezahlen.

Sie überlegte, was für ein Mann das gestern gewesen sein mochte. Ob er wohl selbst Kinder hatte? Konnte ein Vater so mit einer Mutter reden? Natürlich. So wurden Kinder zu solchen Bestien. Es gab sie überall, das wußte Amy, Leute, die nicht davor zurückschreckten, Kindern etwas anzutun. Aber bisher hatte noch nie jemand *ihr* Kind bedroht, jedenfalls nicht direkt. Sie erinnerte sich noch an das Entsetzen, das sie gepackt hatte, als ein hübsches kleines Mädchen in Boulder ermordet worden war. Es war Meilen von ihrer Wohnung entfernt geschehen, und Taylor war damals noch ein Baby gewesen. Dennoch hatte sie sich als Mutter in derselben Stadt bedroht gefühlt, mehr noch, sie hatte sich angegriffen gefühlt. Heute morgen war sie in Panik.

Aber sie mußte irgend etwas unternehmen.

Sie hielt an einer roten Ampel. Ein Schild vor einem Restaurant auf der anderen Straßenseite kündigte für Freitag als Spezialität das Tages ein Fischmenü an. Freitag war *morgen* – ihr Treffen mit Ryan Duffy war eine Woche her. Die Frist war abgelaufen. Sie hatte eine Erklärung für die Herkunft des Geldes verlangt. Vielleicht konnte er ihr auch erklären, wer sie auf dem Parkplatz überfallen hatte.

Wenn sie nur daran dachte, daß sie einmal gehofft hatte, diesen Mann näher kennenzulernen. *Närrin.*

Sie fuhr in die Tankstelle an der Ecke und hielt vor dem Münztelefon neben den Getränkeautomaten. Sie schlug ihr Filofax auf und wählte die Nummer. Beim vierten Klingeln sprang der Anrufbeantworter an.

Sie überlegte einen Augenblick lang, bevor sie zu sprechen begann. Sie mußte ihm klarmachen, was sie wollte, durfte jedoch nicht zu deutlich werden, für den Fall, daß eine Sprechstundenhelferin die Nachricht abhörte.

»Dr. Duffy«, sagte sie in einem geschäftsmäßigen Ton. »Es ist Zeit für unser nächstes Treffen. Wir sehen uns im HALF-WAY CAFÉ in Denver. Heute abend um acht. Tut mir leid, daß das nicht bis morgen Zeit hat. Es ist wichtig.«

Sie legte auf und holte tief Luft. *Sehr wichtig.*

38

Amy kam ein paar Minuten zu früh in Denver an. Der Verkehr auf der Ausfahrtstraße von Boulder war nicht so schlimm gewesen, wie sie befürchtet hatte, und diesmal hatte sie auf dem Weg vom Büro zum Aufzug ausnahmsweise auch niemand aufgehalten, der irgendein Problem mit seinem Computer hatte.

Das HALF-WAY CAFÉ war ein Nobelschuppen in einer Seitenstraße vom Larimer Square. Es war ursprünglich ein beliebter Treffpunkt für Büroangestellte gewesen, die sich dort zum Mittagessen verabredeten, und daher hatte es auch seinen Namen. »Wir treffen uns im HALF-WAY« war ein Wortspiel mit dem in der Geschäftswelt üblichen »Wir treffen uns auf halbem Weg«. Die Besitzer hatten schon bald festgestellt, daß der Name endlose Werbemöglichkeiten bot. Menüs zum halben Preis. Getränke zum halben Preis. All das hatte dazu beigetragen, daß das Geschäft florierte. Amy hatte das HALF-WAY für das heutige Treffen ausgesucht, weil es allgemein bekannt und leicht zu finden war. Im nachhinein befürchtete sie jedoch, daß Ryan ihre Wahl falsch deuten und ihr unterstellen könnte, sie wolle ihm ein Geschäft anbieten – oder sei an einer Beziehung interessiert.

Amy kam um 19.50 Uhr im Restaurant an. Sie überlegte kurz, ob sie der Empfangsdame ihren Namen nennen sollte, aber Ryan wußte ja, wie sie aussah. Er würde sie schon finden. Sie ging durch das gutbesuchte Restaurant in die Bar und setzte sich in die letzte freie Nische. Sie wartete allein, inmitten von ochsenblutfarbenem Leder. Die Musik war ihr zu fröhlich, sie paßte nicht zu ihrer Stimmung. Am Nebentisch saßen vier Leute bei Popcorn und Bier, die laut miteinander lachten und scherzten. Zwei andere Männer waren in einen lächerlichen Streit über ein elektronisches Dartspiel verwickelt. Hinter dem über hundert Jahre alten Tresen hing ein Fernseher mit Großbildschirm. Ein Baseballspiel wurde übertragen. Amy wandte sich ab. Die Erinnerung an den Überfall auf dem Stadionparkplatz quälte sie. Ohne großes Interesse las sie das Speisenangebot auf der Tafel. Sie war plötzlich zu müde, um zu lesen, geschweige denn zu essen.

Es dauerte keine halbe Minute, bis die Kellnerin kam – ein weiteres Markenzeichen des HALF-WAY CAFÉ. »Allein heute abend?«

Amy wollte schon unwirsch reagieren, beruhigte sich jedoch wieder. »Nein, ich warte auf jemanden.«

»Kann ich Ihnen schon mal was zu trinken bringen?«

»Einen Kaffee, bitte.«

»Eine halbe oder eine ganze Tasse?«

Amy schaute die Kellnerin irritiert an. »Eine ganze natürlich.«

»Einen doppelten Kaffee«, murmelte die Kellnerin, während sie Amys Bestellung auf ihrem Block notierte.

»Nein, keinen doppelten. Einfach eine normale Tasse.«

»Ein doppelter ist eine normale Tasse.«

»Das ist aber verwirrend.«

»Nicht, wenn Sie im HALF-WAY CAFÉ sitzen.«

»Ach so«, sagte Amy. »Eine halbe Tasse wäre dann also in Wirklichkeit eine Vierteltasse?«

»Nein. Eine halbe Tasse ist eine halbe Tasse.«

»Aber Sie sagten gerade, eine doppelte Tasse ist eine normale Tasse.«

»Nein. Ein doppelter *Kaffee* ist eine normale Tasse. Eine doppelte *Tasse* sind zwei Tassen. Ein einfacher Kaffee ist eine halbe Tasse und –«

»Ich glaube, ich hab's kapiert«, fiel Amy ihr ins Wort. »Bringen Sie mir doch einfach die Kanne.«

»Eine halbe oder –«

»Vergessen Sie's.«

Amy verdrehte die Augen, als die Kellnerin sich entfernte. *Sie hätten den Laden das Café der Halb-Hirne nennen sollen.*

»Darf ich mich zu Ihnen setzen?«

Amy schaute auf, als sie die Stimme hörte. Es war Ryan.

»Bitte«, sagte sie.

Er rutschte ihr gegenüber in die Nische und stieß sich dabei fast den Kopf an der niedrig hängenden Tiffany-Lampe. Amy sah sich ihn diesmal etwas genauer an. Falls sie ihn je würde beschreiben müssen, wollte sie ihre Sache gut machen. Ein allgemeines »gutaussehend« würde dann nicht ausreichen.

Ryan bemerkte ihren Blick. »Ich komme mir ja vor wie bei einer polizeilichen Gegenüberstellung«, sagte er scherzhaft.

»Wäre die denn angebracht?«

»Mann-o-mann. Das scheint mir ja nicht gerade eine nahtlose Fortsetzung unseres letzten Gesprächs zu werden, oder?«

»So, bitte sehr.« Die gutgelaunte Kellnerin stellte Amy ihren Kaffee hin, dann schaute sie Ryan an. »Und was darf ich Ihnen bringen, Sir?«

Amy sprang ein, um eine weitere Runde mit Miss Halb-Hirn zu vermeiden. »Für ihn das gleiche, bitte. Nicht die Hälfte und auch nicht das Doppelte. *Genau* das gleiche.«

»Schon gut.« Die Kellnerin zog sich zurück.

»Was hatte das denn zu bedeuten?« fragte Ryan.

»Tut mir leid«, erwiderte Amy mit sarkastischem Unterton. »Ich habe eine harte Woche hinter mir. Was Ihnen kaum entgangen sein wird.«

»Ich habe ehrlich keine blasse Ahnung, wie es Ihnen ergangen ist.«

»Erwarten Sie, daß ich Ihnen das glaube?«

»Ja.«

Sie sah ihn forschend an, suchte nach Anzeichen dafür, daß er sich verstellte. Die Tatsache jedoch, daß er überhaupt gekommen war, sagte schon eine Menge aus. Warum sollte er sich die Mühe machen, wenn er wüßte, daß man ihre Wohnung verwüstet und das Geld gestohlen hatte?

Sie machte einen neuen Versuch. »Ihre Schwester ist eine sehr interessante Person.«

»Meine Schwester?«

»Sie beide scheinen nicht viel gemein zu haben.«

»Sie ... haben mit meiner Schwester gesprochen?«

Diesmal konzentrierte sie sich auf seine Augen. Er schien tatsächlich nichts davon zu wissen. »Wir haben uns unterhalten, als Sie auf Geschäftsreise waren. Zumindest hat Ihre Mutter behauptet, Sie seien geschäftlich unterwegs.«

»Sie haben auch mit meiner Mutter gesprochen?«

»Nur am Telefon. Eigentlich habe ich sie ausgetrickst. Sie wußte nicht, wer ich war.«

»Sie haben sich also mit Sarah allein getroffen?«

»Ja. Ich bin nach Piedmont Springs gefahren, um mit ihr zu reden. Redet ihr Duffys eigentlich nicht miteinander?«

»Offensichtlich nicht.«

Die Kellnerin brachte Ryan seinen Kaffee, lächelte Amy verlegen an und ging wieder.

Amy fragte: »Wie war denn Ihre sogenannte Geschäftsreise?«

»Interessant.«

»Welch ein Wort. Interessant. Sex ist interessant. Der Holocaust ist interessant.« Sie warf einen Blick auf das Baseballspiel, das im Fernsehen lief. »Baseball ist interessant. Sogar der Rückweg zum Parkplatz nach einem Spiel kann hochinteressant sein.«

»Wovon zum Teufel reden Sie eigentlich?«

Amy schaute ihn wieder aufmerksam an. Entweder wußte er tatsächlich nichts, oder er war ein äußerst talentierter Schauspieler. »Nichts«, sagte sie. »Ich nehme an, Ihre Geschäftsreise hatte etwas mit dem zu tun, was wir letzte Woche besprochen haben. Können Sie mir beweisen, daß das Geld aus einer legitimen Quelle stammt?«

»Leider nicht.«

»Wir waren übereingekommen, daß ich in diesem Fall zur Polizei gehen würde.«

»Das ist weder in Ihrem noch in meinem Interesse.«

Amy lehnte sich vor. Jetzt mußte sie bluffen. »Es ist mir ernst, Ryan«, sagte sie. »Wenn Sie nicht beweisen können, daß das Geld sauber ist, muß ich es der Polizei übergeben.«

»Ich glaube Ihnen. Ich schwöre, ich glaube Ihnen.«

Sie spielte die Coole. *Er hat tatsächlich keine Ahnung, daß ich das Geld nicht mehr habe.* »Ich hoffe, das ist kein Versuch, mich hinzuhalten.«

»Nein. Was ich hier versuche, fällt mir nicht leicht. Um ehrlich zu sein, ich spüre eine Feindseligkeit bei Ihnen, die letzte Woche noch nicht da war, und das macht es mir nicht leichter.«

»Okay«, sagte sie, ein wenig freundlicher. »Was versuchen Sie, mir zu sagen?«

Er senkte den Blick, konnte es nicht ertragen, ihr in die Augen zu sehen. »Ich habe das Gefühl, daß diese ganze Sache auf etwas hinausläuft, das uns beide sehr persönlich betrifft.«

Amy war verwirrt. Als sie hergekommen war, hatte sie mit einer Konfrontation gerechnet. Statt dessen war er sanft, rücksichtsvoll, er wirkte ehrlich. Die Umstände waren fürchterlich, aber vielleicht war der sympathische Mann, den sie von ihrer letzten Begegnung in Erinnerung hatte, der echte Ryan Duffy. *Er ist wirklich sehr nett.* »Persönlich?« fragte sie nervös.

»Ja.«

Das klang, als wäre er drauf und dran, sie zu einem Rendez-vous einzuladen. »Sie meinen – Sie und ich …?«

Er schaute sie verwirrt, beinahe verlegen an. »O nein. Ich wollte nicht sagen – Sie wissen schon.«

»Nein, natürlich nicht. Das wäre … unangebracht. Meinen Sie nicht?«

»Absolut.«

»Ja, absolut.«

Sie schauten einander beklommen an. Amy schien beunruhigt darüber, wie dieses Gespräch sich entwickelte. Ryan schien beunruhigt darüber, was er ihr zu sagen hatte.

»Was ist los?« fragte Amy.

»Es widerstrebt mir, darüber zu sprechen, aber es bleibt mir nichts anderes übrig.«

Amys Beklommenheit wuchs. »Na los.«

»Vielleicht ist das einfach meine Art, aber ich kann nicht anders, als mich zu fragen, *warum* hat dieses Geld Sie und mich zusammengebracht?«

Worauf wollte er hinaus – das Schicksal? »Ich weiß es nicht.«

»Je mehr ich mich mit dem Geld beschäftige, um so mehr erfahre ich über meinen Vater. Und so habe ich mir gesagt, vielleicht lernen Sie ja auch das eine oder andere. Über jemanden aus Ihrer Familie. Vielleicht gibt es jemanden in Ihrer Verwandtschaft, über den Sie sich schon immer den Kopf zerbrochen haben. Jemanden, über den Sie gern mehr wissen würden.«

Amy dachte sofort an ihre Mutter. »Vielleicht.«

»Das könnte Ihre Chance sein. Mehr sage ich nicht.«

Sie kniff die Augen zusammen. Die Sache ging plötzlich in eine Richtung, mit der sie gar nicht gerechnet hatte. Ryan hatte ihren wundesten Punkt berührt. »Wenn Sie etwas über meine Mutter wissen, dann sagen Sie's mir.«

»Aha, Sie wollen also etwas über Ihre Mutter erfahren.«

»Bitte, verspotten Sie mich nicht.«

Er zögerte, unsicher, wie weit er gehen sollte. »Bevor ich noch mehr sage, Amy, würde ich gern etwas wissen. Beantworten Sie mir bitte nur diese eine Frage, okay? Mein Vater war zweiundsechzig, als er starb. Wie alt ist Ihre Mutter?«

»Meine Mutter ist tot.«

»Oh, das tut mir leid. Wie alt wäre sie denn, wenn sie noch lebte?«

Amy dachte eine Augenblick nach. »Einundsechzig.«

»Wann ist sie gestorben?«

»Sie haben gesagt, Sie hätten nur eine Frage.«

»Tut mir leid. Das könnte für uns beide wichtig sein. Bitte, sagen Sie mir, wann ist sie gestorben?«

»Vor langer Zeit. Als ich acht war.«

»Hat sie je in Boulder gelebt?«

Damit rückte er ihr entschieden zu nahe. »Worauf wollen Sie hinaus? Was hat all das plötzlich mit meiner Mutter zu tun?«

Ryan blinzelte nervös.

Ihr Blick wurde weich. Sie konnte sich nicht vorstellen, was er wußte – oder ob er nur mit ihren Gefühlen spielte. Aber nach zwanzig Jahren der Suche nach Antworten konnte sie sich die Gelegenheit nicht entgehen lassen. »Wenn Sie etwas über meine Mutter wissen, habe ich ein Recht, es zu erfahren.«

Seine Stimme wurde ganz leise. »Ist Ihre Mutter je in eine Vergewaltigung verwickelt gewesen?«

»Wie meinen Sie das, ›verwickelt gewesen‹?«

»Ich meine, ist sie je vergewaltigt worden?«

Verblüfftes Schweigen. »Wollen Sie damit sagen, daß meine Mutter vergewaltigt wurde?«

Ryan schnürte es fast die Kehle zusammen. »Möglich. Vor langer Zeit. Als sie ein Teenager war.«

»Vor so langer Zeit? Woher wollen Sie das wissen?«

Er sagte nichts. »Woher wollen Sie das *wissen*?« fragte sie eindringlich.

Ryan kämpfte mit sich. »Wie ich schon sagte. Wir beide gewinnen durch diese Geschichte neue Erkenntnisse.«

Amys Hände begannen zu zittern. »Wollen Sie damit sagen, daß Ihr Vater meine Mutter vergewaltigt hat?« ächzte sie. »Hat er mir deswegen das Geld geschickt?«

»Ich –« Er konnte es nicht aussprechen. Er brachte es kaum fertig, es überhaupt nur zu denken, während er der Tochter gegenübersaß.

Amys Gesicht rötete sich. Eine Welle von Gefühlen übermannte sie – Wut auf die ganze Familie Duffy, Abscheu gegen sich selbst, weil sie anfangs mit Ryan geflirtet hatte. »O mein Gott.«

»Hören Sie, Amy.«

»Nennen Sie mich nicht bei meinem Namen.« Sie stand auf.

»Wo wollen Sie hin?«

»Weg. Weit weg von Ihnen und Ihrer gottverdammten Familie.« Sie ging eilig fort, stürzte beinahe aus der Bar.

»Warten Sie! Bitte!«

Sie hörte ihn rufen, lief jedoch einfach weiter. Eine Träne lief ihr über die Wange, als sie durch die Eingangstür hastete. Sie bog um die Ecke, rannte in die falsche Richtung, egal, wohin, Hauptsache weg von hier. Mehr Tränen folgten, Tränen um ihre Mutter.

Tränen der Trauer über eine Vergewaltigung, die womöglich zu einem Selbstmord geführt hatte.

39

Ryan folgte ihr nicht. Er fühlte sich wie benommen, nahm den Lärm um sich herum gar nicht mehr wahr. Amys Empörung hatte seine Schuldgefühle noch verschlimmert. Bis jetzt hatte er sich hauptsächlich damit auseinandergesetzt, wie das Verbrechen eines Vaters die Gefühle des Sohnes veränderte. Erst jetzt wurde ihm klar, wer die wirklichen Opfer waren.

Jetzt kam es ihm abstoßend vor, wie er sich von Amy angezogen gefühlt hatte, als er ihr zum erstenmal begegnet war. Der Sohn eines Vergewaltigers verliebt sich in die Tochter des Opfers. Ironischerweise hatten sie sich im GREEN PARROT sogar darüber unterhalten, wie sehr man seinen Eltern ähnelt. Er fragte sich, ob irgend etwas in seinem Unterbewußtsein die Dämonen in ihm anstachelte, in seinem Gehirn Bilder produzierte, Bilder von seinem Vater, wie er Amys Mutter vergewaltigte, Bilder von dem Sohn, der die Tochter vergewaltigte. War etwas mit seinen Genen nicht in Ordnung? Oder war diese Situation einfach zu absurd für jeden Mann?

Er fragte sich, wo und wie es passiert sein mochte. Auf dem Rücksitz eines Autos? Bei jemandem zu Hause? Hatte sein Vater eine Waffe benutzt oder sonstwie Gewalt angewendet? Sein Vater war ein kräftiger Mann gewesen. Er war kein Säufer gewesen, aber er hatte gern einen über den Durst getrunken, vor allem auf Partys. Dennoch hatte Ryan seinen Vater nie bei einer Prügelei gesehen, hatte nie erlebt, daß er jemanden verletzt hätte, weder physisch noch verbal. Er hatte nie den Eindruck gehabt, daß Frank sich etwas hätte beweisen müssen. Er hatte stets mit sich zufrieden gewirkt.

Mit sich zufrieden *gewirk*t. Jetzt, wo Frank tot war, kam Ryan das alles eher wie eine Fassade vor. Sein Vater hatte sich am wohlsten gefühlt, wenn er unter Leuten war, hatte seine Freunde zum Lachen gebracht und am lautesten zum Klavier gesungen. Frank Duffy konnte einen ganzen Saal unterhalten. Wenn das Thema nicht zu anspruchsvoll war, war er ein amüsanter Gesprächspartner am Telefon. Aber in ernsten Gesprächen von Angesicht zu Angesicht war Frank nicht besonders redselig. Wenn er es sich recht überlegte, hatte Ryan nur sehr selten Einblick in die wahren Gefühle seines Vaters bekommen. Diese seltenen Gelegenheiten waren ihm jedoch lebhaft im Gedächtnis geblieben. Wie das Gespräch, das sie vor fast zwanzig Jahren geführt hatten, an dem Tag, an dem seine Eltern fünfundzwanzig Jahre lang verheiratet waren.

Frank war schon den ganzen Tag schlecht gelaunt gewesen, hatte am Haus gearbeitet, ein paar Außenleitungen unter dem Dach repariert. Ryan hatte seine Eltern immer als glücklich verheiratetes Paar erlebt. An diesem Ehrentag jedoch hatte sein Vater sich nicht gerade aufgeführt, als würde er alles noch einmal genauso machen. Ryan hatte ihn draußen angetroffen, oben auf der Leiter, wo er an den unter dem Dach verlaufenden Stromleitungen arbeitete. Ryan stand unten und schaute zu seinem Vater hinauf.

»Dad, was machst du da oben?«

»Ich repariere die Außenbeleuchtung.«

»Das meine ich nicht. Findest du nicht, du solltest den heutigen Tag mit Mom verbringen?«

Frank tastete nach seiner Kneifzange und sagte nichts.

»Dad, Mom ist ganz traurig.«

Frank machte eine nachdenkliche Pause. So ernsthaft hatte Ryan seinen Vater noch nie nachdenken sehen. Ryan war gerade achtzehn, stand kurz davor, aufs College zu gehen, versuchte, sich zu entscheiden, was er von Liz wollte, seiner Jugendfreundin. Vielleicht spürte sein Vater, daß es Zeit für ein paar väterliche Ratschläge war.

Frank deutete auf ein paar Drähte, die lose unter dem Dach hingen. »Siehst du die?« fragte er, immer noch oben auf der Leiter. »Einer davon führt Strom. Den anzufassen kann sogar für einen erwachsenen Mann tödlich sein.«

»Dad, sei vorsichtig. Vielleicht sollte ich lieber die Sicherung rausdrehen.«

»Ach, mach dir mal keine Sorgen. Probieren wir einfach mal aus, was passiert, wenn ich einen von den Drähten anfasse.«

»Dad, nicht!«

Frank faßte den Draht an. »Nichts«, sagte er, als er ihn losließ. »Aber was glaubst du, wird passieren, wenn ich den da anfasse?«

»Dad, hör auf mit dem Quatsch.«

»Was wird passieren, Ryan? Was haben wir dir immer erzählt, als du noch vorhattest, Elektriker zu werden wie dein Dad, statt aufs College zu gehen?«

»Dad, komm runter!«

Frank grinste teuflisch – und faßte den Draht an.

»Dad!«

Sein Vater lachte. Nichts geschah.

»Verdammt! Du hast mich zu Tode erschreckt. Du hast gesagt, da ist Saft drauf.«

»Da ist wirklich Saft drauf. Aber ich stehe auf einer Leiter aus Fiberglas. Ich bin nicht geerdet. Wenn man nicht geerdet ist, kann man so viele Drähte anfassen, wie man will. Verstehst du, was ich dir sagen will?«

»Ja, ich verstehe, was du sagen willst.«

»Das will ich hoffen, mein Sohn. Diese Liz ist ein nettes Mädchen. Aber denk an die Zukunft. Versuch, dir vorzustellen, was in fünfundzwanzig Jahre sein wird. Wenn du erst mal geerdet bist, meine ich. Keine Drähte mehr.«

Fünfundzwanzig Jahre später fand Ryan die Analogie ziemlich ordinär – Frauen als heiße Drähte. Aber mehr Tiefsinn hatte Frank Duffy nicht zu bieten gehabt. Und jetzt, nachdem die Geschichte mit der Vergewaltigung ans Licht gekommen war, sagte sie Ryan eine ganze Menge darüber, wie sein Vater sein Leben gesehen hatte, die Entscheidung, gleich nach der High-School zu heiraten und sein ganzes Leben mit derselben Frau zu verbringen. Sie warf auch Licht auf ein Gespräch, das noch früher stattgefunden hatte, als Ryan und sein Vater die Berge bewunderten und Frank ihm gesagt hatte, es sei nicht seine Schuld, daß sie in Piedmont Springs festsaßen. Ryans Mutter war diejenige, deren Wurzeln so tief waren, daß sie niemals fortziehen würde. Fünf Generationen Familiengeschichte in Piedmont Springs. Nur deswegen saßen sie *alle* dort fest.

Das war ein trostloser Grund, dort zu bleiben, wo sie waren. Fast so, als hätte Frank sich selbst ins Flachland verbannt. Ein Mann mit seiner Frau in einer isolierten Welt, wo es wenige Versuchungen gab. Es war eine Art Strafe. Eine selbstauferlegte Strafe für jemanden, der einer Gefängnisstrafe entgangen war.

Wenn man den realen Hintergrund nicht kannte, eine verrückte Idee. Aber jetzt, wo Ryan älter war und selbst Fehler gemacht hatte, konnte er vieles nachvollziehen. Ein *wirklicher* Mann kannte keinen strengeren Richter als sich selbst. Wie der Vater, so der Sohn. Allerdings mit einem gravierenden Unterschied.

Ryan kannte die Sünde seines Vaters. Sein Vater würde die seines Sohnes nie mehr erfahren.

Die Kellnerin brachte die Rechnung. Ryan bezahlte, dann ging er zum Münzfernsprecher bei den Toiletten. Er rief Norm zu Hause an, um ihm von dem Treffen mit Amy zu berichten.

»Wie ist es denn gelaufen?« fragte Norm.

»Besser als erwartet. Zumindest hat sie mir nicht ihren brühendheißen Kaffee ins Gesicht geschüttet.«

»So schlimm?«

»So schlimm.«

»Willst du drüber reden?«

Eine junge Frau lächelte ihm auf dem Weg zur Toilette zu. Ryan wandte sich ab. »Nicht jetzt. Morgen früh vielleicht. Ich glaube, ich werde noch mal bei dir übernachten, wenn dir das recht ist.«

»Klar. Ich warte auf dich.«

»Bis gleich«, sagte Ryan und legte auf.

Von einem Doughnut Cafe auf der anderen Straßenseite aus beobachtete sie, wie Ryan Duffy das HALF-WAY CAFÉ verließ. Sie trug Jeans, ein weites Sweatshirt der Denver Broncos und eine schulterlange blonde Perücke anstelle der schwarzen. Sie machte nicht mehr den Eindruck einer Geschäftsfrau wie in Panama, sondern sah eher wie eine Collegestudentin aus. Es war unwahrscheinlich, daß er sie erkennen würde. Dennoch verbarg sie ihr attraktives Gesicht vorsichtshalber hinter einer Illustrierten.

Ihr Blick folgte Ryan, als er den Gehweg entlangging und

dann die Straße überquerte. Sie stand von ihrem Tisch am Fenster auf, bereit, ihm zu folgen. An der Tür blieb sie plötzlich stehen. In der dunklen Limousine an der Ecke regte sich etwas. Der Motor wurde angelassen. Die Scheinwerfer gingen an. Langsam setzte der Wagen sich in Bewegung. Er war ihr zum erstenmal aufgefallen, als Ryan das Café betrat. Jetzt wußte sie, warum.

Nur ein Bulle würde jemanden so offensichtlich beschatten. *Verdammt.*

Sie trat auf den Gehweg und ging in die andere Richtung. Sie war sich nicht sicher, wer der Polizei einen Tip gegeben hatte, Ryan oder Amy. Das spielte auch keine Rolle.

Wer immer es war, sie würden es beide bereuen.

Amys alter Pick-up brachte sie in Rekordzeit von Denver zurück nach Boulder. Sie hatte keinen Grund, so zu rasen. Niemand verfolgte sie. Es war, als drohte sie in Denver von der grauenhaften Nachricht über ihre Mutter erschlagen zu werden. Sie konnte gar nicht schnell genug fortkommen.

Sie stellte den Pick-up auf dem letzten freien Parkplatz vor ihrer Wohnung ab und rannte die Treppe hinauf. Einen Augenblick lang war sie erleichtert, zu Hause zu sein, doch gleich darauf erinnerte sie sich daran, daß es ein Zuhause war, das sie kaum wiedererkannte. Ihre Wohnung war nie auch nur im entferntesten luxuriös gewesen, aber sie und Gran hatten sich alle Mühe gegeben, sie hübsch einzurichten. Der Bucharateppich, für den sie lange gespart hatten. Der rosafarbene Himmel mit den Sternen, den sie eigenhändig an Taylors Zimmerdecke gemalt hatte. Antiquitäten vom Flohmarkt, dekorative Kleinigkeiten, die Gran über die Jahre gesammelt hatte. Alles war bei dem Einbruch zerstört worden. Jetzt sah die Wohnung wirklich aus wie die billige Sozialwohnung, die sie war, mit ein paar häßlichen Leihmöbeln ausgestattet, die in ein Getto gehörten.

Amy blieb vor der Tür stehen, um ihre Fassung wiederzugewinnen. Sie dachte an Taylor, die in ihrem Bett wie ein Engel schlief. Sie war wirklich ein Engel. *Hör endlich auf, dich selbst zu bemitleiden.*

Sie schloß die Tür auf und trat ein. Gran saß an einem Couchtisch und schaute sich eine Seifenoper an. Sie hatten noch kein neues Sofa. Amy trat an den Fernseher und schaltete ihn aus.

Gran sah sie verblüfft an. »Ich dachte, die begrenzte Fernsehzeit würde nur für Taylor gelten.«

»Schläft sie?«

»Ja. Seit ungefähr einer halben Stunde.«

»Gut.« Amy zog sich einen Stuhl heran und setzte sich ihrer Großmutter gegenüber. »Ich muß dich etwas fragen. Es ist wichtig.«

Gran schaute sie besorgt an. »Hast du geweint, Liebes?«

»Es geht mir gut. Gran, du mußt absolut ehrlich sein. Versprichst du mir das?«

»Ja, natürlich. Was ist denn los?«

»Das klingt vielleicht, wie an den Haaren herbeigezogen. Aber ich muß es wissen. Ist meine Mutter je vergewaltigt worden?«

Gran schien auf ihrem Stuhl zu schwanken, so sehr erschütterte sie diese Frage. »Wie kommst du darauf?«

»Nein, Gran. Ich habe gesagt, du mußt ehrlich sein. Ich will meine Fragen nicht mit Fragen beantwortet haben. Also noch mal. Ist meine Mutter je vergewaltigt worden?«

»Ich will dir ja nicht ausweichen. Ich wollte nur –«

»Ja oder nein?«

»Ich weiß es nicht. Woher soll ich das denn wissen? Du fragst mich, als ob ich das wissen müßte. Ich schwöre dir, ich weiß es nicht.«

Amy ließ sich gegen die Rückenlehne des Klappstuhls fallen. Es war, als würde sie gegen eine Wand rennen. »Tut mir leid. Ich wollte nicht vorwurfsvoll sein. Ich dachte nur, falls es jemand weiß, dann du.«

»Tut mir leid. Ich weiß es nicht. Das wäre ja furchtbar,

wenn das stimmte. Aber warum ist das denn auf einmal so wichtig?«

Amy schnaubte verächtlich, als wäre die Antwort klar. »Weil ich mich mein Leben lang gefragt habe, warum Mom sich umgebracht hat. Diese Sache würde nicht alles erklären, aber es ist die einzige Spur, auf die ich je gestoßen bin.«

»Und wo bist du darauf gestoßen?«

»Ich habe heute noch mal mit Ryan Duffy gesprochen. Ich glaube, das ist der Grund, warum sie mir das Geld geschickt haben. Ich glaube, sein Vater hat meine Mutter vergewaltigt.«

Gran wurde philosophisch. »Der Preis für das ruhige Gewissen eines Sterbenden.«

»Genau.«

»Ich wünschte, ich könnte dir helfen«, sagte Gran.

»Ich auch. Alle, die es wissen könnten, sind tot. Mom ist schon seit zwanzig Jahren tot. Grandma und Grandpa noch länger. Wer weiß, ob Dad davon gewußt hat. Ich hatte einfach gehofft, irgend jemand hätte dir was erzählt.«

Gran schüttelte den Kopf. »Wir beide stehen uns sehr nahe, Liebes. Wir erzählen einander alles. Aber laß dich dadurch nicht über das Verhältnis täuschen, das ich zu deiner Mutter hatte. Es war kein schlechtes Verhältnis. Aber ich war schließlich ihre Schwiegermutter.«

»Ich verstehe.«

»Es muß eine andere Möglichkeit geben, etwas Genaueres in Erfahrung zu bringen. Wann soll die Vergewaltigung denn gewesen sein?«

»Bevor Mom und Dad sich kannten. Irgendwann, als sie noch ein Teenager war, sagt Ryan.«

»Dann mußt du da nachforschen. In der Vergangenheit. Sprich mit Leuten, denen deine Mutter sich anvertraut haben könnte. Ihre Klassenkameraden, ihre Freundinnen.«

Sie starrten einander an, als hätte die bloße Erwähnung des Wortes »Freundinnen« bei beiden dieselbe Saite angeschlagen.

Gran fragte: »Denkst du dasselbe wie ich?«

Amys Augen leuchteten auf. »Nur, wenn du an Marilyn Gaslow denkst.«

40

Ryan saß schweigend zwischen einem 70-Zoll-Fernsehbildschirm und Raumklangboxen, die über einen Meter hoch waren. Ohne das Gedudel all dieses elektronischen Spielzeugs war der Fernsehraum in Norms riesigem Haus der ideale Ort für ein vertrauliches Gespräch. Der schalldicht isolierte, fensterlose Raum würde auch dem größten Paranoiker jede Angst nehmen. In diesem Zimmer hatte Norm einige der akustisch perfektesten Geständnisse in der Geschichte der Strafverteidigung in Amerika vernommen – einschließlich eines Geständnisses von Ryan vor acht Jahren.

Heute abend jedoch wollte Ryan nur über Amy reden.

»Ein Bier?« fragte Norm.

Ryan saß auf dem Sofa, immer noch unter Schock nach der Bombe, die im HALF-WAY CAFÉ hochgegangen war. »Was?«

Norm deutete dies als ein Ja und nahm zwei Flaschen aus dem Kühlschrank. Er reichte Ryan eine offene Flasche Coors und setzte sich in den Ledersessel direkt gegenüber von dem schwarzen Bildschirm. »Schieß los. Erzähl mir, was die geheimnisvolle Amy zu sagen hatte.«

Ryan pulte das Etikett von seiner Flasche ab. »Nicht besonders viel. Sie war einfach nur ... wütend. Anders kann ich es nicht beschreiben. Was verständlich ist. Sie glaubt, mein Vater hätte ihre Mutter vergewaltigt.«

»Moment mal, alles der Reihe nach. Also, sie wußte, daß ihre Mutter vergewaltigt wurde, aber sie wußte nicht, daß dein Vater der Täter war?«

»Nein. Ich glaube nicht, daß sie irgendwas von einer Vergewaltigung gewußt hat. Ich habe angedeutet, daß mein Vater eine Frau vergewaltigt haben könnte, die sie kennt. Sie kam sofort auf ihre Mutter. Wahrscheinlich wegen der Altersentsprechung. Ihre Mutter ist tot, aber sie wäre heute in etwa so alt wie mein Vater. Ich habe sie gefragt, ob ihre Mutter je in Boulder gelebt hat, das wollte sie mir nicht sagen. Allerdings hatte ich den Eindruck, daß die Antwort ja lautet.«

»Schade, daß wir Amys Nachnamen nicht kennen. Dann könnten wir in den alten Jahrbüchern nachschlagen und sehen, ob dein Vater und ihre Mutter Klassenkameraden waren.«

»Amys Name ist nicht der Schlüssel. Wir müssen den Mädchennamen ihrer Mutter wissen.« Ryan trank nachdenklich einen Schluck Bier. »Weißt du, wir könnten trotzdem mal in den Jahrbüchern nachsehen. Es ist eine vage Möglichkeit, aber vielleicht sieht Amy ihrer Mutter ja ähnlich. Vielleicht würde ich sie erkennen.«

»Du hast recht. Aber das ist sehr vage.«

»Hast du einen besseren Vorschlag?«

Norm zuckte die Achseln. »Wir können sie uns morgen ansehen. Die Kopien, die ich gemacht habe, haben Fotoqualität. Ich glaube also nicht, daß es nötig ist, bis nach Boulder zu fahren, um die Originale durchzusehen.«

»Ich würde gern noch heute abend nachsehen. Hast du Lust, in die Stadt zu fahren?«

»Sie sind nicht in der Kanzlei. Mein Ermittler hat sie. Er recherchiert immer noch unter den Klassenkameraden deines Vaters, er ist immer noch auf der Suche nach dem Knaben, der so reich geworden ist, daß er es sich leisten konnte, einem Erpresser fünf Millionen Dollar zu zahlen.«

»Ruf ihn an. Vielleicht kann er sie herbringen. Wenn ich nach einer Frau suchen soll, die aussieht wie Amy, würde ich das gern sofort tun, solange Amys Gesicht mir noch frisch in Erinnerung ist.«

Norm warf einen Blick auf seine Armbanduhr. Noch nicht ganz halb zehn. »Ich schätze, es ist noch nicht zu spät, um ihn um diesen Gefallen zu bitten. Er wohnt hier ganz in der Nähe.«

Ryan hörte nur halb zu, als Norm telefonierte. Er saß zurückgelehnt auf dem Sofa und wartete. Auf dem leeren Bildschirm bemerkte er sein Spiegelbild. Es war kaum zu sehen. Norm, der im Hintergrund stand und telefonierte, war noch schlechter zu erkennen. Es war ein verschwommenes Bild, und doch erschien es ihm irgendwie klar und deutlich. Es war, als würde er sich von einer anderen Zeitebene aus selbst beobachten – ein Déjà-vu auf einem Riesenbildschirm, das ihn an das letztemal erinnerte, als er den Rat seines Freundes Norm gesucht hatte. Es kam ihm nicht so vor, als wäre es schon zehn Jahre her. Ryan war damals Assistenzarzt am Denver General Hospital gewesen. Ein prominenter Profisportler war wegen einer Operation ins Krankenhaus eingeliefert worden. Es stellte sich heraus, daß er HIV-positiv war. Damals mußten infizierte Sportler befürchten, vom Spielfeld verbannt zu werden. Seine Krankheit war ein wohlgehütetes Geheimnis. Er hatte mit Ryan darüber gesprochen, weil dieser als Arzt an die Schweigepflicht gebunden war, und ihm verboten, irgend jemandem etwas davon zu sagen – nicht einmal der ahnungslosen Ehefrau.

»Alles klar«, sagte Norm. »Mein Ermittler wird in zehn Minuten mit den Jahrbüchern hiersein.«

Ryan starrte immer noch völlig in sich gekehrt auf den dunklen Bildschirm.

Norm schnippte mit den Fingern. »Hallo! Erde an Ryan.«

Ryan schaute auf. Er lächelte verlegen. »Tut mir leid. Ich war einen Moment lang in anderen Sphären.«

»Und wo warst du?«

Ryan seufzte. Er war sich nicht sicher, ob er Lust hatte, darüber zu reden. »Kleiner Zeitsprung. Ich mußte gerade daran denken, wie ich vor zehn Jahren schon mal mit dir in diesem Zimmer gesessen habe. Als ich noch Assistenzarzt war.«

»Ah, ja. Der Abend, an dem du deinen Abstieg nach Purgatory Springs begonnen hast.«

»Du meinst Piedmont Springs.«

»Nein, ich meine *purgatory* – Fegefeuer. Das ist es doch

für dich, oder nicht? Du arbeitest fast umsonst, kümmerst dich um die Armen und Bedürftigen der Welt, um deinen Platz im Himmel zurückzugewinnen. Für mich klingt das wie Fegefeuer.«

»Das ist doch lächerlich.«

»Nein, ist es nicht. Du und Liz, ihr hattet es beinahe geschafft. Und dann, paff, läßt du alles zum Teufel gehen und kehrst zurück nach Piedmont Springs. Ich hab's dir schon mal gesagt, und ich sag's dir noch mal. Es ist nicht deine Schuld, daß die Frau von dem Typen schließlich auch an Aids erkrankt ist. Es war dir per Gesetz untersagt, irgend jemandem zu erzählen, daß der Mann HIV-positiv war.«

»Ja«, sagte Ryan sarkastisch. »In dem Fall hab ich mich tatsächlich brav an die Buchstaben des Gesetzes gehalten.«

»Ich weiß nicht, was du sonst hättest tun sollen. Du warst deinem Patienten gegenüber verpflichtet.«

Ryan schüttelte gequält den Kopf. »Genauso, wie ich jetzt meinem Vater gegenüber verpflichtet bin, nicht wahr? Die Pflicht der Loyalität. Ich soll meinen Mund halten und niemandem von seinem schmutzigen kleinen Geheimnis erzählen, nicht mal den Leuten, die ein Recht haben, es zu erfahren.«

»Ich glaube nicht, daß die beiden Situationen vergleichbar sind. Aber selbst wenn sie es wären, hast du dich ja diesmal für den anderen Weg entschieden. Du hast Amy von der Vergewaltigung erzählt.«

»Genau. Letztesmal habe ich meine Pflicht treu und brav erfüllt. Und das bedeutete das Todesurteil für eine Unschuldige. Diesmal habe ich es anders gemacht. Ich habe mein Pflichtgefühl dem Opfer zuliebe zurückgestellt. Und prompt rastet das Opfer aus. Amy war vollkommen schockiert, als sie erfuhr, daß ihre Mutter womöglich vergewaltigt wurde. Offenbar hat ihre Mutter ihr nie davon erzählt. Wahrscheinlich wollte ihre Mutter nicht, daß sie davon erfuhr. Welches Recht habe ich, mich einzumischen und den Wünschen der Mutter zuwiderzuhandeln?«

»Das sind echte Dilemmas, Ryan. Beide Situationen. Harte Entscheidungen.«

»Und ich habe in beiden Fällen die falsche Entscheidung getroffen.«

»Und was willst du jetzt tun? Deine Praxis in Purgatory Springs schließen und nach Sibirien auswandern?«

Ryan warf ihm einen wütenden Blick zu. »Du findest das wohl auch noch witzig?«

»Nein. Du bist zu hart mit dir selbst. Du bist in Situationen geraten, in denen es keine eindeutige Antwort gibt. Nein, das nehme ich zurück«, sagte er und hob einen Finger. »Es gab eine Option, die auf jeden Fall die falsche Entscheidung gewesen wäre. Vor zehn Jahren hättest du diesen Sportler erpressen können, nachdem du von seiner HIV-Infektion erfahren hattest.«

»Das war keine *Option*«, erwiderte Ryan grimmig.

»Dein Vater hätte sie vielleicht in Erwägung gezogen.«

»Zum Teufel mit dir, Norm.«

»Tut mir leid. Vergiß, daß ich das gesagt habe, okay?«

»Nein, vergessen wir es lieber nicht. Wenn du glaubst, mein Vater war ein Schurke, dann spuck's ruhig aus.«

»Ich maße mir kein Urteil an. Ich nehme an, manchmal haben sogar Erpresser ihre Gründe.«

»Aber für Vergewaltigung gibt es keine Rechtfertigung.«

Norm schaute Ryan an. »Nein, die gibt es nicht.«

»Darum mußte ich es Amy sagen – oder es zumindest versuchen. Es schien mir das richtige zu sein. Aber wenn ich mir jetzt vorstelle, welchen Schmerz ihr das bereitet, bin ich mir nicht mehr so sicher. Vielleicht ging es ihr besser, als sie noch nichts davon wußte.«

»Tu dir selbst einen Gefallen, Ryan. Laß es gut sein. Amy von der Vergewaltigung zu erzählen war sowieso nicht die schwierigste Entscheidung. Du hast eine zweite Chance, dir das alles durch den Kopf gehen zu lassen, und dann kannst du dich immer noch anders entscheiden.«

»Wie meinst du das?«

»Wir haben immer noch das Gespräch mit dem FBI vor uns. Die Frage ist, wirst du es *denen* erzählen?«

Ryan wandte sich ab und schüttelte den Kopf. »Also noch eine, wie?«

»Noch eine was?«

»Noch eine Situation, in der es keine richtige Antwort gibt«, sagte Ryan tonlos.

41

Amy rief Marilyn Gaslow in ihrer Wohnung in Denver an, erfuhr jedoch von ihrer Haushälterin, daß sie bis Montag nicht in der Stadt sein würde. Zum Glück gehörte Amy zu den wenigen Menschen, die Marilyn überall erreichen konnten, wenn es sich um einen echten Notfall handelte. Es war ein Privileg, das Amy noch nie in Anspruch genommen hatte – bis auf heute abend.

»Miss Marilyn wohnt im MAYFLOWER in Washington«, sagte die Haushälterin.

Amy ließ sich die Nummer geben, bedankte sich und rief im MAYFLOWER an. Sie wurde sofort zu Marilyns Zimmer durchgestellt.

Marilyns Suite im siebten Stock war mit stilvollen Reproduktionen früher amerikanischer Kunstwerke dekoriert. Die gestreifte Tapete war von Laura Ashley. Über dem Schreibtisch hing ein geschmackvolles Foto von einer Fuchsjagd. Marilyn trug ihren Lieblingsmorgenrock aus Chenille und hatte es sich auf ihrem Doppelbett bequem gemacht, den Rücken gegen das Kopfende gelehnt, die Füße auf einem Kissen. Es war schon nach Mitternacht in Washington, doch sie war noch wach und las, als das Telefon klingelte.

»Ja?«

»Marilyn, hast du eine Minute Zeit?«

»Amy?« sagte Marilyn, als sie die vertraute Stimme erkannte. »Ist etwas passiert?«

»Ich muß dich etwas ganz Wichtiges fragen. Ich hätte es lieber persönlich getan, aber es kann wirklich nicht warten. Zumindest kann *ich* nicht warten. Geht es jetzt?«

Zwei Aktenordner lagen neben Marilyn auf dem Bett. Ein dritter lag auf ihrem Schoß. »Amy, ich will dir ja nicht das Leben schwermachen, aber ich habe morgen einen anstrengenden Tag vor mir. Ich bin immer noch dabei, mich vorzubereiten, und brauche auch noch ein bißchen Schlaf.«

»Tut mir leid. Ich hatte ganz vergessen, daß es in Washington zwei Stunden später ist.«

»Ist schon gut.« Marilyn legte den Ordner beiseite. »Schieß los. Was willst du wissen?«

»Etwas, das mit meiner Mutter zu tun hat.«

Das Schweigen war regelrecht greifbar. Marilyn rutschte auf die Bettkante und setzte sich aufrecht hin. »Okay. Worum geht es?«

»Ich habe mich heute mit einem Mann getroffen. Ich glaube, sein Vater hat meine Mutter gekannt.«

»Wer ist dieser Mann?«

»Er heißt Ryan Duffy. Sein Vater war Frank Duffy. Es sind dieselben Duffys, von denen ich dir schon erzählt hab – die, die mir das Geld geschickt haben, das aus meiner Wohnung gestohlen wurde.«

»Ich hab dir doch gesagt, du sollst die Sache vergessen.«

»Ich weiß. Aber das konnte ich nicht. Und jetzt hör dir bloß an, was ich rausgefunden hab.«

»Amy, bitte. Hör mir zu, ja? Halte dich von Ryan Duffy fern. Halte dich von der ganzen Familie Duffy fern.«

»Kennst du sie etwa?«

»Halte dich einfach fern von ihnen.«

Amys Stimme zitterte. »Dann ... stimmt es also?«

»Was soll stimmen?«

»Daß Frank Duffy meine Mutter vergewaltigt hat.«

»Was?«

»Ich glaube, das war es, was Ryan versucht hat, mir zu sagen. Daß sein Vater meine Mutter vergewaltigt hat.«

»Frank Duffy hat deine Mutter nicht vergewaltigt.«

»Woher willst du das wissen? Hast du Frank Duffy gekannt? Sag mir das bitte.«

»Ja. Ich habe ihn von der Schule her gekannt.«

»Ihr seid zusammen auf die High-School gegangen?«

»Nein. Er war auf der Boulder High. Und ich bin auf der Fairmont High-School gewesen.«

»Aber du hast ihn gekannt?«

»Ja. So könnte man es sagen.«

»Warum hast du mir das nicht gesagt? Du hast einfach dagesessen und so getan, als hättest du von nichts eine Ahnung.«

»Ich – ich konnte es einfach nicht.«

»Weil er meine Mutter vergewaltigt hat. Und Mom wollte nicht, daß ich davon erfahre. *Darum.*«

»Amy, ich hab's dir doch gesagt. Frank Duffy hat deine Mutter nicht vergewaltigt.«

»Woher willst du das wissen?«

»Deine Mutter war meine beste Freundin. Wir haben einander alles erzählt.«

»Mom hat dir nie erzählt, daß sie vergewaltigt wurde?«

»Nie.«

»Das heißt noch lange nicht, daß es nicht passiert ist.«

»Amy, ich weiß, daß es nicht passiert ist.«

»Wie kannst du dir da so sicher sein?«

»Vertrau mir. Ich weiß es.«

»Marilyn, weich mir nicht aus. Wenn dieser Mann meine Mutter vergewaltigt hat, habe ich ein Recht, das zu erfahren.«

»Das hat er nicht.«

»Du lügst!« schrie Amy mit schriller Stimme, so, wie nur Familienangehörige einander anschreien würden. »Warum lügst du mich an?«

»Ich lüge nicht.«

»Woher willst du wissen, daß er sie nicht vergewaltigt hat?«

»Weil ...«

»Weil *was*?«

»Weil er *mich* vergewaltigt hat, Amy. Frank Duffy hat deine Mutter nicht vergewaltigt. Er hat *mich* vergewaltigt.«

Amys Hand, die den Telefonhörer hielt, zitterte. »O mein Gott, Marilyn. Es tut mir leid. Ich hatte ja keine Ahnung. Ich hoffe –«

»Vergiß es. Vergiß es einfach. Es ist sehr lange her. Ich habe das alles hinter mir gelassen. Und da soll es auch bleiben. Wir werden nie wieder über dieses Thema reden. Versprich mir das, Amy. Nie wieder und niemandem gegenüber.«

»Aber –«

»Amy«, sagte Marilyn bestimmt. »*Nie* wieder. Ich will nicht, daß diese Sache wieder in mein Leben tritt. Nicht jetzt. Vor allem nicht jetzt. Verstehst du das?«

Amy schluckte schwer. »Marilyn«, sagte sie verzagt, »ich wünschte, ich würde es verstehen.«

42

Ryan verbrachte die ganze Nacht im Fernsehraum und studierte die alten Jahrbücher der Boulder High-School. Norm hatte gesagt, die Kopien hätten Fotoqualität, was nicht viel über die Qualität der Originalfotos aussagte. Achthundert grobkörnige Schwarzweißporträts konnten jedermanns Augen zum Tränen bringen. Auch nach einer großen Tasse Kaffee fiel es Ryan schwer, seine Konzentration aufrechtzuerhalten. Er hatte noch nie so viele Jugendliche mit Brille gesehen – noch dazu mit so *häßlichen* Brillen. Viele Leute behaupteten, das Fernsehen oder das Flugzeug seien die wichtigsten Erfindungen des zwanzigsten Jahrhunderts. Wenn er sich jedoch diese Fotos ansah, würde Ryan eher für die Kontaktlinse plädieren.

Nach mehreren Stunden hatte Ryan ein System entwickelt. Als erstes konzentrierte er sich auf die Augenpartie. Amy hatte helle, mandelförmige Augen. Dann betrachtete er die Kopfform. Amys Gesicht war herzförmig, das Ideal natürlicher

Schönheit. Von da an wurde es schwieriger. Die meisten Mädchen auf den Fotos lächelten. Das erinnerte ihn an seine erste Begegnung mit Amy, wie anziehend ihr Lächeln gewesen war. Er nahm an, daß das Lächeln ihrer Mutter so ähnlich gewesen war.

Obwohl keiner der Duffys den beiden Grund zum Lächeln gegeben hatte.

Gegen 5.00 Uhr verlor Ryan den Überblick, wie oft er die Fotos durchgesehen hatte. Er hatte so viele Gesichter betrachtet, daß er kaum noch wußte, wie Amy überhaupt aussah. Er hatte die in Frage kommenden Kandidatinnen auf dreißig eingegrenzt, doch er war sich immer noch nicht sicher, ob eine darunter Amys Mutter war. Er wollte gerade das Buch zuschlagen, als ihm etwas auffiel. Es war kein Gesicht, sondern ein Name. Kein Mädchen, sondern ein Junge.

Joseph Kozelka.

Ein ungewöhnlicher Name, Kozelka. Und doch kam er ihm bekannt vor. Nach einer Weile konnte er ihn einordnen. Ein ganzer Flügel im Krankenhaus von Denver war nach ihm benannt – das Kozelka Kardiologiezentrum. Ryan hatte das Schild vor Jahren gesehen, als er noch Assistenzarzt war.

Eingehend betrachtete er das dazugehörige Foto. Ein gutaussehender Junge. Gut gekleidet, einer der wenigen, die ein Jackett und eine Krawatte trugen. Es paßte zu ihm. Wie viele Kozelkas mochte es in Colorado geben? Wenn dieser Junge mit ihnen verwandt war, mußte er steinreich sein. Reich genug, um einen Erpresser zu bezahlen.

Ryan sprang vom Sofa auf und stürzte zur Tür. Der Aufzug befand sich direkt neben dem Fernsehraum, doch er war ihm viel zu langsam. Ryan rannte die Treppe hinauf und klopfte vorsichtig an Norms Schlafzimmer.

Die Tür blieb zu, aber Ryan konnte Rebeccas verschlafene Stimme hören. Sie klang gedämpft, als würde sie mit der Decke über dem Kopf sprechen. »Tommy, geh zurück ins Bett. Du bist allmählich zu groß.«

»Äh, Rebecca«, flüsterte Ryan verlegen. »Entschuldigung, ich bin's, Ryan. Ich muß mit Norm reden.«

Er wartete. Von drinnen hörte er Gemurmel, dann Schritte. Die Tür öffnete sich einen Spaltbreit. Norm trug einen Morgenrock. Die lange Haarsträhne, die normalerweise die immer größer werdende kahle Stelle seines Schädels bedeckte, stand ab. Sein Kinn war mit Bartstoppeln übersät. »Wie spät ist es, verdammt noch mal?« fragte er gähnend.

»Ziemlich früh. Tut mir leid. Ich glaube, ich habe jemanden von der Boulder High gefunden, der reich genug wäre, einen Erpresser zu bezahlen. Können wir an deinen Computer?«

»Jetzt?«

»Ja. Das könnte der Durchbruch sein, auf den ich die ganze Zeit gewartet habe.«

Norm rieb sich den Schlaf aus den Augen, während er langsam wach wurde. »Okay«, sagte er und trat in den Flur. »Da lang.«

Norm führte ihn durch den Flur in sein Arbeitszimmer. Der Computer stand auf einem kleinen Schreibtisch, der mit Rechnungen und Zeitschriften übersät war.

»Er heißt Joseph Kozelka«, sagte Ryan, während Norm den Rechner anschaltete. »Ein ungewöhnlicher Name. Ich dachte, wir können vielleicht im Internet was über ihn finden.«

»Wer ist der Typ?«

»Ich nehme an, daß er mit der Familie verwandt ist, die das Kozelka Kardiologiezentrum in Denver gegründet hat. Die haben Millionen gespendet, für den Bau und die Einrichtung – *zig* Millionen.«

Der Bildschirm erhellte sich, und Norm startete das Programm. Er ging direkt in eine Suchmaschine. »Wie schreibt man den Namen?«

Ryan lehnte sich vor, tippte den Namen ein und drückte auf die Eingabetaste. Sie warteten, während der Computer die Datenbanken auf der ganzen Welt nach Informationen über Joseph Kozelka durchsuchte. Es schien eine Ewigkeit zu dauern.

Norm sagte: »Es kann genausogut sein, daß wir eine Niete ziehen.«

»Ich weiß. Aber wenn der Typ soviel Geld hat, wie ich annehme, dann muß sein Name wenigstens ein paarmal auftauchen.«

Schließlich tauchten die Ergebnisse auf dem Bildschirm auf. Ryan und Norm schnappten beide nach Luft. Auf dem Bildschirm war zu lesen: »Ihre Suche hat viertausendeinhundertdreiundzwanzig Einträge ergeben.«

»Ich werd verrückt«, sagte Ryan.

Norm ließ die einzelnen Einträge über den Bildschirm laufen. Viele waren auf spanisch. »Anscheinend hat er eine Zeitlang außerhalb der Staaten gelebt.«

»Er hat nicht nur dort gelebt. Sieht so aus, als hätte er sämtliche Geschäfte in Zentral- und Mittelamerika für eine bestimmte Firma abgewickelt – K&G Enterprises. Von der Firma hab ich noch nie gehört.«

»Ich auch nicht. Aber wenn sie einen Großteil ihrer Geschäfte im Süden abwickeln, würde das das Konto bei der Bank in Panama erklären.«

Ryan nahm Norm die Maus aus der Hand und sah sich die nächsten Einträge an.

»Er hat offenbar eine Menge mit Landwirtschaft zu tun.«

»Ich glaube, auf der Ebene, auf der er operiert, nennt man das Massengüter. Sieh dir das an.«

Der volle Text eines Artikels der Zeitschrift *Fortune* füllte den Bildschirm aus. Der Titel lautete: »Familienbande«. Es war ein Artikel über eine Handvoll »Familienbetriebe«, deren Umsätze sich mit denen von Coca-Cola messen konnten.

»Joseph Kozelka«, las Ryan vor. »Direktor und Hauptaktionär der K&G Enterprises, drittgrößte private Kapitalgesellschaft der Welt. Geschätzter Umsatz über dreißig *Milliarden* Dollar pro Jahr.«

»Das ist die Art Unternehmen«, sagte Norm, »von denen man nie etwas hört, weil sie in Familienbesitz sind. Die Aktien werden nicht öffentlich gehandelt. Keine Notierungen an der Börse, keine Aktionäre, die Rechenschaft verlangen. Kein Mensch weiß genau, wie groß deren Vermögen wirklich ist.«

Ryan ging die Liste der Einträge weiter durch. Als er etwas entdeckte, was mit dem Kardiologiezentrum in Denver zu tun hatte, hielt er an. Er holte den vollen Text auf den Bildschirm. Es war eine Beschreibung des Zentrums, mit biographischen Informationen über seine Direktoren – einschließlich Joseph Kozelka, Direktor im Ruhestand.

»Hervorragend«, sagte Ryan. »Das ist es, was wir brauchen. Eine komplette Biographie.«

»Ja, ich wette, als erstes steht da: Absolvent der Boulder High-School.«

»Halt die Klappe, Norm.«

Der Bildschirm baute sich langsam auf, Text und ein Foto. Ein Mann in den Sechzigern. Es war das alternde Lächeln des Jungen aus dem Jahrbuch.

»Sieh dir diese Augen an«, sagte Ryan. »Dieses Kinn. Das muß er sein.« Er überflog den Text nach wichtigen Details. »Geburtsort«, las er vor, »Boulder. Geburtsdatum – derselbe Jahrgang wie mein Vater. Sie müssen Klassenkameraden gewesen sein.«

»Also gut. Er ist reich, und er ist im selben Jahr geboren wie dein Vater. Das heißt noch lange nicht, daß er die fünf Millionen gezahlt hat.«

»Du mußt das vor dem ganzen Hintergrund sehen. Kozelka ist in Boulder geboren und aufgewachsen. Er ist genauso alt wie mein Vater. Das bedeutet, die beiden müssen in dem Jahr in derselben Jahrgangsstufe gewesen sein, als mein Vater die Vergewaltigung begangen hat. Wir wissen, daß die Erpressung etwas mit der Vergewaltigung zu tun haben muß, sonst wären die Unterlagen nicht in demselben Bankschließfach in Panama gewesen. Logischerweise muß derjenige, der die Millionen berappt hat, zwei Kriterien erfüllen. Erstens kannte er meinen Vater wahrscheinlich aus der High-School. Zweitens muß er über die finanziellen Mittel verfügen, um fünf Millionen Dollar zu zahlen. Nenn mir doch einen anderen außer Joseph Kozelka, der die beiden Kriterien erfüllt.«

»Deine Logik ist richtig. Aber nur, wenn deine Kriterien stimmen.«

»Es ist alles, was ich in der Hand habe, Norm. Unterstütz mich gefälligst.«

Sie sahen einander an. Norm sagte: »Okay, es ist möglich. Aber wie gehen wir weiter vor?«

»Wir knien uns da rein. Wir haben massenhaft Material hier auf dem Computer. Irgendwas muß uns einen Anhaltspunkt dafür liefern, daß die beiden sich irgendwann begegnet sind.«

»Das könnte aber lange dauern.«

»Das ist mir egal.«

Norm lehnte sich nachdenklich in seinem Stuhl zurück. »Vielleicht können wir die Sache abkürzen.«

»Wie denn?«

»Ich schlage vor, wir treffen uns wie verabredet mit den Leuten vom FBI. Du erinnerst dich doch noch daran, was ich über Leistung und Gegenleistung gesagt habe, oder?«

»Klar.«

»Also, bevor wir uns einen so großen Fisch wie Kozelka vorknöpfen, wollen wir doch mal sehen, wer sonst noch die Angel ausgeworfen hat. Und laß uns in Erfahrung bringen, wonach sie fischen.«

Amy wachte auf und spürte etwas Felliges an ihrem Gesicht. Zuerst kitzelte es, dann machte es ihr angst. Sie schlug entsetzt um sich.

Taylor kicherte, als Poo der Bär quer durch das Zimmer flog. Amy setzte sich im Bett auf, erleichtert, daß es keine Ratte gewesen war.

»Magst du keine Bären, Mama?«

»Doch, ich mag Bären. Aber ich werde lieber von *dir* wachgeküßt.«

Taylor krabbelte aufs Bett und gab Amy einen Kuß auf die Wange. »Komm, steh auf«, sagte sie. »Ich mache für dich und Gran Frühstück, bevor du zur Arbeit gehst.«

»Das ist aber lieb von dir. Ich bin in zehn Minuten fertig.« Sie schickte Taylor in die Küche und ging ins Bad, um sich die Zähne zu putzen. Nach einer kurzen Dusche wickelte sie sich ein Handtuch um den Kopf und zog ihren Bademantel über. Sie war zwar wach, fühlte sich jedoch immer noch ein bißchen benommen. Das Gespräch der letzten Nacht ging ihr nicht aus dem Kopf. Marilyn hatte ihre Theorie völlig über den Haufen geworfen. Ryans Vater hatte ihr nicht das Geld geschickt, um die Schuld an ihrer Mutter gutzumachen. Amy begriff überhaupt nichts mehr.

»Mama, Frühstück!«

Taylor rief so laut, als wollte sie die Nachbarn gleich mit einladen. Es geschah höchst selten, daß Gran ihrer vierjährigen Urenkelin die Küche überließ, und Taylor war jedesmal sehr stolz auf ihre kulinarischen Kreationen. Amy legte ihr Make-up Täschchen beiseite und ging in die Küche. Für Cap'n Crunch und Kool-Aid brauchte sie sich nicht zurechtzumachen.

Gran saß am Tisch, aß ihr Müsli und schaute sich die Frühnachrichten im Fernsehen an. Neben ihr war der Tisch für Amy gedeckt. Taylor war gerade dabei, Milch einzuschenken. »Für dich fettarme Milch, stimmt's, Mama?«

»Richtig«, sagte Amy lächelnd. Sie zog einen Stuhl an den Tisch, dann erstarrte sie. Ein gutaussehender junger Reporter stand vor dem MAYFLOWER in Washington, D.C.

Gran sagte: »Hör mal. Die reden über Marilyn.«

Amy bekam Herzklopfen. Sie lehnte sich vor und drehte die Lautstärke auf.

Der Reporter sagte gerade etwas über das am schlechtesten gehütete Geheimnis von Washington. »Informationen aus dem Weißen Haus zufolge hat Ms. Gaslow gestern mit mehreren hochrangigen Beratern des Präsidenten gesprochen. Heute vormittag wird sie beim Präsidenten höchstpersönlich zu Gast sein. Wenn alles gutgeht, dürfen wir bis zum Ende des Tages eine Erklärung erwarten. Die Zustimmung des Senats vorausgesetzt, würde Marilyn Gaslow dann als erste Frau den Vorsitz im Board of Governors für das Zentralbanksystem übernehmen.«

Der Nachrichtensprecher von Denver schaltete sich ein. Er fummelte an seinem Kopfhörer. »Todd, die meisten von uns hören jeden Tag etwas über das Zentralbanksystem, aber die wenigsten können sich etwas darunter vorstellen. Können Sie uns etwas mehr zu der Bedeutung von Ms. Gaslows Ernennung sagen? Wie wichtig ist diese Entscheidung?«

»Sehr wichtig. Das Zentralbanksystem wird oft als die vierte Kraft der Regierung bezeichnet, und das ist keine Untertreibung. Der aus sieben Gouverneuren bestehende Zentralbankrat bestimmt die Finanzpolitik dieses Landes. Er kontrolliert das Geldvolumen, er bestimmt die Zinssätze, er reguliert das nationale Banksystem, er kontrolliert viele Aktivitäten, die die Bedingungen des Marktes beeinflussen. In diesem Jahrhundert wurde ihm die Schuld an der Weltwirtschaftskrise in den dreißiger Jahren zugeschrieben, aber die relative wirtschaftliche Stabilität in den Sechzigern wird auch als sein Verdienst angesehen. Kurz, der Zentralbankrat bestimmt das wirtschaftliche Wohl der mächtigsten Nation der Welt. Wenn Marilyn Gaslow zur Vorsitzenden ernannt würde, machte sie das zur mächtigsten Frau Amerikas.«

»Gibt es irgendwelche Anzeichen dafür, daß der Senat Ms. Gaslows Ernennung ablehnen könnte?«

»Noch nicht«, sagte der Reporter. »Aber in Washington kann sich alles sehr schnell ändern.«

»Vielen Dank«, sagte der Nachrichtensprecher und beendete damit die Live-Einspielung. Es folgten die Lokalnachrichten und der Verkehrsbericht.

Amy saß da wie gelähmt.

»Mama, haben die über die Marilyn gesprochen, für die du arbeitest?«

Amy nickte, tief in Gedanken versunken.

»Die mächtigste Frau Amerikas«, sagte Gran. »Stellt euch das bloß mal vor.«

Amy blinzelte nervös. Sie hatte Marilyns Bitte, niemandem von ihrem Gespräch zu erzählen, entsprochen. Nicht einmal Gran ahnte etwas.

»Ja«, sagte sie ungläubig. »Stellt euch das mal vor.«

Teil drei

43 Um 10.00 Uhr kam Joseph Kozelka im Gebäude der K&G Enterprises an, einem modernen Hochhaus, das die Innenstadt von Denver überragte. In der Eingangshalle wimmelte es von Männern und Frauen in eleganter Geschäftskleidung, deren Absätze auf dem Fußboden aus poliertem Granit klapperten. Vier Reihen von Aufzügen erstreckten sich über die ganze Länge des weiträumigen Foyers. Die ersten drei bedienten die unteren dreißig Geschosse, die die K&G an andere Unternehmen vermietet hatte. Die letzte Reihe stand nur Besuchern und Angestellten der K&G zur Verfügung. Die Räumlichkeiten von K&G Enterprises befanden sich in den Geschossen dreißig bis fünfunddreißig.

Kozelka blieb an der Sicherheitsschleuse vor den K&G Aufzügen stehen. Der Wachmann lächelte höflich, die Prozedur schien ihm fast peinlich zu sein.

»Guten Morgen, Sir. Treten Sie bitte vor den Scanner.«

Kozelka trat vor und schaute in den Netzhautscanner. Das Gerät war Teil des Sicherheitssystems von K&G. Es konnte die Identität eines Mitarbeiters anhand des Musters der Blutgefäße hinter der Retina bestimmen, das so einzigartig war wie ein Fingerabdruck.

Ein grünes Licht blinkte zum Zeichen, daß alles in Ordnung war. Der Wachmann drückte auf den Knopf, der die Schranke zu den Aufzügen öffnete.

»Guten Tag, Sir«, sagte er.

Kozelka nickte im Vorbeigehen. Es war jeden Morgen dieselbe alberne Prozedur und gehörte zu dem von Kozelka kultivierten Image. Er duldete es nicht, daß irgendein Firmenangehöriger eine Sonderbehandlung erfuhr, er selbst eingeschlossen. Er ließ keine Gelegenheit aus, die Geschichte von dem früheren Wachmann zu erzählen, der ihn eines Morgens respektvoll mit »Guten Morgen, Mr. Kozelka« gegrüßt hatte und dann zur Seite getreten war, um ihn ohne Sicherheitscheck durchzulassen. Kozelka hatte ihn auf der Stelle gefeuert. In den Augen seiner Zigarren rauchenden Freunde im Bankers Club war dies der perfekte Beweis dafür, daß der Vorstandsvorsitzende sich nicht für etwas Besseres hielt. Daß ein fünfzigjähriger treuer Mitarbeiter mit Frau und drei Kindern plötzlich arbeitslos war, stand auf einem anderen Blatt. Kozelka interessierte sich nicht für die Nöte der Menschen, die er benutzte, um sein Image zu fördern.

Alles in der Firma diente ausschließlich seinem *Image*. Die Worte Gleichheit und Verantwortlichkeit kamen im Firmenlexikon der K&G einfach nicht vor. Die K&G hatte nur zwei Aktionäre. Joseph hielt einundfünfzig Prozent der Aktien, ein Trust für seine Kinder die anderen neunundvierzig Prozent. Wenn hin und wieder die Rede auf die Möglichkeit kam, an die Börse zu gehen, gerieten Kozelkas Anwälte jedesmal ins Fiebern, aber Kozelka war nicht interessiert. Aktionäre bedeuteten Machtverlust. Kozelka brauchte das Geld nicht, das der Verkauf seiner Aktien ihm einbringen würde. Es war die Macht, die ihn antrieb – Macht über ein Firmenimperium, das auf die eine oder andere Weise mit jeder dritten Mahlzeit zu tun hatte, die in Amerika täglich auf den Tisch kam, seien es Pestizide, landwirtschaftliche Erzeugnisse, Düngemittel, Futtermittel, Saatgut, Vieh, Fischzucht oder irgendein anderes Glied der Nahrungskette. Das richtige Geld jedoch wurde mit Warentermingeschäften gemacht. Manche würden es Manipulation nennen. Auf Leuchtbändern unterhalb der Decke von Kozelkas Penthousebüro waren ständig die aktuellen Aktienkurse abzulesen.

Der Aufzug hielt im einunddreißigsten Stock. Kozelka stieg aus und in einen Privataufzug um, der ihn in seine Büroräume im Penthouse brachte.

Die Hälfte der Etage stand ihm zur Verfügung. In der anderen Hälfte befanden sich die Büros der Topmanager – nicht zur Familie gehörende Angestellte, die von Joseph Kozelkas Laune abhängig waren. Bei der Ausstattung der ganzen Etage war nicht an Geld gespart worden. Die Türen waren aus poliertem Messing. Die Wände mit Kirschholz getäfelt. Seidenteppiche aus Sarouk schmückten den mit Intarsien versehenen Parkettboden. Die Aussicht auf die Berge war atemberaubend, Kozelka selbst nahm sie gar nicht mehr wahr. Seit zwanzig Jahren blickte er auf dasselbe überwältigende Panorama, seit dem Tag, an dem sein Vater gestorben war und ihm den Schreibtisch, das Büro und die Dreißigmilliardendollarfirma hinterlassen hatte.

»Guten Morgen, Mr. Kozelka«, sagte seine Sekretärin.

»Morgen.«

Sie folgte ihm in sein Büro und nahm ihm Mantel und Aktentasche ab. Auf dem Schreibtisch hatte sie bereits seinen Terminplan für den Tag zurechtgelegt und eine Tasse heißen Kaffee bereitgestellt. Seit sein Arzt ihm wegen seines hohen Blutdrucks ins Gewissen geredet hatte, waren die Freitage relativ ruhige Tage. Er nahm in seinem Ledersessel Platz und überflog den Terminplan.

Die Sekretärin blieb auf dem Weg nach draußen in der Tür stehen. »Noch eine Sache, Sir.«

»Ja?«

»Ich war mir nicht sicher, ob ich es überhaupt erwähnen soll, aber im Besucherfoyer ist ein Mann, der behauptet, er müsse Sie dringend heute vormittag sprechen. Als ich ihm erklärte, dazu brauchte er einen Termin, sagte er, Sie würden ihn erwarten. Er wartet jetzt seit zwei Stunden. Ich hätte schon längst den Sicherheitsdienst gerufen, aber ich wollte zuerst mit Ihnen sprechen.«

»Wer ist es?«

»Ein Arzt. Dr. Ryan Duffy.«

Kozelka schwieg, seine Miene verriet nichts.

»Sir, was soll ich ihm sagen?«

»Nichts«, sagte Kozelka und griff nach dem Telefonhörer. »Schließen Sie bitte die Tür, wenn Sie gehen. Ich werde mich selbst darum kümmern.«

Norm hatte am frühen Morgen einen Verhandlungstermin vor dem Strafgericht und kam erst am späten Vormittag in seine Kanzlei. Es schien Ryan regelrecht zu überrascht zu haben, aber er hatte tatsächlich noch andere Mandanten, um die er sich kümmern mußte. Norm hängte sein Jackett an den Haken hinter der Tür. Er war noch nicht ganz an seinem Schreibtisch angekommen, als seine Sekretärin in der Tür erschien.

»Ein Gespräch aus dem Amtszimmer von Richter Novak für Sie«, sagte sie.

»Novak?«

»Der Richter im Scheidungsfall Duffy.«

Was ist denn jetzt schon wieder, dachte Norm, als er den Hörer abnahm. »Hallo.«

Der stellvertretende Richter war am Apparat. »Mr. Klusmire, ich habe Phil Jackson auf einer Konferenzschaltung. Da Mr. Jackson aufgrund seiner Verletzungen nicht persönlich vor Gericht erscheinen kann, ist der Richter mit einer telefonischen Anhörung einverstanden, bei der über den Dringlichkeitsantrag zur Neufestsetzung der eidlichen Zeugenaussage von Brent Langford entschieden werden soll. Bleiben Sie bitte am Apparat.«

Norm hörte ein Klicken. Jetzt waren er und Jackson allein in der Leitung. »Dringlichkeitsantrag? Von was für einer Neufestsetzung ist hier die Rede?«

»Wenn Sie etwas über die Verfahrensweise beim Familiengericht wüßten, Mr. Klusmire, dann wäre Ihnen bekannt, daß das Gesetz uns nicht erlaubt, eine eidliche Aussage an einem Samstag abzunehmen. Ich hatte Brent ursprünglich für Donnerstag vorladen lassen, aber ich muß ihn morgen vernehmen.«

»Wieso?«

»Weil seine Aussage den Beweis dafür liefern könnte, daß Ihr Mandant für die Verletzungen verantwortlich ist, derentwegen ich mich im Krankenhaus befinde. Sollte dies der Fall sein, werde ich so bald wie möglich eine einstweilige Verfügung erwirken, um sowohl meine Mandantin als auch mich selbst vor weiterer Mißhandlung durch Dr. Duffy zu schützen.«

»Von was, zum Teufel, reden Sie überhaupt?«

»Es steht alles in dem Bericht, der Ihnen zugestellt worden ist. Sehen Sie in Ihrem Briefkasten nach, Sie Trottel.«

Norm hatte noch nicht einmal die Morgenpost durchgesehen. Er suchte in dem Stapel, fand einen Umschlag mit Jacksons Absender und riß ihn auf. Er brauchte nur eine Sekunde, um zu begreifen, was Jackson vorhatte. Die Neufestsetzung der eidlichen Zeugenaussage war zweitrangig. Sein Hauptziel war es, den Richter mit wilden Anschuldigungen gegen Ryan voreingenommen zu machen.

Dieser Mistkerl.

Der Richter schaltete sich ein. »Guten Morgen, Gentlemen. Ich habe Mr. Jacksons Bericht gelesen. Hervorragend, wie üblich. Mr. Klusmire, mit welcher Begründung lehnen Sie den Antrag ab?«

»Euer Ehren, wenn Sie mir eine Minute Zeit geben würden, den Antrag durchzulesen. Ich bin noch gar nicht dazu gekommen, mich damit auseinanderzusetzen.«

Jackson mischte sich ein. »Herr Richter, der Antrag wurde Mr. Klusmires Kanzlei gestern abend per Boten zugestellt. Er war eindeutig als dringend gekennzeichnet. In meinem Begleitschreiben forderte ich ihn auf, mich bis 9.00 Uhr hier im

Krankenhaus anzurufen, falls er damit einverstanden sein sollte, daß ich die eidliche Zeugenvernehmung vom Donnerstag nächster Woche auf diesen Samstag verlege. Es widerstrebt mir, das Gericht mit einem Dringlichkeitsantrag wegen eines simplen Terminproblems zu belästigen, aber Mr. Klusmire hat mich nicht angerufen. Es blieb mir keine andere Wahl, als mich an das Gericht zu wenden.«

»Mr. Klusmire«, knurrte der Richter, »wir sind uns zwar noch nie begegnet, aber dies ist das zweitemal, daß wir miteinander telefonieren. Das erstemal war neulich spät abends, als Sie, entgegen meiner strengen Anweisung bei mir zu Hause angerufen haben.«

»Herr Richter, ich schwöre, ich bin angepiept worden –«

»Unterbrechen Sie mich nicht noch einmal«, sagte Novak scharf. »Ihre Vorgehensweise mißfällt mir, Mr. Klusmire. Ein guter Anwalt ruft einen Richter nicht bei sich zu Hause an. Und ein guter Anwalt nötigt einen Kollegen nicht dazu, die Unterstützung des Gerichts in Anspruch zu nehmen, wenn es um Dinge geht, die zwei Anwälte mit guter, altmodischer Höflichkeit und Kooperationsbereitschaft allein lösen könnten.«

»Genau das sage ich auch immer«, sagte Jackson.

»Also«, fuhr der Richter fort, »ich habe die eidesstattliche Erklärung gelesen, die Mr. Jackson dem Gericht zur Begründung seines Antrags vorgelegt hat, und ich muß sagen, ich bin zutiefst schockiert. Wenn Dr. Duffy und sein Schwager in irgendeiner Weise für diesen Überfall auf Mr. Jackson verantwortlich sind, will ich eingreifen, bevor noch jemand zu Schaden kommt. Das Ersuchen, die eidliche Aussage von Brent Langford ein paar Tage vorzuziehen, ist absolut vernünftig. Wenn Mr. Jackson nicht verletzt wäre, würde ich sogar auf die Aussage von Mr. Langford verzichten und eine Anhörung anordnen, um darüber zu entscheiden, ob ich eine Unterlassungsverfügung gegen Dr. Duffy ausspreche.«

»Herr Richter«, sagte Jackson, »es geht mir schon wesentlich besser. Wenn das mit Terminen überlastete Gericht mir Zeit für ein Beweisaufnahmeprotokoll einräumt, ist es meine Pflicht, anwesend zu sein.«

»Sind Sie sicher, daß Sie das schaffen?«

»Ja. Es war nur eine leichte Gehirnerschütterung. Ob Sie es glauben oder nicht, wenn man mit dem Gesicht auf eine Windschutzscheibe geschmettert wird, sieht das viel schlimmer aus, als es ist.«

»Ich kann es immer noch nicht fassen, daß man Ihnen das angetan hat«, knurrte der Richter. »Ich lege nicht gern einen Termin auf den Samstag, aber in diesem Fall werde ich eine Ausnahme machen. Können Sie dafür sorgen, daß Ihre Zeugen morgen früh um zehn hier sind?«

»Ich denke schon.«

Norm sagte: »Euer Ehren, Dr. Duffy wird mit Sicherheit dasein. Aber ich kann nicht garantieren, daß Mr. Langford, den Mr. Jackson zu vernehmen gedenkt, erscheinen wird. Er gehört keiner der Prozeßparteien an, und er ist nicht mein Mandant.«

»Mr. Klusmire, wenn Sie wissen, was gut für Sie ist, wird ihr Mandant *dafür sorgen*, daß sein Schwager sich morgen früh in meinem Gerichtssaal einfindet. Habe ich mich deutlich genug ausgedrückt?«

»Ja.«

»Vielen Dank, Herr Richter«, sagte Jackson.

»Guten Tag, Gentlemen.« Der Richter legte auf, und die beiden Anwälte befanden sich allein in der Leitung.

Norm schüttelte den Kopf. »Sie sind wirklich genauso, wie die Leute immer behaupten, was, Jackson?«

Jacksons Gesicht schmerzte, doch er brachte ein Grinsen zustande. »Genauso – und noch besser.«

»Diese knallharten Methoden sind doch wirklich überflüssig.«

»O nein«, erwiderte Jackson. Das Grinsen verschwand aus seinem Gesicht. »Diese Geschichte ist keine Seifenoper mehr mit Liz und Ryan Duffy in der Hauptrolle. *Diese Geschichte* ist persönlich. Wir sehen uns vor Gericht.«

44

Er wartete jetzt schon seit zweieinhalb Stunden. Ryan deutete es als gutes Zeichen, daß man ihn nicht gleich hinausgeworfen hatte. Noch besser war, daß man sich in dieser Umgebung wohl fühlen konnte. Er würde den ganzen Tag lang warten, wenn es sein mußte. Der Besucherraum war wirklich gemütlich. Die Ledersofas waren nicht von der steifen Sorte wie man sie normalerweise in Wohnzimmern findet. Diese hier waren so weich und bequem wie Autohandschuhe.

Ryan hatte lange nachgedacht, bevor er sich entschlossen hatte, direkt in den Hauptsitz der K&G Enterprises zu gehen. Nach Amys Reaktion am Vorabend war er jedoch von einer Sache überzeugt. Er konnte mit dem Geld nicht leben, solange er die Wahrheit nicht kannte. Aus dem Leid einer vergewaltigten Frau Profit zu ziehen war bestenfalls unehrenhaft. Er mußte wissen, welcher Zusammenhang zwischen der Vergewaltigung und der Erpressung bestand.

Ryans Vater war tot. Amys Mutter war tot. Der einzige Lebende, der möglicherweise die Antwort liefern konnte, war der Mann, den sein Vater erpreßt hatte. Ryan war sich nicht zu hundert Prozent sicher, daß Joseph Kozelka dieser Mann war, aber Norms Privatdetektiv hatte im Jahrbuch der Boulder High-School keinen einzigen anderen Kandidaten gefunden, der über die Mittel verfügte, solche Summen zu bezahlen. Er hatte sich zwar mit Norm geeinigt, zuerst mit dem FBI zu sprechen, bevor sie sich Kozelka vornahmen. Das jedoch würde Ryan seines Druckmittels berauben. Die Drohung, Kozelkas Namen dem FBI gegenüber zu erwähnen, schien Ryan die einzige Möglichkeit, von Kozelka zu erfahren, ob er Frank Duffy das Geld gezahlt hatte – und vor allem, *warum*.

Er wußte schon jetzt, was Norm sagen würde. Sein Vorhaben war riskant, vielleicht sogar gefährlich. Aber sein Vater hatte es irgendwie geschafft, diese Sache zwanzig Jahre lang durchzuziehen und am Leben zu bleiben. Ryan mußte das Risiko eingehen. Und er konnte Norm nicht im voraus über seine Pläne informieren und Gefahr dabei laufen, daß er ihm alles ausreden würde. Diesmal war Ryan auf sich selbst gestellt.

»Dr. Duffy?«

Die Baritonstimme kam von hinten. Ryan stand auf und drehte sich um. Allein die Statur des Mannes ließ darauf schließen, daß er ein Angehöriger des Sicherheitsdienstes war.

»Ja«, sagte Ryan.

»Kommen Sie bitte mit mir.«

Schweigend gingen sie nebeneinander den Korridor entlang. Ryan war über einsachtzig groß, doch neben diesem Mann kam er sich klein vor. Sein Nebenmann war gut einsneunzig und kräftig gebaut. Nicht wie diese Muskelmänner aus dem Fitneßstudio mit herkulischem Brustkorb und Beinen wie Bambi. Der Körper dieses Mannes war wohlproportioniert, sehr athletisch. Wahrscheinlich war er früher beim Militär gewesen.

»Wohin gehen wir?« fragte Ryan.

Der Mann blieb stehen und öffnete die schwere Eichentür zu einem Konferenzsaal am Ende des Korridors. »Bitte, treten Sie ein.«

Er betrat einen, fensterlosen Konferenzraum. Acht Ledersessel standen um einen rechteckigen Tisch aus Walnußholz. Die indirekte Beleuchtung sorgte für ein weiches Licht.

Der Mann deutete auf das andere Ende des Tisches. »Nehmen Sie dort Platz.«

Ryan fiel auf, wie gedämpft seine Stimme in dem Raum geklungen hatte. Die Akustik war wie in Norms Fernsehzimmer – perfekt. Der Raum wirkte wie einer von diesen abhörsicheren Konferenzräumen, die er in Zeitschriften abgebildet gesehen hatte, mit in Wanduhren versteckten Kameras und Wanzendetektoren an jeder Ecke. Zum Glück war er nicht auf die Idee gekommen, ein Mikro an seinem Körper zu verstecken. Es wäre garantiert entdeckt worden.

Der Wachmann setzte sich ihm gegenüber. »Was wollen Sie hier?«

Alle seine Zweifel, auf der richtigen Spur zu sein, lösten

sich in Luft auf. »Ich fand, daß es an der Zeit ist, einen Dialog zu suchen.«

»Warum?«

»Einfach um ein paar Fragen zu klären.«

»Es gibt keine ungeklärten Fragen.«

»Für mich schon. Und ich glaube, daß Mr. Kozelka sie mir beantworten kann.«

»Dazu wird es nicht kommen.«

»Warum nicht?«

Der andere lehnte sich vor und schaute Ryan durchdringend an. »Weil Mr. Kozelka keine Zeit für Sie hat.«

Ryan ließ sich nicht beeindrucken, aber plötzlich fiel ihm etwas auf. Direkt über der Schulter des Mannes, hinter ihm an der Wand, hing ein strategisch geschickt plaziertes Bild. Es war nur ein Gefühl, aber er war sich mit einemmal sicher, daß Mr. Kozelka nicht nur zuhörte, sondern auch zuschaute – und das Gespräch wahrscheinlich aufzeichnete.

Er mußte vorsichtig sein. Das fehlte ihm gerade noch, nachher als Erpresser dazustehen – wie sein Vater.

»Ich möchte, daß Sie Mr. Kozelka etwas ausrichten. Sagen Sie ihm, die Frau, die mir in Panama meine Tasche gestohlen hat, hat einen großen Fehler gemacht. Sagen Sie ihm, ich habe ihre Fingerabdrücke auf einem Glas.«

»Mr. Kozelka hat keine Ahnung, wovon Sie reden.«

»Doch, die hat er. Aber deswegen bin ich nicht hier. Ich bin hergekommen, um mich für die Unterstützung zu bedanken, die er meinem Vater über die Jahre hat zukommen lassen. Kein kleiner Elektriker, der etwas auf sich hält, kann in Angelegenheiten, die das internationale Bankgeheimnis betreffen, auf den Beistand eines erfahrenen Beraters verzichten.«

Das Gesicht des Mannes lief rot an, doch er erwiderte nichts.

Ryan sagte: »Es ist mir beinahe peinlich, aber ich könnte Mr. Kozelkas Rat ebenfalls gut gebrauchen. Seit dem Mißgeschick in Panama will das FBI plötzlich alles über das Konto meines Vaters in Panama wissen. Sie wollen unbedingt wissen, woher das ganze Geld stammt.«

Ryan wartete auf eine Reaktion. Sie war kaum wahrnehmbar, aber die Erwähnung des FBI schien einen Nerv getroffen zu haben.

»Und nun frage ich Sie noch einmal: Kann ich mich darauf verlassen, daß Sie Mr. Kozelka etwas ausrichten?«

»Ich mache keine Versprechungen.«

»Gut.« Ryan stand auf und schaute auf das Bild an der Wand. Er sprach direkt in die versteckte Kamera. »Sagen Sie Mr. Kozelka, das Geld interessiert mich nicht. Ich habe nicht darum gebeten, und ich bin nicht gekommen, um noch mehr zu verlangen. Ich bin kein Krimineller, und ich werde mit oder ohne Hilfe des FBI tun, was richtig ist. Alles, was ich will, ist eine direkt Antwort auf eine simple Frage. Warum? Das ist alles, was ich wissen will. Sagen Sie ihm, ich will wissen, *warum.*«

Er ging zur Tür und öffnete sie, dann blieb er stehen und wandte sich um. »Und sagen Sie ihm noch etwas. Sagen Sie ihm, ich habe am Montag einen Termin beim FBI. Um 10.00 Uhr.

Den Weg zum Aufzug finde ich allein«, sagte er und schloß die Tür hinter sich.

Amy machte früher Mittagspause als sonst und ging in ein Schnellrestaurant in der Nähe der belebten Pearl Street Mall in Boulder. Noch ganz verwirrt von dem Gespräch mit Marilyn, wollte sie irgendwohin, wo sie sicher sein konnte, daß sie keinem aus der Kanzlei über den Weg lief.

Im SINK war sie als Studentin oft gewesen. Es war schon seit den dreißiger Jahren ein beliebter Studententreffpunkt und zu einiger Berühmtheit gelangt, als der junge Robert Redford seinen Aushilfsjob dort kündigte, sein Studium an der Uni von Boulder an den Nagel hängte und beschloß, sich als Schauspieler zu versuchen. Die Wände waren über und über mit Graffiti bedeckt. Hip zu sein um jeden Preis war die einzige treffende Beschreibung für die Atmosphäre in dem Laden. Das Speisenangebot bestand aus einer reichhaltigen Auswahl an Knabbereien, die sogenannte »Ugly Crust Pizza« war seit Jahren der absolute Renner. Amy bestellte eine Pizza mit Ananas und setzte sich an einen kleinen Tisch am Fenster.

Sie warf einen Blick auf den Nebentisch. Zwei junge Männer, die gerade mal alt genug waren, um Alkohol trinken zu dürfen, plauderten mit den Mädchen und machten Pläne für das Wochenende. Amy erinnerte sich an die Zeit, als das Wochenende nach der letzten Unterrichtsstunde der Woche begann, manchmal schon am Donnerstag Nachmittag, wenn man freitags nichts mehr auf dem Stundenplan hatte. Eine Dreitagewoche hatte sie nicht mehr gehabt, seit – na ja, seit ihrer Studentenzeit.

Der Fernseher in der Ecke erregte ihre Aufmerksamkeit. In der Kneipe war es so laut, daß sie kein Wort verstehen konnte, aber sie brauchte nichts zu hören. Sie wußte, worum es ging. Marilyn stand neben dem Präsidenten vor dem Weißen Haus. Im Halbkreis um sie herum standen lächelnde Zuschauer, die applaudierten. Es war also offiziell. Marilyn war als Vorsitzende des Gouverneursrates des Zentralbanksystems nominiert worden. Jetzt mußte sie sich nur noch dem Berufungsverfahren des Kongresses stellen.

»Darf ich mich zu Ihnen setzen?«

Amy schaute auf. Das Gesicht war ihr gänzlich unbekannt. Das einzige, was sie mit Sicherheit sagen konnte, war, daß er der einzige im Restaurant war, der älter war als sie. *Viel* älter. Nach seinem Cordjackett und seiner Bundfaltenhose zu urteilen, war er wahrscheinlich ein Professor.

»Kennen wir uns?«

Der Mann stellte sein Mineralwasser ab und setzte sich zu ihr an den Tisch. Er streckte seine Hand aus und stellte sich vor. »Jack Forsyth. FBI.«

Alles, was sie sagen konnte, war: »Oh.«

»Tut mir leid, Sie beim Mittagessen zu belästigen, aber ich würde mich gern mit Ihnen unterhalten.«

Amy erstarrte. Die Warnung auf dem Parkplatz des Baseballstadions war ihr nur in allzu frischer Erinnerung geblieben – ihre Tochter würde dafür bezahlen, wenn sie auch nur ein Wort mit der Polizei wechselte. Aber es war zu spät, um aufzustehen und davonzulaufen. »Mit mir unterhalten?« fragte sie. »Worüber denn?«

»Ich glaube, das wissen Sie.«

»Ich glaube, es ist besser, Sie sagen es mir.«

»Wir beobachten Ryan Duffy jetzt seit mehreren Tagen. Und wir hören sein Telefon ab. Wir haben die Nachricht aufgezeichnet, die Sie auf seinen Anrufbeantworter gesprochen haben. Und wir haben beobachtet, wie Sie sich gestern abend in Denver mit ihm getroffen haben.«

Amy bemühte sich, ruhig zu bleiben. Sie hatte die Nachricht auf Ryans Anrufbeantworter absichtlich unverfänglich gehalten für den Fall, daß jemand anders sie abhörte. »Und?«

»Also haben wir auch Sie überprüft. Es stellte sich heraus, daß Sie kürzlich ausgeraubt worden sind. Wir haben mit dem Detective von der Polizei in Boulder gesprochen. Er sagt, sie hätten sich bei der Vernehmung sehr merkwürdig verhalten, so, als würden Sie etwas verschweigen.«

»Das ist seine Ansicht.«

»Ja. Das ist Ansichtssache. Aber wissen Sie was? Während ich hier sitze und seit zwei Minuten Ihr Gesicht beobachte, bin ich zu derselben Ansicht gelangt.«

Amy wandte sich ab. Ihr offenes Gesicht war ein Fluch. Offensichtlich konnte nicht nur Gran darin lesen.

Der Agent beugte sich zu ihr herüber. »Sagen Sie mir doch einfach mal: Was haben Sie mit einem Mann wie Ryan Duffy zu tun?«

Sie spürte seinen eindringlichen Blick, aber sie brachte es nicht fertig, ihm in die Augen zu sehen. Sie hatte zu viele Gründe, *nicht* mit ihm zu reden – die Drohung auf dem Parkplatz und jetzt auch noch Marilyn. Sie hatte Marilyn versprochen, niemals mit irgend jemandem über die Vergewaltigung zu sprechen, und sie wußte, daß genau das zur Sprache kommen würde, wenn sie dem FBI die Tür öffnete.

Sie nahm ihr Tablett und stand auf. »Ich habe Ihnen nichts zu sagen«, erklärte sie nervös.

»Noch nicht. Hier ist meine Karte«, sagte er. »Rufen Sie mich an, wenn Sie soweit sind.«

Amy sah ihn lange an. Wortlos nahm sie die Visitenkarte und ging ohne sich noch einmal umzusehen.

45

Ryan ging vom K&G-Gebäude direkt zu Norms Kanzlei. Norm saß allein im Konferenzraum und bereitete sich auf den Showdown vor, der am nächsten Morgen im Gerichtssaal stattfinden würde. Daß Brents Vernehmung sich zu einem ausgewachsenen Beweisaufnahmeverfahren entwickelt hatte, kam überraschend für Ryan. Norm wollte mit seinem Mandanten die Strategie besprechen. Ryan jedoch hatte ebenfalls eine Überraschung parat – das Treffen mit Kozelka oder zumindest mit dessen rechter Hand.

Norm hörte zu, ohne ihn zu unterbrechen, aber Ryan spürte, daß er innerlich kochte.

»Großer Fehler«, sagte Norm. »Ich weiß wirklich nicht, was du dir dabei gedacht hast.«

»Hast du einen besseren Vorschlag, wie ich rausfinden soll, warum mein Vater als Vergewaltiger angefangen hat und als Erpresser geendet ist?«

»Das wirst du nie erfahren. Nicht von Kozelka.«

»Wenn ich schon mit dem FBI gesprochen hätte, würde ich dir recht geben. Aber ich habe sehr deutlich gemacht, daß ich dem FBI gegenüber noch kein Wort davon erwähnt habe. Kozelka kann das FBI ganz einfach aus der Sache raushalten, indem er mir die Information gibt, die ich haben will.«

»Ryan, der Mann ist kein Idiot. Wenn du noch nicht weißt,

welche Informationen dein Vater benutzte, um ihn zu erpressen, wird er sie dir nicht auf einem silbernen Tablett servieren. Damit würde er dir ja einen Freibrief dafür geben, genau da weiterzumachen, wo dein Vater aufgehört hat. Wahrscheinlich macht er gerade in seinem Büro Luftsprünge vor Freude darüber, daß dein alter Herr das Geheimnis mit ins Grab genommen hat.«

Ryan schwieg. »So habe ich das noch gar nicht gesehen.«

»Das kann ich mir vorstellen. Du bist ein kluger Kopf, aber du hast seit dem Tod deines Vaters keine Nacht mehr richtig geschlafen. Seit vier Tagen hast du fast gar keinen Schlaf mehr gehabt. Deine Frau hat die Scheidung eingereicht. Dein bescheuerter Schwager hat anscheinend ihren Anwalt krankenhausreif geprügelt. Deine Schwester ist hochschwanger. Deine Mutter steckt den Kopf in den Sand. Dein Vater ist wegen Vergewaltigung verurteilt worden. Du bist von der panamaischen Polizei verfolgt worden. Das FBI und die Steuerfahndung sitzen dir im Genick. Muß ich noch mehr sagen? Du hast zuviel um die Ohren. Darum solltest du auf *mich* hören, verdammt noch mal. Oder willst du zu allem Überfluß auch noch auf einem FBI-Steckbrief landen?«

»Okay, ich hätte mir das ein bißchen besser überlegen sollen. Aber ich bin davon überzeugt, daß Kozelka der Schlüssel zu unserem Rätsel ist. Ich habe mir einfach gesagt, daß er auf keinen Fall reden würde, wenn ich erst mit dem FBI gesprochen habe. Die Wahrheit würde ich dann nie erfahren.«

»Die Wahrheit ist, daß du einen schweren Fehler gemacht hast. Und du hast ihn aus einem einzigen Grund gemacht: Du versuchst immer noch, deinen Vater zu schützen.«

»Wovon redest du überhaupt?«

»Du bist im Moment vollkommen davon besessen, in Erfahrung zu bringen, warum Kozelka deinem Vater das ganze Geld gezahlt hat. Eine Möglichkeit wäre, mit dem FBI zusammenzuarbeiten und es denen zu überlassen, sich Kozelka vorzuknöpfen, aber dann mußt du ihnen sagen, daß dein Vater ein Vergewaltiger und Erpresser war. Die andere Möglichkeit ist, wie ein Idiot in Kozelkas Büro zu platzen und ein Gespräch mit Kozelka persönlich zu verlangen.«

Ryan war plötzlich wütend und begann, im Raum auf und ab zu gehen. »Ist es wirklich so absurd, sich zu fragen, warum ein Mann wie Kozelka einem Vergewaltiger fünf Millionen Dollar in den Rachen werfen sollte?«

»Du konzentrierst dich viel zu sehr auf diese Vergewaltigungsgeschichte. Mach mal halblang. Womöglich stellt sich noch raus, daß die Erpressung gar nichts mit der Vergewaltigung zu tun hat.«

»Und warum waren die Gerichtsunterlagen dann in demselben Bankschließfach wie die Bankunterlagen?«

»Vielleicht hat die Vergewaltigung nur damit was zu tun, daß dein Vater Amy Parkens zweihunderttausend Dollar geschickt hat. Du hast doch selbst gesagt – es könnte ein Versuch gewesen sein, seine Schuld an Amys Mutter wiedergutzumachen. Aber es ist absolut möglich, daß die Vergewaltigung nichts mit dem zu tun hat, was Kozelka oder wen auch immer dazu bewogen haben mag, deinem Vater fünf Millionen Dollar zu zahlen.«

Ryan dachte über das nach, was Norm gesagt hatte, traurig, daß die Theorie so plausibel klang. Er konnte nur an den entsetzten Blick in Amys Gesicht am Vorabend denken. »Das würde bedeuten, daß mein Vater Amys Mutter tatsächlich vergewaltigt hat.«

»Hör endlich auf, deinen Vater zu schützen, Ryan. Es wird Zeit, daß du dir darüber Gedanken machst, wie du den eigenen Hals rettest.«

Ryan sträubte sich, doch je länger das Schweigen andauerte, um so deutlicher wurde ihm: Norm hatte recht. Er antwortete in einem ruhigen, viel gefaßteren Ton: »Was geschehen ist, ist geschehen. Die gute Nachricht ist, daß ich jetzt wenigstens weiß, daß das Geld von Kozelka stammt.«

»Und die schlechte Nachricht ist«, sagte Norm, »daß du immer noch keine Ahnung hast, was dein Vater gegen Kozelka in der Hand hatte. Trotzdem bist du einfach so in sein

Büro marschiert und hast ihm zu verstehen gegeben, daß die Familie Duffy ihn immer noch erpreßt.«

»Im Gegenteil. Ich habe ihm klipp und klar erklärt, daß ich nicht hinter Geld her bin.«

»Bei Erpressung muß es nicht unbedingt um Geld gehen. Strenggenommen ist jede Drohung, mit der du jemanden gegen seinen Willen zu etwas nötigst, eine Form der Erpressung.«

»Ich habe ihm nicht gedroht.«

»Es war eine verschleierte Drohung, Ryan. Du hast ihm gesagt, entweder, er rückt bis Montag früh um zehn die Informationen raus, die du haben willst, oder du gibst dem FBI seinen Namen.«

»Und das ist Erpressung?«

»Rechtlich ist das eine Grauzone. Aber wenn ich Kozelka wäre, würde ich es genauso auffassen.«

»Und was machen wir jetzt?«

»Abwarten. Uns wappnen. Wir werden bald erfahren, wie Kozelka auf eine Drohung reagiert.«

Joseph Kozelka saß hinter seinem Schreibtisch und kochte immer noch vor Wut. Das Gespräch im Konferenzraum war von einer Kamera aufgezeichnet und auf einen Bildschirm in seinem Büro übertragen worden. Zu behaupten, Dr. Duffy hätte ihn geärgert, wäre stark untertrieben. Aber Kozelka war nicht der Typ, der in Tobsuchtsanfälle ausbrach. Er kochte eher vor Wut. Nie für sich allein. Immer in Gegenwart derer, die er verantwortlich machte. Es war eine Taktik, die seine Untergebenen vor ihm zittern ließ.

An diesem Nachmittag war Nathan Rusch einer dieser Untergebenen. Er saß nervös auf dem Sofa und wartete die Reaktion seines Chefs ab.

Abeitsplatzsicherheit war ein seltener Luxus bei K&G, vor allem für jemanden wie Rusch, der ausschließlich auf Erfolgshonorar arbeitete. Rusch gehörte nicht dem normalen Sicherheitsdienst der K&G an. Er war ein Sondersicherheitsberater, eine Berufsbezeichnung, die so ziemlich alles abdeckte. Wenn Kozelka auf einer Reise in ein Entwicklungsland Personenschutz brauchte, stellte Rusch ein Team zusammen, das dem Geheimdienst Ehre gemacht hätte. Wenn ein verbitterter ehemaliger Angestellter damit drohte, Firmengeheimnisse auszuplaudern, war Rusch schneller, billiger und wesentlich effizienter als ein ganzes Team tollwütiger Anwälte. Und wenn Kozelka erpreßt wurde, sagte Rusch ihm, ob er zahlen mußte – oder ob er sich zur Wehr setzen konnte.

Kozelka sprach in beherrschtem, aber bissigem Ton. »Wie konnte sie so blöd sein und ein Glas mit ihren Fingerabdrücken in der Bar zurücklassen?«

»Ich weiß es nicht, Sir.«

»Sie sind derjenige, der sie beauftragt hat.«

»Es mußte schnell gehen. Und sie wurde mir wärmstens empfohlen.«

»Ich verstehe nicht, warum Sie sie überhaupt gebraucht haben. Sie hätten Duffy die Tasche selbst entwenden sollen.«

»Wir hatten gehofft, daß mehr dabei herauskommen würde als nur die Tasche. Die Kleine ist äußerst talentiert. Wir dachten, er würde ihr auf den Leim gehen, vielleicht mit ihr aufs Zimmer gehen, wo sie ihn hätte zum Sprechen bringen können. Aber es hat leider nicht funktioniert. Duffy hat nicht angebissen.«

»Egal. Was kann schlimmstenfalls passieren?«

Rusch haßte es, schlechte Nachrichten überbringen zu müssen, aber er war Kozelka gegenüber immer aufrichtig. »Duffy übergibt das Glas dem FBI bei dem Termin am Montag. Das FBI identifiziert sie anhand der Fingerabdrücke und verhaftet sie. Von da an liegt alles in ihren Händen.«

»Was soll das heißen, in *ihren* Händen?«

»Entweder sie sagt nichts. Oder sie redet.«

»Was kann sie denen denn schon sagen?« Kozelka hob drohend eine Braue. »Sie haben ihr doch nichts erzählt, *oder*?«

Rusch schluckte. »Ich konnte sie nicht vollkommen im dunkeln operieren lassen. Ein paar Dinge habe ich ihr gesteckt.«

Kozelka lehnte sich in seinem Sessel zurück. Er schrie nicht; das war einfach nicht sein Stil. Aber diesmal kochte er fast über, die Augen traten ihm fast aus dem Kopf. »Was haben Sie ihr gesagt?«

»Nur das Wesentliche. Wie schon gesagt, wir hatten gehofft, Duffy würde sie aus der Bar abschleppen, ein bißchen trinken, anfangen zu reden. Wir mußten ihr eine Vorstellung von dem geben, was sie aus ihm rauskriegen sollte.«

»Haben Sie seit Panama Kontakt mit ihr gehabt?«

»Ja. Ich habe sie hier in Denver wieder auf Duffy angesetzt. Aus verständlichen Gründen habe ich es vorgezogen, so wenige Mitarbeiter wie möglich in diese Operation mit einzubeziehen. Da sie sowieso schon involviert war, fand ich es naheliegend, sie erneut einzusetzen. Sie ist wirklich gut. Zumindest nach dem, was ich über sie gehört habe.«

»Weiß sie zuviel? Ist sie gefährlich?«

»Ich würde mir an Ihrer Stelle keine allzu großen Sorgen machen. Das FBI wird mit dem Glas nicht viel anfangen können. Es beweist nur, daß sie mit Ryan Duffy in der Hotelbar etwas getrunken hat. Nicht mehr.«

Kozelka verschränkte die Hände auf seinem Schreibtisch. »Es sei denn, sie gerät in Panik. Es sei denn, sie wird bereits wegen aller möglichen anderen Betrugsdelikte gesucht, von denen wir keine Ahnung haben. Es sei denn, das FBI bietet ihr Straffreiheit an, wenn sie denen erzählt, wer sie angeheuert hat und um was es bei dieser Geschichte genau geht.«

»Alles möglich. Aber voreilig.«

»Ich sage Ihnen nur eins, Rusch.« Kozelka lehnte sich vor und starrte ihn durchdringend an. »Sehen Sie zu, daß es nicht soweit kommt.«

46

Das Gericht war am Samstag so ausgestorben wie eine Kirche am Montag. Reihenweise leere Plätze. Absolute Stille in den Korridoren. Nur in wenigen Räumen waren die Lampen und die Klimaanlagen eingeschaltet. In dieser Atmosphäre wirkten alle Vorgänge wichtiger und zugleich unwichtiger als gewöhnlich. Alle waren an ihrem freien Tag hierhergekommen, obwohl das Gericht der letzte Ort war, wo sie sein wollten.

Außer Phil Jackson. Er wirkte energiegeladen, wenn nicht gar euphorisch.

Ryan bemühte sich, nicht in seine Richtung zu sehen. Er saß schweigend neben seinem Anwalt an dem alten Mahagonitisch, der von der Geschworenenbank am weitesten entfernt stand. Liz saß an dem anderen Tisch neben Jackson. Während sie auf den Richter warteten, schaute Ryan mehrmals zu ihr hinüber. Er konnte einfach nicht anders. Sie hatte bisher keinen Blickkontakt aufgenommen.

»Bitte erheben Sie sich«, sagte der Gerichtsdiener.

Richter Novak trat durch eine Seitentür ein und begab sich hinter die Richterbank. Norm hatte gesagt, er sei alt, aber er wirkte noch älter, als Ryan erwartet hatte. Riesige Altersflecken übersähten seinen fast kahlen Schädel wie Erdteile einen Globus. In beiden Ohren steckten Hörgeräte. Als er vorbeiging, fiel Ryan auf, daß er vergessen hatte, seine Robe im Rücken zu schließen. Ryan wandte sich ab. Es fiel ihm schwer, den Richter ernst zu nehmen, nachdem er gesehen hatte, daß sein Hintern in karierten Bermudashorts steckte. *Soweit war es also mit dem geheimnisvollen Nimbus eines Richters gekommen.*

»Guten Morgen«, sagte der Richter. »Wir sind hier, um über den Dringlichkeitsantrag des Klägers auf eine vorläufige Unterlassungsverfügung zu entscheiden. Wie die Anwälte der beiden Parteien ihren Mandanten sicherlich erklärt haben, gibt es bei einem solchen Verfahren keine Jury. Ich bin sowohl für die Fakten als auch für die Rechtsauslegung zuständig. Noch eine kurze Warnung an die Anwälte. Ersparen

Sie mir das theatralische Getue, mit dem Sie Geschworene zu beeindrucken gewohnt sind. Ich bin einundachtzig. Ich kenne das alles.

Mr. Jackson, bitte rufen Sie Ihren ersten Zeugen auf.«

Jackson erhob sich langsam, als wäre er noch ein bißchen steif in den Gelenken. Sein Gesicht war leicht geschwollen. Bis auf die Augenklappe jedoch waren keine äußerlichen Anzeichen seiner Verletzungen zu sehen. Nur wenn man ganz genau hinsah, konnte man die bläuliche Verfärbung an seinen Wangenknochen ausmachen. Sie war von Make-up verdeckt. Wie eitel mußte ein Mann sein, der an einem Samstagmorgen in einem leeren Gerichtssaal Make-up trug?

»Euer Ehren, unsere erste Zeugin ist die Klägerin, Elizabeth Duffy.«

Ryan schnappte nach Luft. Kein Wunder, daß sie nicht in seine Richtung gesehen hatte.

Der Richter rückte mit seinem Stuhl etwas vor. »Noch eine Warnung«, sagte er in belehrendem Ton. »Sie dürfen Ihre Zeugin aufrufen, Mr. Jackson, aber vergessen Sie nicht, daß ich für diese Verhandlung nur fünfundvierzig Minuten angesetzt habe. Ich habe nicht vor, hier zu sitzen und mir alles anzuhören, was in der Ehe der Duffys schiefgelaufen ist. Das heben wir uns für einen anderen Tag auf. Beschränken Sie sich auf das, was heute auf der Tagesordnung steht – und zwar: Hat Dr. Duffy etwas mit dem Überfall auf den Anwalt der Klägerin zu tun, und: Ist es nötig, eine einstweilige Verfügung gegen Dr. Duffy zu erwirken, um weitere Überfälle auszuschließen.«

»Euer Ehren, es gibt nur einen ganz bestimmten Punkt, zu dem ich Mrs. Duffy befragen möchte. Ich verspreche Ihnen, es wird nur eine Minute in Anspruch nehmen.«

»Fahren Sie fort.«

Ryan beobachtete genau, wie Liz vereidigt wurde. Sie trug ein elegantes Chanelkostüm. Entweder hatte sie ihr Auto verkauft, oder jemand hatte ihr ein bißchen Kleidergeld zugesteckt, damit sie sich so ausstaffieren konnte. Sie wirkte nervös, als sie in den Zeugenstand ging. Sie vermied es immer noch, ihn anzusehen.

»Mrs. Duffy, bitte nennen Sie uns Ihren Namen.«

»Elizabeth Frances Duffy.«

»Und Sie sind mit dem Beklagten, Dr. Duffy, verheiratet, ist das richtig?«

Der Richter unterbrach. »Machen Sie es nicht so umständlich. Wir sind uns alle einig, daß die beiden verheiratet sind. Sie will die Scheidung, bla bla bla. Kommen Sie zur Sache.«

»Mrs. Duffy, haben Sie Frank Duffy gekannt?«

»Ja, sehr gut. Frank war Ryans Vater. Er ist vor zwei Wochen an Krebs gestorben.«

»Haben Sie vor seinem Tod irgendwelche Gespräche mit ihm geführt? Vor allem, haben Sie mit ihm über Geld gesprochen?«

Norm sprang auf. »Einspruch. Was hat das mit dem zu tun, was das Gericht gerade als Tagesordnungspunkte festgelegt hat?«

»Euer Ehren, ich bitte um ein wenig Spielraum. Wenn es mir nicht gelingt, die ganze Sache mit meinem nächsten Zeugen auf den Punkt zu bringen, können Sie meinen Antrag ablehnen, mich wegen Mißachtung des Gerichts zur Rechenschaft ziehen und mich ins Gefängnis stecken.«

»*Das* möchte ich doch zu gerne sehen«, sagte der Richter. »Fahren Sie fort.«

»Mrs. Duffy«, sagte Jackson. »Haben Sie mit Frank Duffy über Geld gesprochen?«

»Ja. Wir haben zwei Wochen vor seinem Tod miteinander telefoniert.«

»Bitte, geben Sie das Wesentlichste dieses Gesprächs wieder.«

»Einspruch. Hörensagen.«

Der Richter verzog das Gesicht. »Reicht es nicht, daß Mr. Jackson gesagt hat, ich kann ihn ins Gefängnis stecken, wenn es ihm nicht gelingt, die Sache auf den Punkt zu bringen? Abgelehnt.«

Liz senkte den Blick und sagte leise: »Frank wußte, daß Ryan und ich über die Jahre viele Auseinandersetzungen wegen Geld hatten. Er wollte immer, daß Ryan und ich zusammenbleiben. Und in diesem letzten Gespräch hat er mich gebeten durchzuhalten. Er sagte, es würde bald Geld da sein.«

»Hat er gesagt, wieviel Geld?«

»Nein.«

»Hat er sonst irgendwelche Angaben gemacht?«

Liz blickte auf und schaute kurz zu Ryan hinüber. Dann sah sie ihren Anwalt an. »Ja.«

Ryan verspürte eisige Kälte – es war wie ein Stich. Er erinnerte sich an das Gespräch mit Liz auf der Veranda, am Abend nach der Beerdigung. *Davon* hatte sie nichts erwähnt.

Jackson fuhr fort. »Was genau hat er gesagt?«

»Er hat mir eine Zahlenkombination genannt.«

»Sie meinen, für ein Schloß?«

»Ja. Er hat nicht genau gesagt, wofür die Zahlen waren. Es war ein sehr kurzes Gespräch. Er ließ einfach irgendwie durchblicken, daß es etwas mit dem Geld zu tun hat. Er sagte, ich soll mich an Ryan wenden. Er würde Bescheid wissen.«

»Wie lautete die Kombination?«

»Dreißig-sechs-achtzehn-elf.«

»Danke, Mrs. Duffy. Das genügt.«

Liz erhob sich langsam. Ryan beobachtete sie fassungslos. Die Zahlen stimmten genau. Es war die Kombination des Zahlenschlosses an dem Koffer auf dem Dachboden. Sein Vater hatte ihr die Kombination gegeben. Nicht ihm. *Ihr.*

Der Richter schaute zu ihnen herüber. »Mr. Klusmire? Wünschen Sie ein Kreuzverhör?«

Ryan und Norm sahen sich an. Beide wußten, was der andere dachte. Das war gefährliches Terrain. Das FBI wußte bisher noch nichts von den zwei Millionen auf dem Dachboden. Jede weitere Befragung konnte das Geheimnis ans Licht bringen.

»Nein, Euer Ehren«, erwiderte Norm. »Kein Kreuzverhör.«

»Mr. Jackson, Ihr nächster Zeuge bitte. Und vergessen Sie

nicht«, sagte der Richter mit einem schmallippigen Lächeln, »wenn Sie hier keinen Zusammenhang zustande bringen, wartet eine nette kalte Zelle auf Sie.«

»Ich bin mir sicher, daß ich heute nacht in meinem eigenen Bett schlafen werde, Euer Ehren. Die Klägerin ruft Brent Langford in den Zeugenstand.«

Norm stand auf. »Euer Ehren, ich habe die Verwarnung, die Sie gestern am Telefon ausgesprochen haben, sehr ernst genommen. Wir haben alles versucht, um Mr. Langford hierherzubringen. Wir haben ihn mehrmals angerufen, haben ihn jedoch nicht erreicht. Trotz unserer Bemühungen –«

Er brach mitten im Satz ab. Alle Köpfe drehten sich, als sich die Türen des Gerichtssaals öffneten. Brent kam den Gang entlang. Norm und Ryan sahen einander an. Ihr Blick sprach Bände: Das konnte kein gutes Zeichen sein.

Brents Schritte hallten in dem fast leeren Gerichtssaal wider. Er trat durch die Schwingtür, die die Anwälte von den Zuschauerrängen trennte, den Blick geradeaus gerichtet. Sein Gesichtsausdruck wirkte angestrengt konzentriert, noch bevor er ein Wort gesagt hatte. Er wirkte wie ein Schuljunge vor einem Examen, der sich bemühte, alle wichtigen Antworten im Kopf zu behalten.

Ryan konnte den Anblick kaum ertragen, als der Gerichtsdiener Brent vereidigte. Da stand Brent und schwor, die Wahrheit und nichts als die Wahrheit zu sagen. Ryan war beim letztenmal dabeigewesen, als Brent vor Gott und der Welt gelobt hatte, die Frau, die er schon vorher verprügelt hatte und die er immer wieder verprügeln würde, zu lieben und zu ehren. Ein Gelübde bedeutete Brent überhaupt nichts. Und ein Eid genausowenig.

»Mr. Langford, bitte nennen Sie uns Ihren Namen.«

»Brent Langford.«

»Sie sind Dr. Duffys Schwager, ist das korrekt?«

Der Richter unterbrach wieder, diesmal ungehaltener. »Überflüssig, Mr. Jackson, überflüssig. Die Familiengeschichte interessiert mich heute nicht.«

»Ja, Herr Richter. Mr. Langford, Ihnen wurde eine Vorladung zu einer eidlichen Aussage zugestellt, ist das richtig?«

»Ja, das ist richtig. Sie wurde mir letzten Dienstag nachmittag bei mir zu Hause in Piedmont Springs zugestellt.«

»Und Sie gingen davon aus, daß ich für diese Vorladung verantwortlich war, ist das richtig?«

»Ja, davon bin ich ausgegangen.«

»Was taten Sie, nachdem Ihnen die Vorladung zugestellt wurde?«

Brent zuckte die Achseln. »Um ehrlich zu sein, ich war nicht gerade begeistert.«

»Haben Sie mit irgend jemandem darüber gesprochen?«

»Mit meiner Frau.«

»Mit sonst noch jemandem?«

»Ja. Mit Dr. Duffy.«

Ryans Augen weiteten sich. Er wußte, daß Brent ein Lügner war. Aber er hatte nicht geahnt, was für ein Lügner. Hastig kritzelte er Norm auf einen Zettel: *Das ist Schwachsinn*!

»Wie kam dieses Gespräch zustande?«

»Ryan hat mich an dem Abend angerufen.«

»Was hat er Ihnen gesagt?«

»Er sagte: ›Brent, diese Aussage darf nicht stattfinden. Es steht zuviel auf dem Spiel.‹«

»Was meinte er damit?«

»Einspruch«, sagte Norm und erhob sich. »Diese Frage fordert zu Spekulationen auf.«

»Lassen Sie es mich anders formulieren«, sagte Jackson. »Wie haben Sie Dr. Duffys Aussage verstanden?«

»Einspruch«, sagte Norm.

Der Richter lehnte sich vor. »In diesem Verfahren gibt es keine Jury, Mr. Klusmire. Lassen Sie uns die Aussage hören. Der Zeuge soll die Frage beantworten.«

»Ich hatte den Eindruck, daß es um viel Geld ging, von dem Liz nichts erfahren sollte.«

»Wie kam dieser Eindruck zustande?«

»Weil Sarah mir davon erzählt hat.«

»Einspruch«, rief Norm. »Wir kommen von Spekulationen auf Hörensagen.«

»Stattgegeben. Mr. Langford, Sie können uns alles sagen, was Sie aus erster Hand wissen, und Sie können uns alles sagen, was Dr. Duffy Ihnen gesagt hat. Aber nicht, was andere Leute ihnen erzählt haben mögen.«

»Ja, Euer Ehren«, antwortete Brent in respektvollem Ton.

Jackson fuhr fort: »Mr. Langford, sind Sie sicher, daß es Ihre Frau war, die Ihnen von dem Geld erzählt hat, oder war es Dr. Duffy?«

»Einspruch. Das ist lächerlich. Er beeinflußt den Zeugen sogar noch im Zeugenstand.«

»Abgelehnt.«

»Wenn ich's mir überlege«, sagte Brent, »kann es genausogut Ryan gewesen sein, der mir von dem Geld erzählt hat. Ja, genau. Es war Ryan. Jetzt bin ich mir wieder ganz sicher.«

»Gut«, sagte Jackson. »Nachdem wir das also geklärt haben, würde ich gern ein bißchen genauer auf das Geld eingehen, das Dr. Duffy seiner Frau vorenthalten wollte. Wissen Sie, ob dieses Geld jemals in irgendeinem Koffer oder einem anderen Behältnis aufbewahrt wurde, zu dem ein Zahlenschloß gehört?«

»Das weiß ich nicht.«

»Wäre es denn möglich?« drängte Jackson.

»Einspruch.«

»Stattgegeben.«

»Euer Ehren«, sagte Jackson, »ich versuche nur zu beweisen, daß Dr. Duffy allen Grund hatte, die eidliche Aussage zu verhindern. Er fürchtete, daß Brent mir bei dieser Gelegenheit von dem Geld erzählen könnte, das er vor meiner Mandantin zu verbergen sucht.«

»Dem Einspruch wird stattgegeben«, sagte der Richter. »Es besteht kein Grund, darauf herumzureiten, Mr. Jackson. Sie haben ihren Punkt klargemacht und die Dinge in Zusammenhang gebracht. Sie werden heute abend nicht ins Gefängnis wandern.«

»Danke, Herr Richter.« Jackson überflog seine Notizen, dann wandte er sich wieder seinem Zeugen zu. »Mr. Langford, kommen wir noch einmal auf dieses Telefongespräch zurück, das Sie am späten Abend mit Dr. Duffy geführt haben. Was sagten Sie zu ihm, nachdem er ihnen erklärt hatte, daß die Aussage verhindert werden müsse?«

»Ich habe ihm gesagt, ich bin kein Anwalt, ich kann diese eidliche Aussage nicht verhindern.«

»Und was hat Dr. Duffy darauf gesagt?«

»Er sagte, das hätte nichts mit juristischen Schritten zu tun. Wir könnten diese Sache nur verhindern, wenn ich Liz' Anwalt eine Lektion erteilte.«

»Erinnern Sie sich noch genau an das, was er gesagt hat?«

»Ja, ich kann mich noch genau erinnern.«

»Bitte, geben Sie genau die Worte wieder, die Dr. Duffy benutzt hat.«

Brent errötete, als wäre ihm das alles peinlich. »Ich möchte diesen Schmutz ungern wiederholen.«

Ryan mußte sich beherrschen. Brent war der Schmutz *in Person.*

Der Richter fügte hinzu: »Es ist sehr wichtig, daß wir erfahren, welche Worte Dr. Duffy benutzt hat.«

»Okay. Seine genauen Worte. Er sagte: ›Brent, ich will, daß du diesem Arschloch Phil Jackson die Birne weichklopfst und ihm eine Lektion erteilst.‹«

»Was haben Sie darauf geantwortet?«

»Ich sagte, vergiß es. Kommt nicht in Frage.«

»Wie endete Ihr Gespräch mit Dr. Duffy?«

»Er ist wütend geworden. Er hat mich – eine Memme genannt. Und noch andere Dinge, die ich hier nicht wiederholen kann. Und dann sagte er: ›In Ordnung, ich brauche dich nicht. Ich besorge mir jemanden, der das erledigt.‹«

»Hat er gesagt, wen er besorgen wollte?«

»Nein.«

»Was haben Sie dann getan?«

»Ich wußte nicht, was ich tun sollte. Ich bin die ganze

Nacht aufgewesen, weil ich vor lauter Sorge nicht schlafen konnte.«

»Warum haben Sie Mr. Jackson nicht gewarnt?«

»Das habe ich ja schließlich beschlossen. Ich bin mitten in der Nacht aufgestanden und nach Denver gefahren. Vergessen Sie nicht, das bedeutete, mich mit dem Bruder meiner Frau anzulegen. Das ist mir nicht leichtgefallen. Er gehört schließlich zur Familie. Ich wollte ihn nicht einfach bei der Polizei anzeigen. Ich wollte zu Liz fahren und mit ihr darüber reden.«

»Aber Sie kamen nicht rechtzeitig an.«

»Nein. Ich konnte ja nicht ahnen, daß Ryan so schnell jemanden auftreiben würde. Das nächste, was ich hörte, war, daß Sie im Krankenhaus lagen. Nachdem ich davon erfahren hatte, bekam ich Angst. Ich bin den ganzen Vormittag in Denver geblieben, weil ich nicht wußte, was ich tun sollte. Und dann bin ich einfach nach Hause gefahren.«

»Vielen Dank, Mr. Langford. Ich weiß, es ist nicht leicht, gegen jemanden aus der eigenen Familie auszusagen. Wir danken Ihnen, daß Sie gekommen sind.«

»Kreuzverhör, Mr. Klusmire?«

Norm erhob sich. »Euer Ehren, wie Sie sicherlich bemerkt haben, sind wir überrascht, daß Mr. Langford heute morgen tatsächlich hier anwesend ist. Und wir sind, offen gestanden, mehr als verblüfft über seine Aussage. Ich möchte eine fünfzehnminütige Unterbrechung beantragen, um mich mit meinem Mandanten zu beraten.«

»Wissen Sie was«, sagte der Richter, »Sie können sich soviel Zeit lassen, wie Sie wollen. Ich hatte sowieso vor, das Verfahren für eine Pinkelpause zu unterbrechen, aber offenbar ist das Problem größer als erwartet, wenn Sie verstehen, was ich meine. Ich habe jedenfalls für einen Samstag genug Zeugenaussagen gehört. Dies ist eine vorläufige Anhörung, und das Gesetz schreibt nicht vor, daß ich mir alles persönlich im Gerichtssaal anhören muß, bevor ich eine Entscheidung treffe. Im Interesse der Fairneß werde ich jedoch meine Entscheidung bis Montag 17.00 Uhr aufschieben. Der Beklagte hat bis dahin Zeit, mir so viele schriftliche eidesstattliche Erklärungen zukommen zu lassen, wie er will.«

»Herr Richter –«

»Das Gericht zieht sich zurück«, sagte Richter Novak beim Schlag seines Hammers.

»Bitte, erheben Sie sich«, rief der Gerichtsdiener.

Ryan stand verwirrt neben seinem Anwalt. »Ich fasse es nicht.«

Der Richter verließ den Gerichtssaal durch den Seitenausgang. Brent verließ den Zeugenstand und eilte an den Anwälten vorbei. Als Ryan ihn aufhalten wollte, hielt Norm ihn zurück.

»Laß ihn«, sagte er leise. »Sieh ihn nicht an, sieh Jackson nicht an und deine Frau auch nicht. Sonst sagst du garantiert irgendwas, was du später bereust. Und verlaß dich drauf, die schreiben sich alles auf.«

Ryan schluckte seinen Ärger und ließ Brent gehen.

Jackson sammelte seine Unterlagen ein und packte sie in seine Aktentasche. Liz stand neben ihm, sie schien sich regelrecht hinter ihm verstecken zu wollen. Auf dem Weg hinaus blieb Jackson bei Ryan und Norm stehen. »Willkommen beim Familiengericht, Gentlemen.«

Es kostete ihn seine ganze Selbstbeherrschung, aber Ryan sagte nichts. Er schaute zu, wie Jackson mit Liz im Schlepptau den Gang entlangmarschierte. Liz hakte sich bei Jackson ein, als sie durch die Schwingtüren am hinteren Ende des Gerichtssaals gingen. Die Türen schwangen mehrmals vor und zurück. Beim drittenmal sah Ryan, wie Brent und Jackson sich im Korridor die Hände schüttelten. Liz stand daneben und lächelte. Alle drei lächelten.

Wie die Drei Musketiere.

»Das ist doch wirklich nicht zu fassen«, sagte Ryan leise.

47

Die Fahrt zurück zu Norm schien nicht enden zu wollen. Ryan saß auf dem Beifahrersitz und machte seinem Ärger Luft. Norm saß hinter dem Lenkrad und hörte zu. Es ging Ryan nicht darum, seinen Freund zu kritisieren. Er war aufgebracht darüber, wie das Verfahren gelaufen war.

»Das ist völlig absurd«, sagte er. »Erst droht der Richter Jackson an, ihn ins Gefängnis zu werfen, und als nächstes wirft er uns statt dessen aus dem Gerichtssaal.«

»Dieses Theater kenne ich vom Strafgericht. Da drohen Richter den Staatsanwälten dauernd damit, sie wegen Mißachtung des Gerichts zur Verantwortung zu ziehen und ihren Fall niederzuschmettern. Erst tun sie so, als wollten sie um jeden Preis fair sein, um dann den Beklagten in die Pfanne zu hauen. Jedesmal, wenn ich diesen Blödsinn höre, weiß ich genau, daß mein Mandant einem langen Urlaub auf Staatskosten entgegensieht. Anscheinend funktioniert das beim Familiengericht ganz genauso – wenigstens bist du nicht im Knast.«

»Das ist doch die Ironie an der Sache. Brent ist derjenige, der hinter Schloß und Riegel gehört. Statt dessen sind er und Jackson plötzlich die besten Kumpel.«

»Ich zweifle nicht daran, daß Brent Jackson krankenhausreif geschlagen hat. Aber irgendwie – wahrscheinlich durch seine Kontakte zum FBI – muß Jackson von dem Konto mit den drei Millionen Wind bekommen haben. Das große Geld hat die Eigenschaft, alte Wunden zu heilen. Sie haben offensichtlich einen Deal gemacht.«

»Was für einen Deal?«

»Wahrscheinlich hat Jackson ihn vor die Wahl gestellt: Entweder er hilft Liz, ihren Anteil von dem Geld zu bekommen, oder Jackson hetzt ihm das FBI an den Hals und sorgt dafür, daß er die nächsten drei bis sechs Jahre im Knast verbringt.«

»Glaubst du, Brent hat ihnen von den zwei Millionen auf dem Dachboden erzählt?«

»Möglich. Jackson hat seine Fragen sehr vorsichtig gestellt.

Er hat es geschickt vermieden, allzu deutlich zu werden, was die Summe des Geldes angeht, wo es sich befindet, ob es sich um Bargeld handelt oder nicht. Was das Geld angeht, weiß er, daß er seiner Mandantin keinen Gefallen tut, wenn er das FBI oder die Steuerbehörde darauf aufmerksam macht. Schließlich will er die sprichwörtliche Gans nicht schlachten, die die goldenen Eier legt.«

»Ich kann es nicht fassen, daß Liz sich für so was hergibt. Sie konnte Brent doch nie ausstehen.«

»Er ist ihre einzige Chance. Betrachte es mal von ihrem Standpunkt aus, Ryan. Du hast ihr nie etwas von dem Geld erzählt. Sie mußte von ihrem Anwalt erfahren, daß dein Vater drei Millionen Dollar auf einem ausländischen Bankkonto hat. Sie kann Brent vielleicht nicht leiden, aber es ist gut möglich, daß sie ihm die Geschichte abkauft, nach der du jemanden beauftragt hast, Jackson zusammenzuschlagen. Hinzu kommt, daß dein Vater *ihr* die Kombination für das Schloß gegeben hat. Findest du es da nicht ganz natürlich, daß sie das Gefühl hat, ihr stünde ein Anteil zu?«

Ryan schüttelte den Kopf. »Das mit der Kombination hat mir einen Schock versetzt. Ich begreife nicht, was mein Vater sich dabei gedacht hat.«

»Was gibt es da zu begreifen? Dein Vater mochte Liz. Ehrlich gesagt, ich glaube, sie hat ihm damals richtig leid getan, als du aufs College gegangen bist und sie allein in Piedmont Springs zurückgelassen hast.«

»Im Gegenteil, mein Vater hat versucht, mich dazu zu überreden, sie zu verlassen. Ich hab dir die Geschichte doch erzählt, oder? Die äußerst niveauvolle Analogie mit den heißen Drähten. Wenn man erst mal geerdet ist, darf man nie wieder einen anderen anfassen.«

»Vielleicht hat er sich Vorwürfe gemacht, weil er dir einen schlechten Rat gegeben hat.«

»Oder schlechte Metaphern benutzt hat.«

»Egal. Auf jeden Fall wollte er, daß ihr beiden zusammenbleibt. Also hat er dir gesagt, wo das Geld ist, und ihr die

Kombination gegeben. Er wollte euch zwingen zusammenzuarbeiten.«

»Nur, daß er es dann selbst vermasselt hat. Nachdem er den Koffer zugemacht hatte, hat er die Zahlen am Schloß nicht verstellt. Als ich ihn gefunden hab, waren die Zahlen unverändert. Das Schloß ging einfach so auf.«

»Seine Absicht war eindeutig. Gut, die Ausführung hätte noch ein bißchen besser sein können.«

Ryan schaute aus dem Fenster. »Wesentlich besser. Und was machen wir jetzt?«

»Diese Anhörung ist eine verlorene Sache, deswegen werden wir keine eidesstattliche Erklärung abgeben. Jackson wurde überfallen, als du in Panama warst. Wir können Brents Aussage also nur entkräften, wenn wir über jede Minute jedes Tages, den du dort verbracht hast, Rechenschaft ablegen. Es ist nicht ratsam, dich unter Eid zu stellen, solange das FBI bei dir rumschnüffelt.«

»Du willst also einfach abwarten, bis der Richter eine Entscheidung trifft?«

»Ich werde Jackson anrufen und versuchen, mit ihm einen einvernehmlichen Entscheid auszuhandeln, den der Richter dann nur noch unterschreiben muß. Irgendwas, das zwar nicht besagt, daß du in irgendeiner Weise für den Überfall verantwortlich bist, das aber trotzdem garantiert, daß du für die Dauer des Verfahrens nicht in die Nähe von Jackson oder deiner Frau kommen wirst.«

»Wunderbar. Seit Jahren mißhandelt Brent meine Schwester, und jetzt ist *er* der Hauptzeuge, der eine Unterlassungsverfügung gegen *mich* erwirkt.«

»Die Unterlassungsverfügung muß Brent nicht notwendigerweise schützen. Nur Liz und ihren Anwalt. Aber ich rate dir trotzdem, dich von deinem Schwager fernzuhalten.«

»Das werde ich«, sagte Ryan. »Sobald ich ihm seinen verdammten Hals umgedreht habe.«

Jeanette Duffy kam gegen 14.00 Uhr vom Frisör. Es war ihr regelmäßiges Samstagsritual. Sie fuhr mit dem Wagen direkt vor das Garagentor neben dem Haus. Ein leichter Regen fiel. Sie kramte ihre Schlüssel heraus und ging mit schnellen Schritten die Stufen zur Veranda hinauf, bemüht, ihre Frisur vor dem Regen zu retten. Als sie den Schlüssel ins Schloß stecken wollte, zuckte sie zusammen. Die Glasscheibe in der Tür war zerborsten, das Schloß bereits geöffnet.

Voller Angst lief Jeanette die Treppe hinunter. Sie riß die Wagentür auf und stieg ein. Ihre Hände zitterten so sehr, daß es ihr kaum gelang, den Schlüssel ins Zündschloß zu stecken. Schließlich klappte es, und sie fuhr hastig los.

Der Feldweg war vom Regen glitschig. Der Wagen geriet kurz ins Schleudern, doch sie bekam ihn wieder unter Kontrolle. Etwa hundert Meter weit entfernt lag die Farm ihrer nächsten Nachbarn, der McClennys. Sie fuhr in die Einfahrt und rannte zur Haustür. Mr. McClenny machte auf.

»Ich glaube, bei mir ist eingebrochen worden!« rief sie. »Darf ich mal telefonieren?«

Einen Moment lang schien McClenny völlig entgeistert. Hier draußen wurde doch nie eingebrochen. »Klar«, sagte er. »Das Telefon ist gleich in der Küche.«

»Danke.« Sie lief durch das Wohnzimmer und nahm den Hörer ab. Sie begann, die Nummer der Polizei zu wählen, hielt jedoch plötzlich inne. Ihr ging durch den Kopf, daß dies ein weiteres Kapitel in der Fehde zwischen Ryan und Brent sein könnte – eine Familienangelegenheit. Vielleicht hatte Ryan wieder damit gedroht, das Geld zu verbrennen, und Brent war gekommen, um es sich zu holen.

Sie suchte in ihrer Handtasche nach der Nummer, die Ryan ihr gegeben hatte – Norms Privatnummer. Nervös drückte sie die Tasten. Norms Frau meldete sich und holte Ryan an den Apparat. Als Jeanette die Stimme ihres Sohnes hörte, verlor sie die Fassung. »Ryan«, schniefte sie. »Ich glaube, bei uns ist eingebrochen worden.«

»Was?«

»Unser Haus. Ich glaube, jemand ist bei uns eingebrochen. Die Scheibe an der Hintertür war eingeschlagen.«

»Bist du verletzt?«

»Nein.«

»Hast du jemanden gesehen?«

»Nein.«

»Wo bist du jetzt?«

»Bei den McClennys.«

»Gut. Halt dich vom Haus fern, Mom. Geh zu Sarah. Oder nein, das ist vielleicht keine gute Idee, Brent ist auf dem Heimweg. Kannst du ein paar Stunden bei den McClennys bleiben?«

»Ich glaube schon. In so einer Situation würde ich dasselbe für sie tun.«

»Okay. Ich fahre sofort los. In ein paar Stunden bin ich da.«

»Soll ich die Polizei anrufen?«

Ryan dachte nur den Bruchteil einer Sekunde nach. »Nein«, sagte er bestimmt. »Ruf die Polizei lieber nicht an. Ich bin spätestens heute abend da und kümmere mich selbst um die Angelegenheit.«

Amy rief im Lauf des Samstags mehrmals an, doch sie wurde jedesmal beschieden, Marilyn sei nicht zu sprechen. Sie hinterließ mehrere Nachrichten, doch es kam kein Rückruf. Sie wußte, daß Marilyn aus Washington zurück war, denn in den Lokalnachrichten hatten sie gezeigt, wie Marilyn am Samstag morgen auf dem Denver International Airport aus dem Flugzeug gestiegen war. Um vier Uhr konnte sie es nicht mehr aushalten. Sie rief Marilyns Haushälterin an.

»Sagen Sie ihr, das FBI hat mit mir Kontakt aufgenommen«, sagte sie. »Ich muß sie unbedingt sprechen.«

Innerhalb von zwanzig Minuten kam der Rückruf. Marilyn klang weniger besorgt, als Amy erwartet hatte.

»Ich habe nicht versucht, dir aus dem Weg zu gehen, Amy«, entschuldigte sie sich. »Es geht hier einfach alles drunter und drüber seit der Veröffentlichung der Entscheidung. In den letzten vierundzwanzig Stunden müssen an die tausend Leute angerufen haben, um mir zu gratulieren.«

»Tut mir leid. Ich müßte dir eigentlich auch gratulieren. Leider wurde meine Begeisterung von der Begegnung mit dem FBI überschattet.«

»Darüber brauchst du dir keine Gedanken zu machen«, sagte Marilyn. »Das FBI überprüft jeden, der in ein solches Amt berufen wird. Das ist deren Job.«

»Ich glaube nicht, daß das Routine war.«

»Vertrau mir. Wenn so eine Ernennung bekanntgegeben wird, reagiert das FBI sehr schnell und beginnt sofort mit den Umfeldermittlungen.«

»Nein, hör mir zu. Ich saß gerade in einer Pizzeria beim Mittagessen und schaute mir im Fernsehen den Bericht an, in dem du mit dem Präsidenten zu sehen warst. Plötzlich setzte dieser FBI-Agent sich zu mir an den Tisch. Das hatte mit deiner Ernennung nichts zu tun.«

»Und womit hatte es dann zu tun?«

Amy kämpfte mit sich; es fiel ihr schwer auszusprechen, was sie zu sagen hatte. »Er wollte wissen, was ich mit Ryan Duffy zu tun habe.«

»O mein Gott. Amy, ich habe dir doch gesagt, du sollst dich von diesen Leuten fernhalten. Kannst du dir überhaupt vorstellen, wie mein ganzes Leben im Moment unter die Lupe genommen wird? Jeder in meinem Umfeld läßt Rückschlüsse auf meine Person zu. Vor allem jemand wie du. Es ist schließlich kein Geheimnis, daß wir beide uns nahestehen.«

»Wie nahe stehen wir uns eigentlich genau?« fragte Amy gepreßt.

»Sehr nahe. Das weißt du doch.«

»Ja, das weiß ich. Aber ich bin verwirrt. Ich bin die ganze Nacht aufgewesen, weil ich nicht aufhören konnte, über das nachzudenken, was du mir gestern erzählt hast. Ich verstehe es einfach nicht. Ich frage mich immer wieder: Wieso sollte ein Mann, der dich vor sechsundvierzig Jahren vergewaltigt hat, plötzlich auf die Idee kommen, mir kurz vor seinem Tod zweihunderttausend Dollar zu schicken?«

»Ich habe keine Ahnung.«

»Marilyn, sind wir ... sind wir miteinander verwandt?«

Verblüfftes Schweigen. Schließlich erwiderte Marilyn: »Ich habe dir gesagt, daß ich nie wieder über diese Sache reden will. Bitte, zwing mich nicht dazu.«

»Ich habe einfach eine Menge Fragen.«

»Manchmal ist es besser, wenn bestimmte Fragen unbeantwortet bleiben.«

»Für dich vielleicht.«

»Für uns beide. Ich bitte dich zum letztenmal, Amy. Hör auf, darin herumzuwühlen. Du landest in einer Sackgasse.«

»Marilyn, bitte.«

»Bis bald, Amy.«

Amy wollte gerade noch etwas sagen, doch dann hörte sie ein Klicken in der Leitung. Damit hatte sie nicht gerechnet. Ungläubig starrte sie auf den Telefonhörer in ihrer Hand.

Zum erstenmal hatte Marilyn Gaslow einfach aufgelegt.

48

Nachts allein über den Highway 287 zu fahren war eine monotone Angelegenheit. Die Straße führte endlos in südlicher Richtung durch die weite Ebene, flach wie das Meer von dunklen Maisfeldern zu beiden Seiten, das kaum merklich im Wind wogte. Es war, als hinge man in einer Tretmühle fest. Das einzige, was an Szenerie in Sicht kam, war der von den Scheinwerfern beleuchtete Asphalt. Bei eingeschaltetem Fernlicht konnte man die erste Reihe Mais direkt neben dem kiesbedeckten Randstreifen erkennen und vielleicht die Telefonmasten zählen, die vorüberhuschten, einer nach dem anderen.

Brent schaltete die quietschenden Scheibenwischer wieder

ein. Es war ein Spiel, das er mit dem Nieselregen spielte. Winzige Tröpfchen sammelten sich auf seiner Windschutzscheibe. Er hielt sein Tempo bei huntertzwanzig Kilometern konstant und probierte aus, wie lange er fahren konnte, bis er sie wieder wegwischen mußte.

Achtzehn Kilometer. *Ein neuer Weltrekord.*

Er schaltete die Scheibenwischer aus und drehte an den Radioknöpfen. Die Sender aus Denver waren längst zu schwach geworden. Brent war fast zu Hause. Um das zu wissen, brauchte er keine Straßenschilder. Wo die Zivilisation aufhörte, begann Piedmont Springs.

Nach einer Weile fand er einen Sender, der Countrymusik spielte. Brent drehte die Lautstärke auf. Er warf einen Blick auf das Display, um nach der Frequenz zu sehen. Er hatte den Blick nur einen kurzen Moment von der Straße abgewandt – lange genug, um mit voller Geschwindigkeit über ein Brett zu fahren, das quer auf der Fahrbahn lag.

Lange Nägel, die aus dem Brett ragten, brachten die Reifen sofort zum Platzen. Der Wagen schlingerte wie wild. Brent riß das Steuer nach links, dann nach rechts, um den Wagen wieder unter Kontrolle zu bringen. Er geriet auf die linke Spur, schlitterte über den Seitenstreifen und drehte sich einmal um sich selbst. Dann blieb er mit einem Ruck in Fahrtrichtung Denver stehen.

Brent hielt das Steuer fest umklammert, er konnte einfach nicht loslassen. Schließlich atmete er tief durch und ließ die Arme sinken. Er stand unter Schock, war aber unverletzt. Eine Weile blieb er einfach so sitzen.

Regen trommelte auf die Windschutzscheibe. Die Scheinwerferkegel leuchteten tief in ein Maisfeld. Die Ebene wirkte noch dunkler, jetzt, wo der Wagen nicht mehr fuhr. Brent schaltete die Scheinwerfer aus und die Warnblinkanlage ein. Dann stieg er aus. Zwei Reifen waren platt, vorne und hinten links.

»Verdammt«, sagte er und trat mit dem Fuß gegen einen Dreckklumpen.

Er ging um den Wagen herum und öffnete die Heckklappe. Die schwache Beleuchtung des Kofferraums gab kaum genügend Licht, auch die rhythmisch orange aufblinkenden Warnleuchten nutzten nur wenig. Er wußte, daß er einen Ersatzreifen hatte, eins von diesen Minirädern, die aussahen, als gehörten sie an ein Go-cart. Hoffentlich hatte Sarah auch eine von diesen Sprühdosen zum Schlauchflicken dazugepackt. Er schlug die Bodenbedeckung zurück und kramte, den ganzen Oberkörper in den Kofferraum gebeugt, zwischen dem Werkzeug herum.

Er hörte nicht, wie sich jemand von hinten näherte.

»Brauchen Sie Hilfe?«

Brent erschrak, als er die Stimme hörte, und stieß sich den Kopf an der Heckklappe. Dann fuhr er herum. Der Mann stand so weit entfernt, daß das Licht der blinkenden Warnanlage ihn nicht erreichte, und war in der Dunkelheit kaum auszumachen. »Ja«, sagte Brent nervös. »Ich hab ’n Platten. Zwei sogar.«

»So ein Pech.«

Der Ton des Fremden klang nicht gerade beruhigend. Brent konnte im Dunkeln nicht viel erkennen. Das Blinken der orangen Warnleuchten störte auf die Entfernung eher seine Sicht. Er kniff die Augen zusammen, um besser zu sehen, aber er konnte noch nicht einmal die Scheinwerfer eines Wagens erkennen. Wenn er es sich recht überlegte, hatte er auch gar keinen Wagen kommen hören. Der Mann schien aus dem Nichts aufgetaucht zu sein.

Brents Überlebensinstinkt schaltete sich ein. Er griff nach dem Wagenheber im Kofferraum.

Wie in Zeitlupe hob der Mann einen Arm und richtete seine Waffe auf Brent. Ein einziger Schuß zerriß die Nacht. Brents Kopf wurde zurückgeschleudert. Er stürzte auf die Knie und fiel vornüber auf das Gesicht. Blut pulsierte aus dem Loch, wo sein rechtes Auge gewesen war, und ergoß sich auf den Asphalt. Es sammelte sich in einer Pfütze unter seiner Schulter.

Alles war still, nur die Maispflanzen raschelten in der leisen Brise.

Der Schütze ließ seinen Arm sinken und trat ein paar Schritte vor. Um keine Fußabdrücke zu hinterlassen, ging er nur über den Asphalt und vermied es, auf den Seitenstreifen zu treten. In dem orangen Blinklicht wirkten seine Hände, die in Chirurgenhandschuhen steckten, wie Prothesen – es würde keine Fingerabdrücke geben. Er zielte auf Brents Kopf und drückte noch einmal ab. Der Schuß zertrümmerte Brents Schädel. Nachdem er seine Arbeit erledigt hatte, zog er eine Plastiktüte aus seiner Tasche und ließ die Waffe hineingleiten.

Er ging zu Brents Wagen und kniete sich neben den linken Vorderreifen. Mit einem kurzen Griff entfernte er den Sender, den er dort versteckt hatte, während Brent seine Aussage vor Gericht gemacht hatte. Das elektronische Signal hatte es ihm ermöglicht, Brents Weg von Denver aus zu verfolgen, so daß er genau zum richtigen Zeitpunkt das Nagelbrett auf den Highway legen konnte.

Er stand auf und öffnete die Fahrertür. Dann langte er in den Wagen und ließ die Scheinwerfer einmal aufleuchten. Auf das Signal hin fuhr in fünfzig Metern Entfernung ein Wagen auf die Straße. Er hatte auf einem schmalen Feldweg in einem Maisfeld versteckt geparkt. Der Wagen raste auf ihn zu und hielt neben dem Buick. Die Beifahrertür öffnete sich. Er sprang hinein.

Der Wagen fuhr mit hoher Geschwindigkeit in Richtung Denver und ließ die blutige Leiche auf der Straße zurück. Der Mann warf noch einen Blick zurück auf sein Werk, dann nahm er die Mordwaffe aus seiner Jackentasche. Er hielt sie in der Plastiktüte hoch und bewunderte sie im schwachen Licht des Armaturenbretts. Ein Smith & Wesson Revolver mit perlmuttbeschlagenem Griff. Er gehörte ihm nicht, aber er war beeindruckt, wie reibungslos er funktioniert hatte.

Frank Duffy hatte ein Prachtstück von Revolver besessen.

49

Ryans Pager piepte nördlich von Eads, etwa eine Stunde vor Piedmont Springs. Während er die Straße mit einem Auge im Blick behielt, sah er nach der Nummer auf dem Display. Sie war ihm unbekannt. Eine Nachricht an einem Samstagabend bedeutete gewöhnlich, daß irgend jemand ernstlich krank war. Irgend etwas sagte ihm jedoch, daß dies kein *medizinischer* Notfall war.

Er hielt an einer Tankstelle, ging direkt zum Münzfernsprecher und wählte die Nummer. Mit jeder Taste, die er drückte, schien der Regen heftiger zu werden. Er trat dichter an den Apparat unter dem kleinen Schutzdach. Der Schutz, den es bot, war kaum der Rede wert. Zum Glück wurde nach dem ersten Läuten abgenommen.

»Brent ist tot.«

In dem prasselnden Regen waren die Worte schwer zu verstehen. »Wie bitte?«

»Ihr Schwager ist tot. Zweimal in den Kopf geschossen. Seine Leiche liegt auf dem Highway 287, etwa eine halbe Stunde von Ihnen zu Hause entfernt.«

Ryan erkannte die Stimme. Sie gehörte dem Sicherheitsmann bei K&G. »Sie haben ihn erschossen.«

»Nein. *Sie* haben ihn erschossen. Mit dem Revolver Ihres Vaters.«

Sofort fiel Ryan der Einbruch ein. »Sie sind bei uns eingebrochen und haben die Waffe gestohlen.«

»Genau«, höhnte der andere. »Und Sie glauben im Ernst, daß die Polizei Ihnen das abkaufen wird?«

»Wie haben Sie sie gefunden? Woher wußten Sie überhaupt, daß mein Vater eine Waffe besaß?«

»Sie ist registriert. Und seien Sie doch mal ehrlich. Würden Sie nicht auch als erstes in der obersten Schublade des Nachttischs nachsehen?«

»Sie Bastard. Damit werden Sie nicht durchkommen.«

»Da wäre ich mir an Ihrer Stelle nicht so sicher. Hören Sie sich das mal an.«

Erst war ein Klicken in der Leitung zu hören, dann ertönte Ryans eigene Stimme. Es war eine Tonbandaufnahme seines Gesprächs mit Norm nach der Gerichtsverhandlung. Ryan hörte verblüfft zu, als er Norm sagen hörte: »*Ich rate dir, dich von deinem Schwager fernzuhalten.*« Er biß die Zähne zusammen. Er wußte, was er geantwortet hatte. »*Das werde ich. Sobald ich ihm seinen verdammten Hals umgedreht habe.*«

Die Aufnahme war zu Ende. Ryan schloß fassungslos die Augen. »Sie haben Norms Wagen verwanzt.«

»Ich nicht. Das war wahrscheinlich der Penner, der Sie angerempelt hat, als Sie das Gericht betraten. Der muß was in Ihre Jackentasche fallen gelassen haben. Wir haben das ganze Desaster mitgehört, das sich im Gerichtssaal abgespielt hat – und alles andere auch.«

Ryan faßte hektisch in seine Jackentaschen, erst links, dann rechts. Ein winziges Mikrophon steckte in der untersten Ecke. Wütend zerdrückte er es mit der Faust. »Lassen Sie diesen Blödsinn! Was wollen Sie eigentlich von mir?«

»Halten Sie sich von den FBI-Leuten fern. Und vergessen Sie, daß Sie je von Joe Kozelka gehört haben.«

»Sonst?«

»Sonst wird die Polizei diese Waffe finden. Sie werden dieses Band hören. Und dann werden sie an Ihre Tür klopfen.«

Ryan kam nicht dazu zu antworten. Es klickte in der Leitung, dann ertönte das Freizeichen. Er legte den Hörer auf, hielt ihn jedoch weiterhin umklammert. Der Regen kam jetzt von der Seite, schlug ihm ins Gesicht. Er wußte nicht, wen er zuerst anrufen sollte. Sarah, seine Mutter oder Norm. Eins wußte er allerdings ganz genau, als er den Hörer wieder aufnahm.

Auf *keinen Fall* das FBI.

Nathan Rusch legte den Hörer in der Telefonzelle auf und ging zurück zu seinem Wagen. Vorsichtshalber hatte er für die Rückfahrt nach Denver einen Umweg gewählt, nach Westen über die Pueblo und dann die I-25 hinauf. In Rocky Ford, der selbsternannten Melonenhauptstadt der Welt, hatte er angehalten. Transparente und handgemalte Schilder entlang der Straße kündigten die bevorstehende Arkansas Valley Fair an, einen Jahrmarkt, der jedes Jahr im August zu Beginn der Melonensaison stattfand. Der ganze Wassermelonenrummel erinnerte Rusch an die alten David Letterman Shows, in denen der Gastgeber riesige Zwanzigpfünder von irgendwelchen Hochhäusern in Manhattan auf die Straße geworfen hatte, wo sie zu Matsch wurden. So ähnlich hatte Brents Kopf auf dem Highway ausgesehen.

Melonenschädel Langford. In den zwanzig Jahren, die er im Geschäft war, hatte er jedem seiner Opfer einen Namen gegeben. Dieser gefiel ihm besonders gut.

Der Parkplatz vor DENNYS RESTAURANT war fast voll. Melonen hatten den Ort vielleicht berühmt gemacht, aber der Samstagabendhit war offenbar das Grand Slam Breakfast. Er ging an mehreren Reihen geparkter Wagen vorbei und blieb dann neben einem weißen Taurus stehen. Das Fenster der Fahrertür wurde heruntergekurbelt. Seine Partnerin saß am Steuer. Heute trug sie weder die schwarze noch die blonde Perücke, sondern zeigte ihr natürliches brünettes Haar.

»Hast du ihn erreicht?« fragte sie.

»Klar.«

»Gut.« Sie rückte auf den Beifahrersitz. Rusch öffnete die Tür und stieg ein.

»Wir sind ein ziemlich gutes Team, was?«

Er ließ den Motor an und fuhr mit finsterer Miene vom Parkplatz. »Du hast es mal wieder vermasselt, Sheila.«

»Wieso? Ich hab alles genauso gemacht, wie es abgemacht war.«

»Es sollte nicht so wie ein Einbruch aussehen. Die ganze Sache funktioniert doch nur, wenn jeder denkt, Duffy hätte die Waffe seines Vaters benutzt. Wenn die beweisen können, daß jemand ins Haus eingestiegen ist, bevor Brent abgeknallt wurde, haben wir nichts in der Hand.«

»Die Bude war abgeschlossen. Was hätte ich denn tun sollen? Ich finde, ich hab das verdammt gut hingekriegt. Immerhin hab ich die Waffe auf Anhieb gefunden.«

»So genial war das auch wieder nicht, Sheila. Neun von zehn Leuten bewahren ihre Waffe in ihrem Nachtschränkchen auf.«

Sie schaute aus dem Fenster. »Du hast an allem, was ich mache, was auszusetzen.«

»Ach ja? Du fährst nach Panama und hinterläßt deine verdammten Fingerabdrücke auf einem Cocktailglas. Du gehst in Duffys Haus und brichst ein wie ein Amateur.« Er schüttelten den Kopf und knurrte vor sich hin: »Ich muß wirklich bescheuert gewesen sein zu glauben, du wärst außer für den Strich noch für was anderes zu gebrauchen.«

Sie beugte sich zu ihm und kniff die Augen zusammen. »Jeder hat seine Stärken«, sagte sie und strich mit den Fingerspitzen über die Innenseite seines Schenkels. »Und seine Schwächen.«

Er schob ihre Hand weg. »Diesmal funktioniert das nicht. Ich kann dich nicht ewig decken. Kozelka toleriert keine Fehler.«

»Was willst du mir damit sagen, Nathan?«

Er warf ihr einen kurzen Blick zu, dann konzentrierte er sich wieder auf die Straße. »Mr. Kozelka fürchtet, Duffy könnte dem FBI das Glas übergeben und damit die Aufmerksamkeit auf dich lenken. Er fürchtet, du könntest im Zweifelsfall den Namen Kozelka fallen lassen. Und ich habe zwei Möglichkeiten, das zu verhindern. Entweder ich sorge dafür, daß Duffy nicht mit dem FBI redet. Oder ... na ja, ich glaube, die zweite Möglichkeit kannst du dir selbst ausmalen.«

Sie schaute nervös auf seine Hände, die auf dem Steuerrad lagen, als würde ihr plötzlich bewußt, wie groß sie waren. »Unter diesen Umständen wünschte ich, wir hätten Duffy ein bißchen besser in der Hand.«

»Eigentlich müßte es funktionieren. Selbst nach deinem vermasselten Einbruch kann ich mir nicht vorstellen, daß Duffy zum FBI rennt, bevor sein Anwalt Gelegenheit hat, die Sache zu regeln.«

»Und dann?«

»Dann müssen wir die Lage neu einschätzen.«

Sie brachte ein schwaches Lächeln zustande. »Ich hoffe bloß, daß alles gutgeht.«

»Ja«, erwiderte er kühl. »Das kann ich mir vorstellen.«

Ryan rief als erstes bei seiner Mutter an. Sie war immer noch bei den McClennys, wo sie warten sollte, bis er aus Denver zurück sein würde. Es regnete unaufhörlich, während er ihr alles berichtete, von der Katastrophe im Gerichtssaal bis zu der telefonischen Drohung. Als er geendet hatte, nahm er kaum wahr, daß er bis auf die Haut durchnäßt war.

Sie schien über die Nachricht von Brents Tod schockiert zu sein, wenn auch nicht allzu traurig über den Verlust. Der Pioniergeist, den Ryan seit dem Tod seines Vaters bei ihr vermißt hatte, war plötzlich wieder da.

»Bist du sicher, daß er tot ist?«

»Ich habe seine Leiche nicht gesehen, wenn es das ist, was du meinst.«

»Und woher willst du dann wissen, daß der Mann nicht blufft?«

»Er würde nicht in unser Haus einbrechen und Dads Revolver stehlen, nur um zu bluffen. Ich kann über die 278 fahren und nachsehen, wenn du willst.«

»Nein, tu das nicht.«

Ihr Ton beunruhigte ihn. »Warum nicht?«

»Weil die Polizei vielleicht schon da ist. Du solltest lieber nicht mit denen reden.«

»Warum nicht?«

»Weil du dir das erst ganz genau überlegen solltest. Was willst du ihnen denn sagen?«

»Ich werde ihnen sagen, daß jemand versucht, mir einen Mord anzuhängen, den ich nicht begangen habe. Auf diese

Weise kann ich Kozelkas Killer den Wind aus den Segeln nehmen.«

»Bitte, tu das nicht.«

»Warum nicht, Mom?«

»Wenn du der Polizei sagst, daß jemand versucht, dir den Mord anzuhängen, mußt du ihnen erklären, wieso.«

»Ich finde, es wird Zeit, daß wir die Sache ins reine bringen.«

»Nein.«

Ryan verdrehte die Augen. »Was soll das heißen, nein?«

»Das geht nicht mehr nur dich was an, Ryan. Ich habe da auch ein Wörtchen mitzureden.«

»Ist dir eigentlich klar, worüber wir gerade sprechen, Mom? Man versucht, mir einen *Mord* in die Schuhe zu schieben.«

»Noch nicht. Bisher haben sie nur damit gedroht. Sie werden ihre Drohung nur dann wahr machen, wenn du mit dem FBI redest. Wenn du deinen Mund hältst, bleibt der Mord an Brent einfach ein weiterer ungelöster Fall.«

Er öffnete den Mund, brachte jedoch kein Wort heraus. Er konnte nicht glauben, was seine Mutter da sagte. »Mom, jemand ist ermordet worden.«

»Nicht *jemand*. Brent. Tut mir leid, aber ich vergieße keine Tränen über den Tod eines Schlägers, der meine Tochter verprügelt hat. Brent ist tot. Daran kannst du auch nichts ändern, wenn du der Polizei erzählst, daß jemand versucht, dich reinzulegen. Und du kannst der Polizei nicht erzählen, daß jemand versucht, dir den Mord anzuhängen, ohne den guten Ruf deines Vaters zu ruinieren. All das wird Brent nicht wieder lebendig machen, selbst wenn wir es wollten.«

»Mom, ich habe schon mehr als genug dafür getan, daß die Sache mit der Erpressung ein Geheimnis bleibt.«

»Verdammt. Es geht nicht um die Erpressung. Es geht um die *Vergewaltigung*. Ich würde es nicht ertragen, wenn jeder in Prowers County denkt, ich wäre sechsundvierzig Jahre lang mit einem Vergewaltiger verheiratet gewesen!«

Ryan erstarrte. »Ich dachte, du wüßtest nichts von der Vergewaltigung. Du hast mir gesagt, du hättest keine Ahnung von dem Bankschließfach in Panama gehabt. Du hast gesagt, du hättest es nicht wissen *wollen.*«

Ihre Stimme zitterte, aber sie schrie nicht mehr. »Natürlich habe ich davon gewußt.«

»Warum hast du mir nichts davon gesagt, bevor ich nach Panama geflogen bin?«

»Tut mir leid.«

»Warum hast du mir nicht alles gesagt, was du wußtest?«

»Ryan, bitte.«

»Nein«, sagte er scharf. »Du hast es gewußt. Warum hast du es mir nicht *gesagt?*«

»Ich hatte Angst.« erwiderte sie leise.

»Wovor?«

»Ich hatte Angst, du würdest nicht verstehen, warum ich ihm verziehen habe. Bitte, Ryan. Laß uns das auf andere Weise klären. Der Mann deiner Schwester ist gerade ermordet worden. Sie sollte es nicht über den Piedmont Springs Buschfunk erfahren. Ich muß zu ihr gehen. Laß mich es ihr schonend beibringen.«

»Versuch nicht, dich hinter Sarah zu verstecken.«

»Ich verstecke mich nicht. Jetzt nicht mehr. Wir treffen uns bei ihr. Und dann werden wir drei über alles sprechen. Wie eine Familie.«

»Oder wie das, was davon übrig ist.«

»Bitte, Ryan. Unterstütz mich. Nur dieses eine Mal.«

Bitterkeit stieg in ihm auf – doch er schluckte sie hinunter. »In Ordnung, Mom. Wir treffen uns bei Sarah.«

50 Ryan fuhr über die einsamen unbefestigten Straßen nach Hause, die er als Junge auf Fahrradtouren entdeckt hatte. Das war keineswegs eine Abkürzung. Es war ein Umweg, aber auf diese Weise würde er am Ort des Verbrechens auf dem Highway 287 auf keinen Fall vorbeikommen. Wahrscheinlich war die Polizei schon dort. Nach dem Versprechen, das er seiner Mutter gegeben hatte, wollte er nicht in Versuchung geraten, anzuhalten und womöglich etwas zu sagen, das er später bereuen würde.

Er fuhr zu schnell, seine Reifen wirbelten den Kies auf, der den Boden bedeckte. Zahlreiche Schlaglöcher machten die einspurige Straße noch tückischer. Ein paarmal wurde er so durchgeschüttelt, daß sein Kinn auf die Brust schlug. Es war eine holprige Fahrt, und bei der Geschwindigkeit kam es ihm fast so vor, als würde er querfeldein fahren. Ein vernünftiger Fahrer hätte das Tempo gedrosselt. Ryan nicht, jedenfalls nicht heute nacht. Die Schlaglöcher, die Stöße, die schlechte Sicht – all das spiegelte seinen derzeitigen Gemütszustand, seine wirren Gedanken.

Bei allem, was ihm durch den Kopf ging, war das Bild von Brent, der tot auf dem Highway lag, das eindringlichste. Er war weiß Gott kein Fan seines Schwagers gewesen, vor allem nicht seit dessen Aussage vor Gericht am Vormittag. Dennoch erschütterte ihn der Gedanke, daß das Geld auf dem Dachboden zu dem Mord an einem Familienmitglied geführt hatte. Er fragte sich, wie Liz auf diese Neuigkeit reagieren würde. Was für eine Geschichte ihr Anwalt daraus machen würde, wagte er sich kaum auszumalen. Selbst ohne die Waffe und das Tonband, mit denen Kozelka ihn in der Hand hatte, würde Jackson sofort mit dem Finger auf Ryan zeigen. Wer sonst hatte ein so offensichtliches Motiv?

Vielleicht traf ihn tatsächlich ein Teil der Schuld. Tatsache war, daß Brent tot war, weil Ryan Kozelka bedroht hatte. Deswegen fühlte er sich in gewisser Weise schuldig, vor allem, weil er sich in den vergangenen Jahren so oft gewünscht hatte, Brent würde verschwinden. Jetzt war er weg.

Die lange, unbefestigte Straße mündete in der Nähe einer alten Scheune und eines windschiefen Silos in den Highway. Ohne die Geschwindigkeit zu verlangsamen, bog Ryan auf den Highway und erreichte Sarahs Haus in Rekordzeit. Sein Wagen kam in der Einfahrt rutschend zum Stehen, und Ryan stieg aus. Das Licht auf der Veranda war an und beleuchtete den regennassen Weg zur Haustür. Die Tür war unverschlossen, und er ging, ohne zu klopfen, hinein.

»Mom?« rief er, als er das Wohnzimmer betrat.

»Hier.«

Ryan eilte in die Küche. Dort sah er seine Mutter am Tisch. Sarah saß in sich zusammengesunken neben ihr und lehnte sich an sie wie eine trauernde Witwe. Ryan entdeckte Trauer in den Augen seiner Schwester. Bei seinem Anblick verwandelte sich die Trauer in Wut.

»Wie konntest du das tun, Ryan?« sagte sie voller Verachtung.

»Wie konnte ich was tun?«

»Ich bekomme nächsten Monat ein Baby. Wie konntest du meinem Mann das antun?«

»Ich habe Brent nichts getan.« Flehend schaute er seine Mutter an. »Mom, sag's ihr.«

»Das habe ich schon«, erwiderte seine Mutter.

Sarah schnaubte verächtlich. »Du bist reingelegt worden. Daß ich nicht lache. Ich glaube dir kein Wort. Brent hat mir alles erzählt, bevor er heute früh zum Gericht gefahren ist. Er hat befürchtet, daß du es ihm heimzahlen würdest. Aber mit so was hat keiner von uns gerechnet.«

»Hör zu, ich weiß nicht, was Brent dir erzählt hat, aber –«

»Er hat mir erzählt, daß du ihn aus Panama angerufen und ihm gesagt hast, er soll Liz' Anwalt zusammenschlagen. Als er sich geweigert hat, hast du einen Schläger angeheuert.«

»Dasselbe hat er vor Gericht ausgesagt. Es ist eine Lüge.«

»Hast du denselben Mann dafür bezahlt, daß er meinen Mann erschießt, Ryan? Oder hast du das selbst besorgt?«

»Sarah, ich habe mit dem Mord an Brent nichts zu tun.«

»Es hat alles an dem Abend angefangen, als Brent dich um einen Teil von dem Geld gebeten hat. Da hast du völlig durchgedreht und angefangen, das Geld zu verbrennen. Um ein Haar hättest du ihn an dem Abend schon umgebracht. Mom sagt, du hast Dads Revolver in der Hand gehabt. Du hast zwar versucht, ihn zu verstecken, als sie reinkam, aber sie hat ihn trotzdem gesehen. Du wolltest Brent erschießen!«

»Ich habe Brent nicht umgebracht, und jetzt halt endlich die Klappe!«

Sarah lehnte sich weinend an ihre Mutter. Jeanette zog ihre Tochter an sich, um sie zu trösten, dann sah sie Ryan an. »Wir sollten uns alle erst einmal beruhigen, bevor wir Dinge sagen, die wir nicht ernst meinen. Laßt uns drüber schlafen und morgen weiterreden.«

»Nein!« schrie Ryan. »Du hast mir am Telefon gesagt, du wolltest über alles in der Familienrunde reden. Also, die Familie ist versammelt. Weich nicht aus, Mom. Wir müssen reden – und zwar *jetzt*.«

»Jetzt ist nicht der richtige Zeitpunkt.«

Ryan wäre beinahe explodiert, aber ein Klopfen an der Tür ließ ihn innehalten. Die drei sahen einander an, als wollten sie vom anderen wissen, wer das sein könnte.

»Erwartet ihr jemanden?« fragte Ryan.

Beide Frauen schüttelten den Kopf.

»Geh aufmachen, Ryan. Deine Schwester kann das in ihrem Zustand nicht.«

Ryan seufzte entnervt und ging mit lauten Schritten aus der Küche. Er riß die Haustür unnötig heftig auf. Der Besucher erschrak.

»Hallo Ryan«, sagte der Mann schüchtern.

Es war Josh Colburn, der alte Anwalt, der das Testament seines Vaters aufgesetzt hatte. Ryan hatte ihn seit der Beerdigung nicht mehr gesehen. Er trug ein leuchtendgelbes T-Shirt mit dem Logo des örtlichen Eisenwarenladens. »Mr. Colburn«, sagte Ryan verblüfft. »Was machen Sie denn hier?«

»Ich war gerade beim Bowling. Dort habe ich gehört, daß

Brent ermordet worden ist. Armer Kerl. Ich bin zuerst zum Haus Ihrer Eltern gefahren, aber es war niemand zu Hause. Also bin ich auf schnellstem Wege hierhergekommen.«

»Das ist sehr nett von Ihnen«, sagte Ryan verwirrt. »Aber warum die Eile?«

»Nun, ich muß mit Ihnen reden. Ich habe Probleme beim Auslegen der Anweisungen Ihres Vaters.«

»Mein Vater? Wovon reden Sie überhaupt?«

Colburn beugte sich vor und begann zu flüstern, als wolle er Ryan ein Staatsgeheimnis anvertrauen. »Ich habe den Umschlag.«

»Mr. Colburn, ich habe keine Ahnung, worum es geht.«

»Den *Umschlag*. Frank hat mir aufgetragen, ihn sofort an die *Denver Post* zu schicken, falls einem Mitglied der Familie Duffy etwas zustoßen sollte.«

Ryan lief es kalt über den Rücken. Es war genauso, wie es Norm gesagt hatte. Bei jeder Erpressung mußte es ein Sicherheitsventil geben – eine unbekannte dritte Person, die automatisch das Geheimnis preisgibt, falls dem Erpresser oder einem Mitglied seiner Familie etwas zustößt. Auf diese Weise sorgt der Erpresser dafür, daß er sein Geld bekommt, und sichert sich gleichzeitig gegen Vergeltungsmaßnahmen ab.

»Haben Sie ihn schon an die *Post* geschickt?« fragte Ryan.

»Nein. Das ist es ja gerade, wobei ich mir nicht sicher bin. Ich weiß, was Ihr Vater von Brent gehalten hat. Er hat ihn noch mehr verabscheut als Sie. Um ehrlich zu sein, weiß ich nicht zu sagen, ob Brent als Mitglied der Familie Duffy betrachtet wird.«

»Wo ist der Umschlag jetzt?«

»In meiner Kanzlei. Ich bewahre ihn in meinem Safe auf. Frank wollte nicht, daß ich ihn je mit mir herumtrage.«

Ryan trat auf die Veranda, legte dem alten Mann freundlich einen Arm um die Schultern und führte ihn die Stufen hinunter. »Ich würde mich gern mit Ihnen über diese Sache unterhalten«, sagte er. »Auf dem Weg in Ihre Kanzlei.«

Das Telefon läutete nach Mitternacht. Amy lag auf dem Sofa im Wohnzimmer und sah sich einen alten Audrey Hepburn Film an. Sie nahm das schnurlose Telefon vom Sofatisch, bevor das schrille Klingeln Taylor oder ihre Großmutter wecken konnte.

»Hallo.«

»Amy, hier spricht Ryan Duffy.«

Wie von der Tarantel gestochen fuhr sie hoch, die Tüte mit dem heißen Popcorn flog auf den Boden. »Woher haben Sie meine Nummer?«

»Ich habe einen alten Brief gefunden, der von einer Frau namens Debby Parkens geschrieben wurde.«

Amy stand verblüfft auf. »Das ist meine Mutter.«

»Das habe ich mir gedacht. Der Brief wurde in Boulder aufgegeben. Ich habe die Auskunft angerufen. Es war nur so ein Gefühl. In Boulder ist nur eine Amy Parkens gelistet.«

Plötzlich bedauerte sie, ihm je ihren Vornamen genannt zu haben. »Was wollen Sie von mir?«

»Ich mußte Sie einfach anrufen. Amy, mein Vater hat Ihre Mutter nicht vergewaltigt.«

»Das weiß ich. Er hat –« Sie unterbrach sich. Sie wollte Marilyn nicht in die Sache hineinziehen. »Hören Sie auf, mich zu belästigen. Rufen Sie mich nie wieder an.«

»Nein, warten Sie. Ich weiß, warum mein Vater Ihnen das Geld geschickt hat.«

Sie widerstand dem Drang aufzulegen. Die Antwort auf diese Frage wollte sie auf jeden Fall wissen. »Warum?«

»Wenn ich es Ihnen am Telefon sage, werden Sie annehmen, daß ich mir das alles aus den Fingern sauge. Bitte, treffen Sie sich mit mir.«

»Ich werde nie wieder in Ihre Nähe kommen. Sagen Sie es mir jetzt sofort.«

»Amy, Sie müssen sich den Brief ansehen. Ich möchte ihn niemandem zeigen, solange ich nicht absolut sicher bin, daß er echt ist. Sie sind die einzige, die mir seine Echtheit bestätigen kann. Bringen Sie etwas mit, das uns helfen kann, die Handschrift Ihrer Mutter zu identifizieren. Aber bitte, treffen Sie sich mit mir. So bald wie möglich.«

Sie überlegte. Er wußte jetzt, wo sie wohnte. Wenn sie sich weigerte, ihn zu treffen, würde er wahrscheinlich über kurz oder lang bei ihr vor der Tür stehen, und es gäbe schon wieder etwas, das sie dem FBI erklären mußte. »Also gut. Kommen Sie nach Boulder. Aber wir können uns nicht bei mir zu Hause treffen.«

»Das geht leider nicht. Ich kann im Moment nicht aus Piedmont Springs weg. Ich muß hier wichtige Familienangelegenheiten regeln.«

»Soll das ein Witz sein?«

»Ich kann zur Zeit einfach nicht hier weg. Es hat einen … weiteren Todesfall in der Familie gegeben.«

»Das tut mir leid. Aber erwarten Sie allen Ernstes von mir, daß ich bis nach Piedmont Springs rausfahre?«

»Nur, wenn Sie wissen wollen, warum Ihre Mutter zwei Wochen vor ihrem Tod einen Brief an meinen Vater geschrieben hat.«

Ein Schauer lief ihr über den Rücken. Mehr brauchte sie nicht zu hören. »Ich bin morgen früh da«, sagte sie. Dann legte sie auf.

51

Kurz nach Sonnenaufgang klopfte es laut an der Tür. Sarah lag in Embryohaltung auf der Seite, um die stechenden Rückenschmerzen ertragen zu können, die die Schwangerschaft mit sich brachte. Verschlafen starrte sie mit zugekniffenen Augen auf die orangen Flüssigkristalle auf dem Wecker neben ihrem Bett. 6.22 Uhr. Sie wälzte sich aus dem Bett, schlüpfte in ihren Morgenrock und ging die Treppe hinunter.

Die Nacht war anstrengend gewesen. Sie hatte kaum geschlafen, viel geweint. Die Tränen waren keine Tränen der

Trauer gewesen. Sie hatte aus Selbstmitleid und Angst vor der Zukunft geweint. Ihre Mutter hatte sich am Abend schützend vor sie gestellt, hatte der Polizei erklärt, sie sei mit den Nerven am Ende und in keiner Verfassung, um mit irgend jemandem zu reden. Bald jedoch würde sie sich den Leuten von der Mordkommission stellen müssen. Sie würden sie mit Sicherheit fragen, ob sie sich vorstellen könne, warum jemand ihrem Mann nach dem Leben trachtete. Vor allem eine Frage hatte sie die ganze Nacht wach gehalten: Was sollte sie der Polizei über das Geld ihres Vaters sagen?

Es klopfte erneut.

»Ich komme«, sagte sie, während sie auf die Tür zuschlurfte. Augenblicklich bereute sie ihre Worte. Jetzt konnte sie nicht mehr heimlich aus dem Fenster lugen, um zu sehen, wer es war, und dann so tun, als sei niemand zu Hause. Trotzdem schob sie den Vorhang zurück, um einen kurzen Blick nach draußen zu werfen.

Der Mann stand mit dem Rücken zum Haus. Sein Profil war ihr fremd. Er schien gut auszusehen und war elegant gekleidet. Die Uhr an seinem Handgelenk sah teuer aus. Sowenig sie sich in der Lage fühlte, mit der Polizei zu reden, so sicher war sie, daß sich niemand von der örtlichen Polizei eine Rolex leisten konnte. Sie schob den Riegel zurück und öffnete die Tür.

»Mrs. Langford«, sagte der Mann leise und freundlich. »Ich bin Phil Jackson.«

Der Name war ihr bekannt, doch sie wußte nicht so recht, wie sie sich verhalten sollte. »Sie sind Liz' Anwalt«

»Das ist richtig. Das mit Ihrem Mann tut mir schrecklich leid. Ich weiß, daß Sie zur Zeit Schreckliches durchmachen, aber ich muß unbedingt mit Ihnen reden.«

»Worüber denn?«

»Darf ich reinkommen?«

»Nein.«

Er trat einen halben Schritt zurück. »Mrs. Langford, ich kann es verstehen, wenn Sie mir gegenüber Vorbehalte haben. Aber je eher Sie begreifen, daß ich auf Ihrer Seite stehe, um so eher werden wir herausfinden, was mit Brent passiert ist.«

»Ich weiß, was Brent passiert ist. Er hat sich in Dinge eingemischt, von denen er die Finger hätte lassen sollen. Und er ist ermordet worden.«

»Aber er hat das alles für Sie getan. Und für das Baby.«

»Das bezweifle ich.«

»Aber es stimmt. Nachdem Brent gestern vor Gericht ausgesagt hat, habe ich mich ausgiebig mit ihm unterhalten. Er hat mir gesagt, daß er Ihnen kein guter Ehemann gewesen ist. Er sagte, er sei immer der Meinung gewesen, Sie hätten etwas Besseres verdient.«

Sarahs Augen wurden weicher. Plötzlich war sie gar nicht mehr so abweisend. »Das hat er wirklich gesagt?«

»Allerdings. Er wußte, daß er für Sie nicht ausreichend vorgesorgt hatte. Das tat ihm schrecklich leid. Die Aussage, die er gestern vor Gericht gemacht hat, war seine Art der Wiedergutmachung.«

»Für mich hat sich das eher so angehört, als wollte er Ryan Schaden zufügen.«

»Nein. Das Ziel war nicht, Ryan zu schaden. Sein Ziel war es, *Sie* zu schützen.«

»Das verstehe ich nicht.«

»Lassen Sie mich ganz offen mit Ihnen reden. Ich weiß von den drei Millionen Dollar auf dem Konto beim Banco del Istmo in Panama. Jemand vom FBI hat mir diese Information bestätigt. Offenbar hat Brent auch davon gewußt. Seine größte Befürchtung war, daß Ryan – unser Mister Selbstmitleid – alles vermasseln würde, so daß am Ende keiner aus der Familie mehr etwas von dem Geld sehen würde.«

»Das fürchte ich auch die ganze Zeit.«

»Und diese Befürchtung ist absolut begründet. Ihre Situation ist anders als die Ihres Bruders. Ryan ist Arzt, er kann selbst jede Menge Geld verdienen, wenn er will. Aber Sie brauchen das Geld und Liz ebenfalls. Als Brent sich also bereit erklärte, Liz zu helfen, war es sein eigentliches Ziel, für *Sie* zu sorgen. Sie sehen also – was immer ich für Liz tue, kommt auch Ihnen zugute.«

Sarahs Augen wurden zu Schlitzen. »Was können *Sie* schon für mich tun?«

»Ich kann mit Ihrer Hilfe dafür sorgen, daß Brent nicht umsonst gestorben ist.«

»Was soll das heißen?«

»Das soll heißen, daß ich die Absicht habe, die Abmachung einzuhalten, die Brent und ich getroffen haben. Solange seine Witwe mich dabei unterstützt, dieselben Ziele zu erreichen.«

»Könnten Sie sich etwas genauer ausdrücken?«

»Ganz einfach«, sagte Jackson. »Auf der Bank liegen drei Millionen Dollar. Brents Information zufolge wollten Sie und Ryan sich das Geld teilen. Liz sollte nichts davon abbekommen.«

Sarah blinzelte. So, wie er es darstellte, hörte es sich an, als wollten sie Liz tatsächlich übers Ohr hauen.

Jackson fuhr fort: »Ich mache Ihnen also folgendes Angebot: Sie behalten Ihren Teil des Erbes. Und als zusätzlichen Anreiz, mir dabei zu helfen, daß Liz ihren fairen Anteil erhält, bekommen Sie zwanzig Prozent von dem, was wir von Ryan erstreiten.«

»Mr. Jackson, wir reden hier über meinen Bruder.«

Jackson trat näher und zeigte auf die blauen Flecken unter seinem Make-up. »Ihr Bruder hat jemanden dafür bezahlt, mich zusammenzuschlagen. Und womöglich ist er auch für den Tod Ihres Mannes verantwortlich.«

»Das können wir nicht mit Sicherheit wissen.«

»Das brauchen wir auch nicht. Ich versuche ja nicht, ihn ins Gefängnis zu bringen, und ich verlange auch nicht von Ihnen, so weit zu gehen. Nein, wir brauchen den Scheidungsrichter nur zu der Annahme zu bringen, daß Ryan möglicherweise mit den beiden Gewalttaten etwas zu tun haben könnte. Wenn der Richter auch nur den geringsten *Verdacht* hegt, daß dem so sein könnte, haben wir gewonnen.«

»Ich weiß nicht«, erwiderte Sarah unsicher.

»Okay«, sagte Jackson. »Sie bekommen *dreißig* Prozent von dem, was Liz von Ryan erhält. Nach Abzug meines Honorars natürlich.«

Sarah spürte einen Adrenalinstoß. Nachdem Brent sie jahrelang mißhandelt und unterdrückt hatte, verlieh ihr die Tatsache, daß sie mit diesem Mann verhandelte, ein vorher nie empfundenes Gefühl der Macht. Das Beste war, daß Jackson immer noch nichts von den zwei Millionen auf dem Dachboden zu wissen schien. Wahrscheinlich hatte Brent ihm nichts davon erzählt.

»Wissen Sie was«, sagte sie kokett. »Ich werde darüber nachdenken.« Sie trat einen Schritt zurück und wollte die Tür schließen.

Jackson hielt die Tür fest. »Wann kann ich mit Ihrer Antwort rechnen?«

»Wenn ich soweit bin«, erwiderte sie und schlug die Tür zu.

Kurz vor dem Frühstück kam ein Deputy des Sheriffs von Prowers County zum Haus der Duffys. Auf Norms Rat hin – oder besser, auf seine Anordnung hin – hatte Ryan die Polizei angerufen und den Einbruch gemeldet. Der Deputy, ein ehemaliger Klassenkamerad von Ryan, trug eine hellgrüne Sommeruniform mit kurzärmeligem Hemd. Ryan wollte seine Mutter aus der Sache heraushalten und ging allein mit dem Polizisten zum Hintereingang. Die zerbrochene Glasscheibe in der Küchentür trage die typische Handschrift der Kleinkriminellen in Prowers County, meinte der Deputy. Jugendkriminalität nahm drei Viertel seiner Zeit in Anspruch.

Ryan äußerte keine Vermutungen über das Alter des Einbrechers. Es kam darauf an, den Einbruch anzuzeigen, ohne einen Zusammenhang mit dem Mord, dem Geld oder der Erpressung herzustellen.

»Ist irgendwas gestohlen worden?« fragte der Deputy.

»Ich bin mir nicht sicher«, sagte Ryan. Es war die Wahrheit. Er hatte noch nicht einmal in der Nachttischschublade seines Vaters nachgesehen, um sich davon zu überzeugen, daß die Waffe tatsächlich gestohlen worden war.

»Wann hast du bemerkt, daß die Scheibe zerbrochen war?«

»Heute morgen.« Auch das war die Wahrheit. Es war schon weit nach Mitternacht gewesen, bis er aus Josh Colburns Kanzlei zurückgekehrt war, Amy angerufen hatte und nach Hause gefahren war, um die Scheibe zu untersuchen.

Innerhalb weniger Minuten hatte der Polizist seinen Bericht aufgenommen. Aus Rücksicht auf das tragische Ereignis in der Familie – Brents Tod – wollte er Ryan nicht länger als nötig aufhalten. Ryan bedankte sich und sah ihm, die Augen mit der Hand gegen die tiefstehende Morgensonne schützend, nach, als er aus der Einfahrt setzte.

Ryan ging zurück zum Haus und blieb auf der Veranda stehen. Aus dem Augenwinkel sah er, wie sich ein Wagen näherte. Ein Pick-up. Er fuhr schnell, und Wasser spritzte aus den Pfützen vom Regen der vergangenen Nacht. Schließlich konnte er erkennen, wer hinter dem Steuer saß. Es war Amy.

Sie war tatsächlich gekommen.

Er lief die Einfahrt hinunter, um sie aufzuhalten. Er hatte seiner Mutter noch nichts von Amy erzählt und wollte eine Szene vermeiden. Der Pick-up hielt neben dem Briefkasten. Amy kurbelte ihr Fenster herunter. Ihr Gesichtsausdruck war reserviert, weder freundlich noch abweisend. Ihre Augen waren von der langen, nächtlichen Fahrt gerötet.

»Vielen Dank, daß Sie gekommen sind«, sagte Ryan.

»Bedanken Sie sich nicht. Haben Sie den Brief?«

»Ich habe ihn in meiner Praxis in den Safe gelegt. Wie ich bereits am Telefon gesagt habe, ich will ihn niemandem zeigen, bevor Sie mir nicht bestätigt haben, daß er echt ist. Ich habe noch nicht mal meiner Mutter davon erzählt.«

Sie trat auf die Kupplung, bereit loszufahren. »Also, fahren wir.«

»Sie können mit mir fahren, wenn Sie wollen.«

»Ich fahre hinter Ihnen her.«

In ihrer Stimme lag mehr als leichtes Mißtrauen. »Okay. Folgen Sie mir.«

52

Sie hatten keinen Abschiedsbrief gefunden. Das war Amys erster Gedanke gewesen, als Ryan einen Brief von ihrer Mutter erwähnt hatte. Daß es keinen Abschiedsbrief gab, war eines der wenigen wertvollen Dinge gewesen, an die Amy sich all die Jahre geklammert hatte. Auf dieser Tatsache beruhte ihre Überzeugung, daß ihre Mutter sich nicht umgebracht hatte. Diese Tatsache hatte sie dazu veranlaßt, die ganze Nacht durchzufahren, um sich mit Ryan zu treffen. Als sie den Brief von Ryan entgegennahm, drehte es ihr vor Aufregung fast den Magen um.

Sie faltete den Brief so vorsichtig und ehrfürchtig auseinander, als handle es sich um die Originalhandschrift der Magna Carta. Sie legte ihn vor sich auf den Schreibtisch. Es war wie eine Zeremonie, ein heiliges Ritual, das sie mit der Vergangenheit ihrer Mutter verband. Sie las das Datum. Ryan hatte die Wahrheit gesagt. Zwei Wochen vor dem Tod ihrer Mutter.

Schweigend las Amy den Brief, ließ sich von ihren Augen auf unbekannte Pfade führen. Es kostete sie einige Mühe, die Fassung zu wahren. Sie wußte, daß Ryan sie von der anderen Seite des Schreibtischs aus beobachtete, obwohl ihre Blicke sich keinmal trafen, obwohl sie ihren Blick keinmal von dem blaßgrünen Briefpapier hob, das die Initialen ihrer Mutter trug.

Nur einmal schaute sie auf, als würde sie sich plötzlich bewußt, wie beklemmend die Atmosphäre in Ryans Sprechzimmer war. Die Klimaanlage war seit Tagen nicht benutzt worden. Das einzige Fenster wurde von einem mit Patientenkarteikarten vollgestopften Regal blockiert. Die Wandpanele aus Holzimitat waren von der billigen Sorte, die man gewöhnlich für Kellerräume benutzte. Direkt über Amys Kopf befand sich eine Schwenkarmlampe, die eigentlich über einen Untersuchungstisch und nicht über einen Schreibtisch gehörte. Sie verströmte mehr Hitze als Licht.

Es war jedoch die Hitze ihrer Gefühle, die sie allmählich übermannte, die mit jedem Satz, mit jedem Wort, das sie las, anstieg. Als sie den Brief zur Hälfte gelesen hatte, bildeten sich kleine Schweißperlen auf ihrer Oberlippe, und sie bekam einen trockenen, salzigen Geschmack im Mund. Sie las schweigend, versuchte, sich zu den Worten den Klang der Stimme ihrer Mutter vorzustellen, versuchte, sich auszumalen, wie ihre Mutter all dies laut aussprach. Es war frustrierend. Die Stimme änderte sich immer wieder. Es war die beruhigende Stimme aus ihrer frühen Kindheit, die sie heraufzubeschwören versuchte, doch der ängstliche Ton, den die Stimme ihrer Mutter während der letzten Tage ihres Lebens angenommen hatte, kam immer wieder störend dazwischen. Wie ein Radioempfang mit kaputter Antenne. Manchmal waren die Störgeräusche so stark, daß sie sich schon nicht mehr erinnern konnte, wie die Stimme ihrer Mutter wirklich geklungen hatte, fröhlich oder eher traurig. Amy war schließlich so verwirrt, daß die Stimme sich in die von jemand anderem verwandelte. Sie hörte Marilyn, Gran, sogar sich selbst sprechen. Wut stieg in ihr auf. Eine unbestimmte Wut, die sie ihr Leben lang mit sich herumgetragen hatte – die Wut einer Achtjährigen, die ihrer Mutter beraubt worden war.

Als sie zu Ende gelesen hatte, zitterten ihre Hände. Endlich hatte sie einen stillen Rhythmus gefunden und hörte die Stimme ihrer Mutter laut und deutlich. Seltsam, aber am Schluß war sie von einem einzigen, überwältigenden Gefühl erfüllt.

»Das kann nicht wahr sein.«

Ryan sah sie fragend an. »Sie meinen, alles, was in dem Brief steht, ist nicht wahr? Oder meinen Sie, Ihre Mutter hat das nicht geschrieben?«

»Beides.«

Ryan war anderer Meinung. Er bemühte sich jedoch, das nicht allzu deutlich auszusprechen. »Lassen Sie uns zunächst klären, ob der Brief authentisch ist. Haben Sie, wie abgemacht, zum Vergleich etwas mitgebracht, was Ihre Mutter geschrieben hat?«

»Ja. Aber ich brauche keine Vergleiche anzustellen, um Ihnen zu sagen, daß dieser Brief gefälscht ist.«

»Das ist Ihre Meinung. Ich würde mich gern selbst davon überzeugen.«

»Sind Sie Graphologe, oder was?«

»Nein. Aber wenn Sie sich so sicher sind, daß der Brief eine Fälschung ist, was kann es dann schaden, wenn ich die beiden Dokumente nebeneinanderlege und sie vergleiche?«

Amy hielt ihre Handtasche fest umklammert. Sie fühlte sich nicht direkt bedroht, aber sein Ton hatte sie aufhorchen lassen. »In Ordnung.«

Sie öffnete ihre Handtasche und nahm einen Umschlag heraus. »Dies ist ein Brief, den meine Mutter mir geschrieben hat, als ich sieben war und einen Sommer im Zeltlager verbracht habe. Sie werden sehen, daß die Handschrift ganz anders aussieht.«

Er nahm ihr den Brief ein bißchen zu hastig aus der Hand, es war ihm fast schon peinlich. Er öffnete ihn und legte ihn neben den anderen, den Brief an seinen Vater. Es interessierte ihn nicht, was in dem Brief an Amy stand. Statt dessen konzentrierte er sich auf die Ober- und Unterlängen, auf die i-Punkte und die t-Striche. Er verglich einzelne Buchstaben, Gruppen von Buchstaben, ganze Wörter. Er ging genauso vor, wie ein Graphologe es laut Norms Auskunft tun würde. Schließlich blickte er auf.

»Ich bin kein Fachmann, aber ich würde sagen, daß diese beiden Briefe von derselben Person geschrieben wurden.«

»Das eine Schriftbild ist dem anderen nicht annähernd ähnlich.«

Ryan schob sich in seinem Stuhl zurück. Ihr Ton wurde allmählich feindselig. »Hören Sie«, sagte er, an ihre Vernunft appellierend. »Die Schrift in dem Brief an meinen Vater wirkt ein bißchen unsicher, das gebe ich zu. Aber ich finde, die Ähnlichkeit ist nicht zu übersehen.«

»Das finden Sie, weil Sie es so sehen *wollen.*«

»Ich würde gern eine Kopie davon machen und einen Experten zu Rate ziehen.«

»Nein.«

»Warum nicht?«

»Weil ich lange genug in einer Anwaltskanzlei gearbeitet habe, um zu wissen, daß man Experten einschaltet, damit sie einem sagen, was man hören will.«

»Ich will doch nur die Wahrheit rausfinden.«

»Sie wollen bloß den Namen Ihres Vaters reinwaschen.«

»Und was ist daran verwerflich?«

»Was daran *verwerflich* ist?« fragte sie aufbrausend. »Marilyn Gaslow war die beste Freundin meiner Mutter. Ihr Vater hat sie vergewaltigt. Und jetzt, sechsundvierzig Jahre später, erwarten Sie von mir, daß ich glaube, Marilyn hätte sich das alles aus den Fingern gesaugt?«

»Es steht schwarz auf weiß in diesem Brief. Ihrer Mutter zufolge wurde mein Vater für eine Vergewaltigung verurteilt, die er nie begangen hat.«

»Genau deswegen behaupte ich, daß dieser Brief eine Fälschung ist. Warum sollte meine Mutter einen solchen Brief schreiben?«

»Weil es die Wahrheit ist, darum.«

»Es ist nicht die Wahrheit. Wenn es die Wahrheit wäre, hätte Ihr Vater der ganzen Welt erklärt, daß er unschuldig verurteilt worden ist. Jeder normale Mensch würde alles in seiner Macht stehende tun, um seinen guten Ruf wiederherzustellen.«

»Dazu hatte er keinen Grund. Er wurde als Jugendlicher verurteilt, und die Akten waren für niemanden zugänglich.«

Amy lächelte sarkastisch. »Wie praktisch. Marilyn rackert sich ihr Leben lang ab, nie gibt es auch nur die Andeutung eines Skandals. Aber ausgerechnet in derselben Woche, in der sie für den Vorsitz des Zentralbankrats nominiert wird, taucht plötzlich ein Brief auf, in dem behauptet wird, sie hätte einen Mann fälschlicherweise der Vergewaltigung beschuldigt.«

»Diesen Zufall kann ich mir auch nicht erklären.«

»Ich schon. Es ist eine Lüge. Es ist ein abgekartetes Spiel, um Marilyn zu schaden. Und zwar auf Kosten meiner Mutter.«

»Wenn es eine Lüge ist, warum hat mein Vater Ihnen dann zweihunderttausend Dollar geschickt?«

»Was hat das denn damit zu tun?«

»Ich glaube, mein Vater hat Ihnen das Geld geschickt, weil er Ihrer Mutter dankbar war. Sie war Marilyns beste Freundin. Marilyn hat sich ihr anvertraut und ihr erklärt, daß die Vergewaltigung nie stattgefunden hat. Ihre Mutter tat das Richtige und schrieb meinem Vater einen Brief, um ihm genau das zu sagen. Und mein Vater hatte endlich etwas in der Hand, mit dem er seine Unschuld beweisen konnte.«

»Das glaube ich nicht.«

»Haben Sie eine bessere Erklärung dafür, daß mein Vater Ihnen kurz vor seinem Tod soviel Geld geschickt hat?«

Amy sah ihn wütend an, doch sie hatte keine Antwort.

Ryan sagte: »Das hatte ich auch nicht erwartet.«

Amys Stimme zitterte vor Wut. »Also gut. Dann will ich mal so tun, als würde ich Ihr kleines Hirngespinst ernst nehmen. Nehmen wir an, meine Mutter hat den Brief tatsächlich geschrieben. Nehmen wir an, Marilyn Gaslow hat Ihren Vater zu Unrecht der Vergewaltigung bezichtigt. Woher zum Teufel hatte Ihr Vater die zweihunderttausend Dollar, die er mir geschickt hat?«

»Das ist eine berechtigte Frage«, sagte Ryan leise. »Und ich werde sie unter einer Bedingung beantworten. Ich möchte eine Kopie von diesem Brief machen, damit ich die beiden von einem Experten vergleichen lassen kann.«

»Was ist, wenn ich nein sage?«

»Dann werden Sie wohl nie erfahren, woher das Geld stammt.«

Amy dachte nach. Der Brief, den sie mitgebracht hatte, enthielt nichts allzu Persönliches oder Peinliches. Es gab keine Garantie dafür, daß Ryan ihr die Wahrheit sagen würde, aber es gab eine Möglichkeit, wenigstens einen Vorteil aus dem Handel zu ziehen. »Okay. Sie bekommen eine Kopie von meinem Brief, wenn ich eine Kopie von dem Brief an Ihren Vater bekomme.«

»Einverstanden.« Er stand auf und führte Amy an den Kopierer im Nebenzimmer. Er griff nach Amys Brief, doch sie zog ihn weg.

»Sie zuerst.«

Ryan widersprach nicht. Er machte eine Kopie und reichte sie Amy. Sie steckte sie schnell in ihre Handtasche.

»Jetzt Ihrer«, sagte er.

Sie reichte ihm den Brief. Ryan drückte auf die Taste und griff nach der Kopie, die am anderen Ende aus dem Gerät kam. Amy hielt seinen Arm fest.

»Nicht so schnell. Zuerst beantworten Sie mir noch meine Frage. Woher stammt das Geld?«

Ryans Kehle schnürte sich zusammen. Es war ihm schon schwergefallen, Norm davon zu erzählen, seinem Freund und Anwalt. Bei Amy war es noch etwas ganz anderes. Vielleicht lag es daran, daß sie ihn bei ihrer ersten Begegnung verzaubert hatte. Was es auch sein mochte, es war ihm nicht egal, was sie von ihm dachte. »Ich bin mir nicht ganz sicher.«

»Was *glauben* Sie denn, woher es stammt?«

»Ich glaube ... mein Vater hat den Brief Ihrer Mutter benutzt, um an das Geld zu kommen.«

»Benutzt? Was meinen Sie damit?«

Er nahm die Kopie aus dem Gerät. »Ich rede von Erpressung. Die zweihunderttausend Doller wurden erpreßt. Und noch viel mehr.«

»Er hat Marilyn erpreßt?«

»Nicht Marilyn. Einen sehr reichen Geschäftsmann namens Joseph Kozelka.«

Amy wich einen Schritt zurück, sie wollte plötzlich nur noch weg. »Das ist ja absurd.«

»Hören Sie mir zu, bitte. Ich weiß, es klingt schrecklich, wenn ich sage, mein Vater war ein Erpresser. Aber versetzen Sie sich doch mal in seine Lage. Ich glaube, er ist einzig und allein zum Erpresser geworden, weil er unschuldig wegen einer Vergewaltigung verurteilt wurde.«

»Ihr Vater war ein Erpresser *und* ein Vergewaltiger.«

»Das ist unmöglich. All das ergibt nur einen Sinn, wenn er die Vergewaltigung *nicht* begangen hat.«

»Das hätten Sie wohl gern.«

»Nein, es ist reine Logik. Seit ich von der Verurteilung erfahren habe, habe ich mich immer wieder gefragt: Wie ist es möglich, daß ein Mann eine Frau vergewaltigt und dann zum Erpresser wird? Kann ein Vergewaltiger das Opfer erpressen? Niemals. Es sei denn, die Vergewaltigung hat nie stattgefunden – und der angebliche Vergewaltiger kann beweisen, daß das Opfer das alles nur erfunden hat. Und der Brief Ihrer Mutter beweist genau das.«

»Das einzige, was mir dieses Treffen beweist, ist, daß ich auf Marilyn Gaslow hätte hören sollen. Die Duffys sind verabscheuungswürdige Menschen, und ich sollte mich so weit wie möglich von ihnen fernhalten.« Sie riß Ryan die Kopie aus der Hand. »Und ich werde nicht zulassen, daß Sie diesen Brief benutzen, um Ihre idiotische Theorie zu beweisen.«

»Amy, warten Sie!« Er rannte hinter ihr her, als sie auf die Tür zustürzte. Bei dem Versuch, ihr die Kopie wieder abzujagen, zerriß er sie in zwei Hälften. Sie schrie auf und schlug nach ihm. Er blieb stehen. Sie sah ihm in die Augen, eine Dose Pfefferspray in der Faust.

Wie erstarrt standen sie einander gegenüber und warteten darauf, daß der andere sich zuerst bewegte. Einen Augenblick lang schien ihnen die Ironie der Situation bewußt zu werden. Schließlich waren es ihre Eltern gewesen, die diese Begegnung heraufbeschworen hatten. Sie schauten aus einer anderen Welt zu, wie ihre Kinder zuerst im GREEN PARROT miteinander flirteten, um sich schließlich in Ryans Praxis wie Todfeinde gegenüberzustehen.

Amy sagte: »Kommen Sie mir nicht näher. Ich will Ihr Geld nicht. Und ich brauche Ihre Lügen nicht.« Sie drehte sich um und verschwand durch die Tür.

Am liebsten wäre er ihr gefolgt, ließ es jedoch sein. Er hatte getan, was er konnte. Er hätte sich denken können, daß es unmöglich sein würde, sie zu überzeugen. Zumindest hatte er eine Handschriftenprobe – die Hälfte von Debby Parkens' Brief an ihre Tochter. Mehr würde Norms Experte nicht brauchen, um nachzuweisen, daß der Brief an seinen Vater von derselben Schreiberin stammte.

Er legte das abgerissene Blatt Papier auf seinen Schreibtisch und glättete es, so daß es durch das Faxgerät paßte. Auf ein leeres Blatt kritzelte er ein paar Zeilen an Norm, wählte Norms Nummer und steckte dann beides in den Schlitz.

Während das Faxgerät den Brief langsam verschluckte, kamen ihm Zweifel. Nicht, daß er mit einem negativen Ergebnis der Handschriftenanalyse rechnete. Aber auch Experten konnten nur Meinungen äußern. Weder Experten noch Amy konnten mit *Sicherheit* bestätigen, daß Frank Duffy zu Unrecht der Vergewaltigung beschuldigt worden war. Das konnte nur eine Person. Ihr Name war Marilyn Gaslow. Die zukünftige Vorsitzende des Zentralbankrats.

Das Faxgerät piepte, um anzuzeigen, daß die Übertragung beendet war. Ryan starrte auf die Briefe. Sein plötzlicher Entschluß ließ ihn erschauern.

Er nahm den Hörer ab und wählte noch einmal.

53

Ryan beschloß, auf dem Heimweg irgendwo zu frühstücken. Nach dem Fiasko mit Amy mußte er erst einmal zu sich kommen. Dann würde er sich mit seiner Mutter befassen. Er fuhr auf den Parkplatz vor C.J.'S DINER, einer ehemaligen Tankstelle, wo man das ungesundeste Frühstück der ganzen Gegend bekam. Nur die Buttermilchwaffeln ließen einen vergessen, daß jetzt in diesem Etablissement mehr Öl verwendet wurde als zu den Zeiten, in denen man hier noch einen Ölwechsel machen lassen konnte. Wie immer reichte die Warteschlange bis vor die Eingangstür. Ryan wollte gerade bis zum Tresen gehen und sich nach der Wartezeit erkundigen, als sein Pager piepte. Er schaute auf die Nummer. Es war Norm.

Ryan mußte einen Moment lang überlegen, was er seinem Anwalt von den jüngsten Entwicklungen erzählt hatte und was nicht. Er hatte am Vorabend mit ihm telefoniert, gleich nachdem er den Brief entdeckt hatte, und am Vormittag hatte er ihm das Fax geschickt. Durch den Brief hatten sie beide erfahren, daß das angebliche Opfer der Vergewaltigung Marilyn Gaslow hieß. Wie der Rest der Nation kannten sie ihren Namen aus dem Fernsehen, wo er im Zusammenhang mit ihrer Ernennung zur Vorsitzenden des Zentralbankrats gefallen war. Ryans und Norms Interesse jedoch galt einem Teil von Marilyn Gaslows Leben, über den nicht in den Nachrichten berichtet worden war. Zumindest noch nicht.

Ryan trat an den Münzfernsprecher vor dem DINER und wählte die Nummer.

»Hast du heute morgen mein Fax bekommen?« fragte er.

»Ja. Ich werde es einem Graphologen vorlegen. Aber deswegen rufe ich nicht an.«

»Hast du schon was über die Gaslow rausgefunden?«

»Jede Menge. Zuerst der Kleinkram. Marilyn Gaslow ist derselbe Jahrgang wie dein Vater und hat zur gleichen Zeit wie er in der Nähe von Boulder gewohnt. Sie war auf der Fairmont High-School, die zweite High-School in der Gegend. Es ist gut vorstellbar, daß die beiden sich gekannt haben oder sich zumindest begegnet sind.«

»Was bedeutet, sie könnte auch Kozelka kennen.«

»Das wäre untertrieben. Hier kommt der Knüller: Sie war mit ihm verheiratet.«

»Was?«

»Joseph Kozelka ist Marilyn Gaslows Exmann.«

»Wie lange waren die denn verheiratet?«

»Ziemlich lange. Gleich zwei Jahre nach der High-School haben sie die Ringe getauscht. Die Ehe hat zweiundzwanzig Jahre gehalten. Seit fast zwanzig Jahren sind sie jetzt geschieden.«

Ryan hätte am liebsten einen Luftsprung gemacht. »Das ist es!«

»Das ist was?«

»Die Verbindung, nach der ich die ganze Zeit gesucht habe. Marilyn Gaslow beschuldigt meinen Vater, er hätte sie vergewaltigt. Sie heiratet einen reichen Mann. Dann stellt sich raus, daß die Anschuldigungen falsch sind. Er muß zahlen. Das bedeutet, daß mein Vater unschuldig ist!« Er hätte seinen Freund umarmen können. »Er ist *unschuldig.*«

Norm schwieg. »Stimmt was nicht?« fragte Ryan.

»Ich fürchte einfach, daß du dich zu früh freust.«

»Norm, jetzt enttäusch mich bitte nicht.«

»Willst du meine ehrliche Meinung hören oder nicht?«

»Ja. Aber du wolltest die ganze Zeit noch nicht mal die Möglichkeit in Betracht ziehen, daß mein Vater unschuldig ist.«

»Das stimmt nicht.«

»Doch, es stimmt. Was ist los, beneidest du mich vielleicht um das Geld, das ich jetzt womöglich behalten werde?«

»Ryan, ich bin dein Freund.«

»Du bist vielleicht ein Freund. Ausgerechnet du müßtest wissen, daß auch unschuldige Menschen verurteilt werden.«

»Nicht sehr oft.«

»Aber es kommt vor.«

»Manchmal, ja.«

»Was zum Teufel hast du gegen meinen Vater?«

»Herrgott noch mal, Ryan! Wenn dein Vater unschuldig gewesen wäre, glaubst du nicht, dann hätte er dir ins Gesicht gesehen und es dir gesagt?«

Norm hatte in einem scharfen Ton gesprochen, als würde er seinen Freund beim Kragen packen und ihn durchschütteln. Sie hatten sich beide in Rage geredet, und plötzlich herrschte Funkstille in der Leitung.

»Tut mir leid, Ryan.«

Der Hörer zitterte in Ryans Hand. »Nein, du hast recht. Wir müssen das zu Ende durchdenken. Es muß irgendwas geben, was wir übersehen haben.«

»Auf jeden Fall müssen wir ziemlich schnell denken. Forsyth hat mich heute morgen unter meiner Privatnummer angerufen. Das FBI besteht mehr denn je auf unserem Treffen morgen.«

»Laß es uns aufschieben. Sag ihnen einfach, ich brauche ein paar Tage, um meinen Schwager unter die Erde zu bringen.«

»Forsyth hat durchblicken lassen, daß die Bundesanwaltschaft das Konto beim Banco del Istmo beschlagnahmen läßt, wenn wir die Sache noch weiter hinauszögern. Das sind zusätzliche Dreimillionendollarbauchschmerzen, die wir im Moment nicht gebrauchen können.«

»Für wen halten die mich eigentlich, für Al Capone?«

»Nein. Aber das mit der Trauer um ein Familienmitglied nehmen sie dir auch nicht ab. Normalerweise hat das FBI mit Mordfällen nichts zu tun. Aber wenn ein Zeuge ermordet und ein Anwalt zusammengeschlagen wird, und das auch noch in einem Verfahren, in dem es möglicherweise um Erpressung und Geldwäsche geht, kann das sehr schnell zu einer Anklage vor einem Bundesgericht wegen organisierter Kriminalität führen.«

»Moment mal. Soll das heißen, die bringen mich bereits mit dem Mord an Brent in Verbindung?«

»Du bist wahrscheinlich ihr Hauptverdächtiger, Ryan. Und das lediglich aufgrund dessen, was sich gestern im Gerichtssaal abgespielt hat. Die Waffe haben sie ja bisher noch nicht mal.«

»Großartig. Kozelka wird ihnen den verdammten Revolver geben, wenn wir das Treffen morgen nicht abblasen.«

»Ein Teufelskreis, ich weiß. Aber es gibt eine sichere Lösung.«

»Und die wäre?«

»Du steckst dem FBI, daß man dich reingelegt hat.«

»Das kann ich nicht. Denk dran, was meine Mutter gesagt hat. Wenn ich dem FBI erzähle, daß die mich reinlegen wollen, muß ich erklären, *warum* – was bedeutet, daß ich ihnen alles über die Vergewaltigung und die Erpressung sagen muß. Und weißt du was, Norm? Du magst deine Zweifel an der Unschuld meines Vaters haben, und diese Zweifel mögen durchaus begründet sein. Aber wenn der Brief von dieser Debby Parkens echt ist und mein Vater die Vergewaltigung nicht begangen hat, dann hat er das ganze Geld *verdient*. Das Geld war seine Entschädigung. Es dem FBI auszuhändigen und zuzugeben, daß es aus einer Erpressung stammt, wäre mehr als idiotisch. Es wäre Verrat.«

»Ich kann verstehen, daß du so denkst. Aber es könnte der Zeitpunkt kommen, an dem niemand dir mehr glaubt, daß du reingelegt worden bist.«

»Noch bin ich nicht offiziell angeklagt, Norm.«

»Stimmt. Aber je mehr Zeit vergeht, um so enger kann Kozelka sein Netz ziehen.«

»Warum zum Teufel macht er sich überhaupt die Mühe, mir einen Mord anzuhängen? Wenn er nicht will, daß ich mit dem FBI rede, warum läßt er mich dann nicht gleich umlegen?«

»Ich vermute, daß dein Besuch in Kozelkas Büro dir das Leben gerettet hat. Es wäre ziemlich verdächtig, wenn man dich kurz nach einem persönlichen Besuch bei Kozelka tot auffinden würde.«

»Wahrscheinlich hast du recht.«

Beide überlegten einen Moment. Schließlich fragte Norm: »Worüber denkst du nach?«

»Ich versuche, den zeitlichen Ablauf zu rekonstruieren. Du sagst, Joe Kozelka und Marilyn Gaslow sind vor zwanzig Jahren geschieden worden. War das bevor oder nachdem Amys Mutter diesen Brief an meinen Vater geschrieben hat?«

»Danach. Die Scheidung wurde ein Jahr später rechtskräftig.«

»Sie waren also immer noch verheiratet, als Kozelka die ersten Raten an meinen Vater zahlte?«

»Richtig.«

Ryan fragte: »Und warum hat er nach der Scheidung weitergezahlt?«

»Wahrscheinlich aus demselben Grund, aus dem er unter allen Umständen verhindern will, daß du mit dem FBI redest.«

»Also, wenn ich das mal von meinem Standpunkt aus betrachte – wenn jemand Liz erpressen würde, käme ich nicht auf die Idee, den Erpresser weiterhin zu bezahlen, wenn wir geschieden wären. Was kann es sein, das ihn immer noch mit seiner Exfrau verbindet?«

»Irgendwas stimmt da nicht.«

»Du sagst es.« Ryan überlegte. »Verschieb unser Treffen mit dem FBI wenigstens auf den späten Nachmittag. Ich brauche noch ein bißchen Zeit.«

»Scheiße. Das letztemal, als du so geredet hast, bist du beinahe im panamaischen Knast gelandet.«

»Keine Sorge. Diesmal zieh ich meine Laufschuhe an. Bis später.« Er legte auf und eilte zu seinem Wagen.

54

Der Sonntag war für Marilyn Gaslow ein Arbeitstag. Sie hatte nur ein paar Tage, um sich für ihr Berufungsverfahren vor dem Kongreß vorzubereiten, und sie wollte keine Zeit verlieren.

Ihre Berater waren bei ihr zu Hause in Denver, um sie zu trimmen. Ein paar von ihnen waren Freunde, andere bezahlte Berater. Heute stand Rollenspiel auf dem Plan. Fünf Kollegen aus der Kanzlei fungierten als Mitglieder des Senatskomitees und bombardierten Marilyn mit Fragen. Einer von ihnen war sogar mit einem schlimmen Kater aufgekreuzt, um der Sache ein bißchen zusätzliche Authentizität zu verleihen. Marilyn sollte die Fragen beantworten, als handle es sich um die echte Anhörung. Alle versicherten ihr, daß es in diesem Spiel viel härter zugehen würde als in Wirklichkeit.

Marilyn betete, daß sie recht behielten.

Zu behaupten, es sei ihr Lebenstraum gewesen, den Posten der Vorsitzenden des Zentralbankrats zu erlangen, wäre nicht ganz richtig. Marilyn war viel zu realistisch, um von Dingen zu träumen, die ihr unerreichbar erschienen. Gut, sie hatte in Colorado zu den ersten gehört, die den Präsidenten unterstützt hatten. Ihre Kanzlei hatte Millionen für den Wahlkampf aufgebracht. Niemand brauchte ein Hellseher zu sein, um sich auszurechnen, daß jemand aus der Kanzlei Bailey, Gaslow & Heinz irgendeinen hohen Posten bekommen würde. Man hatte mit einem Beraterposten im Kabinett oder vielleicht einer Berufung an das Appellationsgericht in Denver gerechnet. Aber nicht mit einer Berufung in den Zentralbankrat und erst recht nicht mit einer Ernennung zur Vorsitzenden. Einige Kollegen hatten sie aufgezogen und gemeint, sie müsse einflußreiche Freunde haben, von denen niemand etwas wisse. Marilyn nahm die Frotzeleien mit einem Lächeln hin und schwieg.

»Ich brauche eine Pause«, sagte Marilyn. Um 9.00 Uhr hatten sie bereits neunzig Minuten Rollenspiel hinter sich. Marilyn bekam allmählich Kopfschmerzen.

»Alles in Ordnung?« fragte ihre Beraterin. Felicia Hernandez war eine der bezahlten Fachleute, eine junge, drahtige, zielstrebige Frau, die von Koffein lebte. Sie kam Marilyn vor wie eine Cheerleaderin mit einem Doktortitel in Psychologie.

»Ja«, sagte sie, während sie sich die Schläfen massierte. »Ich will nur eben eine Aspirin nehmen.«

»In Ordnung. Fünf Minuten Pause.«

Alle standen auf, die meisten begaben sich in Richtung Kaffeemaschine. Marilyn ging in ihr Schlafzimmer. Sie neigte zu Kopfschmerzen, allerdings wurden sie gewöhnlich nicht so heftig. Die Aufregung über ihre Berufung in diese Führungsposition und die Anspannung vor dem Bestätigungsverfahren waren eine tödliche Kombination. Zwar hatte sie schon einmal so ein Verfahren vor dem Senat durchgestanden, vor Jahren, als sie ihren Posten bei der Warenterminbörse angetreten hatte. Doch sie wußte, daß das nicht viel zu bedeuten hatte. Professor Bork war als Richter am Appellationsgericht bestätigt worden, bevor Reagan ihn an den Obersten Gerichtshof berufen hatte. Das hatte seine Feinde jedoch nicht davon abgehalten, zu Blockbuster Video zu rennen, um sich zu erkundigen, welche Filme er sich auslieh – denen war jedes Mittel recht, um Schmutz auszugraben und damit zu verhindern, daß er den höheren Posten erhielt. Und sie waren erfolgreich gewesen.

Marilyn trat an ihren Medizinschrank im Badezimmer und schluckte zwei Tylenol. Als sie den Deckel wieder auf das Glas schraubte, schreckte sie ein Geräusch auf. Im Schlafzimmer nebenan summte das Faxgerät. Neugierig ging sie hin. Zwei Seiten lagen im Eingangskorb. Sie waren noch warm.

Sie überflog die erste Seite. Zuerst war sie verwirrt. Jedes zweite Wort war geschwärzt, so daß der Sinn des Textes nicht zu ersehen war – außer für jemanden, der das Original kannte. Als sie genauer hinsah, wurden ihre Kopfschmerzen noch heftiger. Es war ein Brief, der an Frank Duffy adressiert war. Und sie erkannte die Unterschrift ihrer alten Freundin Debby Parkens – Amys Mutter.

Hastig griff sie nach der zweiten Seite. Der Text war kurz: »Ich erwarte Sie am Cheesman Dam. In der Nacht von Sonntag auf Montag um 2.00 Uhr. Kommen Sie allein.«

Ihre Beraterin erschien in der Tür. »Marilyn?« sagte sie mit ihrer hellen Cheerleaderstimme. »Sind Sie soweit? Wir haben noch eine Menge Arbeit vor uns.«

Marilyn faltete den Brief zusammen und legte ihn in die Schublade ihres Nachttischs. »Ja«, sagte sie nervös. »Eine Menge Arbeit.«

Eine Staubwolke folgte Ryan, als er die Einfahrt hinauffuhr. Die Morgensonne hatte die Nebenstraßen bereits ausgetrocknet, vom Regen der vergangenen Nacht war nichts mehr zu sehen. Als er aus seinem Wagen stieg, hörte er, wie die Fliegengittertür zuschlug. Er schaute zum Haus hinüber. Seine Mutter stand auf der Veranda.

»Bist du bereit zu reden?« fragte sie und setzte sich in den Sessel.

Wortlos stieg er die Stufen hinauf, eine Antwort war überflüssig. Ryan war noch immer nicht davon überzeugt, daß Josh Colburn am Vorabend zufällig genau zum richtigen Zeitpunkt aufgekreuzt war. Ebensowenig war er davon überzeugt, daß Sarahs Tränen echt gewesen waren. Es roch alles viel zu sehr nach einem Versuch seiner Mutter, die familiäre Aussprache, die sie angekündigt hatte, unter Kontrolle zu halten. Ryan wurde das ungute Gefühl nicht los, daß seine Mutter, aus welchen Gründen auch immer, ihm nie die ganze Wahrheit sagen würde. Vielleicht war es leichter für sie, wenn sie ihm alles in kleinen Häppchen servierte. Im Moment war er bereit zu nehmen, was er kriegen konnte.

Er lehnte sich an das Geländer, den Rücken zum Garten. »Ein interessanter Abend«, sagte er. »Ich war ziemlich verblüfft, als Mr. Colburn plötzlich vor der Tür stand.«

»Ich auch.«

»Das bezweifle ich.«

»Völlig zu Unrecht.«

»Willst du mir etwa erzählen, du hättest nichts von dem Brief in Mr. Colburns Safe gewußt?«

»Ryan, ich schwöre dir bei der Seele deines Vaters, daß ich nichts über irgend etwas gewußt habe, was mit der Erpressung zu tun hat.«

»Aber du wußtest von der Vergewaltigung.«

»Ja.«

»Warum hast du mir nichts davon gesagt?«

»Weil ich glaube, daß sie nie stattgefunden hat.«

Ryan verzog das Gesicht. »Was bringt dich dazu, das zu glauben?« fragte er verwirrt.

»Weil dein Vater es mir gesagt hat.«

»Und du hast es einfach so geglaubt?«

»Nicht gleich. Es hat lange gedauert.«

»Du mußt doch einen Grund gehabt haben. Hat Dad dir irgendwas gezeigt, irgendwas erklärt?«

»Nein, nichts. Ich wollte keine eidesstattliche Erklärung mit Brief und Siegel. Es war zuviel Zeit vergangen, um das alles wieder aufzurühren. Ich habe ihm aus einem einzigen Grund geglaubt, Ryan. Weil ich ihm glauben *wollte*.«

Ryan sah sie skeptisch an. »Mom«, sagte er mit zitternder Stimme. »Ich habe es noch nie gesagt, aber ich muß es dir jetzt sagen: Ich glaube dir nicht.«

»Was glaubst du mir nicht?«

»Ich glaube nicht, daß du ihm einfach so abgenommen hast, daß die Vergewaltigung nie stattgefunden hat. Dad ist *verurteilt* worden. Man glaubt nicht einfach so den Worten eines Verurteilten, wenn er sagt, daß das Verbrechen nie geschehen ist.«

»Doch, das tut eine Frau, wenn der Verurteilte ihr Ehemann und der Vater ihrer Kinder ist.«

»Nein.« Ryan begann, auf der Veranda auf und ab zu gehen, bemüht, seine Wut zu bezähmen. »Du hast den Brief gesehen, stimmt's?«

»Ich habe niemals irgendwas gesehen, Ryan.«

»Darum hast du Dad geglaubt. Du hast den Brief von Debby Parkens gesehen.«

»Ich habe gesagt, nein.«

»Er hat den Brief doch nur deinetwegen bekommen, oder?«

»Was?«

»Dad hat dir gesagt, er ist unschuldig verurteilt worden, und du hast ihm nicht geglaubt. Also mußte er sich den Brief von Marilyn Gaslows bester Freundin besorgen, in dem bestätigt wird, daß sie sich alles nur ausgedacht hat.«

»Ich habe den Brief nie gesehen.«

»Aber du hast davon *gewußt.*«

Sie schwieg. »Dein Vater hat mir gesagt, er hätte Beweise dafür, daß diese Sache nie geschehen ist. Er sagte, er würde die Beweise benutzen, um sich an dem Bastard, der ihm das angetan hat, schadlos zu halten. Ich habe die Beweise, die er in der Hand hatte, nie gesehen. Aber plötzlich begann es Geld zu regnen. Millionen von Dollar. Das reichte mir, um ihm zu glauben.«

»Warum hast du dir nicht einfach den Brief angesehen?«

»Weil ich ihm geglaubt habe, ohne ihn mir anzusehen.«

»Du hast dich *geweigert*, dir den Brief anzusehen, stimmt's? Du hattest ein schlechtes Gewissen, weil du ihm nicht von Anfang an geglaubt hast.«

»Ryan, du fängst an, alles zu verdrehen.«

»Das glaube ich nicht.«

»Ryan, hast du dir schon mal überlegt, daß ich den Beweis nicht sehen wollte, weil ich ihm auch so geglaubt habe? Daß meine größte Angst war, am Ende vor noch mehr Fragen zu stehen, wenn ich mir diesen sogenannten Beweis erst mal angeschaut hätte?«

Ryan schaute sie forschend an. Ihre Verzweiflung wirkte echt. Er hätte sie gern getröstet, doch plötzlich fiel ihm Norms Frage ein: Wenn sein Vater unschuldig war, hätte er es Ryan dann nicht gesagt? Womöglich lag die Antwort auf diese Frage die ganze Zeit direkt vor ihm, tief in den Augen seiner Mutter. Vielleicht hatte sein Vater den Gedanken nicht ertragen, womöglich noch einmal einen geliebten Menschen vor sich zu sehen, der sagte »Ich glaube dir«, aber im Herzen heimlich Zweifel hegte.

Dann fiel ihm noch eine andere Möglichkeit ein, und er erstarrte.

Er kniete sich vor seine Mutter und nahm ihre Hand. »Mom, ich möchte dich etwas sehr Wichtiges fragen. Und ich möchte eine ehrliche Antwort auf meine Frage. Hältst du es für möglich, daß Dad den Brief gefälscht hat? Könnte er so weit gegangen sein, einen Brief zu fälschen, um seine Unschuld zu beweisen?«

Ihre Antwort kam leise und mit zitternder Stimme. »Ich weiß es nicht, Ryan. Aber ich habe es immer so gesehen: Würde ein gefälschter Brief jemanden dazu bringen, fünf Millionen Dollar zu zahlen?«

Diese Frage beantwortete sich selbst. Doch dann überlegte er laut. »Kommt drauf an, wie gut die Fälschung ist.« Er stand auf und ging ins Haus. Die Fliegengittertür schlug hinter ihm zu.

55

Liz schlief am Sonntag lange. Sie war am Abend kaum eingeschlafen. Vor ihrem Auftritt bei Gericht hatte sie schon weiche Knie gehabt. Sie blieben ihr den ganzen Tag, und sie hatten sie den Schlaf einer halben Nacht gekostet. Selbst eine Flasche Merlot war keine große Hilfe gewesen. Sie hatte noch nie vor Gericht ausgesagt. Jackson hatte erklärt, sie sei phantastisch gewesen, aber ihre Nerven waren für so etwas einfach nicht gemacht. Glücklicherweise hatte Ryans Anwalt sie nicht ins Kreuzverhör genommen. Sie wußte jedoch, daß das nicht so bleiben würde, falls der Rechtsstreit weiterging. Gestern hatten sie einen Sieg errungen. Aber sie hatte auch etwas daraus gelernt. Sie war weit weniger an einem Krieg im Gerichtssaal interessiert als ihr Anwalt.

Allerdings bedeutete das noch lange nicht, daß sie einen Rückzieher machen würde. Als sie letzte Nacht versuchte hatte einzuschlafen, waren ihre Gedanken gewandert, und ihr waren Ereignisse aus ihrer Kindheit eingefallen, die sie längst vergessen hatte. Sie sah sich auf dem Jahrmarkt von Prowers County, und sie war neun Jahre alt. Komisch, wie viele Spiele auf dem Jahrmarkt sich um Geld drehten, zumindest war das in Liz' Erinnerung so. Es gab einen dick mit Fett beschmierten Fahnenmast, an dessen Spitze ein Zwanzigdollarschein klebte. Den ganzen Tag lang standen die Kinder Schlange, wollten den Mast erklimmen und den Preis gewinnen. Liz war die, die es schließlich schaffte. Im Unterschied zu den anderen Kindern jedoch, die in alten Shorts angetreten waren, trug sie ihren Badeanzug und darüber einen Rock, mit dem sie sich immer wieder das Schmierfett abwischte, damit sie nicht abrutschte. Ihre Mutter hatte ihr hinterher eine Ohrfeige verpaßt. »Wie kannst du nur so dumm sein, Elizabeth? Man ruiniert keinen zwanzig Dollar teuren Rock, um zwanzig Dollar zu gewinnen!« Liz hatte verstanden, was ihre Mutter meinte, doch für sie war das etwas ganz anderes. *Nichts* konnte das Triumphgefühl schmälern, das sie erfüllte, nachdem sie diese zwanzig Dollar gewonnen hatte.

Das Telefon auf dem Nachttisch läutete. Liz wälzte sich quer übers Bett und nahm ab. Es war Sarah.

Sie setzte sich auf und rieb sich den Schlaf aus den Augen. Schockiert hörte sie zu, als Sarah ihr von Brent berichtete.

»Sarah, ich hatte ja keine Ahnung.«

»Und warum war dein Anwalt dann heute früh bei mir?«

»Phil war in Piedmont Springs?«

»Er war hier bei mir zu Hause, und er hat mir ein Geschäft angeboten. Er will, daß ich euch helfe, mehr Geld aus meinem Bruder zu quetschen. Er sagt, du würdest mir einen Anteil von dem abgeben, was du mit meiner Hilfe aus ihm rausholst.«

Liz fiel die Klappe herunter. »Sarah, ich schwöre dir, ich habe noch nicht mal mit meinem Anwalt darüber gesprochen.

Das würde ich nie tun. Ich würde nie versuchen, dich zu benutzen, um gegen Ryan vorzugehen. Ich will nichts weiter als den Anteil, der mir zusteht. Es liegt mir nichts daran, euch zu ruinieren.«

»Das würde ich dir gern glauben.«

»Du mußt mir glauben. Bitte. Laß uns darüber reden.«

Sarah schwieg einen Moment. Schließlich sagte sie: »Ich mache dir einen Vorschlag.«

»Ja?«

»So wie ich die Sache sehe, wird diese Schlange, die du angeheuert hast, uns alle eine Menge Geld kosten. Du wirst dich verausgaben, um deinen Anteil zu bekommen, und Ryan wird es ein Vermögen kosten, den Familienbesitz zu beschützen.«

Liz nickte vor sich hin. Was Sarah sagte, klang plausibel. »Okay. Ich höre.«

»Ich glaube, Jackson benutzt uns alle. Brent hat er benutzt. Und dich wird er auch benutzen. Und er wird nicht eher ruhen, bis jeder Penny von dem Geld, das mein Vater zur Seite geschafft hat, die Taschen seines Maßanzugs füllt.«

»Er ist ziemlich aggressiv.«

»Er ist ein Hai, Liz. Und er hat es auf uns alle abgesehen.«

»Was schlägst du also vor?«

»Soweit ich das beurteilen kann, wollte Dad, daß du einen Anteil des Familienvermögens erhältst. Ich bin bereit, seine Wünsche zu akzeptieren. Unter einer Bedingung. Daß du Phil Jackson feuerst.«

»Ich soll Phil Jackson feuern?«

»Auf der Stelle. Jackson bringt uns allen nur Unglück. Und am Ende sind die einzigen, die aus der Sache einen Gewinn ziehen, die Anwälte.«

Liz antwortete nicht, doch sie konnte kein Gegenargument vorbringen. Den Bruchteil einer Sekunde war sie wieder neun Jahre alt, erinnerte sie sich an den Rock, den sie ruiniert hatte, um zwanzig Dollar zu ergattern. Ein Pyrrhussieg war genug.

»Laß mich darüber nachdenken«, sagte sie. »Vielleicht bekomme ich das hin.«

Amy fuhr ohne Zwischenstopp nach Boulder zurück und kam gegen Mittag dort an. Taylor spielte in ihrem Zimmer mit ihrer Barbiepuppe. Amy kam gerade noch rechtzeitig, um mitspielen zu können, konnte ihre Tochter jedoch davon überzeugen, daß sie nach einer so langen Fahrt zu verschwitzt war, um mit der vornehmen Barbie zu parlieren. Taylor hielt sich die Nase zu, umarmte Amy, als hätte sie sich in Knoblauch gewälzt, und entließ sie ins Badezimmer zum Duschen.

Amy hätte es fast geschafft, sich zu verdrücken, als sie die Stimme ihrer Großmutter hörte.

»Nicht so hastig, meine Liebe.«

Gran saß im Bett, den Rücken gegen das Kopfteil gelehnt, und las. Amy war eigentlich viel zu müde zum Reden, aber das interessierte ihre Großmutter herzlich wenig. Sie war nicht bereit, sich mit der Kurzversion zufriedenzugeben, von einem simplen »Ich erzähl's dir später« ganz zu schweigen. Es dauerte eine halbe Stunde, aber Amy blieb geduldig am Fußende des Betts sitzen und berichtete jedes Detail. Sie gab Gran sogar den Brief zu lesen. Anfangs fiel Amy das Erzählen schwer, doch dann schien es ihre Lebensgeister zu wecken. Als sie geendet hatte, war sie wieder hellwach.

»Warum sollte Marilyn sich die ganze Sache ausdenken?« fragte Amy.

»Warum passiert es überhaupt, daß Frauen Männer fälschlicherweise der Vergewaltigung bezichtigen? Vielleicht haben sie es miteinander getrieben, und dann hat er sie fallenlassen. Vielleicht ist sie schwanger geworden und hat sich nicht getraut, ihren Eltern zu sagen, daß sie freiwillig mit ihm geschlafen hat. Das ist schließlich neunzehnhundertfünfzig passiert. Marilyn stammt aus einer sehr angesehenen Familie. Ihr Großvater hat die größte Anwaltskanzlei in Colorado gegründet.«

»Aber der Brief erklärt das alles nicht.«

»Wahrscheinlich, weil Frank Duffy *wußte*, warum sie gelogen hatte. Er konnte es nur nie beweisen.«

»Und was beweist das? Es ist bloß ein Brief von meiner

Mutter, in dem steht, daß Marilyn nie von Frank Duffy vergewaltigt worden ist.«

Gran sah sich den Brief noch einmal an. »Es ist mehr als das. Hier steht, daß Marilyn und deine Mutter beide auf ihrem fünfundzwanzigjährigen Klassentreffen waren. Sie haben ein bißchen zuviel getrunken, sich über alte Liebschaften unterhalten. Und dann hat Marilyn deiner Mutter erzählt, daß Frank Duffy sie nie vergewaltigt hat.«

»Und was macht das für einen Unterschied?«

»Für mich wird der Brief dadurch glaubwürdiger. Es handelt sich nicht um ein Geheimnis, das deine Mutter fünfundzwanzig Jahre lang mit sich herumgetragen hat, um dann ohne erfindlichen Grund einen Brief an Frank Duffy zu schreiben. Offenbar hat sie diesen Brief geschrieben, kurz nachdem Marilyn ihr die Wahrheit gesagt hatte.«

»Du glaubst also, daß sie den Brief tatsächlich geschrieben hat?«

»Aus welchem Grund sollte ich das bezweifeln?«

Amy nahm den Brief wieder an sich. »Ich finde nicht, daß die Handschrift der von meiner Mutter besonders ähnlich sieht. Sieh sie dir doch an. Sie ist ganz krakelig.«

Gran sah noch einmal genauer hin. »Das kann alle möglichen Gründe haben. Vielleicht hat sie ihn in der Nacht geschrieben, in der sie von dem Klassentreffen nach Hause kam, als ihr alles noch frisch im Gedächtnis war. Womöglich war sie todmüde oder sogar betrunken.«

»Oder ängstlich«, sagte Amy.

»Wovor sollte sie sich denn gefürchtet haben?«

»Es war sehr mutig von ihr, so etwas zu tun. Marilyn Gaslow war damals mit Joe Kozelka verheiratet. Ein Duo, das einen ganz schön einschüchtern konnte. Unter diesen Bedingungen würde nicht jeder das Richtige tun.«

»Was meinst du damit, Amy?«

»Ich meine damit, daß sie sich vielleicht vor Vergeltungsmaßnahmen gefürchtet hat. Sie hat vielleicht ... vielleicht um ihr Leben gebangt.«

Gran stöhnte. »Jetzt übertreibst du aber mal wieder.«

Amys Ton wurde noch ernster. »Das glaube ich nicht. Sieh dir doch die Beweise an. Ich habe nie geglaubt, daß Mom sich selbst das Leben genommen hat. Wenn ich mir überlege, wie sie an dem Abend mit mir gesprochen hat oder daß die Tür mit einem Seil verknotet war, obwohl sie wußte, daß ich über den Dachboden aus meinem Zimmer klettern konnte. Ich konnte mir nie vorstellen, warum jemand sie umbringen würde. Aber dieser Brief – das könnte der Grund sein, nicht wahr?«

»Niemand hat deine Mutter ermordet, Amy. Deine Mutter hat sich selbst umgebracht.«

»Das glaube ich nicht. Sie war nicht der Typ, der ein achtjähriges Kind einfach kommentarlos im Stich läßt.«

»Amy, wir sind das alles schon unzählige Male durchgegangen. Deine Mutter hatte Krebs. Als sie Selbstmord beging, hatte sie nur noch wenige Wochen zu leben.«

»Laut Aussage eines Arztes. Ein anderer hat ihr noch mehrere Monate gegeben.«

»Wer hat dir das gesagt?«

»Marilyn. Schon vor Jahren.«

»Das steht ihr nicht zu«, fuhr Gran auf.

»Falsch. Es steht dir nicht zu, mir so etwas vorzuenthalten. Je länger Mom noch zu leben hatte, um so unwahrscheinlicher ist es, daß sie sich selbst umgebracht hat.«

»Du greifst nach Strohhalmen.«

Amys Augen funkelten vor Wut. »Bloß weil du glaubst, es war Selbstmord, hast du noch lange nicht das Recht, mir Informationen vorzuenthalten.«

»Ich wollte nur nicht, daß du deine Mutter als Feigling betrachtest, als eine Frau, die ihre kleine Tochter früher als nötig allein läßt. Wie kannst du mir deswegen Vorwürfe machen?«

»Weil sie meine *Mutter* war, darum. Ich habe ein Recht zu wissen, was passiert ist.«

»Und ich hatte die Verantwortung. Ich wollte nicht, daß

du für den Rest deines Lebens in Therapie bleiben mußt. Ich war immer nur um dein Wohl besorgt.«

»Du kannst verdammt noch mal damit aufhören. Ich bin achtundzwanzig Jahre alt. Hör auf, mich zu behandeln, als wäre ich so alt wie Taylor!«

Grans Augen füllten sich mit Tränen. »Es tut mir leid. Es war eine Entscheidung, die ich nur zu deinem Guten getroffen habe.«

»Laß *mich* gefälligst diese Entscheidungen treffen«, schrie Amy und sprang vom Bett auf.

»Laß es mich wenigstens erklären.«

Amy wäre am liebsten weggelaufen, doch der erschöpfte Ausdruck in Grans Augen hielt sie zurück. Sie setzte sich wieder auf die Bettkante.

»Als dein Vater in Vietnam gefallen ist ...« Ihre Großmutter kämpfte mit den Tränen. »Wollte ich unbedingt wissen, was mit meinem Sohn geschehen war.«

Gran versagte die Stimme. Amy legte ihr tröstend eine Hand auf den Arm. »Es reichte mir nicht zu hören, er sei im Kampf gefallen«, fuhr Gran fort. »Ich wollte die genauen Umstände wissen. Ich habe jeden gefragt, der ihn gekannt hatte, Kameraden aus seiner Truppe. Die meisten gaben mir ausweichende Antworten. Ich wollte keine Ruhe geben, bis ich jemanden fand, der ganz offen und ehrlich zu mir war. Schließlich habe ich jemanden gefunden. Bis zum heutigen Tag wünsche ich, das wäre nie geschehen.« Sie wischte sich eine Träne fort, dann sah sie ihrer Enkelin in die Augen. »Das Wissen über die Einzelheiten eines gewaltsamen Todes schenkt keinen Trost, Amy. Es verursacht nur Alpträume.«

Amy beugte sich vor und nahm ihre Großmutter in die Arme. Gran drückte sie an sich, so fest sie konnte, und flüsterte ihr ins Ohr: »Du bist das Kind, das ich verloren habe, Liebes. Ich liebe dich wie meine eigene Tochter.«

Amy lief ein Schauer über den Rücken. Grans Worte kamen sicherlich aus der Tiefe ihres Herzens, aber vielleicht war es eine von diesen selbstverständlichen Gefühlsregungen, über die man ungern spricht und die besser unausgesprochen bleiben. Sie hielten sich fest umschlungen. Dann versuchte Amy, sich aus der Umarmung zu lösen. Doch sie konnte sich nicht rühren.

Gran ließ sie nicht los.

»Mama?«

Amy befreite sich, als sie Taylors Stimme hörte. Ihre Tochter stand in der Tür, sie hatte sich Grans pinkfarbene Schürze umgehängt. »Was ist denn, mein Schatz?«

»Kommst du jetzt mit mir und Barbie spielen?«

Amy lächelte. »Ich habe immer noch nicht geduscht.«

Gran packte Taylor an den baumelnden Enden der Schürzenbänder. »Komm her, Taylor. Laß mich dir die Schürze zubinden, bevor du über die Bänder stolperst.«

Die Bänder waren zu lang, um sie auf dem Rücken zu binden. Gran wickelte sie um Taylors Taille und band sie vor ihrem Bauch zu einer Schleife. Taylor schaute fasziniert zu. Sie war immer noch in einem Alter, in dem etwas so Simples wie das Binden einer Schleife etwas ganz Spannendes ist.

»Du machst das aber komisch«, sagte sie.

»Das liegt daran, daß Gran Rechtshänderin ist«, erklärte Amy. »Du bist Linkshänderin, genau wie ich. Und wie meine Mutter.« Einen Augenblick lang erstarrte sie, wie vom Blitz getroffen.

Gran schaute sie besorgt an. »Taylor, geh mal und schau, was Barbie macht. Ich komme gleich nach.«

»Okay«, sagte Taylor und flitzte aus dem Zimmer.

»Amy, was geht in deinem Kopf vor?«

»Der Knoten.«

»Welcher Knoten?«

»Ich habe gerade an das Seil gedacht, mit dem meine Zimmertür festgebunden war – damit ich nicht aus dem Zimmer kommen konnte in der Nacht, in der meine Mutter starb. Angeblich hat meine Mutter die Tür festgebunden, weil sie nicht wollte, daß ich ihre Leiche finde.«

»Genau.«

»Wenn sie das Seil verknotet hätte, dann hätten die Knoten so ausgesehen wie die, die ein linkshändiger Mensch macht.«

»Es hat nie jemand behauptet, daß es nicht so war.«

»Aber hat jemals jemand behauptet, *daß* es so war?«

Gran starrte sie nur schweigend an.

»Das habe ich mir gedacht.« Amy schaute gedankenverloren in die Ferne. Schließlich schaute sie ihre Großmutter an. »Ich muß da hinfahren.«

»Wohin?«

»Zu unserem alten Haus.«

»Das ist verrückt. Du weißt ja noch nicht mal, wer jetzt dort wohnt.«

»Ich muß das versuchen. Verstehst du denn nicht? Ich sage ja nicht, daß ich hinfahren will, um nachzusehen, auf welche Weise irgend ein kleiner Knoten geknüpft war. Aber mir ist jetzt noch einmal klargeworden, daß ich Einzelheiten übersehen habe. Wenn ich mich besser an jene Nacht erinnern würde, fände ich vielleicht Antworten auf meine Fragen. Nur wenn ich zu dem Haus fahre, kann ich mein Gedächtnis wieder auf Trab bringen.«

»Amy, nimm endlich hin, was ich dir sage. Deine Mutter ist vor einer langen, schmerzhaften Krankheit geflüchtet.«

»Viele Leute kriegen Krebs und bringen sich deswegen noch lange nicht um.«

»Das mag sein. Aber bedeutet das, was ich dir gerade über deinen Vater erzählt habe, denn gar nichts?«

»Doch«, erwiderte Amy ernst. »Es bedeutet, daß wir alle verschieden sind. Für die einen ist es besser, nicht Bescheid zu wissen. Die anderen würden lieber sterben, als unwissend weiterzuleben. Du kennst mich seit ich auf der Welt bin. Wenn du einmal ganz ehrlich bist, was glaubst du, zu welcher Sorte Menschen ich gehöre?«

Gran schien nicht gerade begeistert, doch der Kampfgeist war aus ihren Augen verschwunden. »In Ordnung. Aber ich komme mit.«

56 Marilyn mangelte es an Konzentration. Das war die einhellige Meinung ihrer Berater. Sie hatten die verschiedensten Erklärungen dafür, daß Marilyn nicht in Bestform war. Sie war zu ernst. Sie war zu forsch. Sie war übergründlich vorbereitet. Sie war zu schlecht vorbereitet. Aber sie lagen alle mit ihrer Meinung daneben.

Weit daneben.

Es war erst früher Nachmittag, und Marilyn hatte bereits acht anstrengende Stunden hinter sich. Gegen Mittag hatte eine frische Expertengruppe das Team vom Vormittag abgelöst. Das Verfahren war jedoch das gleiche geblieben, und das ganze wurde allmählich ermüdend. Reihum stellten die Mitglieder des gespielten Rechtsausschusses ihre Fragen, Marilyn beantwortete sie, die Experten kritisierten ihre Antwort. Das würde schon eine Frau mit klarem Kopf die letzten Nerven kosten. Für eine Frau, die so große Probleme hatte wie Marilyn, war es unerträglich.

»Ich beantrage eine Pause«, sagte Marilyn.

»Ich auch«, rief einer der Experten. Der Vorsitzende schlug mit seiner Kaffeetasse wie mit einem Richterhammer auf den Tisch, und alle waren erleichtert, für eine Weile ihre Rolle ablegen zu können. Einige standen auf und streckten sich, während andere sich an den Tisch mit den übriggebliebenen Sandwiches und Schokocookies vom Mittag begaben. Marilyn ging in die andere Richtung.

»Sie machen Ihre Sache gut«, sagte ihre Beraterin.

Marilyn rang sich ein Lächeln ab. Sie wußte, daß die Frau log. »Danke. Ich würde mich gern eine halbe Stunde hinlegen. Um einen klaren Kopf zu bekommen.«

»Gute Idee. Wir werden heute nicht mehr lange weitermachen. Versprochen.«

»Gut«, sagte Marilyn und ging in ihr Schlafzimmer.

Als sie den Flur entlangging, hatte sie zum erstenmal Gelegenheit, richtig nachzudenken. Die Auswirkungen machten sich sofort bemerkbar. Ihre Kopfschmerzen waren wieder da, noch bevor sie ihre Zimmertür erreicht hatte.

Sie betrat ihr Zimmer und schloß die Tür hinter sich. Diesmal verriegelte sie sie.

Das Schlafzimmer war ihr heilig, es war ihr Refugium. Wie kein anderer Raum reflektierte es ihren Geschmack und ihre Vorlieben. Hier mußte sie nicht repräsentieren wie in ihrem Büro. Hier galten für die Einrichtung ganz andere Regeln als im Rest des Hauses. Die anderen Zimmer waren möbliert, daß Gäste sich wohl fühlten; Teppiche waren nach dem Gesichtspunkt ausgesucht wurden, ob sie Rotwein und Krabbencocktailsoße verkrafteten. Das Schlafzimmer war ihr Bereich, es gehörte ihr allein. Natürlich hatte es Männer gegeben, von denen sie einige im nachhinein besser nicht eingeladen hätte. Aber das war der springende Punkt. Ob es angenehm gewesen war oder nicht, sie hatte sie *eingeladen*. Das Fax vom Vormittag war etwas ganz anderes. In diesem Zimmer hätte nichts ihre Privatsphäre schlimmer stören können.

Sie öffnete die oberste Schublade ihres Nachttischs und nahm das Fax heraus. Die Wahl des Treffpunkts war sehr interessant. Cheesman Dam. Es war nicht das, was Cherry Creek Dam in den fünfziger Jahren für verliebte Teenager aus Denver gewesen war, aber es war einer der abgelegenen Orte wo man sich die sprichwörtlichen U-Bootrennen ansehen konnte. Marilyn war seit über fünfundvierzig Jahren nicht mehr dort gewesen, das letztemal mit fünfzehn. Und damals auch nur ein einziges Mal. Sie und ihr Freund Joe Kozelka waren zusammen mit Frank Duffy und irgendeiner Schnepfe namens Linda hingefahren. Die vier hatten einen Tagesausflug zum Pikes Peak gemacht, und zwar in Franks Wagen. Joe hatte noch keinen Führerschein. Zwei weitere Pärchen waren in einem zweiten Wagen mitgefahren. Auf dem Rückweg nach Boulder hatten sie am Cheesman Dam Rast gemacht und beim Sonnenuntergang eine Flasche Southern Comfort geleert. Am Ende waren sie länger geblieben als geplant. Länger, als gut für sie gewesen war.

Die Kopfschmerzen wurden schlimmer. Marilyns Schläfen pochten, und gleißende Lichtblitze schossen durch ihre Augen. Es fühlte sich an wie Migräne. Sie versuchte, ihren Blick auf das Kopfkissen im Bett am anderen Ende des Raumes zu konzentrieren, doch davon wurde ihr nur schwindlig. In ihrem Kopf drehten sich die Erinnerungen. Sie versuchte, die Erinnerungen abzuschütteln, doch es war zu spät. Die Benommenheit, die verschwommene Sicht – genauso hatte sie sich vor vierzig Jahren an jenem warmen Sommerabend auf dem Rücksitz von Frank Duffys Buick gefühlt …

»Ich bin *blau*!« Marilyn lachte grunzend und verdrehte die Augen.

»Wunderbar«, sagte Joe. Er setzte sich die Flasche Southern Comfort an den Hals und rückte näher.

Marilyn rutschte nach vorne. Der Blick durch die Windschutzscheibe ließ ihre Augen leuchten. Cheesman war ein alter steinerner Staudamm, der sich mehr als siebzig Meter über dem Flußbett erhob. Der Mond hing tief über dem gähnenden Abgrund. Hell leuchtende Sterne bedeckten den Himmel. Sie spiegelten sich im Stausee jenseits des Damms. Betrunken wie sie war, konnte sie kaum sagen, wo die Sterne aufhörten und ihre Spiegelbilder anfingen. »Wie schön das aussieht«, sagte sie. »Laßt uns einen Spaziergang machen.«

»Tolle Idee«, sagte Joe. »Frank, geh doch schon mal mit Linda vor.«

Frank saß bequem hinter dem Steuer, seine Freundin hatte ihren Kopf an seine Schulter gelehnt. »Ich hab keine Lust, einen Spaziergang zu –«

Joe klopfte ihm auf den Hinterkopf, um ihn zum Denken zu bringen. Frank fuhr wütend herum, dann lächelte er schmallippig. »Ach, ich glaub, ich könnte ein bißchen frische Luft gebrauchen«, sagte er. »Komm schon, Linda, gehen wir.«

Die Türen öffneten sich. Frank und seine Freundin stiegen aus. Die Türen wurden zugeschlagen. Marilyn und Joe waren allein auf dem Rücksitz.

»Laß uns doch mitgehen«, sagte Marilyn.

Joe packte sie am Arm und hielt sie fest. »Trink noch einen Schluck.«

»Ich will nicht mehr.«

»Nur noch einen Schluck.«

»Mir wird irgendwie schlecht davon.«

»Das ist nur, weil du zuviel Seven-Up getrunken hast. Du mußt den Whiskey pur trinken. Wenn die Mischung nicht stimmt, wird einem schlecht. Komm schon, trink.«

»Ich glaube, ich kann das Zeug nicht pur trinken.«

»Denk nicht drüber nach. Schluck's einfach runter.« Er reichte ihr die Flasche. Sie zögerte. Er setzte ihr die Flasche an die Lippen. »Komm schon. Vertrau mir, Marilyn. Vertrau mir einfach.«

Sie nahm die Flasche und legte den Kopf zurück. Der Whiskey berührte ihre Lippen. Er brannte in ihrer Kehle. Sie wollte aufhören zu trinken, aber Joe hielt ihren Kopf fest und drückte ihr die Flasche an den Mund. Sie schluckte einmal, zweimal. Sie wußte nicht, wie oft sie geschluckt hatte. Das Brennen hörte auf, aber der Whiskey floß weiter durch ihre Kehle. Erst wurde ihr schwindlig, dann fühlte sie sich wie benommen. Sie schob die Flasche von sich. Sie blinzelte, um etwas erkennen zu können, doch sie sah Joe nur noch verschwommen vor sich. Er lächelte und rückte näher. Ihre Lippen bewegten sich, doch sie konnte noch nicht einmal in Gedanken einen Satz bilden und erst recht keinen aussprechen. Sie spürte ein Kribbeln im ganzen Körper, dann verlor sie jedes Gefühl, ihr Kopf fiel zurück, und die Lichter gingen aus …

Marilyn öffnete die Augen. Sie lag auf ihrem Bett. Die Kopfschmerzen hatten ein wenig nachgelassen. Langsam setzte sie sich auf und schaute sich im Zimmer um. Sie konnte wieder normal sehen. Ihr Blick fiel auf das Faxgerät. Das Eingangsfach war leer, stellte sie erleichtert fest. Keine weiteren Drohungen.

Es *war* eine Drohung, sagte sie sich. Im Hinblick auf ihre Ernennung konnte sie die Botschaft nur so interpretieren. Daß das Fax sie ausgerechnet jetzt erreichte, konnte kein Zufall sein. Die Nummer in der Faxkennung hatte die Vorwahl 719,

Piedmont Springs hatte die Vorwahl 719. Während der Mittagspause hatte sie herausgefunden, daß das Fax aus einem Drugstore in Prowers County kam, einem von diesen Läden, wo jeder gegen ein paar Dollar ein Fax abschicken konnte. Jemand aus der Familie Duffy mußte ihr die Nachricht geschickt haben, und das konnte nichts Gutes bedeuten. Die Botschaft war zwar ziemlich vage. Da stand nicht »Tun Sie dies, sonst ...« Aber sie brauchte auch nicht eindeutiger zu werden, um bedrohlich zu sein. Und sie wußte, was sie zu tun hatte, wenn sie sich bedroht fühlte.

Sie holte tief Luft, dann nahm sie den Hörer ab und wählte die Nummer von Joe Kozelka.

57

Sheila fing an, sich Sorgen zu machen. Rusch war unzufrieden mit ihrer Arbeit. Ein kleiner Fehler – ein dämliches Cocktailglas, das sie in einem Hotel in Panama vergessen hatte. Dabei war es sowieso nur eine schwache Spur zu Kozelka. Aber selbst wenn das FBI ihre Fingerabdrücke identifizieren könnte, müßten sie sie schon stark unter Druck setzen, ehe sie Kozelka verpfiff. Sie war keine Verräterin, aber ihre Vergangenheit als Nutte mußte Rusch nervös gemacht haben. Natürlich nahm er an, daß sie mit dem FBI ebenso Geschäfte machen würde, wie sie es mit ihm immer getan hatte.

Über *alles* ließ sich verhandeln.

Ihr Überlebensinstinkt setzte ein. Als Rusch gesagt hatte, sie müßten die Lage neu einschätzen, wußte sie, was gemeint war. Wenn der Versuch, Ryan Duffy hereinzulegen, ihn nicht davon abhalten würde, dieses Glas mit Fingerabdrücken dem FBI zu übergeben, war Sheila tot. So oder so würde Rusch dafür sorgen, daß es nie zu einer Vernehmung durch das FBI käme.

Seit sie und Rusch sich auf ihrer Fahrt in einem billigen Hotel einquartiert hatten, war Sheila schon den ganzen Nachmittag damit beschäftigt, die Lage neu einzuschätzen. Es war Zeit, aus Dodge zu verschwinden. Aber nicht ohne ein Stück von dem Kuchen.

Am späten Sonntagnachmittag griff sie zum Telefon in ihrem Hotelzimmer und wählte die Nummer von Ryan Duffy. Sie versuchte es erst in der Praxis, aber keiner nahm ab. Dann versuchte sie es bei seiner Mutter und landete einen Volltreffer.

»Erinnern Sie sich an meine Stimme?« Sie benutzte denselben verführerischen Tonfall wie in Panama.

Ryan zuckte zusammen. Er war allein in der Küche seiner Mutter, stand an die Anrichte gelehnt.

»Wo sind Sie gewesen?«

»Näher als Sie vermuten. Ich habe etwas für Sie.«

»Was?«

»Den Revolver Ihres Vaters.«

Sein Puls ging schneller. »Ich will ihn haben.«

»Wie dringend? Oder vielleicht sollte ich sagen, wieviel?«

»Wollen Sie damit sagen, er ist zu verkaufen?«

»Sie scheinen schnell zu begreifen, Doc.«

»Wieviel?«

»Ein günstiges Angebot. Soweit ich informiert bin, haben Sie irgendwo noch zwei Millionen Dollar in bar rumliegen. Alles, was ich will, sind hundert Riesen.«

»Woher soll ich wissen, daß Sie den Revolver wirklich haben?«

»Weil ich ihn mir genommen habe.«

»Von Kozelkas Schläger? Na klar. Der Bursche ist ein Goliath.«

Sheila sah über ihre Schulter. Rusch lag nackt auf dem Bett hinter ihr, flach auf dem Rücken. Er hatte immer noch eine Erektion – im Tiefschlaf hatte er einen größeren Ständer als im wachen Zustand.

»So ein harter Bursche ist er gar nicht«, sagte sie grinsend.

Ryans Neugier wuchs. Er spürte einen Riß in ihrem Bündnis. Gleichzeitig befürchtete er eine Falle.

Sheila sagte: »Was ist los, Doc? Wollen Sie die Knarre oder nicht?«

»Natürlich will ich sie.«

»Dann werden Sie dafür bezahlen müssen.«

Er hielt den Atem an. Dann kam ihm eine Idee. Das war die Möglichkeit, alles zusammenzubringen – Marilyn Gaslow und Kozelkas Gangster zur selben Zeit am selben Ort. Es würde sehr aufschlußreich sein. Zu sehen, wie sie alle miteinander umgingen. »In Ordnung«, sagte Ryan. »Wir treffen uns am Cheesman Staudamm. Um zwei Uhr heute nacht.«

»Wir sehen uns dann«, sagte sie und legte auf.

Ganz recht, dachte Ryan, *wir sehen uns dann ...*

Das Telefon klingelte in Marilyn Gaslows Schlafzimmer. Sie hatte sich nicht von der Bettkante bewegt, seit sie Joe Kozelkas Pager angewählt hatte. Sie sah auf das Display auf ihrem Nachttisch. Es war Kozelka.

»Danke für den Rückruf, Joe.«

»Was gibt's?«

»Ärger.« Sie berichtete ihm von dem Fax mit der Einladung zum Cheesman Staudamm.

Er schwieg, wie immer, wenn er sauer wurde. Hunderte Male während ihrer Ehe hatte Marilyn erlebt, wie er die Wut in sich hineingefressen hatte. Joe war ein Dampfkessel, der alle zehn Jahre explodierte. Beim erstenmal hatte sie ihm noch verziehen. Beim zweitenmal hatte sie bereits beschlossen, nicht auf ein drittes Mal zu warten. Sie hatte Angst, das dritte Mal nicht zu überleben.

»Wer hat es geschickt?«

»Die Vorwahl war aus der sieben-eins-neun-Gegend. Ich nehme an, es kam von den Duffys.«

»Wahrscheinlich. Aber Amy Parkens war heute morgen auch da unten.«

»Woher weißt du das?«

»Ich weiß es. Rusch hatte einen Sender an ihrem Wagen angebracht.«

»Amy würde so ein Fax nicht schicken.«

»Nein, aber vielleicht hat sie sich mit Duffy zusammen was ausgedacht.«

»Laß mich Amy anrufen.«

»Nein«, sagte er ernst. »Ich werde mich darum kümmern.«

»Was willst du denn tun?«

»Laß deinen Mercedes in der Auffahrt stehen mit den Schlüsseln im Handschuhfach. Ich sorge dafür, daß jemand ihn heute abend abholt und zum Cheesman Staudamm fährt.«

Marilyn blinzelte nervös. »Und was dann?«

»Wer auch immer dir das geschickt hat, dem werden wir eine Lektion erteilen. Ich hatte eine Abmachung mit dem Alten. Frank hat fünf Millionen Dollar kassiert. Seine Familie sollte diesen Brief niemals zu Gesicht bekommen. Offensichtlich hat er seinen Teil der Abmachung nicht eingehalten. Jetzt wird die Familie die Konsequenzen zu spüren kriegen.«

»Bitte übertreib's jetzt nicht!«

»Sag mir nicht, was ich zu tun habe«, erwiderte er gereizt. »Ich habe eine Menge Geld investiert, um die Fäden in die Hand zu bekommen, Marilyn. Fünf Millionen an Duffy. Millionen an Wahlkampfgeldern, um dich auf einen nützlichen Posten zu hieven. Es hat lange genug gedauert, bis die richtige Gelegenheit kam. Ehrlich gesagt war der Zentralbankrat weit mehr, als ich erwartet hatte. Aber jetzt, wo wir so nah dran sind, werden wir uns diese einmalige Gelegenheit nicht entgehen lassen.«

»Du meinst, *du* wirst sie dir nicht entgehen lassen«, erwiderte sie bitter.

»Ich werde niemals deine Entscheidungen beeinflussen, Marilyn, aber ich will über deine Entscheidungen Bescheid wissen. Und zwar als erster.«

Ihr drehte sich der Magen um. Ein so reicher Mann wie Kozelka konnte Milliarden damit verdienen, wenn er einen Tag vor der öffentlichen Bekanntmachung wußte, daß die

Zentralbank ihren Zinssatz anhob. »Mußt du mir das immer unter die Nase reiben? Mir ist völlig klar, daß du derjenige bist, der den großen Gewinn einstreicht.«

»Und wenn du nicht mitspielst, bist du diejenige, die Verluste macht. Das ist das Schöne an der Sache, Marilyn.«

Sie sagte nichts. Sie wußte, daß er recht hatte.

»Ich verlasse mich auf dich«, sagte er. »Kümmere du dich um deine Anhörung. Den Rest kannst du mir überlassen.«

Das Freizeichen summte in ihren Ohren. Marilyn fühlte sich benommen, als sie den Hörer auflegte. Sie stand kurz davor, einen der einflußreichsten Posten auf der ganzen Welt zu übernehmen, aber sie war nur eine Marionette. Schlimmer noch, eine Marionette unter der Kontrolle ihres Exmannes. Vom heutigen Standpunkt aus gesehen hätte sie sich nie auf die Erpressung einlassen dürfen. Jetzt jedoch gab es kein Zurück mehr. Es war Schweigegeld gezahlt worden. Sie war als Jugendliche vergewaltigt worden. Keine Person des öffentlichen Lebens würde einen solchen Skandal politisch überleben.

Ihre Karriere zu retten war ihr damals als das einzig Richtige erschienen. Jetzt allerdings war es nicht sosehr ihre Karriere, um die sie sich Sorgen machte. Die Vorstellung, Amy könnte zusammen mit Ryan Duffy am Cheesman Staudamm auftauchen, flößte ihr Angst und Schrecken ein. Hätte sie gewußt, daß Amy heute morgen in Piedmont Springs gewesen war, hätte sie Joe niemals angerufen. So, wie es jetzt aussah, war es durchaus möglich, daß sie gerade Amys Todesurteil unterzeichnet hatte. Damit würde sie niemals leben können.

Sie griff nach dem Hörer, dann legte sie ihn wieder auf. Es gab zuviel zu sagen, zuviel zu erklären. Sie nahm ihre Handtasche und ging zur Tür.

Es war höchste Zeit, mit Amy ein offenes Gespräch zu führen.

58 Es war Amys erster Besuch in der Holling Street seit der Nacht, in der ihre Mutter gestorben war. Mehr als zwanzig Jahre lang hatte sie das Haus, die Straße, mehr oder weniger das ganze Viertel gemieden. Erst jetzt bemerkte sie diesen Widerspruch – eine Wissenschaftlerin, die sich weigerte, einen Blick auf die Fakten zu werfen. Obwohl sie die Wahrheit wissen wollte, hatte sich ihre intellektuelle Neugier doch immer ihren Gefühlen unterworfen, wenn sie ihrer Vergangenheit zu nahe kam. Mit dem Haus war es so ähnlich wie mit dem Ringnebel, dem sterbenden Gestirn, das sie in jener tragischen Nacht durch ihr Teleskop beobachtet hatte. Sie konnte keinen Blick mehr darauf werfen.

Bis heute nacht.

Amy parkte am Bordstein, unter einer Straßenlaterne. Das zweistöckige Holzhaus stand auf der anderen Straßenseite. Nur ein Licht brannte. Im Eßzimmer. Zumindest war früher dort das Eßzimmer gewesen. Nachdem sich ihre Augen an das Mondlicht gewöhnt hatten, nahm sie alle Dinge wahr, die sich geändert hatten. Die Douglastanne, die sie zusammen mit ihrer Mutter im Garten vor dem Haus gepflanzt hatte, war mittlerweile über sechs Meter hoch. Die Veranda, auf der sie früher eine Schaukel hatten, war jetzt notdürftig verbrettert. Die Holzverkleidung konnte frische Farbe gebrauchen, und der Rasen mußte gemäht werden. Der Gehweg hatte noch mehr Risse als früher. Amy erinnerte sich daran, wie sie als Kind über die Risse gehüpft war, immer darauf bedacht, ihre Mutter nicht zu Fall zu bringen.

»Bist du wirklich sicher, daß du das willst?« fragte Gram hinter ihr.

Amy nickte. Sie ging über den Gehweg, ohne auf die Risse zu achten.

Als sie die Stufen der Eingangstreppe hinaufstieg, konnte die Dunkelheit die deutlichen Anzeichen des Verfalls und der Verwahrlosung nicht länger verbergen. Ein paar kaputte Fenster waren zugenagelt worden. An der Haustür sah man frische Spuren eines Einbruchs. Vielleicht hatte aber auch nur ein Bewohner seinen Schlüssel vergessen. Das Geländer der Veranda war schon fast durchgerostet. Das Kellerfenster hatte rundherum Wasserschäden. Amy hatte mit einem schlechten Zustand des Hauses gerechnet. Seit dem gewaltsamen Tod ihrer Mutter lag ein Fluch auf dem Haus. Gran hatte versucht, es nach dem Begräbnis zu verkaufen, aber niemand wollte dort wohnen. Ein Immobilienmakler hatte es schließlich zu einem so geringen Preis erstanden, daß noch nicht einmal die restliche Hypothek davon bezahlt werden konnte. Während der letzten zwanzig Jahre war es an Collegestudenten vermietet worden für weniger als die Hälfte von dem, was eine Dreizimmerwohnung kosten würde. Dem Eigentümer war es nur zu recht, wenn das Haus verfiel, dann abgerissen und durch einen Neubau ersetzt werden konnte, in dem es nicht spukte.

Amy klopfte energisch an. Gran berührte ihre Hand, während sie warteten. Schließlich hörten sie, wie die Türkette rasselte, und dann wurde die Tür geöffnet. Ein junger Mann in Jeans und einem weißen T-Shirt mit dem Logo der UC Boulder stand im Eingang. So etwas wie ein Schnurrbart bedeckte seine Oberlippe. Er sah aus wie ein großer Junge, der sich ein paar Barthaare wachsen ließ, um erwachsen zu wirken.

»Sind Sie die Dame, die angerufen hat?« fragte er.

»Ja.« Amy hatte vorher angerufen, um zu erklären, wer sie war. Die studentischen Bewohner hatten kein Problem mit ihrem Besuch. Sie fanden es sogar ziemlich cool. »Das ist meine Großmutter«, sagte Amy.

»Cool. Ich heiße Evan. Kommen Sie rein.«

Amy trat ein. Gram folgte ihr. Amy blieb in der Diele stehen. Ihr stockte der Atem. Hier sah es fast genauso schlimm aus wie in ihrer Wohnung nach dem Einbruch. Der Kamin war mit Brettern zugenagelt worden, als Schutz gegen Unwetter oder noch Schlimmeres. Im Flur lag ein Flokati aus den Siebzigern, der bis auf den Fußboden durchgewetzt war. Drähte baumelten von der Decke, wo früher ein Kronleuchter gehangen hatte. Eine Ansammlung von Postern bedeckte die rissigen und schmutzigen Wände. Auf dem Eßzimmerboden lag eine Matratze.

»Sie schlafen im Eßzimmer?« fragte Amy.

»Nein. Wir sind zu dritt. Das ist jetzt Bens Zimmer. Jake bewohnt das Zimmer unten, und ich habe das kleine Zimmer oben.«

»Wer wohnt oben im großen Zimmer?«

Evan verzog das Gesicht. »Niemand. Nichts für ungut, aber da geht keiner von uns rein.«

»Schon gut«, sagte sie verständnisvoll. »Ist jetzt gerade jemand oben?«

»Nein. Meine Mitbewohner sind im MULDOON's und ziehen sich ein paar Margaritas rein.«

»Haben Sie was dagegen, wenn ich mich mal umsehe?«

»Deshalb sind Sie doch hergekommen, oder? Fühlen Sie sich wie zu Hause.«

»Danke.«

Gran fragte: »Möchtest du, daß ich mitkomme?«

»Ach, übrigens«, sagte Evan, »stören Sie sich nicht an der Tarantel, die oben auf der Treppe sitzt. Sie ist unser Haustier und sieht zwar ziemlich gefährlich aus, aber Fremden tut sie nichts. Jedenfalls den meisten.«

»Ich glaube, ich warte lieber hier«, sagte Gran.

»Ich sollte das sowieso besser alleine machen«, entgegnete Amy.

Gran umarmte sie. Amy wandte sich ab und stieg die Treppe hinauf.

Sie ging langsam, bedächtig. Bei jedem Schritt spürte sie einen Adrenalinstoß. Ihr Puls ging schneller, und in ihren Händen begann es zu kribbeln. Die Gefühle kamen nach und nach zurück. Sie erinnerte sich daran, daß sie hier gelebt hatte. Wie sie die Treppe am Weihnachtsmorgen hinuntergesaust war. Wie sie jeden Tag nach der Schule in ihr Zimmer hinaufgerannt war. Oben auf dem Treppenabsatz blieb sie stehen. Am Ende des Flurs zu ihrer Rechten lag ihr früheres Zimmer. Auf der linken Seite war das ihrer Mutter. Sie versuchte, sich zu erinnern, versuchte, die Geschehnisse jener Nacht wiederauferstehen zu lassen. Aber ihr Verstand brachte sie nicht dorthin. Zuviel Ablenkung. Ein seltsames Mountainbike im Korridor. Die Haustarantel im Terrarium. Das Licht mußte aus sein. In jener Nacht war es dunkel gewesen.

Sie drückte auf den Schalter. Die Gegenwart verschwand. Amy stand allein im Dunkeln.

Angst überkam sie. Nicht die Angst vor Taranteln oder anderen Dingen hier im Flur. Es war die Angst eines achtjährigen Mädchens. Amy blieb reglos in dem dunklen Flur stehen und wartete vergeblich darauf, daß das Gefühl verebbte. Es wurde immer stärker, je mehr sich ihre Augen an die Dunkelheit gewöhnten. Sie konnte jetzt bis zum Ende des Flurs sehen, bis zu der Tür, die in das Zimmer ihrer Mutter führte. Die Angst war viel schlimmer als vor zwanzig Jahren. Diesmal wußte sie, was sie hinter der Tür erwartete.

Sie schob einen Fuß vor und machte den ersten Schritt.

Obwohl sie Schuhe trug, spürte sie den Teppich zwischen ihren Zehen. Sie war wieder acht Jahre alt und schlich barfuß den Flur entlang bis zur Tür ihrer Mutter. Beim Kriechen über den Dachboden, auf der Flucht aus ihrem Zimmer, hatte sie sich die Knie aufgescheuert. Als sie den nächsten Schritt machte, konnte sie das Surren des Ventilators hören. Die Tür war jetzt offen. Amy sah die zerwühlten Decken auf dem Bett. Schließlich sah sie die Hand, die schlaff über der Bettkante hing. Sie brachte kein Wort heraus, aber in der Erinnerung hörte sie sich sagen: *Mama?*

Das blanke Entsetzen packte sie, und sie hatte das Gefühl, als würde sie aus dem Zimmer fortgezogen. Hilflos schreiend trudelte sie, wie von einer kosmischen Explosion gepackt, durch den Flur, aus dem Haus, hinaus ins All. Staub und Trümmer vernebelten ihr den Blick, während sie mit einer solch unglaublichen Geschwindigkeit durch die Nacht raste, daß die Sterne sich in einen endlosen Lichtstrahl verwandelten, der sich mit ihrer Flugbahn krümmte und um ihre Ängste wickelte, immer enger und enger, bis die Angst nachließ und Amy wieder in der Lage war zu denken. Denken verlangsamte das Tempo. Denken verminderte die Intensität. Amy war wieder auf dem Planeten gelandet. Sie war wieder die distanzierte und leidenschaftslose Beobachterin, eine Wissenschaftlerin, die akribisch Buch führte über das, was sie in jener schrecklichen Nacht erlebt hatte.

Der Ringnebel. M 57. Das siebenundfünfzigste Objekt in dem von Charles Messier im achtzehnten Jahrhundert angelegten Katalog verschwommener Himmelskörper.

»Amy?«

Sie drehte sich um. Gran war direkt hinter ihr. Amy hatte die ganze Zeit auf dem Treppenabsatz gestanden.

»Alles in Ordnung?« fragte Gran.

Amys Hände zitterten. Sie war naßgeschwitzt. Am liebsten hätte sie gelogen und ja gesagt, aber sie war zu überwältigt.

Gran fragte: »Willst du reingehen?«

Amy schaute ihre Großmutter an, ihre Augen ein Meer von Emotionen. »Ich war schon drin. Komm«, sagte sie und nahm Gran beim Arm. »Laß uns nach Hause fahren.«

59

Schmetternde Trompeten, weinende Geigen. Joe Kozelka saß in seinem ledernen Chefsessel, und ein Glas Chivas Regal begleitete ihn durch Beethovens Neunte Sinfonie.

Musik half ihm, seine Gedanken zu ordnen. Immer wenn sein Leben in Unordnung geriet, gab er sich der Musik hin. Die Neunte Sinfonie hörte er am liebsten, ganz besonders den vierten Satz. Experten meinten, dieser enthielte einige der häßlichsten kompositorische Wendungen des Meisters. Kozelka empfand die höchste Bewunderung für einen Mann, der in der Lage war, die widersprüchlichsten Momente in sein bedeutendstes Werk aufzunehmen. Und damit Erfolg hatte.

Die Musik war plötzlich sanft. Kozelka mußte an Marilyn denken. Sie kannten sich seit beinahe fünfzig Jahren und teilten viele gemeinsame Erinnerungen. Eigenartig, ausgerechnet an die Nacht, die er am stärksten im Gedächtnis hatte, konnte Marilyn sich nicht erinnern. Es war die Nacht, in der Frank Duffy sie zum Cheesman Damm gefahren hatte. Die Nacht, in der sie alle betrunken gewesen waren und am Rande des Canyons geparkt hatten.

Kozelkas Augen wanderten zu der russischen Kristallvase auf dem Kaminsims. Sie glitzerte unter dem Deckenstrahler wie der Sternenhimmel, der sich im Cheesman Stausee gespiegelt hatte. Er nippte an seinem Chivas, der plötzlich nach Southern Comfort schmeckte. Er erinnerte sich an alles in jener Nacht, an jede Kleinigkeit. Er konnte den süßen Bourbon riechen und die Wärme seines eigenen unregelmäßigen Atems spüren. Er sah Marilyn, die völlig hinüber war, auf dem Rücksitz von Franks Auto liegen. Sah sich selbst, wie er ausstieg und den Weg hinauf zu seinem ahnungslosen Freund ging …

»Hey, Frank«, sagte Joe.

Frank Duffy und seine Freundin saßen auf einem umgekippten Baumstamm und betrachteten den vom Mond beleuchteten Canyon. Joe war außer Atem, als er bei den beiden ankam.

Frank erhob sich. »Stimmt was nicht?«

»Marilyn. Sie ist ohnmächtig geworden. Und …«

»Und was?«

Joe verzog das Gesicht. »Sie hat auf deinen Rücksitz gekotzt.«

»Oh, Mann.«

»Hör zu, es ist nicht ihr Fehler. Sie hat noch nie Alkohol getrunken.«

»Wie schlimm ist es denn?«

»Ziemlich. Sieh es dir selbst an.«

Die Jungs rannten zum Wagen. Linda folgte ihnen. Frank öffnete die Wagentür und zuckte unwillkürlich zurück. Der beißende Gestank war unverkennbar. »Oh, Scheiße!«

Joe warf einen Blick in den Wagen. Marilyn lag rücklings auf dem Sitz. Eine Lache von Erbrochenem breitete sich unter dem Fahrersitz aus. »Zum Glück hat sie sich nicht selbst vollgekotzt.«

»Was ist mit meinem Wagen?« sagte Frank. »Diesen Gestank krieg ich nie wieder raus.«

Linda schob ihren Kopf rein, schnüffelte und machte einen Schritt zurück. »Mist. Sieh zu, wie du damit klarkommst, Frankieboy. In der Kiste möchte ich nicht den ganzen Weg bis nach Boulder sitzen. Ich fahre bei den anderen mit.«

»Komm schon, Linda.«

»Ich denke nicht dran. Ich quetsche mich in das andere Auto.« Sie zog ab, bevor Frank sie aufhalten konnte.

Joe feixte. »Ich glaube, ich fahre auch lieber bei den anderen mit.«

»Kommt überhaupt nicht in Frage. Schließlich ist sie deine Freundin.«

»Frank, ich fühle mich selbst schon beschissen genug. Wenn ich mit dir in diesem Gestank mitfahre, geht das bei mir auch los. Willst du vielleicht die doppelte Bescherung in deinem Wagen? Bring sie für mich nach Hause, komm, mach schon. Bitte.«

»Ich kann's nicht glauben, daß du mir das anhängen willst.«

»Mach schon, Alter. Marilyns Eltern dürfen mich so nicht sehen. Die sind gut mit meinen Eltern befreundet. Sie werden mich umbringen.«

»Und was ist mit mir?«

»Schlimmstenfalls werden ihre Eltern ihr ein zweites Treffen mit Frank Duffy verbieten. Aber das spielt keine Rolle. Du willst sie ja schließlich nicht heiraten.«

Franks Augen weiteten sich. »Du liebst dieses Mädchen?«

»Bitte. Bring sie einfach nach Hause. Wenn ihr Vater erfährt, daß ich sie besoffen gemacht habe … Ich weiß nicht, was ich machen soll, wenn ich sie nicht wiedersehen darf.«

Frank stöhnte und sagte: »In Ordnung. Was soll ich ihren Eltern sagen?«

»Keine Ahnung. Erzähl ihnen irgendwas von einer Lebensmittelvergiftung. Erwähn bloß nicht meinen Namen. Versprochen?«

»Na, von mir aus.« Frank suchte nach seinen Schlüsseln und öffnete die Tür. »Aber du bist mir was schuldig. Und nicht zu knapp.«

Joe klopfte ihm auf die Schulter und schob ihn fast auf den Fahrersitz. »Ja, Kumpel. Du weißt gar nicht, wie sehr du mir hilfst.«

Das Läuten des Telefons riß Kozelka aus seinen Erinnerungen. Die Beethoven Sinfonie war im vierten Satz angelangt. Das stürmische Finale hatte gerade begonnen, als Kozelka auf die Stummschaltung tippte und zum Hörer griff.

»Ja«, sagte er.

»Ich bin's«, sagte Nathan Rusch.

»Wo zum Teufel stecken Sie die ganze Zeit? Ich habe Sie ein dutzendmal angepiept.«

»Ich war ... indisponiert.«

»Was soll das heißen?«

Rusch schüttelte den Kopf. Exprostituierte waren wie wandelnde Apotheken. Die Wirkung von dem Zeug, das Sheila ihm heimlich verabreicht hatte, war noch nicht völlig verflogen. »Eine lange Geschichte.«

»Ich brauche Sie noch heute nacht in Denver. Duffy hat direkt mit Marilyn Kontakt aufgenommen. Er erwartet ihr Erscheinen am Cheesman Staudamm um zwei Uhr heute nacht.«

»Warum dort?«

»Spielt keine Rolle, Rusch. Fahren Sie einfach hin. Ich brauche Sie am Staudamm.«

»Glauben Sie nicht, daß das FBI dahinterstecken könnte?«

»Nein. Das ist ein klarer Fall: Wie der Vater, so der Sohn. Der Junge will mehr Geld. Er wird sich hüten, das FBI auf den Plan zu rufen und ihnen die Erpressung unter die Nase zu reiben. Außerdem haben wir ihn an der Kandare, solange wir die Kanone seines Vaters haben.«

Rusch rieb sich den dröhnenden Schädel.

»Eine Sache wollte ich Ihnen noch sagen. Die Knarre ist weg.«

»Weg?« wiederholte Kozelka ungläubig.

»Ich glaube, die Kleine hat sie geklaut. Sie ist verschwunden, und die Knarre ebenfalls.«

»Verdammt noch mal, Rusch. Wir haben Duffy reingelegt, um sicherzustellen, daß er nicht mit dem FBI redet.«

»Das weiß ich, Sir.«

Kozelka kippte den Rest Scotch. In einem ungewohnten Anfall von Wut drückte er das Glas so heftig, daß es fast gesprungen wäre. »Uns bleibt nur noch eine Möglichkeit. Verbrannte Erde. Knöpfen Sie sich die vor, die uns am gefährlichsten werden könnten.«

»Und das bedeutet?«

»Der Anwalt und die Exfrau müssen verschwinden. Am besten auf einen Schlag. Heute nacht.«

»Nichts leichter als das. Ich denke an ein Eilpaket mit dem Vermerk: persönlich und vertraulich, adressiert an Liz Duffy, aber abgegeben bei Jackson. Der Anwalt kann es nicht ohne die Erlaubnis seiner Mandantin öffnen. Eine nette Möglichkeit, beide gleichzeitig zu erwischen. Ich garantiere, das wird die letzte gemeinsame Handlung dieses Pärchens sein.«

»Gut.« Kozelka klemmte sich den Hörer unters Kinn, um sich einen Scotch einzugießen. »Erledigen Sie das, bevor Sie am Staudamm auf Duffy treffen. Ich wünsche, daß das Ganze nach einem Amoklauf des Burschen aussieht. Er bringt seinen Schwager, seine Exfrau und ihren Anwalt um.«

»Und dann?«

»Dann fährt er zum Staudamm, wo sein Vater eine Frau vergewaltigt hat, und pustet sich selbst das Licht aus.«

Rusch grinste. »Meine Spezialität.«

»Vermasseln Sie es nicht. *Alles* hängt davon ab.« Die Worte klangen einen Moment lang nach, dann legte er den Hörer auf.

60

Ryan erreichte Denver lange nach Einbruch der Dunkelheit. Während der ganzen Fahrt hatte er über das Treffen nachgedacht, und er fing allmählich an, sich verwundbar zu fühlen. Bevor er zum Staudamm aufbrechen wollte, mußte er noch bei Norm in Cherry Creek vorbeischauen.

»Was gibt's diesmal?« fragte Norm. Er stand am Hintereingang, bekleidet mit T-Shirt und Shorts. Er trug seine Brille; die Kontaktlinsen hatte er schon herausgenommen.

»Ich möchte dich um einen Gefallen bitten«, sagte Ryan. »Kann ich reinkommen?«

Norm trat zur Seite. »Aber sei leise. Die Kinder schlafen schon.«

»Ich bin doch nicht der Weihnachtsmann.«

Ryan ging in die Küche, öffnete den Kühlschrank und nahm sich eine Pepsi. Norm setzte sich an den Tisch. Ryan nippte an seinem Glas. »Ich habe heute nacht eine Verabredung.«

»Mit wem?«

»Marilyn Gaslow.«

Norm stöhnte. »Du willst sie nur eben nach dem Brief fragen, nicht wahr?«

»Genau.«

»Reicht es nicht, daß du es schwarz auf weiß hast?«

Ryan trat an den Tisch. »Der Brief taugt erst dann was, wenn jemand seine Echtheit bezeugt. Ich möchte es von ihr persönlich hören, daß mein Vater sie nie vergewaltigt hat.«

»Warum sollte es nicht stimmen?«

Mit ernster Miene nahm Ryan seinem Freund gegenüber

Platz. »Hast du jemals darüber nachgedacht, welche Rolle Amy Parkens' Mutter in der Sache gespielt hat?«

»Wie meinst du das?«

»Es geht mir um das Motiv. Warum hat sie meinem Vater diesen Brief geschrieben?«

»Weil Marilyn es nie getan hätte. Und es war das einzig Richtige.«

»Das wäre eine Erklärung. Eine andere wäre, daß sie und mein Vater gemeinsame Sache gemacht haben.«

»Wovon redest du überhaupt?«

»Möglicherweise waren die zweihundertausend Dollar, die mein Vater Amy Parkens geschickt hat, nicht bloß ein unaufgeforderter Ausdruck der Dankbarkeit dafür, daß Debby Parkens auf den Plan getreten ist und genau das Richtige getan hat. Vielleicht waren sie Teil einer Abmachung. Mein Vater und Amys Mutter, zwei Komplizen.«

»Du meinst, Debby Parkens hat Marilyn Gaslow verraten, ihre beste Freundin?«

»Aus Geldgier.«

Norm schüttelte den Kopf. »Das wäre ja, als würde ich dich reinlegen.«

»Schau dir Judas an, der das Geld genommen und sich dann an einem Baum erhängt hat. Verrat hat immer Konsequenzen. Vielleicht hat Amys Mutter sich deswegen umgebracht.«

»Oder sie wurde deswegen umgebracht.«

Ryan zögerte einen Augenblick, dann sagte er: »Zum Beispiel von Marilyn.«

Die beiden sahen einander prüfend an. Jeder wartete darauf, daß der andere alles als absurd abtun würde. Keiner sagte ein Wort.

»Was hast du vor?« wollte Norm wissen.

Ryan grinste verstohlen. »Ich wußte, daß du es auch so sehen würdest. Ich habe sie aufgefordert, mich am Cheesman Staudamm zu treffen. Ich dachte mir, wenn ich eine ehrliche Antwort von ihr haben will – oder zumindest eine ehrliche

Reaktion –, muß ich sie an den Ort des Geschehens bringen, wo sie vergewaltigt wurde oder eben nicht.«

»Und wenn sie dir sagt, was du hören willst, was dann?«

»Ich möchte, daß der gute Ruf meines Vaters wiederhergestellt wird. Ich will Marilyns Stimme auf Band haben. Ich brauche ein verstecktes Mikrofon.«

»Das läßt sich machen, aber ich sage dir gleich, daß du das in keiner Gerichtsverhandlung gegen sie verwenden können wirst. Legal geht das nur mit Hilfe der Polizei.«

»Ich brauche nichts, was ich vor Gericht verwenden kann. Es geht mir allein um mich und meine Familie. Ich will, daß meine Mutter das hört.«

»In Ordnung«, sagte Norm. »Ich rufe meinen Ermittler an. Er kann dich mit dem erforderlichen Gerät ausstatten. Kein Problem.« Er erhob sich und ging zum Telefon, das auf der Küchenanrichte stand.

»Ich brauche auch noch eine schußsichere Weste. Für alle Fälle. Und du mußt mir deinen Revolver leihen.«

Norm hielt den Hörer in der Hand, bereit zu wählen. »Marilyn Gaslow wird dich nicht erschießen.«

»Nein. Aber außer Marilyn habe ich noch jemand zu dem Treff bestellt. Jemand, der weniger berechenbar ist. Jemand, der behauptet, er könne mir den Revolver meines Vaters zurückgeben.«

Norm legte den Hörer wieder auf und kehrte zum Tisch zurück. »Laß uns darüber reden.«

»Ja«, sagte Ryan, »laß uns reden.«

61 Erst nach 22.00 Uhr kamen sie wieder in die Clover Leaf-Siedlung zurück. Gran ging in die Wohnung, um das Bett für Taylor zu richten, während Amy bei Mrs. Bentley vorbeischaute, um die Kleine abzuholen. Amy hatte ihre ängstliche Tochter lieber bei der vertrauten Babysitterin gelassen, anstatt sie mit in das alte Haus zu nehmen.

Amy klopfte nur einmal. Die Tür wurde geöffnet. Mrs. Bentley stand im Türrahmen, direkt hinter ihr Marilyn Gaslow; Panik stand ihr ins Gesicht geschrieben.

»Marilyn?« sagte Amy. »Was machst du denn hier?«

»Ich wollte zu dir, aber es war niemand da. Dein Nachbar meinte, ich sollte bei Mrs. Bentley nachfragen.«

»Was ist mit Taylor?«

»Es geht ihr gut«, sagte Mrs. Bentley. »Sie schläft seit neun Uhr.«

Marilyn sagte: »Ich muß mit dir reden. Unter vier Augen.«

Amy war verwirrt und neugierig zugleich. Sie bat Mrs. Bentley, sich noch ein bißchen um Taylor zu kümmern, dann trat sie mit Marilyn in den Korridor.

»Was ist hier eigentlich los?«

Marilyn sah sich ängstlich um.

»Können wir irgendwo ungestört reden?«

»Meine Wohnung liegt eine Treppe höher.«

»Ich meine unter vier Augen, ohne deine Großmutter.«

Der Tonfall beunruhigte Amy. Sie ging Marilyn voraus in den Keller, nahm ihren Schlüsselbund aus der Handtasche und schloß die Tür zum Waschraum auf. »Nach zehn Uhr kommt hier niemand mehr her, dann wird die Tür abgeschlossen.«

Sie drückte die Metalltür auf und ging voraus. Marilyn folgte ihr. Eine Neonröhre verbreitete grelles Licht. Der Raum war klein und fensterlos mit Wänden aus gelb angestrichenen Hohlblocksteinen. Auf der einen Seite waren sechs Waschmaschinen aufgereiht, auf der anderen übereinandergestapelte Trockner. Ein paar herrenlose Socken lagen verstreut auf dem Linoleumboden. Neben dem Getränkeautomat stand ein Stuhl, aber weder Amy noch Marilyn hatten Lust, sich zu setzen. Sie stellten sich einander gegenüber an den Wäschetisch mitten im Raum.

»Also«, sagte Amy. »Was gibt's?«

Marilyn tat sich schwer, Worte zu finden und Amy dabei anzuschauen. »Ich bin nicht ehrlich zu dir gewesen.«

»Ach ja?«

»Ich wäre froh, wenn es eine selbstlose Erklärung dafür gäbe; wenn ich dir sagen könnte, daß ich es nur gut mit dir gemeint hätte.«

»Bitte nicht. Das habe ich mir mein ganzes Leben lang angehört.«

Marilyn nickte. Sie wußte, was Amy meinte. »Stimmt, das klingt abgedroschen, nicht wahr? Und meistens nützt es sowieso nur demjenigen, der unehrlich ist. Weißt du, ich habe mich jahrelang selbst belogen. Ich habe mir eingeredet, es wäre zu deiner Sicherheit, dir die Wahrheit zu verschweigen. Seit heute nacht weiß ich, daß dieser ganze Betrug nur mir selbst und meiner Karriere dienlich war. Um mir das einzugestehen, mußte erst etwas äußerst Bedrohliches passieren.«

»Was denn?«

»Mir ist klargeworden, daß du in Gefahr bist, umgebracht zu werden, wenn du die Wahrheit nicht erfährst.« Sie schaute fort. Dann wieder zu Amy. »Genau wie deine Mutter.«

Amys Stimme klang mit einemmal hart. »Meine Mutter wurde ermordet, nicht wahr?«

»Ich weiß es nicht.«

»Hör auf zu lügen. Ryan Duffy hat mir Mutters Brief gezeigt. Ich weiß, daß diese Vergewaltigung nie stattgefunden hat.«

»Das steht nicht in dem Brief. Da steht nur, daß Frank Duffy mich nicht vergewaltigt hat.«

Amys Stimme wurde leiser, aber ihr Tonfall war unverändert bitter. »Was macht das für einen Unterschied?«

»Ich bin tatsächlich vergewaltigt worden.«

Gespannte Stille. »Von wem?«

Nach einer Weile sagte Marilyn: »Von Joe.«

»Du hast den Mann *geheiratet*, der dich vergewaltigt hat?«

»Ich habe nicht gewußt, daß er es war. Ich dachte, es sei Frank gewesen.«

»Das ist doch lächerlich.«

»Hör mir bitte zu. So lächerlich, wie es klingt, ist es nicht.« Mit knappen Worten erzählte sie, was sich vor sechsundzwanzig Jahren abgespielt hatte. Wie sie zum Cheesman Staudamm gefahren waren und wie sie bis zur Besinnungslosigkeit betrunken gewesen war. »Ich weiß nur noch, daß ich danach bei der Polizei war. Meine Eltern waren da und ein Rechtsanwalt. Ich war vergewaltigt worden. Joe behauptete, er hätte mich nicht angefaßt. Er machte eine Riesenszene und beschuldigte Frank, mich während der Fahrt nach Hause vergewaltigt zu haben. Er hat ihn sogar ins Gesicht geschlagen.«

»Und das haben sie ihm geglaubt?«

»Auf der High-School hing Frank eher mit den Rowdys herum. Er hatte nie wirklich etwas ausgefressen, aber es reichte der Polizei, ihm eine Vergewaltigung zuzutrauen. Joe dagegen war der perfekte Junge aus einer perfekten Familie.«

»Konnten sie denn nicht anhand der Spermaspuren die Blutgruppe feststellen?«

»Beide waren null-positiv. Ungefähr vierzig Prozent der Bevölkerung ist null-positiv. Außerdem gab es damals noch keine DNS-Tests, das kam erst Jahrzehnte später.«

»Frank wurde also angeklagt.«

»Und verurteilt.«

»Wie hast du denn die Wahrheit rausgefunden? Und was ist die Wahrheit?«

»Joe hat mich vergewaltigt, nachdem ich die Besinnung verloren hatte. Als alle noch am Staudamm waren. Bevor ich mich übergeben mußte.«

Amy machte einen Schritt weg vom Tisch und versuchte, all das zu begreifen. »Seit wann weißt du das alles?«

»Irgendwann hat Joe es mir erzählt. Als wir schon Jahre verheiratet waren.«

»Er hat es dir einfach so gebeichtet?«

»Nein. Joe ist einer dieser ausgeglichenen netten Herren, bei denen hin und wieder die Sicherung durchbrennt. Er konnte ausgesprochen grob werden, vor allem wenn er getrunken hatte. Einmal mußte ich ihn tatsächlich schlagen, um ihn mir vom Leib zu halten. Er drehte sich um und sagte so was wie: ›Du Hure, du wirst gleich noch mal vergewaltigt.‹ Das *noch mal* hat ihn verraten. Ich habe ihn dann zu einem Geständnis gezwungen.«

»Und dann?«

»Ich wollte Frank Duffy sagen, wie leid es mir tat. Aber für den Fall, daß ich irgend jemandem ein Wort sagen würde, drohte Joe mir an, seine Version zu verbreiten. Daß der Sex mit meinem Einverständnis stattgefunden hätte und daß es *meine* Idee gewesen wäre, Frank Duffy zu belasten, um meinen Ruf zu retten.«

»Aber … meiner Mutter hast du es gesagt.«

»Ja. Ich mußte es tun.«

»Das verstehe ich nicht.«

Marilyn wollte näher kommen, aber Amy blieb auf Distanz. »Es war in derselben Nacht, in der ich von ihr erfahren habe, daß sie Krebs hatte. Sie machte sich Sorgen um dich. Sie bat mich, deine Vormundschaft zu übernehmen.«

Amy war verwirrt. »Wie hast du darauf reagiert?« fragte sie gequält.

»Ich war hin- und hergerissen. Ich hätte es so gern gemacht. Ich hätte alles für dich und Debby getan.«

»Aber du hast nicht eingewilligt.«

»Ich konnte nicht ohne Einschränkung zustimmen. Ich hatte das Gefühl, daß diese Geschichte mit Frank Duffy wie eine Schlinge um meinem Hals lag. Das Schlimmste wäre doch gewesen, wenn du nicht nur deine Mutter an den Krebs, sondern anschließend auch noch deinen Vormund wegen einer Verwicklung in einen Vergewaltigungsskandal verloren hättest. Debby sollte alles erfahren. Alles, was meine vermeintliche Befähigung zu deiner Vormundschaft möglicherweise beeinträchtigen konnte. Ich erzählte ihr, daß ich beschlossen hatte, mich von Joe scheiden zu lassen. Und ich erzählte ihr, warum.«

»Du hast ihr gesagt, daß nicht Frank Duffy, sondern Joe dich vergewaltigt hat?«

»So ist es.«

»Danach hat sie Frank Duffy geschrieben und genau das, was du ihr erzählt hattest, an ihn weitergegeben. Warum?«

»Ich habe keine Ahnung. Möglicherweise glaubte sie, Frank brauchte diesen Brief, um seinen Ruf irgendwann wiederherzustellen. Was auch immer sie sich dabei gedacht haben mag, ich habe mich irgendwie von ihr verraten gefühlt.«

Amys Wut kehrte zurück. »Und kurz darauf hat Frank Duffy angefangen, dich und Joe zu erpressen.«

»Ja.«

»Und dann wurde meine Mutter erschossen.«

»Danach. Ja.«

»Mein Gott. Es ist ja genauso, wie Ryan Duffy vermutet hat. Du steckst mit Joe unter einer Decke. Ihr habt meine Mutter umgebracht, weil sie Frank Duffy diesen Brief geschickt hat. Danach habt ihr ihn bezahlt, damit er den Brief versteckt und über eure Beweggründe schweigt.«

»Amy, ich habe sie nicht umgebracht.«

»Dann war es Joe.«

Marilyn schwieg.

Amy kam um den Tisch herum, bereit, sie zu schlagen. »Joe hat sie getötet, stimmt's?«

Marilyn wich zurück, den Tränen nahe. »Ich weiß es nicht. Ich schwöre, ich weiß es wirklich nicht.«

»Du weißt es, Marilyn. Im Grunde deines Herzens weißt du es.«

Mit zitternden Händen bedeckte sie ihr Gesicht. »Kannst du dir denn nicht vorstellen, daß es für mich die Hölle war? Es stimmt, im Grunde meines Herzens hatte ich den Verdacht.«

»Und warum hast du dann nichts unternommen? Du hättest zur Polizei gehen können.«

»Das ging doch nicht. Nicht, nachdem Joe einmal damit angefangen hatte, das Schweigegeld zu zahlen. Er hat es so geschickt aufgezogen, daß es danach aussah, als ob mein Ruf und meine Karriere geschützt werden sollten. Die Polizei hätte angenommen, daß ich hinter dem Mord stecke, nicht er.«

»Und warum sollte ich es nicht auch so sehen?«

»Weil Joes Motive jetzt endgültig offenkundig sind. Er hat langfristig investiert. Die Erpressung, der Mord. Er hat mich unter Kontrolle, und wenn ich den Posten beim Zentralbankrat innehabe, dann hat er den Zentralbankrat unter Kontrolle.«

»Du bist diejenige, die er unter Kontrolle hat.«

»Ich habe eine falsche Entscheidung getroffen, und sie hat eine ganze Lawine ausgelöst. Aber ich wollte nie deine Mutter verletzen – oder dich. In diesem Fall bin ich selbst eines der Opfer. Was glaubst du, wie ich mich dabei fühle, nach sechsundvierzig Jahren? Diese Enttäuschung, mit dem Mann verheiratet zu sein, der mich vergewaltigt hat. Und immer noch von ihm manipuliert zu werden, selbst zwanzig Jahre nach der Scheidung.«

Marilyn wischte sich eine Träne ab. Amy fühlte sich mit ihrer Wut im Recht, aber gleichzeitig tat Marilyn ihr leid. »Ich will den Mann finden, der meine Mutter umgebracht hat«, brach es aus ihr heraus. »Ich will, daß er dafür bezahlt.«

»Ich kann dich gut verstehen. Aber wenn du den Mann finden willst, der geschossen hat – das war garantiert nicht Joe. Jedenfalls nicht persönlich.«

»Wer war es dann?«

»Wahrscheinlich ein Mann namens Rusch. Er arbeitet seit Jahren für Joe. Er erledigt die Dinge, über die Joe nie gesprochen hat, auch nicht während unserer Ehe.«

»Und wie komme ich an diesen Rusch heran?«

»Glaub mir, es ist besser für dich, wenn du ihm nie begegnest.«

Amy trat einen Schritt auf Marilyn zu. Sie stand direkt vor ihr. »Bring mich zu ihm.«

»Amy, ich bin extra hergekommen, um zu *verhindern*, daß du ihn triffst.«

»Wie bitte?«

»Heute morgen hat irgend jemand den Brief deiner Mutter an mich gefaxt mit der Aufforderung, ihn heute nacht am Cheesman Staudamm zu treffen. Ich habe Joe angerufen und ihm davon berichtet. Er schickt Rusch an meiner Stelle, in meinem Mercedes. Es ist eine Falle.«

»Eine Falle für wen?«

»Für den, der das Fax geschickt hat. Ich hatte befürchtet, du könntest das gewesen sein.«

»Ich habe dir nichts gefaxt.«

»Dann war es Ryan Duffy.« Marilyn wurde immer unruhiger. Sie kramte ihr Telefon aus ihrer Handtasche. »Wir müssen ihn warnen.«

Amy hielt sie davon ab, die Nummer zu wählen. »Laß das.«

»Rusch wartet auf ihn in meinem Auto.«

Amy kniff die Augen zusammen, als wäre die Rache in Sichtweite. »Und ich werde auf Rusch warten.«

»Rusch ist ein Profi. Der zerquetscht dich wie eine Fliege.«

»Aber nicht, wenn du bei mir bist.«

Marilyn zögerte. Eigentlich hätte sie jetzt Angst haben müssen, aber sie hatte sich schon zu lange von ihrer Angst leiten lassen. Vierzig Jahre lang. »In Ordnung. Wir können da aber nicht einfach schutzlos hineinstolpern. Das wird mich einiges kosten, aber laß mich das in die Hand nehmen.«

Amy dachte einen Moment lang nach und nickte schließlich. »Klingt vernünftig.«

»Natürlich«, sagte Marilyn mit einem schwachen Lächeln. »Wofür hat man denn einen Vormund?«

»Laß uns losfahren. Vielleicht finden wir das gemeinsam heraus.«

62

Das schmiedeeiserne Tor am Ende von Marilyns Auffahrt war abgeschlossen, aber man konnte leicht über die alte Steinmauer klettern. Rusch schob die Hecke hinter der Mauer beiseite und überquerte den Rasen. In seinem schwarzen Overall war er in der Dunkelheit nahezu unsichtbar. Der silberfarbene Mercedes der achthunderter Reihe stand nicht abgeschlossen unter dem Portico. Rusch öffnete die Tür, packte seine schwarze Ledertasche auf den Beifahrersitz und warf einen Blick ins Handschuhfach. Wie vereinbart lagen dort die Schlüssel zusammen mit dem elektronischen Toröffner. Rusch ließ den Motor an, öffnete das Tor und fuhr rückwärts hinaus.

Vom Autotelefon aus rief er Kozelka an. »Ich habe den Wagen. Ich fahre jetzt zum Staudamm.«

»Hat Marilyn Sie gesehen?«

»Ich glaube, sie war gar nicht zu Hause. Ich habe in der Garage nachgesehen. Der Volvo war weg.«

»Wahrscheinlich wollte sie nicht in der Nähe sein, wenn Sie den Wagen holen. Auch gut. Haben Sie die Sache mit der Exfrau und ihrem Anwalt schon erledigt?«

»Klar. Das Päckchen ist gegen zehn Uhr bei Jackson abgeliefert worden. Das wird alles weitere erledigen.«

»Sehen Sie zu, daß nichts schiefgeht. Vor allem am Staudamm. Duffy ist ein cleverer Typ.«

»Deshalb würde ich ihn mir lieber woanders vorknöpfen. Ihn unverhofft erwischen.«

»Keine gute Idee. Genau deshalb mußten wir ihm doch etwas anhängen, anstatt ihn zu töten: Man kann nie wissen, ob er vom FBI beschattet wird.«

»Was ist mit heute nacht.«

»Heute nacht nicht«, sagte Kozelka. »Das ist eine geschäftliche Angelegenheit für Duffy. Er wird nur auftauchen, wenn er sicher sein kann, daß das FBI ihm nicht auf den Fersen ist.«

»Heute nacht ist also unsere einzige Chance.«

»Deshalb setze ich auf meinen besten Mann, Rusch. Machen Sie Ihre Sache gut. Und danach will ich einen Monat lang nichts von Ihnen hören.«

»Soll das heißen, ich kriege bezahlten Urlaub?« fragte er, während er an einer Ampel hielt.

»Wo immer Sie wollen.«

»Schwere Wahl. Die Fidschi-Inseln oder Piedmont Springs«, erwiderte er trocken und legte auf.

Mit dem Volvo brauchten Marilyn und Amy weniger als eine Stunde nach Denver. Jeb Stockton erwartete sie bereits, denn Marilyn hatte sich vor der Abfahrt telefonisch bei ihm angekündigt. Er hatte sich am Telefon nicht nach Einzelheiten erkundigt, und Marilyn hatte ihm keine genannt. Alles, was sie sagen mußte, war, daß sie seine Hilfe in einer sehr persönlichen Angelegenheit brauchte. Jeb war bereit, sie noch heute nacht in seinem Büro zu treffen.

Jeb war der Chef einer landesweit operierenden Privatdetektei. Das hörte sich beeindruckender an, als es tatsächlich war. Das Zweimannunternehmen bestand aus zwei Polizisten im Ruhestand, die jeden Fall in Colorado annahmen, solange sie noch nebenbei angeln gehen konnten. Insofern arbeiteten sie »landesweit«. Jeb war vierzig Jahre lang Gesetzeshüter gewesen, die letzten zwölf davon Sheriff von Denver County. Seine Wahl verdankte er nicht zuletzt dem Geld, das Marilyn für seinen Wahlkampf gespendet hatte. Sie betrachtete ihn als Freund, hatte jedoch seine Bemühungen, mehr für sie zu sein, höflich, aber bestimmt abgewehrt. Jeb sah ganz gut aus, aber er war nicht ihr Typ. Mit seiner wettergegerbten Haut und seinem silbergrauen Haar erinnerte er an die rauhen Kerle aus dem Alten Westen. Auch schon vor seiner Pensionierung war er stets mit Cowboystiefeln und Cowboyhut herumgelaufen. Er war nicht der gewandteste Expolizist, aber an einem so weit abgelegenen Ort wie dem Cheesman Staudamm kam es darauf nicht an. Außerhalb der Stadt gab es keinen zuverlässigeren Mann als Jeb. Und das Wichtigste war, man konnte ihm vertrauen.

Auf der Schnellstraße nahm Marilyn die Abfahrt nach Denver und fuhr in Richtung Innenstadt. Es war schon nach Mitternacht, und die Ampeln waren auf gelbes Warnblinklicht umgeschaltet. Die Geschäfte und Büros auf beiden Seiten der Straße waren für die Nacht gesichert. An einigen waren Metallgitter heruntergelassen, die aussahen wie Garagentore. An einer Ecke stritten sich ein paar Obdachlose mit einem Polizisten. Sie fuhren durch ruhige Straßen, es herrschte kaum Verkehr.

Amy las die Straßenschilder, dann schaute sie Marilyn an. »Dein Freund Jeb wird uns also zum Cheesman Staudamm begleiten?«

»Genau. Wir benutzen seinen Van als Operationsbasis und parken ihn außer Sichtweite. Ich werde ein verstecktes Mikro tragen, und ihr beiden könnt dann im Wagen bleiben und zuhören, wenn ich mit Rusch rede.«

»Wieso im Wagen bleiben?« fragte Amy verwirrt. »*Ich* rede mit Rusch.«

Als sie den Volvo langsam um eine Ecke lenkte, warf Marilyn Amy einen kurzen Blick zu. »Fang nicht an, dich mit mir zu streiten.«

»Ich will mich nicht mit dir streiten. Aber das ist meine Angelegenheit.«

»Amy, eine junge Mutter sollte sich nicht auf so ein Risiko einlassen. Es ist unnötig. Es ist noch nicht mal logisch. Rusch wird dir nichts sagen. Und er wird mir auch nichts sagen, wenn du neben mir stehst. Wir können ihn nur dazu bringen, uns etwas über den Tod deiner Mutter zu erzählen, wenn ich allein gehe.«

Amy wollte nicht klein beigeben, doch sie spürte, daß Marilyn recht hatte. »So hatte ich mir das aber nicht vorgestellt.«

»Wenn du dir mal überlegst, wie sich das Ganze wahrscheinlich abspielen wird, haben wir gar keine Alternative.«

»Wie wird es sich denn abspielen?«

»Eigentlich kann ich mir nur ein Szenario vorstellen. Als ich heute morgen mit Joe gesprochen habe, hat er mich gebeten, die Schlüssel in meinem Mercedes zu lassen; daher nehme ich an, daß Rusch mit dem Wagen kommen wird. Wahrscheinlich wird er ihn so parken, daß Duffy ihn gut sehen kann. Weil Duffy mich darin vermutet, wird er geradewegs darauf zulaufen. Entweder knallt Rusch ihn auf der Stelle ab, oder er zwingt ihn in den Kofferraum und erschießt ihn an einem anderen Ort. Ich würde sagen, es gibt nur zwei Menschen auf diesem Planeten, die es überleben werden, sich diesem Auto zu nähern. Einer davon ist Kozelka. Der andere bist *nicht* du.«

»Wie kannst du dir so sicher sein, daß Rusch nicht auf dich schießen wird?«

»Erstens hat er keinen Grund anzunehmen, daß ich nicht auf seiner Seite stehe. Jedenfalls noch nicht. Zweitens bin ich für Joe zu wichtig. Meine Berufung ist zu wichtig.«

»Was ist, wenn irgendwas schiefgeht? Wenn Rusch merkt, daß du ein Mikro trägst?«

»Dann greift Plan B.«

»Und wie lautet Plan B?«

Marilyn bog in eine Parkbucht und schaltete den Motor ab. »Ich hoffe, daß wir das mit Jebs Hilfe rausfinden.«

Amy bemühte sich, nicht zu beunruhigt zu wirken, als sie sich auf den Weg zu Jeb Stocktons Büro machten.

*

Phil Jackson war immer noch wütend. Liz hatte ihn zur Abendessenszeit angerufen, um ihm mitzuteilen, daß sie sich einen anderen Anwalt suchen würde. Dieses undankbare Weibsstück. Ohne ihn wäre sie leer ausgegangen. Und jetzt war sie kurz davor, auf die Goldader zu stoßen. Natürlich konnte sie ihn nicht völlig ausbooten. Der Richter würde sie dazu verdonnern, ihm das Honorar für seine bisher geleistete Arbeit zu zahlen. Aber das wäre nicht einmal annähernd soviel, wie Jackson hätte absahnen können, wenn er diesen Kampf bis zum Ende durchgefochten hätte. Wäre es ihnen gelungen, an das Geld auf Duffys Konten in Panama heranzukommen, hätte das Honorar, auf das er sich mit Liz geeinigt hatte, über neuntausend Dollar die Stunde betragen. Und die war er wert.

Liz hatte zwar noch nicht den Mut aufgebracht, es deutlich auszusprechen, aber es würde höchstens ein paar Tage dauern, bis sie ihn offiziell feuern würde. Wahrscheinlich würde sie es schriftlich machen. *Das heimtückische Miststück.*

Er war früher schon von Mandanten gefeuert worden, aber diesmal traf es ihn besonders hart. An diesem Fall hatte er hart gearbeitet, aber das tat er immer. Das gehörte zu seinem Job. Doch an diesem Fall klebte sein Blut. Mindestens ein Viertelliter, vergossen auf dem Garagenfußboden bei dem nächtlichen Überfall.

Jackson war sauer. Er geriet im Laufe des Abends immer mehr in Rage. Er konnte sich nicht mehr konzentrieren, für nichts entscheiden. Vor allem eins erwies sich als ärgerliches Dilemma. Der Aktenkoffer.

Ein Kurier hatte ihn gegen 22.00 Uhr an der Tür abgegeben; unter der Anschrift stand: »Persönlich, vertraulich.« Er war an seine Mandantin adressiert. Der Absender war Ryan Duffy.

Natürlich war Jackson neugierig. Nach dem Mord an Brent scheute er sich zunächst, den Aktenkoffer anzufassen, weil er fürchtete, es könnte sich um eine versteckte Bombe handeln. Aber je länger er darüber nachdachte, um so unwahrscheinlicher kam ihm das vor. Auch wenn er versucht hatte, Ryan vor Gericht wie einen Kriminellen aussehen zu lassen, war Duffy kaum der Typ, der seiner Frau eine Bombe schickte. Wahrscheinlich handelte es sich um ein Friedensangebot – einen Vorschlag zur Güte.

Jackson machte es sich auf dem Sofa im Wohnzimmer bequem und betrachtete den Aktenkoffer, der vor ihm auf dem Couchtisch stand. Sein Blick fiel auf die Zahlenrädchen neben dem Schnapper. Es waren drei. Ein Schloß mit einer Kombination aus drei Zahlen. Genau so eine Kombination hatte Liz vor Gericht angegeben. Drei Zahlen: 36-18-11.

Die Erkenntnis schlug ein wie ein Blitz. Das war's – Liz' Anteil an dem Erbe. Ryan machte seiner gierigen Frau ein Vergleichsangebot, das sie nicht ablehnen konnte: einen Aktenkoffer voll Bargeld. Jackson reagierte instinktiv. Das war seine Chance. Liz versuchte ihn zu linken, aber er würde den Spieß umdrehen. Er würde sein Leben darauf verwetten, daß da Geld drin war. Und er kannte die Kombination.

Er sprang auf und legte den Aktenkoffer flach hin. Erwartungsvoll drehte er die Zahlenrädchen in ihre Position, von links nach rechts. Zuerst 36, dann 18, und schließlich 11. Er ließ die Schnapper aufspringen, links und rechts. Er zitterte vor Aufregung. *Das* war der Hauptgewinn. Er öffnete den Aktenkoffer. Aber nur ein paar Zentimeter weit, dann blockierte etwas, und der Deckel ließ sich nicht weiter bewegen. Jackson hörte ein Klicken. Ein bedrohliches Klicken. Blitzartig wurde ihm klar, daß in dem Koffer kein Versöhnungsangebot war und daß er auch nicht von Ryan Duffy kam.

Verdammte Scheiße!

Eine glutrote Explosion vernichtete den gesamten Westflügel von Jacksons Anwesen. Die Fenster der Nachbarhäuser erbebten unter der Druckwelle, und ein Schauer glühender Funken regnete auf die nagelneue Windschutzscheibe des gerade erst reparierten Mercedes.

63

Zwei Minuten nachdem sie sich kennengelernt hatten, hatte Ryan bereits einen Namen für ihn: der Tüftler.

Norms Freund Bruce Dembroski war ein ehemaliger CIA-Agent, der zum Scharfschützen ausgebildet worden war. Nach seiner Agententätigkeit hatte er nicht mehr viele Möglichkeiten, seinen Laserentfernungsmesser, seine schallgedämpften Waffen oder sein 13-Millimeter-Scharfschützengewehr für extreme Reichweite einzusetzen. Deshalb hatte er sich als Privatdetektiv eine profitable Nische erschlossen. Er bot einer ausgewählten Klientel, vorwiegend auf Sicherheit bedachten Firmen, seine hochqualifizierten Dienste an. Seine Brötchen verdiente er mit der neuesten Spionage- und Gegenspionageausrüstung, vom simplen drahtlosen Telefonüberwachungsgerät bis hin zu Faxstörgeräten. Er besaß das komplette Sortiment an technischem Spielzeug, und er scheute sich nicht, es einzusetzen. Seine Unerschrockenheit führte gelegentlich dazu, daß er über die akzeptierte Grenze der Industriespionage hinausschoß. Und Norm eilte ihm regelmäßig zu Hilfe, wenn er mit dem Gesetz in Konflikt geriet. Die beiden Männer hatten eine ganz altmodische Abmachung. Norm konnte die Dienste eines Ermittlers in Anspruch nehmen, den er sich normalerweise nicht leisten konnte, und Dembroski hatte einen Staranwalt, ohne einen Penny dafür zu zahlen.

Sie trafen sich in Norms Garage. Beide Autos standen draußen, damit sie genug Platz hatten. Norm war selbst ein alter Tüftler. An der hinteren Wand stand eine große Werkbank aus Holz. Werkzeuge lagen in einer langen Reihe säuberlich auf der Ablage angeordnet; allerdings sahen die meisten aus wie Vatertagsgeschenke, die nie benutzt worden waren. Der nackte Betonboden und das weiße Neonlicht ließen es in der Garage kühler erscheinen, als es war. Vielleicht waren es seine Nerven, vielleicht aber auch eine dieser schwülen Sommernächte. Jedenfalls schwitzte Ryan heftig unter seiner Kevlarjacke.

»Ich komme mir vor wie in einem Backofen.« Ryan trug eine lange Hose und eine knielange Jacke. Er sah aus, als wollte er zu einer Bergwanderung aufbrechen. Im Herbst.

Dembroski machte den Reißverschluß zu und überprüfte noch einmal, ob die Jacke am Oberkörper gut saß. »Wollen Sie Sicherheit oder eine Modenschau?«

»Wenn Sie mich noch länger rösten, haben Sie bald die freie Wahl zwischen Brust und Keule. Nützt dieser Kram denn wirklich etwas?«

»Darauf können Sie Gift nehmen«, erwiderte Dembroski.

»Das ist eine Jacke mit Kevlarfutter, die den gesamten Oberkörper schützt. Sie ist nicht so auffällig wie eine Weste, und sie bietet mehr Schutz. Die meisten Westen schützen nicht gegen Treffer in die Seite. Die Jacke schon.«

»Hoffen wir, daß keiner mit einer Bazooka auftaucht.«

»Kein Problem«, sagte Dembroski. »Auch dagegen könnte ich ihn wappnen.«

»Schluß damit«, sagte Norm. »Das Ganze ist so schon verrückt genug.«

»War nur ein Scherz.« Er langte in seinen Seesack und holte eine Pistole mitsamt Patronenmagazin heraus. »Das ist ein weiterer Vorzug der Jacke. Man kann bequem eine Schußwaffe unterbringen. Das hier ist eine Smith & Wesson neun Para. 4-Zoll-Lauf. Verschlußfanghebel. Die hier hat eine Tritiumnachtvisierung, was im Dunkeln ganz praktisch ist. 15-Schuß-Magazin. Das ist eine ernstzunehmende Waffe.«

»Ich weiß, wie man mit Waffen umgeht. Mein Vater war leidenschaftlicher Jäger.«

»Also, mit diesem Baby können Sie auf Elefantenjagd gehen.« Er schlug das Magazin in den Schaft und sicherte die Pistole. »Stecken Sie sie in die Brusttasche, und nehmen Sie sie nur raus, wenn Sie sie benutzen wollen.«

»Mir wäre es lieber, du würdest sie hierlassen«, sagte Norm.

Ryan überhörte die Bemerkung. Er nahm die Pistole und steckte sie in die Tasche.

Dembroski trat einen Schritt zurück und überprüfte den Gesamteindruck. »Sieht gut aus, mein Lieber.«

»Ich komme mir vor wie ein kugelsicherer Exhibitionist.« Er wischte sich den Schweiß von der Stirn. »Kann ich das wieder ausziehen? Wir haben ja jetzt gesehen, daß es paßt.«

»Lassen Sie mich das lieber machen«, sagte Dembroski. »Sie müssen sehr darauf achten, die Mikrophonverbindung nicht zu unterbrechen.«

Ryan schlüpfte erst aus dem einen Ärmel, dann aus dem anderen. Ein kleines Aufnahmegerät war auf seiner Brust befestigt. Das Mikrophon war unter seinem Hemdkragen verborgen.

»Denken Sie daran«, sagte Dembroski, »daß das Mikrophon auf Sprache reagiert. Das Band läuft mit, wenn jemand spricht. Reden Sie in Ihrer normaler Lautstärke, das reicht.«

»Über *meine* Stimme mache ich mir keine Sorgen.«

»Jedes Wort im Umkreis von fünf Metern wird aufgenommen.«

»Das heißt, ich muß ganz schön nahe ran.«

»Sie brauchen niemandem einen Zungenkuß zu geben, aber Sie haben recht, Sie müssen ziemlich nah ran.«

Norm fing an, auf und ab zu gehen, er war offensichtlich beunruhigt. »Ryan, ich wünschte, du würdest zulassen, daß Bruce uns begleitet. Fünf Meter sind verdammt nahe, wenn jemand bewaffnet und obendrein gefährlich ist.«

»Kein Problem, ich komme gern mit«, sagte Dembroski.

Ryan schüttelte den Kopf. »Eine Person des öffentlichen Lebens ist in diese Sache verwickelt. Wenn Sie mitkommen, werden Sie sie wahrscheinlich erkennen. Nehmen Sie's nicht persönlich, Bruce, aber ich möchte nicht, daß Sie wissen, um wen es sich handelt.«

»Warum nicht?«

»Weil ich Sie nicht kenne. Und weil ich nicht weiß, was Sie mit der Information anfangen würden.«

»Wieso?« fragte Dembroski mit einem schiefen Lächeln. »Sehe ich vielleicht aus wie ein Erpresser, oder was?«

»Nach meiner Erfahrung kann so ziemlich jeder aussehen wie ein Erpresser.«

Dembroski schaute zuerst Norm, dann Ryan an. »Wissen Sie, normalerweise stelle ich keine Fragen, wenn ich einen Auftrag erledige. Aber Sie machen mich wirklich neugierig. Wer ist es?«

»Tut mir leid. Wenn heute nacht alles gutgeht, werden Sie nie etwas darüber erfahren. Genau das wünsche ich mir: die Sache endgültig hinter mich zu bringen.«

»Und wenn alles schiefgeht?«

»Dann wird es wahrscheinlich in der Zeitung stehen.«

»Hoffentlich nicht auf der Seite mit den Nachrufen«, grummelte Norm.

»Hoffentlich«, sagte Ryan. »Bist du soweit, Norm?«

Norm nickte unwillig.

Ryan griff nach der schußsicheren Jacke und ging zur Tür. »Los, gehen wir.«

64

Sie fuhren mit ausgeschalteten Scheinwerfern zwischen Douglastannen hindurch, die über der engen, steilen Straße zum Cheesman Staudamm eine Art Tunnel bildeten. Sie waren so gut wie unsichtbar. Vorsichtig wich Jeb den Schlaglöchern aus. Auf dem Weg zum Gipfel gab es davon mehr als genug. Wolken dämpften ab und an das Licht des zunehmenden Mondes. Wo der Himmel nicht von Wolken verdeckt war, funkelten Scharen von hellen Sternen.

Der Cheesman Stausee, der etwa hundert Kilometer südwestlich von Denver lag, war das älteste Reservoir im Wassersystem der Stadt. Um die Jahrhundertwende erbaut, war er lange Zeit nahezu unzugänglich für die Öffentlichkeit gewesen. Er lag inmitten eines dünnbesiedelten Naturparks, umgeben von drei- bis viertausend Meter hohen Bergen. Der durch gemauerte Bögen stabilisierte Staudamm war der erste seiner Art im ganzen Land, erbaut aus rechteckig behauenen Granitblöcken, die von italienischen Steinmetzen in stromaufwärts gelegenen Steinbrüchen geschlagen, auf Flößen zur Baustelle transportiert und mit Hilfe von motorbetriebenen Flaschenzügen in ihre Position gehievt worden waren. Er verband die steilen Wände der Schlucht in eindrucksvoller Weise wie ein gigantischer V-förmiger Fächer, der an seiner schmalsten Stelle kaum acht Meter maß und an der oberen Kante dreißigmal so breit war. Mit einer Höhe von etwa siebzig Metern war er zur Zeit seiner Erbauung der höchste Staudamm der Welt gewesen. Heute war er zwar nicht mehr der höchste, aber immer noch der stabilste Damm im gesamten Wassersystem.

Amy spürte den Druck auf den Ohren, als sie eine Höhe von zweitausendzweihundert Metern erreichten, die Hochwassermarkierung des Staudammes. Sie saß still auf dem Rücksitz neben den Abhörgeräten. Marilyn saß auf dem Beifahrersitz.

»Bei schönem Mondlicht«, sagte Jeb, »ist das der schönste Canyon, den man sich vorstellen kann.«

Amy schaute aus dem Fenster. Hinter der Leitplanke fielen die Granitfelsen steil ab. Weiter entfernt spiegelte sich das sanfte Mondlicht in der Oberfläche des Stausees und glitzerte wie glühende Funken auf dem dunklen Wasser. Dagegen konnte sie nichts einwenden.

»In der guten alten Zeit«, sagte Jeb, »kamen die Jungs mit ihren Schätzchen hierher, um sich die U-Bootrennen anzusehen. Falls Sie verstehen, was ich meine«, fügte er augenzwinkernd hinzu.

Marilyn sah Amy an und sagte: »Ich weiß nur zu gut, was Sie meinen.«

Jeb steuerte eine Haltebucht an. Der Wagen kam in einer Neigung von etwa zwanzig Grad zum Stehen, etwas steiler als die Straße. Jeb zog die Handbremse an, dann kam er zur Sache.

»Zum Staudamm braucht man etwa fünf Minuten zu Fuß, immer der Straße nach. Wenn wir näher ranfahren, wird uns das Motorengeräusch verraten.«

»Es ist nah genug«, sagte Marilyn. »Die dürfen auf keinen Fall merken, daß ich jemanden mitgebracht habe. Und erst recht nicht jemanden wie Sie.«

Jeb kletterte nach hinten in den Van. Eine Funksteuerungsschaltung und ein Wiedergabegerät waren in der Verkleidung angebracht. Auf dem Rücksitz neben Amy lag ein mittelgroßer Koffer. Jeb öffnete ihn und holte ein Gewirr aus Kabeln und Mikrophonen heraus. »Wir werden die ganze Zeit so gut wie bei Ihnen sein, Marilyn«, erklärte er, während er die Geräte ordnete. »Ihr Funkgerät verfügt über ein Ge-

gensprechsystem. Amy und ich können hier alles hören, was aufgenommen wird.«

»Und wie kann ich Sie hören?«

»Kopfhörer. Wir müssen das Kabel in Ihrem Haar verstecken. Das wird schon gehen.«

»In Ordnung«, sagte Marilyn. »Gibt es einen Alarmknopf oder so was Ähnliches?«

»Schreien Sie einfach. Ich lasse den Motor laufen. Wir sind in dreißig Sekunden bei Ihnen.«

Marilyn warf einen Blick auf ihre Armbanduhr. 1.30 Uhr. Noch eine halbe Stunde bis zum verabredeten Termin. »Zeit, mich zu verkabeln«, sagte sie. »Ich muß bald los, wenn ich vor Duffy auf Rusch treffen will.«

Amy sah sie besorgt an. Sie hatte sehr genau gesehen, wie Marilyn auf Jebs harmlose Bemerkung über die U-Bootrennen reagiert hatte. »Bist du sicher, daß du das durchstehst?« fragte sie.

»Ganz sicher. Das ist schon in Ordnung.«

Amy drücke Marilyns Hand, und Marilyn erwiderte den Druck, aber Amy war beunruhigt. Marilyns Händedruck war völlig untypisch, ungewöhnlich schwach.

»Ich hoffe es«, sagte Amy mit besorgter Miene.

*

Auf der anderen Seite der Schlucht saßen Ryan und Norm im Range Rover und warteten. Das Telefon läutete. Norm antwortete über die Freisprechanlage.

Dembroskis Stimme dröhnte durch den Wagen. »Hallo, hier ist Bruce. Ich bin fertig mit der Handschriftenanalyse, um die du mich gebeten hast.«

Norm schnappte sich das Telefon und schaltete die Freisprechanlage ab. Ryan riß ihm das Handy aus der Hand und hielt die Sprechmuschel bedeckt, so daß Dembroski nichts hören konnte. »Norm«, fragte er vorwurfsvoll, »wovon redet er?«

»Als Bruce bei der CIA war, hat er gelernt, Handschriften zu analysieren. Ich habe ihn gebeten, die Schriftproben von Debby Parkens miteinander zu vergleichen, den Brief an deinen Vater und den an ihre Tochter, den Amy dir gegeben hat.«

»Na wunderbar. Dann weiß er jetzt wenigstens, daß Marilyn Gaslow in diese Sache verwickelt ist.«

»Nein. Ich habe ihren Namen geschwärzt.«

»Was zum Teufel soll das Ganze, Norm?«

»Ich will einfach nicht, daß du hier heute nacht draufgehst, kapiert? Ich hatte gehofft, daß es dir reichen würde zu erfahren, ob es sich um eine Fälschung oder ein Original handelt.«

»Ich bin doch nicht hierhergekommen, um einfach umzudrehen und wieder nach Hause zu fahren.«

»Tu mir den Gefallen. Laß uns wenigstens hören, was er zu sagen hat.«

Ryan beruhigte sich und nickte. Er steckte das Telefon wieder in die Halterung, und Norm schaltete die Freisprechanlage ein. »Bist du noch dran, Bruce?«

»Ja.«

»Also, was glaubst du?«

»Leider mußte es ziemlich schnell gehen, ich würde mich gern länger damit beschäftigen.«

»Ja, ja. Aber was sagt dir dein Gefühl?«

»Mein Gefühl sagt mir, daß der Brief echt ist. Das heißt, wer immer den Brief an Amy Parkens geschrieben hat, hat auch den an Frank Duffy geschrieben.«

Ryan und Norm sahen sich an.

»Aber«, fuhr Dembroski fort, »ein paar Dinge in dem zweiten Brief, also dem an Frank Duffy, machen mich stutzig.«

»Und welche?« fragte Ryan.

»Zum einen die Formulierungen. In Briefen hat man eine bestimmte Art sich auszudrücken. Diese beiden Briefe unterscheiden sich in der Wortwahl und in den Wendungen.«

»Das liegt wahrscheinlich daran, daß der eine Brief an meinen Vater addressiert ist, während sie den anderen an ihre siebenjährige Tochter geschrieben hat.«

»Das ist sicherlich ein Argument«, sagte Dembroski. »Aber zum anderen ist mir die zittrige Schrift aufgefallen. Die Handschrift in dem Brief an Ihren Vater ist etwas ungleichmäßig.«

»Und was schließt du daraus?« fragte Norm.

»Es könnte verschiedene Ursachen haben. Vielleicht war sie betrunken. Oder müde. Oder – es könnte auch etwas ganz anderes sein.«

»Zum Beispiel?« fragte Ryan.

»Nur eine vage Vermutung. Nehmen wir die unsichere Handschrift und dazu den eigenartigen Schreibstil, ich könnte dafür eine Lösung anbieten. Sie hat den Brief an Ihren Vater geschrieben. Aber nicht freiwillig.«

»Was wollen Sie damit sagen?«

»Daß ihr jemand gesagt hat, was sie schreiben soll. Jemand hat sie gezwungen, es zu schreiben.«

»Sie meinen, mit vorgehaltener Pistole?«

»Ja«, erwiderte Bruce. »Buchstäblich.«

Im Wagen wurde es still. Ryan schaute Norm wortlos an. Norm nahm das Telefon in die Hand. »Danke, Bruce. Bleib in der Nähe des Telefons, wenn's geht. Für alle Fälle.«

Er legte auf und sagte zu Ryan: »Das sind ja ganz neue Perspektiven.«

»Eigentlich nicht. Ich halte es für eine ziemlich abwegige Theorie. Selbst wenn sie gezwungen wurde, den Brief zu schreiben, heißt das noch lange nicht, daß das, was drinsteht, nicht wahr ist. Ich habe das Gefühl, ich bin genausoweit wie vorher. Der Brief gibt absolut nichts her. Nur Marilyn Gaslow kann mir sagen, ob sie von meinem Vater vergewaltigt worden ist.«

»Ich habe den Verdacht, daß es um mehr als Vergewaltigung geht.«

»Wie bitte?«

»Spielen wir einfach mal den schlimmsten Fall durch. Angenommen, Debby Parkens wurde gezwungen, den Brief zu schreiben, in dem sie Frank Duffys Unschuld bescheinigt. Angenommen, der Brief ist gefälscht, was bedeuten würde, daß dein Vater ein Vergewaltiger war. Angenommen, Debbys Tod war kein Selbstmord, was bedeuten würde, daß irgend jemand sie sich geschickt vom Hals geschafft hat. Es gibt nur einen Menschen, der ein Motiv hatte, Debby zu zwingen, diesen Brief zu schreiben. Nach meiner Rechnung würde dann nur noch einer als ihr Mörder in Frage kommen.«

Ryan starrte ausdruckslos vor sich hin, benommen von dem Gedanken, sein Vater könnte ein Mörder sein.

»Bist du sicher, daß du das bis zum bitteren Ende durchziehen willst?« fragte Norm.

»Jetzt erst recht.« Ryan öffnete die Tür und stieg aus.

Norm hielt ihn zurück. »Nimm das hier mit«, sagte er und reichte ihm sein Handy. »Ruf an, wenn du in Schwierigkeiten gerätst.«

Ryan salutierte scherzhaft und machte sich auf den Weg zum Staudamm.

65

Nathan Rusch lag hinter grauen Felsbrocken auf der Lauer. In seinem enganliegenden, schwarzen Nomextrikot verschmolz er mit der nächtlichen Umgebung. Von den Felsen oberhalb der Staumauer hatte er einen freien Blick über die ganze Gegend. Er konnte den Parkplatz sehen und die Zugänge am Nord- und am Südende der Staumauer. Mit einer Kantenlänge von zweihundertzwanzig Metern – mit Überlauf waren es sogar dreihundertsechzig Meter – verband der Staudamm die steilen Wände der Schlucht, die durch einen Tausende von Jahren andauernden Erosionsprozeß entstanden waren. Dahinter lag der Cheesman-Stausee, ein von Menschenhand geschaffener See, der etwa hundert Millionen Kubikmeter Regen und Schmelzwasser aufnehmen konnte. Auf der spiegelglatten Oberfläche glitzerte das Mondlicht.

Rusch konnte hören, wie das Wasser in den zig Meter unter ihm liegenden South Platte River lief. Durch die Staumauer selbst lief kein Wasser. Vorausschauende Ingenieure hatten statt dessen Tunnel durch die angrenzenden Wände der natürlichen Schlucht getrieben, um die Ästhetik des Bauwerks nicht zu beeinträchtigen. Der höchste Auslaß befand sich etwa fünfzig Meter über dem Fluß. Wenn das Ventil geöffnet wurde, schoß das Wasser aus dem Loch in der Granitwand wie aus einem Hydranten und stürzte als Wasserfall in den Fluß. Von oben hörte es sich an wie ein friedliches Hintergrundgeräusch, wie das Plätschern eines Bachs im Wald.

Ruschs Gewehr war einsatzbereit. Sein AR-7 war ein handliches, leichtes und zielgenaues Sturmgewehr. Es hatte keine Vorrichtung für ein Nachtsichtgerät, aber mit ein bißchen Improvisationstalent ließ sich so was auf dem Lauf befestigen. Das Magazin war gefüllt mit dreißig Schuß Hohlspitzmunition. Der Schalldämpfer war Marke Eigenbau; Rusch hatte ihn aus einem dreißig Zentimeter langen Stück Bremszug, einem Stück PVC-Schlauch, flüssigem Fiberglas und anderen Materialien, die man überall kaufen konnte, selbst gebaut. Das Gerät war billig und leicht zu beschaffen, zwei wichtige Voraussetzungen in einem Beruf, in dem die Fortschritte der Ballistik es ratsam machten, seine Ausrüstung nur einmal zu benutzen und sie anschließend zu verschrotten.

Er warf einen Blick auf seine Uhr. Teil eins seines Plans müßte bereits angelaufen sein. Wenn er sich überlegte, daß es sich um einen Eilauftrag handelte, erschien ihm die Idee mit dem explodierenden Aktenkoffer wie ein Geniestreich. Das Schloß auf genau die Zahlen einzustellen, die Liz vor Gericht genannt hatte, müßte doch sehr überzeugend wirken. Schade nur, daß er nicht Mäuschen spielen konnte, wenn Liz und ihr geldgieriger Anwalt den Koffer öffneten und sich selbst in die Luft jagten.

Teil zwei würde in zwei Minuten beginnen. Rusch hob sein Infrarotfernglas an die Augen und suchte den Parkplatz ab. Nur ein Wagen war zu sehen. Marilyns Mercedes stand ungefähr vierzig Meter weit entfernt, genau dort, wo er ihn geparkt hatte, in Reichweite seines drei- bis sechsfachen Zielfernrohrs. Er senkte das Fernglas und ging seinen Plan in Gedanken noch einmal durch, während er durch das Zielfernrohr schaute. Erfolg schien ihm sicherer zu sein, wenn er sich die Szene vorher ausmalte. So kurz vor einem Todesschuß jedoch war es mehr als das. Er kostete die Vorstellung genüßlich aus.

Vor seinem geistigen Auge sah er, wie alles ablaufen würde, sah das Opfer auf den Wagen zugehen und in die Falle laufen. Schon hatte er Duffys Ohr im Fadenkreuz seines Nachtsichtgeräts. Ein Druck auf den Abzug, und der Kopf kippte nach hinten. Die Knie gaben nach, und der leblose Körper sackte zu Boden.

Anschließend würde Rusch zu seinem Opfer laufen und die Sache mit einer zwölfkalibrigen, doppelläufigen Schrotflinte zu Ende zu bringen. Sein Boß wollte, daß es wie Selbstmord aussah – Duffy jagt seine Frau und deren Anwalt in die Luft und pustet sich dann selbst das Licht aus. Rusch würde ihm den Gewehrlauf in den Mund schieben und ihm eine volle Ladung Schrot in den Kopf jagen, so daß die Gerichtsmediziner unmöglich nachweisen konnten, daß der Tod in Wirklichkeit durch die Kugel eines Scharfschützen herbeigeführt worden war. Den Mercedes würde er als Fluchtwagen benutzen. Er würde Duffy so positionieren, daß kein Blut und keine Gehirnteile auf den Lack spritzten. Aber das war nicht so wichtig. Er würde den Wagen sowieso auf einen Schrottplatz bringen.

Vor allem mit der heißen Ladung.

Er sah jemanden die Straße heraufkommen und direkt auf den Mercedes zugehen. Die Realität holte ihn aus seinen Phantasien. Er ging in Stellung und legte zum Schuß an. Er spähte durch das Zielfernrohr. Gefangen im Fadenkreuz, überquerte das Opfer den Parkplatz. Es war noch fünfzig Meter entfernt, dann vierzig. Ruschs Finger streichelte den Abzugshahn. Nur noch dreißig Meter. Er konnte jederzeit abdrücken. Es wäre ein sauberer Kopfschuß. Plötzlich erstarrte er. Verwirrt ließ er das Gewehr sinken und griff nach dem Fernglas. Sein Instinkt funktionierte noch. Das Zielfernrohr hatte ihn nicht getrogen.

Das war nicht Ryan Duffy.

*

Vorsichtig ging Marilyn auf den Mercedes zu. Loses Geröll knirschte unter ihren Füßen. Im Hintergrund hörte sie das Rauschen des Wassers in der Schlucht. Oder kam das Rauschen aus dem Empfangsgerät? Sie war so aufgeregt, daß sie unsicher war, ob ihr Kopfhörer überhaupt funktionierte.

»Jeb, hören Sie mich?« Sie versuchte, wie ein Bauchredner beim Sprechen die Lippen nicht zu bewegen.

Die Antwort summte ihr ins Ohr. »Bleiben Sie ruhig, Marilyn.«

»Ich bin fast am Wagen.«

»Dann hören Sie auf zu reden. Wenn er den Verdacht schöpft, daß Sie ein Mikro tragen ... also, das wäre nicht so gut.«

Sie schluckte. Jeb war ein Meister der Untertreibung.

Einige Meter entfernt von der Fahrertür blieb sie stehen. Durch die dunkel getönten Scheiben konnte sie nicht in das Wageninnere sehen. Sie suchte nach Fußspuren um das Auto herum. Es waren keine zu sehen. Das konnte zweierlei bedeuten. Entweder, jemand hatte sie sorgfältig verwischt, oder er saß noch im Auto. Sie wartete ab. Sie schaute auf den Stausee hinaus, der sich jenseits des Damms erstreckte. Die Bäume waren gewachsen, aber das abschüssige Gelände und die Felsformationen riefen Erinnerungen wach. Zuerst war es nur ein Rinnsal, aber dann brach der emotionale Damm in ihr.

Der Mercedes stand an derselben Stelle, an der vor mehr als fünfundvierzig Jahren die Vergewaltigung stattgefunden hatte.

Plötzlich schien das alles gar nicht mehr so lange her zu

sein. Marilyns Hände fingen an zu zittern. Sie holte tief Luft, um ihre Nerven zu beruhigen. Ihr war klar, daß der Wagen nicht hier geparkt worden war, um sie zu verhöhnen. Rusch konnte unmöglich wissen, daß sie kommen würde. Der Wagen stand da, um Duffy hereinzulegen. Er sollte glauben, daß Marilyn da drin saß. Das allerdings war ein schwacher Trost. Ob sie nun gemeint war oder nicht, die Vergangenheit starrte ihr ins Gesicht. Obwohl sie sich kaum an jene Nacht erinnern konnte, hatte die Rückkehr an diesen Ort alte Wunden aufgerissen. Sie war vergewaltigt worden. Alles hatte in jener Nacht begonnen, und es dauerte seit fünfundvierzig Jahren an. Kozelka hatte einen Anschlag auf ihren Körper verübt, sie dazu gebracht, den Falschen anzuzeigen, sie unter Vortäuschung falscher Tatsachen geheiratet. Hielt sie bis zum heutigen Tag unter Kontrolle.

Und wenn ihr Verdacht richtig war, hatte er auch noch ihre beste Freundin auf dem Gewissen.

Ihre Angst schlug in Wut um. Plötzlich kam ihr ein verrückter Gedanke – aber sie mußte ihm nachgehen. Sie hatte das untrügerische Gefühl, daß nicht Rusch in dem Auto saß, sondern Joe Kozelka.

Spontan ging sie direkt zum Wagen und versuchte, die Tür zu öffnen. Der Wagen war abgeschlossen. Sie kramte ihren Schlüsselbund mit der Fernbedienung aus ihrer Jackentasche. Mit einem Knopfdruck löste sie die Schloßsperre. Dann riß sie die Tür auf.

Der Vordersitz war leer. Ein Blick in den hinteren Teil des Wagens ließ sie nach Luft schnappen.

Auf dem Rücksitz lag eine junge Frau. Ihr Körper war leblos. Eine Hand hing schlaff auf den Boden. Blut, das aus einer Schußwunde in der linken Schläfe sickerte, hatte eine Lache auf dem Teppichboden gebildet.

Marilyn wollte schreien, brachte jedoch vor Angst keinen Ton heraus. Bilder rasten ihr durch den Kopf. Sie sah sich selbst als Teenager auf dem Rücksitz von Franks Buick, bewußtlos. Sie sah Amys Mutter auf ihrem Totenbett mit einer

Pistole in der Hand. Sie machte einen Schritt rückwärts. Plötzlich fand sie ihre Stimme wieder.

Ihr gellender Schrei zerriß die Nacht, als sie auf den Staudamm zurannte.

Der Schrei erschütterte den Van und ließ den Aufnahmepegel am Rekorder in den roten Bereich schnellen. Jeb Stockton schrie verzweifelt ins Mikrophon, aber er erhielt keine Antwort. »Verdammt, Marilyn, wo zum Teufel stecken Sie?«

»Verlieren Sie sie nicht!« sagte Amy.

»Ich höre nur noch Störgeräusche.«

»Rusch muß sie in seiner Gewalt haben. Er muß ihr das Mikro abgerissen haben.«

»Machen Sie mich nicht verrückt. Vielleicht ist sie auch nur gegen einen Ast oder sonst was gelaufen, und das hat ihr das Ding weggeschlagen.«

»Bleiben Sie dran«, sagte Amy und sprang auf den Fahrersitz. Der Motor lief noch.

»Können Sie den Wagen fahren?« fragte Jeb.

Amy legte den Gang ein. Die Räder drehten durch, und der Schotter spritzte weg, als der Van aus der Parkbucht schoß. Der Wagen legte sich nach links, dann nach rechts, kreischte mit dreifach zu hoher Geschwindigkeit um die Kurven, hatte kaum noch Bodenhaftung.

»Sieht ganz so aus«, murmelte Jeb und sprach ein Stoßgebet.

Amy jagte um die letzte Kurve, die schärfer war, als erwartet. Einen Augenblick lang verlor sie die Kontrolle über den Wagen. Die Scheinwerfer irrlichterten, bis sie schließlich den Mercedes erfaßten. Ein Mann rannte von dem Wagen weg. Amy steuerte den Van hinter den Mercedes und machte eine Vollbremsung. Der Van geriet ins Schleudern und hätte dabei beinahe den Mann erfaßt.

Jeb sprang mit gezogener Waffe aus dem Wagen. »Keine Bewegung! Hände über den Kopf!«

Der Mann hob die Hände. Amy schaltete die Warnblinkanlage ein, um besser sehen zu können. In dem flackernden orangenen Licht erkannte sie Ryan Duffy.

»Was haben Sie mit Marilyn gemacht?« schrie sie.

Ryan behielt Jebs Pistole und Amy gleichzeitig im Auge. »Ich habe Marilyn überhaupt nicht gesehen. Ich habe einen Schrei gehört und bin hierhergerannt. Die Leiche lag schon im Auto, als ich kam.«

»Die Leiche?« fragte Amy entsetzt. Sie stürzte auf den Mercedes zu.

»Sehen Sie nicht hin«, sagte Ryan.

Zu spät. Der Anblick der Leiche ließ Amy zurückfahren. »Wer ist das?«

»Eine Frau, die ich in Panama kennengelernt habe. Eigentlich war ich heute abend hier mit ihr verabredet. Offenbar ist jemand schneller gewesen als ich.«

Jeb ging zu dem Mercedes und warf einen kurzen Blick hinein. »Sie lügen. Sie haben diese Frau umgebracht.« Er zielte auf Ryans Stirn und entsicherte seine Pistole.

Ryan schluckte. »Was zum Teufel haben Sie vor, Mann?«

»Tasten Sie ihn ab, Amy. Sehen Sie nach, ob er eine Waffe trägt.«

»Sie ist in meiner Jacke«, sagte Ryan. »Bitte, sehen Sie nach. Dann werden Sie feststellen, daß sie nicht benutzt wurde. Ich habe diese Frau nicht erschossen.«

Amy trat vorsichtig auf ihn zu, öffnete die Jacke und nahm die Pistole heraus.

»Geben Sie sie mir«, sagte Jeb.

Sie reichte ihm die Waffe. Während er Ryan weiterhin im Visier behielt, roch er an dem Lauf der Pistole und überprüfte das Magazin. Es war noch voll. »Er scheint die Wahrheit zu sagen.«

Ein Schrei ertönte irgendwo in der Nähe des Staudamms. Alle drei hielten den Atem an und versuchten zu lokalisieren, von wo der Schrei gekommen war. Es war ein markerschütternder Schrei gewesen – die Art Schrei, die Amy aus ihren

Alpträumen von der Nacht kannte, in der sie ihre Mutter gefunden hatte.

Ein zweiter Schrei folgte, noch lauter als der erste. Er mußte von weiter oberhalb kommen, aus der Richtung des Wanderpfads, der zum Staudamm führte.

»Das ist Marilyn!« Amy riß Jeb Ryans Waffe aus der Hand, drehte sich um und rannte auf eine Lichtung am Rand des Parkplatzes zu.

»Amy, warten Sie!«

Ryan sah, wie Amy in der Dunkelheit verschwand, er wandte sich verzweifelt an Jeb. »Wenn ihr keiner von uns folgt, wird sie genauso enden wie diese Frau hier im Wagen.«

Stockton zielte immer noch auf ihn. »Bleiben Sie, wo Sie sind.«

Ryans Gedanken rasten. Selbst in der schweren kugelsicheren Jacke wäre er schneller als der Alte. Ohne lange zu überlegen, drehte er sich auf dem Absatz um und rannte hinter Amy her.

»Stehen bleiben!«

Ryan rannte noch schneller. Er sah sich kein einziges Mal um.

66

Nathan Rusch war wütend. Er hatte nicht vor, sich von einer Frau abhängen zu lassen, die zehn Jahre älter war als er. In Sekundenschnelle war er aus seinem Versteck hervorgekommen und rannte den überwucherten Pfad hinunter, der zum Staudamm führte. Ihr Vorsprung von sechzig Metern war auf weniger als zwanzig geschrumpft. Er hatte versucht, ihr etwas zuzurufen, aber sie hatte nur angefangen zu schreien, als sie seine Stimme gehört hatte.

Seine Lungen begannen zu schmerzen. Die Hügel und die dünne Bergluft forderten ihren Tribut. Womöglich wirkte die Droge, die Sheila ihm am Morgen im Hotel verabreicht hatte, immer noch und machte ihn müde. Zum Glück hatte sie nicht die Nerven gehabt, ihn umzulegen. Ihr Pech, daß er nicht die gleichen Skrupel hatte.

Er blieb an einer Weggabelung stehen und überlegte, in welche Richtung er weiterlaufen sollte. Das Blattwerk der Bäume war so dicht, daß kein Mondlicht es durchdrang. Rusch hatte Marilyn aus den Augen verloren. Er lauschte nach Schritten im Unterholz. Es war nichts zu hören außer dem Rauschen des Wassers.

»Keine Bewegung!« Die Stimme kam von hinten – es war die Stimme eines älteren Mannes.

Erschrocken fuhr Rusch herum. Jeb Stockton stand hinter einem Felsen und zielte mit seiner Pistole auf ihn.

»Waffe weg«, sagte Jeb. »Hände über den Kopf.«

Rusch gehorchte langsam. Die Pistole fiel auf den Boden. Er hob die Hände über den Kopf. Jeb hatte Schwierigkeiten, im Dunkeln alles zu erkennen, noch dazu bei Ruschs schwarzer Kleidung. Er trat hinter dem Felsen hervor und machte fünf Schritte auf Rusch zu. Zehn Meter von Rusch entfernt blieb er stehen. »Auf den Boden, Gesicht nach unten. Schön langsam.«

Rusch ging auf ein Knie, den Blick auf Jebs Brust geheftet. Plötzlich schnellte seine Hand vor, und im nächsten Augenblick flog ein Wurfmesser aus Titan aus der Scheide an seinem Handgelenk. Die scharfe Klinge wirbelte durch die Luft und traf Jeb zwischen den Rippen. Stöhnend sank Jeb auf die Knie. Er feuerte zwei ungezielte Schüsse ab, dann stürzte er zu Boden.

Rusch hob seine Pistole auf und trat zu Jeb, um dessen Puls zu fühlen. Er war sehr schwach. Einen Augenblick überlegte er, ob er ihm noch eine Kugel verpassen und ihn ganz unschädlich machen sollte, aber das war nicht nötig. Der Alte sollte ruhig ein bißchen leiden. Er zog das Messer aus der Wunde, wischte es an Jebs Hemd ab und steckte es zurück in die Scheide an seinem Handgelenk.

»Nimm's nicht tragisch, Alter«, flüsterte er selbstgefällig. »Bei einer Schießerei achtet keiner auf ein Messer.«

Plötzlich fuhr Stocktons linker Arm hoch. Ein scharfer Knall zerriß die Stille, als Stockton eine Salve aus seinem kleinen, handtellergroßen Revolver abfeuerte. Die Kugeln hatten Rusch mitten in die Brust getroffen, und er sackte in sich zusammen.

»Nimm's nicht tragisch, du Arschloch. An die zweite Knarre denkt auch keiner.«

Die Schüsse hallten in der Schlucht wie Donner und lenkten Amy und Ryan zu der Weggabelung. Als erste kam Amy den steilen Weg heruntergerannt, dicht gefolgt von Ryan. Atemlos und ängstlich blieb sie stehen, als sie einen Menschen am Boden liegen sah. Sie erkannte Jeb an den Stiefeln. In der Dunkelheit hatte sie den Mann im schwarzen Trikot zuerst nicht gesehen, aber jetzt entdeckte sie ihn. Er lag völlig reglos da. Sie war zutiefst erleichtert, bis sie das Blut an Jebs Oberkörper sah. Sie lief zu ihm hin und kniete sich neben ihn.

Seine Augen waren glasig. Er war kaum noch bei Bewußtsein. Das Blut hatte sein Hemd durchtränkt und bedeckte seine Brust. Er hustete und versuchte zu sprechen. »Dieser Bastard hat mich mit einem Messer erwischt.«

»Wer?«

»Keine Ahnung.«

Amy hastete zu dem anderen Mann und fühlte dessen Puls. Nichts. »Er ist tot.« Sie zog die Maske von seinem Kopf. Das Gesicht hatte sie noch nie gesehen, aber sie wußte, das mußte Rusch sein. Sie ging zurück zu Jeb.

»Haben Sie Marilyn gesehen?«

Er schüttelte den Kopf.

»Von wo ist der da gekommen?«

»Vom Damm.«

Amy fuhr zusammen, als sie Schritte hinter sich hörte. Sie stand auf und legte ihre Pistole an. Ryan blieb stehen und wich einen Schritt zurück.

»Immer mit der Ruhe«, sagte er. »Ich bin auf Ihrer Seite. Nehme ich jedenfalls an.«

Amy fuchtelte mit der Pistole herum und dirigierte ihn zu Jeb hinüber. »Der andere ist tot. Er hat meinen Freund mit dem Messer verletzt. Sie sind Arzt. Helfen Sie ihm.«

Ryan untersuchte die Wunde. Das unglaublich scharfe Messer hatte ein sauberes Loch hinterlassen. Bei jedem Atemzug trat schaumiges Blut aus der Wunde. »Zum Glück hat er das Herz verfehlt. Aber es gibt deutliche Anzeichen für einen Pneumothorax.«

»Pneumo-was?«

»Er hat eine Luftansammlung im Brustraum. Wahrscheinlich ist die Lunge verletzt. Der Mann braucht eine Drainage. Wir müssen ihn in die Notaufnahme bringen.«

»Ich kann Marilyn hier nicht einfach allein lassen. Wer weiß, ob der tote Typ noch einen Partner hat, der irgendwo da draußen lauert? Marilyn trägt ein Mikro. Wenn die das spitz kriegen, bringen sie sie um.«

»Wer sind *sie*?«

»Die Leute, die Sie umgelegt hätten, wenn Marilyn sich nicht eingeschaltet hätte. Vielleicht haben die auch meine Mutter auf dem Gewissen.«

Ryan war erleichtert zu hören, daß nicht nur sein Vater des Mordes an Debby Parkens verdächtigt wurde. Jeb stöhnte. Ryan nahm Norms Handy aus seiner Hosentasche. »Ich rufe einen Notarzt. Jemand muß solange bei ihm bleiben.«

»Sie sind der Arzt«, sagte sie. »Ich sehe zu, daß ich Marilyn finde.«

Jeb hob einen Arm, als wollte er etwas sagen. Amy beugte sich zu ihm hinunter, aber sie konnte nichts verstehen.

»Was hat er gesagt?« fragte Ryan.

»Keine Ahnung. Er phantasiert.«

»Ich kann ihn nicht allein lassen. Sonst stirbt er noch im Schock. Aber Sie können nicht einfach allein losrennen. Das ist viel zu gefährlich.«

»Tut mir leid«, erwiderte Amy. »Sie sind derjenige, der den hippokratischen Eid geleistet hat.«

Bevor er antworten konnte, rannte sie schon den Fußweg

hinunter in die Richtung, aus der der Schrei gekommen war. Tief hängende Äste klatschten ihr ins Gesicht. Sie rannte wie besessen, bog um eine scharfe Kurve und blieb wie angewurzelt stehen. Sie hatte eine Lichtung erreicht. Vor ihr lag der Staudamm. Dahinter erhob sich das vom Mondlicht erhellte Panorama der Schlucht. Aus der Tiefe hörte sie das Tosen der hinabstürzenden Wassermassen. Sie trat einen Schritt vor und hätte beinahe ihr Gleichgewicht verloren. Vor ihr fiel der Pfad steil ab in Richtung Staudamm und Aussichtsplattform, die man von hier aus nur über behelfsmäßig in den Felsen gehauene Stufen erreichen konnte.

»Keinen Schritt weiter«, dröhnte eine Stimme aus seitlicher Richtung.

Amy erstarrte. Joe Kozelka trat hinter einem Felsen hervor. Er hatte Rusch zwar beauftragt, diese Sache zu erledigen, aber die Angelegenheit war ihm viel zu wichtig, um sie einem Untergebenen völlig zu überlassen. Er mußte einfach dabeisein. Und so war er in einem Boot über den Cheesman-See gerudert, der sich kilometerweit jenseits der Staumauer erstreckte.

Er drückte Marilyn den Lauf seines Revolvers in den Nacken und hielt sich hinter ihr, so daß sie ihm als menschlicher Schutzschild diente. Amy richtete ihre Pistole auf Kozelka, aber Marilyn war im Weg.

»Lassen Sie die Waffe fallen«, sagte Kozelka.

Amy hielt beide Arme gestreckt. Die Pistole wog schwer in ihren Händen. Aber sie rührte sich nicht.

»Fallen lassen, habe ich gesagt.«

Amy hielt die Waffe krampfhaft fest.

»Hör nicht auf ihn«, sagte Marilyn.

»Halt die Klappe.« Er verdrehte ihren Arm auf dem Rücken.

Marilyn wand sich vor Schmerz. »Laß die Pistole nicht los, Amy. Er wird dich erschießen.«

»Fallen lassen«, zischte Kozelka. »Oder ich knalle sie auf der Stelle ab.«

Amy war wie gelähmt. Sie versuchte zu zielen, aber ihre Hände zitterten. Sie konnte mit einer Pistole umgehen, aber nur deswegen, weil sie sich seit dem Tod ihrer Mutter vor Schußwaffen fürchtete. Sie hatte immer versucht, sich mit den Dingen, die ihr Angst einflößten, vertraut zu machen. Aber dieser Schuß überstieg ihre Fähigkeiten.

Marilyn wand sich unter Kozelkas Griff. »Er blufft, Amy. Er wird mich nicht erschießen. Ich bin viel zu wichtig für ihn.«

»Fallen lassen!« Kozelka schäumte vor Wut. »Ich schwöre, ich mache sie kalt. Hier vor Ihren Augen. Wollen Sie noch eine Frau mit einem Loch im Kopf sehen, Kindchen?«

Seine Worte wirkten wie Sprengstoff. Nicht nur auf Amy, sondern auch auf Marilyn. Sie warf sich mit ihrem ganzen Gewicht gegen ihn, so daß beide das Gleichgewicht verloren. Gemeinsam stolperten sie rückwärts und stürzten Hals über Kopf hinunter, auf die Aussichtsplattform. Amy hastete hinter ihnen her, die Stufen hinab, aber sie konnte die beiden nicht einholen. Schließlich schlugen sie gegen das Geländer am Rand der Plattform, Kozelka voraus. Durch den Aufprall barsten die hölzernen Balken, und Splitter flogen sechzig Meter tief in den schäumenden Fluß am Grund der Schlucht. Marilyn klammerte sich an einen Pfosten, um nicht in die Tiefe zu stürzen. Kozelka griff nach dem nächsten Pfosten, aber er war zu schwer, und der Pfosten löste sich aus seiner Verankerung. Kozelka rutschte über den Rand der Plattform. Verzweifelt krallte er sich an der Kante fest. Aber seine Hand rutschte ab, als er versuchte, sich hochzuziehen. Er drehte sich um. Unter ihm gähnte der Abgrund. Er konnte kaum den Boden sehen.

Amy rannte auf die Plattform und packte Marilyn am Arm. »Alles in Ordnung?«

Marilyn wischte sich Blut von der Nase. »Ich glaube schon.«

Amy spähte über den Rand und schaute zu Kozelka hinunter. Wie ein Fisch an der Angel zappelte er an dem zerborstenen Geländer und versuchte, sich wieder hochzuziehen.

Von hier oben würde der Sturz schon seinen sicheren Tod bedeuten. Unter ihnen bot sich ein beängstigender Anblick. Tonnen von schäumenden Wassermassen schossen aus der Tunnelöffnung in der Felswand.

Amy drückte Marilyn die Pistole in die Hand. »Behalte ihn im Auge. Falls er irgendwelche Dummheiten macht, weißt du, was du zu tun hast.«

Marilyn richtete die Waffe auf Kozelka. »Was hast du vor?«

Amy stützte sich auf das Geländer und lehnte sich hinaus. Sie streckte ihre Hand nach Kozelka aus, bis sie ihn fast erreichte.

Marilyns Stimme zitterte. »Amy, laß das. Er wird dich umbringen.«

Amy reagierte nicht. »Sie sind erledigt, Mister«, sagte sie zu Kozelka. »Es sei denn, Sie sagen mir die Wahrheit.«

Er versuchte verzweifelt, nach ihrer Hand zu greifen, konnte sie jedoch nicht erreichen. Er war außer Atem und kaum fähig zu sprechen. »Wahrheit? Wieso?«

»Spucken Sie's aus, Sie Bastard. Haben Sie meine Mutter getötet?«

»Nein.«

»Aber Sie haben sie töten lassen, stimmt's?«

»Nein. Ich hatte nichts damit zu tun.«

»Sie lügen! Schluß mit dem Theater. Sagen Sie mir die Wahrheit, dann helfe ich Ihnen.«

»Das *ist* die Wahrheit. Ich habe Ihre Mutter nicht umgelegt, und ich habe sie auch nicht umlegen lassen.«

Amy kochte vor Wut. Sie wollte das Geständnis, aber sie konnte ihn nicht einfach in die Tiefe stürzen lassen. Unwillig streckte sie ihre Hand weiter aus.

Plötzlich wurde Kozelka ganz starr. Er kniff die Augen zusammen. »Drehen Sie sich nicht um, Kindchen. Marilyn Gaslow ist gerade dabei, Sie abzuknallen.«

Amy schnappte nach Luft und fuhr herum. In diesem Augenblick ließ Kozelka eine Hand los und packte einen herabgefallenen Ast von der Größe eines Baseballschlägers. Er wollte Amy damit gerade den Schädel einschlagen und schien sich sicher zu sein, daß seine Exfrau nicht abdrücken würde. Aber sie tat es. Zweimal. Die dröhnenden Schüsse hallten durch die Schlucht.

Durch die Wucht der Explosion wurde sein Kopf nach hinten gerissen. Es schnürte Amy die Kehle zu, als sie mit ansah, wie er abstürzte. Das aus seiner riesigen Kopfwunde strömende Blut bildete einen roten Schweif auf seinem langen Sturz in die klaffende Schlucht. Sie wandte sich ab, bevor er auf den Felsen unten im Fluß aufschlug. Zitternd schob Amy sich zurück auf die Plattform. Marilyn ließ die Pistole fallen und schloß Amy in die Arme.

Wortlos hielten sie sich umschlungen, vor Entsetzen wie gelähmt. Marilyn streichelte Amy über den Kopf. »Es ist vorbei. Das hat dieser Bastard seit fünfundvierzig Jahren verdient.«

Amys Stimme bebte. »Er hat gesagt, er hätte mit dem Tod meiner Mutter nichts zu tun.«

»Das habe ich gehört.«

»Er muß es gewesen sein. Wer sonst soll es getan haben?«

»Bloß weil er es abstreitet, heißt das noch lange nicht, daß er unschuldig ist.«

»Ich habe ihm in die Augen gesehen, Marilyn. Er konnte sich kaum noch festhalten und fürchtete um sein Leben. Seine Angst war so groß. Ich glaube ihm. Ich glaube ihm, daß er meine Mutter nicht getötet hat.«

Ihre Umarmung wurde noch enger. Amy starrte über Marilyns Schulter in den Nachthimmel. Die Wolken hatten sich verzogen. Überall waren Sterne zu sehen, genau wie in der Nacht, als Amys Mutter gestorben war. Die Sternbilder drehten sich vor dem schwarzen Himmel, bis sie schließlich wieder klar zu sehen waren. Amy erschauerte, als ihr plötzlich eine Erkenntnis kam.

Marilyn sagte: »Ich weiß nicht, was ich denken soll.«

»Ich auch nicht«, erwiderte Amy ruhig. »Es bleibt nur das Undenkbare.«

67 Amy machte sich auf den Weg, bevor die Polizei eintraf. Mit Marilyns Erlaubnis fuhr sie Jebs Van nach Boulder zurück. Ryan und Marilyn hatten eine Menge zu erklären. Allein das würde eine ganze Nacht in Anspruch nehmen. Auch Amy würde eine umfassende Aussage machen müssen. Sie hatte nichts dagegen. Aber vorher mußte sie sich noch um eine Sache kümmern.

Sie mußte ihrem jüngsten Verdacht nachgehen.

Als sie zu Hause ankam, war es bereits nach 4.00 Uhr morgens. Die Wohnung war dunkel bis auf das Nachtlicht im Flur. Amy sah kurz nach Taylor. Sie schlief auf dem Bauch, in einer von diesen Positionen, die nur Vierjährige bequem finden können, die Gliedmaßen eingezogen wie eine Schildkröte. Amy streichelte ihr leicht über den Kopf und drückte ihr einen Kuß auf die Wange. Taylor rührte sich nicht. Amy drehte sich um und erschrak. Gran stand im Türrahmen. Ein unheimliches Gefühl beschlich sie und verwandelte sich plötzlich in Wut. Selten konnte sie einen Augenblick der Zärtlichkeit mit Taylor genießen, ohne das Gefühl zu haben, daß Gran sie irgendwie beobachtete. Bisher hatte sie sich immer gesagt, Gran sei einfach überfürsorglich. Allmählich begann sie jedoch, das ganz anders zu sehen.

Amy trat in die Diele und schloß die Tür hinter sich.

»Ich habe dich kommen hören«, sagte Gran. Sie trug Nachthemd und Pantoffeln, auf dem Kopf ein rotes Haarnetz.

»Hast du auf mich gewartet?«

»Natürlich. Ich habe mir Sorgen um dich gemacht, Liebes.«

Amy ging durch den Flur in die Küche. Gran folgte ihr und setzte sich an den Tisch. »Was ist denn passiert, heute nacht?«

Amy öffnete den Kühlschrank und goß sich einen Orangensaft ein. Sie lehnte sich an die Anrichte, anstatt sich zu Gran an den Tisch zu setzen. »Ich habe rausgefunden, wer meine Mutter nicht getötet hat.«

Gran wirkte verwirrt. »Was?«

»Aber ich glaube, du weißt, wer es war.«

»Wer denn?«

Amy nippte an ihrem Saft. »Willst du es mir nicht sagen?«

»Wovon redest du überhaupt, Amy?«

»Du erinnerst dich doch, daß ich immer gesagt habe, ich könnte mich kaum an die Nacht erinnern, in der meine Mutter gestorben ist«, sagte sie. Ihre Stimme hatte eine harten Tonfall angenommen. »Jedesmal, wenn ich an einen bestimmten Punkt kam, schossen mir diese Zahlen durch den Kopf.«

»Ja.«

»M 57. Ich dachte immer, das sei eine Art psychologischer Selbstschutz. Jedesmal, wenn ich zu nah an die schmerzlichen Erinnerungen kam, griff mein erwachsener Verstand ein und löste einen Kurzschluß aus, mit dem Ergebnis, daß ich nichts anderes mehr in meinem vernebelten Kopf hatte als die astronomische Bezeichnung für den Stern, den ich in jener Nacht betrachtet hatte.«

»Klingt plausibel.«

»Gestern abend habe ich dich belogen. Ich habe Zahlen gesehen, als wir in dem alten Haus waren. Aber diesmal nicht M 57. Diesmal war es überhaupt keine astronomische Bezeichnung.«

»Sondern?«

Amy schien Gran mit ihrem Blick fast zu durchbohren. »Ich habe Zahlen und Buchstaben gesehen. Ich weiß gar nicht mehr genau, welche. Wichtig ist nur, daß es Zahlen und Buchstaben von einem Nummernschild waren.«

Nervös verschränkte Gran die Hände. »Ich verstehe nicht recht.«

»Bisher habe ich es auch nie verstanden, bis es mir heute nacht wie Schuppen von den Augen fiel. Als ich damals durch mein Teleskop schaute, habe ich es nicht immer nur auf den Himmel gerichtet. Manchmal habe ich die Leute in ihren Gärten beobachtet oder Autos auf der Straße. Ich erinnere mich, daß ich in jener Nacht, bevor ich ins Bett gegangen bin, ein

Auto beobachtet habe, das auf unser Haus zukam. Es war ein Ford Galaxie mit einem schwarzen Vinyldach. Ich weiß noch, daß ich das Teleskop scharf gestellt habe, weil es dein Wagen war.«

Gran war aschfahl. Sie war Amy noch nie so zerbrechlich vorgekommen. »Du bist ja ganz durcheinander.«

»Nein. Ich hatte es einfach nur ausgeblendet, die ganzen Jahre unterdrückt. Aber seit ich in dem Haus gewesen bin, erinnere ich mich wieder an vieles. Nur komisch, daß ich mich nicht erinnern kann, daß du ins Haus gekommen bist. Du warst ganz in der Nähe, aber du bist nicht zu uns gekommen.«

»Ich bin gekommen, als du schon im Bett lagst.«

Amy kniff die Augen zusammen. »Ja, das habe ich auch immer angenommen. Ich habe dein Auto gesehen, eine Stunde bevor ich ins Bett gegangen bin. Aber du bist erst vorbeigekommen, als ich schon schlief.«

»Also, so genau weiß ich das nicht mehr.«

»Aber ich erinnere mich jetzt«, sagte Amy. »Ich erinnere mich, daß ich gedacht habe: Wo bleibt Gran? Wo ist sie hingefahren? Ich hatte erwartet, daß du jeden Moment kommen würdest. Aber du kamst nicht.«

»Ich erinnere mich wirklich nicht.«

»Ich glaube doch. Du hast draußen gewartet, bis ich eingeschlafen war.«

»Das ist doch verrückt. Warum hätte ich das tun sollen?«

»Weil du zu meiner Mutter wolltest. Und du wolltest nicht, daß irgend jemand mitbekam, daß du an jenem Abend bei uns im Haus warst.«

Gran wandte sich nervös ab. »Ich weiß nicht, worauf du hinauswillst«, sagte sie barsch. »Aber diesen Ton habe ich nicht verdient.«

»Du hast sie umgebracht, stimmt's?«

»Nein!« erwiderte sie empört. »Sie hat sich selbst umgebracht, genau wie die Polizei gesagt hat. Darum hat sie das Seil an deiner Zimmertür befestigt, um zu verhindern, daß du ihre Leiche findest.«

»*Du* hast das Seil angebracht, Gran. In einer Hinsicht hatte die Polizei recht. Wer auch immer meine Mutter umgebracht hat, liebte mich so sehr, daß er nicht wollte, daß ich die Leiche finde. Deswegen nahm die Polizei an, daß meine Mutter es selbst gewesen war. Aber das Problem ist, meine Mutter wußte genau, daß ich den Weg über den Dachboden kannte. Du wußtest das nicht.«

»Amy, ich habe deine Mutter nicht getötet.«

Amy kam auf Gran zu, die Augen wurden zu Schlitzen. »Es ist genauso, wie du gesagt hast. Nachdem mein Vater in Vietnam gefallen war, mußte ich als Ersatz für dein einziges Kind herhalten.«

»Ich hab dich doch sowieso großgezogen, auch schon bevor deine Mutter krank wurde. Dauernd war sie mit irgendwas beschäftigt. Und ich habe dich immer geliebt wie mein eigen Fleisch und Blut.«

»Aber das war nicht die Art Vormundschaft, die meine Mutter sich vorgestellt hatte. Marilyn hat es mir gesagt. Es muß ein Schock für dich gewesen sein, als sie nicht dich, sondern Marilyn gebeten hat, sich um mich zu kümmern.«

Gran zitterte vor Wut. »Marilyn Gaslow hatte kein Anrecht auf dich.«

»Aber meine Mutter wollte es so.«

»Das war eine *falsche* Entscheidung. Ich wußte es. Deine Mutter wußte es. Sie hatte ja sogar selbst Vorbehalte. Sie hat mir erzählt, daß Marilyn Bedenken hatte, dich zu sich zu nehmen, weil sie eine Leiche im Keller hatte – diese Vergewaltigung, die nie stattgefunden hat.«

»Du hast also gewußt, daß Frank Duffy unschuldig war.«

»Deine Mutter hat mir berichtet, was Marilyn ihr erzählt hatte. Sie war auf brutale Weise ehrlich«, erwiderte Gran mit einem falschen Lachen. »Ich nehme an, sie wollte gewissermaßen das Risiko mit mir teilen, das sie einging, wenn sie dich zu Marilyn gab. Vielleicht wollte sie sogar meinen Segen. Sie wollte, daß ich einspringen würde, falls die Sache mit Frank Duffy ans Licht käme und das Gericht Marilyn das

Sorgerecht aberkennen würde. Als wäre ich die zweite Garnitur oder was.«

Amy trat an den Tisch und starrte ihre Großmutter wütend an. »Du hast den Brief an Frank Duffy geschrieben. Deshalb war die Schrift auch an einigen Stellen so unregelmäßig.«

»Ich wollte Marilyn entlarven als das, was sie war. Als ungeeigneten Vormund. Ich konnte ja nicht ahnen, daß er sie erpressen würde.«

»Im Gegenteil, du hast sogar damit gerechnet. Wahrscheinlich hast du es sogar mit ihm gemeinsam geplant. Darum hat er mir nach seinem Tod zweihunderttausend Dollar zukommen lassen. Wie hoch war dein Anteil, Gran? Sollte ich deswegen auf keinen Fall die Polizei verständigen, als das Geld hier ankam?«

Grans Mundwinkel zitterten. »Mir ging es nicht um Geld. Ich habe nie um einen Cent gebeten.«

»Aber er hat's dir trotzdem gegeben. Oder du hast dich geweigert, es anzunehmen, und deswegen hat er deiner Enkelin ein anonymes Geschenk gemacht.«

»Was weiß ich, was er sich gedacht hat. Es ist mir vollkommen *egal*, was er sich gedacht hat.«

»Zumindest solange der Brief dafür sorgte, daß Marilyn nicht mein Vormund wurde.«

»Nicht der Brief hat dafür gesorgt«, sagte Gran, »sondern die Wahrheit. Ich habe die Wahrheit gesagt. Es war besser so.«

»Besser für dich.«

»Und für dich.«

Amy war erschüttert. »So läuft das also in deinem Kopf ab. Einfach alles rationalisieren.«

»Ich rationalisiere gar nichts.«

»Wie kannst du dich dann selbst überhaupt ertragen?«

Grans Augen füllten sich mit Tränen. »Indem ich dich großgezogen habe, so gut ich konnte.«

»Nachdem du meine Mutter umgebracht hast.«

»Ich habe sie nicht umgebracht.«

»Du hast sie getötet, bevor sie zu ihrem Anwalt gehen konnte, bevor sie ihr Testament ändern, bevor sie Marilyn zu meinem Vormund machen konnte.«

»Nein.«

»Du bist zu uns gekommen und hast sie mit ihrer eigenen Pistole erschossen.«

»Das ist nicht wahr.«

»Gib's zu. Du hast sie umgebracht.«

»Herrgott noch mal, sie war doch schon so gut wie tot.«

Sie starrten einander benommen an, so als könnten sie beide die Worte nicht fassen, die gerade gefallen waren. Gran brach schluchzend zusammen. »Ich hatte doch schon ein Kind verloren, Amy. Ich wollte dich nicht auch noch verlieren. Als deine Mutter mir eröffnet hat, daß sie dich zu Marilyn geben würde, ist in mir etwas zerbrochen. Es war, als würde ich deinen Vater ein zweites Mal verlieren. Aber diesmal hatte ich eine Möglichkeit, es zu verhindern. Und zwar nur eine einzige.«

Amy sah sie ungläubig an. Die Logik einer Mörderin. Das war wie ein Geständnis, aber Amy empfand keine Genugtuung. Nur Trauer – und Wut.

»Sie hatte es verdient, nicht wahr, Gran?«

»Was?«

»In deinen Augen hatte sie einen ebenso gewaltsamen Tod verdient wie mein Vater.«

»Wie kannst du so was sagen?«

»Meine Mutter hat nicht genug um deinen Sohn getrauert, stimmt's? Ich habe es in deinen Augen gesehen, jedesmal wenn sie eine Verabredung mit einem Mann hatte und du auf mich aufgepaßt hast. Jedesmal, wenn sie mit einem Mann nach Hause kam, habe ich es gesehen. Deine verächtlichen Blicke. Am liebsten hättest du sie damals schon abgeknallt.«

»Amy, ich habe das alles nur für dich getan.«

Amy rannte aus der Küche. Gran folgte ihr.

»Amy, warte!«

Ohne zu reagieren, ging Amy in Taylors Zimmer. Ihre Tochter schlief noch tief und fest. Amy holte die Reisetasche aus dem Wandschrank und packte ein paar Sachen für Taylor.

»Was machst du da?« Gran zitterte vor Verzweiflung.

Amy hängte sich die Tasche über die Schulter und hob Taylor aus dem Bett. Taylor schlang die Arme um Amys Hals, ohne aufzuwachen. Ihre Tochter fest an sich gedrückt, rauschte Amy an Gran vorbei durch das Wohnzimmer und riß die Wohnungstür auf.

»Bitte«, sagte Gran mit bebender Stimme. »Ich schwöre, ich habe es nur für dich getan.«

Amy blieb in der Tür stehen und schaute ihrer Großmutter in die Augen. »Du hast es für dich selbst getan. *Alles*, was du tust, tust du nur für dich selbst.«

Sie knallte die Tür zu. Mit Taylor auf dem Arm lief sie zu ihrem Pick-up – dem alten Pick-up ihrer Mutter.

Epilog

Mai 2000

»Robert Oppenheimer«, dröhnte die Stimme aus dem Lautsprecher. Ein strahlender junger Mann in einem wallenden schwarzen Talar eilte auf das Podium zu. Es war nicht die übliche ausgelassene Fangemeinde von Footballsamstagen im Herbst, die die Ränge des Folsom-Stadions bevölkerte. Aber selbst in der Stille des sonnigen Frühlingsmorgens war die Aufregung spürbar. Jedes Mitglied des Abschlußjahrgangs 2000 erlebte heute in diesem Stadion einen kurzen Moment des persönlichen Ruhms. Wegen der großen Anzahl der Studienabgänger mußte die Semesterabschlußfeier der University of Colorado, bei der alle akademischen Titel vom Bachelor bis zum Doktor verliehen wurden, im Stadion stattfinden. Zuerst wurden die Doktortitel verliehen. Amy war als fünfte an der Reihe, gleich nach Oppenheimer.

Sie bekam eine Gänsehaut. Ihre Freundin und Beraterin Maria Perez drückte ihr die Hand, während sie die Stufen auf der linken Seite der Bühne hinaufgingen. Der Dekan des Instituts für Astrophysik und Geophysik erwartete sie auf der Mitte der Bühne. Das ganze Spielfeld war voll von Studenten im offiziellen Graduierungsornat.

»Amy Parkens.«

Mit einem breiten Lächeln trat sie vor.

»Vorwärts, Mama!«

Taylor war aufgesprungen und stand mit den Füßen auf ihrem Sitzkissen. Marias Mann saß neben ihr und versuchte, sie wieder auf ihren Platz zu ziehen, aber sie war viel zu stolz, sie würde jetzt nicht auf ihn hören.

Amy zwinkerte ihr von weitem zu, dann schüttelte sie dem Dekan, der ihr das Zeugnis überreichte, die Hand. Die Quaste an ihrem Doktorhut baumelte hin und her, als sie die Bühne überquerte. Sie hatte es geschafft. Sie und Taylor, sie hatten es allein geschafft. Wenn auch nicht ohne ein paar Blessuren.

Amy hatte niemandem die Geschichte mit ihrer Großmutter erzählt. Sie hatte beschlossen, die Sache für sich zu behalten. Der Tod ihrer Mutter würde immer ein Selbstmord bleiben. Offiziell. Amy schwieg aus Erbarmen, vor allem aber, weil sie sich um ihr eigenes Leben kümmern wollte. Ein aufsehenerregendes Gerichtsverfahren mit Amy als Zeugin gegen ihre eigene Großmutter wäre kein Weg gewesen, diese Geschichte zu beenden. Daß Amy die Wahrheit herausgefunden hatte, schien ihr für Gran Strafe genug zu sein.

In den vergangenen zehn Monaten hatte Amy ein neues Leben begonnen. Ihren Job bei der Anwaltskanzlei aufzugeben war ihr sehr leicht gefallen. Marilyn Gaslow zu verzeihen war schon schwerer gewesen. Der mutige Einsatz in der Nacht am Cheesman-Staudamm konnte die zwanzig Jahre des Schweigens nicht ungeschehen machen. Nachdem Marilyn ihre Kanditatur für den Zentralbankrat zurückgezogen hatte, hatten die beiden sich irgendwie aus den Augen verloren.

Am schwierigsten war es gewesen, Taylor zu erklären, warum sie nicht mehr mit Gran zusammenlebten. Die Wiederaufnahme des Astronomiestudiums hatte Amy den Übergang erleichtert. Sie hatte für sich und Taylor eine Wohnung in der Nähe des Meyer-Womble-Observatoriums auf dem Mount

Evans gemietet. Dort konnte sie die notwendigen Recherchen für ihre Dissertation betreiben. Gran war in Boulder geblieben. Seit jener Nacht im vergangenen Sommer hatten sie nicht mehr miteinander gesprochen; Gran hatte Amy allerdings einmal geschrieben. Amy hatte den Brief ungeöffnet zurückgeschickt. Bevormundend, wie sie war, hoffte sie wahrscheinlich, Amy würde nach der Promotion wieder nach Boulder ziehen. Aber das würde sie nicht tun. Niemals. Jedenfalls nicht, solange Gran lebte.

Nach der Feier trafen sich die frischgebackenen Akademiker vor dem Stadion mit ihren Familienangehörigen. Amy ging mit Maria über das Spielfeld. Um sie herum lagen sich Liebespaare in den Armen und tauschten Gratulationsküsse aus. Amy bemühte sich, den Ausdruck von Unbehagen auf ihrem Gesicht zu verbergen, aber ihre Miene sprach Bände. Maria nahm sie unbeholfen in den Arm, eine Geste, die in dieser Situation wie ein Trostpreis wirkte.

Taylor kam durch die Menge gerannt, und Amy ging das Herz auf. »Darf ich deinen lustigen Hut aufsetzen, Mami?«

»Na klar«, sagte Amy und hob sie hoch. Dann setzte sie sie wieder ab und zog ihr den Hut über die Augen. Im gleichen Augenblick entdeckte sie jemanden in der Menge. Er stand am Ausgang des Stadions. Amys Lächeln verschwand. Es war Ryan Duffy.

»Er ist viel zu groß!« rief Taylor.

Amy schaute immer noch zu Ryan hinüber. Er machte zögernd einen Schritt nach vorn, blieb dann aber stehen.

»Maria, könntest du einen Moment auf Taylor aufpassen?«

»Natürlich.« Maria kniete sich hin, um den Doktorhut auf Taylors Kopf zurechtzurücken.

Amy bahnte sich ihren Weg durch die aufgeregte Menge. Ryan kam langsam auf sie zu, als wollte er sie auf halbem Weg treffen. Im vergangenen Sommer hatten sie sich auf freundschaftliche Weise getrennt. Das Wissen, daß Ryans Vater kein Vergewaltiger gewesen war, hatte Amy ihre Verbitterung genommen. Während der letzten elf Monate hatte Amy hin und wieder an Ryan gedacht, vor allem in den einsamen Nächten im Observatorium am Mount Evans. Aber keiner hatte den anderen angerufen. Die Umstände hatten sie so weit voneinander entfernt, daß nur ein Verrückter nach dem Hörer gegriffen hätte. So kam es Amy jedenfalls vor.

Amy blieb direkt vor ihm stehen. »Was treibt Sie denn hierher?«

Er lächelte schwach. »Ich hatte das Gefühl, daß zwischen uns noch etwas offen ist.«

»Wirklich?«

Er wippte auf den Absätzen, als wollte er etwas sagen und wüßte nicht wie. »Für mich war das ein seltsames Jahr.«

»Für mich auch.«

»Nicht alles war schlecht. Ich bin Onkel geworden. Meine Schwester Sarah hat eine Tochter bekommen. Zum Glück scheint sie weder nach der Mutter noch nach dem Vater zu geraten. Das ist gut so.«

»Glückwunsch.«

»Danke.«

»Aber irgendwie habe ich den Eindruck, daß Sie nicht hergekommen sind, um mir das zu erzählen.«

»Stimmt.« Er schaute weg, dann sah er Amy wieder an, so, als fielen ihm die Worte schwer. »Ich wollte schon lange mit Ihnen reden. Aber ich wollte erst die Scheidung hinter mich bringen.«

»Warum?«

»Ich wollte erst wissen, wie die Sache mit dem Geld ausgehen würde. Nachdem das erledigt ist, steht mein Anteil endlich fest.«

»Oh«, sagte sie enttäuscht. »Sie reden immer noch über das Geld.«

»Ehrlich gesagt hatte ich nie das Gefühl, es stünde mir zu. Ich habe immer gedacht, wenn es ein unschuldiges Opfer gibt, dann sind Sie das.« Er nahm eine Papiertüte aus der Jackentasche und hielt sie ihr hin. »Ich möchte Ihnen das geben.«

Sie wich verblüfft zurück. »Ich will Ihr Geld nicht.«

»Es ist ja nicht viel. Die Regierung hat sich einen großen Anteil geholt, das FBI und die Steuerbehörde ebenso. Haben Sie eine Ahnung, wie hoch die Strafen sind für Steuerschulden aus zwanzig Jahren? Außerdem hat sich herausgestellt, daß mein Vater noch andere Schulden hatte. Anscheinend hatte er eine Schwäche für verbotenes Glücksspiel. Meine Schwester, meine Exfrau und ich haben den Rest durch drei geteilt. Von den ursprünglich fünf Millionen sind mir genau sechshundertzweiundvierzig Dollar geblieben.«

Amy war drauf und dran loszuprusten, doch dann hielt sie sich verlegen eine Hand vor den Mund. »Tut mir leid. Ich weiß selbst nicht, warum ich das komisch finde.«

»Weil Sie jetzt zurückblicken und über alles lachen können. Ich hatte gehofft, daß es so sein würde.«

Sie sahen sich lange in die Augen. Es hätte ihnen peinlich sein können, aber das war es nicht. Schließlich sagte Amy: »Sie sind also jetzt geschieden?«

»Ja, Gott sei Dank. Im nachhinein finde ich es erstaunlich, wie lange wir es miteinander ausgehalten haben. Wir hatten kaum etwas gemeinsam. Wahrscheinlich stimmt das Sprichwort: Gegensätze ziehen sich an.«

»Aber nur, wenn man ein Magnet ist.«

»Ja.« Er lachte in sich hinein.

»Die wirklichen Gegensätze in unserem Universum allerdings, wenn Sie eine wissenschaftlich genauere Analogie wünschen, sind Materie und Antimaterie. Wenn sie aufeinander stoßen, schießen sie tödliche Gammastrahlen ab und vernichten sich gegenseitig.«

»Jetzt geben Sie aber mächtig an, Dr. Parkens.«

»Stimmt.« Sie warf einen Blick über die Schulter und schaute zu Taylor hinüber, die mit dem Fuß ungeduldig auf den Boden klopfte, wie Fünfjährige es machen, wenn sie warten. »Ich muß zurück zu meiner Tochter.«

»Tut mir leid. Ich wollte Sie nicht aufhalten.«

»Kein Problem.« Sie hielt die Papiertüte umklammert und

schaute Ryan gefühlvoll an. »Das war ... gutgemeint. Aber bitte, behalten Sie Ihr Geld. Ich habe nicht mehr Anspruch darauf als Sie.«

»Nehmen Sie es doch. Jetzt, wo Sie Ihr Studium doch noch zu Ende gebracht haben, können Sie es bestimmt brauchen.«

»Glauben Sie mir, ich müßte die Lebenserwartung eines Mammutbaums haben, um meine Schulden abzubezahlen.«

Sie reichte ihm die Tüte zurück und berührte dabei ganz leicht seine Hand. »Danke, daß Sie den langen Weg auf sich genommen haben. Und passen Sie auf sich auf.« Sie drehte sich langsam um.

»Hey.«

Sie schaute ein letztes Mal zurück.

Ryan zuckte die Achseln, als wüßte er nicht, was er sagen sollte. »Viel Glück, Amy.«

Sie lächelte traurig, und kleine Schauer liefen ihr über den Rücken, als sie wegging. Sie war zu verwirrt, um sagen zu können, ob sie sich über sein Kommen gefreut hatte oder nicht. Aber einfach wegzugehen machte ihr das Herz schwer.

»Kann ich auch deinen Mantel anziehen?« Taylor zupfte am Ärmel von Amys Robe.

»Wenn wir ein paar Fotos gemacht haben.«

»Au ja«, erwiderte Taylor, beinahe vor Freude quietschend.

Amy nahm ihre Tochter an die Hand und ging über die Rasenfläche. Unauffällig drehte sie sich am letzten Ausgang noch einmal um, um zu sehen, ob Ryan noch da war. Sie schaute nach links und nach rechts. Er war weg.

»Mami, warum machst du nicht so ein glückliches Gesicht wie all die anderen?«

»Ich bin sehr glücklich, Kleines. Komm, laß uns Fotos machen.«

Sie ließen sich mit der Menge treiben bis zu einer Stelle, von wo aus die malerischen Berge im Hintergrund zu sehen waren. Auf einer Bank in der Nähe des Stadions sah Amy eine Papiertüte liegen. Es war eindeutig die von Ryan, aber sie wagte nicht, sie anzurühren. Sie drehte sich um, und konnte in der Menge seinen Hinterkopf ausmachen. Er ging in die andere Richtung. Mit Taylor an der Hand beeilte sie sich, ihn einzuholen. »Ryan!« rief sie. »Dr. Duffy!«

Er blieb stehen und drehte sich um.

»Ich glaube, Sie haben etwas vergessen«, sagte Amy und wies mit ihrem Blick auf die Tüte. Aber Ryan hatte nur Augen für sie.

»Ich habe tatsächlich etwas vergessen. Ich habe vergessen, Sie an etwas zu erinnern. Wir sind nie dazu gekommen, uns noch einmal auf einen Kaffee im GREEN PARROT zu treffen.«

Ihr Mund öffnete sich, und mit einigen Sekunden Verzögerung sagte sie: »Da ist was dran.«

»Was meinen Sie, könnten wir das nicht nachholen?«

Sie lächelte und erinnerte sich dabei an ihr erstes Treffen. Damals hätte sie so gern ja gesagt, als er sie fragte, ob sie sich wiedersehen könnten. Statt dessen hatte sie nur kokett geantwortet: *Man kann nie wissen.* Diesmal wollte sie es besser machen. »Gute Idee«, sagte sie. »Eine sehr gute Idee sogar. Ich kenne ein nettes Café ganz in der Nähe.«

»Ich folge Ihnen unauffällig.«

»Okay«, sagte sie glücklich.

»Gehen wir.«

Sie liefen den Gehweg entlang, Ryan links, Amy und ihre Tochter rechts. Auf ihrem Weg kamen sie noch einmal an der Bank vorbei, auf der Ryan das Geld liegengelassen hatte. Die Tüte war weg. Zwei junge Männer im Examensornat debattierten heftig miteinander. Der kleinere hielt die Tüte in der Hand. Der andere versuchte, sie ihm abzunehmen.

»Wir müssen es abgeben«, sagte der größere. »Es gehört uns nicht.«

»Das ist Bargeld«, fauchte der andere. »Wir haben's gefunden. Wer's findet, dem gehört's.«

Ihre Stimmen wurden immer lauter, je länger sie sich stritten. Leute fingen schon an, stehenzubleiben und zu gaffen, als erwarteten sie eine Schlägerei.

Amy und Ryan tauschten wissende Blicke aus, als sie an dem Spektakel vorübergingen, aber keiner von ihnen sagte ein Wort. Amy mußte sich zusammenreißen, um nicht loszuprusten. Ryan grinste kopfschüttelnd.

Glücklich lächelnd gingen sie weiter.

Danksagung

Danke ...

Tiffany, ich liebe deine Ehrlichkeit und überhaupt alles an dir.

Carolyn Marino und Robin Stamm haben diesem Buch wahrhaftig zu einem höheren Niveau verholfen, und zwar mit hilfreicher Unterstützung von Jessica Lichtenstein. Ein Autor kann sich keine besseren Freunde wünschen als Richard und Artie Pine; ihr sorgt besser für mich, als ich es selbst kann. Joan Sanger hat, wie immer, ihre persönliche Note beigetragen. Und die Kritiker werden mit jedem Buch besser: Eleanor Rayner, Carlos Sires, Jennifer Stearns, Dr. Gloria M. Grippando, Judy Russell.

Einige Freunde haben ihre Fachkenntnis zur Verfügung gestellt. James W. Hall, Deputy Sheriff vom Sheriff's Department Yakima County. F. Clay Craig, Anwalt *extraordinaire* für Nachlaßangelegenheiten und *béisbol*-Fan. Gerald J. Houlihan und Ron Hanes, zwei äußerst talentierte Strafverteidiger.

Das Colorado in diesem Roman ist teilweise real und teilweise erfunden (suchen Sie nicht nach dem GREEN PARROT oder dem HALF-WAY CAFÉ). Mein Dank gilt der Colorado Travel and Tourism Authority und der City of Boulder Housing Authority; dem Boulder School District; der Lamar Chamber of Commerce; Jane Earle, Leiterin des Fremdenverkehrsbüros von Denver Water (auch bekannt als »die Wassergöttin«); der Denver Public Library, besonders der Leiterin, Gwendolyn Crenshaw, und Don Dilley, Leiter der Abteilung Western History/Genealogy; und dem Department of Astrophysical und Planetary Sciences, dem Fiske Planetarium und Sommers-Bausch Observatory der University of Colorado, Boulder. Keith Gleason verdient eine besondere Erwähnung für seinen unterhaltsamen und informativen Crashkurs über das Sterben der Sterne und das Leben eines Astronomen. (Ich hoffe, ich habe Sie nicht enttäuscht.)

Die Originalausgabe erschien 1999 unter dem Titel FOUND MONEY im Verlag HaperCollins in New York.

Der List Verlag ist ein Unternehmen der Verlagshaus Goethestraße GmbH & Co. KG.

ISBN 3-471-79395-X

Gesetzt aus der Sabon
bei Franzis print & media GmbH, München
Druck und Bindung: Graphischer Großbetrieb, Pößneck